समकालीन हिन्दी उपन्यास : समय से साक्षात्कार

समकालीन हिन्दी उपन्यास
समय से साक्षात्कार

डॉ. एलाङ्बम विजयलक्ष्मी

राधाकृष्ण प्रकाशन

ISBN : 978-81-8361-063-6

समकालीन हिन्दी उपन्यास : समय से साक्षात्कार

पहला संस्करण : 2006
दूसरा संस्करण : 2009
पहली आवृत्ति : 2023

मूल्य : ₹795

प्रकाशक
राधाकृष्ण प्रकाशन प्राइवेट लिमिटेड
जी-17, जगतपुरी, दिल्ली-110 051

शाखाएँ : अशोक राजपथ, साइंस कॉलेज के सामने, पटना-800 006
पहली मंजिल, दरबारी बिल्डिंग, महात्मा गांधी मार्ग, प्रयागराज-211 001
वेबसाइट : www.radhakrishnaprakashan.com
ई-मेल : info@radhakrishnaprakashan.com

मुद्रक
बी.के. ऑफसेट
नवीन शाहदरा, दिल्ली-110 032

SAMKALIN HINDI UPANYAS : SAMAY SE SAKCHATKAR
by Dr. Elangbam Vijaya Laxmi

माँ–
सुमो देवी
और बाबा–
एलाङ्बम याइमा सिंह
को समर्पित।

श्रद्धा सहित पहली प्रति !

–विजय

भूमिका

स्वतन्त्रता से पूर्व सम्पूर्ण भारत वर्ष की जनता के सामने एक लक्ष्य था—स्वाधीनता की प्राप्ति। इसी लक्ष्य को पाने के लिए बड़े तो बड़े, बच्चा-बच्चा तक त्याग के लिए तत्पर था। जनता तन-मन-धन लगाकर आतताई अंग्रेजों से भिड़ने के लिए तैयार थी। जनता ने अपनी आँखों में स्वाधीन भारत का एक सपना सँजो लिया था। देश के नेताओं से उन्हें बड़ी-बड़ी आशाएँ थीं अपना शासन होगा, उनके सुख-दुःख को समझने वाले अपने लोग होंगे, प्रगति के द्वार खुलेंगे, सभी को इच्छानुसार आगे बढ़ने का अवसर मिलेगा। कोई दीन-दुःखी न होगा। शोषण, गरीबी, लाचारी का अन्त होगा, परन्तु यह सपना साकार न हो सका।

जनता की आशाएँ निराशा में बदलने लगीं क्योंकि स्वतन्त्रता के बाद ही लोगों ने समझ लिया कि सत्ता अवश्य बदल गई है परन्तु परिस्थितियों में कोई बदलाव नहीं आया है। शासक बदल गए परन्तु शोषित वैसे के वैसे ही रहे। अर्थ, शक्ति का पर्याय बन गया। समाजवाद पर पूँजीवाद हावी हो गया। ऐसे में जनता की स्थिति में सुधार की बात तो दूर, रोज नई-नई समस्याएँ उभरने लगीं। धनी और निर्धन के बीच खाई बढ़ती गई। जातिवाद बढ़ा, संघर्ष बढ़े, साम्प्रदायिकता बढ़ी। शोषण, हिंसा, लूटमार स्त्री पर अत्याचार, बलात्कार रोज की बात हो गई। नेताओं का लक्ष्य देश-सेवा न होकर धन संचय करना और कुर्सी पाना हो गया। ग्रामोत्थान के लिए योजनाएँ बनाए जाने के बावजूद गाँवों की अर्थ-व्यवस्था बिगड़ती चली गई। गरीबी, बेरोजगारी, भ्रष्टाचार, अधिकारियों की निरंकुशता बढ़ी। विकास के सारे नारे खोखले सिद्ध हुए। स्वतन्त्र भारत की सम्भावित उपलब्धियाँ कागजों में सिमटकर रह गईं।

सन् 1960 के पश्चात् राष्ट्रीय स्तर पर हुए परिवर्तनों का प्रभाव हिन्दी साहित्य पर प्रत्यक्ष रूप से दिखाई देता है। यह परिवर्तन पंचवर्षीय योजना के मूल्यांकन, पंचशील समझौते और भारत-चीन युद्ध के परिणामस्वरूप तेजी से उभरता दिखाई देता है। इसके साथ ही विश्व के अन्य भागों में होने वाली सामाजिक, आर्थिक, राजनीतिक और धार्मिक क्रान्तियों का प्रभाव भी भारतीय मानस पर पड़ा है, जो समकालीन हिन्दी साहित्य में प्रतिबिम्बित होता दिखाई देता है। मोहभंग की परिस्थितियों ने साहित्य की अन्य विधाओं के समान हिन्दी उपन्यास को भी गहरे स्तर पर प्रभावित किया है। कथानक-चयन से लेकर अभिव्यक्ति शैली तक में नया बदलाव दिखाई देता है।

समकालीन हिन्दी उपन्यासों में स्वातन्त्र्योत्तर भारतीय जीवन के विविध पक्षों की

अभिव्यक्ति हुई है। स्वाधीनता के बाद देश की जो सामाजिक, राजनीतिक और धार्मिक परिस्थितियाँ उभरकर आईं, उसने समकालीन भारतीय जीवन को बहुत अधिक प्रभावित किया। इन परिस्थितियों और तत्कालीन अर्थ-व्यवस्था या पूँजीवाद ने मिलकर एक ऐसे वर्ग को जन्म दिया जो मध्यवर्ग या निम्न-मध्यवर्ग कहलाया। यह ऐसा वर्ग था जो प्रदर्शनप्रिय, नई मान्यताओं को अपनाने के बाद भी पुरानी रूढ़ियों से जकड़ा हुआ, पश्चिमी फैशन के सहारे जीवन की स्वाधीनता और मुक्ति की परिभाषा गढ़ने वाला, महत्वाकांक्षाओं की पूर्ति के लिए कोई भी समझौता करने से न हिचकनेवाला, मूल्यहीनता को मूल्यवत्ता सिद्ध करने का दुराग्रह करनेवाला, आर्थिक भ्रष्टाचार को सामाजिक स्वीकृति दिलाने के लिए प्रयत्नशील और स्वार्थों में लिप्त रहनेवाला बन गया। इस वर्ग के लोग अधिकांशतः नौकरीपेशा बनकर रह गए और अपनी कुर्सियों को बचाए रखते हुए सामाजिक बोध के साथ खिलवाड़ करते रहे। 'अर्द्धनारीश्वर', 'मुझे चाँद चाहिए', 'तमस', जैसे उपन्यास इस सच्चाई को बहुत गहराई से बयान करते हैं। 'रागदरबारी', 'चाक', 'औरत', 'डूब' जैसे उपन्यास भी विविध प्रसंगों में इस यथार्थ का चित्रण करने में पीछे नहीं हैं।

इस मध्यवर्गीय यथार्थ ने समकालीन समाज को विविध रूपों में प्रभावित किया है। अब सफेदपोश लोग चारों तरफ मिल जाते हैं, जो बड़ी से बड़ी सामाजिक समस्या पर खोखली बहस करने के आदी हो गए हैं। इन सफेदपोशों के अपने हित न हों, तो ये किसी भी घटना से आँखें फेर लेने में ही अपनी भलाई समझते हैं। इनका अवसरवादी चरित्र रेशम के कीड़े के खोल की भाँति इन्हें घेरे रहता है। हमारे समाज की अशिक्षा और अज्ञानता ने पूँजीवाद द्वारा थोपी गई यान्त्रिकता का सामना करने की शक्ति का विकास नहीं किया। परिणाम यह है कि एक ओर हमारा समाज अपने गुंजलक से मुक्त नहीं हो पा रहा है, दूसरी ओर पश्चिम का निरन्तर परिवर्तनशील मूल्यबोध उसे चुनौती दे रहा है।

भारतीय समाज में शोषण का प्रभाव विविध रूपों में बना हुआ है, किन्तु इसका मूल हमारी शिक्षा के वर्तमान तन्त्र में मानना चाहिए। शिक्षा संस्थाओं से यह आशा की जाती है, कि वे व्यक्ति को उपाधियों से ही नहीं लादेंगी, बल्कि उसे एक ऐसा नागरिक बनाएगी जो पिछड़े हुए समाज को बदलने के लिए अपेक्षित ईमानदारी, ज्ञान, शक्ति और उत्तरदायित्व की भावना से भरे हों। विडम्बना है कि शिक्षा संस्थाओं का यथार्थ इसके नितान्त विपरीत है और इसका दायित्व उन लोगों पर है जो प्राथमिक से लेकर विश्वविद्यालय स्तरीय शिक्षा के तन्त्र को नियन्त्रित करते हैं। आज नीचे से ऊपर तक वे प्राचार्य और शिक्षक ही सफल होते हैं, जो प्रबन्धतन्त्र को खुश रखना जानते हों तथा अपने स्वार्थों के लिए कहीं भी झुक जाने को तैयार हों। ऐसे लोग कभी-भी आदर्श नागरिकों का निर्माण नहीं कर सकते। 'रागदरबारी' और 'चाक' इस कड़वे यथार्थ को व्यापक रूप में सामने लाते हैं।

समकालीन भारतीय समाज में भ्रष्टाचार की बेल जैसे-जैसे फलती-फूलती गई,

वैसे-वैसे ही आदर्श समाज-व्यवस्था तथा जीवन मूल्यों को पतित बनाती गई। भ्रष्टाचार कभी सीधा आक्रमण नहीं करता। वह अनजाने-अनपहचाने एक ऐसी बाध्यता-पैदा करता है, जिसके चलते मनुष्य भ्रष्टाचार की ओर खिंचने को बाध्य होता है। धन के आधार पर सामाजिक प्रतिष्ठा का मूल्यांकन एक ऐसी ही बाध्यता है। आधुनिक वातावरण में पला-बढ़ा व्यक्ति इसके पीछे दौड़ने से बाज़ नहीं आता। भारतीय लोकतान्त्रिक समाज को दिशा देने वाली पत्रकारिता का वर्तमान रूप भ्रष्ट नजर आता है। पत्रकारिता का एक हिस्सा समाजबोध और राष्ट्रबोध को ताक पर रखकर पीतपत्रकारिता में बदल गया है। 'महाभोज' की लेखिका इसका असली चेहरा उघाड़कर रख देती है।

समकालीन भारतीय समाज में जिन दुष्प्रवृत्तियों का बोलबाला हुआ, उनमें छोटी और बड़ी पीढ़ियों के बीच प्राचीन और आधुनिक जीवन-मूल्यों के प्रश्न पर उभरता हुआ संघर्ष, पश्चिमी प्रभाव से उत्पन्न दोहरी जीवन शैली के अन्तर्विरोध, धर्म और संस्कृति के नाम पर पाखण्ड तथा संस्कारों की जकड़न, अस्पृश्यता का बराबर बने रहना, यौन नैतिकता का बराबर गिरते जाना, पारिवारिक सम्बन्धों का आर्थिक दृष्टि से पुनर्निर्धारण, स्वतन्त्रता के नारों के बीच स्त्री के प्रति हिंसक प्रवृत्ति का बढ़ते जाना, जनसंख्या और बेरोजगारी से उत्पन्न अव्यवस्था व आतंक, बढ़ती हुई चोरी, डकैती, गुण्डागर्दी आदि को समकालीन हिन्दी उपन्यासों में यथार्थ प्रेरित समाजशास्त्रीय दृष्टि से विश्लेषित किया गया है।

स्वाधीनता प्राप्ति के पश्चात् तीव्र गति से समाजार्थिक और समाज सांस्कृतिक परिस्थितियों में जो बदलाव आया, उसने समाज और व्यक्ति दोनों को ही प्रभावित किया। व्यक्ति के परिवार, पड़ोस, समाज और जीवन को नियन्त्रित करनेवाली अन्य सभी संस्थाओं के साथ पहले से चले आने वाले सम्बन्धों में परिवर्तन देखा गया। जैसे-जैसे उत्तर-आधुनिक परिस्थितियों और उन्हें विश्लेषित करने वाले उत्तर-आधुनिकतावादी चिन्तन का प्रभाव बढ़ा वैसे-वैसे ही व्यक्ति मन की प्रश्नाकुलता भी बढ़ी। अब व्यक्ति आत्मनिरीक्षण के माध्यम से अपने यथार्थ से साक्षात्कार को तत्पर हुआ तथा अपने प्रतिकूल परिवेश के सामने प्रतिरोध और विद्रोह की मुद्रा में आ खड़ा हुआ। 'अर्द्धनारीश्वर', 'मुझे चाँद चाहिए', 'चाक', 'औरत' जैसे इस दौर के अति महत्त्वपूर्ण उपन्यासों में समकालीन जीवन में व्यक्ति, व्यक्तित्व और व्यक्ति के समक्ष विद्यमान समस्याओं को इसी परिप्रेक्ष्य में उभारा गया है।

यह उल्लेखनीय है कि उपन्यासों में सबसे अधिक ध्यान नारी व्यक्तित्व और उससे जुड़े विभिन्न पहलुओं पर दिया गया है। नारी का मानस कितनी गहराई तक प्रश्नाकुल है, उसमें आत्माभिव्यक्ति की चाह कितनी व्यापक है, वह पुरुष सत्ता को कितनी शक्ति के साथ चुनौती देती है, उसने प्रेयसी, पत्नी, माँ और बहन के रूप में अपनी भूमिका को निभाते हुए भी कैसे अपने स्त्री-व्यक्तित्व का निर्माण करने की तैयारी कर ली है और किस प्रकार वह सामाजिक, राजनैतिक तथा प्रशासनिक क्षेत्रों में अपनी भूमिका

निभाते हुए भी अनेक चुनौतियों का सामना कर रही है—इन सभी पक्षों को समकालीन हिन्दी उपन्यासों में विस्तार दिया गया है।

आधुनिक परिस्थितियों ने स्त्री को बहुत सचेत बना दिया है। उसे दो मोर्चों पर एक साथ संघर्ष करना है। एक मोर्चा परम्परागत व्यवस्था में अपनी भूमिका निभाते हुए स्वाधीनता और अधिकारों की माँग के लिए योजनाबद्ध प्रयास करने से सम्बन्धित है; जबकि दूसरा मोर्चा उस पुरुष मानसिकता से लोहा लेता है, जो उसे आज भी भोग्या तथा घर की चाहर-दीवारी में बन्द रखना ही उचित मानती है। यह मानसिकता अकेले कमरे या अँधेरे में स्त्री को पाकर कामुक हो उठती है तथा भेड़िये की तरह हमले की तैयारी करने लगती है। यही मानसिकता स्त्री को राजनैतिक और प्रशासनिक भूमिका निभाने से रोकती है। समकालीन हिन्दी उपन्यासों में इस सच्चाई को बयान करते हुए दिखाया गया है कि अपने विरुद्ध तमाम विरूपताओं और षड्यन्त्रों से जूझता स्त्री-व्यक्तित्व टूटता है, बिखरता है, व्याकुल होता है, लेकिन इतना सब होने के बावजूद स्त्री का एक और मन है, जो उसकी बौद्धिक चेतना को जगाने को प्रयत्नशील है, उसी के चलते वह मार खाकर भी मरती नहीं और यदि कोई उसे मार डालने के लिए कमर ही कस ले, तो वह अस्तित्व-चेतना को मरने नहीं देती। संख्या में भले ही कम हो, लेकिन भारतीय समाज में इस प्रकार की व्यक्तित्व चेतना प्रधान स्त्रियाँ विद्यमान हैं। इन कृतियों में यह तथ्य भी रेखांकित हुआ है, कि वास्तविक रूप में पढ़े-लिखे पुरुषों की मानसिकता स्त्री के सम्बन्ध में सकारात्मक ढंग से परिवर्तित होनी शुरू हो गई है। इसके साथ-साथ समकालीन उपन्यास व्यक्ति-सत्ता के रूप में स्त्री और पुरुष दोनों पर ध्यान केन्द्रित करते हैं। समकालीन समाज में व्यक्ति चेतना को रूढ़िग्रस्त समाज-व्यवस्था, भौतिकवादी जीवन-मूल्य, धर्म के जड़ और साम्प्रदायिक रूप तथा मनोविश्लेषणवादी कारण प्रभावित करने वाले मुख्य तत्त्व हैं। आधुनिक समाज जिस तेजी से बदला है और औद्योगिक सभ्यता ने नगरीकरण का जैसा विस्तार किया है, उसने व्यक्ति को त्रासदायक, अजनबीपन, अपरिचय और मानसिक अलगाव का शिकार बना दिया है। जीवन की अंधी दौड़ में वह यथार्थ में व्यक्तित्वहीनता और अधूरेपन की ओर बढ़ रहा है। भौतिक जीवन-मूल्य उसे जहाँ स्वार्थी बना रहे हैं, वहीं काम कुंठाओं का शिकार भी। ये सब मिलकर उसे उसके मूल व्यक्तित्व से अलग कर रहे हैं। अहर्निश समस्याओं से जूझता व्यक्ति अपने ही भीतर विखंडित होता चला जा रहा है। अधूरेपन का अहसास उसे खोखला कर रहा है। वर्तमान में एक स्त्री और पुरुष के बीच सही परिचय होने के पूर्व ही जो अहं भाव आकर खड़ा हो जाता है, उसका एक कारण जहाँ पारस्परिक पुरुषवादी समाज व्यवस्था की प्रतिक्रिया है, वहीं स्त्री और पुरुष दोनों को पल-पल मथने वाला अधूरेपन का दंश भी। व्यक्ति के चरित्र को बदलने में जहाँ उसकी अवस्था जिम्मेदार है, वहीं—साम्प्रदायिकता जैसी बुराइयाँ भी। 'तमस' जैसे उपन्यास इसके साक्षी हैं।

समकालीन हिन्दी उपन्यास स्वाधीनता के परवर्ती समाज को विखंडित और पददलित करने वाले इन कारणों के साथ ही धर्म के साम्प्रदायीकरण और साम्प्रदायिकता

के प्रभाव को भी समाज के अस्तित्व को खतरे में डालने वाला कारण मानते हैं। इनमें यह भी बताया गया है कि धर्म कैसे पाखंडपूर्ण कर्मकांड और अन्धविश्वासों का शिकार होकर व्यक्तियों को बुद्धिहीन, विचारहीन और हिंस्र बना देता है। वस्तुतः जब धर्म निहितस्वार्थी शक्तियों के हाथ का औजार बनकर रह जाता है, तो वे शक्तियाँ अपनी प्रासंगिकता, उपादेयता और महत्ता बनाए रखने के लिए साम्प्रदायिकता भड़काती हैं। भारत में आज भी जो साम्प्रदायिकता देखने में आ रही है, उसे बनाए रखने और बढ़ाने में मध्यकालीन इतिहास की संकुचित राजनीति का योगदान भी है। साम्प्रदायिकता को भड़काने के पीछे आर्थिक और साम्राज्यवादी कारण भी होते हैं।

स्वातन्त्र्योत्तर राजनीति मूल रूप से कुर्सीधर्मी राजनीति है। इसमें झूठ, निर्लज्जता, अवसरवादिता, लालच, गुंडागर्दी और प्रदर्शनप्रियता का बोलबाला है। समकालीन राजनेता अपने स्वार्थों की पूर्ति के लिए जातिवाद, धार्मिक टोने-टोटके, साम्प्रदायिकता का विष आदि किसी से परहेज नहीं करते। जो दल सत्ता में होता है, वह हर परिवर्तन का उपयोग अपने प्रभाव की वृद्धि में करना चाहता है। यहाँ तक कि देश की सुरक्षा और शांति के नाम पर उग्रवादी संगठनों के साथ किए जाने वाले समझौते भी राजनैतिक प्रभुत्व के हथियार बना लिए जाते हैं। सत्ता पक्ष पत्रकारिता और अन्य जन-संचार माध्यमों को तुरन्त ही क्रीतदास बना लेता है। स्वाधीन भारत के सत्तारूढ़ और विपक्ष, दोनों के नेता एक-दूसरे को फूटी आँख नहीं सुहाते। किन्तु एक ऐसा धर्म भी है, जो उन्हें एक नाव में सवार करता है—वह है, कुर्सीधर्मिता।

समकालीन भारतीय समाज में जो आर्थिक यथार्थ उभरकर आया, वह पूरी तरह समस्याओं से ग्रस्त था। समकालीन उपन्यासों में आर्थिक भ्रष्टाचार, आर्थिक क्षेत्र में राजनीतिक हस्तक्षेप, गबन, घोटालों को चित्रित करके यह दर्शाया गया है कि हमारा समाज पूरी तरह अर्थ की नैतिकता से हीन हो गया है। यहाँ तक कि शिक्षा जगत जैसा पवित्र और समाज निर्माता माना जाने वाला क्षेत्र भी आर्थिक भ्रष्टाचार की दलदल में फँसा है। विकास के लिए जो नीतियाँ बनती हैं, वे या तो खोखली होती हैं या फिर कागजों से जमीन पर आते ही सरकारी अधिकारियों, ठेकेदारों, बिचौलियों और नेताओं के आर्थिक भ्रष्टाचार के शिकार हो जाती हैं। समकालीन युग में राजनीति से जुड़े बिना भारी भ्रष्टाचार कठिन ही है। नेतागण अपनी वाक्पटुता का दुरुपयोग करते हुए पूरे प्रकरण को ही अकारण बदनाम करने की साजिश का रंग देकर विरोधियों को कटघरे में खड़ा करने से बाज नहीं आते। यदि स्थिति बहुत ही बिगड़ जाती है, तो अपने पद से इस्तीफा दे देते हैं, मानो वही इनका दंड भी हो और प्रायश्चित भी। यह यथार्थ उनके चरित्र के मनोवैज्ञानिक पक्ष को दिखाता है क्योंकि ये जो कुछ करते हैं, वह अपने चरित्र की स्वार्थवृत्ति और निर्लज्जता के कारण करते हैं। 'रागदरबारी' के वैद्यजी ऐसे ही मनोवैज्ञानिक चरित्र के स्वामी हैं।

आजादी के बाद जातिवाद और सामन्तवाद के मिश्रण से प्रभुवर्ग बना। यह अहंवाद, गुंडागर्दी, कानून की अवहेलना, आतंक के उपयोग, झूठी शान और विलासिता

पर विश्वास करने वाला है। यह देखकर आश्चर्य नहीं होता कि उस वर्ग ने अपनी गुंडागर्दी के बल पर ही भारतीय राजनीति को भी विषाक्त बना डाला। इतना ही नहीं, पंचायती राज संस्थाओं के माध्यम से पंक्ति में पीछे रहने वाले निर्बल लोगों को जो अधिकार दिए जाने थे, उनके मार्ग में भी यह वर्ग अगम्य पहाड़ बनकर खड़ा हो गया। इस तरह शिक्षा, पंचायती राज, उच्च स्तरीय राजनीति आदि सब को इस नव विकसित प्रभुवर्ग ने अपनी स्वार्थपूर्ति का साधन बना लिया। यह भी देखने में आ रहा है, कि शोषक शक्तियों का यह घातक खेल अब पूरी तरह निरापद नहीं रह गया है। ऐसा लगता है, कि सन् 1963 में डॉ. राममनोहर लोहिया के भारतीय राजनीति में ऐतिहासिक हस्तक्षेप के परिणामस्वरूप निर्धनों और दलितों की जो आवाज संगठित होनी शुरू हुई थी, वह धीरे-धीरे जातिवादी सामन्ती ताकतों और नए प्रभुवर्ग के सामने चुनौती बनने की शक्ति अर्जित करने लगी है। यद्यपि समकालीन हिन्दी उपन्यासकारों ने लोहिया को कहीं सीधे-सीधे उल्लेखित नहीं किया है और न कहीं किसी साम्यवादी विचारक को जगह दी है, किन्तु यह समझना कठिन नहीं है कि साठोत्तरी काल में दलितों, पिछड़ों, निर्धन किसानों, मजदूरों और शोषित स्त्रियों का प्रतिरोध जिस रूप में उभरा है, उसके पीछे प्रगतिशील, समाजवादी चिन्तन और जातिवाद के विरुद्ध डॉ. बी.आर. अम्बेडकर के विचारों की भूमिका का महत्त्वपूर्ण स्थान है।

हिन्दी कथा साहित्य विषय वस्तु की दृष्टि से बहुत विस्तृत और गहन माना जा सकता है, किन्तु इसका एक अभावात्मक पक्ष भी है। हिन्दी में ऐसे उपन्यासों का प्रायः अभाव-सा है, जो समकालीन राष्ट्रीय जीवन को अशान्त बना डालने वाले उग्रवाद और आतंकवाद का गम्भीर विश्लेषण करते हों। भले ही हिन्दी के हृदय प्रदेश उग्रवाद की समस्या से उस प्रकार न झुलस रहे हों, जैसे सीमान्त क्षेत्र, किन्तु यह समस्या धीरे-धीरे उन अछूते प्रदेशों को भी अपनी चपेट में ले सकती है। 'जहाँ बाँस फूलते हैं' उन बिरले उपन्यासों में है, जो उग्रवाद और आतंकवाद की समस्या को उठा सके हैं। यह उपन्यास अपने कथानक के केन्द्र में इसी प्रवृत्ति को रखता है और इसका सम्पूर्ण कथ्य उग्रवाद तथा उससे जुड़ी समस्याओं पर आधारित है। यह उपन्यास समस्या को मूल रूप से समाजार्थिक और समाज सांस्कृतिक दृष्टि से प्रस्तुत करता है। जनता के आर्थिक और सामाजिक विकास की दशा और दिशा के साथ उग्रवाद और आतंकवाद का अनिवार्य सम्बन्ध है।

देश के अपेक्षाकृत शांत समझे जाने वाले क्षेत्रों में भी कभी-कभी जिस व्यापक विरोध प्रदर्शन और हिंसक प्रतिरोध के दर्शन होते हैं, उसके मूल में भी यही कारण मुख्य है। देश का केन्द्रीय भाग सामाजिक और आर्थिक दृष्टि से जितना समृद्ध है, उतना ही वहाँ जन-विक्षोभ कम है। इससे ऐसा प्रतीत होता है, कि यदि वहाँ भी आर्थिक और सामाजिक दृष्टि से सीमान्त क्षेत्रों जैसा ही पिछड़ापन होता और पिछली अर्द्धशती की राजनैतिक सत्ता ने उनका वैसा ही शोषण किया होता, तो वहाँ भी यह जन-विक्षोभ अन्य कारणों से प्रेरित होकर उग्रवाद और आतंकवाद में बदल गया होता।

जनाक्रोश, उग्रवाद और आतंकवाद की समस्या के अध्ययन के लिए राष्ट्रीय विकास की दशा और दिशा को तलस्पर्शी बौद्धिक विवेचन की सहायता से समझना होगा। हमें यह जानना होगा, कि इन समस्याओं के कारण देश का समग्र विकास प्रभावित होता है, तो पिछड़ी हुई विकास अवस्था के कारण ये समस्याएँ जन्म लेती हैं। समकालीन उपन्यासों में स्वातन्त्र्योत्तर भारत के सामाजिक, आर्थिक और सांस्कृतिक विकास की नीतियों के निर्माण से लेकर फलागम तक का विश्लेषण प्रस्तुत किया गया है। अब तक जितनी नीतियाँ बनी हैं, उन्होंने विकास की परिभाषा को पूर्णतः मूर्त करने में सफलता प्राप्त नहीं की। इनकी दिशाहीनता का साधारण-सा प्रमाण तो यही है, कि इनके अन्तर्गत निर्मित योजनाओं की अवधि पूर्ण होने पर इनका वास्तविक परिणाम कभी नहीं देखा जाता, केवल यह देखा जाता है, कि सरकार ने इनमें कितने धन का विनियोग किया। ऊपर से इन विकास नीतियों, आर्थिक भ्रष्टाचार तथा इन्हें क्रियान्वित करने वालों की कर्तव्यहीनता पूरी तरह निष्प्रयोजन बना देती है। ऐसी स्थिति में आम जनता ही पिसती है। जनता जब भूख से मरने लगती है, तो थोड़े समय के लिए आर्थिक साधन सक्रिय हो जाते हैं, राहत कार्य दिखाई देने लगते हैं, विकास की आवश्यकता पर जोर दिया जाने लगता है—उसके बाद सब कुछ पहले जैसा ही हो जाता है। जब बार-बार ऐसा होता है तो एक समय वह भी आता है, जब जनता के मन में आक्रोश जन्म लेता है। यह आक्रोश धीरे-धीरे इतना बढ़ जाता है कि उससे घिरे वातावरण में पलने-बढ़ने वाली युवा पीढ़ी सक्रिय विरोध के मार्ग पर चल पड़ती है। ऐसे में सत्ता प्रतिरोध को अधिक सशक्त प्रतिरोध से शांत करने की नीति अपनाती है। परिणाम यह होता है कि युवा पीढ़ी कुछ दूसरे कारकों से प्रभावित होने लगती है और हथियार उठा लेती है। इस स्थिति में अन्य देश इस विद्रोही पीढ़ी से सहानुभूति प्रदर्शित करके उसे अपने इशारों पर नचाने में लग जाते हैं। तब वास्तविक उग्रवाद प्रारंभ होता है और उसका उद्देश्य समाजार्थिक समस्याओं के स्थान पर प्रचलित शासन व्यवस्था को उखाड़ फेंकना और उससे आगे बढ़ कर राजनैतिक स्वाधीनता पाना हो जाता है। इससे निपटने के लिए शासन सत्ता, पुलिस और सुरक्षाबल का प्रयोग करती है। यह आतंकवाद के विरुद्ध प्रतिआतंकवाद की नीति है। ये ऐसे दो पाट हैं, जिनके बीच हमेशा दबी-कुचली निर्धन और पिछड़ी जनता ही पिसती है। एक ओर वह भीतर ही भीतर उग्रवाद और आतंकवाद से परेशान रहती है, दूसरी ओर सुरक्षाबलों की दृष्टि में आतंकवाद या उसकी समर्थक बनी रहती है। किसी भी रूप में उसे मानसिक शान्ति उपलब्ध नहीं होती। ऐसे में समाजार्थिक विकास के दर्शन उसे हों भी तो कैसे ?

'जहाँ बाँस फूलते हैं' में बहुत सजग दृष्टि से यह दर्शाया गया है, कि उग्रवाद जहाँ प्रारंभ में जनमुक्ति, शोषण का विरोध, व्यक्ति का सम्मान, मानव मूल्यों की रक्षा, उपनिवेशवादी प्रवृत्ति का विरोध आदि से सम्बन्धित विषयों को जोड़कर बड़ा आकर्षक विचार-दर्शन तैयार करता है, वहीं वह अनेक अन्तर्विरोधों से ग्रस्त भी होता है। इसका कारण यह है, कि वह अपना उद्देश्य केवल बन्दूक के बल पर पाना चाहता है। बन्दूक

न तो किसी आदर्श समाज व्यवस्था का निर्माण कर सकती है और न शासन के हाथ में आकर उग्रवाद को दबा ही सकती है। इस सत्य से आँखें मूँद लेने के कारण उग्रवाद अपने ही लोगों पर अविश्वास करने लगता है। यहाँ तक कि उनमें से कुछ को अपने मार्ग का रोड़ा मानकर उनकी हत्या तक कर देता है। जब एक बार वह दिशाहीन होता है, तो उसे स्त्रियों का शोषण करते तथा आर्थिक स्वार्थों में लिप्त होते भी देखा जा सकता है। यह अन्तर्विरोध उग्रवाद और आतंकवाद का मुकाबला करने वाली शासन सत्ता का यथार्थ भी है। उसकी नीतियों को लागू करने वाले और उसके इशारों पर काम करने वाले सुरक्षा-बल भी केवल बन्दूक की भाषा ही जानते हैं। फलतः वे भी जनता की रक्षा के बदले शोषण करते हुए ही अधिक दिखाई देते हैं। सत्ता के इस अन्तर्विरोध को सामने लाने का उद्देश्य यह मान्यता प्रतिपादित करना है कि जिसे उग्रवाद और आतंकवाद कहा जाता है, वह बन्दूक नहीं बल्कि विचार है; इसलिए बन्दूक के सामने बन्दूक खड़ी करके केवल लोग मारे जा सकते हैं, उनके विचार नहीं। यदि उग्रवाद और आतंकवाद को जड़-मूल से नष्ट करना है तो, इन्हें पैदा करने वाले विचारों को आमूल बदलना होगा और ऐसा तभी संभव हो सकेगा जब शासन सत्ता अपना पूरा ध्यान समाजार्थिक और समाजसांस्कृतिक विकास पर केन्द्रित करे तथा पूरे देश की जनता तक चहुँमुखी उन्नति का प्रकाश पहुँचाए।

मुझे हार्दिक प्रसन्नता है कि डॉ. एलाङ्बम विजयलक्ष्मी ने एक नवीन दृष्टिबोध के साथ हिन्दी के साठोत्तरी उपन्यासों का अध्ययन प्रारंभ किया है। वे रचनात्मक-साहित्य, अनुवाद और शोध व आलोचना में निरन्तर सक्रिय हैं। आशा है, सुधी पाठक उनके इस ग्रंथ का स्वागत करेंगे तथा डॉ. विजयलक्ष्मी भी अपने अध्ययन व लेखन से सबको लाभान्वित करती रहेंगी।

स्वाधीनता दिवस—2005

—प्रो. देवराज
अधिष्ठाता : मानविकी संकाय
मणिपुर विश्वविद्यालय
कांचीपुर, इम्फाल-795003

अनुक्रम

समकालीन हिन्दी उपन्यास
मूल्यबोध का गणित और सामाजिक जीवन

भारतीय सन्दर्भ में साठोत्तरी काल आन्तरिक और बाह्य दोनों ही स्तरों पर विशेष अर्थ रखता है। इसका कारण यह है कि इस काल की निर्णायक जीवनधारा मूल रूप से मोहभंग से उत्पन्न परिस्थिति और प्रतिक्रियाओं का परिणाम है। इस रूप में जहाँ यह काल अपने पूर्व कालखंड की जीवन-धारा से जुड़ता है, वहीं पहले से चली आ रही जीवन संवेदना में बहुत कुछ जोड़ता भी है। देखने में भले ही सरल लगे, किन्तु यह जुड़ाव अत्यधिक संश्लिष्ट, गहरा, वृहद रूप में टकरावों और संघर्षों से भरा हुआ तथा सम्बन्धों की परिभाषाओं को व्याकुलता और तनाव से लाद देने वाला है। राजनैतिक, आर्थिक और सामाजिक धरातल पर पंचवर्षीय योजनाओं की असफलता, पंचशील की दुर्दान्त नियति, भारत पर चीन का साम्राज्यवादी आक्रमण और पूँजीवाद के घातक चरित्र ने जो परिवर्तन उपस्थित किए उन्होंने समकालीन समाज को संरचना के स्तर पर भयानक भूकम्प का शिकार बनाया और मूल्यों तथा सम्बन्धों के स्तर पर तमाम दरारों से भर दिया। भारतीय समाज में विविध रूपों में मूल्य संक्रमण की ऐसी भयावहता इससे पहले कभी देखने में नहीं आई थी। इस आमूल बदलाव के महत्त्वपूर्ण कारणों में स्वातन्त्र्योत्तर परिस्थितियों के साथ ही बीसवीं शताब्दी के प्रारंभ से ही भारत और विश्व के स्तर पर होने वाले परिवर्तन भी हैं। अनेक समाजशास्त्री और संस्कृति विश्लेषक यह मानते हैं कि बीसवीं शताब्दी को सर्वाधिक प्रभावित करनेवाली "पाश्चात्य वैज्ञानिक शिक्षा ने मध्यवर्गीय नव चेतना को जन्म दिया परन्तु वह भी भौतिकवादी प्रवृत्ति से ग्रस्त होता दिखाई पड़ा। उसने अपने दैनिक जीवन में भारतीय सांस्कृतिक मूल्यों की उपेक्षा करनी प्रारम्भ कर दी। जिससे युगीन सामाजिक एवं राजनीतिक चिन्तकों में अपनी संस्कृति-सुरक्षा के प्रति भयावह दृष्टिकोण दिखाई पड़ा।"[1] इसका अभिप्राय यह है कि पिछली शताब्दी के जीवन-नद का निर्माण करने मे जो परिस्थितियाँ निर्णायक थीं, वे साठोत्तरी काल तक आते-आते विभिन्न ऐतिहासिक घटनाओं के सहारे और भी विस्फोटक रूप धारण कर गईं तथा उन्होंने सम्पूर्ण सामाजिक ढाँचे को बदलकर रख दिया।

समकालीन भारतीय समाज में सामाजिक वर्गीय अवधारणा, उसमें भी मध्यवर्ग का उदय और स्थिति हमारा ध्यान सबसे पहले खींचते हैं। हम जानते हैं कि मध्यवर्ग का

समाजशास्त्र आधुनिक, औद्योगिक और पूँजीवादी अर्थशास्त्र की संरचनात्मक और प्रकार्यात्मक संस्कृति से उत्पन्न हुआ है। मध्यवर्ग के उदय ने विभिन्न कारणों से समकालीन समाज के ढाँचागत अनुशासन को प्रभावित किया। स्वयं मध्यवर्ग इतना व्यापक और शक्तिशाली बनकर उभरा कि उसने सभी चिन्तकों को अपने विषय में सोचने के लिए बाध्य कर दिया। मध्यवर्ग में जहाँ सम्पूर्ण सामाजिक परिवेश को प्रभावित करने की अतुलनीय शक्ति है, वहीं वह स्वयं भी तमाम अन्तर्विरोधों और समस्याओं से ग्रस्त है। वस्तुतः औद्योगीकरण ने जो नया सामाजिक विभाजन प्रस्तुत किया, वह भी समस्याओं से घिरा हुआ रहा। मध्यवर्ग स्वाभाविक रूप से उनका शिकार बना। अहर्निश तनावग्रस्त रहना मध्यवर्गीय जीवन की पहचान बन गया है। समकालीन समाज में यह तनाव निरन्तर बढ़ता दिखाई देता है। भारत के बाहर के समाजों में यह और भी अधिक तेजी से बढ़ा। इतना अधिक कि इसने विभिन्न रोगों के उत्पत्ति स्रोत का स्थान ले लिया।[2]

मध्यवर्ग तथा उसी के अन्तर्गत आनेवाले निम्न-मध्यवर्ग में परम्परागत मान्यताओं तथा प्रचलित विश्वासों को लेकर हमेशा ही टकराव और तनाव विद्यमान रहता है। यह समस्या मध्यवर्गीय व्यक्ति की बेटी के विवाह के सन्दर्भ में भी उपस्थित होने लगती है। यदि कोई लड़की अपनी बहनों से तनिक भी उन्नीस हुई और ऊपर से स्वच्छन्द विचारों की भी हुई, तो मध्यवर्गीय पिता के लिए यह भी तनाव का कारण बन जाता है। 'मुझे चाँद चाहिए' के शर्माजी के साथ यही घटता है, "बड़ी बेटी की शादी पर 54, सुल्तानगंज में छुटकारे की जो तरंगें थरथराई थीं, उसकी जगह पुरानी दुश्चिन्ता की बोझिल जकड़न ने ले ली थी। कारण थी सिलबिल और इस अनुभूति के तीखे-नुकीले होने के भी दो कारण थे। गायत्री के कच्चे अंगूर-से गोरे रंग (सौजन्य गायत्री की सास, मुँगेरी देवी) के विपरीत छोटी साँवली थी। माँ-बाप घर के अन्दर या बाहर और बेझिझक सिलबिल की मौजूदगी में भी रामनाम के समान हर दो दिन बाद इस सच्चाई को दोहराते हुए यों ठंडी साँस खींचते थे, जैसे सिलबिल लँगड़ी या कानी हो। दूसरा उतना ही शोचनीय कारण सिलबिल का दिन पर दिन बढ़ता हुआ स्वच्छन्द व्यवहार (सौजन्य शर्माजी) था। "पता नहीं ईश्वर मुझे किस जनम के पाप का दंड दे रहे हैं।" शर्माजी एक चुटकी तम्बाकू फाँकने से पहले अवसाद से रुँधे स्वर में कहते।"[3]

मध्यवर्गीय व्यक्ति का सुख-दुःख और तनाव उसका अपना ही है, क्योंकि वह अपने में ही इतना सिमटा हुआ रहता है कि समाज की अवधारणा उसे गलत लगने लगती है और वही व्यक्ति आर्थिक विषमता से घिरा हो तो समाज उसके लिए अभिशाप बन जाता है। जब व्यक्ति समाज में प्रचलित मान्यताओं और परम्पराओं के विरुद्ध उठ खड़ा होता है तो समाज वालों की उँगलियाँ उसकी ओर उठने लगती हैं। परम्पराओं को ललकारनेवाली कोई लड़की निकले तो परिवार वाले ही उसके शत्रु बन जाते हैं, क्योंकि मध्यवर्ग अपनी कुंठाओं के वशीभूत किसी भी नए प्रयास या परिवर्तन से हिचकिचाता है। 'मुझे चाँद चाहिए' की सिलबिल अपनी आवश्यकता पूर्ति के लिए

ट्यूशन लेने का प्रयास करती है, जो घर में हंगामे का कारण बन जाता है। पिता द्वारा लोगों का हवाला देने पर सिलबिल को वितृष्णा-सी हो उठती है, "पिता के छाते और थैले से होती हुई सिलबित की निगाह उनके चेहरे पर आ गई। अगर बच्चे न होते तो वह कह देती, मैंने दो महीने से फीस नहीं दी है, लोग उसका बन्दोबस्त कर देंगे ? पर इतना ही कहा "यह ऐसी बात नहीं, जिसका लोगों से कोई सरोकार हो।" थोड़ी चुप्पी के बाद पिता गहरी साँस लेकर बोले, "फिर भी यह अकरणीय है।"[4] इस तरह के बन्धन किसी भी स्वच्छन्द प्रकृति वाले व्यक्ति को विद्रोही बना देते हैं और वह उस घर-परिवार और समाज से अलगाव महसूस करने लगता है। अतीत की स्मृति से उसे केवल टीस का अनुभव होता है। मध्यर्गीय समाज की उच्च महत्वाकांक्षा वाली लड़कियों की प्रतिनिधि "वर्षा को अन्दाज नहीं था कि नई दिल्ली में इतने साल गुजारने के बाद शहर उसे छोटा, सँकरा और परायेपन की रंगत लिए हुए लगेगा। सड़कों के मोड़, नालियों की बू और धीमी रफ्तार–सब जाना पहचाना था, पर पहचान में अलगाव के पैबंद लग गए थे। उसे हल्का-सा ताज्जुब हुआ कि उसे अपने जीवन के इतने सारे वर्ष यहाँ गुजारने पड़े।"[5] वर्षा की ऐसी मानसिकता की वजह अपने परिवार के प्रति कोई लगाव का न रहना है। ऐसा नहीं कि इस अलगाव की वजह से वह अपने परिवार के प्रति किसी उत्तरदायित्व को नहीं निभाती, अपनी तरफ से वह हर सम्भव प्रयास करती है पर वह भी एक समझौते जैसा ही प्रतीत होता है।

पाश्चात्य शिक्षा-व्यवस्था ने सम्पूर्ण समाज-व्यवस्था ही बदल डाली है। भारतीय मानस पटल पर भारतीय त्यागपूर्ण संस्कृति की छवि धुँधली पड़ने लगी है। शिक्षा ने जहाँ मनुष्य को सभ्य बनाया, अपने अधिकारों के प्रति सचेत बनाया, वहीं व्यवहार में कृत्रिमता भी ले आया। इसने लोगों के जेहन में दूसरों के किसी भी मामले में दखल न देने की प्रवृत्ति जगा दी। व्यक्ति की मानसिकता में बदलाव आया, वे भारतीय सामाजिक मूल्यों और परम्पराओं को भूलने लगे। "पाश्चात्य संस्कृति बुद्धिबल को आधार बनाकर जीवन के सुख और समृद्धि के संचयन में विश्वास करती थी और भारतीय संस्कृति बुद्धिबत की अपेक्षा आत्मिक दृढ़ता तथा आध्यात्मिक चेतना के आधार पर जीवन के सर्वोत्कृष्ट सुखों की प्राप्ति में विश्वास करती रही, परन्तु इन दोनों संस्कृतियों के पारस्परिक प्रभाव के कारण भारतवासियों की विचारधाराओं में भी परिवर्तन होना अवश्यम्भावी था। पाश्चात्य संस्कृति के प्रभाव के कारण भारतीय समाज में भौतिक साधनों के संचयन के लिए होड़ लगी हुई थी। सामाजिक व्यक्ति वैयक्तिक भोगवादी सुख के लिए सामूहिक हित की उपेक्षा करने लगा। पाश्चात्य सभ्यता की देन इस भोगवादी प्रवृत्ति के कारण भारतीय समाज एवं धर्म में अनेकानेक रोग परिव्याप्त होने लगे थे।"[6] इस भयंकर रोग के लक्षण भौतिकवादी निष्क्रियता ने व्यक्ति को यन्त्र के समान भावहीन बना दिया। अपनी हित चिन्ता में अपनी आँखों के सामने अनुचित व्यवहार एवं अत्याचार देखकर भी मुँह फेर लेना, अनदेखा कर देना उसकी नियति बन गई। 'महाभोज' में बिसू को मौत के सिलसिले में जब सक्सेना सरोहा गाँव में तहकीकात

के लिए आता है, तब महेश बताता है कि वह "केवल नाराज ही नहीं, लड़ता था बाकायदा हमसे कि आप जैसे पढ़े-लिखे लोग खाली तमाशबीन ही बनकर बैठे रहेंगे तो इन गरीबों की लड़ाई कौन लड़ेगा ? जहाँ दिन-दहाड़े इतना जुल्म होता हो, वहाँ कोई कैसे अलग-थलग बैठकर खाली कागज पोतता रह सकता है ? एकाएक महेश की आवाज भर्रा गई। पर जल्दी ही अपने को साधकर उसने बात पूरी की, इतनी मजबूरी हम उसे कभी नहीं समझा सके।"[7] फिर वह अपनी क्षोभपूर्ण विवशता से छटपटाता हुआ बोला, "नहीं सर, बहुत मुश्किल है कुछ भी कहना। फिर एक क्षण रुककर बोला, 'बस इतना ही कह सकता हूँ कि बहुत सदमा लगा उसकी मौत से...एक भीतर तक हिला देने वाला सदमा ! समझ लीजिए सर कि हम सब लोगों के जिन्दा रहने पर एक बड़ा-सा प्रश्नचिह्न लगाकर वह मर गया; और एकाएक महेश की आँखों में आँसू छलछला आए। फूट पड़ा वह।"[8] ये आँसू विवशता के थे, जिसमें आँख होने पर भी अंधे और जुबान होने पर भी गूँगे बने रहना पड़ता है। ये सिर्फ एक दूसरे की ओर देखते रहते हैं और वक्त आने पर कोई भी किसी भी व्यवस्था में परिवर्तन के लिए पहल नहीं करना चाहता। 'साम्यवाद' इनके लिए बहस का सिर्फ एक अच्छा मुद्दा है। यह वर्ग माओवाद, नक्सलवाद, हो ची मिन्ह, चेग्वेवारा और चारु मजूमदार जैसी हस्तियों की चर्चा धड़ल्ले से करते हुए ऐसे दिखाता है जैसे क्रान्ति इन्हीं के हाथों से आने वाली हो।[9] वास्तविकता यह है कि यह वर्ग अपनी ही चिन्ता में घुला रहने वाला है। किसी भी खतरे का सामना करना इनके बस का नहीं है, पर जितनी सुविधाएँ मिल सकती हैं, सबको भरपूर भोग लेना चाहता है। किसी भी तरह सुख-सुविधा जुटाने में ये पीछे नहीं रहते। 'जहाँ बाँस फूलते हैं' में तनाव की स्थिति में जब माइकेल मिजोरम पहुँचा और पोस्ट वालों ने गाँव तक जाने से इंकार किया, तब वह "सोचने लगा कि हम कितने परजीवी हो गए हैं। हम चाहते हैं कि हमारी सारी समस्याओं का समाधान दूसरों के द्वारा हो जाए और हम चेहरे पर क्रीम पोत, कपड़े पर इत्र छिड़क, टिपिकल उच्चारण में आधी अंग्रेजी आधी अपनी मातृभाषा बोल अपने ही लोगों पर रोब गाँठ महकें। सरकार नौकरी दे, आवास की सुविधा दे, हो सके तो सबके साथ एक लड़की लगा दे और उसका खर्चा भी स्वयं ही वहन करे। यह एक अच्छे कल्याणकारी राज्य की पॉश कल्पना है।"[10] बुद्धिजीवी की यही पहचान बन गई है कि वह केवल अपनी चिन्ता करता है और उसे सदा यह भय बना रहता है कि कोई उसे कुछ न कहे। वह दूसरों की नजर में बुरा न बने। समझ-बूझ कर भी वह परिवर्तन लाने की हिम्मत नहीं जुटा पाता।

स्वतन्त्रता प्राप्ति के पश्चात् औद्योगिक विकास के परिणामस्वरूप सामाजिक मूल्यों और मान्यताओं के प्रति संशय, असन्तोष और अविश्वास पनपा है। 'अनेकता में एकता' का नारा लगाने वाला भारत 'विश्वमानव' की बात करता है और 'वसुधैव कुटुम्बकम' को आदर्श स्वीकार करता है, पर आज भारत की सम्पूर्ण मानसिकता में तनाव, आतंक और विश्वासहीनता समा गई है। सम्बन्धों में संवेदन शून्यता समा गई है। 'अर्द्धनारीश्वर' में विदेश जाने के बाद शिवनाथ शाहिदा को पत्र लिखता है कि "मैं

जानता हूँ और मानता भी हूँ कि यह पत्र पढ़कर तुम्हें दुःख होगा, पर मैं मजबूर हूँ। आज की दुनिया भावनाओं के सहारे नहीं चलती, मशीन अब इसकी अधिष्ठात्री देवी है तो प्रेम, प्यार, लगाव, संवेदना ये सब यान्त्रिक हो गए हैं, न कोई किसी के लिए जीता है, न कोई किसी के लिए मरता है।"[11] आधुनिक युग वैज्ञानिक यन्त्रों का युग है। आज भी नए-नए वैज्ञानिक आविष्कार निरन्तर हो रहे हैं। इन यन्त्रों के बीच रहकर मनुष्य भी यंत्र चालित सा बनता जा रहा है। व्यक्तित्व मशीनी जड़ता का शिकार होता जा रहा है। अपने सामने किसी व्यक्ति को मौत से लड़ते देखकर भी निष्क्रिय-अप्रभावित रह सकता है। 'डूब' में रक्षा के लिए तैनात सिपाही अचरज में डाल देते हैं, "ये सिपाही अपने कर्त्तव्य को भली-भाँति पहचानते हैं। तभी तो न, जब एक बार नदी में बहते आ रहे एक गाँव के किसान ने दोनों प्रदेशों की सीमा के सूचक उस खम्भे को पकड़कर बाढ़ में बहने से बचना चाहा, तब उसके लाख चिल्लाने के बावजूद एक भी सैनिक नहीं पहुँचा मदद को। उनका काम जो नहीं था वह। दोनों शासनों की चुंगियों में बैठे सिपाही और मुलाजिम उसका चिल्लाना देखते रहे। न इधर से गया कोई नाव लेकर, न उधर से आया। वे मानते रहे कि वह मध्यप्रदेश की सीमा में है और ये मानते रहे कि वह मध्यप्रदेश की सीमा में है।"[12] यह प्रसंग हमारा ध्यान जहाँ मशीनी जड़ता की ओर ले जाता है, वहीं इस बात को सोचने पर मजबूर भी करता है कि भौगालिक सीमा मानव संवेदना की सीमा कैसे बनी।

भारतीय चिन्तन पद्धति और लोकाचार में धर्म समाया हुआ है, किन्तु उसके विकृत रूप का कुप्रभाव भी सामने है। धर्मवाहकों ने कर्मकाण्ड आधारित आडम्बरपूर्ण पूजा पद्धति को अपनी स्वार्थ सिद्धि के लिए अपनाया; जिसका परिणाम कुरीति और कुप्रथा के रूप में भारत में दिखाई देने लगा। भारत में आधुनिक शिक्षा व्यवस्था तथा समाज सुधारकों ने धर्म के अँधेरे पक्ष से समाज को अवगत कराया, परन्तु धर्म सम्बन्धी जड़ता इतनी गहराई से भारतीय मन-मस्तिष्क में जमी हुई है कि इसका उन्मूलन सम्भव प्रतीत नहीं होता। 'करवट' में उपन्यासकार ने हमारा ध्यान इस ओर खींचा है कि भारतीय जनता नल के पानी के सम्बन्ध में भी शंका पालती थी। "घर के भीतर जाती हुई कौशल्या से बुद्धू ने कहा, "हुजूर पानी क्यार बम्बा ठोका जाई। न लगाओ बहू रानी। डॉ. देशदीपक ने सन्याल कम्पनी के आदमी से मिलने बाहर जाते हुए कहा, "इन नलों में भी क्या गोरों का नहाया हुआ पानी आएगा बुद्धू ? नाही छोटे साहब, हम सुना की यू बम्बन क्यार पानी खींचे वाली कल महियाँ कैनो मल्छिनाई मिलाय के हमार धरम बिगाड़ि हैं।"[13] इस तरह की मान्यता के कारण समाज में कुछ ऐसी परम्पराएँ और प्रथाएँ प्रचलित हो जाती हैं, जिनका कोई औचित्य नहीं। इस तरह के अन्धविश्वास का चित्रण 'करवट' में ही–"शाहमदार प्लेग की शक्ल में बम्बई में नमूदार हुए और आक्टोपस की तरह अपनी टाँगें फैलाते हुए शहर-शहर, गाँव-गाँव में फैल गए। गिल्टी निकली, तेज बुखार चढ़ा, लोग फिर लाश बन गए। बम्बई से ही यह अफवाह भी फैली कि कुछ लोग विलायत से जहाजों में बोतलों में भर-भरकर कीड़े लाए हैं, उन्हें चूहों के बिलों में, मोरियों

में डाल देते हैं, चूहे मरने लगते हैं और उनसे ही यह बीमारी फैलने लगती है।''[14] रोग के कारणों की सही जानकारी न होने की स्थिति में तरह-तरह की अफवाहें फैलने लगती हैं। शिक्षा के अभाव में अज्ञानतावश इन अफवाहों को सही मान लिया जाता है। ''प्रत्येक समाज की अपनी विशेषताएँ होती हैं। देश, काल और पात्र के अनुरूप समाजीकरण के माध्यम से समाज में व्यक्ति और समुदाय इन परम्पराओं के माध्यम से अनुप्रेरित होते हैं। इन सामाजिक आदर्शों-नियमों के प्रति व्यक्ति और समुदाय की भावनाएँ, अभिवृत्तियाँ, पूर्वग्रह तथा रूढ़ि युक्तियाँ आदि स्थायी भाव के रूप में विद्यमान रहती हैं। इनमें विभिन्न संस्कृतियों एवं सभ्यताओं के संसर्ग से प्रगतिशीलता के परिचय में परिवर्तन होते रहते हैं। परिवर्तन मूल्यों के स्थायीभावों में मूल्यों के स्थानान्तरण का एक स्वरूप है।''[15]

समाज में व्यापक परिवर्तन के लिए विशेष आन्दोलन की जरूरत होती है। राजनीतिक और सामाजिक स्तर पर होनेवाले आन्दोलनों के अतिरिक्त शिक्षा व्यवस्था द्वारा भी समाज में परितर्वन लाया जा सकता है। अशिक्षा अज्ञानता की जड़ है परन्तु मध्यवर्गीय भारतीयों का दृष्टिकोण आधुनिक शिक्षा के प्रति भी संकुचित ही रहा है। 'डूब' में शिक्षा पाने के इच्छुक जनकू के पिता कहते हैं कि, ''जनकू की तमन्ना जरूर पूरी होनी चाहिए। बस जरा एक बार दाउजू (बड़े भैया) से पूछ लें। उन्हें एतराज नहीं हुआ तो फिर जनकू को जरूर शहर भेजेंगे। दद्दू ने दाउजू को कितना समझाया, मगर उन्होंने हाँ नहीं भरी सो नहीं भरी। अलबत्ता इतना जरूर कह दिया कि अपने बाल-बच्चन का बुरा-भला तुम खुद समझो, पर हमारी समझ में तो यह बात आती नहीं कि जब हमारे बेटा देवीसिंह को पढ़ाने की बात हमारे मन में नहीं आई, तब तुम्हें कैसे और क्यों सूझी यह बात ?''[16] काफी समय तक समाज का एक भाग शिक्षा के महत्त्व को नहीं जानता था। आधुनिक शिक्षा के लिए लोगों का मानना था कि पढ़-लिखकर बच्चा धर्म-संस्कृति को नकारनेवाला उद्दंड स्वभाव का हो जाएगा, उसका धर्म भ्रष्ट हो जाएगा, इसलिए पढ़ाने-लिखाने के बजाय उसे घरेलू कार्य-व्यवसायों में लगाना चाहिए। इस तरह आज भी अशिक्षित रहकर अनेक लोग परेशानियों का सामना करते रहते हैं। अक्षरों का ज्ञान तो होता नहीं, जहाँ कहा जाता है, वहीं अँगूठा टीप देते हैं और परिणाम देखकर दंग रह जाने के सिवाय कुछ नहीं कर पाते। 'डूब' में जहाँ ''असल वारदात में कोई गवाह तो था नहीं। घूमा की समझ में नहीं आया कि फिर माते, मझले साव, बामतन महाराज, यहाँ तक कि दो बरस पहले आँधरा हो गया खलका भी आखनछिता देखे गवाह के रूप में कैसे दर्ज था। जब थानेदार ने बताया कि यह सब घूमा के बताने पर ही दर्ज हुआ है, उसका अँगूठा निशानी है उनके पास, तब तो उसके पाँवों के नीचे से जमीन ही खिसक गई।''[17] कानूनी दाँवपेंच से अनभिज्ञ ग्रामीण अशिक्षित होने से शोषण के शिकार हो जाते हैं। सेठ-साहूकार भी अपना उल्लू सीधा करने के लिए इन्हीं लोगों का इस्तेमाल करते हैं। 'डूब' में सीधे-सादे गाँववालों के मुआवजे से सेठ लोग अपनी रकम काटकर जेब में धर लेते हैं और गाँव वालों को पता तक नहीं चलता कि

उनके साथ क्या हुआ। सेठ को वे अपना हमदर्द ही समझे रहते हैं–"तुझे मुआवजे में मिली है रकम इतनी। मुहावजे की रकम में से हमारी उधारी चुकाने के बाद बची इतनी। अब ऐसा करते हैं कि कल को बैंक में चलेंगे। वहाँ पहले तो हम तेरे नाम यह शेष रकम जमा करवा देंगे ताकि कल को तुझे जरूरत हो, तो तू खुद ही बैंक से निकाल सके। हाँ, यह जो मुआवजे का कागज मिला है न तुझे, इसे अपन जमा करवाएँगे तेरे और हमारे साझे नाम से खाता खोलकर। पर असल में तब यह रकम तो हमारी होगी न, सो हमें जब दरकार होगी हम खुद ही निकाल लेंगे।"[18]

किसी भी समाज को उन्नतिशील बनाने के लिए शिक्षा एक अनिवार्य तत्त्व है; इसलिए शिक्षा द्वारा प्राप्त ज्ञान को प्रकाश रूप माना गया है जो अज्ञानता रूपी अन्धकार को दूर करता है। समाज में जिस प्रकार की संस्कृति, परम्परा और मान्यताएँ प्रचलित होती हैं; शिक्षा व्यवस्था भी उसी के अनुकूल की जाती है। शिक्षा का मुख्य उद्देश्य भावी सामाजिक जीवन की सफल योजना या तैयारी करना है। प्राचीन काल में भारत में गुरु-शिष्य परम्परा थी। गुरु-शिष्य के साथ पुत्रवत् व्यवहार करते थे और शिक्षा प्राप्ति एक आध्यात्मिक अनुष्ठान माना जाता था। यह "पुरातनकालीन भारतीय शिक्षा भारतीय संस्कृति, राष्ट्रीयता, विश्वबन्धुत्व और मानव कल्याण की भावनाओं से संतृप्त थीं, परन्तु जैसे ही भारतवर्ष पर विदेशियों की सत्ता प्रभाव जमाने लगी, भारतीय शिक्षा का लोप होने लगा; और भारतीय जनता, भारतीय संस्कृति, राष्ट्रीयता और मानव कल्याण की भावनाओं से वंचित रहने लगी।"[19] परिवर्तित शिक्षा व्यवस्था ने समाज को गहराई से प्रभावित किया है तथा समाज में प्रचलित मान्यताओं और व्यवस्थाओं ने शिक्षा को प्रभावित किया है। शिक्षा को समाज परिवर्तन का साधन माना जाता है क्योंकि परिवार, धर्म, सामाजिक एवं राजनीतिक संस्थाओं द्वारा सम्पन्न किए जानेवाले कार्य शिक्षा के माध्यम से सम्भव है। इस दृष्टि से शिक्षा के क्षेत्र को एक पृथक् इकाई के रूप में माना जाना चाहिए, परन्तु वर्तमान में समाज और राजनीति का इतना हस्तक्षेप बढ़ गया है कि विद्या का केन्द्र राजनीति का अखाड़ा दिखाई देने लगा है।

विभिन्न परिस्थितियों से गुजरने के बाद "राष्ट्र के भावी नागरिकों को अधिकारों का ज्ञान कराने के लिए, कर्तव्यों के प्रति जागरूक बनाने के लिए, राष्ट्र के लिए उपयोगी मानव बनाने हेतु तथा प्रजातन्त्र के लिए सफल नागरिकों का निर्माण करने के लिए शिक्षा के महत्त्व को समझा गया। इसकी सार्वभौमिकता हेतु प्रयत्न किए जाने लगे।"[20] शिक्षा के व्यापक प्रचार-प्रसार के लिए अनेक योजनाएँ बनाई जाने लगीं; पर शिक्षा संस्थानों के संचालन की डोर जिनके हाथ में रहती है वे मनमानी करने से नहीं चूकते। समकालीन समाज का व्यापक चित्र प्रस्तुत करने वाले उपन्यास 'रागदरबारी' में "रामाधीन भीखमखेड़वी ने वैद्यजी को जो पत्र लिखा था, उसका आशय था कि प्रबन्ध समिति की बैठक जो पिछले तीन साल से नहीं हुई है, दस दिन में बुलाई जानी चाहिए और कॉलेज की साधारण समिति की बैठक जो कि कॉलेज की स्थापना के साथ से अब तक नहीं हुई है–के बारे में विचार होना चाहिए।"[21] इस तरह होता तो बहुत कुछ रहता

है पर प्रबन्ध वर्ग वही करता है जो उसे अभीष्ट हो। उसकी मनमानी को रोकने वाला कोई नहीं होता। कोई रोकने की कोशिश भी करता है तो उसका क्या हश्र होता है, यह रागदरबारी के इस प्रसंग से पता चलता है–जब गयादीन ने कहा, "मैं तो चार-छः साल से यही देख रहा हूँ। वहाँ गंगापुर में हेडमास्टर का खून हो गया था कि नहीं ? क्या हुआ ? मारने वाले आज भी बल्लम लिए मूँछ पर ताव देते हुए घूम रहे हैं।" उन्होंने सर हिलाकर सान्त्वना-सी देते हुए समझाया" नहीं मास्टर साहब तुम कभी ईंट का जवाब पत्थर से न देना। प्रिंसिपल साहब और वैद्य महाराज के पास बहुत बड़ी ताकत है। चौपट हो जाओगे। इम्तहान के दिनों में हर साल न जाने कितने मास्टर लड़कों के हाथों पिटते हैं, तो क्या कर लेते हैं ? खोपड़ी सहलाते हुए धीरे-धीरे घर चले जाते हैं और बीवी से माँगकर एक गिलास पानी पी लेते हैं। कुछ थाने पर रिपोर्ट लिखा देते हैं और फिर दोबारा पिटते हैं।"[22] ये छात्र ही देश के भविष्य स्तम्भ हैं, जो विकृत राजनीति के शिकार हो गए हैं। विद्यालय के प्रबन्धक इन्हीं छात्रों को अपना हथियार बनाकर इन्हें पथभ्रष्ट करते हैं। 'रागदरबारी' में ही प्रबन्धक कमिटी की बैठक के दिन "लड़कों के हाथ में हॉकी की स्टिकें और क्रिकेट के बल्ले मौजूद थे, जिन्हें वे ऐसी बदगुमानी से पकड़े थे जैसे उनके हाथ में किसी ने राइफलें पकड़ा दी हों। लगभग पचास लड़के इसी तरह के सामान से लैस होकर कॉलिज के फाटक के आस-पास घूम रहे थे।...छोटे पहलवान ने बताया कि यह तो सालाना बैठक की तैयारी है।"[23] छात्रों को अपने लिए इस्तेमाल करने वाले विद्यालय के कर्ता-धर्ता छात्रों की प्राथमिक आवश्यकता पूर्ति के साधनों में से कमीशन खाने में भी पीछे नहीं रहते। 'चाक' का श्रीधर मास्टर प्रधान से प्रश्न करता है–"बालकों की जरूरतों को स्कूल की शोभा बनाना कहाँ तक उचित है ? हेडमास्टरजी के पास जो अहिंसावादी वर्दी है, वही क्या कम शोभायमान करती है पाठशाला को ? वह बच्चों को देखेगा ही कब ? वे उत्तेजित हो उठे। प्रणाम ! ऐसे अफसर को प्रणाम ! जिसने इन मासूमों की छोटी-छोटी चीजों में से कमीशन खाया हो और पूरी-पूरी रकम हजम कर रहा हो। यह इनकी बढ़ती, विकसित होती उम्र के साथ उसी तरह की बेईमानी है, जैसे कोई कच्चे पौधों की धूप छीन ले जाए, कोंपलों की हवा चुरा ले। गीली मिट्टी के बर्तनों को धूप दिखाने के नाम पर आग में धर दे। प्रधानजी, इन्हीं सत्पुरुषों की कृपा से स्कूलों में अध्यापक नहीं, दलाल तैनात किए जाते हैं। गाँव के मुखिया-न्यायकारी प्रधान नहीं; गुंडों की भूमिका निभाते हैं। पाँच हजार का सामान आना था स्कूल में, कहाँ आया ? रुपये कहाँ गए ? ऊपर से इन मासूमों को सजा।"[24]

सरकारी योजनाओं के तहत सर्वेक्षण से जो आँकड़े इकट्ठे किए जाते हैं उनके अनुसार दिन पर दिन साक्षरता की दर में वृद्धि दिखाई जाती है, पर वास्तव में अन्य विभागों की तरह शिक्षा-विभाग में कार्यरत अफसर लोग भी शिक्षा सम्बन्धी योजनाओं जैसे प्रौढ़ शिक्षा, नारी शिक्षा, बाल शिक्षा, कैंप आदि से आर्थिक लाभ पाने के ही इच्छुक होते हैं।[25] इस तरह के अफसरों की स्वार्थपरता देखकर 'चाक' में ही श्रीधर कहता है, "प्रधानजी, अफसर लोग ! हुँह ! अरे उन्हें तो आप ऐसे ही समझ लें जैसे पुलिस बैंड,

जिसे हँसी-खुशी, दुःख-सुख में बजकर अपनी उम्र पूरी करनी होती है। हमारे बच्चे इनके आँकड़े बनकर रजिस्टरों में बन्द हो जाएँ, सरकार को बच्चों की सही-सही तालीम से कोई सरोकार नहीं। स्कूल कागजों पर खड़े हैं और आँकड़ों में खड़ा है शिक्षा-विभाग।"[26] दफ्तरों की हालत जहाँ आँकड़े इकट्ठा कर सन्तुष्ट रहना है, वहीं विद्यालयों की हालत भी इससे बेहतर नहीं है। गाँव के सरकारी विद्यालयों की हालत तो और भी बदतर है। कुछ मास्टर या प्रधानाचार्य अपनी सुविधा से स्कूल में आते हैं और जब मर्जी वापस चले जाते हैं। 'रागदरबारी' में तीखे व्यंग्य करते हुए रूप्पन प्रिंसिपल से कहता है, "कॉलेज को तो आप हमेशा छोड़े रहते हैं। वह तो कॉलेज ही है जो आपको नहीं छोड़ता।"[27] प्रिंसिपल जिन पर स्कूल-कॉलेज का पूरा दायित्व रहता है, वहाँ रहना अपना कर्तव्य नहीं समझते। मास्टर लोग भी अपना कम से कम समय स्कूल में बिताते हैं। भ्रष्टाचार, भाई-भतीजावाद या किसी अन्य कारण से अयोग्य एवं स्वार्थी अध्यापकों का चयन कर लिया जाता है, जिसके कारण अध्यापन प्रभावी ढंग से नहीं होता। ऐसे अध्यापक अपने कर्त्तव्य के प्रति भी वफादार नहीं होते। 'रागदरबारी' में मोतीराम मास्टर का एक प्रसंग देखिए—"वे दरवाजे तक गए, फिर वहीं से घूम पड़े चेहरे पर दर्द जैसा फैल गया। जैसे किसी ने जोर से चुटकी काटी हो। वे बोले—किताब में पढ़ लेना। आपेक्षिक घनत्व का अध्याय जरूरी है।" उन्होंने लार घूँटी। रुककर कहा "इम्पोर्टेन्ट है।" कहते ही उनका चेहरा फिर खिल गया। भक ! भक ! भक ! कर्त्तव्य बाहर के जटिल कर्मक्षेत्र में उनका आह्वान कर रहा था। लड़कों और किताबों का मोह उन्हें रोक न सका। वे चले गए।"[28] इसी तरह 'चाक' में गंगाराम कहता है "बालक क्यों नहीं पढ़ते, यह सोचा है किसी ने ? अकेले थानसिंह मास्टर दो सौ बच्चों को कहाँ तक पढ़ाएँ ? नेंकसे मास्टर तो छः मील साइकिल चलाकर यहाँ तक पहुँचते हैं; सो दिन भर मेज पर सिर धरकर सोया करते हैं। लाला यही बात है कि बालक कुदान मारते हैं या गिल्ली-डंडा खेलते हैं। बेचारे थानसिंह मास्टर च् च् च् ! घर-बाहर के पचासियों काम उनकी जान को लगे रहते हैं। "[29]

शिक्षा पर अपने युग के सामाजिक, आर्थिक, राजनीतिक, सांस्कृतिक और धार्मिक परिवेश का प्रभाव स्पष्ट दिखाई देता है। शिक्षा प्राप्त कर जब कोई अर्थ पर आधारित व्यवस्था के अनुकूल व्यवहार नहीं करता, तो शिक्षा को ही गाली दी जाती है। 'रागदरबारी' में रंगनाथ से ट्रकवाला पैसे माँगता है और रंगनाथ देने से इनकार कर देता है, तब वह कहता है " तुम्हारी वजह से मेरी चेकिंग हुई और तुम्हीं मुसीबत में मुझसे इस तरह बात करते हो ? तुम्हारी यही तालीम है ?"[30] शिक्षा जीवन के संस्कार और व्यवस्था का माध्यम है परन्तु आज की शिक्षा पद्धति जर्जर अवस्था को प्राप्त हो गई है कि रास्ते की कुतिया से अधिक उसका महत्त्व नहीं है। उच्च शिक्षा का एक अंग शोध कार्य भी है, जिसमें गहन अध्ययन किया जाना अपेक्षित होता है, परन्तु आज जो शोध कार्य का रूप प्रचलित है, उसमें गहन अध्ययन न करते हुए किसी पूर्व शोध कार्य में एकत्र किए गए आँकड़ों या तथ्यों को नए ढंग से नया रूप देकर प्रस्तुत कर दिया जाता है जबकि इन आँकड़ों में भी कई बार गलत सूचनाएँ रहा करती हैं। सर्वेक्षण द्वारा

एकत्र किए गए आँकड़े फाइलों के लिए ही होते हैं। 'औरत' उपन्यास में शिवेन्द्र कहता है, "आज तक समाजशास्त्र विभागों ने गाँवों से बटोरे आँकड़ों के विश्लेषण से यही निष्कर्ष निकाला है कि आजादी के पहले यानी वेद के बाद और शोध प्रबन्ध के पहले तक नारी की स्थिति के बारे में जो कुछ कहा गया है वह कूड़ा है। नारी के बारे में अपने समाजशास्त्री लोग कहते हैं कि अब भारत में नारी जग गई है। संविधान में उसके अधिकार हैं। उसे अब वे तमाम अवसर प्राप्त हैं जो अब तक पुरुषों को ही दिए जाते हैं। अब वह पुलिस में न्यायपालिकाओं में, प्रशासन में सब जगह मर्द के साथ कंधे से कन्धा मिलाए चल रही है। यही सर्वमान्य निष्कर्ष है। मेरे दोस्त प्रेमस्वरूप, तुम्हें भी यही सिद्ध करना है क्योंकि तुम्हारे शोध प्रबन्ध के निर्णायक वे समाजशास्त्री ही होंगे जो नारी जागरण पर शोध कराकर और करके विद्या-मन्दिरों में ऊँची कुर्सियों पर बैठे हैं।"[31]

मनुष्य स्वभाव से महत्त्वाकांक्षी होता है। वह अपने जीवन स्तर को लगातार सुधारने की इच्छा से प्रेरित होकर आर्थिक रूप से सक्षम होने का प्रयास करता रहता है। सम्भव है इसके पीछे उसके मन में उच्चवर्ग से प्रतिस्पर्धा की भावना रहती हो या उन समग्र भौतिक सुख-साधनों को हासिल करने की ललक रहती हो, जिनका उपभोग उच्च वर्ग वाले करते हैं। आज व्यक्ति के स्तर को उसकी अर्थक्षमता से आँका जाता है, इस कारण व्यक्ति उस काम की ओर आकर्षित होता है, जिससे उसे अधिकाधिक धन की प्राप्ति हो। व्यक्ति अपने वर्तमान से नाखुश रहता है। उसे हमेशा ही कुछ नया, कुछ उच्चतर चाहिए। इस तरह की मनोवृत्ति को समकालीन उपन्यास के माध्यम से उकेरा गया है। 'महाभोज' में डी.आई.जी का फोन आने पर दा साहब कहते हैं, "सब अपने-अपने को लेकर परेशान हैं। वह भी प्रमोशन के लिए छटपटा रहा है। स्वभाव है आदमी का। जो जहाँ है, वहाँ से संतुष्ट नहीं। और चाहिए।...और चाहिए... ।"[32] इस और चाहिए की तृष्णा शांत करने के लिए कई बार व्यक्ति अनेक हथकंडे अपनाता है और इच्छित वस्तु या पद हासिल करने की फिराक में रहता है। निराशा हाथ लगने पर या हासिल न कर पाने पर व्यक्ति के मन में एक ग्रन्थि पनपने लगती है। वह जो हासिल कर चुका है उससे भी असन्तुष्ट रहता है। अपने जैसों को उच्च पद पर आसीन देखकर उनकी खामियाँ ढूँढ़ता है। 'रागदरबारी' में प्रिंसिपल के कथन से यह स्पष्ट होता है, "मुझे यूनिवर्सिटी में लैक्चरार न होने का भी कोई गम नहीं है। वहाँ तो और भी नरक है। पूरा कुम्भीपाक। दिन-रात चापलूसी। कोई सरकारी बोर्ड दस रुपल्ली की ग्राण्ट देता है और फिर कान पकड़कर जैसी चाहे थीसिस लिखा लेता है। जिसे देखो कोई न कोई रिसर्च प्रॉजेक्ट हथियाये है। कहते हैं कि रिसर्च कर रहे हैं, पर रिसर्च भी क्या, जिसका खाते हैं उसी का गाते हैं।"[33] अपनी स्वार्थसिद्धि ही इनका मुख्य उद्देश्य रहता है। बुद्धिजीवी कहलाने वाला यह वर्ग पूर्ण रूप से न शासकों से सहमत हो पाता है और न शोषितों का हमदर्द बन पाता है बल्कि अनिर्णय की स्थिति में रहता है। इस तरह के चरित्र का दर्शन होता है 'करवट' उपन्यास में, जहाँ बंसीधर पिंकाट से कहता है, उसने भी मजबूरन कहीं न कहीं अपना स्वाभिमान बेचकर स्वार्थ खरीदा है, तो पिंकाट

कहता है, "वह तो हम दोनों ही करते हैं दोस्त। दुनिया में सताए हुए मजलूम लोगों और जुल्म करने वालों के बीच में कुछ ऐसे लोग भी हैं जो चमगादड़ों की तरह चरिन्दों और परिन्दों दोनों ही में शामिल होने की कोशिश करते हैं।"[34] ऐसे व्यक्ति अपने पद पर बने रहने के लिए किसी भी तरह के समझौते से पीछे नहीं हटता। बेहतर अवसर की तलाश में लगातार आत्माभिमान खोता चला जाता है।

देश की सीमा रक्षा तथा आन्तरिक उपद्रवों पर नियन्त्रण में सेनाओं की महत्त्वपूर्ण भूमिका रहती है। जनता के मन में सेना के प्रति अगाध विश्वास और उसके त्याग और समर्पण के प्रति सम्मान और श्रद्धा का भाव रहता है। आज आजादी के पचास साल बाद यह खुलकर सामने आ रहा है कि जिस सैन्य संगठन पर जनता का अगाध विश्वास था, जिसने सीमा रक्षा को अपना कर्त्तव्य माना और आन्तरिक समस्याओं में सक्रिय रूप से भाग लेकर देश के शासन में सहायता पहुँचाई, जो आपादमस्तक समर्पणकारी, कर्तव्यनिष्ठ व ईमानदार समझी जाती थी, उसमें भी घातक बुराइयाँ हैं। विदेशी गुप्तचर एजेंसियों द्वारा देश के महत्त्वपूर्ण कागजातों का बाहर निकलना इन सैन्य संगठनों के ग़ैर जिम्मेदार होने का प्रमाण है। हथियारों की खरीद में कमीशन तथा कमीशन में धन व स्त्री देह प्राप्ति की कोशिश करना आदि धीरे-धीरे जनता के समक्ष आ रहा है। उच्च सैन्य अधिकारियों द्वारा शोषण आम हो गया है। उच्च सैन्य अधिकारी अकसर तानाशाही प्रवृत्ति के होते हैं; इसलिए कर्त्तव्य पालन तथा आदेश के नाम पर अपने मातहतों से निजी काम ही निकालते हैं। 'जहाँ बाँस फूलते हैं' के निम्न संवादों से इसका प्रमाण मिलता है—

"लाइन मिलने पर झा बोला, "सर तकलीफ दिया कि आज फिर..."उधर से धस्माना ने बात काटकर कहा, "अरे कहाँ से बोल रहे हो ? केक लेकर अभी तक नहीं पहुँचे।"

"सर बात ये है कि...।"

"अरे, बातें तो तुम खूब बनाते हो। केक लेकर तुरन्त पहुँचो !"

"मेरी बात तो सुनें..."

"क्या खाक सुनें ? झा, अब मगरामी नहीं चलेगी। यू नो आई कैन मेक योर कैरियर, आई केन स्वायल योर कैरियर।"

"सो तो ठीक है, सर पर बात तो सुनें..."

तभी उसे लगा कि दूसरी तरफ से लाइन काट दिया गया है।"[35]

सैन्य अधिकारियों द्वारा अपने पद और स्थिति के दुरुपयोग के और भी कई उदाहरण मिल जाएँगे। इतना ही नहीं, सैन्य अधिकारियों की पत्नियों द्वारा अपने पतियों की पदस्थिति का दुरुपयोग भी किया जाता है। 'जहाँ बाँस फूलते हैं' में चित्रित एक प्रसंग से सैन्य अधिकारियों की पत्नियों के लालच और अहंमन्य चरित्र का पता चलता है। जब झा एक सैन्य अधिकारी की पत्नी के पास शॉल लेकर आता है तो वह पूछती है—

''इनका दाम दिया जा चुका है ?

''नहीं, जिसे पसन्द करिएगा, उसका दे दीजिएगा।''

''मेम साहब समझ गईं–यह डाली नहीं, बिकाऊ है। ऊपर से बुझ गईं, किन्तु भीतर से भड़क उठीं, आज के मातहत यह नहीं समझते कि बड़े अफसरों के पास खाली हाथ नहीं जाया जाता। नजराने में एक भी शॉल नहीं।''[36]

दुर्भाग्य है कि सैन्य संगठन भी भ्रष्टाचार से अछूता नहीं है। यह कैसी भयानक विडम्बना है कि कुछ वर्ष पूर्व बोफोर्स कांड अति चर्चित हुआ था और फिर 'तहलका' ने तहलका मचा दिया।

'चाक' उपन्यास में कहा गया है, ''सरकारी आदमी समय-समय पर दौरा करते हैं। यह दीगर बात है कि ग्राम सेवक को यहाँ रहना चाहिए, वह नहीं रहता। पंचायत सेक्रेटरी और पटवारी का भी यही हाल है। बी.डी.ओ. खास अवसर पर और ए.डी.ओ. दौरे का टी.ए. बिल बनाने के लोभ-मोह में ही सही, मगर आते हैं। मिडवाइफ दाइयाँ भी तीन-चार महीने में कभी।''[37] सरकारी कर्मचारियों की कार्य पद्धति में रिश्वत ने अपना निश्चित स्थान बना लिया है। एक फाइल निकलवाने या एक दस्तखत करवाने के लिए भी रिश्वत देनी पड़ती है। समाज में व्याप्त इस समस्या से आम आदमी परेशान होता रहता है। 'रागदरबारी' में प्रिंसिपल लंगड़ के बारे में कहते हैं। ''इसे तहसील से एक दस्तावेज की नकल लेनी है। इसने कसम खाई है कि मैं रिश्वत न दूँगा और कायदे से ही नकल लूँगा। इधर नकल बाबू ने कसम खाई है कि मैं रिश्वत न लूँगा और कायदे से ही नकल दूँगा। इसी की लड़ाई चल रही है।''[38] कायदे से काम करवाने तथा रिश्वत न देने का परिणाम यह निकलता है कि भरसक कोशिश के बाद भी लंगड़ का काम नहीं होता। इसे देखकर रंगनाथ समझाता है, ''देखो लंगड़, तुम्हारे कायदे-कानून जानने से कुछ नहीं होता। जानने की बात सिर्फ एक है कि तुम जनता हो और जनता इतनी आसानी से नहीं जीतती।''[39]

कुछ सरकारी अफसरों और दलालों के बीच ऐसी साठ-गाँठ रहती है कि साधारण व्यक्ति किसी भी काम को आसानी से नहीं करा पाता। उसे बिचौलियों का सहारा लेना ही पड़ता है। इसका चित्रण 'डूब' में हुआ है।'' साव लोगों के जाने के बाद कई लोगों ने कोशिश की कि बिना घूस दिए, बिना साव की बही में नया अँगूठा निशानी उतरवाए पा जाए मुआवजा। मगर ऐसी अनहोनी सचमुच सम्भव नहीं थी। अव्वल तो एल.ओ.ओ. के दफ्तर में बाबू, चपरासी तक ऐसे पेश आता था जैसे उसके सामने कोई शाह नहीं–चोर जा खड़ा हुआ हो। जैसे देश के विकास के लिए अपना सब कुछ देनेवाला देशप्रेमी नहीं-कोई देशद्रोही आन पहुँचा हो। जैसे अपनी जमीन की सही कीमत लगाने का अनुरोध करने या जो सरकार ने तय कर दी है, मन मारकर वही कीमत पाने की तमन्ना लेकर आनेवाला कोई लाचार, बेबस, ठगा गया भोला-भाला किसान नहीं–भिखारी आ खड़ा हुआ हो।''[40] दीन और लाचार ग्रामीणों के साथ कर्मचारी अकसर दुर्व्यवहार करते हैं। उन्हें अपना हक पाने के लिए भी कर्मचारियों की दुत्कार सुननी पड़ती है।

इन कर्मचारियों और दलालों के बीच भी स्वार्थ का समझौता होता है और पिसते हैं बेचारे गाँववाले। यदि कोई समझौते के लिए तैयार नहीं होता तो उसे ही परेशान करने लगते हैं। 'चाक' में मास्टर श्रीधर बच्चों को पास करवाने के रुपये लेने वालों के खिलाफ बोलता है तो उसे दबाने का प्रयास किया जाता है। श्रीधर कहता है, "मेरे व्यक्तिगत सम्बन्धों का सरकार से क्या वास्ता ? इस बात को मेरी नौकरी से जोड़कर तबादले का बहाना ढूँढ़ा है, क्योंकि मैं अन्य मास्टरों की तरह अपना दो महीने का वेतन अफसरों के दरबार में चढ़ौती नहीं चढ़ाता। इसलिए वरदान की जगह शाप दे दिया मुझे। मेरी तो भगवान में भी इसलिए आस्था नहीं कि वह प्रसाद चढ़ाने वालों पर ही अपनी दया लुटाता है। जब ईश्वर ही नहीं तो इन संसारी भगवानों के चंगुल में मैं क्यों फसूँ ?"[41] अधिकांशतः सरकारी कर्मचारियों की मानसिकता एक-सी होती है। "अपने कर्त्तव्य को ठीक ढंग से न निभाते हुए उनमें आपस में यह समझौता रहता है कि तू कह न मेरी, मैं कहूँ न तेरी।[42] एक बार सरकारी नौकरी लग जाने के बाद कर्मचारियों को लगता है कि अब हर महीने का वेतन निश्चित है, इसलिए काम करने की क्या जरूरत है। 'रागदरबारी' में सेनिटरी इंस्पेक्टर को यह देखकर बेहद आश्चर्य होता है कि रेलवे का अधिकारी मन लगाकर काम करता है। "कभी-कभी वह उनके सवाल अनसुना कर जाता। इंस्पेक्टर साहब सोचते कि सरकारी नौकरी करके भी अगर काम करना पड़ा तो ऐसी जिन्दगी पर लानत है।"[43] अपने कर्त्तव्य के प्रति उत्तरदायित्वहीनता विकास के मार्ग में रोड़ा ही है, परन्तु सरकारी कर्मचारियों में ऐसी प्रवृत्ति आम हो गई है।

किसी भी देश के कानून की रक्षा में पुलिस की महत्त्वपूर्ण भूमिका रहती है। आपराधिक तत्वों पर नियन्त्रण रख कर स्वस्थ समाज की स्थापना ही इनका कर्त्तव्य है। भारत में उद्योगों के विकास ने परिवेश को तीव्रता से परिवर्तित किया है। भौतिकवादी मानसिकता के कारण हर चीज को धन की तुला में तोला जाने लगा, परिणामस्वरूप नैतिक पतन सामने आया। कर्त्तव्य के प्रति निष्ठा जाती रही। पुलिस की अकर्मण्यता का इन शब्दों से पता लगता है, "दारोगा भुनभुनाते हुए किसी को गाली देने लगे। थोड़ी देर में उसका यह मतलब निकला कि काम के मारे नाक में दम है। इतना काम है कि अपराधों की जाँच नहीं हो पाती, मुकदमों का चालान नहीं हो पाता, अदालतों में गवाही नहीं हो पाती। इतना काम है कि सारा काम ठप्प पड़ा है।"[44] आजादी से पूर्व जनता, सत्ता और पुलिस से भयभीत रहती थी, आज आजादी के पश्चात् भी स्थिति में ज्यादा अन्तर नहीं आया है। गाँव का सामान्य आदमी आज भी पुलिस से आतंकित रहता है। यही कारण है कि पुलिस इंस्पेक्टर का रुतबा गाँवों में किसी कलेक्टर से कम नहीं होता। गाँव का सत्ता सम्पन्न वर्ग पुलिस के अधिकारियों की दावत करके तथा रिश्वत और तिकड़मों के नये तौर-तरीकों से पुलिस को अपने वश में कर लेता है। फिर उसी दीन-हीन, निम्न, गरीब, शोषित वर्ग के लोगों को पीड़ित व आतंकित करते हैं।"[45] पुलिस का रवैया देख कर जनता के मन में पुलिस का भय ही समाया हुआ है। वह उसे अपना हमदर्द कभी नहीं समझती, क्योंकि जनता को सामान्यतः पुलिस से

कटु अनुभव ही प्राप्त होता है। इसे 'रागदरबारी' के इस प्रसंग में प्रभावशाली ढंग से दिखाया गया है—"सवेरे गाँव में खबर फैल गई कि जोगनाथ को, पुलिस ने गिरफ्तार कर लिया है। लोगों को बड़ा अचम्भा हुआ कि जोगनाथ को जिसे वैद्यजी का आदमी कहा जाता था, पुलिस ने छूने की हिम्मत दिखा दी। गाँव के गुण्डे और भले आदमी सभी घबरा उठे। गुण्डे इसलिए कि जब वैद्यजी के गुण्डों को पुलिस ने नहीं छोड़ा, तो हम किस खेत की मूली हैं; और भले आदमी इसलिए कि जब पुलिस अपने हमजोलियों के साथ ऐसा सुलूक करने लगी तो मौका पड़ने पर हमारे साथ किस तरह पेश आएगी।"[46]

दूसरी ओर समाज के शक्ति सम्पन्न वर्ग के लोगों के सामने पुलिस कठपुतली से अधिक कुछ नहीं है। पुलिस इनका बाल भी बाँका नहीं कर सकती, बल्कि पुलिस इनकी इच्छा की गुलाम है। जब कोई पुलिस अफसर इनका विरोध करता है तो वह इनके कोप से नहीं बच पाता है। 'रागदरबारी' में वैद्यजी का विरोध करने का, परिणाम दरोगा का भारी जुर्माने के साथ तबादला होता है। इसी तरह 'महाभोज' में सक्सेना और 'औरत' में प्रतिभा बंसल के साथ घटता है। नागरिकों की वैधानिक रूप से रक्षा का भार पुलिस पर है। कानून की दृष्टि से जब कोई व्यक्ति अपराध करता है तो उसे पकड़ना पुलिस का काम है, परन्तु सत्ता के दबाव में आकर या रिश्वत खाकर कई बार पुलिस भी विधि के विरुद्ध काम करने लगती है। पुलिस अपराधियों को पकड़ना छोड़कर उनका साथ देने लगती है। रक्षक ही जब भक्षक बन जाता है तब न्याय करनेवाला कोई नहीं होता। समकालीन उपन्यास चाक आधुनिक युग की इस समस्या से अवगत कराता है। कुँवरपाल को पकड़ने आए दारोगा के सम्बन्ध में झज्जू कहता है, "मैं तो घंटाभर बैठा रहा प्रधानजी के चौंतरा पर। संग में रामजी बोहरे भी। लम्बरदार कह रहे थे कि ब्यान होंगे सौ पहौंचो जल्दी। वहाँ कहाँ के बयान, काहे का हलफनामा ? किसी ने देखा तक नहीं।"[47] तब रामजी बाम्हन बोले, "भाई दरोगा को क्या मालूम नहीं, कुँवरपाल क्या चीज है ? कुँवरपाल भी जानता है अपनी हैसियत। दरोगा की बराबरी पर मूढ़ा पर बैठा था।"[48] इसी उपन्यास में भँवर कहता है, "आजकल तो वही है कि जैसा दरोगा-सिपाहियों का सेवा-सत्कार तुम करोगे, वैसी देखभाल तुम्हारी वे करेंगे। सो प्रधानजी ने खूब ठाठ बाट दिखा दिए उन्हें। कुर्सी, मूढ़ा, तखत, गलीचा। बैठक रंगारंग, चमाचम। अजी क्या पूछो, अतर-केवड़े छिड़के। प्रधानिन तक सजी डोलीं। दरोगा खड़े-खड़े मुलजिम के हाथ में हथकड़ी डाल देता है। वे तो बरातियों की तरह पहले जनवासे में बिराजे थे, कानून निभाएँगे खाक।"[49] गुनाह को रोकनेवाले आज गुनाह में भागीदार नजर आ रहे हैं।" ग्राम हो या नगर, पुलिस का अभिराम, निरीह, निर्दोष, शोषित लोगों को दबाकर सत्ताधारी धनवान लोगों के हाथों को मजबूत करना हो रहा है। उनका कोप गरीबों पर ही अधिक फूटता है।"[50] पुलिस गरीब के शोषण के किसी भी मौके को हाथ से नहीं जाने देती। इनका अनैतिक व्यवहार वर्दी की आड़ में रह जाता है। 'चाक' में बाबा गजाधर सिंह का बड़ा बेटा हवलदार दलवीर रिश्वत में किसी की

बेटी की माँग करता है।[51] पुलिस के अत्याचार का वर्णन 'अर्द्धनारीश्वर' में भी इन शब्दों नें किया गया है–''कमजोर वर्ग के एक परिवार की बेटी पुलिस की हवस की शिकार हुई। बाद में उन्होंने उस पर दारू का व्यापार करने का इलजाम लगाकर हवालात में बन्द कर दिया। वहाँ पता लगा, वह गर्भवती है। वह बलात्कार का प्रमाण हो सकता था, सो उसे गर्भपात के लिए विवश किया गया। लेकिन घटना छिपी न रह सकी। जंगल की आग की तरह सब ओर फैल गया यह समाचार। समाचार पत्रों में उसके फोटो छपे, सामाजिक संस्थाओं ने इस अमानुषिक घटना के विरोध में जुलूस निकाले, धरणा दिया, उसके माँ-बाप से साक्षात्कार करके उन्हें प्रकाशित किया गया।''[52] वास्तव में समाज में समाज कल्याण संस्थाएँ भी ऐसे मामलों में हंगामा मचाने के सिवाय कुछ नहीं करतीं। इनके कार्यकर्ता कुछ दिन तक जोश में नारे लगाते हैं और फिर चुप्पी धर लेते हैं। पुलिस के सामने गवाहों की भी कोई अहमियत नहीं हैं क्योंकि किसी भी केस को ये जैसे मोड़ना चाहें, मोड़ देते हैं। महाभोज में महेश की बातों से फैली गमगीनी को दूर करने के लिए थानेदार ने कहा, ''सर ये शहर से आए लोग न गाँव को समझे, न गाँव की बात समझे। इनकी बात को अहमियत मत दीजिए। खानापूरी होनी थी, हो गई।''[53] पुलिस के लिए झूठा आरोप लगाकर किसी को भी पकड लेना बाएँ हाथ का खेल है। 'महाभोज' का एक प्रसंग पुलिस के अत्याचार को प्रमाणित करता है। बिन्दा जब बिसू के हत्यारों के खिलाफ सबूत इकट्ठा कर लेता है तो पुलिस उसे ही फँसा देती है। उसे तरह-तरह की यातनाएँ दी जाती हैं। ''आखिरी इच्छा पूरी करेगा ? ले कर...ले कर...। और पुलिसवालों की मार की रफ्तार बढ़ जाती है।''[54] जो भी इनके विरूद्ध कुछ भी बोलने का प्रयास करेगा उसका यह हश्र होना निश्चित है। पुलिस अपनी वर्दी की गर्मी के कारण आम आदमी के साथ इस तरह का सलूक करती है, जो सामान्य-सी बात हो गई है।

''किसी देश का संविधान उसकी राजनीतिक व्यवस्था का वह बुनियादी साँचा-ढाँचा निर्धारित करता है, जिसके अन्तर्गत उसकी जनता शासित होती है। यह राज्य की विधायिका, कार्यपालिका और न्यायपालिका जैसे प्रमुख अंगों की स्थापना करता है, उनकी शक्तियों की व्याख्या करता है और उनके पारस्परिक तथा जनता के साथ सम्बन्धों का विनियमन करता है।''[55] लोकतान्त्रिक शासन व्यवस्था में शासन की सम्पूर्ण शक्ति जनता के पास रहती है। संविधान में राष्ट्र के प्रत्येक नागरिक की रक्षा का प्रावधान है, जिसके अन्तर्गत राष्ट्र के प्रत्येक व्यक्ति को समानता का अधिकार प्राप्त है। ''संविधान का अनुच्छेद 14 प्रत्येक व्यक्ति के इस मूल अधिकार का प्रतिपादन करता है कि उसे भारत के राज्य क्षेत्र में विधि के समक्ष और विधियों के समान संरक्षण, से वंचित नहीं किया जाएगा।''[56] देश के प्रत्येक नागरिक को समानता का अधिकार मिलने के बावजूद कानून व्यवस्था की पेचीदगी के कारण कई व्यक्ति अपने अधिकारों की रक्षा करने में सक्षम नहीं होते। कानून महँगी व्यवस्था के कारण आम जनता की पहुँच से परे लगता है। दूसरे परम्परागत सामाजिक कानून के आगे आधुनिक न्याय प्रणाली भी

कई बार टिक नहीं पाती बल्कि वह महत्त्वहीन लगने लगती है। 'चाक' में रंजीत कहता है, "डोरिया जैसे लोग कानून-कायदे जानते हैं ? वह निपट मूर्ख है। और रहा थानसिंह मास्टर, उसके लिए कानून-कायदे पैसा देकर कागज के ऊपर से पोंछ देने वाली इबारत के सिवा कुछ नहीं। और औरत के हक में तो बिल्कुल नहीं। पीढ़ियों से चले आ रहे रीति-रिवाजों से ऊपर हो जाएगी कचहरी ? बिरादरी की मर्यादा भंग करने का अधिकार किसी को नहीं।"[57]

समाज की सारी कानून व्यवस्था भी वहाँ बिखर जाती है, जहाँ राजनीति और गुण्डागर्दी की जुगलबन्दी हो जाए। समकालीन कानून व्यवस्था को व्यापक फलक पर दिखानेवाले उपन्यास 'महाभोज' में लखन, जोरावर जैसे गुंडे के बच जाने पर इसलिए परेशान है कि उसे वोट नहीं मिलेंगे। स्पष्ट है कि जोरावर अपने बाहुबल के सहारे चुनाव का रुख पलटने में समर्थ है। वह छूट भी जाता है अपने खिलाफ सबूतों और गवाही के अभाव में। दा साहब कहते हैं, "भला बताओ, मैं कौन होता हूँ बचाने वाला ? वह कानून का मामला था। लोगों ने गवाही नहीं दी...पुलिस प्रमाण नहीं जुटा सकी तो कैसे कुछ होगा ?"[58] यह वक्तव्य न्याय व्यवस्था की एक बड़ी खामी को सामने लाता है, जिसका सम्बन्ध पक्की गवाही से है। प्रचलित रूप में हमारा कानून प्रमाण और गवाही की बैसाखी पर चलता है, लेकिन सवाल यह है कि क्या प्रमाण और गवाही की विश्वसनीयता की परख की भी कोई कसौटी है ? असलियत में तो ये दोनों भी बनाए जा सकते हैं। प्रभावशाली शक्तियाँ अक्सर झूठे प्रमाण एकत्र कर लेती हैं, पुलिस भी अनेक बार प्रमाण पैदा करती है और गवाह तो अकसर बनाए हुए होते हैं। कुछ लोग गवाही का व्यवसाय ही करते हैं और न्याय व्यवस्था उनकी बातें सुनने और मानने को बाध्य होती है। ये निर्मित गवाह कभी धोखा नहीं खाते। यह हमारी न्याय व्यवस्था का निर्बल पक्ष है। 'रागदरबारी' में कानून व्यवस्था की इस खामी पर प्रकाश डाला है। राधेलाल कभी न उखड़ने वाले गवाह के रूप में प्रसिद्ध है। "एक बार इजलास में खड़े होकर जैसे ही वे शपथ लेते, गंगा कसम, भगवान कसम, सच-सच कहेंगे, वैसे ही विरोधी पक्ष से लेकर मजिस्ट्रेट तक समझ जाते कि अब यह सच नहीं बोल सकता, पर ऐसा समझना बिल्कुल बेकार था, क्योंकि फैसला समझ से नहीं, कानून से होता है और पं. राधेलाल की बात समझने में चाहे जैसी लगे; कानून पर खरी उतरती थी।"[59] हमारे देश की न्याय व्यवस्था नागरिकों की रक्षा के लिए है, परन्तु आम जनता को इस व्यवस्था के कारण अनेक कठिनाइयों का सामना करना पड़ता है। 'डूब' में साधारण लोगों की परेशानियों को इन शब्दों में चित्रित किया गया है। "तहसील से कुछ ही दिनों बाद फरमान आया घूमा और उसकी बिरादरी के तमाम लोगों को कचहरी में हाजिर होने का। फिर तो आए दिन यह फरमान आता रहा। हर बार पूरी बिरादरी सारा काम-धन्धा छोड़कर मोटर में बैठ मुँगावली भागती। वहाँ पहुँचकर कभी पता लगता कि आज वकील नहीं है तो कभी जज नहीं मिलता, तो कभी सबके बयान नहीं हो पाते, तो कभी कोई और कमीबेशी रह जाती।"[60] दीर्घ काल तक खिंचनेवाले मुकदमे से आम आदमी परेशान

हो उठता है। यह परेशानी और बढ़ जाती है जब विरोधी पक्ष सत्ताधारी हो। सत्ता का विरोध करने वाले को पहले ही मुजरिम करार दे दिया जाता है। उसे कानूनी जाल में ऐसे फाँस लिया जाता है कि जीवन भर तड़पने के सिवाय कुछ हाथ नहीं लगता। 'महाभोज' में बिसू का पिता पुलिस अफसर सक्सेना से कहता है, "सजा तो कौनो भई नहीं, सरकार ? कौनौ मुकदमओ नहीं चला। बस एक दिन भिनसोर आए अउर बाँधि लै गए। दुई महीना तक तो हमका पतौ ही नही लगा सरकार कि कहाँ है हमार बिसुआ। बड़े जी कलपा हमार...बहुत छटपटाएन हम। ओकर महतारी तो खानौ-पीना तक छोड़ दिहिस रहै !"[61] ऐसी स्थिति में आम आदमी अपनी बात किससे कहे। कानून व्यवस्था चन्द सत्ताधारियों का खिलौना बन गया है अतः उनसे न्याय की आशा करना बेकार है। दूसरी तरफ कानून की पेचीदगी के भँवर में फँसा व्यक्ति आसानी से नहीं निकल पाता।

भारत में पत्रकारिता के जन्म और विकास का श्रेय ब्रिटिश सरकार को है। अपनी सुविधा के लिए अंग्रेजों ने अंग्रेजी शिक्षा की व्यवस्था की। शिक्षा तथा प्रेस की स्थापना ने भारतीयों की चेतना जगा दी। भारत की जनता ने इन सुविधाओं के उपयोग से सम्पूर्ण राष्ट्र को एकजुट कर स्वाधीनता संग्राम को मजबूती दी। देश के स्वाधीन होने में पत्रकारिता ने महत्त्वपूर्ण भूमिका निभाई। स्वाधीनता के बाद भारत की राजनीतिक, सामाजिक और आर्थिक स्थिति में तीव्रता से परिवर्तन आया। स्वतन्त्र राष्ट्र में व्यक्ति अपने आदर्शों को भूल कर निजी अस्तित्व की चिन्ता ज्यादा करने लगे। "इस स्वातन्त्र्योत्तर जातीय परिवेश ने भारतीय पत्रकारिता को भी प्रभावित किया और पराधीनता काल की पत्रकारिता का आदर्श टूट गया। सारी तेजस्विता धूमिल हो गई।"[62] जहाँ पत्रकारिता की शुरुआत त्याग से हुई थी, वहाँ धीरे-धीरे उस पर स्वार्थ ने एकाधिकार कर लिया; और अब स्थिति यह है कि धन ही समाचार-पत्रों का आधार बन गया। पत्र द्वारा सर्वसाधारण के कल्याण की बात स्वप्न-मात्र रह गया है। पत्रकारिता की विकट होती स्थिति ने समकालीन उपन्यासकारों का ध्यान आकृष्ट किया। इसका प्रमाण 'महाभोज' के मशाल पत्र के संपादक की स्थिति से मिल जाता है। "रोज ही कागज रंगने वाले के लिए भी लिखना इतना संकट का काम हो सकता है, यह पहली बार महसूस किया दत्ताबाबू ने। बाएँ हाथ से कुछ भी घसीट देने वाले दत्ता बाबू जिम्मेदारी के बोझ के नीचे कुछ ऐसे दबे कि कलम ही कुंठित हो गई उनकी। दो लाइनें लिखते और चार लाइनें काटते। इस सनय अपने लिखे को अपनी नजरों से नहीं वरन् दा साहब की नजरों से देखकर तौल परख रहे थे दत्ताबाबू।"[63] यह विचित्र विडम्बना है कि जिस समाचार-पत्र पर समाज कल्याण का भार रहता है, वह व्यवसाय का पर्याय बन गया है। पत्रों को आर्थिक सहायता के लिए विज्ञापनों की जरूरत होती है तथा कागज के लिए कोटा-परमिट। इसे पाने के लिए पत्रकार समाज के प्रतिष्ठित उद्योगपति या नेताओं से मधुर सम्बन्ध बनाए रखने के लिए सदा तत्पर रहते हैं। इस कारण ये अपने पत्रों में उनके अनौचित्यों का खुलकर विरोध नहीं करते। "आर्थिक

शक्ति अनेक स्वतन्त्र पत्रों का गला घोंट देती है। उनके पत्र देश सेवा के लिए नहीं बल्कि स्वार्थ साधन के लिए हैं और चूँकि इनके पत्रों के संपादक वेतन-भोगी नौकर हैं, इसलिए चाहकर भी वे सत्य का पक्ष-समर्थन और अनौचित्य का विरोध नहीं कर सकते। यह उनकी लाचारी है और यह वर्तमान पत्रकारिता का एक बहुत बड़ा प्रश्न है।''[64] आर्थिक सहायता प्राप्त करने के पश्चात समाचार-पत्र भोंपू की तरह उन्हीं का राग अलापने लगता है जिनसे इसके यन्त्रों को तेल मिलता है। 'महाभोज' का यह प्रसंग इसी का परिचय देता है, ''संपादकीय में, संक्षेप में पर अधिक तीखी भाषा में सब बातों को समेटते हुए जनता को आगाह किया था कि और अधिक समय तक वह इस तरह की राजनीतिक चालों और चुनाव जीतने के हथकंडों का शिकार न बनें। यानी मि. बिसू की मौत ने एकाएक 'मशाल' को प्रजातन्त्र की जिम्मेदारियों से लैस करके एक महत्त्वपूर्ण अखबार बना दिया और दत्ता बाबू को एक जिम्मेदार संपादक।''[65]

पत्रों तथा पत्रकारों की यह जिम्मेदारी है कि वे दिन-प्रतिदिन होने वाली घटनाओं और समस्याओं का गहराई से अध्ययन कर सच्चाई को ही प्रकाशित करें, परन्तु कई बार सरकारी दबाव में आकर गलत समाचार दिया जाता है। जैसे 'डूब' में स्थिति से बिलकुल विपरीत ''खबर मिली है कि बेतवा नदी के राजघाट पर निर्माणाधीन राजघाट बाँध के तटबंधों में से एक तटबन्ध में कल रात दरार पड़ जाने से तटबन्ध की पट्टी का एक छोटा-सा भाग टूट गया और बाँध पर रोका गया पानी बहकर आस-पास के खाली पड़े इलाके में चला गया। इस आशंका को ध्यान में रखकर ही कुछ वर्ष पूर्व सरकार ने बाँध के आस-पास के तमाम गाँवों को मुआवजा देकर खाली करवा लिया था। यदि ऐसा न किया गया होता तो आज न जाने कितनी जानें चली गई होतीं।''[66] आज धनाधारित व्यक्ति की सोच ने अभिव्यक्ति पर लगाम कस दी है जबकि ''भारतीय संविधान की प्रस्तावना में जो मूल्य मुखर हुए हैं उनमें भी अभिव्यक्ति की स्वतन्त्रता मुख्य हैं।''[67] भारत के प्रत्येक नागरिक को संविधान ने अभिव्यक्ति के अधिकार दिए हैं, पर पत्रकारों का दायित्व सामान्य व्यक्ति से कहीं अधिक है। जब कोई पूँजीपति किसी अपराध से जुड़ता है तो पुलिस तथा समाचार पत्र उसके दबाव में आकर सच को उजागर नहीं करता बल्कि उसका समाचार पूँजीपतियों की थैलीशाही की छलनी से छनकर निकलता है।''[68]

पत्रकारों को विशेषाधिकारों के बावजूद ''कानूनी तौर पर पत्रों और पत्रकारों से कानून यह अपेक्षा करता है कि वे लोगों की व्यक्तिगत मानहानि न करें; मिथ्या आरोप न लगाएँ और उनके वैयक्तिक एकान्त और निजी जीवन की गोपनीयता का अनुचित अतिक्रमण न करें एवं कृति स्वाम्य के कानून का उल्लंघन न करें।''[69] लेकिन पत्रकारों द्वारा अधिकारों के अतिक्रमण पर नियन्त्रण के लिए कानून तो बने हैं पर जब-तब उनका उल्लंघन होता नजर आता है। फिल्मी पत्रकारिता के संदर्भ में ऐसा अकसर देखा जाता है, इसी कारण प्रेस वालों का फिल्मी कलाकारों के साथ अकसर तनावपूर्ण सम्बन्ध रहता है। कुछ पत्रकार अपने पत्रों को सस्ते मनोरंजन और सनसनीखेज खबरों से भरा रखते

हैं, जिससे ज्यादा से ज्यादा पाठक उनके पत्रों को पढ़ें। वे मनगढ़ंत किस्से-कहानी छापकर लोगों में सनसनी पैदा करते हैं। इससे पत्रकारिता, कानून, अभिव्यक्ति की स्वतन्त्रता आदि के सम्बन्ध में अनेक सवाल खड़े हो जाते हैं। वास्तव में ''पत्रकारिता और कानून का सम्बन्ध एक अत्यन्त आधारभूत सामाजिक समीकरण का साक्ष्य देता है। यह समीकरण किसी भी देश की शासन प्रणाली और उसके स्वरूप का ही परिचय नहीं देता बल्कि यह इंगित करता है कि इस देश में वाक् स्वातन्त्र्य कितना और कैसा है। वाक् संयम की और सार्वजनिक वाद-विवाद की रीति-परम्परा क्या है।''[70] अभिव्यक्ति को कानूनी संरक्षण मिलने के कारण अनेक फिल्म पत्रकार अपने अधिकार का दुरुपयोग भी करते हैं। फिल्मी जगत के इस अँधेरे पक्ष को देखने के बाद 'मुझे चाँद चाहिए' की वर्षा दुःखी हो उठती है, तब विमल अपना अनुभव बताता है कि ''मेरे वकील बोले, अपना स्टेटमेन्ट देने के लिए आपको कोर्ट आना होगा और जिस स्टार के साथ आपका नाम जोड़ा गया है, उसको भी। फिर आप दोनों का क्रॉस एग्जामिनेशन होगा। इसमें ऐसे-ऐसे सवाल पूछे जाएँगे, जिससे आपकी शर्मिंदगी सौ गुनी बढ़ेगी। हो सकता है विरोधी पक्ष शोभा को भी तलब करे। आपकी हर पेशी पर कोर्ट में हंगामा होगा और मैग्जीन को वही मिलेगा जो वह चाहती है...बढ़ती हुई पब्लिसिटी।''[71] यह सच्ची पत्रकारिता को लांछित करने वाली पीत पत्रकारिता का यथार्थ है।

आजादी के बाद देश का लक्ष्य था वर्गहीन, शोषणमुक्त, स्वस्थ समाज की स्थापना, परन्तु तथाकथित योजनाबद्ध विकास का परिणाम यह निकला कि एक भ्रष्ट अर्थतन्त्र का जन्म हो गया। ''देश के औद्योगीकरण के बीच काम सरकारी स्तर पर पूरी गति से चला तो सरकार और उद्योगपतियों का सत्ता और धन का गठबन्धन हो गया। धन तो पहले मुँहजोर था, सत्ता का समर्थन मिलते ही वह अजेय हो गया। नैतिक मूल्यों का विघटन हो ही गया था, पुरातन मूल्यों का लोप भी हो ही रहा था, बदले में नए मूल्य बन नहीं रहे थे। अस्तित्व का संघर्ष विकट था ही। तब व्यक्ति को अपने त्राण का एक ही मार्ग दिखता था और वह था धन। जीवन के इस अस्तित्व संग्राम में व्यक्ति ने दर-दर की ठोकरें खाकर, घाट-घाट का पानी पीकर यह अनुभव पा लिया कि दुनिया में धन ही सब कुछ है। धन जीवन का सबसे बड़ा वरदान है और धन का अभाव है सबसे बड़ा अभिशाप। इस प्रकार जीवन के सभी मूल्य अर्थ में सिमट आए और आर्थिक मूल्य ही एक मात्र जीवन मूल्य बन गया।''[72] भावनाओं को धन की तुला में तोला जाने लगा। स्वार्थ में अन्धे बने सत्तालोलुप वर्ग ने जो पूँजीवादी व्यवस्था को प्रश्रय दिया, उसी का परिणाम भ्रष्टाचार के रूप में सामने आया। प्रत्येक क्षेत्र में रिश्वत के बिना कोई भी काम सम्भव नहीं है। 'रागदरबारी' में स्वतन्त्रता के बाद फैले इस असाध्य रोग, भ्रष्टाचार का चित्रण व्यापक रूप से हुआ है। वैद्यजी की ही निगरानी में यूनियन का सुपरवाइजर आठ हजार रुपए का गबन करता है तो वैद्यजी सरकार से ही इसकी भरपाई के लिए अनुदान माँगते हुए कहते हैं—''सुपरवाइजर तो अलक्षित हो चुका है। हमने पुलिस में सूचना दे दी। आगे सरकार का दायित्व है। हमारे हाथ में कुछ भी नहीं है। होता तो

सुपरवाइजर को पकड़कर उससे गेहूँ का मूल्य वसूल लेते। अब जो करना है सरकार करे।''[73] इसी उपन्यास में सिंह साहब मेले में खोंचेवाले से रिश्वत के रकम की 'बार्गिन' करते हैं तब मोटे आदमी ने ''पचीस रुपए के नोट सिंह साहब के हाथ में रख दिए। अपनी बात रोककर उन्होंने नोटों को दो बार कायदे से गिना। कमीज के अन्दर बनियान वाली जेब में उन्हें धीरे से रख लिया।''[74] भ्रष्टाचार से कोई भी क्षेत्र अछूता नहीं है। राजनीति में भी भ्रष्ट नेताओं के आ जाने से उत्पन्न स्थिति का ज्ञान 'चाक' उपन्यास के प्रधान के शब्दों से हो जाता है–''मास्टरजी, अफसर और नेता बन्दरबाँट कर लेते हैं, इस बात को हम खूब जान चुके हैं और वाकिफ आप भी होंगे। हमारे गाँव के नाम के आगे लाल स्याही का निशान लगाकर डकार तक नहीं लेंगे। यह भी भला कोई कहने-सुनने की बात है ?''[75]

शिक्षा से समाज का संस्कार सम्भव है। अन्य क्षेत्र में होने वाले भ्रष्टाचार को शिक्षा के माध्यम से दूर किया जा सकता है, परन्तु शिक्षा ही सर्वग्राही भ्रष्टाचार के चंगुल में फँस जाए तो समाज का संस्कार असम्भव है। आलोच्य युग में व्याप्त भ्रष्टाचार का चित्र 'चाक' उपन्यास के रंजीत के कथन से उभरता है–''मेरे फॉर्म रिजेक्ट करके उन्होंने मेरा क्या बिगाड़ लिया ? उन्हीं के मुकद्दर खराब थे। मैं इन पदों के लिए अयोग्य था कि वे पद मेरे लिए कमतर थे ? सब इंस्पेक्टरी की लिखित परीक्षा धड़ल्ले से पास कर गया। बेईमानों ने सीना नापते समय घपला कर दिया। मैंने थूक दिया उन पर। चला आया गाली देकर–तुम सबके सब देश के लिए गद्दारी की फसल पैदा कर रहे हो।''[76] आधुनिक व्यवस्था में भ्रष्टाचार इस तरह समाया हुआ है कि एक हस्ताक्षर के लिए भी कुछ न कुछ लेन-देन चलता ही है और ऐसा न करने पर काम रुका रह जाता है। यह तथ्य 'जहाँ बाँस फूलते हैं' से स्पष्ट होता है। दोला जब डी.आई.एस. से मिलने के लिए जाने लगता है तो कर्मचारी कहता है–

''कैसे जाओगे बरखुरदार ? मेरी दस्तूरी तो दी नहीं। साहब को क्या दोगे ?

दोला कुछ समझा तो बोला, ''वे क्या लेंगे ?''

''कुछ भी। हजार रुपया। नुला, कुछ भी।''

''और तुम ? ''पहले ही पूछ लिया होता। दर्जन भर मुर्गा या नीला नोट। तभी अर्जी साहब तक पहुँचेगी।''

''साहब ! हम भला कहाँ से दे सकते हैं ?''

''तब हम ही भला कहाँ से दे सकते हैं ?''

''हुजूर आप तो इस कागज के पन्ने पर दस्तखत दें। लेना तो साहब से है।''

''और तुम्हें भी तो एक खास रंग और दस्तखत का कागज ही तो देना है।''[77]

उनकी माँग पूरी न करने पर काम नहीं हो पाता और ले देकर काम बन जाए तो उसमें भी अपना कमीशन लेने वाले निकल आते हैं, जिसमें अधिकांशतः अपनों द्वारा ही अपनों के हितों का भक्षण होता है। जब बाड़ ही खेत खाने लगे तो रक्षक कौन बने। इसी उपन्यास में दोला के साथ भी यही हुआ। ''वह जानता था कि डोपा जूनियर

हाईस्कूल के नाम पर पन्द्रह हजार रुपया निकाले गए थे। दस हजार उसे मिला; ढाई हजार डी.आई.एस. ने लिया, ढाई हजार बोईछुआका ने। डी.आई.एस. के लेने पर उसे एतराज था, दुःख भी। दोला सोचता था कि मिजो आगे आ रहा है तो उससे कौम की भलाई होगी। पर पाया कि वह भी वाई के साथ शोषण का साधन बन रहा है।''[78]

भ्रष्टाचार जीवन-मूल्यों के पतन की भूमिका किस सशक्त मनोवैज्ञानिक हमले के जरिए तैयार करता है, इसका एक उदाहरण 'औरत' उपन्यास से प्राप्त है। वहाँ एक गुण्डा पांडे कहता है–''आदर्शवाद छोड़ दो थानेदार, जीयो, जीने दो। क्या मिलेगा तुमको। बोलो, शान्त भाव से मामला सलटाना चाहते हो कि लड़ाई ही चाहते हो। मैं जानता हूँ तुम्हारा बदन छरहरा है। तुम लड़ने के टेकनीक सीखकर आए हो....पर क्या पाओगे। इस मशीनरी को तुम अकेले बदल सकोगे ?''[79] यहाँ भ्रष्टाचार व्यक्ति के चरित्र के साथ-साथ सामाजिक आदर्श और मानवी-मूल्यों पर भयानक आक्रमण करता देखा जा सकता है। आधुनिक भारतीय समाज इस आक्रमण के प्रभाव को आज अनेक रूपों में भोग रहा है। व्यापक दृष्टि से मूल्य का अर्थ है, ''समाज में व्याप्त वे विचार अथवा प्रथाएँ जो काम्य मानी गई हो या जिन्हें आदर्श रूप नें स्वीकारा गया है, सामाजिक मूल्य कहलाती हैं। ऐसे विचारों या प्रथाओं के अनुकूल आचरण करना प्रशंसनीय समझा जाता है, इसलिए समाज की इकाईयाँ उनसे प्रेरणा ग्रहण करती हैं। ये मूल्य ही हमें अपनी मंजिल बताते हैं। वास्तव में कुछ आदर्शों को ही सामने रखकर समाज के सदस्य क्रियाशील होते हैं।''[80] मूल्य निर्धारण का आधार पारम्परिक परिवेश, धर्म और संस्कृति होते हैं। ''प्रत्येक राष्ट्र अपनी सांस्कृतिक थाती के बल पर ही अपने मूल्यों का निर्धारण करता है; उन्हीं के अनुरूप उनका दृष्टिकोण व जीवन-दर्शन होता है। भारतीय समाज में आज भी कुछ रूढ़िगत और सनातनी बातें प्रचलित हैं।''[81]

भारत जैसे देश में, जो अपने शाश्वत मूल्यों और आध्यात्मिक दर्शन के लिए विख्यात है, यहाँ भी मूल्यों की प्रमुख वाहक महिलाओं के चारित्रिक पतन को समकालीन उपन्यासकारों ने अपने उपन्यासों में दिखाने का प्रयत्न किया है। 'करवट' में बंसीधर से रसूलवांदी कहती है। ''दरअसल तनकुन भैया, मेरी हस्सो कलकत्ते जाने के इरादे से कानपुर नहीं गई थी, वह तो खाली... ।'' ''इस इरादे से गई थी कि रो-गाकर बादशाह की छाती से लिपटकर उनकी आखिरी निशानी के तौर पर एक-आध बेशकीमती अँगूठी या गले का हार और झटक ले।'' हैदरी खाँ ने कहा।''[82] इसी उपन्यास में रसूलवांदी के चरित्र का अंकन करते हुए लेखक लिखते हैं। ''बन्दे अली का मेहँदी रंगा बुढ़ापा यही समझता रहा कि रसूलवांदी उन्हें इश्के-हुस्न के मैदान का रुस्तम या सिकन्दर मानकर सौ जान से उन पर निछावर है। शराब पिला-पिलाकर हजार बहानों से रसूलन ने उसे काठ का उल्लू बना रखा है। महलों में नौकर-बाँदियाँ आये दिन चोरियाँ करते हैं। बन्दे अली की बूढ़ी गोद में बैठकर रसूलन उस ठगी में भी अपना हिस्सा वसूल करती है।''[83]

''औद्योगिक विकास एवं यान्त्रिक जीवन ने हमारे सामाजिक मूल्यों में, वैचारिक

जगत में, दृष्टिकोण एवं मान्यताओं में एक विद्रोह युक्त नवीनता को विकसित कर सारी परम्पराओं और आस्थाओं के सामने प्रश्नचिह्न लगा दिए हैं। भौतिक जगत की यह दिशा मूल्यहीनता में बदलती जा रही है। आर्थिक एवं सामाजिक दबावों के बीच नर-नारी के भाव-भीने कोमल-मधुर सम्बन्ध पौरुषता और तनाव से भरकर टूट रहे हैं।''[84] प्रत्येक समाज का अपना मूल्य बोध और आदर्श दृष्टिकोण होता है। यद्यपि समय और परिवेश के अनुसार थोड़ा-बहुत परिवर्तन आ जाता है, परन्तु मूलतः आदर्श मान लिए जाने वाले मूल्यों को अपनाकर यह एक व्यक्ति से दूसरे व्यक्ति, एक समूह से दूसरे समूह या एक पीढ़ी से दूसरी पीढ़ी के पास हस्तान्तरित होता जाता है; परन्तु आज व्यक्ति की आस्था मूल्यों पर से उठ गई है। समाज मूल्यहीनता से ग्रस्त है। सम्पूर्ण मध्यवर्ग इस मूल्यहीनता का शिकार होता जा रहा है। 'चाक' में श्रीधर मास्टर हुकुम सिंह से कहता है, ''तो तुम प्रधान के बेटे होने की वजह से इस चोरी में शामिल हो। चोरी और सीनाजोरी का हक तुम्हें हासिल है। तुम्हारे पिताजी को तीन सौ रुपए महीने की जरूरत है ? मेरे ख्याल में नहीं। तो फिर वे तुम्हारी सज्जनता को जलील कराने पर क्यों तुले हैं ? तुम्हारी एवजी पर थानसिंह मास्टर जी दो हजार फोकट में अपनी जेब में धर लेते हैं—हर महीने। माँ मर गई तो ईमानदारी से रहने का हक भी छीन लिया तुम्हारे पिता ने ? नौकरी नहीं लगी तो उठाईगीरी पर उतार दिया ?''[85]

जीवन मूल्य हमारे जीवन का दिशा निर्देशन करने के साथ उसे शक्ति भी प्रदान करते हैं। ''प्रत्येक युग के अपने जीवन मूल्य होते हैं। कुछ जीवन मूल्य शाश्वत होते हैं, कुछ समय-स्थिति सापेक्ष। ऐसे मूल्य आवश्यकता के अनुसार परिवर्तित होते हैं। जब तक ये मूल्य जीवन की धुरी होते हैं, तब तक उनमें किसी प्रकार की अराजकता, विषमता या विसंवादिता नहीं आ पाती, किन्तु इस धुरी के गड़बड़ाते ही जीवन भी गड़बड़ा जाता है।''[86] सारी नैतिकता काफूर हो जाती है। समाज व्यवस्था की जड़ें हिलती नजर आती हैं। समकालीन समाज के चारित्रिक पतन का चित्रण करते हुए 'रागदरबारी' के लेखक लिखते हैं—''सनीचर भी अब मेले वाली चाल पर आ गया था। वह लम्बे-लम्बे डगों से मिठाई की उस दुकान की ओर चला जिधर छोटे पहलवान थे। उसने सैकड़ों बुड्ढों को दाएँ-बाएँ फेंका। कई औरतों के कन्धों पर प्रेम से हाथ रखा; उनकी छातियों के आकार-प्रकार का हाल-चाल लिया और यह सब ऐसी निस्संगता से किया जैसे भीड़ से निकलने के लिए ऐसा करना धर्म में लिखा हो।''[87] चारित्रिक पतन की यह समस्या हमारे सामाजिक जीवन का अंग बनती जा रही है तथा समाज की इकाई, 'परिवार' और उसकी इकाई 'व्यक्ति' के चरित्र का भी पतन होता जा रहा है। 'रागदरबारी' में छोटे पहलवान अपने पिता के लिए कहता है कि ''यह बुड्ढा बड़ा कुलच्छनी है। इसके मारे कहारिन ने घर में पानी भरना बन्द कर दिया है। और भी बताऊँ ? अब क्या बताऊँ। कहते जीभ गंधाती है।''[88] इसी तरह रूप्पन बाबू अपने पिता वैद्यजी के लिए कहता है, ''उनकी शादी चौदह साल की उमर में हुई थी। पहली अम्मा मर गई तो सत्रह साल की उमर में दूसरी शादी की। साल भी अकेले रहते नहीं बना। यह तो किया कायदे

से। और बेकायदे कितना किया सुनोगे वह भी....।"[89] प्रतीत होता है कि अधूरे वाक्य के बाद के बिन्दु-चिह्नों में ही उपन्यासकार ने समकालीन जीवन की चारित्रिक और नैतिक मूल्यहीनता का व्यापक रूप चित्रित कर दिया है।

"नई सभ्यता एवं शिक्षा के प्रसार ने शिक्षित समाज में सुधार की प्रवृत्ति पाई जा रही है। वह रूढ़ि एवं अन्धश्रद्धा का विरोध करता नजर आता है।"[90] वैज्ञानिक सोच के कारण समाज की रूढ़ियाँ और परम्पराएँ टूट रही हैं। सर्व शक्तिमान ईश्वर के अस्तित्व पर प्रश्नचिह्न लगाया जाता है। इस कारण पुराने खयाल वालों का नए खयाल वालों के साथ टकराव चलता रहता है। 'करवट' में विपिन की माँ कहती है, "हम हजार बार तुमसे कह चुके हैं नन्हा, हमरे सामने जो तुम अब फिर कभी हमरे धरम-भगवान की बुराई करोगे तो हम सच्ची कहत हैं, छज्जे से सड़क पर कूद कर अपने प्राण दे देंगे।" [91] इसी उपन्यास में विपिन कहता है, "मैं अपनी तरफ से तेज नहीं होता जीजाजी, लेकिन हमारे बड़ों को भी यह समझनी होगी कि हम युवकों की भी अब कुछ अपनी लालसाएँ होंगी। ताली दोनों हाथों से बजती है।"[92] नई युवा पीढ़ी के द्वारा पुरानी मान्यताओं को नकारने तथा पुरानी पीढ़ी द्वारा नए विचारों को ग्रहण न करने से असामंजस्य की जो स्थिति उत्पन्न हुई, इससे घर-घर में कटुता का माहौल बनता देख इसी उपन्यास में "बंसीधर सोचने लगा, समय कितनी तेजी से बदल रहा है। बड़े छोटों को अपने ढर्रे पर ले जाना चाहते हैं; लेकिन नई हवा के विचार स्वातन्त्र्य ने नयों की अस्मिता भी जगा दी है। कलकत्ता तो खैर नया शहर है, पूरी तरह से विदेशी संस्कृति के प्रभाव में आ चुका है, परन्तु लखनऊ में भी अब दो पीढ़ियों का विद्रोह आरम्भ हो चुका है।"[93] धीरे-धीरे यह टकराव बड़े शहरों से संक्रमित होकर प्रत्येक घर का अंग बन गया है। इस विषम स्थिति को 'रागदरबारी' में रंगनाथ के माध्यम से व्यक्त किया गया है। "उसने देखा था कि शहरों में वाद-विवाद का एक नया रूप पुरानी और नई पीढ़ी को लेकर उजागर हो रहा है, उसके पीछे पुरानी पीढ़ी का यह विश्वास था कि हम बुद्धिमान हैं और हमारे बुद्धिमान हो चुकने के बाद दुनिया में बुद्धि नाम का तत्व खत्म हो गया और नई पीढ़ी के लिए उसका एक कतरा भी नहीं बचा है। वहीं पर नई पीढ़ी की यह आस्था कि पुरानी पीढ़ी जड़ थी, थोड़े से खुश हो जाती थी और अपने और समाज के प्रति ईमानदार न थी, जबकि हम चेतन हैं, किसी भी हालत में खुश नहीं होते और अपने प्रति ईमानदार हैं आज समाज के प्रति कुछ नहीं हैं क्योंकि समाज कुछ नहीं है।"[94]

तीव्रता से बदलते सामाजिक परिवेश में व्यक्ति स्वातन्त्र्य का सवाल आ जुड़ा, जिससे यह टकराहट विकराल हो उठी। परम्परागत दृष्टि नए जीवन-मूल्यों को हेय दृष्टि से देखती और नई पीढ़ी को पुरानी पीढ़ी की दखलन्दाजी अरुचिकर प्रतीत होती है। 'मुझे चाँद चाहिए' में मध्यवर्गीय परिवार की सदस्या वर्षा जब कॉलेज के नाटक में भाग लेती है तो पिता समाज के भय से उसे मना करते हैं, "तेरे साथ लड़के भी काम कर रहे हैं। एक के साथ तू नाचती और गाना गाती है। कल के दिन कुछ ऊँच-नीच हो

गया तो हमें मुँह छिपाने को जगह नहीं मिलेगी। ...लड़की की लाज मिट्टी का सकोरा होती है।" सिलबिल आवेश में आ गई, "मैं किसी लड़के के साथ नाचती-गाती नहीं हूँ। मैडम के सामने पूरी रिहर्सल होती है। तुम जब चाहो आकर देख लो। और जहाँ तक अपनी लाज का सवाल है...सिलबिल का यह रूप देखकर शर्माजी सकते में आ गए, 'बेशरम कैसे जबान लड़ा रही है...मैंने बोल दिया, इस घर में नौटंकी नहीं होगी।"[95] इसी उपन्यास में मध्यवर्गीय मानसिकता और परम्परागत दृष्टि के घेरे में बँधे वर्षा के पिता शर्माजी अपनी बेटी की स्वच्छन्द अत्याधुनिक जीवन पद्धति देख विचलित हो उठते हैं। "वर्षा का देर से लौटना, पुरुषों के फोन, पुरुष मित्र (इस संज्ञा से ही वह तिलमिला जाते थे) का वक्त-बेवक्त आना और अनौपचारिक ढंग से बातचीत (एंड्री को वर्षा का हाथ थामे देखकर वह सन्न रह गए थे)...ये सब उनकी सहनशक्ति को चुनौतियाँ थीं। दस्यु-सुन्दरी वाली फिल्म के बैनर में वर्षा के बलात्कार का 'घिनौना दृश्य' देखकर वह विचलित हो उठे थे। फिर हमेशा की तरह वर्षा की जीवन-दृष्टि भी उन्हें विक्षुब्ध कर गयी थी।"[96]

यह विक्षोभ वर्तमान काल में पुरानी और नवीन पीढ़ी के मानसिक अलगाव की सूचना भर नहीं देता, बल्कि उस भयानक मनोवैज्ञानिक अन्तराल का दर्शन भी कराता है, जिसके कारण पूरा सामाजिक परिवेश स्थाई रूप से तनाव, घुटन और कुंठाओं के धुएँ से व्याकुल रहने लगा है। समकालीन उपन्यासकारों ने इस तथ्य को कई तरह से कई बार उठाने का प्रयास किया है।

कहा जाता है कि भारत गाँवों में बसता है। भारतीय संस्कृति और परम्पराओं का निर्वाह जितना गाँवों में होता है—उतना नगरों में नहीं होता। भारतीय सभ्यता संस्कृति के दर्शन गाँव में ही होंगे। भारत को विकासशील बनाने के लिए गाँवों का विकास अत्यावश्यक है। इस बात को ध्यान में रखकर ग्रामीण विकास के लिए कई योजनाएँ बनती रहती हैं, परन्तु विडम्बना यह है कि विकास का कार्य प्रायोगिक होने के स्थान पर सैद्धान्तिक रूप से कागजों पर सम्पन्न होता नजर आता है। स्वतन्त्रता के बाद आर्थिक वृद्धि या औद्योगिक क्षेत्र में कई उपलब्धियों के बावजूद, राष्ट्र विकास के मूल लक्ष्य को पूरा नहीं कर पाया है। खाद्यान्न में आत्मनिर्भरता एवं औद्योगिक उत्पादन में सन्तोषजनक विस्तार बाह्य रूप से अवश्य दिखाई देता है पर भीतर, क्षेत्रीय विशेषकर ग्रामीण अंचलों में प्रति व्यक्ति भोजन की अनुपलब्धता परिणास्वरूप कुपोषण और रोगियों की संख्या में वृद्धि, पेयजल संकट फलस्वरूप दूषित जल सेवन से उपजी बीमारियाँ, अशिक्षा, चिन्ताजनक सामाजिक अशान्ति एवं यदा-कदा भुखमरी जैसी शर्मनाक खबरें आए दिन देखने को मिलती हैं। यह नेताओं द्वारा किए जाने वाले विकास के ऐलानों पर करारा तमाचा है क्योंकि दुर्गम पहाड़ी इलाकों और ग्रामीण क्षेत्रों में विकास की किरण दूर क्षितिज पर भी दिखाई नहीं देती। विभिन्न योजनाओं के लागू होने के पश्चात भी किसानों की स्थिति में खास अन्तर नहीं आ पाता। इसके पीछे उनकी अज्ञानता और अन्धविश्वास प्रमुख कारण है। इनको तो यह भी बोध नहीं रहता कि

वे किससे शोषित हो रहे हैं। "उनका तो फसल को लेकर सीधा सा एक ही गणित है। साहूकार से बीज उधार लेकर बोना, उस पर हाड़-तोड़ मेहनत करना, फिर भाग्य और भगवान के भरोसे वर्षा रानी का इन्तजार या सूखा न पड़े इसके लिए नदी और बामन महाराज को चढ़ावा चढ़ाना। फिर यदि बाढ़ या सूखे से फसल बच गई तो पक जाने पर उसे काटकर, सुखाकर, फटककर लेनदारों का इंतजार करना। बामन, नाई, धोली, लुहार, बढ़ई, बसोर, मन्दिर–इन सबका हिस्सा देने के बाद लम्बरदार को तौजी और साहूकार को सूद के बदले फसल नपवाना। तब भी अगर शेष बच जाए कुछ, तो उसे घर में लाकर उसी से अगले चौमासे की रोटी-रोजी चलाना और उसी को परचूनिए की दुकान तक पहुँचा-पहुँचाकर नून, तेल, तम्बाकू, कपड़ा-लत्ता या गाय-भैंस की खरीद फरोख्त करना।"[97] जी-तोड़ मेहनत के बाद भी किसानों के जीवन स्तर में कोई सुधार नहीं होता। 'डूब' उपन्यास में किसानों की बदहाली का वर्णन इन शब्दों में हुआ है–"बारामासी तंगहाली के चलते किसान को यह याद ही नहीं रहता कि सोने के सिक्के जैसा यह दाना, जिसे मोती साव के हाथ में देखकर उसके मुँह में पानी आ रहा है, जिसके वह मुँहमाँगे दाम देने जा रहा है, वह दरअसल उसी का करिश्मा है जिसमें मोती साव की भूमिका महज इतनी है कि वे उस पर कुंडली मारकर बैठे हुए हैं। उस बीज को बोने के बाद अच्छी फसल हुई तो मोती साव के जस में दो चाँद और टँक जाते हैं और अगर फसल पहले जैसी या उससे भी कम हो तो अपने भाग्य को कोसता हुआ किसान जा पहुँचता है बामन महाराज के चरणों में, ग्रह दशा सुधरवाने।"[98]

स्वतन्त्रता के पश्चात् देश के विकास के लिए बनने वाली योजनाओं के तहत भी ग्रामीणों का शोषण ही हुआ है। गाँव के जमींदार और योजनाओं के कर्मचारी एक दूसरे के फायदे-नुकसान का हिसाब लगा लेने के बाद किस तरह ग्रामीणों को अपना शिकार बनाते हैं, इसे दिखाते हुए 'डूब' में माते कहते हैं, "इतने दिन हो गए, मगर तब के गए साव लौटै ही नहीं। लौटे तो बताएँ कि साव देख लो अपनी चतुराई का परिणाम। अरे, जनखा बनवाने ले गए थे तो वही करवाते न केवल, बधिया मनुष्य भी होता तो मानुष ही है न। वही नस कटवाते फिर। पर तुमने तो लगता है इनकी जीवन नस ही कटवा दी है। हमरे बचुआ अनेका को मिलाकर पूरे सात बधिया भगवान को प्यारे हो चुके हैं अब तक। अक्कल समेत सात रांडें रात-दिन तुमरा नाम जप रही है हीरा साव।...करम सरकार के, साव के, दुर्गति इन बेजुबानों की।"[99] अपने ही अधिकारों से वंचित रह जाने वाले ये ग्रामीण राजनीति के क्षेत्र में भी मूल्यहीनता के ही शिकार हैं। इनकी अदूरदर्शिता के कारण ग्राम व्यवस्था ही विकृत हो रही है। 'रागदरबारी' में "रंगनाथ को ऐसा लगने लगा था कि महाभारत की तरह जो कहीं नहीं है वह यहाँ है और जो यहाँ नहीं है वह कहीं नहीं है। उसे जान पड़ा कि हम भारतवासी एक हैं और हर जगह हमारी बुद्धि एक-सी है। उसने देखा कि जिसकी प्रशंसा में सभी मशहूर अखबार पहले पृष्ठ से ही मोटे-मोटे अक्षरों में चिल्लाना शुरू करते हैं, जिसके सहारे बड़े-बड़े निगम आयोग और प्रशासन उठते है, गिरते हैं, घिसटते हैं, वही दाँवपेंच और

पैंतरेबाजी की अखिल भारतीय प्रतिभा यहाँ कच्चे माल के रूप में इफरात में फैली पड़ी है। ऐसा सोचते ही भारत की सांस्कृतिक एकता में उसकी आस्था और भी मजबूत हो गई।''[100] इस व्यंग्य के माध्यम से सम्पूर्ण भारत के ग्रामीण समाज का यथार्थ प्रस्तुत किया गया है।

स्वतन्त्रता के बाद युवा-वर्ग दिशाहीन होने लगा। एक तरफ नई शिक्षा ने परम्पराओं को तोड़ने के लिए प्रेरित किया, दूसरी तरफ नवीन वातावरण ने उन्मुक्त जीवन पद्धति अपनाने के लिए लालायित किया। इस कारण ''आज के युवा वर्ग में विद्रोह और असंतोष की भावना अत्यधिक प्रबल रूप धारण कर चुकी है। यह असंतोष पुरानी मान्यताओं, सामाजिक कुरीतियों तथा आर्थिक अभावों के प्रति है। द्वितीय महायुद्ध के पश्चात् भारत की युवा पीढ़ी एक मानसिक उथल-पुथल और विघटन के युग से गुजर रही है।''[101] प्रश्न यह है कि विघटन और घुटन का यह दुस्संयोग हमारी युवा पीढ़ी को किधर ले जा रहा है ? इस प्रश्न का उत्तर रोंगटे खड़े कर देने वाला है, क्योंकि अपने परिवेश और अपने आप तक से क्षुब्ध युवा अपने आक्रोश को प्रकट करने के भयंकर माध्यम तलाश करते देखे जाते हैं। इनमें ही एक माध्यम है यौन कुंठाओं की खुलेआम अभिव्यक्ति। इसका एक चित्र 'डूब' में इस प्रकार है–''पूरे गाँव में ऐसी कोई भींठ नहीं छोड़ी इन एबियन ने, जिस पर कोयले से लिख-लिखकर हर शरीफ आदमी को लोफर, शोहदा और हर इज्जत आबरूवाली गृहलक्ष्मी को छिनाल न साबित कर रखा हो। जिन भींठों पर कभी ब्याह-शादी के गीत लिखे रहते थे जिन पर बनी चित्रकारी कभी मन मोह लेती थी, आज इन लड़कों की वजह से उन भीठों की तरफ देखते डर लगता है।''[102] इस तरह की अश्लील हरकतें उनके आक्रोश की अभिव्यक्ति के तरीके हैं। कुछ युवा जीवन की दिशा की खोज में नशीली दवाओं को अपना लेते हैं परन्तु इस दलदल में फँसकर अन्दर ही अन्दर टूटने लगते हैं। 'मुझे चाँद चाहिए' में लेखक ने इस युग की भयंकर समस्या का चित्रण किया है। वर्षा को मालूम हो गया था कि–''हर्ष देर रात तक मित्रों के साथ रहता है। जब दोनों में से कोई साथ खाने का प्रस्ताव रखता तो हर्ष 'मम्मी इन्तजार कर रही होंगी' के जवाब के साथ मोटरसाइकिल की ओर बढ़ता था। अब उसकी आँखें दिन भर लाल रहतीं। दो-तीन बार वर्षा ने हर्ष को जमील के साथ चाँदनी चौक जाते या वहाँ से आते हुए पाया। (जमील भाँति-भाँति की नशीली चीजों का विशेषज्ञ था)।''[103] पिता की प्रतिष्ठा के कारण 'किंग साइज इगो' वाले हर्ष की महत्त्वाकांक्षाएँ जब पूरी नहीं होतीं, तो वह इस थपेड़े को सहन नहीं कर पाता और ड्रग्स का आदी हो जाता है। दिन-रात नशे में डूबा कोई भी काम ढंग से नहीं कर पाता। अपनी इस आदत के लिए आत्माभिमान त्यागकर दूसरों से रुपए उधार लेने लगता है, यही नहीं वह दूसरों को भी ड्रग्स की लत लगा देता है।[104]

मादक द्रव्य समाज को अन्दर ही अन्दर खोखला बना रहा है, लेकिन इस पर सरकार द्वारा नियन्त्रण ऊपर से ही है। इससे समूल मुक्ति की कोई राह दिखाई नहीं

देती। 'रागदरबारी' में शनीचर की दुकान के माध्यम से लेखक ने सरकारी योजनाओं का दुरुपयोग करने तथा मादक पदार्थों के गुप्त रूप से बिकने का चित्रण किया है।'' दुकान पर पान-बीड़ी से लेकर आटा, दाल, चावल, चना आदि सब कुछ था जो खुलेआम खरीदा और खाया जाता है। यह तो राजनीति का वह पहलू था जो मेनिफेस्टो में लिखा जाता है। इसके बाद वह पहलू आता था जो पार्टी की बैठकों में गुप्त मन्त्रणा के रूप में प्रकट होता है और जो सिर्फ विश्वस्त सूत्रों से ही मालूम हो पाता है। उसके भीतर वे चीजें आती थीं, जो खुलेआम खरीदी तो नहीं जाती थी पर खायी जा सकती थीं। इस कोटि के माल में बहुत सी अंग्रेजी दवाइयाँ थीं जिनका उद्गम स्थानीय अस्पताल के स्टोर में था। इन्हीं में पाउडर वाले अमेरिकी दूध के डिब्बे थे, जिनका उद्गम स्थानीय प्राइमरी स्कूल में था। इस तरह के पदार्थों में कुछ वे पदार्थ आते थे, जो सिर्फ छिपाकर खरीदे जा सकते थे और छिपकर ही इस्तेमाल हो सकते थे। इनमें गाँजा, भंग और चरस प्रमुख थे।''[105] सोचने की बात है कि इन मादक पदार्थों का सेवन करने वाली युवा पीढ़ी अपने, समाज के और राष्ट्र के भविष्य का निर्माण किस रूप में करेगी ! क्या उसके सामने कभी भावी जीवन की उन्मुक्त संभावनाओं के द्वार खुलेंगे ? क्या वह जीवन निर्माण के मार्ग में आने वाली बाधाओं के सार्थक-सशक्त प्रतिरोध की शक्ति उपलब्ध कर सकेगी ? क्या उसके भीतर की आत्मिक ऊर्जा किसी उच्च्य लक्ष्य की साधना में नियोजित हो सकेगी ? ये और इसी प्रकार के अनेक प्रश्न शनीचर की दुकान में सहजता से उपलब्ध मादक पदार्थो का सेवन करने वाली युवा-पीढ़ी का व्यवहार खड़े कर देता है, किन्तु इनके उत्तर का कोई अता-पता नहीं चलता। समकालीन उपन्यास युवा पीढ़ी की इस दिशाहीनता का यथार्थ प्रस्तुत करते हैं।

समकालीन उपन्यासों ने एक विशेष तथ्य यह उद्घाटित किया है कि आधुनिक भारत के लोग–विशेषकर मध्यवर्ग के लोग–अनेक अर्थों में दोहरा जीवन जी रहे हैं। उनके मानस पर एक ओर भारतीय सामाजिक-धार्निक परिवर्तनों का प्रभाव है तो दूसरी ओर पश्चिमी मूल्यों का। एक ओर भारतीय जागरण उन्हें जड़ता से मुक्ति का मार्ग दिखाता है तो दूसरी ओर पश्चिमी और साम्राज्यवादी अँगरेजी मूल्य मानसिक गुलामी की ओर धकेलते हैं। इस प्रकार जो दोहरा जीवन निर्मित होता है, उसमें मन, वचन और कर्म अर्थात सब कुछ दो धरातलों पर प्रकट होने लगता है। एक ओर व्यक्ति अपनी परम्परा से चिपकता है तो दूसरी ओर अँधेरे का लाभ उठाकर उसे धता बताता है और विदेशी प्रभुवर्ग के बीच अपने को स्थापित करता है। इस प्रवृत्ति ने वर्तमान भारतीय जीवन को दोहरे मान-मूल्यों की दलदल में धकेल दिया है। 'करवट' में लेखक ने बंसीधर के माध्यम से इस बदली मानसिकता को दिखाया है ''उसके परिवार में मांसादि तो क्या लहसुन, प्याज का प्रयोग भी पिछली कई पीढ़ियों से नहीं होता किन्तु उसने विलायती संगत में जो अभ्यास किया तो फिर अभी तक नहीं छूटा। वह छोड़ना चाहता है किन्तु छोड़ नहीं सकता क्योंकि कायर हैं। अंग्रेजी सभ्यता में स्वार्थ लिप्त होकर हम नए समाज के लोग कायर है। शूरता का दिखावा करते हुए भी नितान्त कायर हैं। हम अशक्त के

आगे शूरवीर बनेंगे और सशक्त के आगे कुत्ते की तरह से दुम हिलाते हुए उनके तलवे चाटने लगेंगे। यह जितने भले-भले घरों के लोग यहाँ बैठे हुए हैं सभी मेरे जैसे ही हैं।''[106] अँगरेजियत में डूबकर अपनी पहचान खो रहे हैं और दिखावे की जिन्दगी जी रहे हैं। 'करवट' में ही ''बंसीधर जो कि बुधवार की पार्टियों में दिखावटी तौर से भी शराब का गिलास हाथ में नहीं लेता, सिर्फ सोडावाटर पीता है, हँसकर बोला, 'जी हाँ, पीने में तो आप सब लोग एक ही तरह के नीच हैं, मगर खाते वक्त हममें से कुछ दोस्त शाकाहारी बनकर ऊँचे हो जाते हैं। हम हिन्दुस्तानी दोहरी जिन्दगी जी रहे हैं। यह बात मुँह से निकलकर स्वयं बंसीधर के कलेजे में भी काँटे की तरह गड़ गयी। वह भी तो कहीं न कहीं दोहरी जिन्दगी जीता है। शनिवार को अंग्रेजों की पार्टी में शराब का गिलास हाथ में लेता है जिससे कि हाकिम अंग्रेज बुरा न मानें। उसने पत्नी को वचन दे रखा है कि वह मद्यपान कभी न करेगा। मन में यह विचार भी है कि अपनी उन्नति के लिए वह अंग्रेजों को कभी नाखुश भी न करेगा इसलिए उनकी संगत में गिलास उठा लेता है।''[107] स्पष्ट है कि उपन्यासकार हमारा साक्षात्कार एक दीर्घ परिणामदर्शी यथार्थ से कराता है। इसी के साथ बंसीधर की व्याकुलता यह भी सिद्ध करती है कि जिन्दगी का यह दोहरापन अब खलने लगा है और इसके विरुद्ध संघर्ष किया जाना चाहिए। बंसीधर की आत्म-चेतना एक सीमा में एक अच्छी सम्भावना का संकेत करती अनुभव की जा सकती है।

कई विद्वानों का मानना है कि भारत में राष्ट्रवाद का प्रादुर्भाव आधुनिक शिक्षा के माध्यम से ही संभव हुआ। आधुनिक शिक्षा काफी कुछ अंग्रेजों की देन है। इसी आधुनिक शिक्षा के माध्यम से भारतीयों को प्राप्त अंग्रेजी साहित्य एक उपलब्धि है। अंगरेजी साहित्य के कारण भारतीयों को सारे विश्व को समझने और देखने के लिए एक भाषा माध्यम भी प्राप्त हुआ। इस भाषा के माध्यम से भारत ने विश्व के तमाम देशों से सम्पर्क स्थापित किया। यह ''अंग्रेजी शिक्षा न केवल बुद्धिजीवियों के निर्माण में सहायक हुई वरन् मध्यवर्गीय बुद्धिजीवियों की संख्या के निरन्तर विकास का उत्तरदायित्व भी अंग्रेजी शिक्षा और शासन को है।''[108]

मध्यवर्गीय बुद्धिजीवियों के माध्यम से भारत में अंग्रेजी भाषा का सतत विकास होता रहा। देश के संचालकों के इस भाषा के प्रति प्रेम ने भी इसका महत्त्व बढ़ाया। स्वतन्त्रता प्राप्ति के बाद भी अंग्रेजी भाषा के प्रति लगाव बना रहा। परिणाम यह है कि देश के अधिकांश कार्य आज भी अंग्रेजी भाषा में होते हैं। हिन्दी के प्रति आस्था रखने वालों के प्रयास से अंग्रजी के स्थान पर हिन्दी को अपनाए जाने के लिए लगातार प्रयत्न किए गए हैं और आज हिन्दी राष्ट्रभाषा के पद पर आसीन है, परन्तु यह मात्र कहने के लिए ही है। राजभाषा के रूप में हिन्दी का प्रयोग आज भी सीमित है। सरकार की योजनाएँ अंग्रेजी भाषा में ही बनती हैं। दफ्तरों में काम अंग्रेजी भाषा में किया जाता है। यहाँ तक कि ग्रामीण योजनाएँ भी अंग्रेजी में बनती हैं। ग्रामीणों के लिए यह सब समझ के परे होता है। इस असंगति को प्रकट करते हुए 'रागदरबारी' में लेखक लिखता

है–"यहाँ यह मानकर चला गया था कि किसान गाय-भैंस की तरह मच्छर पालने को उत्सुक है और उन्हें मारने से पहले किसानों का हृदय परिवर्तन करना पड़ेगा। हृदय परिवर्तन के लिए रौब की जरूरत है, रौब के लिए अंग्रेजी की जरूरत है–इस भारतीय तर्क पद्धति के हिसाब से मच्छर मारने और मलेरिया उन्मूलन में सहायता करने की सभी अपीलें प्रायः अंग्रेजी में लिखी जाती थीं। इसलिए प्रायः सभी लोगों ने इनको कविता के रूप में नहीं, चित्रकला के रूप में स्वीकार किया था और गेरू से दीवार रंगनेवालों को मनमानी अंग्रेजी लिखने की छूट दे दी थी। दीवारें रंगती जाती थीं, मच्छर मरते जाते थे। कुत्ते भूँका करते थे, लोग अपनी राह चलते रहते थे।"[109] यह हमारी भाषायी गुलामी का ज्वलन्त उदाहरण है। उपन्यासकार ने सटीक व्यंग्य करके भारतीयों की स्वभाषा या देशीय भाषा सम्बन्धी हीनता-ग्रन्थि पर करारी चोट की है तथा भाषायी दासता से मुक्त होने का अप्रत्यक्ष आग्रह किया है।

उन्नीसवीं शताब्दी के उत्तरार्द्ध का भारतीय समाज अनेक प्रकार के अन्धविश्वासों, कुरीतियों तथा जड़ मान्यताओं से ग्रस्त था। वर्ण व्यवस्था की पतनोन्मुखी व्यवस्था व्यक्ति को व्यक्ति से पृथक् कर रही थी। खान-पान, शादी-विवाह, रहन-सहन के नियम अत्यन्त कठोर थे। अशिक्षा के कारण अन्धविश्वास समाज में प्रचलित था।"[110] ये सारी कुरीतियाँ और जड़ मान्यताएँ पीढ़ी दर पीढ़ी आरोपित होती चली गईं। "इक्कीसवीं सदी के कम्प्यूटर युग में छलाँग लगाने वाले हम भारतवासी अपने अन्तर में अभी भी तेरहवीं सदी में जी रहे हैं और जीते रहना चाहते हैं। बदलाव को धर्म का अपमान समझते हैं।"[111] समाज में किसी काल विशेष में रची गई "मान्यताएँ, रूढ़ियाँ या जनरीतियाँ संस्कृति का अभिन्न अंग एवं सामाजिक नियन्त्रण के सार्वभौमिक आधार हैं। ये दीर्घकाल तक समाज में प्रचलित रहने के कारण अपेक्षाकृत अधिक स्थाई, कठोर एवं शक्तिशाली बन जाती हैं। इनका पालन करने से ही संस्कृति को स्थायित्व प्राप्त होता है। समाज में एकरूपता बनाए रखने के लिए एवं सहयोगी वातावरण का निर्माण करने में भी इन अलिखित साधनों का महत्त्वपूर्ण स्थान होता है।"[112] देखा जाए तो भारतीय समाज में ज्ञान-विज्ञान और विवेक संस्कारों की जकड़न में है। 'अर्द्धनारीश्वर' में सुमिता कहती है, "व्यक्ति के चारों ओर जो नैतिक मूल्यों का संस्कार रूपी अभेद्य और अवैज्ञानिक चक्रव्यूह निर्मित कर दिया है सामाजिकों और धार्मिकों ने, उसमें फँसकर अभिमन्यु मर ही सकता है। संस्कार भय पैदा करते हैं और भय की दीवारों के बीच पनपती है अन्धी अमानवीय आस्था। उसी आस्था का कवच पहनकर प्रहार करते हैं सामाजिक महारथी।"[113]

पूँजीवाद ने उद्योगों का विकास किया, परिणामतः कुछ हद तक परम्परागत समाज व्यवस्था में भी परिवर्तन दिखाई देने लगे, परन्तु परम्परागत व्यवस्था के प्रति मोह ने नई आर्थिक व्यवस्था के लिए मुर्गीपालन जैसे वर्ग के विरुद्ध व्यवसाय को नहीं पनपने दिया। 'चाक' में गाँव के बुजुर्गों द्वारा इस व्यवसाय का विरोध करने पर रंजीत बड़बड़ाता है कि "जहन्नुम में गई तुम्हारी भइयाबंदी ! मुर्गीपालन का अर्थशास्त्र ये अज्ञानी क्या

समझें ? एक मुर्गी के कम से कम पन्द्रह बच्चे होते हैं। साल में दो बार जरूर कुड़क होती है। अंडों को रोज बेचो। आदमी तो आदमी, गरीब बेसहारा औरतों के पेट का अच्छा धन्धा है। खेरापतिन दादी बेचारी सीधे परोसा पर पेट पाल रही हैं पर मुर्गीपालन की बात सपने में भी नहीं सोच सकतीं, नहीं तो उन्हें गाँव की पुरोहिताई से बर्खास्त कर दिया जाएगा।''[114]

रीतियाँ और संस्कार समाज को व्यवस्थित रखने के लिए हैं पर पारम्परिक संस्कार यदि बेड़ी या अनुपयुक्त लगें तो उन्हें तोड़ देना चाहिए। 'अर्द्धनारीश्वर' में अजित कहता है कि ''उन अर्थहीन संस्कारों से मुक्ति पानी होगी जो मनुष्य को दुर्बल और समाज को पंगु बनाते हैं और उन कारणों और उन व्यवस्थाओं से मुक्ति पानी होगी जो गलत संस्कारों का निर्माण करते हैं। हर युग की अपनी स्मृति होती है और होनी चाहिए।''[115] विज्ञान के इतने विकास के बाद भी भारतीय जनता आज भी रूढ़ संस्कारों से मुक्त नहीं हो पाई है। समय की गति के साथ आज प्रचलित परम्पराओं और संस्कृतियों में संशोधन की भी आवश्यकता है।

निर्धनता सामाजिक आर्थिक समस्या है क्योंकि अर्थ व्यक्ति के सामाजिक जीवन पर प्रभाव डालता है। निर्धनता का तात्पर्य उस अभावग्रस्त स्थिति से है जहाँ व्यक्ति अपनी प्राथमिक आवश्यकताओं की पूर्ति करने में भी असमर्थ रहता है। ''भारतीय मध्यवर्ग में एक ओर अत्यन्त गरीब, निरीह निम्न मध्यवर्ग है और दूसरी ओर उच्च मध्यवर्ग, जो प्रायः उच्च वर्ग की समकक्षता का आकांक्षी है। अपनी इस विशिष्ट स्थिति के कारण मध्यवर्ग के अन्तर्गत एक वर्ग विशेष की इच्छा–उच्च वर्ग के समकक्ष पहुँचने की इच्छा, बराबर रहती है और दूसरे वर्ग को अपनी आर्थिक हीनता के कारण निम्नवर्ग से समझौता करना पड़ता है।''[116] आर्थिक तंगी से व्यक्ति की जरूरतें पूरी नहीं हो पातीं। व्यक्ति अपनी तथा उस पर आश्रित अन्य लोगों की इच्छा पूरी करने में असमर्थ हो जाता है। ऐसी स्थिति में व्यक्ति के अन्दर कुंठाएँ जन्म लेती हैं जो व्यक्ति को अन्दर ही अन्दर घुन की तरह खाती रहती हैं। आज के अर्थ प्रधान समाज में निर्धनता का जीवन जीना अभिशाप ही है। धनाभाव में कई बार व्यक्ति अपनी आवश्यकता पूर्ति के लिए गलत रास्ता अपना लेता है। ''निर्धनता से समाज में अपराधों की वृद्धि होती है क्योंकि जब व्यक्ति साधारण तौर पर ईमानदारी एवं निष्ठापूर्वक कार्य करके अपनी दैनिक आवश्यकताओं को पूर्ण करने में असफल हो जाता है तो वह चोरी, डकैती, हत्या, जेबकटी, जालसाजी आदि करके अपनी आवश्यकताओं की पूर्ति की चेष्टा करता है। व्यक्ति की उपर्युक्त आपराधिक प्रवृत्ति उसे नैतिक एवं चारित्रिक पतन की ओर उन्मुख करती है।''[117]

स्वतन्त्रता के बाद भारत को विभिन्न समस्याओं का सामना करना पड़ा है। देश का विभाजन, विस्थापन की समस्या, निरन्तर लड़े जानेवाले युद्ध तथा प्राकृतिक आपदाओं ने भारत के सामाजिक धरातल पर भयंकर छाप छोड़ी है। ''आज भारत के समक्ष निर्धनता की गम्भीर समस्या है क्योंकि इसके कारण लोगों को पर्याप्त भोजन,

आवास एवं मनोरंजन की सुविधा नहीं मिल पाती, जिसके कारण निर्धन व्यक्ति वैयक्तिक स्तर पर विघटित हो जाता है तथा धनार्जन के लिए विभिन्न प्रकार के समाज विरोधी कार्य अपना लेता है; अपराध करने लगता है। देश में निर्धनता की समस्या अपर्याप्त पोषण के रूप में स्पष्ट दृष्टिगोचर होती है। भारत के अधिकांश व्यक्तियों का स्वास्थ्य सामान्य स्तर से नीचे है, क्योंकि उन्हें पर्याप्त भोजन नहीं मिल पाता है।''[118] पर्याप्त भोजन तक न मिलने की स्थिति में व्यक्ति की बुद्धि कुंठित हो जाती है। कुछ रुपए पाने के लिए वह कुछ भी करने को तैयार हो जाता है। ऐसे व्यक्ति चन्द रुपयों के लिए अपना मताधिकार तक बेच डालते हैं। 'महाभोज' में काशी जनता की शक्ति के बारे में कहता है कि ''क्रान्ति जब भी आएगी वहीं से आएगी। हमारे-तुम्हारे किए नहीं होने की क्रान्ति ! और इन किराये के जुटाए हुए लौंडे-लपाड़ों से तो कभी भी नहीं। तो बिहारी कहता है–''रहने दीजिए ! इन लोगों को आज एक पैसे का फायदा दिखाई दे तो कल के लिए पूरी जिन्दगी गिरवी रख देंगे अपनी।''[119] गरीब जनता के लिए पैसा ही सब कुछ है। पैसे के अभाव में उसकी स्थिति दयनीय हो जाती है। इस सच को उजागर करती हुई अर्द्धनारीश्वर की श्यामला भी कहती है, ''इस दुनिया में सब कुछ पैसा है। पैसा है तो प्यार है, दोस्त हैं, नहीं तो आदमी लाश के समान है।''[120]

निर्धनता के मूल कारणों में जनसंख्या वृद्धि, रोजगार का अवसर न मिलना और परम्परागत रूढ़ियाँ आदि हैं। 'करवट' में गरीबी और जनसंख्या वृद्धि से उत्पन्न दयनीय स्थिति का चित्रण है। ''डॉ. देशदीपक टंडन को नगर के ऐसे भाग में जाने का अवसर मिला, जो उन्होंने कभी देखा ही नहीं था। बस्ती उन दरिद्रनारायणों की थी, जिनकी अर्धांगिनियाँ लक्ष्मी नहीं होतीं। कुछ देहाती सड़कों पर खोंचा लगाके बैठते हैं, कुछ कन्दला तार-कशी आदि की मजदूरी करते हैं या इसी तरह के छोटे-छोटे कामों से अपने घरों में दो वक्त या एक वक्त का चूल्हा जलाने के लिए अपनी जीविका का प्रबन्ध कर लेते हैं। बस्ती भर में छोटे-मोटे घर। एक पुरानी नवाबी छतविहीन बारहदरी के कुछ हिस्से में मिट्टी की दीवार बनाकर एक परिवार रहता था। एक वृद्ध माता-पिता (जो माता-पिता होने के कारण अपेक्षाकृत वृद्ध तो थे, लेकिन उनकी प्रजनन ऊर्जा अभी समाप्त नहीं हुई थी) उनके तीन बेटे जो विवाहित हो चुके थे, वे भी अपनी बाला नवयुवती पत्नियों के साथ उसी कोठरी में रहते थे। शेष पाँच बच्चे भी, जिनमें से अभी एक कनिया में खेलने लायक ही था, उसी कोठरी में रहते थे।''[121] जनसंख्या वृद्धि से आवास की समस्या उत्पन्न हो जाती है और साथ ही धनाभाव की समस्या भी, जिसके कारण परिवार के सदस्यों की इच्छाएँ अतृप्त रह जाती हैं। 'मुझे चाँद चाहिए' में किशोर जब गर्म कोट के लिए जिद्द करने लगा तब ''जो काम घरवाले दिन भर में नहीं कर पाए, वह वर्षा ने एक मिनट में सम्पन्न कर दिया। बस पंक्तियों के इस नाटकीय संवाद का अन्तिम वाक्य बोलते हुए ''भैया हम गरीब हैं।'' उसने वर्षा के पूरी बाँहोंवाले पुलोवर को खुद बुन देने के प्रस्ताव के स्वीकार के साथ अपना धरना समाप्त करते हुए अपनी इच्छा को कोल्ड स्टोरेज में स्थानान्तरित कर दिया।''[122]

जनसंख्या वृद्धि किसी भी देश के लिए समस्या नहीं बनती, जब तक कि बढ़ती हुई जनसंख्या के बावजूद सबको आवश्यकता के अनुसार रोटी, कपड़ा और मकान उपलब्ध हो। जनसंख्या वृद्धि के अनुपात में ही देश के सभी क्षेत्रों में उत्पादन बढ़े, रोजगार के अवसर उपलब्ध हों, प्रतिव्यक्ति आय आवश्यक आवश्यकताओं की पूर्ति में सक्षम हो। आय-व्यय में जब तक सन्तुलन बना रहता है तब तक कोई समस्या नहीं, पर इनमें से किसी भी क्षेत्र में असन्तुलन ही समस्या का कारण है। जनसंख्या वृद्धि भारत के लिए ही नहीं, सम्पूर्ण विश्व के लिए समस्या है। जनसंख्या वृद्धि से उपभोगकर्ताओं की संख्या बढ़ती है। प्रत्येक क्षेत्र में उम्मीदवारों की संख्या बढ़ती है। निवास की समस्या तथा खाद्यानों की कमी जैसी समस्या सामने आती है। शिक्षा के अवसर कम होते जाते हैं। जीवन संघर्ष बढ़ जाता है। इन सबका परिणाम सामाजिक पर्यावरण के क्षेत्र में भारी असन्तुलन के रूप में सामने आता है। भारतीय समाज इस समस्या से काफी समय से जूझ रहा है।

''जब किसी समाज के लोगों को आवश्यक योग्यता और कार्य करने की इच्छा रहते हुए भी जीविका के लिए साधन प्राप्त नहीं हो पाते, जिससे उनकी न्यूनतम कार्य-कुशलता बनी रहे, तब इस दशा को बेरोजगारी के नाम से जाना जाता है।''[123] अशिक्षा, अज्ञानता और अन्धविश्वास के कारण भारत की जनसंख्या में लगातार वृद्धि हुई है। औद्योगीकरण के चलते छोटे व कुटीर उद्योग अपना अस्तित्व नहीं बचा पाए और आधुनिक शिक्षा पद्धति ने बेरोजगारी को बढ़ावा दिया। 'करवट' में रायसाहब तथा उनके बेटे के शब्दों से इसका अनुमान लग जाता है। ''राय साहब कहने लगे, 'अभी लास्ट इयर जब हम लोग काशी की शादी में सआदतगंज गए थे न, तभी औरतों के गीतों में मैंने एक लाइन सुनी थी, जो तुम्हारी बात पर अचानक याद आ गई–'सैंया हमारे मिडिल पास अंग्रेजी बिगुल बजाते हैं। अभी पन्द्रह बरस पहले तक मिडिल पास लड़कों की बड़ी धूम थी। क्या जमाना आ गया। कितनी तेजी से बदल रहा है हमारा समाज। जितनी तेजी से अंग्रेजी एजूकेशन फैल रही है, हमारी सोसायटी में परिवर्तन आ रहे हैं, उतनी ही तेजी से बेरोजगारी और महँगाई की बाढ़ भी आ रही है। पापाजी हमारे समाज में अगर संस्कारों और शिक्षा में सुधार न किए गए तो ये बढ़ती महँगाई और बेरोजगारी हमें खत्म ही कर डालेगी।''[124]

आधुनिक युग में परीक्षा उत्तीर्ण करना, डिग्री हासिल करना और नौकरी पाना ही शिक्षा का एकमात्र उद्देश्य रह गया है। हर वर्ष लाखों लोग डिग्री तो पा लेते हैं, पर उतने ही लोगों को नौकरी नहीं मिलती। समकालीन हिन्दी उपन्यास 'चाक' में इस समस्या का अंकन हुआ है। ''रंजीत और उसका चचेरा भाई भँवर, ये नौजवान क्रमशः एम.एस.सी. (एजी) और बी.ए. की डिग्री हासिल किए हुए हैं। किसानी करने और किसान कहलाने में गौरव का अनुभव करते हैं। गाँव के लाल बुझक्कड़ कहते हैं–मजबूरी का नाम महात्मा गांधी।''[125] भारत में शिक्षित व्यक्तियों की बेरोजगारी एक जटिल

समस्या है। पढ़े-लिखे लोगों की ऐसी मानसिकता बन जाती है कि वे कोई अन्य छोटा व्यवसाय नहीं अपनाना चाहते पर परिस्थिति की मार ऐसी पड़ती है कि न चाहते हुए भी सहझौते का रास्ता अपनाना पड़ता है। 'मुझे चाँद चाहिए' में वर्षा से स्नेह कहता है कि "इस निर्णय के पीछे परिस्थितियों का दबाव भी है। तुम लोगों को सुनकर अजीब लगेगा, मगर मैं कहूँ कि अभी 'पंचम वेद' चल रहा होता तो मैंने अपनी जिन्दगी को इस तरह व्यवस्थित करने की बात न सोची होती। रंगअजगर मंडी हाउस की अपनी अव्यवस्थित बाँबी में सन्तुष्ट था। पर अचानक सामने कोई लक्ष्य नहीं रह गया है। सुबह सोकर उठता हूँ, तो पूरा दिन भयंकर जबड़े फैलाए खड़ा हो जाता है, बताओ मेरा क्या करोगे ?"[126]

बड़ी मशीनों के प्रयोग ने भी बेरोजगारी को बढ़ाया है। एक ही मशीन से न जाने कितने लोगों का काम निबट जाता है। भारत में अधिकांश जनता आज भी खेती पर निर्भर है। खेती सम्बन्धी व्यवसाय ही इनकी जीविका का साधन हैं, परन्तु अनेक कृषकों और कृषि श्रमिकों को भी गाँवों में खेती के अलावा रोजगार के अन्य अवसर न मिलने के कारण आंशिक बेरोजगारी का सामना करना पड़ता है। दूसरी स्थिति यह है कि गाँव के पढ़े-लिखे लोग गाँव लौटना नहीं चाहते, भले ही उन्हें शहर में कैसी भी नौकरी करनी पड़े। इससे बेरोजगारी की दर निरन्तर बढ़ती रहती है।

समकालीन भारतीय समाज अन्य समस्याओं के साथ ही चोरी, डकैती और अन्य प्रकार की गुंडागर्दी की समस्या से भी परेशान है। यदि ध्यान दिया जाए तो इन सभी के मूल में वर्तमान व्यक्ति की घोर असन्तोष से आक्रान्त स्थिति है। इस असन्तोष के मूल में भी भौतिकतावादी प्रवृत्ति और आर्थिक कारग विशेष हैं। "समाज का महत्त्वपूर्ण अंग है अर्थ-व्यवस्था। अर्ध-व्यवस्था का सम्बन्ध धन-सम्पत्ति अर्थात भौतिक उपकरणों के उत्पादन, वितरण और उपयोग की प्रविधि प्रक्रिया से है। मार्क्सवादी समाजशास्त्र के अनुसार अर्थ-व्यवस्था सम्पूर्ण समाज विधान का मूल आधार या केन्द्रबिन्दु है।"[127] आज व्यक्ति अपनी आवश्यक आवश्यकताएँ पूरी करने तथा आर्थिक स्थिति मजबूत करने के लिए कई तरह के हथकंडे अपनाता है। समाज में चोरी-डकैती की समस्या का कारण ही अर्थ या धन है। कई बार लालच में आकर वह अपने सगे-सम्बन्धियों की सम्पत्ति हड़पने के लिए उनकी हत्या करने से भी नहीं चूकता। 'औरत' उपन्यास में शिबू सुदर्शन चाचा से कहता है, "अगर कल्पू ने गलती कर दी, सुखिया कांड से चिढ़कर उसने दो-चार कड़वे वाक्य बोल भी दिए तो क्या आपको हरीश को गोली मारनी चाहिए थी ? कल्पू तो आपका भतीजा था। उसे समझा देते। गोली मरवा दी आपने ? क्यों ? क्या कल्पू, रमानाथ, महेन्द्र सबकी सम्पत्ति पर नजर है आपकी ?"[148] कोई अवैध कारोबार कर अपनी धन-लिप्सा पूरी करता है। 'रागदरबारी' में रामाधीन कहते हैं, "अफीम के कारोबार में अच्छा पैसा आता था और दूसरे व्यापारियों से इसमें ज्यादा स्पर्धा भी नहीं रखनी थी। इस व्यापार में सिर्फ एक छोटी-सी खराबी थी, कि यह कानून के खिलाफ पड़ता था। इस बारे में मैं क्या कर सकता हूँ ? कानून मुझसे पूछकर तो बनाया नहीं

गया था।"[129]

कुछ व्यक्ति चोरी-डकैती करके भी मजे से घूमते हैं। आज स्थिति यह है कि हमने चोरी-डकैती को समाज का एक अभिन्न अंग स्वीकार कर लिया है। इसके विरोध में आवाज उठाना तो दूर, लोग हालात से समझौता कर लेने की सलाह दिया करते हैं। 'रागदरबारी' में डकैती के सिलसिले में एक आदमी कहता है, "क्या होगा रपट लिखाने से ? जो गया, सो गया। गया माल फिर कभी वापस आता है ? बताओ तुम हिन्दू हो या मुसलमान ? हिन्दू हो तो करम को मानते हो कि नहीं ? तुम्हारे करम में ये पैतालीस रुपए नहीं लिखे थे। अब दौड़-धूप करना बेकार है। भगवान को यही मंजूर था।"[130] इस तरह की बुराई को भाग्य मानकर स्वीकार करना ही आम जनता की नियति है। इसी उपन्यास में जोगनाथ चोरी करता है पर उसे प्रधान का आश्रय मिला होने के कारण दारोगा तक नहीं पकड़ता। रुप्पन कहता है, "ए जोगनाथ, यों मरे चमगादड़ जैसे मुँह लटकाकर चलने से क्या होगा ? मौज करो। दारोगा कोई लकड़बग्घा तो है नहीं, तुम्हें खा थोड़े ही जाएगा।"[131] परिणाम यह होता है कि गुंडे रास्ता चलते किसी को भी लूट लेते हैं और मजे से घूमते रहते हैं। उन्हें किसी का भय नहीं। कोई भी इनका सामना नहीं करना चाहता। 'रागदरबारी' में एक दुकानदार बोला, "असल झगड़ा अठन्नी का नहीं, उधर पहलवान की ओर से है। ये गँजहे अठन्नी के लिए झाँय-झाँय कर रहे थे तो उधर से पहलवान बोले कि भाई इस झगड़े में हमारा दिया हुआ रुपिया न भूल जाना। क्या जमाना आ गया है।"[132] आज गुंडों का ही राज चलता है। 'चाक' में दलवीर कहता है, "अब यहाँ आदमी की सुरक्षा नहीं है। खतरा ज्यादा बढ़ गया है। गुंडागर्दी ! जो जितना बदमाश हो वह उतना ही पुजता है। लट्ठ के दम पर लोग भैंस हाँके ले जा रहे हैं। ऐसा न होता तो नम्बरदार भीगी बिल्ली की तरह दुबके रहते ? भवानीदास साधजी के बेटों की तामील कर रहे होते ? साँड के आगे बछिया की लाचारी। भवानीदास को भी पता है कि जाटों की उधारी वसूलियावी करनी है तो डोरिया की ताकत का सहारा लेना पड़ेगा।"[133] यहीं हमारे आज के जीवन का समस्याग्रस्त रूप है। उपन्यासकार, 'चोरी, ऊपर से सीनाजोरी' वाली इस प्रवृत्ति का सच्चा रूप प्रस्तुत करके पाठकों को सचेत बनाने का दायित्व पूरा कर रहा है।

मनुष्य की शाश्वत आवश्यकताओं को ध्यान में रखकर समाज में कुछ मर्यादाएँ स्थापित कर दी जाती हैं। उन मान्यताओं और मर्यादाओं के अनुसार रीति, रस्म और पम्पराएँ बन जाती हैं। जब कोई व्यक्ति समाज में प्रचलित मर्यादाओं से हटकर व्यवहार करता है तो उसे अनैतिक करार दे दिया जाता है। रोटी, कपड़ा और मकान जैसी आवश्यक आवश्यकताओं के साथ "मनुष्य के जीवन में यौन आवश्यकता अत्यन्त सहज तथा प्राकृतिक वृत्ति है। यौन आवश्यकता मनुष्य में भूख की तरह है। जिस प्रकार व्यक्ति भूखा नहीं रह सकता, उसी प्रकार वह अपनी यौन आवश्यकताओं की पूर्ति किए बिना नहीं रह सकता। यद्यपि भूख की तृप्ति भोजन में है तो यौन की तृप्ति प्रेम में अर्थात शारीरिक सम्बन्ध-निर्वाह में। स्त्री और पुरुष दोनों में यह यौन आवश्यकता

स्वाभाविक रूप से अन्तर्निहित है।''[134] मनुष्य की इस आवश्यकता पूर्ति के लिए समाज में विवाह जैसे पवित्र बन्धन की परम्परा प्रचलित है। कई मनुष्य अपनी कामना पूर्ति के लिए समाज के बन्धनों को अस्वीकार कर मुक्त व्यवहार करना चाहते हैं। ऐसी इच्छा आधुनिक युग में ही पनपी हो ऐसा नहीं है, राजा-महाराजाओं के निरंकुश शासन काल में भी इसका उदाहरण देखने को मिलता है। 'करवट' उपन्यास में इसकी अभिव्यक्ति इस प्रकार हुई है—''वाजिदअली शाह के परी खाने और विलासिता के बड़े-बड़े किस्से उन दिनों गलियों, टोलों के चबूतरों की चौपालों पर उड़ा करते थे। मुहर्रम के दिनों में कर्बलाओं पर, होली के बाद आठों के मेले के दिनों में टिकैतराय के तालाब पर और साल में बाकी दिनों में इधर-उधर पीरों की मजारों पर अपनी श्रद्धा व्यक्त करने के बहाने निकलकर महलों की काम पीड़िता बेगमें अपनी पालकी कहारों की साँठ-गाँठ से अपने-अपने यारों के यहाँ ऐश मनाने जाया करती थीं। तवायफें नए ग्राहकों को फँसाने के लिए नजरें लड़ाने जाती थीं। रईस औरतें, विधवाएँ और विधुर अपने ही कुनबे की रिश्तेदारियों में एक दूसरे को फँसा लेते थे। चाचा-भतीजी, जेठ-भयेहू, ससुर-बहू और न मिलने पर मुनीम, गुमाश्ते, कहार-कहारिनों की यारी के किस्से हर दिन के आठ पहरों में मौखिक या सक्रिय रूप से चला करते थे।''[13]

काम सम्बन्धी ऐसी मूल्यहीनता बन्धनयुक्त भारतीय समाज में ही व्याप्त हो ऐसा नहीं है, बल्कि अंग्रेजों के मुक्त और स्वच्छन्द समाज में भी लोग यौन अनैतिकता के शिकार होकर त्रस्त रहते हैं। यह पिन्काट के शब्दों से पता चलता है, ''वह औरत शुरू से ही बदमिजाज और बदसूरत है और यह बात भी बहुत साफ है कि हिज एक्सिलेंसी ने इसके बाप को खुश करके कम्पनी में यह जगह पाई होगी। तभी तो हिज एक्सिलेंसी इस कमबख्त मुटल्लो 'मेरी' से डरते हैं। नैन्सी ने आपसे सच कहा था, मैं उसके काम-मल को उठाने वाला मेहतर हूँ।''[136] इसी उपन्यास में बंसीधर, जो कट्टर सनातनी परिवार का सदस्य है, अपने फायदे के लिए एक अंग्रेज महिला नैन्सी के साथ यौन सम्बन्ध स्थापित करता है और जब नैन्सी की शादी हो जाती है तो वह सोचता है कि ''वह भले ही खुश और गर्वित हो सकता है कि उसने एक बड़े अंग्रेज की पत्नी नैन्सी से अन्तरंग सुख के अनेक क्षण प्राप्त किए थे, पर क्या वह केवल इसी कारण नैन्सी की बराबरी कर सकता है। भोग-विलास प्रिय सम्पन्न, सवर्ण कुलीन पुरुष अकसर निम्न वर्णों की स्त्रियों से भी सुख प्राप्त कर लेते हैं। बड़े घरों की तन तृष्णा पीड़िताएँ अपने दासों से सन्तोष प्राप्त कर लेती हैं।''[157]

सामाजिक बन्धनों के भय से छिपकर जो व्यक्ति यौनाचार करता है वह परिणाम स्वीकारने की हिम्मत नहीं रखता। ऐसे व्यक्ति अपनी सामाजिक प्रतिष्ठा को बनाए रखने के प्रयत्न में अपनी पूरी शक्ति लगा देते हैं। 'डूब' उपन्यास में गौरा बाई कहती है, ''चन्द्रभान दाउजू को गाँव से बाहर जाने का फैसला सुनानेवाले इन्हीं बामन महाराज का मोढ़ा, कैलाश महाराज ने मुँह काला किया है चन्द्रभान की बिटिया अक्कल से। धरम के आसन पर विराजे इन्हीं बामन महाराज के अधर्मी बेटे के कुकर्म का फल है ये

रामदुलारे।''[138] इसी तरह 'जहाँ बाँस फूलते हैं' में जोरमी को झा से गर्भ ठहर जाता है, परन्तु झा साफ मुकर जाता है। चालीस रुपए दंड के रूप में देने के लिए भी तैयार नहीं होता और कहता है, ''बात चालीस रुपए की नहीं है कल्पू। इससे अधिक तो हर हफ्ते किसी-न-किसी परिवार को यूँ ही दे देता हूँ। सवाल है इस तोहमत का। जो बच्चा मेरा नहीं, उसे बापपन कैसे दे दूँ ?''[139] जहाँ समाज में प्रचलित रस्मों-रिवाजों को तोड़ा जाता है, वहाँ व्यक्ति मानसिक शान्ति भी खोता है, जिसका परिणाम कभी सुखकर नहीं होता। केवल शारीरिक सुख के लिए बनाया गया सम्बन्ध कभी देर तक नहीं ठहरता। समाज में फैल रही इस बुराई की ओर हमारा ध्यान आकर्षित करने में समकालीन उपन्यास सफल हुए हैं।

जब कोई स्त्री अनैतिकता और व्यभिचार को अपनाकर बदले में धन या वस्तु प्राप्त करती है तो इसे वेश्यावृत्ति कहा जाएगा। भारतीय कानून व्यवस्था में वेश्यावृत्ति को यौनापराध माना गया है। अनादि काल से नारी शरीर का विविध रूपों में शोषण होता रहा है। राजा-महाराजाओं ने अपने शासन काल में मनोरंजन के लिए गणिकाओं को अपने यहाँ स्थान दिया। आधुनिक युग में वैधानिक दृष्टि से वेश्यावृत्ति को अपराध माने जाने के कारण समाज में ऊपरी तौर पर वेश्यावृत्ति नजर नहीं आती। पर बड़े-बड़े शहरों में, होटलों में 'कॉलगर्ल्स' वेश्या का ही आधुनिक रूप है। स्त्री आर्थिक विषमता या असन्तुष्ट कामेच्छा के कारण इस व्यवसाय को अपनाती है, पर उसे पुरुष अपनी विलासी प्रवृत्ति और जिज्ञासावश बढ़ावा देते हैं। 'करवट' में लेखक ने इन शब्दों में इस समस्या की ओर हमारा ध्यान खींचा है, ''जवानी चढ़ते न चढ़ते भगौती परसाद लखनऊ के उन पेशेवर मुसाहबों के चंगुल में फँस गया जिनकी मीठी बातों के शहद में संखिया घुला होता है। शादी दो बार हुई पर गौना होने से पहले ही दोनों प्रभु को प्यारी हो गईं। अब मुसाहबों के चलाए चक्कर में फँसकर नगीनाबाई की बेटी शमीम की नथ उतारने पर आमादा हो गए थे। शमीम और भगौती को अकेले कमरे में बैठाकर गुटरगूँ करने के भी कई मौके दिए गए।''[140] कुछ विलासी प्रवृत्ति के पुरुष वेश्याओं के पास जाने को अपना गौरव या शान समझते हैं। वे अपनी सम्पत्ति तक दे डालते हैं। 'औरत' उपन्यास में सदरू अपने पिता के लिए कहता है कि ''यह तो बुआ मुझे मालूम नहीं था कि इस दोजखी कुत्ते ने हमारे दादा की मौरूसी जमीन रंडियों के नाम कर दी है।''[141] इस तरह अय्याशी और रईसी में प्रदर्शनप्रिय विलासी पुरुषों का क्या हश्र होता है यह 'करवट' में दिखाया गया है।'' कौशल्या का पति, रघुनन्दन मेधावी था। उसने अंग्रेजी भी पढ़ी थी, कुछ संस्कृत का भी अभ्यास किया था। अपनी शौकीन मिजाजी में गाने का शौक तो उसे गान विद्या तक ले गया, पर गानेवालियों के वैशिक जाल में फँसकर उसकी सारी विद्या, बुद्धि मानो अन्तरिक्ष में त्रिशंकुवत अधर में लटक गई थी।''[142] समाज में कुछ ऐसे लोग भी हैं जो स्त्रियों से इस तरह का काम करवाते हैं। 'रागदरबारी' में मेले से लौटते हुए रंगनाथ और रुप्पन को ऐसा एक व्यक्ति मिलता है तो रुप्पन कहता है, ''बरसों से नाक में छल्ला लटकाए घूम रही है और वह उसके ठुमरी-दादरा

का नगाड़ा पीटता है। भैंस जैसी आवाज है और बड़ी उस्ताद बनती है। इलाके की सबसे सड़ियल पतुरिया है। कोई उसे कौड़ी को भी नहीं पूछता। मैं न आता तो चुप थोड़े ही होता। तुमको तो उसने करीब-करीब फाँस लिया था।[143] वेश्यावृत्ति समाज में एक दाग है और इसमें पुरुषों की भागीदारी कम नहीं है। वेश्या के पास जानेवाले पुरुष पारिवारिक सम्बन्ध के प्रति उदासीन हो जाते हैं। यही नहीं वर्तमान युग में एड्स जैसे भयंकर और असाध्य रोग से पीड़ित होने का एक मुख्य कारण वेश्यावृत्ति ही है।

आर्थिक विपन्नता आज के व्यक्ति की बड़ी परेशानी है। आर्थिक तंगी से मुक्ति के प्रयास में प्रत्येक व्यक्ति लगा रहता है। इसके लिए उसे अपने स्वाभिमान को ताक में रखना पड़े तो भी पीछे नहीं हटता। उसे अपने पद और सामाजिक प्रतिष्ठा का भी ध्यान नहीं रहता। एक चौंकानेवाला सच यह भी है कि मध्यवर्ग में चाटुकारों की संख्या सबसे अधिक है क्योंकि ये महत्त्वाकांक्षी होते हैं और किसी भी तरह अपनी कामना पूर्ण करना चाहते हैं। 'रागदरबारी' में लेखक ने ऐसे ही व्यक्तियों के चरित्र का अंकन प्रिंसिपल के माध्यम से किया है। एक जगह प्रिंसिपल रंगनाथ से कहता है, "वाइस चांसलर के बजाय प्रिंसिपल की नौकरी मुझे पसन्द है, क्योंकि वहाँ दस लोगों के सामने सिर झुकाना पड़ता है, यहाँ केवल वैद्यजी के सामने।"[144] इसी उपन्यास में दारोगा से बात करते हुए वैद्यजी कहते हैं, "शिवपालगंज की जलवायु बड़ी ही उत्कृष्ट है। बुद्धि के विकास के लिए बड़ा अनुकूल पड़ता है।" "मैं तो आपको ही यहाँ की जलवायु मानता हूँ।"[145] यह दारोगा का उत्तर था, क्योंकि उसे वैद्यजी की ताकत का अन्दाजा था। उसने समाज में अपनी ताकत और प्रतिष्ठा बनाए रखने के लिए वैद्यजी के आगे दुम हिलाकर अपनी व्यवहार कुशलता जताई। दारोगा की हैसियत वैद्यजी के सामने कुछ नहीं है, पर वैद्यजी की कृपा-दृष्टि दारोगा के लिए सब कुछ है, इसलिए वह वैद्यजी के सामने कोई अप्रिय बात नहीं करना चाहता। स्वार्थपूर्ति के लिए अपने घोषित आदर्शवादी मूल्यों के साथ समझौता करना एक आम बात हो गई है, जिसके विषाणु पत्रकारिता जैसे कर्तव्य और त्याग प्रधान क्षेत्र को भी संक्रमित कर चुके हैं। पत्रकारिता के नाम पर एक पीत-पत्रकारिता फूल रही है, जो पूरी तरह सत्ता की दलाल है। पूँजीपति और सत्ताधारी मिलकर पीत-पत्रकारों को अपना क्रीतदास बना चुके हैं और बड़ी-बड़ी डींगें हाँकनेवाले पत्रकार आवासीय भूखंडों, कागज के कोटे, विदेश यात्राओं, शराब, शानदार डिनर, भरे सूटकेसों आदि के नीचे दबे दुम हिला रहे हैं। जी-हुजूरी की यह घातक प्रवृत्ति व्यक्ति के चरित्र पर लगातार हमला कर रही है। 'महाभोज' में दा साहब ने दत्ताबाबू को अपने दफ्तर में बुलाकर कागज का कोट देने की बात के साथ उन्हें जिम्मेदारी का अहसास दिलाया, तो उसने "जिम्मेदारी के बोझ के नीचे दबे-दबे ही पूछा, जी, मेरे लायक कोई हुक्म ?"[146] उपन्यास ने इस यथार्थ का सटीक बयान करके बुद्धि को झनझना दिया है।

मनुष्य के जीवन में कलाओं का अप्रतिम महत्त्व रहा है। प्रमुख रूप से इतना सम्बन्ध आन्तरिक जगत से है। व्यक्ति अपने आन्तरिक अनुभवों को कला के माध्यम

से अभिव्यक्त करता है। यह अभिव्यक्ति भी उसकी विवशता है, क्योंकि अभिव्यक्ति के बाद ही उसका अन्तरतम सन्तोष पाता है और आनन्द की अनुभूति करता है। कला से आनन्द प्राप्त करने का दूसरा मार्ग है–दृश्य, श्रव्य और पठन माध्यम। इसका सम्बन्ध भी बाह्य से अधिक आन्तरिक जगत से होता है। दृश्य के लिए नेत्र तथा श्रव्य के लिए कर्ण की अनिवार्यता होती है पर कला से आनन्दित होने के लिए नेत्र व कर्ण आन्तरिक जगत के माध्यम बन जाते हैं। कलाकार की पहचान कला और उसके रिश्ते से बनती है। वास्तविक कलाकार अपनी कला और अभिव्यक्ति में डूब जाया करता है। जो कलाकार कला में डूबता है, वही आत्मविस्तार भी कर पाता है। उसका अहम तिरोहित हो जाता है। भौतिक सीमाओं से मुक्ति के साथ समाज की वर्जनाओं और जड़ संस्कारों से भी मुक्त हो जाता है। रीतिकालीन कवि बिहारी ने कहा भी है–

तन्त्री नाद कवित्त रस सरस राग रतिरंग।
अनबूड़े बूड़े तिरे जे बूड़े सब अंग॥

यदि हम फिल्म को एक कला मानते हैं–जैसा कि मानना स्वाभाविक भी है, तो फिल्म कला और फिल्म से जुड़े हुए लोगों (कलाकारों) पर भी वे सारी बातें लागू होती हैं, जिनकी चर्चा हो चुकी है; लेकिन दुर्भाग्यवश फिल्म जगत कला की इस कसौटी पर पूरी तरह खरा नहीं उतरा–जैसे पृथ्वीराज कपूर, गुरुदत्त, मोतीलाल, राजकपूर, अशोक कुमार, दिलीप कुमार, संजीव कुमार, देविका, सुरैया, मधुबाला, मीनाकुमारी आदि कुछ नामों को छोड़ दिया जाए तो फिल्मी कलाकार कला और व्यवसाय दोनों ही दृष्टियों से अनुपयुक्त हैं–उनके लिए दो शब्द महत्त्वपूर्ण है, एक ग्लैमर और दूसरा स्कैंडल।

हिन्दी फिल्मों की स्थिति यह है कि ग्लैमर जिसका साथ देता है वही फिल्मों में छाया रहता है। वह अहंवादी भी होता है और कठोर व्यवहार भी करता है। 'मुझे चाँद चाहिए' में फिल्मी कलाकारों के चरित्र का यथार्थ चित्रण हुआ है। फिल्म के सेट पर वर्षा से "हुसैन ठंडी साँस लेकर बोले, "आपकी यह लाइन कंचनप्रभा बोलना चाहती है। वह अभी सेट छोड़कर चली जाएगी। बहुत अनप्रोफेशनल रुख है, पर खामियाजा हमें भुगतना होगा।"[147] इसी तरह कंचनप्रभा ने "एहसास हैदराबादी को जलील करते हुए तीन संवादों में भौंडी तब्दीलियाँ की थीं और अपने पाँच-छह अतिरिक्त क्लोज-अप डलवाए थे। उसका पूरा व्यवहार इतना फूहड़, कुरुचिपूर्ण और ज्वलनशील अहं-उद्घोषित था कि वर्षा को सेट से घिन होने लगी थी।"[148] स्वार्थ जैसे फिल्म जगत का एक अंग है। व्यावसायिक फिल्मवाले केवल अपना लाभ देखते हैं। "मनुष्यता दो तरह की होती है–सामान्य और फिल्मी। एक बार काली मनःस्थिति में नीरजा ने टिप्पणी की थी, कि व्यावसायिक सिनेमा के माहौल में साँस लेता व्यक्ति बाप को मुखाग्नि देने से पहले सोचता है, इसमें मेरा क्या फायदा है।"[149] नाट्य जगत में व्यावसायिक दृष्टिकोण का अभाव होता है, इस कारण नाटक का कलाकार अभावग्रस्त जीवन जीता है, जबकि फिल्मी कलाकार मुँहमाँगी कीमत पाता है।

"भारतीय समाज आज अपने तीव्र विकास के लिए उलझनपूर्ण मोड़ पर खड़ा

है, जहाँ विज्ञान-प्रौद्योगिकी और उत्पादन के चरम संयोग के बावजूद आदमी का जीवन गहरे संकट में है।''[150] यह इसलिए है कि क्योंकि वह अपने चेहरे पर अलग-अलग नकाब ओढ़े रहता है। 'महाभोज' में—एक हाथ में जोरावर जैसे गुंडे की लगाम और दूसरे में मुख्यमन्त्री, दा साहब ने माइक के डंडे को हाथ में थामकर आवाज में बुलन्दी और थोड़ी कड़क घोलकर आदेश दिया, ''बोलने का और खुलकर बोलने का हक सबको है। जिस हक को दिलाने के लिए हमने इतना संघर्ष किया...जेलें काटीं, उसे अब हम ही छीन लें ? बहुत बड़ा अन्याय होगा यह।''[151] जनता के शुभचिन्तक बने वही दा साहब डी.आई.जी. पुलिस से अपनी मनचाही रिपोर्ट लिखवाते हैं पर कहते हैं, कि ''पुलिस के सामने जनता को अधिक सुरक्षित महसूस करना चाहिए...आतंकित नहीं। जनता यदि डरती है तो कलंक है यह पुलिसवालों के लिए। मेरे अपने लिए भी। यह मैं बरदाश्त नहीं करूँगा। फिर आदेश देते हुए बोले, जाइए, जैसे भी हो उन्हें भरोसा दीजिए...निडर बनाइए कि वे सच बात कहें।''[152]

समाज के तथाकथित प्रतिष्ठित व्यक्ति सदा यह दिखाने का प्रयत्न करते हैं कि वे गरीबों के शुभचिन्तक हैं, दयावान हैं, दानी हैं, धर्म परायण हैं, परन्तु इनका यह व्यवहार अपनी बुराई को ढँकने का एक कवच मात्र होता है। असली चेहरा इन कृत्यों के पीछे छिपा रहता है। 'चाक' उपन्यास में रंजीत ने समाज के ऐसे व्यक्तियों को बेनकाब किया है—''साला फत्ते ! प्रधान बनता है। चेहरे पर सज्जनता का नकाब ओढ़े हुए है। वाह रे सत्पुरुष, वाह ! मेरे कान में कहता है कि जिनकी बहू मरी है, वे जानें। तुम बीच में क्यों कूद पड़े ? बेकार पुलिस-दारोगा दौड़ा रहे थे गाँव में। मैंने कह दिया कि साले तुम जैसे ढीली लाँग के मर्द गाँव की बागडोर सँभालने की जिम्मेदारी लिए हो, तो ऐसा ही होगा। तुम्हें तो इन आततायियों का सामना करना चाहिए, नहीं कर सकते तो छोड़ो प्रधानी।''[153] इसी उपन्यास में द्वैत प्रवृत्ति वाले व्यक्ति की मूल्यहीनता का भी चित्रण हुआ है। ऐसे व्यक्ति अपने कुशल व्यवहार द्वारा सामान्य लोगों को झाँसा देने में भी माहिर होते हैं। भँवर कहता है, ''साधजी की पुरानी आदत है—लड़कों को लट्ठ चलाता देखकर छाती फुलाते हुए गलियों में घूमेंगे और किसी तरह बात बिगड़ने लगेगी तो साफा उतारकर पेश कर देंगे—पाँवों में धरो या अपने सिर पर। आदमी पर सवार होने की सारी विद्याएँ जानते हैं साधजी।''[154]

आज अर्थ प्रधान सामाजिक व्यवस्था के कारण वैयक्तिक स्वार्थों में अभिवृद्धि हुई है; परिणामस्वरूप सामाजिक संरचना में दरार आ गई है। परिवार के सदस्यों के बीच स्नेह, मधुरता और पारस्परिक विश्वास का अभाव नजर आने लगा है। ''आज व्यक्ति परिवार के अनुशासन से अपेक्षाकृत अधिक स्वतन्त्रता का अनुभव कर रहा है। क्योंकि वैज्ञानिक चिन्तन के परिप्रेक्ष्य में व्यक्तिवाद का विकास हुआ और समाज को व्यक्ति के सामने निमित्त माना जाने लगा। इसके अतिरिक्त शिक्षा के अत्यधिक प्रसार के कारण व्यक्ति में व्यक्तिवादी भावनाओं का प्राधान्य होता गया, जिससे उनमें 'अहं' आवश्यकता से अधिक बढ़ गया और किसी प्रकार का भी अधिकारपूर्ण अनुशासन उन्हें

अप्रिय एवं असह्य प्रतीत होने लगा। परिणामस्वरूप परिवार के सदस्यों में ही औपचारिक सम्बन्धों का विकास हुआ तथा व्यक्तिगत हितों की पूर्ति के समक्ष पारस्परिक कर्तव्य की भावना धुँधली होती जा रही है।''[155] परिवार के किसी सदस्य से आर्थिक लाभ न हो, तो वह परिवार के लिए बोझ बन जाता है। 'डूब' में आँधरे कक्का के साथ ऐसा ही हुआ। आँधरे कक्का के सामने जग के रिश्ते इस तरह उजागर हुए ''आँखें जाते ही देखा आँधरे कक्का ने कि कैसे उनकी घरवाली, यहाँ तक कि अपने शरीर के अंश बच्चे भी उन्हें अकेला छोड़कर जा बैठे अपनी ननिहाल में। यहाँ आँधरे कक्का रह गए अकेले। तब से चक्की पीसकर गुजर-बसर करते हैं आँधरे कक्का।''[156]

आज अधिकांश नवयुवकों का अपने बुजुर्गों के प्रति आदर विलुप्त-सा होता जा रहा है। वृद्धावस्था में जबकि देखभाल की सबसे ज्यादा जरूरत होती है, उन वृद्धों से कोई फायदा न देखकर उनकी उपेक्षा करने लगते हैं। 'करवट' में भुल्ली लाला की दयनीय स्थिति स्वार्थाधारित सम्बन्धों की परिणति है। ''अपनी आयु के 73वें वर्ष में पोतड़ों के रईस भुल्ली लाला भिखारियों से भी बदतर स्थिति में पड़े हुए थे। जब तक उनके पुत्र लाला मैयादास जीवित थे, तब तक तो किसी हद तक उन्हें आर्थिक सहायता मिल भी जाया करती सी किन्तु उनकी विधवा पुत्र-वधू और दोनों पोते उनके प्रति तनिक भी लगाव नहीं रखते थे। मुल्लू की महतारी के मरने के बाद भुल्ली लाला को कोई एक घूँट पानी पिलाने का भी रवादार न था। इधर जब से रोगवश उनका उठना-बैठना भी मुश्किल हो गया था, तब से शरीर के धर्म विवशतावश खटिया पर ही सम्पन्न हो जाते थे।''[157] इसी उपन्यास में विपिन के परिवार का विघटित रूप दिखाकर लेखक ने व्यक्ति की भावी स्थिति का संकेत किया है। विपिन ने अपने बड़े बेटे ''नितीन्द्र को सात बरस की उमर में ही विलायत भेजा था। वहीं पढ़ा-लिखा और संयोग से लन्दन आई हुई फ्रांस की किसी प्रौढ़ा विधवा काउंटेस के काम प्रलोभन में पड़कर सहसा उसकी पढ़ाई-लिखाई छूटी। मँझले बेटे सोमेन्द्र की पिता के व्यवसाय में कोई रुचि न थी। वह वकालत पास करके पटना चला गया। उसकी वकालत अब वहाँ अच्छी चल रही है, किन्तु वह भी एक धनी मुवक्किल का मुकदमा जीतकर अब उसी से विवाह करके मुसलमान हो गया है।''[158]

आज पारिवारिक सम्बन्धों का आधार आर्थिक अधिक है। अर्थाभाव में पारिवारिक सम्बन्धों का बिखराव सामने आ रहा है। ''इस अर्थ प्राप्ति की होड़ में पारम्परिक संयुक्त परिवार प्रथा को जबरदस्त धक्का लग चुका है। महानगरों में तो यह प्रथा लगभग समाप्त हो चुकी है। इसी कारण भी व्यक्तिवाद को प्रश्रय मिला, जिससे व्यक्ति सिर्फ अपने लाभ-हानि के विषय में सोचकर पारम्परिक मूल्यों को भुला बैठे। आज व्यक्ति मात्र एक सामाजिक व पारिवारिक इकाई न होकर अपना स्वतन्त्र अस्तित्व रखता है।''[159] इस स्वतन्त्रता की भावना ने व्यक्ति को संयुक्त परिवार से पृथक् किया। आज व्यक्ति एकल परिवार को ज्यादा अहमियत देता है। अपना घर बसाने के बाद अपने माता-पिता, भाई-बहिन की जिम्मेदारी से बचने की कोशिश करता है। मध्यवर्गीय

व्यक्ति अपनी सीमित आय से अपने परिवार में सुख-सुविधा जुटाने की कोशिश में अन्य रिश्तों को नजरअन्दाज कर देता है। 'मुझे चाँद चाहिए' में किशोर ने जब बताया कि भैया-भाभी अलग होने की सोच रहे हैं तो "वर्षा स्तब्ध रह गई। भाभी का कहना है कि "यहाँ की जिम्मेदारियाँ उन्हें नोचकर खा जाएँगी। आखिर अब मुझे अपने बच्चों का भी तो सोचना है। भैया इटावे में तबादले की कोशिश कर रहे हैं। नहीं हुआ तो यहीं अलग मकान लेंगे।"[160] आज व्यक्ति इतना व्यस्त हो रहा है कि अपनी पत्नी और बच्चों के अलावा परिवार के अन्य सदस्यों के साथ आत्मीयता स्थापित करने में असमर्थ है। हर कोई अपना अलग राग अलापने को बेताब है। इसी कारण आए दिन घर के बँटवारे हो रहे हैं। ये एक दूसरे से जुड़ते भी हैं या आश्रय भी देते हैं, तो अपने ही स्वार्थ के कारण। स्वार्थ सिद्धि न होने पर एक भाई तक अपनी ही बहन को दुत्कार सकता है। जैसे 'अर्द्धनारीश्वर' में, श्यामला ने गाँव लौटकर पाया कि पैतृक घर में अब उसके लिए कोई जगह नहीं है। माँ बेबस है। भाई सदा उसका विरोधी रहा है और भाभी जो अब तक उसकी राजदार रही थी, उसने भी आँखें फेर ली हैं। अपने ही जन्म स्थान में नितान्त अजनबी, अकेली पर सदा कुछ-न-कुछ करने को आतुर। दिल्ली में माँ, भाभी और भतीजों के लिए वह जो कुछ ला सकी थी, वह बहुत सहायता न कर सका।"[161] स्पष्ट है कि वर्तमान युग नें मनुष्यता केवल एक शब्द रह गया है, जो अपना अर्थ खो चुका है। धन के लिए मनुष्य इतना गिर सकता है कि वह पति की मृत्यु पर विलाप करती दुखी स्त्री से भी अर्थी उठाने से पहले कर्ज पाटने की बात कर सकता है।[162] यह आर्थिक स्वार्थों के चलते पारिवारिक और विशद सामाजिक सम्बन्धों के विघटित होने की पराकाष्ठा है। इसके चलते समाज का पूरा ढाँचा ही चरमरा रहा है।

भारत में सामाजिक पुनर्जागरण और राजनैतिक चेतना का विकास साथ-साथ हुआ है। सामाजिक पुनर्जागरण और नारी का मुक्ति संघर्ष 19वीं शताब्दी के प्रारम्भ में एक साथ तब हुआ जब बंगाल में ब्रह्म समाज के संस्थापक राजा राममोहन राय, बम्बई में प्रार्थना समाज के संस्थापक श्री महादेव गोविन्द रानाडे और उत्तर-पश्चिम भारत में आर्य समाज के संस्थापक स्वामी दयानन्द ने अपने सामाजिक सुधारों में नारी उत्थान के कार्य को प्रमुख स्थान दिया।"[163] इस तरह के आन्दोलनों की आवश्यकता इसलिए पड़ी, क्योंकि समाज में नारी को वह महत्त्व प्राप्त नहीं हुआ था, जिसकी वह हकदार है। जबकि "समाज और संस्कृति के निर्माण में नारी की महत्ता अपरिहार्य है, क्योंकि नारी ही सृष्टि की रचयिता एवं मानव की जन्मदात्री है, लेकिन जीवन के हर क्षेत्र में सदियों से उसे दूसरा स्थान ही मिला है, क्योंकि प्राचीन काल से ही उसे यह शिक्षा दी गई कि उसका काम दूसरों के लिए जीना तथा परिवार के कल्याण के लिए अपना अस्तित्व मिटा देने में ही उसके जीवन की सार्थकता है।"[164] इस तरह की भेदभावपूर्ण मानसिकता से मुक्ति के लिए भारत के तत्कालीन नेताओं तथा विचारकों ने हर सम्भव प्रयास किए हैं। "स्वतन्त्र भारत में संविधान निर्माण में भी हंसा मेहता, रेणुका रे, दुर्गाबाई जैसी विदुषी स्वतन्त्रता सेनानी महिलाओं ने भाग लिया और राष्ट्रीय

कांग्रेस की मूलभूत अधिकारों की पूर्व घोषणा को मूर्त रूप देने में अपना योगदान प्रदान किया। संविधान में प्रदत्त इन समान अधिकारों के फलस्वरूप आज भारतीय समाज में कोई क्षेत्र ऐसा नहीं है, जहाँ ऊँचे पद पर पहुँचने के लिए स्त्रियाँ अयोग्य ठहराई जा सकें। पर शिक्षा व सामाजिक क्षेत्र में अभी भी बहुत पिछड़ी होने से भारतीय नारी का यह मुक्ति संघर्ष आजादी और समान अवसर मिलने के साथ ही समाप्त नहीं हो जाता बल्कि राजनीतिक व सामाजिक अधिकारों के बीच खाई पाटने के लिए और भी तीव्र गति से आरम्भ होता है।''[165] मध्यवर्गीय नारी के लिए यह खाई रूढ़ परम्पराओं और कुरीतियों के कारण और ज्यादा गहरी हुई है। ''भारतीय संविधान में स्त्री-पुरुष के अधिकारों में कोई भेद नहीं है। वैधानिक रूप से प्रगति के समान अवसर प्राप्त होने पर भी बहुत कम स्त्रियाँ ऐसी हैं, जिन्हें जीवन की ठोस उल्लेखनीय उपलब्धियाँ प्राप्त हो सकी हैं। कारण कि युगों से चले आए सामाजिक संस्कारों, पूर्वाग्रहों और धारणाओं को कानून के द्वारा नहीं बदला जा सकता। समाज की परम्परागत रूढ़ियों में जकड़ी भारतीय नारी आज भी सिसक रही है।''[166] संस्कारों की यह जकड़न मध्य वर्ग में सबसे अधिक देखने को मिलती है। समकालीन हिन्दी उपन्यासकारों ने नारी पर हो रहे अमानुषिक अत्याचार को बड़े सजीव रूप में चित्रित किया है। 'अर्द्धनारीश्वर' में स्त्री शोषण के विभिन्न रूप दिखाए गए हैं, ''एक घटना जिसके अनुसार कुछ तथाकथित युवकों ने पिकनिक पर कई छात्राओं को शारीरिक रूप से अपमानित किया था, लेकिन प्रधानाध्यापिका को उनके भविष्य की इतनी चिन्ता थी कि अपने सार्वजनिक बयानों में वे अश्लील वाक्यों और मुद्राओं की चर्चा तक सीमित रहीं। यौन शुचिता की भावना उनके संस्कारों में इस सीमा तक रच-बस गई थी कि उसे शर्मनाक ही कहा जा सकता है। वे लड़कियाँ मजदूर वर्ग की होतीं तो क्या वे लड़के मुक्त घूम सकते थे...?''[167] क्योंकि स्त्री ही मुख्यतः संस्कारों को ढोती है इस कारण सारी वर्जनाएँ यही वर्ग झेलता है। स्त्रियाँ अधिकतर वर्जनाओं से मुक्त होने की हिम्मत नहीं कर पातीं। इसी कारण आज भी सती प्रथा, बाल विवाह, दहेज प्रथा आदि बुराइयाँ समाज में व्याप्त हैं। 'करवट' में अंग्रेज महिला नैन्सी कहती है कि कुरीति के शिकार, ''ऊँचे खानदानवाले अपनी आबरूदारी की शान दिखलाने के लिए बेवाओं को नशे में धुत्त बनाकर उसे लाश के साथ जिन्दा जला देते हैं, और उसकी चीखें दबाने के लिए ढोल-ताशे बजाते हैं। यह तो राक्षसों का काम है।''[168]

कई लोग दहेज के लालच में कानून की दृष्टि से विवाह योग्य होने से पूर्व नाबालिग लड़की को बहू बनाने के लिए तैयार हो जाते हैं।[169] इस बाल विवाह के दुष्परिणामों में विधवा-विवाह की समस्या प्रमुख है। 'करवट' में ऐसा ही एक प्रसंग है, ''गौरी उस्ताद की पत्नी ने अपने बड़े भाई के साले से बिन्दो का विवाह करवा दिया था पर गौना भी नहीं हुआ था कि हैजे की महामारी उसे विधवा बना गई।''[170] अनिश्चितता से पूर्ण मनुष्य के जीवन में बाल्यावस्था जैसी अपरिपक्व अवस्था में विवाह का भविष्य क्या होगा, इसका अनुमान लगाना कठिन है। विवाह के बाद स्त्री विवश

होकर परिस्थितियों को झेलती रहती है; समझौते के सिवाय कोई राह नहीं। 'डूब' उपन्यास में ऐसी ही घटना गौरा बाई के साथ घटती है तो वह कहती है–''रंज भी नहीं है हमें तो। और अन्याय कैसे कहूँ इसे लाला। अगर जानते-बूझते किसी ने कुआँ में धकेला होता, नदी में पटका होता तो दुख भी होता, उस छलावा करनेवाले पर रंज भी आता। अब उस बाली उमर में कोई कैसे कह सकता था कि बड़ा होकर वह मौढ़ा मरद बनेगा कि बेड़नी !''[171]

बाल विवाह के अलावा दहेज प्रथा जैसी समस्या से भी हमारा समाज त्रस्त है। ''भारत सरकार ने दहेज प्रथा को रोकने के लिए 1959 ई. में दहेज विरोधी अधिनियम पारित किया जिसके अनुसार दहेज लेना और देना दोनों दंडनीय अपराध है।''[172] कानूनन अपराध माने जाने के बाद भी समाज में दहेज के कारण स्त्री की त्रासद स्थिति बन जाती है। 'मुझे चाँद चाहिए' के ''शर्मा परिवार में गायत्री विवाह का मुद्दा अब तक का सबसे घनघोर संकट था। नकद बिलकुल नगण्य था, पिता की कोई सामाजिक प्रतिष्ठा नहीं थी, लड़की के पास ऊँची शिक्षा नहीं थी–सिर्फ रूप था। चार-पाँच प्रस्तावों की असफलता के बाद माँ-बाप और भाई का व्यवहार और बुद्धि चौकन्नी हो गई थी। अब वे बातचीत के प्रारम्भिक दौर में ही बेटी को दिखलाना चाहते थे।''[173] धनाभाव विवाह की सबसे विकट समस्या है। धन के बिना लड़की का जीवन दारुण हो उठता है। 'चाक' में हरिप्यारी अपनी बेटी की शादी नहीं कर पाती। लड़केवाले कहलवाते हैं– ''बीस हजार नकद लौट भिजवा दें और मनचाहे जहाँ भाँवर डाल लें रतनलाल की।''[174] इस तरह की वर पक्ष की अनुचित माँगें पूरी करने के लिए कन्या-पक्ष किस तरह कर्ज के दलदल में फँसता है, यह 'औरत' के शिबू के कथन से स्पष्ट है, ''सारी तैयारी हो गई। क्या-क्या कैसे हुआ किस तरह कर्ज लेकर दहेज न लेने के नाम पर पचीस हजार की चपत लगी। और लडके के बाप ने ऐन मौके पर टी.वी. के साथ ट्रांजिस्टर की माँग कर दी।''[175] लड़की के लिए उपयुक्त वर जुटाने के लिए परिवार के सभी लोग हर सम्भव प्रयास करते हैं और लड़के की मुँहमाँगी कीमत देने के लिए भी तैयार रहते हैं। लड़के की कीमत लगाई जाने के बावजूद लड़के के गुण-अवगुण को महत्त्व नहीं दिया जाता। 'रागदरबारी' में एक लड़के के बाप ने दहेज में पन्द्रह हजार रुपए की माँग की तो ''गयादीन ने अपनी जाति पर व्यंग्य करते हुए बताया कि यह माँग वाजिब ही है, क्योंकि हाथी का लेंड़ भी एक क्विंटल का होता है और एक दुकानदार दीवालिया होते हुए भी अपने लड़के की कीमत पन्द्रह हजार आँक सकता है।''[176] विवाह के सम्बन्ध में जहाँ लड़के के गुणों पर कोई ध्यान नहीं देता वहाँ लड़की के लिए धन के साथ रूप-सौन्दर्य भी प्रमुख मुद्दा बन जाता है। 'मुझे चाँद चाहिए' में वर्षा का भाई महादेव कहता है, ''अनमोलजी के साथ तुम्हारा सम्बन्ध बहुत उपयुक्त नहीं है। लेकिन जिस चीज के सहारे हमारे समाज में सम्बन्ध तय होते हैं, उसकी हमारे घर में बहुत कमी है। मेरा बस चले तो अपनी खाल बेचकर भी तुम्हारे लिए योग्य वर जुटाऊँ। पर ऐसा नहीं हो सकता और भाग्य की बात है कि तुम्हारा रंग-रूप गायत्री के जैसा नहीं है।''[177]

यह तथ्य दर्शाता है कि नारी मुक्ति के आन्दोलन और इतने कायदे-कानून बन जाने के बावजूद समाज में नारी की स्थिति में खास सुधार नहीं हो पाया है। ''सामान्यतः स्त्री विषयक सामाजिक धारणाओं, पूर्वाग्रहों और परिकल्पनाओं में कोई विशेष बदलाव नजर नहीं आता। संविधान और कानून कितने ही बन जाएँ, जब तक समाज के दृष्टिकोण में परिवर्तन नहीं आता नारी स्वतन्त्रता, समानाधिकार आदि के आन्दोलन सामयिक समीर के झोंकों से अधिक कुछ नहीं। यह पुरुष वर्ग जो एक ओर तो उस पर आसक्त हो अपना सर्वस्व लुटा रहा है और दूसरी ओर बड़ी सहजता से शारीरिक और मानसिक शोषण कर रहा है, इस पुरुष सत्तात्मक समाज में अपने व्यक्तित्व विकास की चेष्टा में बढ़नेवाली नारी पुरुष की जीवनसंगनी कम, प्रतिद्वन्द्विनी अधिक बनती जा रही है।''[178] प्रत्येक स्थिति में पति का साथ निभाना पत्नी का धर्म समझा जाता है पर पुरुष अपनी पत्नी का जरा-सा भी विरोध सहन नहीं कर पाता जबकि उसे समझना चाहिए कि आज नारी अपना वजूद चाहती है, अपनी पहचान की रक्षा चाहती है। वह पुरुष से पति-पत्नी सम्बन्ध के अलावा सख्य भाव रखना चाहती है। उसे सहयोग तथा सम्मान न मिलने पर वह विद्रोह तक कर उठती है। 'चाक' में सारंग जब पति का विरोध करती है तब श्रीधर सोचता है, ''सारंग पुरानी रीतियों, कुरीतियों, रूढ़ियों से लड़ती तो शायद इतना टकराव न होता, उसका रास्ता दूसरा है जो बेहद टेढ़ा और शूलों भरा है क्योंकि वह पति से लड़ना चाहती है। कई बार मन में आता है, समझाया जाए उसे कि देखो परम्पराओं में रहकर रीतियों को मानकर तुम सुखी और सुरक्षित रहोगी। तुम ऐसी सत्ता से लड़ना चाहती हो जिससे अब तक तो कोई जीता नहीं। रंजीत का विरोध करके तुम खुद चूर-चूर हो जाओगी।''[177] इसी उपन्यास में जब सारंग चुनाव लड़ने के लिए पर्चा भरकर लौटती है तो रंजीत ताना मारता है, ''जवाब में मौन है वह। चन्दन की आड़ में ये शब्द केवल उसके लिए हैं। वह पर्चा भरकर आई है, इसलिए यह मातम का माहौल पैदा किया गया है। जिस तरह कुँवरपाल इगलास से बताशे बाँटता आया है, रंजीत खड़े हुए होते तो बाँटते, मेल-मिलाप का सिलसिला चल रहा होता। एकता के नारे आरम्भ हो गए होते।...पर मुझसे तो मेरा बेटा भी जुदा किया जा रहा है। रंजीत, मैं ऐसी गैर हूँ तुम्हारे लिए ? चन्दन के लिए तुम अपने सात सुख छोड़ सकते हो, मुझे मेरा हक देने में गुरेज...।''[180]

समाज में महिलाओं की स्थिति मजबूत करने के लिए चाहे कितने ही प्रयत्न किए जाएँ, शारीरिक दृष्टि से कमजोर होने के कारण उसे शोषण, खासकर दैहिक शोषण का शिकार होना पड़ता है। आए दिन समाचार-पत्रों में बलात्कार की खबरें छपती रहती हैं। यह इस बात का प्रमाण है कि इतने विकास के बावजूद स्त्री के प्रति पुरुष की पाशविक वृत्ति पर नियन्त्रण नहीं है। 'करवट' में नारी के साथ किए जानेवाले अमानुषिक व्यवहार का चित्रण इन शब्दों में हुआ है, 'बिन्दुबाला के हाथ-पैर उसी की धोती से बाँधे गए, रास्ते भर वह चीखती रही। गाँव के घरों के दरवाजे बन्द रहे और बिन्दुबाला कोठी ले जाकर स्त्री से कुतिया बना दी गई।''[181] देवालयों में धर्मात्मा बने पुजारी तक धर्म की

आड़ में स्त्री शोषण का मौका तलाशते हैं[182] और जब इस सम्बन्ध का परिणाम सामने आता है तो नारी ही कलंकित होती है। जिसके साथ जघन्य अपराध होता है उसे ही समाज अपराधी बना देता है। 'अर्द्धनारीश्वर' में सुमिता आत्मचिन्तन करती है "तब उसके अन्तर में बैठा अदृश्य जैसे उसे समझाता है, यह कानून का नहीं संस्कारों और उससे निस्तृत सामाजिक मूल्यों का प्रश्न है। युग-युग से जिन संस्कारों ने मूल्यों का निर्माण किया है, उन्हीं से आतंकित है हमारा मन, हमारा चिन्तन। वैसा ही बन गया है हमारा मनोविज्ञान...पुरुष अहेरी, नारी शिकार; पुरुष स्वामी, नारी आलोक मंडित दासी; पुरुष भू-स्वामी, नारी भूमि। इसी से उद्भूत हुई है व्यक्तिगत सम्पत्ति और स्वामित्व की भावना। धरती का स्वामित्व नारी के स्वामित्व का ही रूप है।"[183] एकाधिकार या स्वामित्व की यह भावना अपराध को जन्म देती है। कई बार पति का अत्याचार इतना बढ़ जाता है कि पत्नी को जान से हाथ धोना पड़ जाता है।[184] इस तरह का दुर्व्यवहार निम्न या कमजोर वर्ग की स्त्रियों के साथ ही नहीं होता बल्कि उच्च और सम्पन्न माने जानेवाले परिवार की स्त्रियाँ भी शोषित होती हैं। 'अर्द्धनारीश्वर' में सुमिता के साथ बलात्कार किए जाने के बाद वह कहती है, "वह केवल वासना का खेल नहीं था। वासना तो निमित्त मात्र थी बदला लेने की। हाँ, मूल में इस जघन्य कृत्य के पीछे इन्तकाम लेने की कामना थी, सम्पन्न और सत्ता भोगी वर्ग से इन्तकाम लेने की कामना। क्या संसार का इतिहास इसी नाना रूप सत्ता भोगी वर्ग द्वारा सत्ताहीन वर्ग की नारियों पर किए गए पाशविक और लोमहर्षक अत्याचारों की मर्मान्तक कहानियों से नहीं भरा पड़ा है ? क्या विजेताओं ने विजित जाति की नारियों को मात्र भोग्या ही नहीं माना है ?"[185] नारी को सम्पत्ति मानने की मानसिकता के कारण नारी सदैव शोषित होती आई है। "हजारों वर्षों का भारतीय इतिहास कहता है नारी रत्न है। उसे पाए बिना सारी उपलब्धि बेकार है। इस औरत को इतिहास ने बेशकीमती तो कह दिया, रत्न तो है वह, किन्तु इसी मान्यता ने उसे लूटने, चुराने, बहकाने, फँसाने यानी किसी-न-किसी तिकड़म से उस पर कब्जा करने की ख्वाहिश को जन्म भी तो दिया।"[186] तात्पर्य यह कि नारी खरीद-फरोख्त की वस्तु हो गई। 'चाक' में "श्रीधर को यह देख-देखकर सदा आश्चर्य होता रहा है कि जानवरों के बाद अगर किसी को खूँटे से बाँधा जाता है तो वे हैं आँगन लीपती, घर सहेजती, खेतों में काम करती औरतें। श्रीधर को शहरों में पनप रही विभिन्न संस्थाओं के नाम याद आते हैं–नारी उत्थान केन्द्र, सहेली, जागोरी, नारी सहायता केन्द्र...पता नहीं वे किन नारियों के लिए हैं ? प्रौढ़-शिक्षा, नारी-शिक्षा पर व्याख्यान देने से फायदा ? यहाँ तो छोटी का जन्म होते ही खेरापतिन दादी चन्दना की कथा याद कराने लगती है, कि बेटी जन्मी है तो उसे खबरदार भी करती रहना इसकी जननी, कि इसको कितने और कहाँ तक पाँव बढ़ाने हैं। छोटी कौम से लेकर बड़ी जाति तक की औरतों की एक ही दशा। एक से बन्धन। एक से कसाव।"[187] विज्ञान की प्रगति और विस्तृत मानसिकता के साथ बराबरी के नारे लगाए जाने के बावजूद आर्थिक स्वार्थों की तुला पर तोली जाती है नारी। 'औरत' उपन्यास में शिबू कहता है, "औरत

को मांसलता से ऊपर भी कोई दर्जा मिलता है समाज से। नहीं रिसर्चर नहीं। जर, जमीन, जोरू–इन तीनों कोण से बने त्रिभुज को सोचो। तीनों एक नहीं है क्या ? क्या कोई जोरू के साथ जर को पाने के लिए ललचाता नहीं ? क्या जर के लिए जोरू को दाँव पर रखा नहीं जाता, क्या औरत विधवा हो जाए तो समाज और औरत के बीच का रिश्ता सिर्फ धोखा नहीं हो जाता रिसर्चर ! प्रेम का नाटक इसीलिए होता है। विधवा को चंगुल में रखने से उसके पति की जमीन हड़पी जा सकती है। वहाँ जहाँ जर, जोरू, ज़मीन के साथ जंघा जुड़ता है रिसर्चर, वहीं औरत का सौ फीसदी बदन तराजू पर रखा रहता है।''[188]

समकालीन उपन्यासों के ये सभी प्रसंग दर्शाते हैं कि हमारा समाज और नारी दोनों ही आज भी संकट में हैं। समाज की वास्तविक सत्ता पुरुष के हाथों में केन्द्रित है, जिसे वह किसी कीमत पर छोड़ना नहीं चाहता। इसी कारण स्त्री को पद दलित बनाए रखना उसके लिए जरूरी है। वह इस कार्य को आज भी बड़ी खूबी से कर रहा है। गाँवों और छोटे नगरों में परम्परा और लाठी-गोली के सहारे तथा महानगरों में धन-शक्ति और अत्याधुनिकता के छद्म के सहारे। कहीं भय और कहीं लालच स्त्री के चारों तरफ जाल बुनते देखे जा सकते हैं। पुरुष ने तमाम दावों के बावजूद उसे सामाजिक सीमा के निष्ठुर हाशिए पर कीलों के सहारे जड़ देने में सफलता पाई है। इस दशा में वर्तमान सामाजिक परिवर्तनों की आँधी के चलते भी स्त्री कँटीले सवालों और मुसीबतों के जंगल में अपने स्वत्व को तार-तार होते देखने को अभिशप्त है। क्या स्वयं स्त्री को ही इस षड्यन्त्र के विरोध में साहसपूर्वक खड़ा नहीं होना चाहिए ? समकालीन उपन्यास इस कथन को धारदार ढंग से उठाते हैं।

धर्म और धर्म का पाखंड

धर्म का तात्पर्य संकुचित रूप में किसी मूर्ति या स्थान या चिह्न को मानवीय शक्ति से अधिक प्रबल मानकर श्रद्धाभाव से भक्ति तथा पवित्रता की भावना से प्रार्थना या पूजा करने से लिया जाता है। व्यापक अर्थ में धर्म का अर्थ है–'धारण करने योग्य' अर्थात वे विचार, कर्म, प्रयत्न तथा आचार-व्यवहार, जो समाज की संस्कृति के अनुसार धारण करने योग्य हैं। इसमें हम अनेक तथ्यों को सम्मिलित करते हैं, जैसे मानव के मानव के साथ सुसम्बन्ध, सृष्टि के रचयिता की सर्वशक्तिमानता, उचितानुचित, दया, सहिष्णुता, परोपकार आदि।''[189] अर्थात धर्म ऐसी शक्ति या विश्वास है, जिसके द्वारा हमारा आचरण नियन्त्रित रहता है। अतः ''धर्म वह मूल्य है जिससे परिचालित होकर मानव यह विचार करता है कि वह दूसरों के अधिकारों का हनन न करे, क्योंकि धार्मिक नियन्त्रण के कारण ही व्यक्ति असामाजिक एवं घृणित कार्यों को करने में हिचकिचाहट अनुभव करता है। वास्तविक संसार की अपेक्षा आध्यात्मिक जीवन को अधिक महत्त्वपूर्ण समझने के कारण ही समाज में नैतिकता का विकास होता है।''[190] ऐसे सुन्दर

भावनाओं से भरे धर्म को कुछ पंडितों और मुल्लाओं ने अपने को जनसाधारण से उच्च स्थान पर स्थापित करने के लिए औजार के रूप में इस्तेमाल किया। उन्होंने ही धर्मभीरु जनता को मनुष्य-मनुष्य में भेद करना सिखा दिया। 'तमस' में ऐसा ही एक प्रसंग है, ''पीर साहब काफिरों को हाथ नहीं लगाते; काफिरों से नफरत करते हैं। पहले पीर साहब के पास हर कोई जा सकता था। अगर कोई काफिर इलाज के लिए आए तो छड़ी की नोक उसकी नब्ज सुन लेते थे, पर अब वह किसी काफिर को नजदीक नहीं आने देते।''[191] इसी तरह 'करवट' में पादरी जेकिंस का हिन्दू शिष्यों के प्रति व्यवहार धार्मिक संकीर्णता का परिचायक है। उसने पिस्तौल, निकाली, एक शिष्य से कहा, ''टामस, मेरे जूते खोलो और दिखाओ इन जाहिलों को इनका खुदा मेरे जूतों में रहता है। दिखाओ इनको।'' पिस्तौल का निशाना शिवरतन की ओर करके कुर्सी पर बैठे पादरी अध्यापक के जूते टामस ने खोले। यह देखकर मुस्कराया। दूसरे ईसाई लड़के को भी दिखलाया, वे हँसे, फिर शिवरतन के पास आकर दूर ही से दोनों जूतों को दिखलाया कि देख लो तुम्हारे दोनों राम और कृष्ण की तस्वीरें चिपकी हुई हैं। सब लड़के हँस पड़े।''[192] यही स्थिति हिन्दू धर्मावलम्बी पंडितों की भी है। 'करवट' में चित्रित इस प्रसंग से पता चलता है कि ''दयानन्द कहते थे कि खाली पंचांग, शीघ्रबोध, मुहूर्तचन्द्रिका, भागवत और तुलसीकृत रामायण पढ़ लेने से कोई पंडित नहीं हो जाता। ऐसे लोग अपने स्वार्थवश मरे हुए पितरों का श्राद्ध कराते हैं। गोकुल के गोसाईं आदि कैसी धूर्तता से लोगों का धन हरण करके धनाढ्य बन गए हैं। बहुत-से चेले-चेलियाँ फँसा ली हैं। गोसाईं लोग 'तन-मन-धन' गोसाईंजी को अर्पण कराते हैं। ऐसा लगता है कि मानो साक्षात् श्रीकृष्ण के अवतार वे ही हों। भक्ति के आडम्बर के नाम पर व्यभिचार फैलानेवालों से आर्यों को बचना चाहिए। झूठ और ढोंग का पोषण करनेवाली अन्धभक्ति और पूजा से बचना चाहिए।''[193] धर्म के नाम पर अपना उल्लू सीधा करनेवाले ठग साधु वेश धरकर भोली जनता को लूटा करते हैं। 'रागदरबारी' में धर्म को आर्थिक स्वार्थपूर्ति का साधन बना दिखाया गया है। रंगनाथ ने जब देवी के रूप में स्थापित मूर्ति को सैनिक की मूर्ति बताया तो ''पुजारी पूजा कराने और पैसे बटोरने के कारोबार को रोककर पूरी तबीयत से रंगनाथ को गालियाँ देने लगा।''[194]

धर्म के पाखंड और धर्मान्धता का एक प्रभाव धर्म परिवर्तन के रूप में सामने आता है। धर्म के स्वघोषित ठेकेदारों को जब भी मौका मिलता है वे बलात् धर्म परिवर्तन को अंजाम देते हैं। ऐसा करते समय वे विवश व्यक्ति के सारे मानवी अधिकारों का गला घोंट देते हैं और उसे अपनी शर्तों पर नचाकर तालियाँ पीटते हैं। तमस उपन्यास में बलात् धर्म-परिवर्तन का भयानक दृश्य चित्रित किया गया है। ''इकबाल सिंह के शरीर पर से सिखी की सब अलामतें दूर कर दी गई थीं और मुसलमानी की सभी अलामतें हटाकर नई अलामतें लाने की देर थी कि इंसान बदल गया था, अब वह दुश्मन नहीं था, मुसलमान था। मुसलमानों के सभी दरवाजे उसके लिए खुल गए थे। खाट पर पड़ा इकबाल अहमद रात-भर छटपटाता रहा।''[195] यह धर्मान्धता ही थी, जिसने एक

ही व्यक्ति को भिन्न-भिन्न दृष्टियों से देखा। लेकिन समकालीन उपन्यास यहीं तक सीमित नहीं हैं। वे धर्म-परिवर्तन के एक अन्य स्वार्थपूर्ण पक्ष का भी उद्घाटन करते हैं। कई बार देखा जाता है कि व्यक्ति अपनी विलासी प्रवृत्ति और यौन क्षुधा का उपाय खोजने के लिए अपना मूल धर्म त्यागने में नहीं हिचकिचाता। उसकी इस कमजोरी का फायदा धर्मान्ध लोग उठाते हैं। 'करवट' उपन्यास में दिखाया गया है कि "राजा साहब की इकलौती सन्तान उनकी विधवा पुत्री से संयोगवश त्रिवेणी सहाय की आँख लड़ गई। राजा को पता चला। उन्होंने चाल चली, कहा, "बरखुरदार तुम मुसलमान हो जाओ, शादी भी हो जाएगी और मेरे बाद तुम खम्साबाद के राजा भी हो जाओगे। नारी और नारायण में द्वन्द्व। नारायण हारे और नारी जीत गई। पंडित त्रिवेणी सहाय द्विवेदी नवाबजादा बशीर अहमद खान हो गया। वह अपना घर, हिन्दू पत्नी और पुत्र-पुत्री त्यागकर खम्साबाद चला गया।"[196]

आधुनिक भारतीय इतिहास की सबसे बड़ी त्रासदी देश विभाजन कही जाएगी। यह कभी न घटती यदि धर्म का अन्धा पक्ष मनुष्य और मनुष्य के बीच घृणा की दीवार खड़ी न करता। धर्म के पाखंडप्रधान रूप ने इस देश में एक आदमी को हिन्दू और दूसरे को मुसलमान बना डाला—अर्थात ये दोनों आदमी, किन्तु निहित कारणों से उन्होंने आदमीयत छोड़कर अपने को धार्मिक प्रतीकों के हवाले कर दिया और एक-दूसरे के प्रति घृणा करते हुए अपनी ही मातृभूमि के टुकड़े करने में लग गए। विडम्बना यह कि धर्म के पाखंड के कारण एक ही धरती पर जन्मे दो लोगों के लिए आजादी का अर्थ ही अपने-अपने लिए अलग-अलग हो गया। 'तमस' में ही एक मुसलमान कहता है, "मौलाना आजाद हिन्दुओं का सबसे बड़ा कुत्ता है। गांधी के पीछे दुम हिलाते फिरते हैं। आगे कहता है—हिन्दुस्तान की आजादी हिन्दुओं के लिए होगी, आजाद पाकिस्तान में ही मुसलमान आजाद होंगे।"[197] वास्तव में "धर्म मनुष्य को सामाजिक विरासत में मिला वह पवित्रतम विश्वास है, जिसे सांस्कृतिक मान्यता प्राप्त है तथा जिसके सहारे वह जीवन के विविध क्रिया-कलापों का क्रम निर्धारण करता है। अतः विश्वास धर्म का सबसे अनिवार्य और आधारभूत तत्त्व है, जिसके बिना धर्म किसी प्रकार भी स्थायी नहीं रह सकता। सभी समाजों में धर्म के अन्दर एक ऐसी शक्ति में विश्वास किया जाता है जो अलौकिक और दिव्य चरित्र की होती है। व्यक्ति यह विश्वास करता है कि धर्म के आदेशों और निषेधों का पालन न करना 'पाप' है और उनके अनुसार कार्य करना 'पुण्य' है क्योंकि धर्म व्यक्ति को ऐसी दिशा देता है, जिससे वह अपने कार्यों के अनुभव में सत् और असत् का ध्यान रखता है।"[198] इसी पाप-पुण्य की दलदल में भारत का जन-जन ऐसे फँसा कि इससे निकलना असम्भव नहीं तो कठिन अवश्य है। अशिक्षा और अज्ञानता के कारण इंसान किसी जड़ी को खाने से आदमखोर शेर बन जाने की बात पर भी यकीन कर लेता है।[199] भारत के गाँवों में इस तरह का अन्धविश्वास ज्यादा देखने को मिलता है। 'डूब' उपन्यास में "एक रोज गाँववालों ने देखा कि पहाड़ से थोड़ा हटकर जो बरगद का पुराना पेड़ है, उसके नीचे एक पत्थर काला नहीं, गेरुआ-सा है।

उसके पास ही अगरबत्ती जल रही है। फिर जाने किसने, किसे, कब जागते में या कि सपने में बताया कि वह पत्थर नहीं, साक्षात पथरा बब्बा है। वहाँ से आने-जाने वाले हर राहगीर की रक्षा करने का वचन दिया है उन्होंने। बदले में बब्बा इतना भर चाहते हैं कि हर आने-जानेवाला उनके थान (स्थान) पर नारियल की जगह पर एक पथरा चढ़ा दिया करे। जो ऐसा नहीं करेगा, उस पर कोई भी दैवी संकट आ सकता है।"[200] इस तरह का अन्धविश्वास समाज में समस्याओं को ही जन्म देता है। एक मान्यता यह थी कि धर्म एक विश्वास है, जिसकी वैज्ञानिक प्रयोगों द्वारा सत्यता की जाँच सम्भव नहीं है। "धर्म को तर्क एवं विवेक के द्वारा नहीं समझा जा सकता क्योंकि वह रूढ़िवादी होता है। इसीलिए नवीन परिवर्तनों को सरलता से स्वीकार नहीं किया जा सकता। तभी तो धर्म अप्रत्यक्ष रूप से प्रभावित करता है। इसी कारण धार्मिक नियम अतार्किक समझे जाते हैं तथा ये नियम पीढ़ी-दर-पीढ़ी हस्तान्तरित होते रहते हैं।"[201] इन नियमों को मनुष्य बिना सोचे-विचारे धर्म के नाम पर पालन करता है। और उसके लिए कुछ भी करने को तैयार रहता है। रागदरबारी में अन्धविश्वासों की अनुपयुक्तता का वर्णन है। रंगनाथ शहर को जाते हुए रास्ते में लगे बाँस के झाड़ में गाँठ लगा देता है और मजाक में ही हनुमानजी का नाम जोड़ देता है। जब वह वापस लौटता है तो देखता है कि बाँस के गाँठों की पंक्ति ही बन गई है।[202] इतनी तीव्रता से तो कोई संक्रामक रोग भी नहीं फैलता, जितनी तीव्रता से अन्धविश्वास का रोग फैलता है। इसी उपन्यास में "रंगनाथ हाथ जोड़कर सीधे मुख्य प्रतिमा के पास पहुँचा। उसने उसे देखा और देखता ही रह गया। प्राचीन मूर्तिकला के बारे में उसने जो कुछ पढ़ा था, उसे बिलकुल निरर्थक जान पड़ा। उसने सोचा अगर यही देवी की मूर्ति है तो अब तक उसने जो मूर्तियाँ खजुराहो में, भुवनेश्वर में या एलौरा के कैलास-मन्दिर में देखी थी, वे क्या थीं ?"[203]

भारतीय मध्यवर्ग धर्म संस्कृति और परम्पराओं का वाहक है पर यह वर्ग अन्धविश्वास के घेरे में ऐसे घिरा है कि किसी भी घटना का सम्बन्ध दैवी शक्ति से जोड़ देता है। 'चाक' में गाँववाले बातें करते हैं "साधजी के बेटों को कोई हरा पाया है ? श्रीधर मास्टर एक हड्डी और एक नस का आदमी। इतनी हिम्मत कर जाता ? वह तो देवी का श्राप लगा है भइया। साता जात कर आया, होम नहीं किया। देवी दुर्गा कोप नहीं करेगी ? असली बात किसी को पता नहीं। जफरा फकीर बता रहा था। अफसर आ न जाए सो बेचारा पेशाब तक नहीं करने गया। गया तो सड़क की ओर मुड़-मुड़कर देखता रहा। बाबरे ने यह गौर नहीं किया कि भसानी के थान पर मूत रहा है।"[204] इसी तरह 'तमस' में करीमखान कहता है "कुरान शरीफ में फरमाया है कि इंसान की खेतियाँ मेरे हुक्म से खड़ी हैं, इंसान के सब इरादे मेरे हुक्म पर खड़े हैं। मेरा हुक्म नहीं होगा तो लहलहाती खेतियाँ झुलस जाएँगी, मेरे हुक्म पर बाढ़ आएगी, शहरों के शहर तबाह हो जाएँगे। सभी कुछ मालिक के हाथ में हैं, इंसान के हाथ में कुछ भी नहीं। सब काम पाक परवरदिगार के हुक्म से होते हैं। उनका जो हुक्म होगा, वही होगा।"[205]

अन्धविश्वास की प्रवृत्ति पुरुष की अपेक्षा स्त्रियों में अधिक दिखाई देती है। विभिन्न कर्मकांड अपनाते हुए कष्ट सहकर भी वे सती कहलवाने में सन्तुष्ट होती हैं। 'चाक' में व्रत-तप करती स्त्रियों का चित्रण इस प्रकार हुआ है–''धुन्धी के बेटा की बहू को पीलिया हो गया। दवा खाती है। आज दवा नहीं खाएगी। दवा के साथ पानी भी तो जाएगा। बरत खंडित हो जाता है ऐसे। एक दिन में मर तो नहीं जाएगी। देख लो चरनसिंह के बेटा की बहू को ! पेट काटकर ऑपरेशन हुआ था। कल ही गाड़ी में धरकर लाए हैं पर बरत नहीं तोड़ा। निर्जला रही। कहती है–हम मर जाएँ तो हमारा सौभाग्य, सुहागिन मरना कितनों को मिलता है ? पति के कन्धों पर चढ़कर चिता तक जाएँगे। मुँह से पानी की बूँद नहीं छुआई। भाई, ऐसी होती है सती।''[206]

आज तीव्रता से दौड़ते विज्ञान के युग में किसी भी शुभ काम के लिए पंचांग देखकर मुहूर्त निकलवाया जाता है। पढ़े-लिखे तो क्या, अत्याधुनिक प्रतीत होनेवाली फिल्मी दुनिया भी अन्धविश्वास से बच नहीं पाई है। 'मुझे चाँद चाहिए' में फिल्मी जगत में व्याप्त अन्धविश्वास को दिखाया गया है, ''प्रभु-पूजा और अन्धविश्वास चित्रनगरी के वातावरण के दूसरे दुष्कर पहलू थे। मुहूर्त पर पूजा तो गनीमत थी, पर रीलों के डिब्बों को प्रभु चरणों में रखना, रिलीज़ से एक महीने पहले मांस-व्हिस्की छोड़ देना, घर में अखंड पाठ करवाना–इसको क्या कहा जाए ? फिल्म के शीर्षक में किसी के लिए 'क' और 'ट' अशुभ था, तो किसी के लिए 'अ' और 'न' शुभ।''[207]

ये सब प्रसंग धर्म के नाम पर विकसित उस ढाँचे के कोण-किनारे हमारे समक्ष प्रस्तुत करते हैं, जो वर्तमान भारतीय जीवन को भिन्न-भिन्न रूपों में प्रभावित कर रहे हैं और अन्ततः मानवी-विकास की कल्पना को धूमिल बना रहे हैं।

संविधान की दृष्टि से भारत के प्रत्येक नागरिक को समानता का अधिकार प्राप्त है। भारत विश्व भर में अपनी अनमोल संस्कृति के करण विख्यात है। इस त्यागपूर्ण संस्कृति का गर्हित पक्ष अस्पृश्यता है। भारत के इतिहास से इतना ''पता चलता है कि आर्यों और शूद्रों में भेद किया गया है; लेकिन जैसा भेद बाद को मिलता है, निश्चय ही वह वैदिक या उत्तर वैदिक काल की विशेषता नहीं है। जैसे-जैसे सामन्ती व्यवस्था दृढ़ होती गई वैसे-वैसे शूद्रों को भी अधिकाधिक पतित समझा जाने लगा। शूद्र भारत की सामन्ती व्यवस्था की उपज थे, उस समाज के अंग थे। नस्ल भेद के आधार पर उनकी व्याख्या नहीं की जा सकती। उनकी दासता पर प्राचीन जन-व्यवस्था की दासता की छाप थी, जहाँ कुछ दासों पर पूरे समाज का नियन्त्रण रहता था। लेकिन थे वे सामन्ती व्यवस्था की अधिकारहीन जनता के अंग ही।'[208] सामन्ती व्यवस्था में राजा अपनी मर्जी से जो भी करता था, वही न्याय माना जाता था। राजा के साथ सत्ता वर्ग–जिसमें स्वार्थी पंडित, पुरोहित भी हुआ करते थे, ने समाज में शक्ति सम्पन्न तथा सम्मानित बने रहने के लिए जाति व्यवस्था द्वारा मनुष्य-मनुष्य में अन्तर कर दिया। ''भारतीय सामन्ती समाज में जनता के एक विशाल अंग को अधिकारहीन दासों के स्तर पर रखा गया था। यह क्रम शताब्दियों तक चलता रहा। प्राचीन जन-व्यवस्था टूटने पर

यह घोर विषमता का युग आया। इन शूद्रों के श्रम के बल पर द्विजों ने अपने विशेष अधिकारों का प्रासाद निर्मित किया था; विशेषकर ब्राह्मण और क्षत्रिय उनके श्रमफल का शोषण करके इस संसार में सुख भोगते थे और परलोक की भी व्यवस्था कर लेते थे। द्विजों के सामूहिक उत्पीड़न और राज्य-सत्ता के दंड विधान के कारण वे साधारणतः विद्रोह न कर पाते थे; लेकिन इसका यह अर्थ नहीं कि उनका शोषण न होता था और प्राचीन भारतीय समाज में–जिसके आध्यात्मिक सौन्दर्य के गुण गाते पुरानपंथी लेखक और पूँजीवादी प्रचारक थकते नहीं–तीव्र वर्ग विरोध न था।''[209] यानी शूद्रों को पतित मानकर सम्पन्न वर्ग अपना स्वार्थ सिद्ध करते रहे। स्वामित्व की भावना से उत्पन्न स्थिति का चित्र 'अर्द्धनारीश्वर' में सुमिता के इन शब्दों से खिंच जाता है, ''स्वामित्व की भावना, विज्ञान वाङ्मय की धारणाओं ने मनुष्य को मनुष्य से नफरत करना सिखाया। अजित, क्या तुम यह नहीं सोचते कि तथाकथित हिन्दू जितना नफरत करता है अपने ही जैसे हाड़-मांस के मनुष्य से, उतना शायद और किसी समाज में नहीं होता ?''[210] अन्धविश्वासी भारतीय जनता अपने जैसे एक वर्ग की छाया मात्र के स्पर्श से अपने को अपवित्र समझती थी। समाज में व्याप्त इस समस्या का चित्रण समकालीन उपन्यासकारों ने किया है। 'डूब' उपन्यास में जब घूमा और उसके भाई को चोट लगी और ''अट्टू साव एक घाव पर दवाई लगाकर पट्टी बाँधने की तैयारी कर रहे थे कि अचानक मझले साव ने उनके पास से डिब्बा झपटा और कुएँ में फेंक दिया। फिर घूमा को डपटकर कहा, ''उठा अपने भाई को। तेरी इतनी हिम्मत कि हमारी खाट पर...चल उठा और ले जा अपने टपरे में।'' साव ने माचिस की एक तीली जलाई। उससे एक कपड़े के टुकड़े को जलाया और जलता हुआ वह कपड़ा खाट पर फेंक दिया। देखते ही देखते खाट धूँ-धूँ करके जलने लगी।''[211] इस तरह के भेद-भावपूर्ण व्यवहार ने उन्हें समाज से बहिष्कृत कर शिक्षा से भी वंचित रखा। ''आधुनिक युग में भारतीय समाज के द्वितीय मूल आधार वर्ण-व्यवस्था का विकृत स्वरूप अछूतों के जीवन में उत्पन्न समस्याओं के द्वारा व्यक्त हुआ। यह अछूत भारतीय समाज के अभिन्न अंग रहे हैं, परन्तु निम्न वर्ग होने के कारण हिन्दू मन्दिरों, सार्वजनिक स्थानों, कुओं, उत्सवों, शालाओं आदि के उपयोन से वंचित कर दिए गए।''[212] कई विचारक और संस्थाएँ समाज की इस स्थिति में सुधार लाना चाहते थे। यद्यपि यह सरल नहीं था, तथापि आर्य समाज ने दलित वर्गों के लिए बहुत अधिक काम किया। आर्य समाज ने इस दिशा में पहल करके न सिर्फ एक महत्त्वपूर्ण भूमिका निभाई बल्कि आगे आनेवाले समय के लिए अछूत प्रथा के विरुद्ध भारत के पूँजीवादी संघर्ष की अन्तर्वस्तु ही निर्धारित कर दी। तब से लेकर आज तक जाति प्रथा और अछूत प्रथा के बारे में भारतीय पूँजीपति वर्ग का जो दृष्टिकोण और क्रियात्मक रूप रहा है वह मोटे तौर पर आर्य समाज द्वारा दिए गए विचारधारात्मक ढाँचे के अन्दर ही घूमता-फिरता है।''[213] आर्य समाज अपने प्रयत्नों से धर्मभीरु और अज्ञानी जनता को यह समझाता रहा कि–अस्पृश्यता का सम्बन्ध न धर्म से है, न जन्म से और न अन्य किसी श्रेष्ठ तत्त्व से बल्कि यह निहित स्वार्थी लोगों

द्वारा उत्पन्न एक असहनीय बुराई है।[214]

मदनमोहन मालवीय तथा गांधीजी ने भी अस्पृश्यता निवारण के क्षेत्र में महत्त्वपूर्ण कार्य किए हैं। मालवीयजी की अध्यक्षता में हिन्दू परिषद ने यह प्रस्ताव पारित किया कि "हिन्दू समाज में कोई जन्म के कारण अछूत नहीं माना जाएगा और जिन्हें आज तक अछूत माना जाता रहा है, उन्हें अब कुओं, पाठशालाओं, रास्तों तथा दूसरी सभी सार्वजनिक संस्थाओं का उपयोग करने का हिन्दुओं के समान ही अधिकार होगा। इस अधिकार के लिए मौका मिलते ही कानून की मंजूरी ली जाएगी। यदि स्वराज्य मिलने तक यह स्वीकृति न मिली तो स्वराज्य की पहली संसद में यह पहला-पहला कानून पारित होगा।"[215] बाबा साहब अम्बेडकर ने भी अपनी सहायता स्वयं करने का मन्त्र देकर शूद्रों को जागृत किया। गांधी, मदनमोहन मालवीय तथा अम्बेडकर ने मिलकर एक ऐसे वातावरण का निर्माण किया कि स्वराज्य प्राप्ति के बाद संविधान में मौलिक अधिकार के अन्तर्गत अनुच्छेद 17 में अस्पृश्यता उन्मूलन का प्रावधान रखा गया है–"किसी भी रूप में अस्पृश्यता का व्यवहार निषेध है। इसके बाधक बनाकर किसी को अयोग्य सिद्ध किया गया तो कानूनन यह दंडनीय अपराध माना जाएगा।"[216]

ऐसे तमाम प्रयत्न व संविधान में इस तरह का प्रावधान होने पर भी भारतीय जनमानस से अस्पृश्यता समूल नहीं निकल पाई है। आज भी कई लोग अपने जैसे ही लोगों को अछूत मानते हैं। रागदरबारी में इस समस्या की व्यंग्यात्मक अभिव्यक्ति हुई है "चमार एक जाति का नाम है जिसे अछूत माना जाता है। अछूत एक प्रकार के दुपाये का नाम है जिसे लोग संविधान लागू होने से पहले छूते नहीं थे। संविधान एक कविता का नाम है जिसके अनुच्छेद 17 में छुआछूत खत्म कर दी गई है क्योंकि छुआछूत इस देश का एक धर्म था, इसलिए शिवपालगंज में भी दूसरे गाँवों की तरह अछूतों के अलग-अलग मुहल्ले थे और उनमें सबसे प्रमुख मुहल्ला चमरही था।"[217] इस तरह समकालीन उपन्यास इस यथार्थ पर भी बल देते हैं कि भारतीय जीवन के तमाम विकसित मूल्यों से जुड़ जाने के बावजूद उसके माथे पर अस्पृश्यता का कलंक आज तक लगा हुआ है। साथ ही वे इस यथार्थ को भी सामने लाते हैं कि इस कलंक को मिटाने के प्रयत्न बहुत कारगर नहीं हुए हैं। पहले के सामाजिक-सांस्कृतिक आन्दोलन इस दिशा में बहुत शिथिल हो गए हैं–कई बार लगता है कि उनका राजनीतिकरण हो गया है–और सरकारी प्रयास केवल दिखावा है। सरकारें तो संविधान की व्यवस्था को लागू करने में भी अधिक रुचि नहीं रखती। इसके पीछे अब भी सामन्ती अवशेषों की बची-खुची ताकत है। छुआछूत मिटाने के लिए इस ताकत का नष्ट होना आवश्यक है।

समकालीन हिन्दी उपन्यास साहित्य में सामाजिक परिदृश्य के यथार्थ को समग्रता से प्रस्तुत करते हुए विभिन्न समस्याओं का चित्रण और उनके कारणों की तलाश की आकांक्षा प्रभावित करती है। यहीं एक विशेष पक्ष पर हमारा ध्यान जाता है, वह है इन कारणों की खोज में एक ऐसे कारण तक पहुँचना, जिस पर सामान्यतः ध्यान नहीं जाता।

यह कारण स्वयं समस्याग्रस्त आम लोगों से जुड़ा है और इसे व्यक्ति की निष्क्रिय व तटस्थ बने रहने की प्रवृत्ति के रूप में जाना जाता है।

समकालीन उपन्यासों में इस तथ्य पर विशेष ध्यान दिया गया है कि आम लोगों की समस्या से आँखें मूँद लेने की प्रवृत्ति ही वह सबसे बड़ी समस्या है, जो व्यक्ति और समाज दोनों के निरन्तर संकटग्रस्त रहने, शोषित बने रहने और छीजते जाने का कारण है। आम लोग उन संकटों से बराबर आँखें मूँदे रहते हैं, जो उनके दरवाजे पर न आकर किसी अन्य के दरवाजे पर दस्तक दे रहे होते हैं। 'महाभोज' के बिसू की मौत के समय ऐसा ही होता है–"दूसरी तरफ काली झंडियों और बड़े-बड़े पोस्टरों का अम्बार लगा हुआ, जिनमें आगजनी और बिसू की मौत का जवाब माँगते हुए बड़े तेज और तीखे नारे लिखे हुए हैं। गाँव के अधिकतर लोगों के लिए यह सारा तमाशा जुम्मन पहलवान के अखाड़े में होनेवाली कबड्डी से कम दिलचस्प नहीं।"[218] यह एक घातक प्रवृत्ति है, किन्तु इसका कोई उपाय देखने में नहीं आता। विडम्बना यह है कि आम लोग अपनी इस दुष्प्रवृत्ति को छिपाने के लिए तटस्थता जैसे विशाल शब्द को ढाल के रूप में प्रयोग करते हैं। वास्तव में यह अपने सामाजिक सरोकारों से जान बचाकर कायरता भरा जीवन चुनने की प्रवृत्ति है और इस पौरुषता में किसी की तरह अपने सुख में मस्त रहने की विषाक्त लालसा विद्यमान है। 'महाभोज' में ही इसका भी उद्‌घाटन किया गया है, "दो समय का खाना और पाँच रुपया प्रति व्यक्ति तय हुआ है। बच्चों के लिए भी दो-दो रुपए दिए जाएँगे। लोगों का क्या है, मजदूरी नहीं की और मौज कर ली पूरे कुनबे ने–बच्चों के पैसे और खाना मुफ्त।"[219] इसी प्रवृत्ति के लोग, 'जो होगा सो देखा जाएगा', 'हम ही क्या कर सकते हैं', 'कोऊ नृप होऊँ हमें का हानि' जैसे प्रचलित वाक्यों का प्रयोग करते हैं और अपनी सही जिम्मेदारी से बचते हुए लीक-लीक जीवन हाँकते जाते हैं। कहना न होगा कि भारत में लोकतन्त्र जैसी आदर्श प्रणाली के असफल होने का एक बड़ा कारण भी यही प्रवृत्ति है। 'रागदरबारी' में शनिचर गाँव के सर्वेसर्वा वैद्यजी के नाम से अपने लिए वोट माँगता है तो इक्के वाले कहते हैं–"जब वैद्य जी वोट की भीख माँग रहे हैं तो मना कौन कर सकता है। हमें कौन वोट का अचार डालना है, ले जाएँ। वैद्य जी ही ले जाएँ। वोट साला कौन छप्पन टके की चीज है ! कोई भी ले जाए।"[220] इसी समझदारी के अभाव तथा निष्क्रियता के कारण समाज में सुधार की सम्भावना घटती जा रही है। कोई भी किसी भी समस्या को सुलझाने की जिम्मेदारी नहीं लेना चाहता। 'चाक' में रेशम की मौत के सिलसिले में कोई गवाही देने के लिए तैयार नहीं होता, रंजीत कहता है, "पूछ लिया था रामजी बाम्हन से भी। साफ नाही कर गए। बोले कि लाओ तुम्हारे सामने हम खूब कह दें कि करमवीर की बहू डोरिया ने मारी है, डोरिया ने। पर कचहरी में जाकर कौन कहेगा ? जो कहेगा, वही अपने हाथ-पाँव बँधवाएगा। साँचाधारी बनकर हम क्या कर लेंगे भइया ? खामख्वाह दुश्मनी बाँधें। इनका क्या भरोसा, खून मुँह लगा है। एकाध कत्तल तो शौकिया ही कर डालेंगे।"[221] लेकिन यहाँ एक और बात की ओर भी ध्यान दिया जाना चाहिए–वह है, लोगों की

निष्क्रियता और गैर सरोकारी होने के पीछे के एक बड़े सशक्त कारण की खोज। लोग जहाँ अपने को बचाए रखने की सहज प्रवृत्ति के कारण किसी अन्याय का विरोध करने में आगे नहीं आते, वहीं वे शक्ति सम्पन्न अपराधी वर्ग के भय से भी अपनी जबान खोलना नहीं चाहते। उन्हें डर होता है कि सत्य और न्याय का साथ देने पर उन्हें जीवन से हाथ धोना पड़ सकता है या कोई अन्य नुकसान उठाना पड़ सकता है। इसलिए भी वे दूसरों के मामलों में टाँग न अड़ाने और तटस्थता की नीति अपनाने को बाध्य होते हैं। 'चाक' हमारा ध्यान एक बार फिर इस ओर खींचता है, ''सच्चाई का शिनाख्त करनेवाले अब रहे ही नहीं। दिन-दहाड़े एक औरत मार दी जाए और गाँव चुप बैठा रहे। है न गजब ? पराई आग में कौन हाथ जलाए। बेस्वारथ थाने और कोट-कचेहरी के कौन चक्कर लगाए ? और फिर लोग तो यही सोचते हैं कि उन्होंने अपनी बहू मारी है। मारी भी है कि बिटौरा अपने-आप ही धसक गया ? हाय-हाय, त्राहि-त्राहि करके अपना फर्ज निभा दिया। इससे आगे सोचनेवाला कोई नहीं। किसी को क्या नफा-नुकसान ? फिजुल में दुस्मनी कौन मोल ले ?[222] फिर ये उपन्यास एक बड़ा सवाल छोड़ जाते हैं कि स्थिति जब इतनी खतरनाक हो उठती है, तो हमारे वर्तमान समाज को समस्यामुक्त करने का कारगर उपाय क्या है ? इस प्रश्न के उत्तर के लिए हम सबको नए सिरे से आत्ममन्थन की आवश्यकता है।

सन्दर्भ सूची

1. डॉ. श्री नारायण सिंह, बीसवीं शताब्दी हिन्दी उपन्यास : नए दो पहलू, संस्करण-1976, पृ. 27
2. ''औद्योगिक रूप से विकसित देशों में यह समस्या और भी जटिल है। हृदय रोग, कैंसर, मानसिक असन्तुलन और आत्महत्या जैसे रोग वहाँ बहुत हानि पहुँचा रहे हैं; विशेषकर बहुत अधिक शिक्षित, गुण सम्पन्न और प्रतिभाशाली वर्ग में, जो सभी आधुनिक जीवन के अधिकतम तनावों के अधीन होते हैं। पश्चिम में जिस नई हिप्पी संस्कृति का उदय हुआ है वह इसी तनाव का परिणाम है।''—अर्द्धनारीश्वर, विष्णु प्रभाकर, प्रथम संस्करण-1997, पृ. 307
3. मुझे चाँद चाहिए, सुरेन्द्र वर्मा, नौवीं आवृत्ति-1999, पृ. 30
4. वही, पृ. 22
5. वही, पृ. 180
6. डॉ. श्रीनारायण सिंह, बीसवीं शताब्दी हिन्दी उपन्यास : नए दो पहलू, संस्करण-1976, पृ. 16
7. महाभोज, मन्नू भंडारी, चौबीसवाँ संस्करण-1999, पृ. 91
8. वही, पृ. 91
9. ''वे तीखी आपाधापी के दिन थे। माओवाद का सर्वव्यापी चलन था। नन्हें वियतनाम ने अमेरिका के छक्के छुड़ा दिए थे। नक्सलवादी हिंसा से पश्चिमी बंगाल की चूलें हिल चुकी थीं। चारु मजूमदार ने विद्यार्थियों को ग्रामीण क्षेत्रों में जाकर किसानों को संगठित करने का आह्वान दे दिया था।

अनुपमा स्वप्निल आँखों से माओ, हो ची मिन्ह, ग्वेवारा का जिक्र करती है। एक दुर्बल क्षण में उसने वर्षा को जल्दी ही अपने भूमिगत हो जाने के इरादे का राजदार बना लिया था। उन दिनों वह इतने आत्मविश्वास एवं निश्चय से क्रान्ति की बात करती थी, जैसे क्रान्ति दिल्ली गेट पर लालबत्ती के कारण रुकी हुई हो और अभी देखते-देखते मंडी हाउस में आ खड़ी होगी।''—मुझे चाँद चाहिए, सुरेन्द्र वर्मा, नौवीं आवृत्ति-1999, पृ. 259

10. जहाँ बाँस फूलते हैं, श्रीप्रकाश मिश्र, प्रथम संस्करण-1997, पृ. 99-100
11. अर्द्धनारीश्वर, विष्णु प्रभाकर, संस्करण-1997, पृ. 369
12. डूब, वीरेन्द्र जैन, द्वितीय संस्करण-1993, पृ. 197
13. करवट, अमृतलाल नागर, संस्करण-1994, पृ. 265
14. वही, पृ. 348
15. भारत में सामाजिक आन्दोलन और परिवर्तन, प्रथम संस्करण-1987, पृ. 159-160
16. डूब, वीरेन्द्र जैन, द्वितीय संस्करण-1994, पृ. 50
17. वही, पृ. 77
18. वही, पृ. 234
19. भारतीय शिक्षा की आधुनिक समस्याएँ, डॉ. रामपाल सिंह, पृथ्वी सिंह, द्वितीय संस्करण-1980, पृ. 170
20. वही, पृ. 137
21. रागदरबारी, श्रीलाल शुक्ल, आठवाँ संस्करण-1990, पृ. 78
22. वही, पृ. 299
23. वही, पृ. 136
24. चाक, मैत्रेयी पुष्पा, पहली आवृत्ति-1999, पृ. 204
25. श्रीधर—मैंने एक जगह पढ़ा था कि अफसर लोग समझते हैं, सरकारी कुर्सियों के नीचे असर्फियाँ दबी रहती हैं। खुदाई करते जाओ। मालामाल हो जाओगे। शिक्षा विभाग में ही क्या, हर विभाग में ऐसा हो रहा है। प्रौढ़ शिक्षा, नारी शिक्षा, बाल शिक्षा, कैम्प, नुमाइश और साले निलयम-शिलयम सब बकवास। ढोंग हैं...तमाशे। इन तमाशों का भोंपू बजना चालू होता है तो बजता ही रहता है। और म्याद पूरी होने को आती है, सम्बन्धित लोग अपने-अपने थैलों के मुँह खोल देते हैं और भर-भरकर ढो ले जाते हैं। —वही, पृ. 178
26. वही, पृ. 177
27. रागदरबारी, श्रीलाल शुक्ल, आठवाँ पुनर्मुद्रण-1999, पृ. 33
28. वही, पृ. 30
29. चाक, मैत्रेयी पुष्पा, पहली आवृत्ति-1999, पृ. 75
30. रागदरबारी, श्रीलाल शुक्ल, आठवाँ पुनर्मुद्रण-1999, पृ. 309
31. औरत, शिवप्रसाद सिंह, संस्करण-1999, पृ. 8
32. महाभोज, मन्नू भंडारी, चौबीसवाँ संस्करण-1999, पृ. 19
33. रागदरबारी, श्रीलाल शुक्ल, आठवाँ पुनर्मुद्रण-1999, पृ. 191
34. करवट, अमृतलाल नागर, संस्करण-1994, पृ. 86
35. जहाँ बाँस फूलते हैं, श्रीप्रकाश मिश्र, संस्करण-1997, पृ. 95
36. वही, पृ. 187
37. चाक, मैत्रेयी पुष्पा, पहली आवृत्ति-1999, पृ. 26
38. रागदरबारी, श्रीलाल शुक्ल, आठवाँ पुनर्मुद्रण-1999, पृ. 34

39. वही, पृ. 306
40. डूब, वीरेन्द्र जैन, द्वितीय संस्करण, 1993, पृ. 202
41. चाक, मैत्रेयी पुष्पा, पहली आवृत्ति-1999, पृ. 168
42. अँधेर है साला। अब देखो कि जहाँ थानसिंह गया है, वहाँ बालक पचास और मास्टर पाँच। असल में प्रधानजी वह गाँव भीतरी क्षेत्र में पड़ता है। मास्टर लोगों को सहूलियत रहती है। पन्द्रह दिन में दो-चार दिन घूम आए, बाकी कौन पूछनेवाला है। आपस में यह समझौता है कि तू कह न मेरी, मैं कहूँ न तेरी।—चाक, मैत्रेयी पुष्पा, पहली आवृत्ति-1999, पृ. 235
43. रागदरबारी, श्रीलाल शुक्ल, आठवाँ पुनर्मुद्रण-1999, पृ. 111
44. वही, पृ. 11
45. साठोत्तरी हिन्दी उपन्यासों में व्यंग्य, डॉ. किशोर सिंह राव, प्रथम संस्करण-1999, पृ. 169
46. रागदरबारी, श्रीलाल शुक्ल, आठवाँ पुनर्मुद्रण-1999, पृ. 165
47. चाक, मैत्रेयी पुष्पा, पहली आवृत्ति-1999, पृ. 312
48. वही, पृ. 312
49. वही, पृ. 312
50. साठोत्तरी हिन्दी उपन्यासों में व्यंग्य, डॉ. किशोर सिंह राव, प्रथम संस्करण-1999, पृ. 183
51. रिश्वत में क्या माँगा था तूने ? बोल क्या माँगा था ?—दे जवाब। दलवीर सिर झुकाए बैठे थे। जैसे बाप की अदालत में उनकी पैरवी करनेवाले खुद वे भी नहीं हो। बाबा ने पाँव की पनही उठाई और झपट पड़े। मैं जानता हूँ क्या माँगा था। उसकी तेरह साल की बेटी।—चाक, मैत्रेयी पुष्पा, पहली आवृत्ति-1999, पृ. 164
52. अर्द्धनारीश्वर, विष्णु प्रभाकर ? संस्करण-1997, पृ. 51
53. महाभोज, मन्नू भंडारी, चौबीसवाँ संस्करण-1999, पृ. 92
54. वही, पृ. 158
55. हमारा संविधान, सुभाष काश्यप, पहला संस्करण-1996, पृ. 1
56. वही, पृ. 78
57. चाक, मैत्रेयी पुष्पा, पहली आवृत्ति-1999, पृ. 16
58. महाभोज, मन्नू भंडारी, चौबीसवाँ संस्करण-1999, पृ. 69
59. रागदरबारी, श्रीलाल शुक्ल, आठवाँ पुनमुर्द्रण-1999, पृ. 69
60. डूब, वीरेन्द्र जैन, द्वितीय संस्करण-1993, पृ. 77
61. महाभोज, मन्नू भंडारी, चौबीसवाँ संस्करण-1999, पृ. 95
62. हिन्दी पत्रकारिता, कृष्ण बिहारी मिश्र, तीसरा संस्करण-2000, पृ. 446
63. महाभोज, मन्नू भंडारी, चौबीसवाँ संस्करण-1999, पृ. 44
64. हिन्दी पत्रकारिता, कृष्ण बिहारी मिश्र, तीसरा संस्करण-2000, पृ. 450
65. महाभोज, मन्नू भंडारी, चौबीसवाँ संस्करण-1999, पृ. 45
66. डूब, वीरेन्द्र जैन, द्वितीय संस्करण-1999, पृ. 287
67. हिन्दी पत्रकारिता विविध आयाम, डॉ. वेदप्रकाश वैदिक, प्रथम संस्करण-1976, पृ. 669
68. गैंग अगर था ही तो उसी अखबार ने दो साल पहले आपके कार्यों पर जय-जयकार की थी। और आज जब सोबरन राय थैलीशाही अन्दाज में बेशुमार दौलत, शराब, गोश्त और गरीबों के घरों की जवान बेटियों को सुगन्धित साबुनों से नहला-धुलाकर बड़ी खुशनुमा भेंट की तरह पेश कर रहे हैं तो अचानक गैंग सामने आ गया।—औरत, शिवप्रसाद सिंह, प्रथम संस्करण-1999, पृ. 146
69. हिन्दी पत्रकारिता विविध आयाम, डॉ. वेदप्रकाश वैदिक, प्रथम संस्करण-1976, पृ. 673

70. वही, पृ. 669
71. मुझे चाँद चाहिए, सुरेन्द्र वर्मा, नौवीं आवृत्ति-1999, पृ. 399
72. समसामयिक हिन्दी साहित्य, लेख—रणवीर रांग्रा, साहित्य अकादमी, द्वितीय संस्करण-1983, पृ. 32
73. रागदरबारी, श्रीलाल शुक्ल, आठवाँ संस्करण-1999, पृ. 73
74. वही, पृ. 121
75. चाक, मैत्रेयी पुष्पा, पहली आवृत्ति-1999, पृ. 239
76. वही, पृ. 43
77. जहाँ बाँस फूलते हैं, श्रीप्रकाश मिश्र, प्रथम संस्करण-1997, पृ. 71
78. वही, पृ. 73
79. औरत, शिवप्रसाद सिंह, संस्करण-1999, पृ. 160
80. साठोत्तरी हिन्दी के मुस्लिम इतिहासकार, डॉ. दिलशाद जीलानी, प्रथम संस्करण-1998, पृ. 5
81. शिक्षा के सरल सिद्धान्त, के. क्षत्रिया, विमला अरोड़ा, द्वितीय संस्करण, पृ. 386
82. करवट, अमृतलाल नागर, संस्करण-1994, पृ. 108
83. वही, पृ. 11
84. हिन्दी कथा-साहित्य समकालीन सन्दर्भ, ज्ञान अस्थाना, प्रथम संस्करण-1981, पृ. 44
85. मैत्रेयी पुष्पा, चाक, पहली आवृत्ति-1999, पृ. 174
86. साठोत्तरी हिन्दी उपन्यासों में व्यंग्य, डॉ. किशोर सिंह राव, प्रथम संस्करण-1999, पृ. 227-228
87. रागदरबारी, श्रीलाल शुक्ल, आठवाँ पुनर्मुद्रण-1999, पृ. 118
88. वही, पृ. 94
89. वही, पृ. 126
90. साठोत्तरी हिन्दी के मुस्लिम उपन्यासकार, डॉ. दिलशाल जीलानी, संस्करण-1998, पृ. 180
91. करवट, अमृतलाल नागर, संस्करण-1994, पृ. 90
92. वही, पृ. 92
93. वही, पृ. 93
94. रागदरबारी, श्रीलाल शुक्ल, आठवाँ पुनर्मुद्रण-1999, पृ. 49
95. मुझे चाँद चाहिए, सुरेन्द्र वर्मा, नौवीं आवृत्ति-1999, पृ. 32
96. वही, पृ. 532
97. डूब, वीरेन्द्र जैन, द्वितीय संस्करण-1993, पृ. 24
98. वही, पृ. 25
99. वही, पृ. 211
100. रागदरबारी, श्रीलाल शुक्ल, आठवाँ पुनर्मुद्रण-1999, पृ. 49
101. साठोत्तरी हिन्दी के मुस्लिम उपन्यासकार, डॉ. दिलशाद जीलानी, प्रथम संस्करण-1998, पृ. 109
102. डूब, वीरेन्द्र जैन, द्वितीय संस्करण-1993, पृ. 81
103. मुझे चाँद चाहिए, सुरेन्द्र वर्मा, नौवीं आवृत्ति-1996, पृ. 193
104. ''किसी तरह निभा रहा हूँ। राम-राम करके यह बैच निकल जाए।...सुबह नौ से हमारी क्लास शुरू होती है। परसों साढ़े आठ से उन्हें जगाना शुरू किया, तो साढ़े दस तक उठने लायक हुए। दिन-रात तो उनकी ट्रिप चलती है। क्लासों के बीच मुझे धुकधुकी लगी रहती है कि पता नहीं, कब यह लुढ़क जाए। आप देखिए न, लड़कों के ऊपर कितना बुरा असर पड़ता है...और जहाँ तक पैसे का सवाल है, मेरी तो छोड़िए, लड़कों तक से उधार ले रखा है, बल्कि एक-दो को तो ड्रग्स की आदत

लगाए दे रहे हैं... ।"—वही, पृ. 510

105. रागदरबारी, श्रीलाल शुक्ल, आठवाँ पुनर्मुद्रण-1999, पृ. 262
106. करवट, अमृतलाल नागर, संस्करण-1994, पृ. 151
107. वही, पृ. 151
108. हिन्दी उपन्यासों में मध्यवर्ग, मंजुलता सिंह, संस्करण-1971, पृ. 11
109. रागदरबारी, श्रीलाल शुक्ल, आठवाँ पुनर्मुद्रण-1999, पृ. 58
110. हिन्दी उपन्यासों में मध्यवर्ग, मंजुलता सिंह, संस्करण-1971, पृ. 43
111. अर्द्धनारीश्वर, विष्णु प्रभाकर, संस्करण-1997, पृ. 337
112. साठोत्तरी हिन्दी के मुस्लिम उपन्यासकार, डॉ. दिलशाद जीलानी, प्रथम संस्करण-1998, पृ. 179
113. अर्द्धनारीश्वर, विष्णु प्रभाकर, संस्करण-1997, पृ. 37
114. चाक, मैत्रेयी पुष्पा, पहली आवृत्ति-1999, पृ. 54
115. अर्द्धनारीश्वर, विष्णु प्रभाकर, संस्करण-1997, पृ. 37
116. हिन्दी उपन्यासों में मध्यवर्ग, मंजुलता सिंह, प्रथम संस्करण-1971, पृ. 14
117. हिन्दी उपन्यासों में सामाजिक विघटन, डॉ. धर्मेन्द्रनाथ श्रीवास्तव, प्रथम संस्करण-1995, पृ. 50
118. वही, पृ. 49
119. महाभोज, मन्नू भंडारी, चौबीसवाँ संस्करण-1999, पृ. 75
120. अर्द्धनारीश्वर, विष्णु प्रभाकर, संस्करण-1997, पृ. 71
121. करवट, अमृतलाल नागर, संस्करण-1994, पृ. 309
122. मुझे चाँद चाहिए, सुरेन्द्र वर्मा, नौवीं आवृत्ति-1999, पृ. 18
123. हिन्दी उपन्यासों में सामाजिक विघटन, डॉ. धर्मेन्द्रनाथ श्रीवास्तव, प्रथम संस्करण-1995, पृ. 50
124. करवट, अमृतलाल नागर, संस्करण-1994, पृ. 310
125. चाक, मैत्रेयी पुष्पा, पहली आवृत्ति-1999, पृ. 27
126. मुझे चाँद चाहिए, सुरेन्द्र वर्मा, नौवीं आवृत्ति-1999, पृ. 224
127. साहित्य का समाजशास्त्र, डॉ. नगेन्द्र, प्रथम संस्करण-1982, पृ. 7
128. औरत, शिवप्रसाद सिंह, संस्करण-1999, पृ. 66
129. रागदरबारी, श्रीलाल शुक्ल, आठवाँ पुनर्मुद्रण-1999, पृ. 42
130. वही, पृ. 262
131. वही, पृ. 113
132. वही, पृ. 123
133. चाक, मैत्रेयी पुष्पा, पहली आवृत्ति-1999, पृ. 51
134. साठोत्तरी हिन्दी के मुस्लिम उपन्यासकार, डॉ. दिलशाद जीलानी, संस्करण-1998, पृ. 126
135. करवट, अमृतलाल नागर, संस्करण-1994, पृ. 312
136. वही, पृ. 82
137. वही, पृ. 90
138. डूब, वीरेन्द्र जैन, द्वितीय संस्करण-1993, पृ. 152
139. जहाँ बाँस फूलते हैं, श्रीप्रकाश मिश्र, प्रथम संस्करण-1997, पृ. 86
140. करवट, अमृतलाल नागर, संस्करण-1994, पृ. 220
141. औरत, शिवप्रसाद सिंह, संस्करण-1999, पृ. 85
142. करवट, अमृतलाल नागर, संस्करण-1994, पृ. 236
143. रागदरबारी, श्रीलाल शुक्ल, आठवाँ पुनर्मुद्रण-1999, पृ. 126

144. वही, पृ. 149
145. वही, पृ. 170
146. महाभोज, मन्नू भंडारी, चौबीसवाँ संस्करण-1999, पृ. 41
147. मुझे चाँद चाहिए, सुरेन्द्र वर्मा, नौवीं आवृत्ति-1999, पृ. 347
148. वही, पृ. 349
149. वही, पृ. 512
150. बौद्धिक उपनिवेशवाद की चुनौती और रामचन्द्र शुक्ल, शम्भुनाथ, प्रथम संस्करण-1988, पृ. 20
151. महाभोज, मन्नू भंडारी, चौबीसवाँ संस्करण-1999, पृ. 65
152. वही, पृ. 38
153. चाक, मैत्रेयी पुष्पा, पहली आवृत्ति-1999, पृ. 30
154. वही, पृ. 144
155. साठोत्तरी हिन्दी उपन्यासों के मुस्लिम उपन्यासकार, डॉ. दिलशाद जीलानी, प्रथम संस्करण-1998, पृ. 98
156. डूब, वीरेन्द्र जैन, द्वितीय संस्करण-1993, पृ. 130
157. करवट, अमृतलाल नागर, संस्करण-1994, पृ. 255
158. वही, पृ. 314
159. साठोत्तरी हिन्दी उपन्यासों के मुस्लिम उपन्यासकार, डॉ. दिलशाद जीलानी, प्रथम संस्करण-1998, पृ. 99
160. मुझे चाँद चाहिए, सुरेन्द्र वर्मा, नौवीं आवृत्ति-1999, पृ. 183
161. अर्द्धनारीश्वर, विष्णु प्रभाकर, संस्करण-1997, पृ. 201
162. "मेवा बाम्हन का बेटा जगदीश भवानी से चुस बाँध बैठा। वह मुखिया से उधार ले आता था, पर भवानीदासी के दरवज्जे कभी झाँका नहीं। दुरभाग कि जगदीश अकाल मौत पर गया। सिमरधरी का मुखिया घोड़ा दौड़ाता तभी आ गया और विलाप करती बहू से एक औरत के मार्फत कहलवाया कि काँटी (अर्थी) तब उठेगी, जब मेरा कर्ज पट जाएगा।" —चाक, मैत्रेयी पुष्पा, दूसरा संस्करण-1999, पृ. 150
163. भारतीय नारी : दशा-दिशा, आशारानी व्होरा, प्रथम संस्करण-1983, पृ. 30
164. साठोत्तरी हिन्दी के मुस्लिम उपन्यासकार, डॉ. दिलशाद जीलानी, प्रथम संस्करण-1998, पृ. 116
165. भारतीय नारी : दशा-दिशा, आशारानी व्होरा, प्रथम संस्करण-1983, पृ. 18
166. हिन्दी कथा साहित्य : समकालीन सन्दर्भ, प्रथम संस्करण-1981, डॉ. ज्ञान अस्थाना, पृ. 10
167. अर्द्धनारीश्वर, विष्णु प्रभाकर, संस्करण-1997, पृ. 62
168. करवट, अमृतलाल नागर, संस्करण-1994, पृ. 61
169. "उस व्यक्ति-विशेष की सबसे बड़ी योग्यता यही थी कि उसके पिता ने दहेज में अपार सम्पत्ति देने का वचन दिया था—कुछ दे चुके हैं, कुछ देंगे। उनकी बेटी ने अपने सम्मानित जीवन साथी को कभी नहीं देखा। आयु में वह विवाह-योग्य निश्चित आयु से एक वर्ष छोटी है अर्थात वह सत्रह वर्ष की है।" अर्द्धनारीश्वर, विष्णु प्रभाकर, संस्करण-1997, पृ. 265
170. करवट, अमृतलाल नागर, संस्करण-1994, पृ. 76
171. डूब, वीरेन्द्र जैन, द्वितीय संस्करण-1994, पृ. 153
172. हिन्दी उपन्यासों में सामाजिक विघटन, डॉ. धर्मेन्द्रनाथ श्रीवास्तव, प्रथम संस्करण-1995, पृ. 44
173. मुझे चाँद चाहिए, सुरेन्द्र वर्मा, नौवाँ संस्करण-1999, पृ. 23
174. चाक, मैत्रेयी पुष्पा, पहली आवृत्ति-1999, पृ. 115

175. औरत, शिवप्रसाद सिंह, संस्करण-1999, पृ. 34
176. रागदरबारी, श्रीलाल शुक्ल, आठवाँ संस्करण-1999, पृ. 294
177. मुझे चाँद चाहिए, सुरेन्द्र वर्मा, नौवाँ संस्करण-1999, पृ. 47
178. हिन्दी कथा साहित्य : समकालीन सन्दर्भ, प्रथम संस्करण-1981, डॉ. ज्ञान अस्थाना, पृ. 5
179. चाक, मैत्रेयी पुष्पा, पहली आवृत्ति-1999, पृ. 183
180. वही, पृ. 411
181. करवट, अमृतलाल नागर, संस्करण-1994, पृ. 77
182. हमारी बिटिया ने खुद अपने मुँह से बताया है हमें एक दिन जब आप नहीं थे, तब की बात है। घर के सब जन खेत में गए थे। भरी दोपहरिया में वो भोग चढ़ाने आई। मन्दिर में अकेले कैलाश महाराज थे। उन्होंने जबरन... । —'डूब' वीरेन्द्र जैन, द्वितीय संस्करण-1994, पृ. 82
183. अर्द्धनारीश्वर, विष्णु प्रभाकर, संस्करण-1997, पृ. 61
184. पति शराब में गुच्च था। उसने एक तमाचा जड़ दिया उसके गाल पर। बोला—'''हरामजादी, खसम से जबान लड़ाती है। मर्द खूबसूरती नहीं, कुछ और भी चाहता है।' उसके बाद उनकी गिरस्ती में घमासान मच उठा। उसका अन्त हुआ अग्निदाह में।''' —वही, पृ. 248
185. वही, पृ. 146
186. औरत, शिवप्रसाद सिंह, संस्करण-1999, पृ. 43
187. चाक, मैत्रेयी पुष्पा, दूसरा संस्करण-1999, पृ. 345
188. औरत, शिवप्रसाद सिंह, संस्करण-1999, पृ. 205
189. भारतीय शिक्षा की आधुनिक समस्या, राजपाल सिंह, पृथ्वीसिंह, द्वितीय संस्करण-1980, पृ. 160
190. साठोत्तरी हिन्दी के मुस्लिम उपन्यासकार, डॉ. दिलशाद जीलानी, प्रथम संस्करण-1998, पृ. 166
191. तमस, भीष्म साहनी, पुनर्मुद्रण-1997, पृ. 103
192. करवट, अमृतलाल नागर, संस्करण-1994, पृ. 16
193. वही, पृ. 135
194. रागदरबारी, श्रीलाल शुक्ल, आठवाँ पुनर्मुद्रण-1999, पृ. 117
195. तमस, भीष्म साहनी, पुनर्मुद्रण-1997, पृ. 210
196. करवट, अमृतलाल नागर, संस्करण-1994, पृ. 157
197. तमस, भीष्म साहनी, पुनर्मुद्रण-1997, पृ. 32
198. साठोत्तरी हिन्दी के मुस्लिम उपन्यासकार, डॉ. दिलशाद जीलानी, प्रथम संस्करण-1998, पृ. 166
199. पता चला है कि जंगल में दो ऐसी जड़ियाँ पास-पास लगी हैं, जिनमें एक को खा लेने से मनुष्य सिंह देह धारण कर लेता है और दूसरी को खाने से फिर मनुष्य हो जाता है। कुछ महीनों पहले यहाँ एक जोगी आया था। उसने इन जड़ियों को पहचाना। —करवट, अमृतलाल नागर, संस्करण-1994, पृ. 19
200. डूब, वीरेन्द्र जैन, द्वितीय संस्करण-1993, पृ. 28
201. साठोत्तरी हिन्दी के मुस्लिम उपन्यासकार, डॉ. दिलशाल जीलानी, प्रथम संस्करण-1998, पृ. 166
202. यह गाँठवाली पूजा तो शिवपालगंज से निकली थी, वहीं तक रह जाएगी। रंगनाथ ने सामने बँधी हुई दर्जनों गाँठों की ओर देखा। पूछा "यह कैसी पूजा है ?" "पता नहीं, कैसी है ? सुनते हैं हनुमानजी ने वहाँ किसी को सपना दिया था। उन्हीं के हुकुम से लोग वहाँ गाँठ लगा रहे हैं।"—रागदरबारी, श्रीलाल शुक्ल, आठवाँ पुनर्मुद्रण-1999, पृ. 184
203. वही, पृ. 16
204. चाक, मैत्रेयी पुष्पा, दूसरा संस्करण-1999, पृ. 205

205. तमस, भीष्म साहनी, पुनर्मुद्रित-1997, पृ. 101
206. चाक, मैत्रेयी पुष्पा, पहली आवृत्ति-1999, पृ. 188
207. मुझे चाँद चाहिए, सुरेन्द्र वर्मा, नौवीं आवृत्ति-1993, पृ. 436
208. मानव सभ्यता का विकास, रामविलास शर्मा, द्वितीय संस्करण-1983, पृ. 84
209. वही, पृ. 85
210. अर्द्धनारीश्वर, विष्णु प्रभाकर, संस्करण-1997, पृ. 376
211. डूब, वीरेन्द्र जैन, द्वितीय संस्करण-1993, पृ. 72
212. बीसवीं शताब्दी : हिन्दी उपन्यास : नए दो पहलू, संस्करण-1976, पृ. 21
213. प्रेमचन्द और अछूत समस्या, कान्ति मोहन, प्रथम संस्करण-1982, पृ. 54
214. "अस्पृश्यता का धर्म या जन्म से कोई सम्बन्ध नहीं है। वेदों में अस्पृश्यता को कोई मान्यता नहीं है। यह बुरी प्रथा कुछ लोगों के कुप्रयास का प्रतिफल है, जिन्होंने स्थापित सामाजिक रीति-रिवाजों और नैतिकता का उल्लंघन किया। स्वामी दयानन्द के प्रयत्नों से अछूतोद्धार आर्य समाज के कार्यक्रम का प्रमुख अंग बन गया। उनके अनुयायियों में स्वामी श्रद्धानन्द ने दलितोद्धार आन्दोलन, लाला लाजपत राय ने अछूतोद्धार आन्दोलन और महामना मालवीय ने मंत्रदीक्षा आन्दोलन द्वारा इस क्षेत्र में उल्लेखनीय कार्य किया। विनायक दामोदर सावरकर और हिन्दू महासभा ने भी अस्पृश्यता के उन्मूलन पर बल दिया।" —भारत में सामाजिक आन्दोलन और परिवर्तन, प्रथम संस्करण-1987, पृ. 20
215. महात्मा गांधी की वर्ण व्यवस्था, अनु. श्री रामनारायण चौधरी, संस्करण-1948, पृ. 151
216. हमारा संविधान, सुभाष काश्यप, पहला संस्करण-1996, पृ. 87
217. रागदरबारी, श्रीलाल शुक्ल, आठवाँ पुनर्मुद्रण-1999, पृ. 100
218. महाभोज, मन्नू भंडारी, चौबीसवाँ संस्करण-1999, पृ. 62
219. वही, पृ. 127
220. रागदरबारी, श्रीलाल शुक्ल, आठवाँ पुनर्मुद्रण-1999, पृ. 197
221. चाक, मैत्रेयी पुष्पा, पहली आवृत्ति-1999, पृ. 39
222. वही, पृ. 33

समकालीन हिन्दी उपन्यास
नर-नारी सम्बन्धों का समीकरण

साठोत्तरी काल में राष्ट्रीय स्तर पर अनेक महत्त्वपूर्ण घटनाएँ घटीं, जिनके प्रभाव के रूप में बाह्य और आन्तरिक परिवर्तन व्यापक रूप से दिखाई दिया। विशाल फलक पर दिखनेवाला यह प्रभाव व्यक्ति पर पड़े प्रभाव का भी प्रतिबिम्ब है, अर्थात साठोत्तरी परिवर्तन का प्रभाव जितना समाज पर पड़ा है उससे कम व्यक्ति पर नहीं। साठोत्तरी काल में जो परिस्थितियाँ बनीं, चाहे वे राष्ट्रीय स्तर पर हों या विश्व स्तर पर, चाहे सामान्य युद्ध के प्रभाव से बनी हों या शीत युद्ध के प्रभाव से, आर्थिक संरचना के प्रयास से बनी हों या सामाजिक संरचना से, इन सबका प्रभाव व्यक्ति के मन पर गहराई तक पड़ा है। राष्ट्रीय स्तर पर आर्थिक, राजनीतिक, धार्मिक आदि कारणों से विशेष परिवेश का निर्माण हुआ और इस सबने सामाजिक मूल्यवत्ता को एक नया रूप व आकार दिया। वहीं व्यक्ति की चेतना और इयत्ता को इस परिवेश ने प्रभावित किया। इसी का परिणाम यह हुआ कि स्वतन्त्रता परवर्ती काल में व्यक्ति आत्मनिरीक्षण और अपनी पहचान के प्रति सावधान हुआ। इससे सामाजिक यथार्थ के समानान्तर व्यक्ति का यथार्थ आकर खड़ा हो गया। अब व्यक्ति और समाज के सम्बन्धों की नई शुरुआत हुई, जिसमें सामंजस्य और समझौते से अधिक टकराहट दिखाई दिया।

व्यक्ति सम्बन्धी परिवर्तन का सबसे स्पष्ट व प्रभावशाली रूप व्यक्ति के रूप में स्त्री के सन्दर्भ में देखने को मिलता है। क्योंकि साठोत्तरी काल में स्त्री माँ, बहन, पत्नी, प्रेयसी इन सारे सम्बन्धों को निभाते हुए अपने को 'व्यक्ति-स्त्री' के रूप में देखने की व्याकुलता से भी भर गई। इस नाते वह वह अपना मूल्यांकन परिवार और समाज के सन्दर्भ में करने लगी; सबसे अधिक पति और विवाह व्यवस्था के सन्दर्भ में। 'दायित्व' शब्द को स्त्री ने अपनी भूमिका के रूप में ग्रहण किया। वह अपनी भूमिका की सार्थकता-निरर्थकता के बारे में सोचने लगी। जहाँ तक व्यक्ति के रूप में पुरुष का प्रश्न है—पुरुष के पुरुषत्व का यथार्थ स्त्री के प्रति परम्परागत दृष्टि की कठोरता और नए परिवर्तन से उत्पन्न आवश्यकताओं के बीच टकराहट से उत्पन्न अन्तर्विरोधों की भीड़ के रूप में सामने आया।

समकालीन उपन्यासों में स्त्री-पुरुष को समग्र व्यक्ति के रूप में भी देखा गया है और व्यक्ति इकाई के रूप में भी। व्यक्ति इकाई की यह अवधारणा एक विशेष अर्थ

में सामाजिक सन्दर्भ से अलग स्वतन्त्र अस्तित्व रखती है, जिसके मूल में स्वातन्त्र्योत्तर काल में प्रभावशाली रूप में फैलनेवाली विचारधाराएँ हैं। मनोविश्लेषणवाद, अस्तित्ववाद आदि विचारधाराओं ने ही नहीं बल्कि आधुनिकता के प्रभाव में भारत में विकसित विचार आन्दोलनों ने भी इस नए परिवेश को जन्म दिया है। बीसवीं शताब्दी बीतते-बीतते व्यक्ति और व्यक्ति मूल्यों का प्रभाव व्यापक धरातल पर दिखाई देने लगा। यही प्रभाव इक्कीसवीं शताब्दी के व्यक्ति को परिचालित करने की तैयारी कर चुका है। स्मरणीय है कि समस्त विचार दर्शनों और परिवर्तनकामी आन्दोलनों ने स्त्री-पुरुष सम्बन्धों को केन्द्र में रखा है। इसी के अनुकूल समकालीन उपन्यासों ने भी इन्हीं सम्बन्धों पर सबसे अधिक ध्यान दिया है। यही कारण है कि प्रस्तुत अध्याय में स्त्री और उसके जीवन से जुड़े विविध पहलुओं को स्वतन्त्र रूप में विस्तारपूर्वक विश्लेषित करने का प्रयास किया गया है।

स्वातन्त्र्योत्तर काल में नारी अपने अधिकारों के प्रति अति सचेत हुई। वैधानिक रूप में आज नारी को पुरुष के समान सारे अधिकार प्राप्त हैं, परन्तु नारी कहीं-न-कहीं आज भी सदियों पुरानी वही नारी है। वह सामाजिक रस्मों-रिवाजों को स्वेच्छा से स्वीकार करती हुई पिता, भाई, पति, पुत्र के साथ सुरक्षित महसूस करती है। उस पर परिवार तथा समाज के संस्कार इतनो गहराई तक जमे हुए हैं कि वह उनसे आसानी से मुक्त नहीं हो सकती। इस कारण वह अपनी कोई गलती न होने पर भी अनाचार सहते हुए स्वयं को दोषी मानकर ग्लानि से भर जाती है। इसी का दूसरा पक्ष यह है कि आधुनिक जीवन में होनेवाले परिवर्तनों ने उसे यह बोध भी प्रदान कर दिया है कि वह जिस अन्याय को अपराध की श्रेणी में रखकर अपने ही ऊपर थोप रही है, उसका वास्तविक उत्तरदायित्व सबसे अधिक रूढ़िग्रस्त सामाजिक व्यवस्था पर है, उसके बाद उस व्यक्ति पर, जो इन रूढ़ियों से शासित हो रहा है। इस प्रकार वह भीतर ही भीतर तथाकथित सामाजिक नियमों के नीचे सुरक्षित असामाजिक स्वार्थों के विरुद्ध प्रतिक्रिया भी करती है। 'अर्द्धनारीश्वर' में एक वृद्धा अपने साथ किए गए बलात्कार के बारे में सुमिता को बताती है कि "मैं वह नहीं रही थी जो स्नानघर से निकलते समय थी। समाज की नीति-नैतिकता, शास्त्र में पाप-पुण्य की व्याख्या, नर-नारी के सम्बन्ध सबने मिलकर मेरे अन्तःकरण में यह भावना पैबस्त कर दी थी कि कुछ अघटित घट गया है और जो कुछ घटित हुआ है वह पाप है। ऐसा पाप जिसका प्रतिकार नहीं हो सकता। मुझे अपराधिनी उस दरिन्दे ने नहीं बनाया बल्कि मेरे समाज ने बनाया। भीतर से मैं जिसे स्वीकार नहीं कर सकी थी, वही मुझ पर थोप दिया गया। जिसके प्रति अपराध किया गया, सजा भी उसी को मिली। आहत-अपमानित मैं किसी की करुणा की अधिकारिणी भी नहीं रह गई... ।"[1] नारी की मर्जी के खिलाफ जिसने अत्याचार किया उसे कोई सजा नहीं। अपने दुखों को भाग्य मानकर स्वीकार करना उसकी नियति है। आखिर यह नियति कब तक उसके शरीर के साथ-साथ मानस को भी तार-तार करती रहेगी ? क्या हमारे आदर्शप्रधान समाज के अन्तर्विरोध भरे निष्ठुर व्यवहार का कोई समाधान नहीं ? कहा

जाता है कि "सामाजिक विकास में मनुष्य की इच्छाओं और उसके विचारों की महत्त्वपूर्ण भूमिका है, लेकिन यह भूमिका प्रकृति या समाज की परिस्थितियों से स्वतन्त्र नहीं है। वह उसके नियमों को परख कर ही उन्हें बदलने का काम पूरा कर सकती है।"[2] समाज में लक्षित परिवर्तन और विकास प्रत्यक्ष रूप से व्यक्ति के सोच को प्रभावित करता है। इस कारण समाज में घटित प्रत्येक घटना को चुपचाप स्वीकार न करते हुए उसके प्रति प्रश्न को उठाना व्यक्ति का स्वभाव है। इस कारण 'चाक' उपन्यास में "सारंग की विकल निगाहों में एक सवाल करियल नाग की तरह जीभ लपलपाता है, जीभ से रिसते विष का दंश यह...उन भकुराई आँखों से उमड़ता यह प्रश्न...मेरे ससुर गजाधर सिंह, चचिया ससुर खूबा राम, ग्राम प्रधान फत्तेसिंह, पुराने जमींदार नम्बरदार, ग्राम सेठ भवानीदास, पंडित चरनसिंह से लेकर ऊँची-नीची कौमों के तमाम बूढ़े-बड़े गुमसुम क्यों रह गए ? इनकी जिह्वा क्यों लकड़ा गई ? ये पुरुष-महापुरुष शाबाशी के पात्र हैं या धिक्कार के ? इनकी लाज-लिहाज हम क्यों करते हैं ? हम सारी अवस्था शीष झुकाकर काट देते हैं इनके सम्मान में, क्यों ? आज मुझसे भी कोई उत्तर नहीं बन पा रहा, तो ये भी क्या बताएँगे कि ये लोग हमारी हत्याओं के गवाह नहीं, तमाशबीन बनकर क्यों रह जाते हैं ? अन्याय के नाम पर ये गूँगे हो जानेवाले हमारे संरक्षक...उसकी घृणा दर्दनाक हो आई। अत्याचार ढोर भी सहन करना नहीं चाहता, सींग हिलाकर अपना विरोध दर्ज करता है वह भी। इन नरपुंगवों को किस योनि में शामिल किया जाए ?"[3] उपन्यासकार ने यहाँ एक स्त्री की दृष्टि से न केवल पुरुष सत्ता बल्कि पूरे समाज को अपने आक्रमण का शिकार बनाया है। उपन्यास लेखिका अपने स्त्रीत्व के कारण अपने उपन्यास में निर्मित स्त्री पात्र के मानस में झाँकने में पूरी तरह सफल रही है, इसलिए सारंग की यह प्रतिक्रिया अनेक प्रश्नों से भरी हुई है। जो प्रश्न दिखाई दे रहे हैं उनसे कहीं अधिक प्रश्न सूक्ष्म रूप में इन्हीं पंक्तियों में विद्यमान हैं। दोनों प्रकार के प्रश्न मिलकर नारी के आत्मनिरीक्षण के यथार्थ को भी रेखांकित करते हैं और सामाजिक संरचना तथा व्यवहार के ढाँचे में आ गई भयावह विषमता को भी सबसे अधिक कुचली जाती हुई स्त्री चेतना की प्रश्नाकुलता यहाँ विशेष प्रभाव छोड़ती है।

विज्ञान की प्रगति और वैज्ञानिक सोच के बावजूद स्त्री आज भी संस्कारों से मुक्त नहीं हो पाई है। स्त्री अपनी मानसिक पीड़ा या वेदना को संस्कारों के भय से व्यक्त नहीं कर पाती। उसे यह डर लगा रहता है कि कहीं उसके चरित्र पर उँगलियाँ न उठें। पर वह भीतर-ही-भीतर अपने को अभिव्यक्त करने के लिए छटपटाती भी है। वह हर आवरण को उतार फेंकना चाहती है। यह अभिव्यक्ति की चाह नारी की अस्मिता से उद्भूत है। जब नारी आत्मनिर्भर होकर घर तथा बाहर मुक्त वातावरण में निकलती है, तो पारम्परिक पुराने साँचों से भी मुक्त होना चाहती है, तभी वह आत्माभिव्यक्ति के लिए तड़पती है। 'अर्द्धनारीश्वर' में सुमिता के शब्दों से यही ध्वनित होता है, "अपने को खोल देना चाहती हूँ। उतार फेंकना चाहती हूँ, संस्कारों के धुएँ के चादर को। लेकिन

अन्तर में उमड़ता तुमुलनाद हर क्षण मुझे कातर क्यों कर जाता है ? क्यों भरे रहते हैं हर रोज दैनिक पत्र बलात्कार की शर्मनाक घटनाओं से। क्यों बुद्धिजीवी हर क्षण बहस करते हैं इस शब्द को लेकर ? देश की संसद में भी गूँजता रहता है यही एक शब्द बार-बार, पर कहीं कुछ होता क्यों नहीं ? शब्द, शब्द और शब्द ! क्रिया के बिना शब्द का अस्तित्व सार्थक हुआ है क्या ?''[4]

शोषित नारी को पता है कि बुद्धिजीवी कहलानेवाला यह वर्ग सिर्फ बहस तक सीमित रहता है। संसद में होनेवाला शोर भी नेताओं द्वारा स्थिति को राजनीतिक रंग देने का प्रयास मात्र है। बहसें होती रहती हैं, पर परिणाम कुछ नहीं निकलता। सदियों से स्त्री शोषण होता रहा है और आज भी स्त्री बलात्कार की शिकार होती है तो उसे छिपाया ही जाता है। कोई स्त्री अपने साथ किए गए अत्याचार को व्यक्त करना चाहते हुए भी समाज और संस्कारों के दबाव में आकर व्यक्त नहीं कर पाती। ऐसी दोहरी जिन्दगी से वह स्वयं त्रस्त रहती है। 'अर्द्धनारीश्वर' में श्यामला भी अपना वास्तविक परिचय समाज को देने से कतराती है और अपने तमाम दुखों का कारण भाग्य को स्वीकार करती है। वह कुछ भी छिपाना नहीं चाहती, तभी तो कहती है, ''कुछ छिपाऊँगी नहीं। मेरी कहानी तो सब जानती ही हो। तुम लोगों के पास-पड़ोस में मेरा सच्चा परिचय मिल जाए तो क्या दशा हो मेरी और तुम्हारी ! हूँ न अभागी ! बचपन में पिता को खा गई। शादी हुई तो पति ने छोड़ दिया। सब मेरे फूटे कर्मों के कारण ही तो हुआ। शादी के बाद भाई मेरी चिन्ता क्यों करते ? माँ उन पर निर्भर थी, इसलिए वह भी मेरे लिए बेगानी हो गई।''[5]

आज स्त्री का एक वर्ग ऐसा है जो आर्थिक रूप से आत्मनिर्भर है। व्यवसाय तथा सूचना-संचार माध्यमों के क्षेत्र में अपनी छवि बना चुका है। यही नहीं, यह परिवार के प्रति अपने उत्तरदायित्वों के साथ सामंजस्य बैठाए आगे बढ़ रहा है। ''देश के चिन्तक, मनीषी, समाज सुधारक और नेता सदैव इस बात के प्रति जागरूक रहे हैं कि नारी ही शक्ति का साकार रूप है। वही पुरुष को सहारा देती है और परिवार के माध्यम से नवीन सन्तान को भविष्य में विभिन्न दायित्वों को निभाने के योग्य बनाती है। वही परिवार की आधारशिला है और समाज तथा देश की प्रगति बहुत कुछ उसके सद्प्रयत्नों पर निर्भर करती है।''[6] अर्थात् परिवार से लेकर समाज और देश की प्रगति में स्त्री की महत्त्वपूर्ण भूमिका रहती है। विडम्बना यह है कि धैर्य, सहनशक्ति, उदारता, प्रेम और सहानुभूति से पूर्ण नारी का सदैव शारीरिक तथा मानसिक शोषण ही होता रहा है। 'अर्द्धनारीश्वर' में वर्तिका का परिचय इसका प्रमाण है, ''अजित की किसी दूर-दराज के रिश्ते की बुआ की बेटी है। किसी कल्पित कलंक के कारण असह्य यातना सहनी पड़ी थी; मध्यवित्त परिवार की इस हिन्दू कन्या को समाज से भी, परिवार से भी।''[7]

शरीर विज्ञान की दृष्टि से स्त्री कमजोर होती है। पुरुष उस पर अत्याचार करके अपने देह बल का प्रदर्शन ही करता है। 'अर्द्धनारीश्वर' में एक स्त्री अपना अनुभव बताती है, ''मैं अपना वाक्य पूरा कर पाती कि उसने जोर से धक्का दिया। साड़ी समेटने

की प्रक्रिया में तब मेरे दोनों हाथ घिरे थे; उस पर घटना की आकस्मिकता, मैं तेजी से फर्श पर गिर पड़ी। मेरा सिर पलंग की पट्टी से टकराया। दूसरे ही क्षण हाथ में छुरी लिए वह मेरी छाती पर था। उसका वह रौद्र रूप, आँखों में टपकती वहशत, मेरी आँखों में धुआँ भर गया, जमा हुआ कड़वा धुआँ....मेरी चीख उस धुएँ में जम गई... ।''[8] अपने से कमजोर पर अपनी ताकत आजमाना पुरुष के पुरुषत्व पर प्रश्नचिह्न है पर स्त्री सदा से पुरुष की हवस का शिकार होती आई है। समकालीन उपन्यासों में समाज में व्याप्त नारी शोषण के विभिन्न कोणों का चित्रण हुआ है। 'औरत' में शोषित नारी की विवशता इन शब्दों से पता चलती है, ''सोनवा की आँखों में उजड़ने की व्यथा थी, पर पाप की स्वीकृति का नामोनिशान नहीं था–''मैं बेबस थी। उसके लठैतों ने मेरे हाथ-पैर बाँध दिए थे। मैंने बहुत कोशिश की। चिल्लाई। सोबरन ने खुद मेरे मुँह में अपना गमछा ठूँस दिया। मेरा शरीर पसीने-पसीने हो रहा था–पर मैं अकेली औरत कर क्या सकती थी। मेरा देव ही रूठा है। न चाहते हुए भी एक पापी का गर्भ यदि मेरे पेट में आ गया तो मैं क्या कर सकती थी।''[9] यहाँ शोषित स्त्री की मनोदशा अत्यधिक व्याकुल कर देनेवाली है दैहिक शोषण के दौरान जिस मानसिक पीड़ा से गुजरना होता है, वह अकथनीय है, क्योंकि उस पीड़ा में स्त्री के भावी जीवन को पीस डालनेवाली मुसीबतों का विषैला दंश भी विद्यमान होता है। लेकिन आधुनिक जीवन मूल्य स्त्री को भी इतनी स्वाधीनता तो देते ही हैं, कि वह बुद्धि और तर्क का उपयोग करके अपने साथ घटी घटना का विश्लेषण कर सके। यदि यह सम्भव हो पाता है तो स्त्री का पाप बोध कम हो जाता है या फिर पूरी तरह निष्प्रभावी हो जाता है। जैसा कि सोनवा के सन्दर्भ में दिखाई देता है।

जब व्यक्ति को अपनी इच्छा के विरुद्ध कुछ करना होता है या आशा के विपरीत कुछ घटता है तो उसका मन व्याकुल हो उठता है। उसकी व्याकुलता मन को निरन्तर मथती रहती है। इस व्याकुलता से त्रस्त होकर व्यक्ति मरने का मंसूबा तक बना लेता है; क्योंकि किसी काम को न चाहते हुए भी करते जाने की विवशता उसे पल-पल मृत्यु का ही अहसास दिलाती है। तभी तो 'अर्द्धनारीश्वर' में श्यामला ने शान्त भाव से कहा, ''काश मैं मर जाती। बहुत आसान है न मरना। पर मैं अभागिन जो ठहरी। मरने के स्थान पर एक और शादी कर लिया। तब पता लगा असली मरना क्या होता है। प्राणों का अन्त मरना नहीं है। मरना जीते-जी निरन्तर वह कुछ करने को विवश होना है, जो हम करना नहीं चाहते, कर नहीं सकते।''[10] यह स्त्री जीवन का एक और सच है जो उसे बार-बार उस कटघरे में लाने और बन्द करने की कोशिश करता है, जिससे मुक्त होने के लिए वह सदियों से छटपटा रही है। यह कटघरा उसकी देह को तो सलाखों के पीछे किए हुए है ही, उसके मन को भी जकड़े हुए है। संस्कारशीलता, शालीनता अथवा स्त्री होने की पहचान के रूप में बनाई गई सीमाओं के नाम पर उसे हमेशा ही अपने को संकुचित, असहाय और विवश बनाना पड़ता है। यह अलग बात है कि उसका अन्तर्मन इन बन्धनों को कभी पूरी तरह स्वीकार नहीं करता। 'चाक' और 'जहाँ बाँस

फूलते हैं' के स्त्री पात्र पुरुषों द्वारा परम्परा, संस्कृति आदि के नाम पर किन्तु असंयत में शक्ति के बल पर लाद दिए गए जीवन को आसानी से स्वीकार नहीं करती। ''सारंग की बहन रेशम, उम्र में उससे ठीक पाँच वर्ष छोटी। मजबूत कद-काठी के चलते कसी-ठुकी देह और गुलाबी दूध-सा जगमगाता रंग...अब रेशम कहाँ। रेशम एक लाश, फिर मुट्ठी-दो मुट्ठी खाक में बिखरती हुई...अँधियारी ने ढक लिया उजियारा, सारंग को कुछ नहीं सूझता। आँख फाड़-फाड़कर देखती है–चारों दिशाओं में घिरी कालिमा... ।''[11] सारंग अपनी ही जैसी एक स्त्री की हत्या देखकर तनाव मुक्त नहीं हो पाती। इसी तरह 'जहाँ बाँस फूलते हैं' में ''कामी अपनी सहेली की दुर्गति पर टूट गई। सोचा था बाई के साथ वह बाईरमा चली जाएगी। वहाँ की औरतों का जीवन फिर भी सुखपूर्ण है। पर्दे में रहती हैं। सिर्फ घर का काम करती हैं। पुरुष उसको पालता है। यहाँ सुबह उठो तो मीलों नीचे तुइखुर से पानी लाओ। सुअर को चारा दो। दिन भर खेत में काम करो। लकड़ी के गट्ठर ढोओ। कपड़े बुनो। अन्न उपजाओ, काटो, माड़ो, कूटो, भात बनाओ, चहेतों को खिलाओ और वह निठल्ला दारू पीए, मौज करे और हर साल एक बच्चा पेट में धर दे।''[12]

आज जब स्त्री-पुरुष में समानता की बात की जाती है तो कई और प्रश्न भी सामने आते हैं–''बराबरी का मतलब भी स्त्री-पुरुष बराबरी ही क्यों ? एक नारी की दूसरी नारी से बराबरी भी क्यों नहीं ? क्या नारी-नारी के बीच की असमानता नहीं मिटाई जानी चाहिए ? नहीं तो बहुसंख्यक बहनों को पीछे छोड़ केवल मुट्ठी भर महिलाओं की प्रगति के क्या माने हैं ? फिर क्या पुरुष ही नारी की प्रगति में बाधक है ? स्वयं एक नारी दूसरी नारी की प्रगति में बाधक नहीं ? इस आत्म-विश्लेषण के बिना नारी शोषण से मुक्ति असम्भव है।''[13] इसमें कोई दो राय नहीं कि समाज में नारी की विषम स्थिति की जिम्मेदार स्वयं नारी भी है। एक स्त्री की दूसरी स्त्री के प्रति हृदयहीनता के कई उदाहरण समकालीन उपन्यासों में चित्रित हैं। 'अर्द्धनारीश्वर' में सुमिता ने जब राजकली के बारे में पूछा तो ''पास खड़े एक युवक ने इशारा किया, मेरे साथ आइए। माँ से बोला, ये राजकली का पता पूछती हैं। एक घृणित मुस्कान उस वृद्धा की झुर्रियों में से उभरकर फैल गई, चेहरे पर, आँखों में, दूसरे ही क्षण बोल उठी 'छिः ! किससे मिलने आई हैं आप ! जानती हैं पुलिस ने मुँह काला किया उसके साथ। फिर हमल गिराया। जेल में रखा कई महीने। किसके काम की रही वह अब ?''[14] इसी उपन्यास में श्यामला की विवशता का फायदा उठानेवाली भी एक स्त्री ही है। श्यामला कहती है, उसने ''एक महिला संपादिका को अपनी कहानी सुनाई। बेचारी मेरी कहानी सुनकर मेरे लिए करुणा से भर आई। जो मैं लिखती वह छाप अवश्य देती पर पूरे पैसे नहीं देती। धीरे-धीरे उसकी वह करुणा व्यापार में बदल गई। मेरी विवशता का लाभ उठाया उसने। मेरी रचनाएँ अपने नाम से छापने लगी। मैं विवश थी। पैसे चाहिए थे मुझे। पर वह वहाँ तक नहीं रुकी। उस बार उसने मेरे उपन्यास के लिए 2000 रु. के स्थान पर 500 रु. दिए। मैंने आपत्ति की तो बोली, ''जरूरत है तो दे, नहीं तो कोई

और ठिकाना ढूँढ़।''[15] समकालीन उपन्यासों में यह एक ऐसा मुद्दा चर्चित हुआ है, जो पहले बहुत कम दिखाई देता था। यह स्त्री शोषण के एक अनछुए पक्ष को सामने लाता है। स्त्री द्वारा अन्याय का विरोध करते हुए स्त्री का साथ देना, फिर भी किसी अपरिहार्य विवशता के तर्क से उतना बड़ा अपराध नहीं बनता किन्तु एक समर्थ स्त्री द्वारा अपने स्वार्थों के लिए किसी असहाय स्त्री का शोषण करना और उस शोषण को भी अपना अधिकार मान लेना न केवल घिनौना अपराध है बल्कि सम्पूर्ण स्त्री जीवन और समाज की विडम्बना भी है। उपन्यासकार इस विडम्बना का चित्रण करके दलित-शोषित स्त्री को संघर्ष की ओर प्रेरित करने का प्रयास भी करता है।

सामान्यतः स्त्री समाज के विभिन्न पहलुओं से सामंजस्य स्थापित करते हुए शान्तिपूर्वक जीने का प्रयास करती है परन्तु जब इस सामंजस्य में असन्तुलन पनपता है तो उसका व्यक्तित्व बिखरने लगता है। वह अपने को बहुत ही कमजोर समझने लगती है। 'चाक' में सारंग ''खाली बोरी में कटोरे से जल्दी-जल्दी गेहूँ भरती हुई पछता रही है—मेरे चन्दन, माफ कर देना मुझे। नन्हे तू दाँव पर लग गया। तू तो इस जंग का अता-पता भी न जानता होगा। दुश्मनों ने तुझे हमारी कमजोरी समझकर पकड़ लिया रे...तुझे गाँव छोड़ना पड़ेगा; क्योंकि तेरा प्रथम संसार छोड़ गया। बैरियों ने बछड़े को मारकर हमको मिसाल दी है। सोच रहे होंगे कि बच्चे के लिए सबसे ज्यादा डरता है आदमी। मैं कमजोर पड़ती जा रही हूँ, बहुत कमजोर...।''[16] ऐसी निराशा की स्थिति में व्यक्ति नितान्त अकेला और विवश महसूस करता है। वह इतना अधिक निराश हो जाता है कि जीवन के प्रति उसका कोई लगाव नहीं रह जाता। तब व्यक्ति अपने परिवार तथा समाज के बीच के अटूट रिश्ते को नकारते हुए अपने जीवन को महत्त्वहीन जानकर उसे खत्म करने पर तुल जाता है। ''जब व्यक्ति समाज से संघर्ष करने में अपने आपको थका हुआ महसूस करने लगता है तथा उसका मानसिक अन्तर्द्वन्द्व इस सीमा तक पहुँच जाता है कि उसका संसार से ही नहीं, अपने आपसे विश्वास उठ जाता है, तब वह आत्महत्या करने की कोशिश करता है।''[17]

अत्यधिक निराशा के अलावा मानसिक असन्तुलन तथा अपनी प्रतिष्ठा की हानि के भय से भी व्यक्ति आत्महत्या करता है। 'चाक' में गुरुकुल के कठोर नियमों को न मानने के कारण शकुन्तला जब गर्भवती हुई तो उसे कुल्टा तक कहा गया। उसे ''हवन से दूर, मन्त्रों से अलग, कक्षा से निकालकर उस कोठरी में डाल दिया गया, जिसमें लकड़ी भरी रहती थी। थाली में ऊपर से खाना डाल दिया जाता। लोटे से ऊपर पानी की धार...ग्यारहवीं में पढ़ती गुरुकुल की छात्रा छोटी होती है न, नादान। संस्कृत ग्रन्थ पढ़ी-लिखी विदुषी लड़की थी। तिरस्कार की भी हद होती है और निर्लज्जता की अपनी गुंजाइश। शकुन्तला ने अपने औरतपन को साहस से साधा था। हौसले की कमी न थी। साधन वही चुना, जो उसकी पहुँच में था। एक सवेरे देखा कि शकुन्तला की लाश गुरुकुल की चाहरदीवारी के नीचे बाहर की ओर खरबूजे की तरह खिली पड़ी है।''[18]

समकालीन उपन्यासों से चुने गए ये उद्धरण नारी व्यक्तित्व के खंडित होते जाने

की व्यथा बयान करते हैं। साथ ही इस विचार को भी निर्मित करते हैं कि आत्महत्या की ओर बढ़ती स्त्रियाँ पुरुषत्व के आतंक से ग्रस्त होती हैं। आगे चलकर यह विचार द्विपक्षीय प्रश्न भी पैदा करता है। एक प्रश्न-पक्ष स्त्री समाज के मानस को मथने के लिए, कि उसकी निराशा आत्महत्या के सरल समाधान का मार्ग क्यों तैयार करती है ? संघर्ष की चुनौती भरी राह क्यों नहीं बनाती ? और दूसरा प्रश्न-पक्ष पुरुष सत्ता को हिला देने के लिए कि उससे डरकर कब तक स्त्रियों के झुंड असंख्य कुओं में डूबते रहेंगे ? यहाँ एक अन्य तथ्य पर भी ध्यान जाता है जो विशेषकर 'तमस' में स्त्रियों के कुएँ में डूबने से सम्बन्धित है। क्या यह दिल दहलाने वाली बात नहीं है कि भावी यातना की आशंका के वशीभूत स्त्रियाँ अपने प्राण देने के लिए कुएँ की ओर मन्त्रमुग्ध-सी बढ़ती हैं। वे मन्त्रमुग्ध क्यों हैं ? अज्ञान के कारण, समस्या से छुटकारा पाने के लिए या फिर मध्यकालीन जौहर कथाओं से प्रेरित सतीत्व रक्षा के भावी गौरव के वशीभूत ? सारे सवाल आधुनिक युग में स्त्री जीवन की विवशता और उसके व्यक्तित्व के सम्बन्ध में बहुत कुछ सोचने को बाध्य करते हैं। "स्त्रियों का झुंड उस पक्के कुएँ की ओर बढ़ता जा रहा था जो ढलान के नीचे दाएँ हाथ बना था, और जहाँ गाँवों की स्त्रियाँ नहाने, कपड़े धोने, बतियाने के लिए जाया करती थीं। मन्त्रमुग्ध-सी सभी उस ओर बढ़ती चली जा रही थीं। किसी को उस समय ध्यान नहीं आया कि वे कहाँ जा रही हैं। छिटकी चाँदनी में कुएँ पर जैसे अप्सराएँ उतरती जा रही हों।"[19]

आज के पूँजीप्रधान सामाजिक परिवेश में व्यक्ति अपने को ढालने की पूरी कोशिश करता है। इस कोशिश में वह समाज के पारम्परिक मूल्यों के साथ नए मूल्यों को ग्रहण करता चलता है। "आधुनिक युग में कोई भी मूल्य स्थिर रूप न लेकर अल्प समय में ही परिवर्तित होकर समय के गर्भ में दम तोड़ देता है जिससे मनुष्य अपने कार्यों तथा स्थिति को निश्चित कर पाने में असमर्थ होकर कुंठाओं का शिकार हो जाता है। आधुनिक समाज परिवर्तनमान है इसलिए व्यक्ति इस परिवर्तन से तादात्म्य स्थापित कर उन्हें जीवन का आवश्यक अंग समझने लगा है।"[20] इस परिवर्तनमान समाज के साथ सामंजस्य स्थापित करने के लिए व्यक्ति लगातार दौड़ रहा है। इस दौड़ में शामिल व्यस्त व्यक्ति की महत्त्वाकांक्षा और व्यवहारिक जीवन में विरोध साफ झलकता है। 'मुझे चाँद चाहिए' में वर्षा बम्बई में स्टार बनने के लिए अपने व्यस्त जीवन से क्लान्त हो उठती है। विमान में बैठते ही उसने देखा "उसके शहर की रोशनियाँ पहले पीछे छूटीं। फिर नीचे। सुरक्षा पेटी खोलकर वर्षा क्लान्त बैठी रही। उसकी जीवनशैली कैसी हो गई है ? अपने प्रिय नगर और अपने प्रिय मित्रों से उसे इस तरह मिलना होगा ? (दिव्या तक के साथ बस घंटे भर का समय मिला था) क्या आकांक्षाओं की कीमत इतनी ऊँची होती है ?"[21] वर्षा जिस मुकाम पर पहुँची, वहाँ तक पहुँचना आसान नहीं था। नारी को पुरुष के समान अधिकार देने के लिए समय-समय पर कितने ही प्रयत्न किए गए हैं। "महात्मा गांधी ने अपने आश्रम में तथा अपने सभी कार्यक्रमों में स्त्रियों को पुरुष के समान ही

प्रत्येक काम में भाग लेने के लिए समान दर्जा प्रदान किया था। वह भारतीय स्त्रियों के पिछड़ेपन से बड़े दुखी होते थे और उनके द्वारा दुर्बलता प्रकट करने पर नाराज। नारी को वह शक्ति कहते थे और कष्ट सहने में सक्षम होने के कारण उसके लिए प्रयुक्त 'अबला' शब्द से उन्हें चिढ़ थी।''[22] गांधीजी ने जो मशाल जलाई थी उसके प्रकाश में नारी ने अपनी यात्रा तो प्रारम्भ की किन्तु कुछ अपने और कुछ समाज के अन्तर्विरोधों के कारण यह यात्रा स्वयं ही एक अबूझ पहेली बन गई। उदाहरण के लिए नारी स्वातन्त्र्य आन्दोलन के तमाम नारों के बीच आधुनिक युग में नारी अपने प्रति सजग हुई है। आज वह स्वतन्त्र व्यक्तित्व चाहती है पर सामाजिक मूल्यों का बन्धन नारी स्वतन्त्रता पर प्रश्नचिह्न है। आज भी स्त्री अपने को कई स्तर पर विवश पाती है। 'चाक' में बड़ी बहू कहती है, ''मेरी रजा पूछनेवाला कौन था री ? दूसरों के अहंकार, उसके फरमान ही हमारे हाथों की लकीरें बन गए। माना कि जमाना ज्यादा नहीं बदला, पर तुम सबसे बघेलुआ थे हम। चूँ तक नहीं कर सकते थे। मालिक का मुँह देखने तक को न मिलता था। जिसके सत का वजन कोख में लादे रहते थे, उसे अपनी दुख-तकलीफ सुनाने के हकदार नहीं थे। जो दो-चार घड़ी रात-बिरात के अँधेरे में मिलती, उसमें अपना दुखड़ा लेकर बैठ जाएँ तो मालिक के लिए न तो गाँवों में औरतों की कमी थी, न शहर में बेड़नियों का टोटा।''[23] यह परम्परागत भारतीय समाज व्यवस्था की चक्की में पिसती स्त्री के मानस और आधुनिक स्त्री स्वातन्त्र्य का यथार्थ है। सामाजिक रूढ़ियाँ उसके दाम्पत्य अधिकारों की रक्षा की गारंटी भी नहीं देती, अन्य मौलिक अधिकारों के बारे में तो सोचना ही व्यर्थ है। हमारा ध्यान इस तथ्य की ओर बार-बार जाता है कि भारत की अधिकांश स्त्रियाँ अभी भी यह नहीं समझ पाई हैं कि उनके जीवन में पति, बच्चों और परिवार से मिलनेवाले प्रेम तथा माधुर्य के साथ ही एक ऐसी स्वाधीनता की भी भूमिका हो सकती है, जो उन्हें आत्मनिर्णय का अधिकार दिलाती है।

लेकिन थोड़ी मात्रा में ही सही, स्त्री समाज के एक वर्ग में आधुनिक स्वातन्त्र्य बोध उत्पन्न हुआ है। परिणामस्वरूप उनमें संघर्ष की आग भी दिखाई देती है। यह संघर्ष ऐतिहासिक परिस्थितियों के चलते सबसे पहले दैहिक मूल्यों से जुड़कर ही विकसित हुआ। इसे मूलतः पश्चिमी प्रभाव माना जाता है। क्योंकि वहाँ 'वीमन्स लीव मूवमेंट' के प्रभाव में दैहिक स्वाधीनता की माँग ही सबसे पहले की गई थी। लेकिन हमें इस ओर भी ध्यान देना होगा कि भारतीय समाज भी स्त्री पर दैहिक बन्धन लादने में किसी अन्य समाज से पीछे नहीं रहा था। यौन शुचिता के नाम पर तो उसे पूरी तरह अमानवी बनाने की हद तक कोशिशें की गई थीं; इसलिए यह आश्चर्य नहीं कि जब भारतीय स्त्रियों में स्वातन्त्र्य चेतना विकसित हुई तो उसने भी सबसे पहले तथाकथित देह नैतिकता पर ही आक्रमण किया। 'चाक' की सारंग और रेशम के वक्तव्यों से यही स्पष्ट होता है–''बिरादरी समाज का डर खाए जा रहा है नासपीटों को। बनते तो बड़े लट्ठवाले हैं, अब क्यों लेंड़ीपना दिखा रहे हैं ?''

हाँ, हुक्का-पानी छिंकेगा इनका। पात-पंगत से अलग किए जाएँगे। सारंग बीबी,

बिरादरी भी अजब चीज है। मेरे बच्चे की हत्या करवाकर ही इन्हें अपने में शामिल रखेगी। हद है कि नहीं ? हत्यारों को माफी है, जनम देनेवाली औरत को नहीं ? मैंने कह तो दिया है, पंचायत जोड़ लो। मैं कह दूँगी मुझे छेक दो। बच्चा मेरे पेट से पैदा होगा, घरवाले इसमें शामिल ही कहाँ हैं ?''[24] इसी उपन्यास में समाज के परम्परागत मूल्यों को नकारनेवाली रेशम की मौत स्वनिर्णय की स्वतन्त्रता की ही हत्या है जिसे देखकर सारंग व्यथा से भर उठती है। ''मेरी बहन की मौत नहीं, उसका अपमान हुआ है। मेरी अवज्ञा हुई है। क्या हम डोरिया भी गए-बीते हैं ? रेशम की जन्म-जन्मान्तरों की जीने की इच्छा को अपना मन चीता न करने के कारण कुचल डाला। सो किसलिए ? उसने निडरता बरती इसलिए ? या अपने ऊपर भरोसा कर बैठी इसलिए ? कि उसके मन में प्रेम का भरा-पूरा रुख पनप आया था इसलिए ? कोई मुझे बताए कौन-सा ऐसा कसूर कर दिया था कि...और मौत की सजा पर गाँव गहरी नींद सोता रहा। ऐसा तो नहीं था कि उस समय एक कुत्ता भी न निकला हो वहाँ से, पर सब चुप लगा गए। गवाही के नाम पर सन्नाटा।''[25]

उपन्यासकार ने पुनः स्त्री की स्वाधीनता सम्बन्धी कोशिशों को प्रोत्साहन न देनेवाले समाज को सवालिया घेरे में खड़ा कर दिया है। प्रेम की स्वाधीनता भी नारी स्वातन्त्र्य का ही अहम हिस्सा है। प्रेम करने को अपराध या पाप मानकर कुछ उन्मादी लोगों द्वारा स्त्री को जीने के अधिकार से वंचित कर देना और शेष लोगों का चुप्पी साध लेना, किसी भी समाज के लिए प्रगतिशील भविष्य का संकेत नहीं कहा जा सकता। आज यह मानना ही होगा कि स्त्री की स्वाधीनता का अधिकार एक तथ्य ही नहीं है, बल्कि आधुनिक समाज को समाज होने की परिस्थितियाँ प्रदान करने के लिए अपरिहार्य आवश्यकता है। सारंग यही कहना चाहती है।

समकालीन उपन्यासकारों में कुछ ऐसे भी हैं जिन्होंने नारी स्वतन्त्रता के एक भिन्न पक्ष को छुआ है, वह है, स्वयं नारी द्वारा स्वाधीनता और उच्छृंखलता को समानार्थक मानकर सारी सीमाएँ लाँघ जाना और अपनी स्वाधीनता की रक्षा के नाम पर पति, परिवार व समाज को अवांछित ढंग से भयभीत करने की कोशिश करना। स्वतन्त्रता का तात्पर्य एकान्तिक रूप से बन्धन मुक्ति नहीं होता, बल्कि उन बन्धनों से मुक्ति होता है जो जीवन की मौलिक स्वाभाविकता और व्यक्तित्व के विकास में बाधक बनते हैं। स्वतन्त्रता अपनी मुक्ति के साथ दूसरों की मुक्ति का भी सम्मान करती है और यह अनजाने ही उन बन्धनों को मान लेती है, जो दूसरों के न्यायोचित अधिकारों का हनन करते हों। यह दशा अधिकारों के साथ कर्तव्य बोध प्रदान करती है। स्त्री जहाँ भी स्वतन्त्रता और मुक्ति के इस अर्थ को भूलती है, वहीं वह अपने और समाज के लिए अनेक समस्याएँ पैदा करती हैं। इसके भी अनेक उदाहरण व्यावहारिक जीवन में खोजे जा सकते हैं। विष्णु प्रभाकर के सामाजिक दर्शन प्रधान उपन्यास 'अर्द्धनारीश्वर' में इसी संकट को इन शब्दों में प्रकट किया गया है—''मैं ऊँचे पद पर हूँ, पूरी स्वतन्त्रता है मुझे। परन्तु क्या आप नहीं मानेंगी कि स्वतन्त्रता बिना विश्वास के अभिशाप है ?

क्या आप आधुनिक समाज में उस स्वतन्त्रता का रूप नहीं देख रहीं ? क्या आधुनिक शिक्षा ने नारी को स्वाभिमानिनी के स्थान पर अहंकारी नहीं बना दिया ? सहनशक्ति का अर्थ अत्याचार नहीं है, पर उसके स्थान पर क्या तुनकमिजाज होना पसन्द करेंगी ? नम्रता एक सकारात्मक गुण है। आज नारी उसे अपमान समझती है और उसके स्थान पर अकड़ से भर उठी है। और जो स्वच्छदता प्रिय हैं वे आत्मदाह और तलाक की धमकी भी देती हैं। सैक्स इमेज को ही वे नारी स्वतन्त्रता समझती हैं।''[26]

आधुनिक युग में नारी अपने अस्तित्व के प्रति सचेत है, इस कारण चिन्तित भी रहती है। संकटग्रस्त जीवन में भी अपने को बचाते हुए जीना चाहती है। इसी जिजीविषा के कारण वह कई बार आत्मछलना की शिकार भी होती है। 'अर्द्धनारीश्वर' में श्यामला का डॉक्टर पति शराबी और असन्तुलित है, जिससे उसे दुख के सिवाय कुछ नहीं मिलता, पर उसे पति की जरूरत है इसलिए साथ निभाने के लिए विवश है।[27] जब उसका दूसरा पति भी उसे छोड़कर चला जाता है तो भी वह कहती है, ''मेरे पति ने मेरे साथ कैसा सलूक किया आप जानते हैं। फिर भी मैं मानती हूँ, पति ही मेरी मुक्ति है। मुझे एक अदद पति चाहिए ही और आपको दोस्त मानती हूँ। कुछ नहीं छिपाती आपसे पर आपका प्यार मैं अपने को देकर नहीं पाना चाहती। शरीर पति का है, मन आपका–यह कैसा संस्कार है, समझ नहीं पा रही। निरा छल ही तो है, अपने को छलना। फिर भी उन्हीं संस्कारों में जकड़ी हुई हूँ और तड़प रही हूँ।''[28]

संस्कारों की जकड़न से नारी मुक्ति चाहती है, पर मन पर पड़े संस्कारों की गहरी छाप से मुक्ति पाना असम्भव ही लगता है। तभी तो 'चाक' में लौंगसिरी बीबी अपने पति की मृत्यु की बात सुनकर विचलित हो उठी। उसने ''रामजी बाम्हन के बेटा की बहू को थरथराती आवाज दी, ''अरी कपूरी ऽऽऽ ! ला तो री काँच की दो चूड़ी हाथ में चढ़ा दे। क्या मालूम कि बैरी...अब कितनी देर का ? स्वर बिखर गया अन्त तक... ।''[29] शादी के बाद एक पल के लिए भी जिसने सुख-दुख नहीं बाँटा, उसी पति की मृत्यु पर आँसू बहाती गमी में जाती है। स्पष्ट है कि स्त्री की यह छलना आत्मछलना भी है और संस्कारजन्य छलना भी। स्त्री जहाँ एक सांस्कृतिक और परम्परागत सच है वहीं एक भौतिक और जैविक सच भी। आदर्श जीवन दोनों के समन्वय से ही निर्मित हो सकता है। विडम्बना यह है कि अज्ञात कारणों से स्त्री केवल पहले सच को ढोती रहती है और दूसरे सच को नकारती रहती है। प्रश्न यह है कि क्या जैविक सच नकारा जाना इतना आसान है, जितना कि स्त्रियाँ समझती हैं ? इसका उत्तर वैज्ञानिक दृष्टि से तो पूरी तरह नकार में ही दिया जा सकता है। और यदि इस नकार को भी स्त्री निर्भय होकर प्रकट करने का साहस न कर सके, तो वह आत्मछलना का ही शिकार हो सकती है। दुर्भाग्यवश भारतीय स्त्रियाँ सदियों तक इसी दुर्दशा का ग्रास बनती रही हैं और पुरुषीय सुविधाओं तथा अहंमन्यता का संरक्षक समाज स्त्री को इस छलना से घेरे रखने में ही अपना भला समझता रहा है। वह इस छलना को जन्म के साथ ही नारी शिशु की घुट्टी में मिला देता है। जैसे-जैसे लड़की बड़ी होती है वह घुट्टी अपना प्रभाव

दिखाने लगती है। छलना का विस्तार होता जाता है और स्त्री सब कुछ समझते हुए भी छटपटाने के सिवाय कुछ नहीं कर पाती। उपन्यासकारों ने इस छलना के यथार्थ को बार-बार रेखांकित किया है। 'अर्द्धनारीश्वर' में सुमिता की छटपटाहट इन शब्दों से पता चलती है, "सोचने वाली मैं थोड़े ही न हूँ। मेरा मैं तो मेरे जन्म के समय नाल के साथ काट दिया गया था जैसे हर नारी का काट दिया जाता है और नाभिकमल में आरोपित कर दिए जाते हैं जन्म-जन्म से धरोहर के रूप में सँजोए कुछ अदद आदमखोर संस्कार। वे मन्दिर की घंटियों की तरह ठीक समय पर बज उठते हैं संगीत की लय से और मोहाविष्ट कर देते हैं तन को, मन को।"[30]

यह तो सच है कि भारतीय सन्दर्भ में स्त्री और पुरुष अधिकांशतः रूढ़ि प्रधान विचारों की रस्सियों में ही बँधे हुए हैं, किन्तु आधुनिक युग की परिस्थितियों और विभिन्न सामाजिक आन्दोलनों ने किंचित् मात्रा में परिवर्तित दृष्टि का निर्माण भी कर दिया है। नगरीय और महानगरीय समाजों में कुछ बौद्धिक वर्गों में स्त्री भी अधिकारों के प्रति सचेत हुई है और पुरुष ने भी नारी के प्रति अपनी दृष्टि को बदला है।' "बदलते सामाजिक परिवेश में नारी ने स्वयं को एक स्वतन्त्र इकाई के रूप में घोषित करने की दृढ़ता अपनाई है। अपने स्वतन्त्र अस्तित्व तथा अस्मिता के प्रति सचेत होकर नारी पुरुष की समकक्षता प्राप्त करने लगी है। जीवन के सभी कर्म-क्षेत्रों में आगे बढ़कर उसने परम्परागत अबला नारी के मूल्य के स्थान पर सबला नारी के मूल्य की स्थापना कर दिखाई। समसामयिक नारी अपने कार्य व्यवहार एवं वैचारिक चिन्तन में नई मानसिकता लिए हुए है। परम्पराओं के सारहीन सन्दर्भ उसे नान्य नहीं।"[31]

समाज के मापदंडों को अस्वीकार करनेवाली स्त्री कलंकित होती थी, पर आधुनिक युग में नारी ने अपने को देखने की जहाँ कई दृष्टि अपनाई वहाँ पुरुष ने भी नारी को स्वतन्त्र इकाई के रूप में स्वीकार किया है। समकालीन उपन्यासकारों ने पुरुष के स्त्री के प्रति तथा स्त्री के स्वयं अपने प्रति दृष्टिकोण में जो परिवर्तन आया, उसे उजागर किया है। 'करवट' में देशदीपक सोचता है, "इस बेचारी का क्या दोष, इसका पति दो-तीन वर्षों से घर नहीं आया। उसने तो शायद बम्बई में अपनी काम-पिपासा बुझाने के लिए वहाँ कोई स्थायी या अस्थायी प्रबन्ध भी कर लिया हो और इधर जिस महल्ले में खट्टर जैसे दुश्चरित्र युवक रहते हों, वहाँ के वातावरण में स्त्री-पुरुषों के अवैध नातों की कमी न हो और जहाँ अधभूखे सन्त्रस्त लोग अपने भीतर की अनबुझी पीड़ावश दूसरों को सदा पीड़ा पहुँचाने की ताक में ही लगे रहते हों, वहाँ इस युवती को ही अकेले दोषी क्यों माना जा सकता है।"[32]

स्त्री के प्रति यह सहानुभूति नई दृष्टि की देन है। परिवर्तित दृष्टि से उत्पन्न इस नए वातावरण में उस चिन्तन का कहीं अधिक महत्त्व है, जो स्वयं स्त्री ने अपने विचारों में नयापन लाकर सम्भव बनाया है। इसी के बाद यह सम्भव हुआ कि एक स्त्री दूसरी स्त्री की पीड़ा को समझने लगी, और उसे पूरे मन से स्वीकार करने लगी। 'मुझे चाँद चाहिए' में दिव्या कहती है, "वर्षा, अनुभव तुम्हारे लिए अभी कच्चे माल की तरह है।

फिलहाल विविध और रंगारंग अनुभवों से गुजरना तुम्हारी एक आन्तरिक जरूरत है। लेकिन साथ ही मैं मानती हूँ कि जिन्दगी में कुछ नैतिक आधार, कुछ मूल्य, कोई विश्वास, तुम उसे कुछ भी नाम दे लो–भी होना चाहिए। तुमने अपनी भावना की गहराई और ऊष्मा के साथ यह सम्बन्ध अर्जित किया है। व्यक्तिगत तौर पर मैं इसमें कुछ भी अनुचित नहीं मानती। मेरे लिए तुम पहले की तरह निष्पाप और पवित्र हो।''[33] इस स्थिति में पहुँचने के बाद भी स्त्री ने यौन नैतिकता के व्यक्तिगत सन्दर्भ का विश्लेषण किया। उसकी स्वाधीन चेतना ने समर्पित प्रेम के वशीभूत बनाए गए दैहिक सम्बन्धों को पाप या अपराध मानने से इनकार कर दिया। इतना ही नहीं बल्कि उसे समाज द्वारा थोपे गए लाँछनों का मुकाबला करने का साहस भी प्रदान किया। इस नवीन परिवर्तित दृष्टि का 'चाक' में चित्रण हुआ है, ''सारंग के मन और देह में दर्द की लहर दौड़ गई। घुटनों में सिर गाड़ लिया। पोखर देह कहे कोई या गन्दी नाली। मुझे तो पाप नहीं लगा, अपना किया, सोच-समझकर किया। मैं अबोध थी, न विधवा-राँड और न कुँआरी अल्हड़ जवानी की मारी।''[34]

विपरीत लिंगों में परस्पर आकर्षण सहज और स्वाभाविक है। अतः स्त्री तथा पुरुष के यौन सम्बन्ध को प्राकृतिक माना जाता है। दोनों के पारस्परिक सम्बन्धों का ही परिणाम है कि संसार गतिमान है, परन्तु कभी-कभी व्यक्ति परिस्थिति के जाल में फँसकर अप्राकृतिक सम्बन्ध बनाने लगता है। ''अप्राकृतिक यौन जिजीविषा के अन्तर्गत सर्वमान्य समलैंगिक यौनाचार भी है। यह पुरुष-पुरुष तथा स्त्री-स्त्री के मध्य स्थापित किया जाता है। लगभग हर समाज में यह प्रवृत्ति किसी-न-किसी अंश में विद्यमान है क्योंकि साधारण व्यक्ति परिस्थितियों से वशीभूत होकर ही समलैंगिकता की ओर आकर्षित होता है।''[35] पहले-पहल इस तरह का सम्बन्ध पाश्चात्य देशों में देखा गया परन्तु आज भारत में भी यह समस्या आम हो गई है। पत्रिकाओं से या अन्य माध्यमों से आए दिन समलैंगिक सम्बन्धों के किस्से सुनने में आ ही जाते हैं। समकालीन उपन्यास 'मुझे चाँद चाहिए' में वर्षा के चरित्र में लेज्बियनीज्म के लक्षण दिखाई देते हैं। दिव्या के लौट जाने की बात सुनकर वर्षा विक्षिप्त-सी उसके पास आती है। उसने ''दहलीज पर पाँव रखा और यकायक उससे लिपटते हुए बिलख पड़ी, मुझे छोड़कर मत जाना....मैं घुट-घुटकर मर जाऊँगी। वह जैसे उन्माद में आ बार-बार उसका माथा, आँखें, कपोल व होंठ चूम रही थी, मैं तुम्हारे बिना नहीं जी सकती...मुझे मँझधार में मत छोड़ो...दरवाजा अटकाते हुए एक बाँह का सहारा दे मिस कत्याल उसे बेडरूम में ले आईं। कन्धों पर हाथ रख, बिस्तर पर बिठाते हुए कहा, तुम चुप तो हो।...मैं बताती हूँ। वह अभी उसके बगल में बैठने का उपक्रम कर ही रही थी कि वर्षा सहसा तड़पकर उठी, फर्श पर घुटनों के बल बैठते हुए उनके पाँव गोद में ले, उस पर चुम्बनों की बौछार करने लगी, मैं यहाँ एक दिन नहीं जी सकती तुम्हारे बिना...तुम जिस गाड़ी से जाओगी, मैं उसी के नीचे कट जाऊँगी... ।''[36]

ऐसा प्रतीत होता है कि उपन्यासकार ने इस समस्या के माध्यम से स्त्री समाज

को ही सचेत करने का प्रयास किया है। इसमें कोई सन्देह नहीं कि भारतीय समाज के तथाकथित उच्च वर्गों में इस प्रकार के अप्राकृतिक सम्बन्ध निरन्तर बढ़ते जा रहे हैं। स्वाधीनता की मनोवांछित व्याख्या पश्चिम से आयातीत अश्लील साहित्य, काम जीवन में निरन्तर रोमांच खोजने की प्रवृत्ति, मुक्ति की भावना, पुरुष की दासता से मुक्त होने के नाम पर उसके साथ कोई भी सम्बन्ध न रखने की इच्छा आदि अनेक कारण स्त्री को समलैंगिकता की ओर बढ़ाते हैं। धीरे-धीरे यह बुराई उन मध्यवर्गीय स्त्रियों को भी अपने गिरफ्त में ले लेती है जो अति महत्त्वाकांक्षी होती हैं, उच्च वर्ग की नकल करके वैशिष्ट्य ओढ़ना चाहती हैं या फिर कुसंगति की शिकार हो जाती हैं।

यह एक सामाजिक समस्या है, जो अन्ततः स्त्री को स्वाभाविक सामाजिकता से काटती है और स्त्री में सघन आत्मकेन्द्रित प्रवृत्ति उत्पन्न करती है। भारतीय समाज में यह इसलिए भी भयावह है कि अभी तक समाज ने समलैंगिकता को स्वीकृति प्रदान नहीं की है। अतः स्त्री हो या पुरुष, अपनी इस प्रवृत्ति को सबके सामने प्रकट करने के लिए स्वाधीन नहीं है कानून भले ही उसका कुछ न बिगाड़े, समाज निश्चय ही बहिष्कृत करने को तैयार रहता है। फिर इस प्रवृत्ति की शरीर विज्ञान सम्बन्धी जो हानियाँ हैं, उनकी ओर से भी आँखें बन्द नहीं की जा सकती। उपन्यासकार का मन्तव्य इन सब पक्षों के प्रति सचेत बनाना है।

सदियों तक शोषित रहने के बाद आज नारी अपने अधिकारों के प्रति सजग हो गई है। औद्योगिक विकास, नई शिक्षा तथा वैज्ञानिक दृष्टिकोण ने व्यक्ति को अपने व्यक्तित्व के प्रति सचेत बना दिया है। नारी अपनी शक्ति को पहचानने लगी है इसलिए जब कहीं नारी के अधिकारों का हनन होता है तो उसके मन में आक्रोश पनपता है। स्त्री के साथ होनेवाले अत्याचारों को रोकने के प्रयास में कई संस्थाएँ लगी हैं। समाज सेवक तथा सेविकाएँ इसमें सक्रिय भूमिका निभाती हैं। ये संस्थाएँ अबला कहे जानेवाले वर्ग को उसका अधिकार दिलाने का प्रयत्न करती हैं। 'मुझे चाँद चाहिए' में अनुपमा बताती है, ''सुबह सात बजे की निकली अभी लौटी हूँ। पहाड़गंज की एक विधवा औरत को ससुरालवालों ने निकाल दिया था। पुलिस को बुलाना पड़ा। सबके स्टेटमेंट हुए। ससुर जेठ को पुलिस ने बाउंड डाउन किया। अब औरत वहाँ रहने को तैयार नहीं। उसे घंटों यह समझाया कि अगर यह घर छोड़ दिया, तो जायदाद पर तुम्हारा कानूनी हक भी खत्म हो जाएगा। बड़ी मुश्किल से तैयार हुई।''[37] जब स्त्री शोषित होती है तो उसके मन में कहीं-न-कहीं विरोध की इच्छा उठती है जो प्रतिशोध की भावना को जगाती है। 'औरत' में शिबू कहता है ''बंसल की थकान और हर ठोकर के साथ औरत चरित्रहीन होती है...सोचो, यह पढ़ी-लिखी बंसल की आवाज है या इसमें कहीं तुम्हें पूर्वांचल की सोनवा की सिसकियाँ भी सुनाई पड़ रही हैं। औरत धन-दौलत से, गहनों से, आभूषणों से लाद भी दी जाए तब भी वह अकेली ही रहती है। समाज ने उसके इर्द-गिर्द जो दीवारें खड़ी की हैं, वे धन-दौलत से ढह नहीं जातीं। बंसल परिवार ने धन-दौलत को भी मंजिल

नहीं समझा। उन्होंने अपनी बेटी के सामने की दीवारें तोड़ देने का प्रयत्न किया होगा। वह पुलिस अफसर बनी। एकदम खुद पे खड़ी, खुद पे निर्भर। लेकिन वह बार-बार चरित्रहीन-चरित्रहीन चीख-चीखकर कहना क्या चाहती है ? कौन-सी अनकही पीड़ा है जो उसे थककर बैठ जाने और बेसुधी की हालत में बार-बार एक ही सवाल दुहराने के लिए लाचार कर देती है—औरत चरित्रहीन होती है...औरत चरित्रहीन होती है।''[38]

यहाँ उपन्यासकार ने उस बेचैनी को दिखाया है, जो है तो एक विवश स्त्री की बेचैनी किन्तु जिसमें प्रतिरोध के बीज भी छिपे हुए हैं। उसका बार-बार चीखना केवल अपने लिए नहीं है बल्कि उन स्त्रियों के लिए भी है जो अन्याय सहते हुए इतनी असहाय और खंड-खंड हो जाती हैं कि चीख भी नहीं पातीं। इस रूप में बंसल की चीख गहरे अर्थ संकेत रखती है। स्त्री को अपनी विवशताओं से मुक्ति का प्रयास स्वयं को ही करना होगा। अत्याचार से बचने के लिए नारी का विद्रोही रूप अपनाना आवश्यक है, यही नारी की वास्तविक भूमिका होनी चाहिए।[39] नारी को पुरुष का मुँह ताके बिना स्वनिर्णय की क्षमता जगानी चाहिए। उसके साथ जो भेदभावपूर्ण व्यवहार किया जाता है उसके प्रति विरोध दिखाना होगा। ऐसी हिम्मत दिखाती हुई 'औरत' में बंसल कहती है, ''ठाकुर हो पुरुषोत्तम, जरा अपने गन्दे कुरते के नीचे झाँककर देखो। राजी से किसी भी पुरुष का वास्ता क्या ? तुम औरत को बेइज्जत कर सकते हो, क्यों ? जानते हो क्यों ? इसलिए कि औरत की शरम का बड़ा मोल होता है। यही सिखाते रहे हैं सभी। बाप, भाई, यहाँ तक कि बेटे और बेटियाँ भी। औरत को 'शरम कर' का उपदेश देते हैं सभी।''[40]

यहाँ आते-आते बंसल की चीख शोषक पुरुष सत्ता के समक्ष चुनौती बनकर खड़ी हो जाती है और उससे ऐसा सवाल करती है जिसका कोई उत्तर नहीं दिया जा सकता। इसका उत्तर भी नारी संघर्ष की प्रतीक बंसल के पास ही है, वह यह कि पुरुष, स्त्री शोषण की आदिम वासना से मुक्त होकर ही अपनी मुक्ति सम्भव बना सकता है। निश्चय ही स्त्री को संघर्ष का मार्ग अपनाना होगा।

स्वतन्त्रता के बाद शिक्षा तथा राजनीतिक, सामाजिक, आर्थिक परिवेश ने व्यक्ति को बहुत अधिक प्रभावित किया। व्यक्ति धर्म और ईश्वर को तर्क और बुद्धि से जाँचने लगा। परिणामस्वरूप नैतिकता सम्बन्धी मान्यताएँ बदलने लगीं और रूढ़ियों पर इसका प्रभाव पड़ा। आधुनिक विचारों से प्रभावित व्यक्ति जहाँ पारम्परिक मूल्यों को तर्क-बुद्धि की कसौटी पर कसकर देखने लगा, वहीं परम्परा प्रेमी बुजुर्ग पुरानी मान्यताओं से ही चिपके रहना चाहते हैं। वे किसी भी नई व्यवस्था को अपनाने से हिचकते हैं। 'मुझे चाँद चाहिए' में वर्षा की अति आधुनिक जीवन-शैली को रूढ़िग्रस्त मध्यवर्गीय पिता देख नहीं पाते। एक बार वर्षा के घर में, ''वेदपाठी ब्राह्मण के घर में श्वान का निवास शास्त्रों में वर्जित है, पिता ने घोषणा की। वर्षा ने हिम्मत करके तर्क दिया, 'यह पशु स्वामिभक्त होता है दद्दा ! युधिष्ठिर भी अपने कुत्ते के बिना स्वर्ग जाने को तैयार नहीं हुए थे।' वह द्वापर युग था। तब का पशु भी कलियुग के महामानव से श्रेष्ठ होता था।[41]

यहाँ व्यक्ति रूढ़िग्रस्त चिन्तन के मूर्त प्रतीक के रूप में उस व्यक्ति के सामने खड़ा है जो नवीन जीवन-मूल्यों से प्रेरित होकर अपने उन्मुक्त व्यवहार पर किसी प्रकार का प्रतिबन्ध स्वीकार नहीं करता। समकालीन उपन्यास साहित्य में इस टकराव के एक सशक्त कारण को भी दर्शाया गया है। प्रायः यह देखने में आता है, कि जो समाज अपनी वासनाओं और अश्लील प्रवृत्तियों को धर्म, पौराणिकता तथा परम्पराओं के सहारे सन्तुष्ट करता है तथा इस प्रकार के सार्वजनिक प्रदर्शनों को भी न्यायोचित ठहराने से नहीं चूकता, वही नए विश्वासों को जीनेवाले व्यक्ति के स्वतन्त्र विचारों को अनर्गल और अवांछित करार देता है। कृष्ण और राधा के बहाने सभी अश्लीलताएँ क्षम्य हैं, किन्तु बिना इन नामों के वैसी ही सामग्री छापनेवाली पत्रिकाएँ अपराधी। यह परम्परागत समाज के अन्तर्विरोध को दर्शाता है, जिससे व्यक्ति अपनी स्वाधीनता पर खतरा महसूस करता है और समाज से टकराव मोल ले लेता है। 'मुझे चाँद चाहिए' का ही एक प्रसंग "प्लेव्वाय, पेन्टहाउस आदि वर्षा के निर्देशानुसार झुमकी ने रद्दीवाले को दे दी थी; पर पिता की 'मनुस्मृति' वाली मानसिकता को चौंकाने के लिए 'डिबोनेयर' एवं 'फिल्मफेयर' ही काफी थे। किताबों की अलमारी में विदेशी सचित्र फिल्म पटकथाएँ भी उन्होंने देख ली थीं। उच्च कला होने के नाते वर्षा ने उन्हें छिपाने की जरूरत नहीं समझी थी पर पिता ने 'वही कला स्वीकार्य है, जिसे गृहस्थ अपने पारिवारिक जनों के साथ देख सके' कहकर वर्षा की सौन्दर्य दृष्टि पर सवालिया निशान लगा दिया था (इन पटकथाओं को उन्होंने 'कृष्णाभिसारिका कला' की संज्ञा दी थी) इतनी उम्र हो जाने के बावजूद ये लोग कुँआरे चल रहे हैं, यह उनकी प्रमुख आपत्ति थी। नीरजा ने 'प्रेम विवाह आधुनिक युवती का एकमात्र चुनाव है' कहकर जैसे हिन्दू धर्म को खतरे में डाल दिया था।"[42]

धार्मिक संस्कारों के कारण भारतीय समाज नें जो रूढ़ियाँ आज भी विद्यमान हैं वे भी व्यक्ति मूल्यों और व्यक्ति चेतना को झकझोरती हैं तथा व्यक्ति और समाज के मध्य द्वन्द्वग्रस्त सम्बन्धों का निर्माण करती हैं। आधुनिक वैज्ञानिक सोच के कारण व्यक्ति जाति, धर्म जैसे संकीर्ण विभाजन को स्वीकार नहीं करता, वह धार्मिक अनुष्ठानों का भी विरोध करता है, क्योंकि "वैज्ञानिक उन्नति में तेजस्वी बुद्धि ने धार्मिक मूल्यों को परखना आरम्भ कर दिया है तथा इसी कारण आज मनुष्य का ईश्वर से विश्वास उठ चला है। जिसके फलस्वरूप वह परम्परागत मूल्यों का अन्धानुकरण करने के स्थान पर तर्क का सहारा लेता है। इसी तार्किक दृष्टिकोण के कारण अनेक परम्परागत मूल्यों के सम्मुख प्रश्नचिह्न लग गए हैं।"[43] राजनीतिक, सामाजिक और आर्थिक परिवेश के अलावा नई शिक्षा ने भी व्यक्ति के मन में विचार स्वातन्त्र्य को जगाया है। इस कारण पुरानी पीढ़ी जिन मान्यताओं के आधार पर जीवन गुजार देती है उसका नई पीढ़ी विरोध करती है। 'करवट' में लाला रामचन्दर कहते हैं, "गब्बो भइये की आफत आ गई समझो। कमाऊ-धमाऊ लड़का, कैसे मर-खपकर बेचारों ने कैलासो को अंग्रेजी पढ़ाई-लिखाई और अब सब छोड़-छाड़ के बंगालिन के जादू में बँधा-बँधा चला गया, हद हुई गई।"

विपिन बोला, "एक बात कहें काबू, बुरा न मानिएगा। गैराबाद के गाँव की गँवार औरत के साथ कैलासो जैसा पढ़ा-लिखा आदमी कैसे निर्वाह करेगा ?"[4]

व्यक्ति अपने व्यक्तित्व के प्रति अति सजग है, वह आर्थिक स्वावलम्बन को व्यक्तित्व निर्माण में सहयोगी समझता है। आर्थिक स्वावलम्बन से स्वातन्त्र्य बोध होता है तथा वह स्वनिर्णय की क्षमता को जगाता है। यहीं पुरानी पीढ़ी के साथ असामंजस्य की स्थिति उत्पन्न होती है। 'मुझे चाँद चाहिए' में एक बार "महिला विश्वविद्यालय द्वारा आयोजित परिसंवाद में (जिसकी टी.वी. रपट दिखाई गई थी) वर्षा ने आर्थिक स्वावलम्बन को आज की नारी के लिए जीवन की धुरी माना था। उसी शाम पिता के साथ नाटकीय समक्षता सम्पन्न हुई थी; 'अगर तुमने बुलन्दशहर वाला विवाह कर लिया होता, तो आज तुम्हारा भरा-पूरा घर होता। तुम्हारे आज के सूने जीवन से वह हर लिहाज से वन्दनीय होता।' वर्षा ने तर्क करने की थोड़ी कोशिश की तो उन्होंने 'क्या तुम सुखी हो ?' वाला भारी-भरकम सवाल उसके नाजुक कन्धों पर रख दिया। जैसे एक बार प्रागैतिहासिक काल में वह महादेव भाई से कच्ची उम्र के कारण नहीं कह सकी थी कि मेरी और आपकी सुख की परिभाषा अलग-अलग है, वैसे ही आज अपने ही घर में पिता को चोट पहुँचाने की आशंका से चुप रह गई।"[45]

यहाँ व्यक्ति इकाई वर्षा और परम्परागत समाज के प्रतिनिधि उसके पिता के मध्य उत्पन्न यह तनाव आधुनिक युग में स्वतन्त्र जीवन जीनेवाले व्यक्ति की अनेक समस्याओं को प्रकट करता है। इसमें सबसे कठिन है चाहकर भी अपने परिवेश के साथ सामंजस्य न बैठा पाने का संकट, सम्बन्धों के टूटने और हरदम व्याकुल बने रहने का संकट तो है ही। आधुनिक युग में पुराने मूल्य और सम्बन्ध अर्थहीन होते दिखाई दे रहे हैं। मशीनीकरण, वस्तुपरकता, आपसी स्पर्धा और भीषण भाग-दौड़ में ही आज का व्यक्ति व्यस्त है। परिणाम यह है कि आज व्यक्ति अपने में सिमटा हुआ इतना खोया रहता है कि वह किसी व्यक्ति या समाज के साथ रागात्मक सम्बन्ध विकसित करने में असमर्थ हो जाता है। कहा जा सकता है कि "आधुनिक मनुष्य प्रकृति, ईश्वर और समाज से कट गया है। मनुष्य स्वयं अपने लिए समस्या बन गया है। आज का मनुष्य एक तरफ दूसरे ग्रहों पर अपना निवास बनाना चाहता है और दूसरी तरफ अपने संसार से उसका सम्बन्ध टूट रहा है। एक तरफ मनुष्य विश्व से परिचित हो रहा है और दूसरी तरफ अपने पड़ोसियों से अपरिचित।"[46] ऐसी स्थिति में वह एकाकीपन, अर्थशून्यता, चिन्ता, परायापन, निराशा और अविश्वास से घिरा रहता है। अर्द्धनारीश्वर की विभा पति के साथ होते हुए भी अकेली है। वह कहती है "कम-से-कम हर क्षण लगता रहा कि मैं नितान्त अकेली हूँ। अनित्य पास होते तो भी सब कुछ अजनबी-अजनबी सा लगता, लेकिन यह सब भीतर की यात्रा की बात है। बाहर बस वही दुनियादारी। जो है नहीं, वही दिखने की मजबूरी।"[47] इसी उपन्यास में सुमिता अपने ससुर साहित्यकार महेन्द्र मयंक को पुरस्कार मिलने की खबर रेडियो पर सुनकर पूछती है, "राष्ट्रीय एकता पुरस्कार के बारे में क्या आपको पहले मालूम नहीं हो गया था ? पिताजी इस प्रश्न के

लिए तैयार नहीं थे। मैं स्पष्ट देख रही थी कि उनके चेहरे पर बार-बार व्यथा उमड़ने को होती थी और वे प्रयत्न करके उसे रोक देते थे। तब मुझे अपने पर ग्लानि हो आई, बोली जाने दीजिए, आपको...उन्होंने बीच में रोक दिया मुझे। कहा, मैं समझ रहा हूँ, तुम क्या कहना चाहती हो। बार-बार यह प्रश्न मैंने अपने से किया है। मैं अपनों के बीच में इतना अजनबी कैसे हो गया कि किसी को विश्वास में भी न ले सकूँ। मुझे एक महीना पहले पता चल गया था... ।"[48] यानी व्यक्ति वह दिखाने की कोशिश करता है जो वह वास्तव में नहीं है। इसी कारण वह अकेला महसूस करता है। व्यावसायिक दृष्टि से ऊँचाइयों को छूनेवाली वर्षा का अकेलापन 'मुझे चाँद चाहिए' के इस प्रसंग में उभरता है। "जब थिएटर में तुम्हें ओवेशन मिल रहा था, तो मुझे रोमांच हो गया। जब तुम प्रशंसकों से गुलदस्ते ले रही थी, तो मुझे एन.एस.डी. हॉस्टेल के दिन याद आ रहे थे। हम एक कमरे में थे, पर हमारी नियति बिलकुल उलटी निकली। उस एक पल सुकुमार मुझे दुश्मन से लगे" 'उस एक पल मैं तुम्हें देख पाती' वर्षा ने घूँट-सा भरकर कहा, तो कहती रीटा तुम बहुत सौभाग्यशाली हो। तुम्हारे भीतर सूनेपन की आँधी तो नहीं चल रही। 'ओवेशन' अमूर्त है। आधी रात के अँधेरे में डरावने सपने से नींद टूटे, तो उसके स्पर्श से सांत्वना नहीं पाई जा सकती।"[49] वह भावात्मक रूप से अकेली महसूस करती है, अपने जीवन को लेकर, हर्ष के साथ उसके सम्बन्ध को लेकर मानसिक अलगाव की स्थिति से गुजरती है। उसके "मन का एक हिस्सा दिन भर उदास रहा। हर्ष और उसके सम्बन्ध की यह कैसी नियति है ? क्यों रह-रहकर उनके बीच में तनाव आ जाता है ? क्या ऐसे तनावों का बोझ ढोते-ढोते वह आजिज नहीं आ गई ?"[50] एक तरफ वह हर्ष से दूर है, दूसरी तरफ घरवालों से भी बहुत दूर निकल आई है। वह अपने परिवार के मध्यवर्गीय संस्कारों के बन्धन तोड़कर निकलती है, पर अति आधुनिक बनी वर्षा की नियति संतप्त रहने की हो गई है। उसकी बड़ी बहन कहती है, "अपना स्त्री धर्म निभाओ बहन ! वर्षा ने एक नजर कमरे की ओर देखा, ऐसे प्रश्न इन दीवारों से कितनी बार प्रतिध्वनित हुए हैं। कैशोर्य से लेकर कच्चे यौवन तक के कितने यातना-क्षण इस कमरे में जीवन्त हैं। तरह-तरह के झंझावातों से गुजरकर उसने चौदह बटा चौदह तक के अपने निजी पते की यात्रा पूरी कर ली है, पर न यहाँ के यातना क्षणों की छाया से मुक्ति मिल पाई है, न इन जूझते प्रश्नों से।"[51]

आधुनिक व्यक्ति परिस्थितियों के जाल में फँसकर अपनी स्थिति से नाखुश रहता है। वह कहीं भी पूर्णता का अहसास नहीं पाता, बल्कि अधूरापन लिए असन्तुष्ट रहता है। 'मुझे चाँद चाहिए' में स्नेह कहता है, "जिन्दगी का तीन चौथाई हिस्सा ऐसे ही बीत गया। कलात्मक उपलब्धि के नाम पर मेरे झोले में कुछ बदरंग ब्रोश्योर हैं और 'पंचमवेद' की स्टेशनरी का मुहर। व्यक्तिगत जीवन तो बिलकुल सूना ही रहा। अगर कलकत्ते में मूढ़ी खाते हुए मैंने स्कूल का दाखिला नोटिस न देखा होता, तो आज कम-से-कम मेरा व्यक्तिगत जीवन भरा-पूरा होता। डॉक्टरेट के बाद भागलपुर में अध्यापिकी मिल गई होती। घर-बार होता। जिन्दगी की एक दिशा और गन्तव्य होता।"[52] व्यक्ति कई बार

भावुकता की रौ में ऐसे निर्णय भी ले लेता है जिनसे वह स्वयं परेशान हो उठता है। भावुकता और यथार्थ जीवन का अन्तर्विरोध उत्तर-आधुनिक युग में अत्यधिक दिखाई देने लगा है जिसका चित्रण 'मुझे चाँद चाहिए' में ही अनुपमा के माध्यम से हुआ है। वह कहती है, "मैंने सोचा था, यह शादी मुझे खुशी देगी।"

"यह तुमने कैसे सोच लिया ? वर्षा ने रुमाल से माथे की नमी सोखी। उन दिनों मैं पूरी तरह इस बात से मोहित थी कि हम दोनों की पृष्ठभूमि बिलकुल उलटी है। अब मुझे लगता है कि मेरे तथाकथित आकर्षण के पीछे चतुर्भुज के आम आदमी होने का तथ्य था; जिसके आसपास मेरी रंगमंचीय गतिविधियाँ केन्द्रित थीं। मैंने अपने वैचारिक सरोकार को ज्यादा ही खींच लिया। चन्द दिनों में ही उनका सॉफिस्टीकेटिड न होना, उनकी अर्थीनेस, उनका सेन्स ऑफ ह्यूमर–सब खलने लगा। दिन में दो घंटों के लिए मिलनेवाले एक रंगमंचीय दोस्त के रूप में जो बातें अच्छी लगती थीं, वह बिस्तर पर साथ सोनेवाले पुरुष के रूप में नागवार गुजरने लगीं।"[53]

शिक्षा, औद्योगीकरण और आर्थिक संरचना में बदलाव ने व्यक्ति को भौतिकवादी बनाया। आर्थिक स्वावलम्बन स्वतन्त्रता का आधार हो गया। आधुनिक युग में स्त्री-पुरुष दोनों ही अपने व्यक्तित्व के प्रति चिन्तित हो उठे और स्वतन्त्र व्यक्तित्व की खोज करने लगे। इस प्रक्रिया ने उन्हें अहम्मन्य भी बनाया। जीवन के प्रत्येक पक्ष में हुए परिवर्तन का प्रभाव जितना पुरुष पर पड़ा उतना ही स्त्री पर भी; अतः स्वतन्त्रता के बाद स्त्री के जीवन में उल्लेखनीय परिवर्तन लक्षित होता है। आज स्त्री का भी अपना अहम् है।" किसी भी बात को कहने या काम को करने से पहले उसका अहम् जाग उठता है।[54] सदियों तक पुरुष के बाद का स्थान पानेवाली स्त्री आधुनिक युग में उसके साथ कदम-से-कदम मिलाकर चलने लगी और दासी न होकर साथी बन गई तो पुरुष, जो अपने को पहले स्थान पर देखने का आदी है, का अहम् आहत होने लगा; क्योंकि स्त्री अब उसकी प्रतिद्वन्द्वी थी। 'अर्द्धनारीश्वर' में सुमिता का त्याग अजित के मन में उथल-पुथल मचा देता है; "सुमिता ने जो कुछ किया उस पर गर्व होना चाहिए और है भी, पर एक काँटा है जो रह-रहकर चुभने लगता है मेरे मन में और तन में भी...मैं पुरुष था। मुझे प्राण दे देने चाहिए थे उसकी रक्षा में। वह नारी होकर जीत गई मुझसे यानी पुरुष से। उसने मेरी बहन के लिए अपने को बलि-वेदी पर चढ़ा दिया और मैं...पुरुष की पौरुषता पर इससे बड़ी चोट हो सकती है क्या ? यह विचार मुझे निरन्तर हीन भाव से ग्रस्त करता चला गया और तब मेरे अन्तर में ऐसे-ऐसे तर्क उपजे कि मुझे स्वयं अपने पर ग्लानि होने लगी... ।"[55] ग्लानि के अहसास से वह सुमिता का सामना करने से भी कतराता है। इसी उपन्यास में सुमिता कहती है, "ऐसी जीजी के आने पर मेरा प्रसन्न होना स्वाभाविक था। मेरी उस यन्त्रणा के दिनों में ये ही तो मेरा सबसे बड़ा सम्बल थीं। लेकिन अजित की खुशी का कारण और भी आन्तरिक था। मैं निरन्तर देख रही थी कि अजित मेरा सामना करने से अधिक-से-अधिक बचना चाहता है।

इसलिए किसी के आने का ऐसा हर अवसर उसे खुशी दे जाता है। क्योंकि सबके बीच शालीनता के मुखौटे लगाए रखना बहुत आसान होता है, लेकिन एकान्त में भीतर का कड़वा धुआँ भर जाता है वातावरण में। उसी से डरता है अजित।"[56]

स्त्री-पुरुष की समातना और स्वतन्त्रता की बात करनेवाला पुरुष भी अपनी पत्नी का उन्मुक्त व्यवहार सह नहीं पाता। उसे स्त्री की स्वतन्त्रता वहीं तक स्वीकार्य है, जहाँ तक उसका अहम् सुरक्षित रहे। 'चाक' में सारंग कहती है, "कैसे लोग हैं ? इनके पास अपना कुछ भी नहीं ! घर-बार की खुशी, शान-शौकत हमारे घूँघट के नाम लिख दी है। तुम्हारे भइया ! पढ़े-लिखे बनते हैं 'और घूँघट ऊँचा होते ही गुर्राने लगते हैं।'[57] इसी उपन्यास में पुरुष के एकाधिकार की भावना को लक्ष्य कर सारंग कहती है, "प्रधान की संगत-सोहबत ? कि उनका खुद का जुनून ? प्रधान हो जाने की लालसा ? गाँव पर राज करने का स्वार्थ ? गाँव के लिए मरने-जीनेवाले रंजीत तुम्हें क्या हो गया ? किसने धकेल दिया इस घिनौने दलदल में ?...या मेरा ध्यान श्रीधर की ओर जाए, यह तुम्हें पसन्द नहीं ? श्रीधर का नाम भी मेरी जीभ पर आते ही तुम भड़क उठते हो ! मुझे बिगाड़ रहा है, यह सोचकर मास्टर को धर दबोचा ? भीतर-ही-भीतर तुम्हें क्या साल रहा है। अपना ही घमंड तुम्हारे चिथड़े किए देता है रंजीत। जब कभी उस घमंड पर चोट महसूस करते हो, तुम झपटते हो कभी मुझ पर तो कभी श्रीधर पर।"[58]

व्यक्ति अपने से कमजोर या हीन पर दया की भावना रख सकता है, उसे अपना प्रतिद्वन्द्वी नहीं मान सकता, परन्तु समान क्षेत्र तथा बराबर स्तर का होने पर ईर्ष्या तथा प्रतिस्पर्धा की भावना प्रबल हो जाती है और अगर यह सम्बन्ध स्त्री-पुरुष में हो तो यही अहम् को पोषित करनेवाला हो जाता है। मुझे चाँद चाहिए में वर्षा सोचती है, "यही हर्ष था, जो 'अपने-अपने नरक में उसके प्रति कितना उदार था। सिर्फ इसलिए कि वह नौसिखिया थी ? आज वह उसके साथ कदम-से-कदम मिलाकर चल रही है तो हर्ष के अहम् को ठेस पहुँच रही है ? अगर वे दोनों कुशल चिकित्सक होते और अलग-अलग दो ऑपरेशन कर रहे होते; हर्ष के मरीज़ का देहान्त हो जाता, पर वर्षा अपने रोगी को बचा लेती, तो क्या हर्ष उसे बधाई नहीं देता ?...ऐसी पेचीदगी कला क्षेत्र में ही क्यों है ? अन्नपूर्णा अगर संगीत सभाओं में सितार-वादन करती तो क्या रविशंकर की प्रतिष्ठा को ठेस पहुँचती है ? उन्होंने अपनी कला को पर्दे में रखने का निर्णय क्यों लिया ? शताब्दी के सर्वश्रेष्ठ अभिनेता औलीवियर का अपनी सक्षम अभिनेत्री पत्नी वीवियन से विच्छेद क्यों हुआ ? लिज और बर्टन के बीच सनातन द्वन्द्व क्यों चलता था। स्नेह ने बताया था कि दिल्ली के अन्तिम वर्षों में आदित्य एवं इरावती के बीच झड़पें होने लगी थीं। क्यों ?"[59]

यह कहना अतिशयोक्ति न होगा कि आधुनिक जीवन जीनेवाले स्त्री-पुरुषों में सम्बन्धों का तनाव सबसे अधिक इसी अहम् के चलते देखा जाता है और यह अहम् पुरुषों में स्त्रियों से अधिक पाया जाता है। सामाजिक समूहों से अलग होकर जब व्यक्ति अपने सीमित दायरे में व्यवहार करता है तो वह बहुत कुछ उसी मानसिकता में जीने

लगता है जिसका निर्माण सामन्त युग में हुआ था। तब वह प्रभु अर्थात स्वामी अर्थात मालिक था और स्त्री दासी, सेविका या फिर चल सम्पत्ति। वहाँ प्रत्येक उन्नति पुरुष के लिए थी। स्त्री उस उन्नति का माध्यम या सीढ़ी तो बन सकती थी, उन्नति के कलश की अधिकारिणी नहीं। लेकिन वही पुरुष आधुनिक शक्ति इकाई के रूप में स्त्री इकाई का महत्त्व स्वीकार करने को बाध्य हुआ और उसे सामन्ती संस्कारों को झटककर अलग करने की आवश्यकता भी पड़ी, किन्तु अनेक सन्दर्भों में व्यक्ति पुरुष ने इसे अपने व्यक्तित्व के छोटे होने के रूप में ग्रहण किया। पुरुष जब भी स्त्री के समक्ष अपने को बौना पाता है तो वह आक्रामक हो उठता है। वह स्त्री को अपने से बेहतर समझने के लिए कतई तैयार नहीं होता। 'मुझे चाँद चाहिए' में हर्ष वर्षा से इसलिए नाराज हो जाता है कि वर्षा ने उसका साथ नहीं दिया। वह बोला, ''तभी तुमने क्रियॉन के मुद्दे पर मेरा साथ नहीं दिया।''

'क्योंकि अगले सीजन में क्रियॉन का शामिल किया जाना उचित नहीं था।' आज सच्ची बात कहते हुए वर्षा हिचकिचाई नहीं, तुम क्रियॉन इसलिए करना चाहते हो न ताकि सूर्यभान के 'किंग लियर को उन्नीस ठहरा सको ? सूर्यभान के साथ प्रतियोगिता ठानने का क्या मतलब है ? मैं तुम्हें नौजवान भूमिकाओं की एक दर्जन चुनौतियाँ गिनाऊँ ?

'रहने दो।' हर्ष ने गहरी साँस ली, 'तुम राष्ट्रीय मंच पर काम करते हुए महान् अभिनेत्री बन जाओ। मुझे मेरे हाल पर छोड़ दो।''[60] इसी उपन्यास में हर्ष वर्षा की कलात्मक सफलता देखकर अपने को हीन समझने लगता है। इस कारण दोनों के सम्बन्ध में कटुता आ जाती है। उसका रुख देखकर वर्षा पूछती है, ''हर्ष, तुम्हें क्या हो गया है ? वर्षा के स्वर में उलझन थी और खेद की छाया। मुझे कुछ नहीं हुआ' हर्ष ने कश खींचा, 'जब से 'इंडिया टुडे' में तुम्हारा राइटअप छपा है, तुम्हें कुछ हो गया है।''[61] हर्ष जैसा पुरुष अपनी प्रेयसी की समृद्धि से खास प्रसन्न नहीं है पर उस पर अधिकार जरूर जताता है। ऐसी ही अधिकार-भावना से प्रेरित होकर नारी को अधिक-से-अधिक पाने की पुरुष की सहज इच्छा का खुलासा करते हुए 'अर्द्धनारीश्वर' में अजित के पिता बोले, ''तुम श्यामला की त्रासदी के कारण उसकी ओर आकर्षित नहीं हुए बल्कि इसलिए हुए कि उस त्रासदी ने उसे तुम्हारे लिए सुलभ करा दिया था। ऋणी बनाकर आसानी से पा लोगे उसे।''[62]

दाम्पत्य जीवन में पति तथा पत्नी दोनों से यह अपेक्षा रहती है कि दोनों परस्पर सहयोग, स्नेह और विश्वास बनाए रखें, एक दूसरे के प्रति समर्पण के साथ सुख-दुख में हिस्सेदार हों, परन्तु बदलते परिवेश ने दाम्पत्य जीवन को भी स्वार्थ से विषाक्त कर दिया है। समाज में प्रचलित अर्थ व पद-लिप्सा से प्रभावित पुरुष स्त्री देह को साधन के रूप में इस्तेमाल करता है। 'अर्द्धनारीश्वर' में एक स्त्री अपना अनुभव बताती है, ''मैं मुक्त होती गई। आश्चर्य ! मुझे अच्छा लगने लगा हँसना, विनोद करना। स्पर्श पुलकित कर जाता मुझे और मैं कुछ इच्छा, कुछ अनिच्छा से शारीरिक सम्पर्क में आती

गई। शुरू-शुरू में लज्जागत संस्कारों के कारण मैं ग्लानि से भर उठती, पर रात के सन्नाटे में धीरे-धीरे मुझे लगने लगा कि कोई हो वैसा ही पुरुष मेरे आलिंगन में। पर मेरे पास तो लेटा रहता पद-लिप्सा की कामना करता हुआ मुझे पर-पुरुष के सम्पर्क में आने को प्रोत्साहित करनेवाला नपुंसक। मुझे उससे घृणा होने लगी।''[63] एक ओर तो यह यथार्थ है और दूसरी ओर वह यथार्थ जो किसी पुरुष के प्रभुत्व कामनावाले चरित्र को खोलता है। ऐसा पुरुष अनेक स्त्रियों के साथ अपना सम्बन्ध बनाना चाहता है, किन्तु उसका उद्‌देश्य उनमें से किसी को भी अपनाना नहीं होता। वह केवल अधिक-से-अधिक नारियों को प्रभावित और आकर्षित करने के अहम् का आनन्द लेना चाहता है। स्त्री-पुरुष सम्बन्धों का यह एक और समीकरण है। 'अर्द्धनारीश्वर' में ही अजित इस पुरुष मन को खोलते हुए कहता है–''उस युवक में कुछ अतिरिक्त सेक्स है जो नारी पति में नहीं पाती। वह अतिरिक्त प्रलोभनीय है लेकिन उस युवक का उद्‌देश्य किसी को अपना बनाना नहीं है। अतिरिक्त का लाभ उठाकर अधिक-से-अधिक नारियों को अपने व्यूह में आकर्षित करना है जिससे वह कह सके कि मैं अधिक नारियों का नर हूँ।''[64]

काम मनुष्य की नैसर्गिक वृत्ति है। सभ्य होने पर मनुष्य ने समाज को स्वस्थ तथा व्यवस्थित रखने के लिए इस वृत्ति पर नैतिकता का पहरा लगाया, परन्तु जब व्यक्ति की मानसिकता पर कामवृत्ति हावी होने लगती है तो वह सारी नैतिकता की तिलांजलि दे देता है। उसकी बुद्धि कुंठित हो जाती है। 'करवट' उपन्यास में इसका चित्रण हुआ है, ''खेमे तक जाते हुए रात में बंसी बोला, 'तुम्हें देखकर मुझे लगता है कि तुम अंग्रेज औरतों को मर्द के दिल व दिमाग की मलिका बन जाने की तालीम भी दी जाती होगी।'

'हूँ, माँ के गर्भ में ही मिल जाती है।

'और शायद माँ के गर्भ में ही तुम्हें यह जादू भी मिला कि किस तरह मर्द के प्यार को अपना हक समझकर बस में कर लो। दोनों खेमे के पास आ चुके थे। नैन्सी ने उसे भर कनखियों से देखा और दबी लजीली आवाज में कहा, 'अन्दर चलो, धीरे-धीरे खुद ही महसूस कर लोगे।

बंसी के जी में आया कि कहे कि ईस्ट इंडिया कम्पनी भी यही कहती है, पर तब तक वह 'अथातो काम जिज्ञासा' में इतना जकड़ चुका था कि होश को बेहोश बना देना ही उसे अच्छा लगा।''[65]

अस्वाभाविक रूप से किसी बच्ची को देखकर काम की इच्छा जगना तथा बलात्कार करना व्यक्ति की बीमार मानसिकता का लक्षण है। यह बीमार मानसिकता व्यक्ति को नैतिक मूल्य तोड़ डालने, यहाँ तक कि आयु और सामाजिक स्थिति का भान छोड़ देने तथा यौन अपराध करने को प्रेरित करती है। 'अर्द्धनारीश्वर' में शालिनी बताती है, ''जब आप बलात्कार पर काम कर रही हैं, तो एक ऐसी ही घटना की बात बताती हूँ। आज से तीस वर्ष पूर्व एक सात वर्ष की बालिका के साथ एक सत्तर वर्ष के वृद्ध

व्यक्ति ने बलात्कार किया था मिठाई का लालच देकर।''[66] आज परिवर्तित परिवेश के प्रभाव से जिस तरह अन्य परम्पराएँ बिखर रही हैं, इसमें आधुनिक वैज्ञानिक आविष्कारों ने भी योग दिया है। भौतिकवादी दृष्टि ने एक तरह से यौन सम्बन्धी अनैतिकता को ही बढ़ाया है। व्यक्ति अपनी इच्छा को ही महत्त्व देता है। इच्छा से परे सोचने में उसकी संकुचित बुद्धि सक्षम नहीं है। 'अर्द्धनारीश्वर' में अनित्य अपनी भाभी का प्रस्ताव सुनकर अचकचा जाता है पर उसकी भाभी तड़पकर कहती है, ''भइया के जानने की तुम्हें इतनी चिन्ता है ! क्या मैं उनके सम्बन्धों को जान सकती हूँ ? क्या तुम विश्वास से कह सकते हो कि वे इन दिनों... ?'' वह सचमुच पागल हो रही थीं। वातावरण ने उन्हें अत्यन्त मोहक बना दिया था। वे जितनी उत्तेजित होतीं उतनी ही मादकता बढ़ती। पुरुष का आखेटक रूप ऐसी स्थिति में उग्र हो उठता है। धीरे-धीरे भाई के प्रति प्यार, रिश्तों की नैतिकता, सब उस उग्रता में पिघल गए। मैं उनके चक्रव्यूह से नहीं निकल सका।''[67]

आज नारी की मनःस्थिति पुरुष निर्मित समाज में परिवर्तित होती दिखाई दे रही है। अपनी इच्छा से यौन सम्बन्ध रखनेवाली नारी आसानी से नैतिक बन्धनों का त्याग करती है पर जिस स्त्री के साथ बलात्कार किया जाता है वह भी संस्कारों और नैतिक बन्धनों के कारण अत्याचार का विरोध तक नहीं कर पाती। 'अर्द्धनारीश्वर' में एक स्त्री कहती है 'सोचती हूँ यह न होता तो क्या मैं वकील की जिरह को सह पाती ? मेरे पति ने मेरी इस यातना की कल्पना की और मौन हो गए। मुझे याद है वे बहुत तड़पे थे लेकिन जैसा हमारा समाज है, हमारे संस्कार हैं उसमें और हो भी क्या सकता था ? उन्होंने कई दिन बाद कहा था, कैसी है हमारी नैतिकता ! इंसानियत के प्रति इतना बड़ा जघन्य अपराध केवल इसी छद्म नैतिकता के कारण दंडित हुए बिना रह गया। कौन तोड़ेगा नैतिकता के इस आत्मघाती चक्रव्यूह को... ?''[68]

समाज की गति के साथ व्यक्ति तथा समाज में परिवर्तन स्वाभाविक है। ''विज्ञान एवं प्रौद्योगिकी के विकास तथा नित्य नवीन खोजों ने परिवर्तन के इस आयाम को और भी तेज कर दिया। फलतः युगों से संचित मानव जीवन एवं व्यवहार की सरलता व ठहराव में एक जोरदार बदलाव आया, जिसने उसे अधिक जटिल व पेचीदा बना दिया।''[69] व्यक्ति अपने-आप में सिमटने लगा। उसकी परस्पर सहयोग और प्रेम की भावना जाती रही। आधुनिक युग में व्यक्ति चेतना के प्रबल होने से वैयक्तिक सुख ही महत्त्वपूर्ण माना जाने लगा और उसे प्राप्त करना जीवन का लक्ष्य। आज व्यक्ति स्वार्थ सिद्धि के लिए ही किसी से जुड़ना चाहता है। उसकी दृष्टि केवल अपने ऊपर रहती है। किसी भी तरह काम निकालने की इच्छा से प्रेरित होकर व्यक्ति दूसरों से सम्बन्ध स्थापित करता है। यानी वर्तमान युग में व्यक्ति की उपयोगिता देखकर सामाजिक सम्बन्ध बनाए जाते हैं। इनके सम्बन्धों को गलत कहनेवाला भी कोई नहीं होता, क्योंकि कोई भी व्यक्ति किसी की निजी जिन्दगी से कोई सरोकार नहीं रखता, जब तक कि व्यक्ति पर उसका प्रत्यक्ष प्रभाव न पड़ रहा हो। क्योंकि भावनाओं का उसकी दृष्टि में कोई मोल नहीं है। इस

यान्त्रिकता और उसका व्यक्ति के मन पर पड़े प्रभाव का चित्रण समकालीन उपन्यासों में हुआ है। 'रागदरबारी' में लंगड़ के बारे में जानकर जब रंगनाथ कहता है, "यह सब बहुत गलत है...कुछ करना चाहिए।" क्लर्क ने शिकारी कुत्ते की तरह झपटकर यह बात दबोच ली। बोला, "क्या कर सकते हो रंगनाथ बाबू ? कोई क्या कर सकता है ? जिसके छिलता है उसी के चुनमुनाना है। लोग अपना ही दुख-दर्द ढो लें, यही बहुत है। दूसरों का बोझा कौन उठा सकता है ? अब तो वही है भैया, कि तुम अपना दाद उधर से खुजलाओ, हम अपना इधर से खुजलाएँ।"[70]

व्यक्ति स्वार्थ में आकर सामाजिक सम्बन्धों तथा नैतिक मूल्यों को भी नकारता है, इसके लिए वह तरह-तरह के हथकंडे भी अपनाता है। 'मुझे चाँद चाहिए' में रंजना कहती है कि उसने हर्ष के लिए अपनी प्रोपर्टी बेची, पर उसकी असलियत जानकर हर्ष, वर्षा को बताता है कि "उसने प्रोपर्टी बेची नहीं, लीज पर दी है। महाबलेश्वर से एकाएक फोन आ गया तो भेद खुला। बेचने का नाटक मुझे एहसान से दबाने के लिए था। तभी पिछले दिनों भावनात्मक रूप से मुझे ब्लैकमेल करने की उसकी कोशिश आक्रामक होने लगी...कि मैं बहुत अकेली हूँ, मैंने बहुत दुःख उठाया है, तुमसे मिलने के बाद मेरे भीतर का क्रन्दन थम गया है, तुम्हारे बिना मैं जी नहीं पाऊँगी।...तुम सोच सकती हो उसके मन में क्या था ? अगर 'मुक्ति' का अगला शिड्यूल होता है, तो उससे पहले मेरे साथ उसकी सिविल मैरिज हो जाए।"[71] इसी उपन्यास में अपने स्वार्थ के लिए दूसरों की भावना से खेलनेवाले व्यक्ति के चरित्र के बारे में हर्ष बताता है, "मैं रंजना को बताए बिना माधव से मिला था। सच्चाई सामने आ गई। उन दोनों के बीच यह अंडरस्टैंडिंग थी कि इन प्रारम्भिक रीलों के बाद पिक्चर में माधव की और वित्तीय जिम्मेदारी नहीं होगी। अगर फिल्म सफल रही, तो माधव को अपनी राशि थोड़े ब्याज के साथ लौटा दी जाएगी। अगर कोई गड़बड़ हुई तो माधव अपने टैक्स रिटर्न में इस हानि का इस्तेमाल करेगा। रंजना अपने अकेलेपन का दुखड़ा रो रही थी। क्या मैं समझता नहीं ? माधव उसका पुराना पार्ट टाइम प्रेमी है और मेधानो से भी उसकी दोस्ती दफ्तर तक सीमित नहीं।"[72]

समकालीन उपन्यास व्यक्ति की स्वार्थ वृत्ति को सामान्य और विशिष्ट दोनों ही धरातलों पर चित्रित करते हैं। ऊपर जो उद्धरण दिए गए हैं उनसे यह सिद्ध है कि व्यक्ति स्वार्थ की पूर्ति के लिए कभी-कभी सामान्य झूठ या छल का सहारा लेता है जबकि कई बार उसके लिए वह ऐसे षड्यन्त्र रचने से भी बाज नहीं आता जो उसकी स्वार्थ पूर्ति के साथ-साथ किसी अन्य के कैरियर और जीवन को बर्बाद कर देते हैं। व्यक्ति की यह स्वार्थ वृत्ति जब प्रकट हो जाती है, तो उसके सभी सम्बन्ध विषाक्त और कटु हो जाते हैं।

व्यक्ति के सम्बन्धों की शुरुआत उसके परिवार से होती है। जन्म लेते ही व्यक्ति के साथ माता-पिता, भाई-बहिन आदि सम्बन्ध स्वतः ही जुड़ जाते हैं। इन सम्बन्धों में खून का अटूट रिश्ता होता है और सभी एक तन्तु से, एक-दूसरे के सुख-दुःख से जुड़े

होते हैं, परन्तु ऐसे सम्बन्धों में भी दूरियाँ आ जाए तो यह रिश्ता खोखला, अर्थहीन और औपचारिकता मात्र रह जाता है। आधुनिक युग में चतुर्दिक बदलते परिवेश में व्यक्ति लक्ष्यहीन-सा होकर दौड़ रहा है। फिर भी कभी-कभी वह अपने को परिवार से जोड़ना चाहता है, भले ही ऐसा अपनी निरर्थकता से परेशान होकर या अकेलेपन की कटुता से अंग आकर करता हो। यह वर्तमान व्यक्ति और सम्बन्धों के नए समाजशास्त्र का यथार्थ है। पारिवारिक सम्बन्धों के अलावा भी व्यक्ति के समाज में कुछ ऐसे सम्बन्ध होते हैं जो दया, ममता, सहानुभूति, प्रेम आदि भावना पर आधारित होते हैं। ऐसे सम्बन्धों में मानवीयता का पूर्ण विकास दिखाई देता है, क्योंकि इनमें कोई स्वार्थ निहित नहीं होता, केवल किसी व्यक्ति से सहानुभूति होती है, परन्तु आज ऐसे सम्बन्ध भी कम दिखाई देने लगे हैं। भावना शून्य होकर स्वार्थ के धरातल पर ही व्यक्ति का सम्बन्ध जुड़ने लगा है। 'मुझे चाँद चाहिए' में उत्तर आधुनिक युग में व्यक्ति की जीवन-शैली तथा उसके स्वार्थाधारित सम्बन्धों का वर्णन रंजना के माध्यम से हुआ है। पति से अलग होकर अकेलेपन से जूझती रंजना पर-पुरुष हर्ष की चिन्ता करती है—"माफ कीजिए वर्षा जी, मैं बहुत परेशान हूँ, इसलिए ठीक से कह नहीं पाई। हर्ष दो दिन से ड्रग एडिक्ट्स के अड्डे पर पड़े हैं। इकट्ठा पैसा उनके हाथ में आ जाए, तो यही डर रहता है। मैं उन्हें लेने खुद नहीं जा सकती। हर्ष मुझसे बहुत नाराज होंगे।"[73]

अपने व्यक्तित्व की खोज में कस्बे में रहनेवाली वर्षा अपने मध्यवर्गीय परिवार के सांस्कारिक बन्धनों को स्वीकार नहीं करती, विद्रोही बन जाती है। सुधीश पचौरी ने 'उत्तर आधुनिक साहित्यिक विमर्श में वर्षा के चरित्र का मनोवैज्ञानिक विश्लेषण करते हुए लिखा है "सिलबिल दमित यौन की प्रतीक है। सौन्दर्य के प्रति ललक, देह की मुक्ति के प्रश्न हैं जो कभी दिव्या, कभी मिट्ठू (यह लखनऊ का एक्टर था) कभी हर्ष (गणतन्त्र दिवस का कौमार्य विसर्जन), कभी सिद्धार्थ (तप्त रेगिस्तान के शूटिंग लोकेशन पर प्रगाढ़ चुम्बन) शिवानी, अनुपमा, रीटा आदि के साथ अर्ध लैस्बियन सम्बन्ध (प्रगाढ़ चुम्बन, नाइटी-पैंटी प्रेम, किंचित् खुले पश्चिमी ढंग के मजाक) अन्त में हर्ष के बच्चे की अनब्याही माँ। यही है सौन्दर्य बोध। देह की मुक्ति।"

इससे उत्तराधुनिक युग में विकसित सामाजिक सम्बन्धों का एक नया समाजशास्त्र हमारे सामने खुलता चला जाता है। इसमें सम्बन्धों का ढाँचा फ्रॉयडियन मान्यताओं पर खड़ा होता है और सार्त्रीय अवधारणाओं के रंगों से दीप्त होता है। यह सम्बन्धों का नया समाजशास्त्र व्यक्ति को जीवन भर महत्त्वाकांक्षाओं की पूर्ति के लिए सर्वस्व न्यौछावर करने की प्रेरणा देता रहता है। व्यक्ति-व्यक्ति के बीच परस्पर प्रेम का सम्बन्ध तब बना रहता है जब एक-दूसरे को समझने का पर्याप्त समय मिले, परन्तु इस अत्याधुनिक युग में व्यक्ति अनिश्चित एवं दिशाहीन जीवन बिताने के लिए विवश है। व्यस्तता के कारण सामाजिक सम्बन्धों में बिखराव आ रहे हैं। और अन्ततः इसे ऐसी जकड़बन्दी में बदल जाना है, जो स्वस्थ सोच के सभी मार्ग बन्द कर देती है और व्यक्ति को ठंडी साँस लेने के लिए छोड़ देती है। इस परिस्थिति में विश्वास की भाषा चूक जाती

है और आरोपों की भाषा उसकी जगह प्रतिष्ठित हो जाती है। यह तथ्य इस प्रसंग से भी स्पष्ट होता है, जब 'मुझे चाँद चाहिए' में अजय कहता है, ''वर्षा मुझे लग रहा है कि तुम्हारे बारे में जो लिखा गया है, उसमें सच्चाई है।'' वर्षा का चेहरा उतर गया। 'तुम अपनी हर नायिका के साथ रोमांस करते हो। मैं हाथ छूने नहीं दे रही इसलिए लेस्बियन तो हो ही जाऊँगी। उसने कहना चाहा, पर अपने पर काबू किया। अभी तीन-चौथाई शूटिंग बाकी थी। कंचनप्रभा के अनुभव से वह जान गई थी कि सहयोगी के साथ तनाव के बीच काम कैसी यन्त्रणा बन जाता है दिलो-दिमाग पर, एक-एक नस तनी रहती है। फिर नायक के साथ तनाव तो और भी विकराल होगा।''[75]

आधुनिक युग में वैज्ञानिकों ने रोगों का कारण मुख्यतः तनाव को माना है। 'मुझे चाँद चाहिए' में ही दिव्या रोहन से शादी तो कर लेती है, परन्तु उसे मन से स्वीकार नहीं कर पाती और तनाव में जीती रहती है। परिणामस्वरूप ब्रोन्कोस्कॉपी से मालूम चलता है कि ''दिव्या को श्वासनली का कैंसर है। दिव्या के आत्म-नियन्त्रण में ढील नहीं आई थी। उनका हाथ थामे वर्षा सन्न बैठी रही। संसार की व्यवस्था में ऐसी बुनियादी अतर्कसंगति क्यों है ? क्या यह दिव्या के जाने की उम्र है ?...वह दिव्या के बिना अपनी दुनिया की कल्पना कर सकती है ? रात को रोहन को लखनऊ फोन किया, तो वे रो पड़े। वर्षा ने बहुत दिनों के बाद (और रोहन के सन्दर्भ में पहली बार) दिव्या का भीगा स्वर सुना, 'रोहन, तुम ऐसे करोगे तो प्रिया को कौन सँभालेगा ?''[76]

ऐसे अनेक घटना-प्रसंगों का निर्माण करके समकालीन उपन्यास व्यक्ति मनोविज्ञान की अनेक परतें खोलता है यह स्पष्ट है कि व्यक्ति के जीवन तथा मूल्य-मान्यताओं के गठन में परिवेश और इस मनोविज्ञान की निर्णायक भूमिका रहती है। व्यक्ति अपनी समस्त इच्छाओं की पूर्ति समाज में रहकर करता है परन्तु सामाजिक नैतिक बन्धनों के कारण व्यक्ति की कई इच्छाएँ दबी रह जाती हैं। ये ''तिरस्कृत और दमित प्रवृत्तियाँ ही कुंठाएँ हैं। चेतना से निष्कासित होकर वे अचेतन की अधिवासिनी बन जाती हैं; किन्तु अतृप्ति की जलन लिए वे वहाँ चुप नहीं बैठ सकतीं और न प्रतिरोध के भय से उन्हें चेतना में ही आने का साहस होता है। अतएव वे प्रतिरोध की आँख बचाकर टेढ़-मेढ़े अन्तः पथों का अनुसरण करती हुई छद्म वेश में आत्मप्रकाशन और तृप्ति लाभ करती हैं। अवसर मिलते ही वे चेतना को छलकर लक्षणों के रूप में फूट पड़ती हैं।''[77] 'चाक' में मनोहर अपनी नपुंसकता को जानकर अपनी पत्नी का हमल गिरवाता है इस कारण उसकी पत्नी की माँ बनने की इच्छा पूर्ण नहीं होती। इस दमन के परिणाम से दुःखी सारंग, श्रीधर को बताती है. ''देखी है मनोहर की बहू ? देखना जरूर। जिरौली वाली का तमाशा तुमने नहीं देखा तो देख लोगे। बिन पैसे का नंगा नाच। सारा गाँव देखता है। लोग कहते हैं कोई देव-चुड़ैल, तुम कहोगे अन्धविश्वास। जो भी हो यह साँवले रंग की कसी देह की औरत रात के समय अपनी छत पर चढ़कर बाल बिखेरकर नंगी खड़ी हो जाती है। हाथ में धनकुटा लेकर दाएँ-बाएँ फिराती हुई नाचती है। साथ में एक फूहड़ सा गीत–उधारौ दै दे भाएली, मोय एक रात। उधारौ...लोगों का आनन्द, सिसकारियाँ

भरते हुए गाँव के छैला। ताली पीट-पीटकर हँसते हुए जवान। औरतें, बेहया, लुच्ची, छिनार और डायन कहकर दाँत किटकिटाती हैं। बूढ़े आँखें झुका लेते हैं। कोई उसका सम्बन्ध पौधे-पशुओं से जोड़ रहा होता है तो कोई उसे दबोचने का दाँव लगा रहा होता है। वह किलकिलाकर कूदती है। लोग दूर छिटक जाते हैं।''[78] उसकी इस हरकत को देवी या चुड़ैल का प्रभाव बताकर उसे शारीरिक कष्ट दिया जाता है।–''गूगुल, सिन्दूर, आक के पत्ते–धुजा नारियल, देवी के पूजन की सामग्री, मोरपंखी की झाड़, मिर्ची की धूमनी, जलते अंगारे–चुड़ैल विदा करने के उपाय। जिरौली वाली को तीन-चार जवानों ने कस-कस दबा लिया। नहीं काबू में आई तो मसला-नोचा और पूरी ताकत लगाकर उसका मुँह मिर्चों के धुएँ के ऊपर औंधा दिया। वह खाँस-खाँस के बेहाल हो गई। ओझा बराबर अंगारों पर मिर्च का चूरा डालता जा रहा था। किसी तरह छूट गई। भागने लगी, तो लोग तड़ातड़ जूतों से पीटने लगे। मनोहर अकेला पकड़ता न था, डरता था। चरनसिंह बोहरे आए, सबको हटाया। जिरौली वाली की पीठ पर हाथ फेरा। कमाल। बोहरे का परस पाते ही शान्त हो गई। जार-जार रोने लगी।''[77]

यहाँ इन दोनों सन्दर्भों को देने का उद्देश्य आधुनिक व्यक्ति की अतृप्त कामनाओं और कुंठाओं के विस्तार को प्रदर्शित करना है। हम देखते हैं कि एक स्त्री अपनी अतृप्त कामना के वशीभूत अवचेतन प्रेरित होकर वह सब करती है जो सामाजिक शालीनता की कोटि में नहीं गिना जाता, किन्तु जो शालीनता के प्रहरी बनते हैं, वे ही उस पर अत्याचार भी करते हैं। यह भी व्यक्ति के व्यवहार को परिचालित करनेवाली दमित वासना और कुंठा ही है।

सन्दर्भ सूची

1. अर्द्धनारीश्वर, विष्णु प्रभाकर, संस्करण-1997, पृ. 16
2. मानव सभ्यता का विकास, रामविलास शर्मा, द्वितीय संस्करण-1983, पृ. 13
3. चाक, मैत्रेयी पुष्पा, पहली आवृत्ति-1999, पृ. 14
4. अर्द्धनारीश्वर, विष्णु प्रभाकर, संस्करण-1997, पृ. 11
5. वही, पृ. 175
6. भारत में सामाजिक आन्दोलन और परिवर्तन, प्रथम संस्करण-1987, पृ. 94
7. अर्द्धनारीश्वर, विष्णु प्रभाकर, संस्करण-1997, पृ. 27
8. वही, पृ. 14
9. औरत, शिवप्रसाद सिंह, संस्करण-1999, पृ. 26
10. अर्द्धनारीश्वर, विष्णु प्रभाकर, संस्करण-1997, पृ. 168
11. चाक, मैत्रेयी पुष्पा, पहली आवृत्ति-1999, पृ. 7
12. जहाँ बाँस फूलते हैं, श्रीप्रकाश मिश्र, संस्करण-1997, पृ. 87
13. भारतीय नारी : दशा-दिशा, आशारानी व्होरा, प्रथम संस्करण-1983, पृ. 15
14. अर्द्धनारीश्वर, विष्णु प्रभाकर, संस्करण-1997, पृ. 52

15. वही, पृ. 169
16. चाक, मैत्रेयी पुष्पा, पहली आवृत्ति-1999, पृ. 61
17. हिन्दी उपन्यासों में सामाजिक विघटन, डॉ. धर्मेन्द्रनाथ श्रीवास्तव, प्रथम संस्करण-1995, पृ. 131
18. चाक, मैत्रेयी पुष्पा, पहली आवृत्ति-1999, पृ. 92
19. तमस, भीष्म साहनी, पुनर्मुद्रित-1997, पृ. 218
20. साठोत्तरी हिन्दी के मुस्लिम उपन्यासकार, डॉ. दिलशाद जीलानी, प्रथम संस्करण-1998, पृ. 17
21. मुझे चाँद चाहिए, सुरेन्द्र वर्मा, नौवीं आवृत्ति-1999, पृ. 363
22. भारतीय नारी : दशा-दिशा, आशारानी व्होरा, प्रथम संस्करण-1983, पृ. 14
23. चाक, मैत्रेयी पुष्पा, पहली आवृत्ति-1999, पृ. 69
24. वही, पृ. 21
25. वही, पृ. 17
26. अर्द्धनारीश्वर, विष्णु प्रभाकर, संस्करण-1997, पृ. 354
27. विभा ने अनित्य से कहा, "श्यामला कितनी सहज, कितनी स्नेहमयी पर उसे जीवनसाथी ऐसे क्यों मिले ? पहले ने कितना सताया। मुझे तो दूसरा भी ठीक नहीं लगता।
    ठीक कहा तुमने, वह तो शराबी है और कुछ असन्तुलित भी। डॉक्टर है, अपने व्यवसाय को जानता भी है, पर मैं नहीं समझता कि वह कहीं टिक सकेगा। एक दिन मैंने सुना, श्यामला उससे कह रही थी, 'अगर आपने यहाँ पीकर उपद्रव किया तो मैं सच कहती हूँ गंगा में डूब मरूँगी।'—वही, पृ. 143
28. वही, पृ. 86
29. चाक, मैत्रेयी पुष्पा, पहली आवृत्ति-1999, पृ. 383
30. अर्द्धनारीश्वर, विष्णु प्रभाकर, संस्करण-1997, पृ. 95
31. साठोत्तरी हिन्दी के मुस्लिम उपन्यासकार, डॉ. दिलशाद जीलानी, प्रथम संस्करण-1998, पृ. 12
32. करवट, अमृतलाल नागर, संस्करण-1994, पृ. 309
33. मुझे चाँद चाहिए, सुरेन्द्र वर्मा, नौवीं आवृत्ति-1999, पृ. 142
34. चाक, मैत्रेयी पुष्पा, पहली आवृत्ति-1999, पृ. 326
35. साठोत्तरी हिन्दी के मुस्लिम उपन्यासकार, डॉ. दिलशाद जीलानी, प्रथम संस्करण-1998, पृ. 133
36. मुझे चाँद चाहिए, सुरेन्द्र वर्मा, नौवीं आवृत्ति-1999, पृ. 56
37. वही, पृ. 262
38. औरत, शिवप्रसाद सिंह, संस्करण-1999, पृ. 73
39. चनवा यही कहते हैं ड़ियां के लोग। वह गँवई गाँव में खपने लायक महिला न है हुजूर। बीए कइले से कोई बड़ा नाड़ी बन जात है हुजूर। ऊ जेतना सुन्दर है उतना ही समझदार भी है। वह केहू औरत के साथ अत्याचार की बात सुनके लपट की तरह धमक जाती है। —वही, पृ. 134
40. वही, पृ. 51
41. मुझे चाँद चाहिए, सुरेन्द्र वर्मा, नौवीं आवृत्ति-1999, पृ. 495
42. वही, पृ. 531
43. साठोत्तरी हिन्दी के मुस्लिम उपन्यासकार, डॉ. दिलशाद जीलानी, प्रथम संस्करण-1998, पृ. 172
44. करवट, अमृतलाल नागर, संस्करण-1994, पृ. 92
45. मुझे चाँद चाहिए, सुरेन्द्र वर्मा, नौवीं आवृत्ति-1999, पृ. 532
46. आधुनिक हिन्दी उपन्यास और अजनबीपन, विद्याशंकर राय, संस्करण-1981, पृ. 11
47. अर्द्धनारीश्वर, विष्णु प्रभाकर, संस्करण-1997, पृ. 137

48. वही, पृ. 28
49. मुझे चाँद चाहिए, सुरेन्द्र वर्मा, नौवीं आवृत्ति-1999, पृ. 532
50. वही, पृ. 386
51. वही, पृ. 177
52. वही, पृ. 245
53. वही, पृ. 309
54. ''दिल्ली में तुम्हारे निकलने से पहले हर्ष का खत आया था ? रीटा ने पूछा।
हाँ, वर्षा ने घूँट भरा।
चारुश्री के बारे में कुछ लिखा था ?
नहीं, ज्यादातर अपनी व्यस्तता और डबिंग की बातें थीं।
तुम पूछो।
''वर्षा ने कुछ पल सोचा, हमारे बीच कोई शाब्दिक प्रतिबद्धता तो थी नहीं।''
वर्षा, क्या यह दो देशों का व्यापार समझौता है ?' रीटा के स्वर में खिन्नता थी, 'क्या तुम्हारे लिए यह जानना जरूरी नहीं कि इस रिश्ते की स्थिति क्या है ?
मुझे लगता है, मैं कुछ पूछकर छोटी हो जाऊँगी।'' —वही, पृ. 234
55. अर्द्धनारीश्वर, विष्णु प्रभाकर, संस्करण-1997, पृ. 71
56. वही, पृ. 27
57. चाक, मैत्रेयी पुष्पा, पहली आवृत्ति-1999, पृ. 388
58. वही, पृ. 318
59. मुझे चाँद चाहिए, सुरेन्द्र वर्मा, नौवीं आवृत्ति-1999, पृ. 173
60. वही, पृ. 192
61. वही, पृ. 161
62. अर्द्धनारीश्वर, विष्णु प्रभाकर, संस्करण-1997, पृ. 116
63. वही, पृ. 330
64. वही, पृ. 123
65. करवट, अमृतलाल नागर, संस्करण-1994, पृ. 61
66. अर्द्धनारीश्वर, विष्णु प्रभाकर, संस्करण-1997, पृ. 44
67. वही, पृ. 131
68. वही, पृ. 16
69. साठोत्तरी हिन्दी के मुस्लिम उपन्यासकार, डॉ. दिलशाद जीलानी, प्रथम संस्करण-1998, पृ. 236
70. रागदरबारी, श्रीलाल शुक्ल, आठवाँ पुनर्मुद्रण-1999, पृ. 36
71. मुझे चाँद चाहिए, सुरेन्द्र वर्मा, नौवीं आवृत्ति-1999, पृ. 512
72. वही, पृ. 513
73. वही, पृ. 388
74. उत्तर-आधुनिक साहित्यिक विमर्श, सुधीश पचौरी, प्रथम संस्करण-1996, पृ. 170
75. मुझे चाँद चाहिए, सुरेन्द्र वर्मा, नौवीं आवृत्ति-1999, पृ. 401
76. वही, पृ. 569
77. आधुनिक मनोविज्ञान और हिन्दी साहित्य, डॉ. गंगाधर झा, संस्करण-1997, पृ. 68
78. चाक, मैत्रेयी पुष्पा, पहली आवृत्ति-1999, पृ. 2
79. वही, पृ. 213

सामन्तवाद और साम्प्रदायिकता के परिप्रेक्ष्य में समकालीन हिन्दी उपन्यास

भारतीय वर्ण-व्यवस्था के विषय में कहा जाता है कि वह अति प्राचीन है और श्रम विभाजन के समाजशास्त्र पर आधारित है। कुछ विद्वान आर्य-अनार्य की प्रतिध्वन्विता को भी इसी से जुड़ा कारण मानते हैं।[1] इस विषय में यह भी कहा जाता है कि वर्ण-व्यवस्था व्यक्ति की प्रतिभा और योग्यता को केन्द्र में रखकर चलनेवाली व्यवस्था थी। उसी आधार पर भिन्न-भिन्न व्यक्ति भिन्न-भिन्न वर्ण के सदस्य मान लिए जाते थे। यह नहीं कहा जा सकता कि ऐसी समाज व्यवस्था का प्रचलन वास्तव में कब तक रहा, किन्तु यह अवश्य देखने में आता है कि इसके आधार पर जाति व्यवस्था का प्रचलन भारतीय समाज में सदियों पहले शुरू हो गया था। जाति व्यवस्था ने व्यक्ति के जन्म को आधार बनाया और कर्म को उपेक्षित कर दिया; परिणाम यह हुआ कि भारतीय समाज जातिवाद और उसकी बुराइयों से घिरता चला गया। यह एक प्रकार से समाज सांस्कृतिक विकास धारा का एक विशाल कीचड़ भरे तालाब में बदल जाने की घटना थी। जैसे-जैसे समय बीतता गया कीचड़ की मात्रा भी बढ़ती गई और उसका रंग भी बदलता गया। भयानक मानसिक और शारीरिक कष्ट पहुँचानेवाली छुआछूत से लेकर जातिवादी संघर्ष तक इसी के दो मुख्य रंग हैं। भारतीय समाज को इससे पहुँचनेवाले नुकसान का सही-सही आकलन सम्भव नहीं है।

प्राचीनकाल में निर्मित समाज व्यवस्था ने जिस आर्थिक संरचना को अपनाया, उसने अन्ततः सामन्ती संस्कृति को जन्म दिया। सामाजिक और आर्थिक शक्तियों के मध्य राजन्य वर्ग था, जिसने सामन्ती व्यवस्था को रूपाकार देने का मूल कार्य किया। इस प्रकार से साधारण जन ने प्राचीन काल में अपनी सुरक्षा और संरक्षा के लिए जो समाज बनाया होगा, वह धीरे-धीरे उसी के विरुद्ध एक व्यवस्था उत्पन्न करनेवाला सिद्ध हुआ। डॉ. रामविलास शर्मा सामन्तवादी व्यवस्था के विकास और उसके कारणों पर प्रकाश डालते हुए कहते हैं, "ऋग्वेद के बाद जो साहित्य मिलता है उससे प्राचीन जन-व्यवस्था से सामन्ती व्यवस्था की ओर संक्रमण साफ दिखाई देता है। ब्राह्मण और राजन्य वर्ग थे ही, दासों के श्रम से लाभ उठाना भी कुलपति सीख गए थे। चमड़े, सोने, लकड़ी आदि का काम करनेवाले कारीगर थे ही। विनिमय की बढ़ती के साथ व्यापारी भी पैदा हो गए थे। सम्पत्ति के केन्द्रीकरण के साथ राज्य सत्ता के जन्म और समाज

में चारों वर्णों की व्यवस्था का विधान शेष था। रक्त सम्बन्ध पर आधारित जन-व्यवस्था से सीधे सामन्ती व्यवस्था की ओर संक्रमण वैदिक साहित्य में बहुत अच्छी तरह देखा जा सकता है।"[2] प्राचीन भारतीय समाज में सत्ता, भूस्वामी वर्ग के हाथ में थी। पुरोहित और राजा इसके पीछे खड़े थे। यह गठबन्धन बड़ी आसानी से सामन्ती समाज व्यवस्था में बदल गया।[3] और "जैसे-जैसे सामन्ती प्रथा का उत्तरोत्तर विकास होता गया, कृषकों की स्थिति दयनीय होती गई। क्योंकि एक तो प्राचीन भारत में राजस्व का प्रधान माध्यम कृषि कर ही था; जिसे वसूल करने का अधिकार प्रान्तीय अधिकारियों को था। साथ ही इन अधिकारियों पर किसी प्रकार की केन्द्रीय सत्ता का प्रतिबन्ध न होने के कारण करों की संख्या बढ़ने लगी।"[4] आधुनिक युग में उस हानि पर ध्यान गया जो भारतीय समाज को क्रूर सामन्तवाद के हाथों उठानी पड़ी लेकिन इसके बावजूद सामन्तवादी शक्तियों को पूरी तरह पराजित नहीं किया जा सका। औद्योगीकरण और पूँजीवाद ने सामन्तवाद के गढ़ को तोड़ने का कार्य तो किया किन्तु वह भी उसे पूरी तरह दफन नहीं कर सका। भारतीय समाज में औद्योगीकरण का चक्र पूरा ही नहीं हो सका। अतः यहाँ तो सामन्तवाद के साथ नया गठबन्धन करने में कोई कोर-कसर बाकी नहीं रखी। परिणाम यह है कि सामन्ती शक्तियाँ समाज, राजनीति और अर्थव्यवस्था तक की शिराओं में निरन्तर बह रही हैं।

भारतीय समाज को विखंडित करनेवाले तत्वों में साम्प्रदायिकता की भूमिका किसी ज्वालामुखी जैसी कही जा सकती है। साम्प्रदायिकता का आधार है–धार्मिक उच्चाहम् और धर्म के नाम पर वे जड़ताएँ, जो निहित स्वार्थी तत्वों द्वारा संगठित और प्रसारित की जाती हैं तथा जिनमें व्यक्ति को जकड़ दिया जाता है। भारतीय समाज के विकास का इतिहास देखने पर यह पता चलता है कि धर्म नामक तत्त्व ने कुछ लोगों के हाथों में पड़कर विकृत रूप धारण किया। परिणाम यह हुआ कि मनुष्य की सहायक प्राकृतिक शक्तियों ने विभिन्न देवताओं का रूप धारण करके गुह्य रहस्यों का जाल बुना और ग्रह नक्षत्र आदि ने इसी के सहारे कर्म भावना, यहाँ तक कि आर्थिक संरचना तक को नियन्त्रित करना प्रारम्भ कर दिया।[5] यहीं से चमत्कार धर्म के रूप में प्रतिष्ठित हुए और विभिन्न धर्मों में चमत्कार प्रदर्शन प्रतियोगिता चल निकली, जिसने अन्ततः धार्मिक दुराग्रह, धर्म के नाम पर बलिदान और मनुष्यों के बीच अलगाव पैदा करने के मार्ग से होते हुए साम्प्रदायिक विद्वेष तथा उसके बाद साम्प्रदायिक दंगों का रूप धारण किया। आज स्थिति यह है कि भारतीय समाज धर्म के नाम पर आपस में बँटता जा रहा है तथा व्यक्ति मानवता की उपेक्षा करके धार्मिक प्रतीकों और दुराग्रहों के बीच ही अपनी पहचान खोजने की कोशिश में लगा है।[6] इस सन्दर्भ में एक विशेष तथ्य यह भी है कि भारतीय समाज औद्योगीकरण की ओर बढ़ते हुए भी धार्मिक कट्टरता तथा साम्प्रदायिकता से मुक्त नहीं हो पा रहा है। इसके कारणों की खोज करते हुए नमिता सिंह ने लिखा है–"विश्व के बड़े भू-भाग में, जहाँ पूँजीवाद का शिकंजा प्रत्यक्ष या अप्रत्यक्ष रूप में है, धार्मिकता का जोर निरन्तर बढ़ रहा है। विज्ञान के इस युग में

निरन्तर बढ़ता तकनीकी ज्ञान और औद्योगीकरण धार्मिक कट्टरता और सम्प्रदायवाद को बढ़ा रहा है। हालाँकि औद्योगिक देशों में धर्म का संगठित रूप धीरे-धीरे क्षीण हो रहा है, लोग धार्मिक स्थलों पर नियमित रूप से नहीं जा पाते या पुराने कर्मकांड नहीं करते लेकिन वे ईश्वर पर विश्वास करते हैं, यह उन्हें जीवन के प्रति असुरक्षा और देखी-अनदेखी दुर्घटनाओं के विरुद्ध बल देता है, धार्मिक विश्वास उनको शान्ति, सद्इच्छा, सेवा भाव जैसे मानव मूल्यों में विश्वास रखने में मदद देता है। यह दूसरी बात है कि ये मानव मूल्य जितनी जोर से दुहराए, पूँजीवादी समाज में उतने ही जोर से पैरों तले रौंदे जाते हैं।''[7]

समकालीन भरतीय समाज, विकास के मार्ग पर बढ़ते हुए भी जातिवाद, सामन्तवाद और साम्प्रदायिकता की अनेक बुराइयों से ग्रस्त दिखाई देता है। जीवन के प्रत्येक क्षेत्र में जातिवाद के नाम पर भेदभाव, भाई-भतीजावाद, हत्याएँ, आर्थिक शोषण और बिखराव दिखाई देता है। धर्म के नाम पर तो आए दिन दंगे-फसाद होते ही रहते हैं। दुख का विषय यह है कि इन सब बुराइयों ने मानव मस्तिष्क को अपने इशारे पर नचाने की कोशिशें जारी रखी हैं, ऐसे में लेखकों का दायित्व बढ़ जाता है। समकालीन हिन्दी साहित्य में उपन्यास ने इस ओर बहुत महत्त्व दिया है और जातिवाद, सामन्तवाद और साम्प्रदायिकता का यथार्थ भी प्रदर्शित किया गया है तथा इनके घातक प्रभाव को भी दर्शाया गया है।

'व्यक्ति' समाज की इकाई है। व्यक्तियों के समूह को समाज कहा जाता है, किन्तु व्यक्तियों के संगठन मात्र से समाज नहीं बनता, बल्कि उनमें पारस्परिक सम्बन्धों का होना अनिवार्य है। अतः कह सकते हैं कि ''समाज से अभिप्राय सामुदायिक जीवन की ऐसी अनवरत एवं नियामक व्यवस्था से है, जिसका निर्माण व्यक्ति पारस्परिक हित तथा सुरक्षा के निमित्त जाने-अन्जाने कर लेता है। आरम्भ में इस सामुदायिक व्यवस्था का स्वरूप सरल और व्यापक होता है, परन्तु विकास के साथ वह क्रमशः जटिल होकर वर्ग-व्यवस्था में परिणत हो जाता है।''[8] भारतीय समाज में वर्ण के आधार पर समाज को व्यवस्थित करने का प्रयास किया गया था। प्राचीन वर्ण-व्यवस्था को तत्कालीन सामाजिक जीवन की आधारशिला माना जा सकता है। ब्राह्मण, क्षत्रिय, वैश्य और शूद्रों के लिए कार्यक्षेत्र भी निश्चित हुआ करता था, जो समाज को संगठित तथा व्यवस्थित किया करता था। ''यह वर्ण-व्यवस्था समाज के भावी विकास के लिए आवश्यक थी। इसमें एक वर्ग ऐसा बना जो अवकाश भोगी था और अपना समय गणित, ज्योतिष, साहित्य, व्याकरण आदि के विकास के लिए दे सकता था। वर्ण-व्यवस्था के कारण धर्म, शास्त्र, साहित्य, दर्शन और विज्ञान का विभाजन हुआ।''[8] यह वर्ण-व्यवस्था समाज के भावी विकास के लिए आवश्यक थी परन्तु स्वार्थ और उपभोगवादी प्रवृत्ति ने धीरे-धीरे इस व्यवस्था का रूप बदल दिया और इसे शोषण का आधार बना दिया। ''समाज का ढाँचा वर्ग वैषम्य और जातिप्रथा के आधार पर गठित था। वर्ग विषमता का आधार धन

था और जातिप्रथा का आधार जन्म।"[10] आधुनिक युग आते-आते यह स्पष्ट हो गया कि जातिप्रथा की उत्पत्ति और विकास के पीछे बहुत गहरे निहित स्वार्थ कार्य कर रहे थे। यह ऐसे लोगों के षड्यन्त्रों पर टिकी रही, जो पीढ़ी-दर-पीढ़ी अपनी सत्ता और शक्ति के नीचे शेष लोगों को विवश बनाए रखना चाहते थे ताकि वे उनकी मनमानी आज्ञाएँ ढोते रहें और उन्हीं की जय-जयकार करते रहें। इस जाति व्यवस्था बनाम जातिवाद के जटिल और हानिकर ढाँचे के अनेक अन्तर्बाह्य पक्ष हैं।

भारतीय मानस में जातिगत भावना की जड़ें बहुत गहरी जमी हुई हैं, जिनके चलते मनुष्य-मनुष्य में अन्तर किया जाने लगा। अपनी जाति को श्रेष्ठ तथा निम्न समझी जानेवाली जाति को हीन समझने की प्रवृत्ति बलवती होती चली गई। इसी जातीय चेतना की कट्टरता के कारण ही आज भी एक व्यक्ति दूसरे से भिन्न समझा जाता है। इसके पीछे अज्ञान और अशिक्षा एक मूल कारण है। "जातिगत संस्कार की जड़ें ग्रामीण मस्तिष्क में सबसे गहरी हैं, क्योंकि वहाँ शिक्षा प्रसार के अभाव में अभी भी उनकी चेतना मध्यकालीन पिनक में मदहोश है।"[11] इनमें जातिगत चेतना सजग है। उसी के करण जातिभेद स्पष्ट दिखाई देता है। आज भी समस्या बनी जातिवादी चेतना का चित्रण समकालीन उपन्यासों में मिलता है। 'डूब' में "मास्साब के चबूतरे के आसपास सबके सब अपनी-अपनी समाजी प्रतिष्ठा के अनुसार बैठ गए। बामन, बनिया और हलवाई ठाकुर ऊपर चबूतरे पर। अहीर, सलैया, लुहार कुछ नीचे चबूतरे पर। उनसे कमतर लोग जमीन पर और उनसे भी कमतर आँके जानेवाले अनथक मेहनतकश मगर समाजी विभाजन के अनुसार नीच कर्म के कर्ताधर्ता जमीन पर फैला-बिखरा कूड़ा-करकट एक जगह समेटकर उस पर बैठ गए। अवसर चाहे खुशी का हो या गमी का, अपनी श्रेणी को याद न रखना गुनाह जो है।"[12] समाज में स्वतः बन गए इस जातिगत विभाजन को जो अस्वीकार करता है, उसे समाज से ही बहिष्कृत कर दिया जाता है। इसका भी प्रभाव स्त्री की स्थिति पर सबसे अधिक पड़ता है। 'औरत' में शिबू सोनवा को न बचा पाने की विवशता इन शब्दों में प्रकट करता है, "मैं झूठा क्रान्तिकारी नहीं बना रिसर्चर ! क्योंकि बिना पढ़ाई पूरा किए, बिना नौकरी पाए उसे कहाँ-कहाँ ले जाता। खुद अपनी रोटी के लाले थे। माँ रही नहीं। पिता निष्क्रिय थे। सरस्वती के विवाह का बहुत बड़ा दायित्व था—क्या करता मैं, सोनवा के साथ रहता तो नरैन की ही तरह मेरे बाप भी कहते कि तुम्हारे कारनामों से मैं लज्जित हूँ। अब कौन है ठाकुर जो सरसू से अपना बेटा व्याहना चाहेगा। इन स्थितियों में कोई भी होता तो क्या करता ? एक कमरे का किराया देने का जिसमें सामर्थ्य नहीं था वह गृहस्थी का बोझ किसके भरोसे उठाता।"[13] जातिवाद की यह शराब व्यक्ति की चेतना पर इस कदर हावी हो जाती है कि वह न केवल स्वयं विवेकहीन बन जाता है, बल्कि पूरे समुदाय को बुद्धिहीन बनाने में लग जाता है। इस प्रक्रिया में समाज ऐसी कट्टरता से परिचालित होने लगता है, जो जीवन की जड़ों पर कुठार चलाती है। किसी भी कारण एक बार किसी दूसरी जाति के सम्पर्क में आनेवाला व्यक्ति फिर अपनी मूल जाति में स्वीकृति

नहीं पाता। इस विषय में तनिक भी मानवता के व्यवहार का अवकाश नहीं रहता। यहाँ तक कि कट्टरता के समक्ष एक सीमा तक सुधारक मार्ग अपनानेवाले भी तिरस्कार के शिकार बनते हैं। समकालीन हिन्दी उपन्यासों में जातिवादी भावना को अनेक रूपों में अभिव्यक्ति मिली है। 'करवट' उपन्यास में जातिवादी कट्टरता स्पष्ट दिखाई देती है– "दूसरे दिन भगौती परसाद शुद्ध हुआ, यद्यपि उसे कलमा पढ़ने का अवसर ही न मिला था। बिरादरी वाले इस पर भी उसे लेने को राजी न हुए। कहा, "मुसलमान के घर खा आया है। मसजिद में हो आया है। अब गऊ का मूत पी के भी शुद्ध नहीं हो सकता। बाबू साहब और शास्त्री जी की राय हुई कि जो लड़की पठान के यहाँ से बचाई गई है उसका ब्याह भगौती प्रसाद से करा दिया जाए। इस पर हंगामा मच गया। यह क्या किया, ऊँचे कुल की लड़की नीचे कुल में ब्याह दी। महाशय साला हमारा धर्म भ्रष्ट कर रहा है। इस साले को यहाँ से निकालो। महाशय का धोबी बन्द, नाई बन्द, कहार बन्द, भंगी बन्द। इन सबको धमकाया गया कि इनके यहाँ काम करोगे तो मुहल्ले की हो नहीं, पूरे क्षेत्र से अपनी रोजी-रोटी खो दोगे।"[14] जातिवादी भेदभाव भारतीय समाज का अभिन्न अंग है। "वर्णाश्रम के परम्परागत रूप के अनुसार ब्राह्मणों को सर्वोच्च स्थान प्राप्त है।"[15] ब्राह्मणों ने धर्न का सहारा लेकर अपने को समाज में उच्च स्थान पर प्रतिष्ठित किया। धर्मभीरु हिन्दुओं ने भी ब्राह्मणों द्वारा स्थापित मान्यताओं को स्वेच्छा से स्वीकार कर इन्हें देवता स्वरूप माना। ब्राह्मणों का विरोध करनेवाले को पाप का भागीदार समझा जाता है। प्राचीन काल से इस तरह के विचारों के कारण ब्राह्मणों में अपनी जाति को लेकर गर्व की भावना पाई जाती है। समाज में जब कभी इनकी प्रतिष्ठा को चोट पहुँचती है तो इनका अहम् जाग उठता है। स्थिति का विरोध करते हुए प्राचीन काल की दुहाई देने लगते हैं–जैसे 'करवट' में पुरोहित जी बोले, "प्रचंड कलिकाल आय गया है ससुरा। नहीं तो सनातन काल में कोई किसो वर्ण किसी जाति का पुर्श होय, हमारे महान ब्राह्मण ऋषी-मुनियों को गली-सड़कों में आते-जाते हुए देखकर चट से भूमिष्ट होय के प्रणाम करता था। और कहाँ यह पापाचार फैल रहा हैगा–शिव-शिव !"[16] इसे आधुनिक विचारकों ने ब्राह्मणवादी संस्कृति कहा है, किन्तु संस्कृति शब्द का प्रयोग रूढ़, शोषक, हानिकारक बुरी रीतियों के लिए ही किया गया है। इसका अर्थ है कि जिसे ब्राह्मणवादी संस्कृति कहा जाता है, वह स्वार्थान्ध रूढ़ियों और हानिकारक रीति-रिवाजों का समूह है। जन्मना ब्राह्मण लोग अपने विशिष्ट अधिकारों और शोषक सुविधाओं को बनाए रखने के लिए परम्परा और संस्कृति के नाम पर पूरे-के-पूरे समाज को ठगते हैं। इन्हें श्रम करने से कोई मतलब नहीं। शारीरिक श्रम तो इनके लिए अस्वीकार्य है ही, मानसिक और बौद्धिक श्रम से भी इनमें से अधिकांश का कोई रिश्ता नहीं। ये अहम्मन्यता और धौंस-पट्टी के बल पर ही आलस्य भरा अकर्मण्य जीवनयापन करते हैं। यदि इनके विरुद्ध कोई प्रतिरोध का स्वर उठाता है तो ये उसी प्रकार चीखते-चिल्लाते हैं जैसे फन पर पैर पड़ जानेवाला विषधर। समकालीन उपन्यासों में इस यथार्थ का जगह-जगह चित्रण हुआ है।

"भारतीय समाज आरम्भ से लेकर वर्तमान तक जातिगत कोटरों में बँटा हुआ है। विशेषाधिकार की रक्षा का यह प्रयास मूलतः सामन्तीय चिन्तन की देन है। निम्न वर्ग शोषण का माध्यम तो बनता ही है, साथ ही निम्न जाति का होने के कारण उच्च वर्गों द्वारा घृणा का पात्र भी होता है।"[17] समाज में उच्च वर्ग का विशेष स्थान होने के कारण निम्न वर्ग सदा भयभीत रहता है और उच्च वर्ग की गलतियों को जानकर भी उनके खिलाफ आवाज उठाने की हिम्मत नहीं कर पाता। 'डूब' में निम्न वर्ग का घूमा इसी चिन्ता में है कि "अब क्या सोचकर ढाढ़स बँधाएँ ? यह तो और भी खतरनाक स्थिति बन आई। अगर सचमुच ठाकुर बागी बन गए तो ? या गाँव ही लौट आए तो ? है किसी में हिम्मत जो उनकी तरफ आँख भी उठा पाए ? भले ही सरकार ने इनाम...फिर अब तो ठाकुर के लठैत भी गाँव में मौजूद हैं। अब तो समझो पूरी बिरादरी की खैर नहीं। अब तो इस गाँव से भाग जाने में ही जान की खैर है।"[18] निम्न वर्ग के लोगों के विरोध का प्रयास नगण्य है; विरोध शुरू होते ही या तो ये टूट जाते हैं या ठाकुरों के कोप से बचने के लिए कहीं भाग जाते हैं। समाज जातियों में बँटा होने के कारण गरीब और निम्न जाति के प्रति दुर्व्यवहार किया जाता है। 'चाक' में बिसुनदेवा को बचपन से ही उसकी जाति याद दिलाई जाती है। "बिसुनदेवा झूठा। जाति का खटीक है। बनता है पंडित। पंडित न बने तो भिक्षा-दक्षिणा कैसे पाए। कोई-कोई रोजगार भी बिना जाति के नहीं चलता। घर से भागा था बचपन में ही। पिता गाँव के साहूकार के घोड़े की टाँगों की मालिश करते थे। रातिब-दाना देते थे। बिसुनदेवा संग जाता था। एक दिन उसका कान ऐंठते हुए साहूकारजी बोले—बाप-बेटे दोनों लगे, तब भी ब्याज पूरा न होगा। खड़ा-खड़ा क्या देख रहा है ? तेरी किताब-कापियों के लिए उधार माँगता है तेरा बाप, तेरी जैसी औलाद का पेट भरने के लिए...यहाँ बाबू बना खड़ा है साला।"[19]

आजादी के इतने सालों बाद भी निम्न वर्ग का व्यक्ति अपने संस्कारों से बँधा हुआ है। अशिक्षा, अज्ञानता और आत्महीनता ने मिलकर जड़ संस्कारों को निम्न वर्ग के मनोजगत का अनिवार्य हिस्सा बना दिया है। परिणामतः आधुनिक युग में भी ग्रामीण समाज में निम्नवर्ग उच्चवर्ग के सामने आदरपूर्ण आसन पाना अपना मानवीय अधिकार नहीं समझता। यहाँ तक कि वह उच्च वर्ग के घरों की दहलीज पर पैर रखने से पहले भी सौ बार सोचता था। 'रागदरबारी' में समस्या बनी जातिप्रथा की अभिव्यक्ति लंगड़ के माध्यम से हुई है। "लंगड़ दरवाजे पर आ गया। शास्त्रों में शूद्रों के लिए जिस आचरण का विधान है उसके अनुसार चौखट पर मुर्गी बनकर उसने वैद्यजी को प्रणाम किया। इससे प्रकट हुआ कि हमारे यहाँ आज भी शास्त्र सर्वोपरि है और जातिप्रथा मिटाने की सारी कोशिशें अगर फरेब नहीं तो रोमांटिक कार्रवाइयाँ हैं।"[20] सामाजिक वर्ग वैषम्य आज भी भारतीयों के साथ जुड़ा हुआ है। सामन्ती शक्ति के आगे निम्न वर्ग अपने को हमेशा विवश पाता है। वे ऊँची जाति के अहम् से परिचित हैं कि इनकी इच्छानुसार व्यवहार न करने पर इसका दंड तुरन्त भुगतना पड़ेगा। अपने पुश्तैनी बड़प्पन

से छके हुए उच्च वर्ग के लोग निम्न वर्ग का जरा-सा भी विरोध सह नहीं पाते। महाभोज में दा साहब और जोरावर के संवादों से यह स्पष्ट होता है। ''बदल रहा होगा जहाँ, बदल रहा होगा जमाना। हमारे रहते हुए सरोहा में नहीं बदल सकता जमाना।'' तुम्हारी यह जिद और जाटपन एक दिन ले डूबेगा तुम्हें।' इसमें जिद की क्या बात हुई, दा साहब ? इन हरिजनों के बाप-दादे हमारे बाप-दादों के सामने सिर झुकाकर रहते थे। झुके-झुके पीठ कमान की तरह टेढ़ी हो जाती थी। और ये ससुरे सीना तानकर आँख में आँख गड़ाकर बात करते हैं–बरदाश्त नहीं होता यह सब हमसे।''[21]

यह है जातिवादी सामन्ती अहम् का ज्वलन्त रूप और यह मध्ययुग में नहीं, आधुनिक युग में देखने में आ रहा है। आश्चर्य का विषय है कि अपने ही द्वारा घोषित उच्चता इतनी भी महान नहीं कि मनुष्य को मनुष्य समझने की सभ्यता प्रदान कर सके। शताब्दियों पहले कुछ लोगों ने उच्चता की जो वर्गीय धारणा ओढ़ ली थी, वह मन में इतनी गहरी जम गई है कि वह दलित और शोषित को सिर उठाकर बात करने या फिर जीवन के मौलिकरूप का सुख देने की अनुमति नहीं देती। निम्न जातियों को आज भी यह प्रवृत्ति पशुवत ही बनाए हुए है। जातिगत भावना या जाति की संकुचित दृष्टि ने समाज में भेदभाव फैलाया है। जो व्यक्ति अपनी ही जाति को श्रेष्ठ समझता है वह समाज में निम्न समझी जानेवाली जाति के प्रति भेदभावपूर्ण व्यवहार किया करता है। वह दूसरी जाति को हीन समझता है। ऐसे में निम्न जातिवाले हीन भावना से ग्रस्त हो जाते हैं। 'चाक' में श्रीधर–जिसके साथ बचपन से ही जाति को लेकर भेदभाव बरता गया, इस पीड़ा को अध्यापक बनने के बाद भी नहीं भुला पाता। उसके मन को वह भेदभाव सालता रहता है। ''पिता जिस तरह अच्छे-से-अच्छे बर्तन बनाने के लिए बार-बार मिट्टी छानते-छनवाते, उसी तरह श्रीप्रसाद विद्यार्थियों को विद्या के 'चाल' पर मेहनत की मिट्टी से गढ़ते। श्रीधर को गर्व है। लेकिन इस बात को कहते हुए वे लोगों की प्रतिक्रिया जानना चाहते हैं; क्योंकि मन के किसी कोने में साथ-साथ छोटे-बड़े शूलों की तरह बीते जीवन में मिली उपेक्षा भी सिर उठाने लगती है। वे नुकीले कोने मन में गड़े हैं, जो ऊपर से सम्भ्रान्त, सौम्य और दयावान स्वाभिमानी श्रीधर में कहीं किसी कोने से नहीं झलकते, लेकिन वे टीसें ?–इस लड़के को देखो, दिन-रात बेगार करता है। मास्टर के बालकों के टट्टी-पेशाब धोता है। बिन मइया का बेटा ! बेचारा नीची जात है, सो सब तरह के कामों को हाजिर।''[22]

भारतीय समाज में जाति का बन्धन इतना मजबूत है कि अपनी जाति की रजामन्दी के बिना किसी व्यक्ति को स्वतन्त्र निर्णय लेने की भी छूट नहीं है। ऐसा कोई व्यक्ति निकल भी आता है तो बिरादरीवाले कठोर-से-कठोर दंड देने से पीछे नहीं हटते, व्यक्ति जाति-बिरादरी में फिर से मिल जाने के लालच में समाज में प्रचलित दंड भुगतने के लिए भी तैयार रहता है। 'चाक' में ''हरिप्यारी गंगाजली उठाकर कह गई है कि गुलकन्दी के आँचर पर जो दोख आया है, उसे धोकर रहेगी। लड़की को पंचों में हाजिर कर देगी। बस थोड़ी-सी मोहलत..झज्जू खटीक साला अलग से मुकद्दम बना फिर रहा

है। खटीक हमारी बेटी क्या भगा ले गया, झज्जू के हौसले दस बाँस बुलन्द कर गया। कहता है बिसुनदेवा का सीस काटने से पहले अपने जमाई चेतराम की गर्दन कतर दो। रतनलाल की गर्दन उड़ा दो...ये सुरक्षित मर्द हैं, बस इसलिए इनके लिए सजा नहीं ? कोई बिसुनदेवा को हाथ लगाकर तो देखें।''[23] जहाँ निम्न जाति अल्पसंख्यक हो वहाँ लाचार होकर अत्याचार सहना पड़ता है। यह बैर भावना भिन्न धर्म होने पर अधिक प्रबल दिखाई देती है, क्योंकि वहाँ शत्रुता की किसी खास वजह की जरूरत नहीं पड़ती। भिन्न जाति-धर्म ही शत्रुता का एक बड़ा कारण बन जाता है। 'डूब' में जातिगत बैर भावना का दर्शन इस रूप में हुआ है–''आजादी की खुशी सबको हुई थी। क्यों ?–यह कोई नहीं बता सकता। इस गाँव में दो-तीन मुसलमान भी घटिया ऊपर रहते थे। उन्हीं के बीचों-बीच रघुसाव का मकान है। आजादी की लहर में जब यह सुना कि मुसलमानों के रहते आजादी का कोई अर्थ नहीं तब उन्हें भी मार डाला गया।''[24] इस जातिगत बैर भावना ने आज भी व्यक्ति को जकड़ रखा है और समाज को खंडों में विभाजित कर रखा है। आज भी हमारा समाज जातिवादी संस्कारों से उबर नहीं पाया है। यह ऐसी समस्या है जो अन्य अनेक समस्याओं को जन्म देती है।

समकालीन उपन्यासों में जातिवाद के प्रति अस्वीकृति का भाव भी चित्रित हुआ है। 'औरत' में शिबू और प्रेमू के वार्तालाप से यह प्रमाणित होता है।

–''कौन-सा सत्य ? मैंने पूछा

वही सबसे कठिन जात अपनाना। अभी भी ब्राह्मण, क्षत्रिय जात को कोट की तरह नहीं, चमड़े की तरह चिपटाए हुए हैं। कितना दुख होता है। इन्हें बताना बहुत मुश्किल है दोस्त। मैं कभी सोचता हूँ कि होठों पर टेप चिपका लूँ। न होठ हिलेंगे, न मैं कोई व्यंग्य करूँगा। आज भी किसी तिवारी को गाली दे दो तो सारे देहात के ब्राह्मण इसे अपमान मानकर तुमसे बदला लेंगे। छोड़ेंगे नहीं। अपने बटेसर गाँव में है–शिवशंकर तिवारी। मैं उन्हें चिढ़ाने के लिए कहता हूँ कि तिवारी चाचा, आप तो बेकार ब्राह्मण कहलाते हैं। हैं नहीं। बुड्ढ़ा गुस्से में कहता है, हम का हैं, तू यही समझने योग होता तो हरामी तू अइसे कुजात रजपुत नाही कहलाता। मैं ब्राह्मण नहीं हूँ, बोल का हूँ ! चमार हूँ ? दुसाध हूँ ?''[25]

जातिवादी सामाजिक व्यवस्था में जाति और अर्थ का खतरनाक गठबन्धन देखने को मिलता है। सामान्यतः ऊँची जाति के लोग धन-सम्पन्न होते हैं और निम्न जाति के लोग निर्धन। हमरी अर्थव्यवस्था भी कुछ ऐसी है कि जो गरीब है, वह गरीब ही रहता है और जो अमीर है वह अमीर। ''इस जातिवाद ने भारतीय समाज को केवल खंडों में ही विभाजित नहीं किया, बल्कि उच्च सवर्ण जाति द्वारा निम्न जाति के शोषण को सामाजिक मान्यता भी दी; जिससे समाज केवल जाति के आधार पर ही नहीं बल्कि धन की श्रेणियों के आधार पर भी विभजित हो गया, जिसके परिणामस्वरूप एक अखंड समाज की स्थापना नष्ट हो गई।''[26] निम्न जाति को अपना खून-पसीना बहाकर भी सबल उच्च जाति का शोषण सहना पड़ता है। हम जानते हैं कि ''शोषण, दीन-हीन

प्राणियों के मन एवं शरीर पर किसी शक्तिशाली व्यक्ति के अनधिकार स्वामित्व का सूचक है, जिसे वह अपनी शक्ति और अधिकार के बल पर प्राप्त करने का प्रयास करता है। अपने स्वत्व और सत्ता का आरोप किसी अन्य व्यक्ति पर करता है, जिससे उसका स्वतन्त्र अस्तित्व समाप्त हो जाए।''[27] 'डूब' में जातिवाद के आधार पर शोषण की व्यापक अभिव्यक्ति हुई है, ''बानियों का चारा काटने की जो मजूरी मिलती है, वह ठाकुरों से नहीं मिलती। खासकर ठाकुर देवीसिंह तो मजूरी देते ही नहीं। इलाके भर में चारा काटनेवालों का मेहनताना है–रोज के रोज नगद कलदार या फिर एक सेर अनाज और चारा काटने के बाद साँझ को घर जाता मजूर, जितना चारा सिर पर ढोकर ले जा सके, उतना चारा ले जाने की छूट। कहने को तो सब कहीं यही मजूरी है, पर मजूर को अनाज के नाम पर मिलता है कूड़ा-करकट। वह भी तौल में सेर की जगह आधा सेर, तीन पाव और चारे का गट्ठर बाँधते समय मालिक की ना-नुकर के चलते सिर पर ढोने लायक गट्ठर की जगह पाता है वह काँख में दबाने लायक चारा। किसी भी साब या ठाकुर के घर में तो मजूर घुस नहीं सकता सो देहरी के बाहर अपना कपड़ा बिछा देता है। देहरी के दूसरी तरफ से साव या साउन, ठाकुर या ठाकुराइन, महाराज या महाराजिन सेर का बर्तन भर-भर के अनाज फेंकते रहते हैं।''[28] फेंकते समय इतनी सावधानी जरूर बरतते है कि आधे से अधिक अनाज घर के अन्दर ही गिरता है। शोषित इस तरह के शोषण का विरोध जन्मगत संस्कारों के कारण नहीं कर पाते। आज देश के इतने विकास के बावजूद शोषित निम्न जाति की स्थिति में खास बदलाव नहीं आ पाया है। उच्च जाति का भी अपना स्वार्थ है इसलिए जब कोई निम्न जाति को उसके अधिकार के बारे में बताता है तो उच्च वर्ग में विरोध दिखाई देता है। 'डूब' में ऐसे ही प्रयास करते अट्टूसाव को मझले साब डपट देते हैं, ''तू ये बातें गाँववालों को क्यों बताता है ? शहर में छोड़ आया कर ये नए जमाने की नई-नई बातें। तेरी बातों पर यकीन करके कल को किसी चमार या बसोर की मताई मेरी मताई की बगल में खड़ी होकर कुएँ से पानी भरेगी तब क्या अच्छा लगेगा ? तेरी मताई फिर क्या कभी भी उस कुएँ का पानी पी सकेगी ? तब जानता है क्या होगा ? दिवाले (मन्दिर) के कुएँ से पानी भरेंगे ये ओछी जातिवाले और तेरी मताई, काकी, आजी मील भर दूर जाएँगी पानी लेने। फिर कल को ये कमीने जमीन पर नहीं, हमारी बगल में चौंतरा पर बैठकर बातें करना चाहेंगे।''[29]

भारतीय समाज में चाहे वह किसी भी धर्म या जाति से सम्बन्धित हों, नारी की स्थिति हमेशा दयनीय रही है। ''धार्मिक नियमों ने भी स्त्री को 'माया' कहकर तिरस्कृत किया। काल के आधार पर भले ही स्त्री की स्थिति में थोड़ा-बहुत अन्तर रहा हो, लेकिन उसका मूल भाव एक ही था–नारी साधन है, साध्य नहीं।''[30] इस कारण भारतीय समाज में स्त्री सर्वाधिक पीड़ित रही हैं। समाज में निम्न समझी जानेवाली स्त्री पर तो पुरुष अपना पूरा अधिकार समझते हैं ''शक्तिशाली वर्ग ने अपनी स्वार्थ पूर्ति के लिए नारी शोषण

के विभिन्न क्षेत्र स्थापित कर लिए एवं उन्हें धर्म की स्वीकृति दे दी। नारी जीवन ने इतनी सामाजिक समस्याओं और कुंठाओं को जन्म दिया कि नारी के लिए नारी का जन्म ही अभिशाप बन गया।''[31] समकालीन उपन्यासों में स्त्री शोषण के विभिन्न कोणों की अभिव्यक्ति हुई है। समाज के शक्तिशाली पुरुष वर्ग द्वारा निम्न जातियों की स्त्री के शोषण का चित्रण करते हुए 'अर्द्धनारीश्वर' में निम्न जाति की किरण के बारे में बिन्दिया ''टूटे-अधूरे वाक्यों में इतना ही बोली, ''रात दो गुंडे खींच ले गए उसे गाँववाले घर से। फिर उसे बाँध दिया, उसकी...इज्जत...लूट ली...।''[32] इसी तरह 'करवट' के इस प्रसंग में निम्न जाति की स्त्री का शोषण इस प्रकार चित्रित हुआ है।'' लखनऊ शहर में शाही जुलूस निकल रहा था, एक बेचारी अल्हड़ और कमसिन देहाती औरत अपने जवान शौहर के साथ शाही जुलूस को उचक-उचककर देख रही थी। जोश में पर्दे का होश नहीं रहा। साँवली जरूर थी, मगर नैन-नक्श ऐसा कि राजा इन्दर की हूरें भी उसके आगे पानी भरें। उसकी बड़ी-बड़ी शरबती आँखें शाही नजरों से जा अटकीं। हुस्न की दौलत ने बादशाह को फकीर बना दिया। हुक्म फरमाया कि इस लडकी को उनके महल में पहुँचा दिया जाए। लिहाजा लड़की महल में और उसका शौहर कैदखाने में पहुँचा दिए गए।''[33]

ये दोनों स्थितियाँ मध्यकाल से लेकर आज तक के जातिवादी और वर्गवादी शोषण का यथार्थ अभिव्यक्त करती हैं। इनमें भी राजन्य वर्ग या फिर आधुनिक सन्दर्भ में शासक वर्ग द्वारा किया गया शोषण और भी भयानक है। क्योंकि यह उन्हीं के द्वारा किया जाता है, जिन पर समाज और स्त्री के संरक्षण का दायित्व है। दरअसल जातिवाद के साथ-साथ शासन सत्ता का संचालन करनेवाले वर्गों ने प्राचीन काल से लेकर आज तक स्त्रियों का जो शोषण किया है वह अन्ततः पूरे समाज को ही पतन के गर्त में धकेलनेवाला सिद्ध हुआ है। 'करवट' के नवाब साहब ऐसा ही घातक शोषण करते हैं। निम्न जाति की स्त्रियों को उच्च एवं धनी पुरुषों के अत्याचार सहने ही पड़ते हैं। ये पुरुष अपनी शक्ति और साधनों का प्रयोग कर अपराध भी करते हैं। 'औरत' में जमींदारों की करतूतों पर खुलासा करती हुई चन्द्रा कहती है, ''हट जाओ सुदर्शन तिवारी। इस सदमे को जन्म देनेवाले तुम हो। तुमने जमींदारी शान में सुखिया हरिजन के साथ गलत सलूक किया। तुमने एक औरत के साथ बलात्कार किया, एक कली को मसल दिया, तुम्हारा पाप हमारे सिर टूटा।''[34]

समकालीन हिन्दी उपन्यास जातिवाद के गहन विश्लेषण के साथ ही उसका पूरा समाजशास्त्र प्रस्तुत करते हैं। जैसे सामान्यतः समाज में समााजिक सम्बन्धों का जाल होता है और वे सम्बन्ध अपने सदस्यों की जीवन-शैली का नियन्त्रण और निर्धारण करते हैं, ठीक वैसे ही जातिवाद का समाजशास्त्र एक पूरी प्रक्रिया से उत्पन्न होता है और अनेक अन्तर्प्रक्रियाओं को सम्पन्न करता है। जातिवादी समाजशास्त्र विभिन्न जातियों के उन सम्बन्धों का निर्धारण करता है, जो मूल समाज के अस्तित्व में आने के शताब्दियों बाद निहित स्वार्थों के वशीभूत निर्धारित किए गए हैं। जन्म-मृत्यु, विवाह, प्रेम,

खान-पान, पारस्परिक मिलना-जुलना, सामुदायिक कार्य, समूह भोज आदि जीवन के अनेक आवश्यक कार्य यही जातिवाद का समाजशास्त्र निर्धारित और नियन्त्रित करता है। जातिवादी समाजशास्त्र के अनुसार जन्म लेते ही व्यक्ति का व्यवहार, आचरण आदि निश्चित हो जाता है। इसके विरुद्ध काम करनेवाले को जात-बिरादरी से निकाल देने की बात की जाती है। 'औरत' में नरैन भी बिरादरी की चिन्ता में डूबा कहता है–''तुम शिबू भाई, रुपवा से मत मेलना।

नहीं मिलूँगा। अब बताओ मुझे, क्यों नहीं मिलना चाहिए ?

इसलिए शिबू भाई के अभी सोनवा के साथ जो कुछ हुआ उससे मेरे खानदान की इज्जत धूल में मिल गई है। यह शहर नहीं है कि तुम जिससे मन करेगा, मिलोगे। यह गाँव है। बिरादरी है। हमारा हुक्के-पानी का रिश्ता है। आधी बिरादरी ऐसे ही हमारे खानदान को कुजात कहकर छोड़ चुकी है। अब शादी-ब्याह मरन-जियन में कोई हमारे यहाँ झाँकने भी नहीं आता।''[35]

आधुनिक युग में भी जातिवाद के जहर का प्रभाव व्यक्ति मस्तिष्क पर छाया हुआ है। इस कारण जब कोई व्यक्ति अपनी जाति से हटकर किसी अन्य जाति से प्रेम सम्बन्ध रखता है तो उसके परिवारवाले इसका विरोध करते हैं। 'मुझे चाँद चाहिए' में भी इसी तरह का विरोधपूर्ण रवैया दिखाई देता है। वर्षा अपने बड़े भाई के सामने अपने प्रेम सम्बन्ध का खुलासा करती है तो ''यह मैं क्या सुन रहा हूँ ? भाई हक्के-बक्के रह गए। उनके स्वर में कुछ ऐसी ही ध्वनि थी कि अभी भी समय है, अपना वक्तव्य वापस ले लो। मेरे शरीर पर चार ताजे अनुराग चिह्न भी हैं; सिलबिल ने सोचा।

चुप्पी खिंच जाने पर महादेव ने पूछा, ''कौन है वह ?''

सिलबिल ने नाम बता दिया।

''जाति कौन-सी है ?''

सिलबिल को हैरानी हुई। 'करता क्या है ? सवाल पहले पूछा जाना चाहिए। इन लोगों की प्राथमिकताएँ बिलकुल गड्ड-मड्ड हैं।

कायस्थ हैं।

भाई ऐसे चौंके, जैसे साँप पर पाँव पड़ गया हो।''[36]

इसी उपन्यास में वर्षा के पिता हर्ष के साथ उसके सम्बन्ध को स्वीकार नहीं करते। जातिभेद को हिन्दू धर्म का आधार बताकर विजातीय से प्रेम और परिणय को विवाह के प्रकारों में सबसे नीची किस्म का 'पैशाचिक' बताते हैं।[37] सामाज में उच्च मानी जानेवाली जाति के लोग अपने को जाति के आधार पर सम्माननीय समझते हैं और समाज के अन्य वर्ग से यह अपेक्षा रखते हैं कि वह उनके सम्मान का सदा खयाल रखे। सामर्थ्य के अनुसार ये ऐसे नियम भी बना डालते हैं, जिनमें गरीब ही पिसते रहते हैं। इनकी मनमानी को रोकनेवाला कोई नहीं। अगर किसी ने उन्हें रोकने की कोशिश की तो उसे ही इनके कोप का भाजन बनना पड़ता है। यह ऐसा यथार्थ है जिसे समकालीन उपन्यासों में बहुतायत के साथ चित्रित किया गया है, किन्तु जिस शैली में इसका चित्रण

हुआ है वह यथास्थितिवाद बनाए रखने की शैली नहीं है। इस शैली के दो फलितार्थ देखने में आते हैं, एक यह कि इस यथार्थ से जातिवादी व्यवस्था के विरुद्ध तीव्र प्रतिक्रिया उत्पन्न होती है और दूसरा यह कि जाति व्यवस्था के प्राचीन किले की दीवारों में पड़ी हुई दरारें नजर आने लगती हैं। यह समकालीन उपन्यासों का एक प्रभावपूर्ण पक्ष माना जा सकता है। 'करवट' उपन्यास में यही दरार बहुत सूक्ष्म रूप में दिखाई देती है। "पुरोहित जी, जो घर के भीतर चले गए थे, हल्ला-गुल्ला सुनकर बाहर आ गए। बिसाती लाला भी गली में उतरकर समझावन-बुझावन करने लगे। पुरोहित जी की आज्ञा से बुलख्खी को दूध-पेड़े खलीफा को देने पड़े, जिसे बिसाती की दुकान पर बैठकर खाते-पीते हुए कुंजू खलीफा ने एक-एक घूँट और एक-एक कौर पर बुलख्खी ही नहीं बल्कि उसकी सात पीढ़ियों को गालियाँ सुनाई। ब्राह्मण आदि उच्च कुल के लोगों को यह शिकायत थी कि समाज में लोगों के द्वारा उनकी अब वह प्रतिष्ठा नहीं होती जो पहले होती थी।"[38]

जाति-बिरादरी के बन्धन गाँव में अधिक नजर आते हैं। जाति-विरुद्ध कुछ भी हो जाने पर पूरे गाँव में हलचल मच जाती है। 'चाक' में "भँवर धीरे-धीरे बोल रहा है, ठीक है हरपरसाद को रोष आएगा, क्योंकि ऐसी बात आ पड़ी तो खानदानवाले ही इज्जत-आबरू की दुहाई देकर फटफटे ज्यादा पीटते हैं। गलती उनकी भी नहीं होती; खून के सम्बन्ध को लेकर बिरादरीवाले उन्हीं का हुक्का-पानी अलग करते हैं। शादी-ब्याह में छेंकते हैं।"[39] व्यक्ति अपने परम्परागत और जातिगत संस्कारों से मुक्त नहीं हो पाता। और अगर व्यक्ति निम्न जाति का होता है तो वह हीन भावना से भी ग्रस्त रहता है। अपने को उच्च जाति के व्यक्ति के समान नहीं समझ पाता। 'औरत' में मुनीस अपनी विवशता प्रकट करता है, "हम हरिजन पढ़-लिखकर बड़ा आदमी बनने के सपनों में खोकर गरीबों को भुला देते हैं, जब तक बामन छत्री अपने साथ चारपाई पर बैठाते नहीं, जलपान नहीं कराते, तब तक हरिजन युवक को लगता है वह अभी वह नहीं बना जो पढ़-लिखकर होना चाहिए। हम बड़ी जात के आगे दुम हिलाते कुत्तों की तरह खड़े होते हैं कि वे जरा-सा प्यार के साथ हमें सहला दें। हमें धन्य कर दें। हाय रे नीचता।"[40] लेकिन यह बात निश्चित है कि "प्रत्येक मनुष्य जो विकास के लिए खड़ा है उसको रूढ़िगत विश्वासों के हर पहलू की आलोचना तथा उन पर अविश्वास करना होगा और उनको चुनौती देनी होगी। प्रचलित मत के प्रत्येक विषय को कोने-कोने से तर्क की कसौटी पर कसना होगा।"[41]

स्वतन्त्रता के बाद राजनीतिक, सामाजिक, आर्थिक व्यवस्था में जो आमूल-चूल परिवर्तन आया, उसने विशेष अधिकार प्राप्त एक वर्ग का निर्माण किया जो प्रभुवर्ग बना। "इस वर्ग में अधिकार और सम्पत्ति का योग है; कर्त्तव्य की अपेक्षा है। घोर प्रवृत्तियाँ उसे घृणित स्वार्थ में जकड़कर अहमूवादी बना देती है; जिससे वह स्वयं को शेष समाज से अलग विशिष्ट मान बैठता है। सत्ता और सम्पत्ति का एक ही बिन्दु पर संकेन्द्रण उसे क्रमशः नृशंस एवं भोगवादी बनाने का कारण बनता है।"[42] इस प्रवृत्ति

का उदय स्वाधीनता काल में होता हुआ दिखाई देता है क्योंकि उस काल से ही पूँजीपति वर्ग ने राजनीति में अपना विशेष स्थान बना लिया था। जब देश में समाजवादी व्यवस्था को अपनाने की बात उठी तो अपने रास्ते को सुगम बनाने के लिए इस वर्ग के नीति-निर्धारकों में प्रत्यक्ष या अप्रत्यक्ष रूप से शामिल होना आवश्यक था धन की शक्ति की अनिवार्यता ने इस वर्ग को शक्ति सम्पन्न बनाने में महत्त्वपूर्ण भूमिका निभाई।[43] इस तरह कुछ व्यक्तियों के पास ही शक्ति केन्द्रित होने लगी। परम्परा से मजबूती के साथ समाज में व्याप्त ''सामन्तवाद की परिणति महाजनी सभ्यता के रूप में हुई। एक ओर जमींदारी प्रथा देश में थी ही, इसके साथ ही उद्योगों के विकास के साथ शहरों में महाजनी सभ्यता का शिकंजा मजबूत होता जा रहा था। इसके अतिरिक्त गाँवों में भी छोटे-छोटे साहूकार थे, जो कृषकों को छोटे-मोटे ऋण देकर पीढ़ी-दर-पीढ़ी उनका शोषण कर रहे थे।''[44] इस प्रकार अर्थप्रधान समाज व्यवस्था ने विभिन्न प्रभु-वर्गों को जन्म दिया। समाज स्पष्ट रूप से दो वर्गों में बँटता दिखाई दिया, जिसमें एक वर्ग ऐसा था जो सुख-सुविधा में जीनेवाला शक्ति सम्पन्न वर्ग था और दूसरा वर्ग आम जनता का। सम्पन्न वर्ग और जनसामान्य वर्ग दोनों के स्वार्थ परस्पर विरोधी हैं। पहले का हित समाज के पिछड़ेपन में है, जबकि दूसरे वर्ग का सामाजिक चेतना के विकास में। पहला प्रभुवर्ग है और दूसरा असहाय सामान्य वर्ग। परस्पर विरोधी परिस्थितियों के कारण इनके सम्बन्ध हमेशा तनावपूर्ण ही रहे हैं। समाज का ऐसा वर्ग जो असीमित शक्ति, सुविधाओं और धन का भोक्ता है; उसमें विद्यमान अभिजात्य की भावना ने उसे अन्य वर्गों से पृथक् शासनकर्त्ता के रूप में प्रतिष्ठित किया। सामान्यतः यह वर्ग कुलीन, धनी, सत्ताधिकारी और प्रायः शिक्षित है। इन सब विशेषताओं ने उसे सामान्यजन से अलग और विशिष्ट बनाया। पुराने समय में भी ''यह विशिष्टता सामान्यजन पर मनोवैज्ञानिक आतंक का कार्य करती थी। आज भी समाज में परम्परागत सामन्तों तथा नव्य सामन्तों में अपनी विशिष्टता के कारण अहम् का भाव पाया जाता है। परम्परागत सामन्तों में जहाँ अपने अतीत के गौरव के अनुकूल झूठी शान, कुल और जाति का अभिमान पाया जाता है, वहीं नव्य सामन्तों, पूँजीपतियों में धन का तथा सत्ता प्रधान वर्ग में अपने अधिकार और पद का अभिमान पाया जाता है।''[45] समकालीन उपन्यासों में समाज के प्रभुवर्ग द्वारा आम जनता पर किए गए अत्याचार के माध्यम से उनके चरित्र का अंकन सजीवता के साथ हुआ है। 'महाभोज' में ''आधे से ज्यादा सरोहा जोरावर का ही है और वह पूरे सरोहा का बेताज बादशाह। लेकिन व्यक्तित्व में अभिजात्य की बू तक नहीं है कहीं भी; है तो केवल एक दर्प भरा उद्धत अहंकार। पिता की बड़ी इच्छा थी कि शहर जाकर ऊँची पढ़ाई करे जोरावर, पर गाँव के मिडिल स्कूल से आगे बढ़ा ही नहीं। स्कूल में भी वह इस तरह जाता था मानो विद्यार्थी नहीं, मालिक हो वहाँ का। और सच पूछो तो मालिक था भी। बाप की मिल्कियत उसके सिर चढ़कर ही बोलती थी।''[46] वह किसी की हत्या भी करता है तो उसे कोई कुछ नहीं कहता। साधन और शक्ति से सम्पन्न होने के कारण प्रभुवर्ग उचित-अनुचित कार्य करने से बाज नहीं आता। ''शक्ति

का आकर्षण व्यक्ति की नैतिकता और मानववादी भावनाओं को नष्ट कर उसे घोर स्वार्थवादी बना देता है। कर्तव्यों के स्पन्दन अधिकारों के हाहाकार में खो से जाते हैं और शेष रह जाता है–केवल अधिकार सुख।''[47] 'डूब' में स्वार्थ में डूबे प्रभुवर्ग का चरित्र दिखाई देता है। ''माते मोती साव और बड़े दाऊजू में से किसी की तरफ नहीं गए मास्साब। उन्हें तो रंज था इस बात का कि यह हो क्या रहा है ? वे तो गाँववालों को बता चुके थे कि आजादी आई है तो तरक्की भी आती होगी। भाईचारा बढ़ेगा। और आया क्या ?–बरबादी। बढ़ा क्या ?–वैमनस्य। कितनी दुखभरी कहानी है आगे की। दाऊजू सरपंच के फेर में जिला-शहर क्या हो आए, और भी शैतान हो गए। पहले तो लठैत ही रखते थे, अब तो सुनते हैं, किसी डाकू गिरोह से भी उनकी साँझी-पत्ती है। भड़चन को आश्रय देते हैं। दुनाली तक दे देते हैं उन्हें।''[48]

हमारे समाज में निम्न तथा दलित वर्ग के अभिजात वर्ग द्वारा शोषण की अटूट परम्परा रही है। ''उच्च और निम्न वर्ग वाले समाज में दलित वर्ग सदैव ही उच्च वर्ग के स्वार्थों की बलि वेदी पर होम होता रहा है। जीवन की सभी सुविधाओं को भोगने का एकमात्र अधिकार उच्च वर्ग को मिला हुआ है।''[49]

इसी भावना से प्रेरित होकर प्रभुवर्ग, निम्न वर्ग पर अत्याचार करता है। जब कभी उसके विरोध का प्रयास होता है तो अत्याचार और भयंकर हो उठता है। 'डूब' में ठाकुर देवीसिंह की हालत देखते ही बनती है। ''मारे गुस्से के उनका चेहरा लाल हो आया था। थर-थर काँप रहे थे उनके पाँव, पूरे चमरौटे को लतियाने के लिए। उन्होंने सपने में भी नहीं सोचा था कि कभी ऐसा भी दिन देखना होगा। आज ये मजूरी के लिए मुँह खोल रहे हैं, कल को वोट की कीमत माँगेंगे। परसों कोई इन्हीं में से एक हमारे मुकाबले में खड़ा होना चाहेगा। नहीं-नहीं, यह नहीं होने का। काश, आज मेरे लठैत गाँव में होते। पार्टीवाले जाने कब तक कहाँ-कहाँ आजमाएँगे उन्हें। अब हमें उनकी जरूरत है और वे...।''[50] ये अपने सुख के मार्ग में आनेवाली बाधाओं को हटाने के लिए किसी भी तरह के हथकंडे अपनाने के लिए तैयार रहते हैं। 'चाक' में सारंग ने इनकी ताकत का सही अन्दाजा लगाया–''फत्तेसिंह चाहते तो श्रीधर को मारकर फिंकवा देते और दस गवाह जुटाकर कहला देते कि किसी ने नहीं देखा उन्हें। प्रधानजी के लम्बे हाथ...श्रीधर के साथ उनका रजिस्टर भी गायब करा देना कोई मुश्किल काम नहीं। ऐसी कामयाबी के चलते वह केवल यह सोच पाती कि फत्तेसिंह दया-माया से कोसों दूर एक कुटिल आदमी है। किसी के नाम मौत का फरमान लिखवा सकता है। क्योंकि गवाह खरीद लेना तुम्हारे बाएँ हाथ का खेल है। और तुम्हारे जुटाए गवाहों को देवदूत मानकर सरकार अपनी कलम चलाती है। पर तुमने ऐसा नहीं किया। तुम हत्यारे नहीं, यही क्या कम है ?''[51]

अपनी शक्ति में डूबा यह वर्ग नारी को भोग्या के अतिरिक्त कुछ नहीं मानता। ''अभिजात्य का गौरव और अहंकार उसकी नसों में कूट-कूटकर भरा हुआ है। इस अहम् के समक्ष नारी एक तुच्छ धूलिकण के समकक्ष है जिसे निरन्तर पैरों से रौंदा जाता है।''[52]

यही भाव प्रकट करते हुए 'अर्द्धनारीश्वर' में ''बिन्दिया ने दर्द भरे स्वर में कहा, 'क्या बताऊँ दीदी ! जरा हम सलीके से रहें तो दरिन्दों की लार टपकने लगे है।''[53] अतः यह स्पष्ट होता है कि प्रभुवर्ग का मूल चरित्र स्वार्थ प्रेरित तत्वों से निर्मित है। इसी के साथ निहित स्वार्थों को पूरा करने के लिए येन-केन-प्रकारेण आतंक प्रधान शक्ति का प्रभामंडल बनाए रखना भी प्रभुवर्ग के चरित्रांकन का ही हिस्सा है। अहम्मन्यता और विलासिता तो इस वर्ग के चरित्र की अनिवार्य विशेषताएँ हैं ही। हम कह सकते हैं कि धनाश्रित राजनीतिक और सामाजिक व्यवस्था ने प्रभुवर्ग को शक्ति सम्पन्न बनाया और इसकी व्यक्तिवादी चेतना ने इसे स्वार्थी तो बनाया ही, अहमूवादी भी बना दिया। दूसरों पर अपनी शक्ति आजमाना इसे प्रिय होता है। अत्याचार से इसके अहम् की तुष्टि होती है। इस माध्यम से यह सामान्य लोगों पर अपना आतंक बनाए रखता है, जिससे कोई भी उसके अधिकारों के विरुद्ध आवाज न उठा सके। मूलतः इस अधिकार की भावना ने ही अहंकार को जन्म दिया और अहंकार ने अत्याचार को। ''वर्ग या श्रेणी किसी समाज का आवश्यक अंग होता है, जिसका निर्माण उस समाज के श्रम उत्पादन तथा वितरण के साधनों के द्वारा होता है। वर्तमान युग में अर्थ जीवन का महत्त्वपूर्ण विधायक तत्त्व है। प्रत्येक युग का सामाजिक, राजनीतिक और सांस्कृतिक जीवन अर्थ प्रक्रिया से प्रभावित होता रहा है।''[54] इसी कारण अभिजात वर्ग ने अपने स्वार्थ के लिए धन का प्रयोग शुरू किया, जैसे किराए के गुंडे पालना और उनकी मदद से मनमर्जी करते हुए लोगों पर अत्याचार करना। 'रागदरबारी' में वैद्यजी के पाले हुए गुंडों का काम इस प्रसंग में चित्रित है। ''प्रिंसिपल चलते-चलते बोले, 'मैं अन्दर मीटिंग में चलता हूँ। बाहर की आप सँभालिएगा। फिर प्रार्थनापूर्वक महात्मा विदुर की वाणी में बोले, 'शान्ति से काम लीजिएगा। बलराम सिंह ने फिर मूँछों पर ताव दिया, 'सब शान्ति ही है। यहाँ पचास-पचास शान्ति जाँघ के नीचे पड़ी हैं।''[55] इसी उपन्यास में एक आदमी प्रभुवर्ग की शक्ति और अत्याचार पर व्यंग्य करता हुआ यह प्रकट करने से नहीं चूकता कि प्रभुवर्ग लोकतान्त्रिक व्यवस्था में भी बाहुबल के अहम् को ही अनुकरणीय मानता है। इसका दूसरा अभिप्राय यह भी है कि मध्यकालीन सामन्ती प्रवृत्तियों का दास आधुनिक प्रभुवर्ग प्रत्येक हथकंडा अपनाकर अपनी भूमिका और प्रभाव बनाए रखना चाहता है। जब तक उसकी भूमिका और प्रासंगिकता बनी रहेगी तब तक उसकी सुविधाएँ और विशेष स्थिति भी बनी रहेगी। यह अकारण नहीं कि प्रभुवर्ग लोकतान्त्रिक संस्थाओं के आदर्श रूप को असफल बनाने का प्रयास करता है और भौतिक शक्ति बल की निरन्तर वकालत करता है। निम्नांकित पंक्तियों में इस यथार्थ को धारदार व्यंग्य के सहारे चित्रित किया गया है। ''पंचायत तो है, पर वह सिर्फ जुर्माना करती है। जमींदार था तो जूता लगाता था। उसने समझाया कि हिन्दुस्तान साला भेड़िया-धँसान मुल्क है। बिना जूते के काम नहीं चलता। जमींदारी टूट गई है, जूता चलना बन्द हो गया है, तो देखो सरकार को खुद जूतमपैजार करना पड़ता है। रोज कहीं-न-कहीं लाठी या गोली चलवानी पड़ती है। कोई करे भी तो क्या करे ? ये लातों के देवता हैं, बातों से नहीं मानते। सरकार

को भी अब जमींदारी तोड़ने पर मालूम हो गया है कि यहाँ असली चीज कोई है तो वह है जूता।''[56]

धन के कालीन पर चलकर पूँजीपति वर्ग राजनीति में शामिल हुआ और लोकतन्त्र की चुनावी पद्धति ने भारतीय राजनीति को अर्थ पर आश्रित बना दिया। धन की शक्ति और सत्ता की शक्ति के संयोग ने इस वर्ग को अत्यन्त उच्छृंखल बना दिया। आर्थिक विषमता समाज की सबसे विकट समस्या है जो अन्य समस्याओं की जड़ भी है। उच्च वर्ग आर्थिक दृष्टि से सम्पन्न था ही, अपनी धाक जमाए रखने के लिए जन-साधारण का मनमाने ढंग से शोषण करता। जहाँ धन और शक्ति का गठबन्धन हो वहाँ आम आदमी विवश हो जाता है। 'चाक' में प्रभुत्व का सच इस रूप में उभरता है–''बाबा राम-राम !! जैसे बादलों की गड़गड़ाहट। चमरौधा जूतों से चौक को रौंदते हुए थानसिंह और डोरिया दिखाई दिए। रंजीत की छाती में बिजली कड़की। दुवारी में खड़ी सारंग का दिल दहल गया। पीछे-पीछे डोरिया के चचेरे भाई खूबी और भूरा–लम्बे तगड़े दैत्य। मगर उन्हें सबसे भीमकाय दैत्य मालूम हुआ मझोले कद का थानसिंह। उसकी मूँछें उखाड़ लेने का मन किया। रंजीत की दाँती भिंच गई। मुट्ठियाँ कस गईं क्योंकि थानसिंह ने चुनौती भरी आँखों से देखते हुए बाबा से दोबारा राम-राम की थी। नजर नहीं, साधजी के पूतों की विजय पताका थी। वे अपराधी नहीं जैसे रण जीते हुए सिपाही हों।''[57] इस शक्ति के साथ सत्ता का गठजोड़ या राजनीति के मिल जाने से समाज का यह विशिष्ट वर्ग बेलगाम घोड़े की तरह हो गया। क्योंकि ''प्रत्येक व्यक्ति, चाहे वह पूँजीपति हो अथवा टूटा हुआ सामन्त, सत्ता प्राप्त करने के लिए उत्सुक है। पूँजीपतियों का तेवर भी तो सामन्ती रहा है। उनके पास धन की शक्ति है और शक्ति, चाहे वह धन की हो या सत्ता की, मानवीयता का गला तो घोंट ही देती है। उनकी रुचियों और प्रवृत्तियों को निकृष्ट बना देती है।''[58] इसका परिणाम भुगतना पड़ता है आम जनता को, सबसे अधिक यही लुटते हैं। 'चाक' में ही रंजीत को भँवर की बात याद आ गई–भइया, कुँवरपाल मार जूता खड़ा होगा। प्रधान के अहसान तले दबेगा नहीं। हाथ जोड़कर यह नहीं कहेगा कि फत्तेसिंह तुमने मेरे ऊपर बड़ी कृपा की। साले फत्ते के ऊपर अपना अँगोछा झाड़कर चल देगा और चेतावनी दे जाएगा–कि आगे फेरबदल न हो। चालाकी करी तो...हाँ जो रुपया लगा रहे हो, ब्याज समेत चुका देंगे; जनता से वसूलकर।''[59] समाज का यह विशिष्ट वर्ग ऐश्वर्यशाली होता है। भोग-विलास इसके जीवन का अंग है। अपने शौक पूरे करने के लिए इसे पर्याप्त धन की आवश्यकता होती है। इसे प्राप्त करने का माध्यम है–जन-साधारण। इसलिए ये तरह-तरह से जन-साधारण का शोषण करता है। ''चाहे जमींदार हो, पूँजीपति हो, उच्च अधिकारी अफसर अथवा नेता–यह समाज का वह उच्च वर्ग है जो सामन्ती प्रवृत्तियों का पोषण करता है और विविध रूपों में सामन्तों के अस्तित्व को प्रमाणित कर रहा है। यह वर्ग चिल्ला-चिल्लाकर कह रहा है कि सामन्त चाहे नहीं रहे किन्तु उनका अहम्, स्वेच्छाचारिता, विलासिता और कामुकता अब भी समाज में ज्यों-का-त्यों है। यह धरोहर हमारे वर्ग को उत्तराधिकार में

प्राप्त हुई और हम इसे समाप्त नहीं होने देंगे।"[60] प्रभु वर्ग ने हमेशा आम जनता की दुर्दशा की है। कभी सामन्ती विलासिता की मानसिक तुष्टि के लिए और कभी शारीरिक तुष्टि के लिए, पर दुर्दशा निर्धन जनता की ही होती है। जनता अपनी दुर्दशा को अपनी असमर्थता मानकर या विधि का विधान मानकर निरन्तर पिसती रहती है। 'औरत' में आम जनता की दुर्दशा घूरे पंडित के शब्दों से पता चलती है–"सोनवा के तिरिया चरित्तर पर आपने लम्बे-लम्बे भाखन तो सुन लिए होंगे लेकिन उस पर क्या गुजरी यह किसी ने बताया ? नहीं, यह कोई नहीं बताएगा क्योंकि करमूपुरा अपने करम का रोना सोबरन राय के माथे नहीं लिखेगा। काहे से कि सोबरन राय बड़े आदमी हैं। पैसेवाले हैं। उनके देश-दिहात में धाक है। वह दूसरों के पाप-पुण्य का नियाब करने के लिए बुलाए जाते हैं। उनके पास दस लठैत हैं। कौन चूहा उनके गले में घंटी बाँधने की हिम्मत करेगा ?"[61] उच्च कुल, जाति एवं धन के कारण जन-साधारण प्रभुवर्ग से आतंकित रहता हैं यह कभी अपराध भी करता है तो विरोध में आवाज उठानेवाला कोई नहीं होता। यहाँ तक कि कानून भी इसके अपराधों को रोकने के बजाय इसकी हिफाजत में लग जाता है। सत्ता-प्रशासन तक इसकी पहुँच होती है। इस कारण इस प्रभुवर्ग का कभी कुछ नहीं बिगड़ता। 'डूब' में प्रभुवर्ग के इस रूप की अभिव्यक्ति हुई है। ठाकुर कत्ल करता है और फरार हो जाता है। अन्ततः ठाकुर को पुलिस ने हिरासत में ले लिया। इधर मास्साब के भाइयों ने झगड़े की मारपीट की रिपोर्ट दर्ज करवाई। अब वे मामले को यह रूप दे रहे हैं कि दरअसल आपसी झगड़े में ये सारा कांड हो गया। ठाकुर ने आत्मरक्षा में प्रहार किए थे लोगों पर। वे तो यह भी सिद्ध करना चाहते हैं कि मरनेवाला किसी रोग की वजह से मरा है, ठाकुर द्वारा तलवार से घायल करने से नहीं।"[62] समाज में प्रतिष्ठित प्रभुवर्ग के लोगों का सम्बन्ध सत्ता तथा प्रशासन से रहता है, इस कारण कानून व्यवस्था की डोर भी इन्हीं के हाथों में रहती है। कानून के नियम-विधान इनके लिए नहीं बल्कि इनके अनुसार विधि-नियम लोचदार हो जाया करते हैं। इनकी शक्ति के आगे कानून भी लाचार हो जाता है और ये ही कई बार अपनी सुविधा के लिए कानून का प्रयोग करते हैं। कानून इनका बाल भी बाँका नहीं कर पाता। 'रागदरबारी' में जब जोगनाथ नशे में धुत्त मिला तब दारोगा ने कहा, "शायद पीकर गाली बक रहा है, किसी-न-किसी जुर्म की दफा निकल आएगी। अभी चलकर इसे बन्द कर दो। कल चालान कर दिया जाएगा। उस सिपाही ने कहा, हुजूर ! बेमतलब झंझट में पड़ने से क्या फायदा ? अभी गाँव चलकर इसे इसके घर धकेल आएँगे। इसे हवालात कैसे भेजा जा सकता है ? वैद्यजी का आदमी है।"[63] यानी वैद्यजी का आदमी होने के कारण उस पर कानून नहीं लागू किया जा सकता। पुलिस भी इनसे दूर रहना चाहती है। वैद्यजी जैसी शक्तिशाली हस्ती का कानून के क्षेत्र में इतना हस्तक्षेप हो सकता है कि जब एक दारोगा ने ईमानदारी दिखाते हुए जोगनाथ को चोरी के इल्जाम में पकड़ा तो वैद्यजी ने दारोगा का तबादला ही करवा दिया इस सम्बन्ध में प्रिंसिपल कहते हैं, "वैद्यजी से कोई पार पा सकता है ? जोगनाथ की जिस दिन इन्होंने जमानत नहीं ली,

तभी मैं समझ गया कि इनके लदने के दिन आ गए।''[64]

प्रभुवर्ग के लोग अधिक-से-अधिक अधिकारियों पर अपना प्रभाव जमाना चाहते हैं। अपनी शक्ति सम्पन्नता का परिचय देकर जिस भी व्यक्ति या अफसर से काम लेना होता है उसे पहले ही खरीदने का विविध ढंग से प्रयास करते हैं। अपनी स्वार्थ सिद्धि के लिए आपसी सम्बन्धों से जनता पर हुकूमत करना इनका ध्येय होता है। 'औरत' में प्रभुवर्ग द्वारा पदाधिकारियों को भ्रष्ट करने के प्रयास का चित्रण हुआ है। एस.आई. को सोबरन राय का परिचय देते हुए सुलोचन ठाकुर कहते हैं, ''आपने हुजूर पहचाना नहीं शाइत, आप करमूपुरा के जमींदार हैं सोबरन सिंह। राय बहादुर सोबरन सिंह। राय बहादुर सोबरन सिंह को आप नहीं जानते हुजूर ! अबे कलुवा, ले आ नजराना।' कलवा ने सजाव दही की मटकी, एक बोरी बासमती चावल, ढेर-सी सब्जियाँ और मिठाई का एक बड़ा डिब्बा सामने सजा दिया।''[65] पंचायती व्यवस्था के संचालक मध्यकालीन प्रभुवर्ग का नवीन संस्करण है। यदि कोई अपराध इनका हित साधन नहीं करता तो यह उसे सामान्य दुर्घटना में बदलने का प्रयास करता है। इस विरूपता का उदाहरण पंचायत प्रधान से अच्छा शायद ही मिले। ग्राम्य व्यवस्था में कानून और शान्ति का पालन ग्राम-प्रधान के व्यवहार पर या फिर उसके कर्तव्यबोध पर आधारित होता है। यदि वही स्वार्थान्ध होकर अपना दायित्व नहीं निभाता तो साधारण ग्राम व्यवस्था संकट का शिकार हो जाती है और सीधे-सादे ग्रामवासी पिसने लगते हैं। 'चाक' में यही होता है–''प्रधान जी ने दारोगा के पूछने पर निवेदन किया 'रपोट करना हमारा फर्ज था। पर होली पर ऐसी घटना दुर्घटना के रूप में हो जाती है। इधर होली में आग लगी और लपटें उठी; आदमी होलिका मैया का परसाद-जलते लूगरा ले-लेकर भागने लगे। हरिप्यारी भी भागी होगी आग लेकर। उसकी दुवारी में मिट्टी के तेल का खुला डिब्बा पड़ा है। वही पकड़ गया होगा आग। फिर तो तुम समझो कि अरहर की लौदें (सूखी लकड़ी) कंडा, तमाम ईंधन भरा था दुवारी में। होली की चिनगारी गिरते ही आग पकड़ गया होगा। हम तो यही सोच रहे हैं, बाकी आप मुआयना कर लें।''[66] छोटे सरकारी अधिकारियों पर प्रभुवर्ग का आधिकारिक अंकुश हो, तो कोई कर्मचारी इसकी मर्जी के खिलाफ नहीं चल सकता और यदि चलता है तो यह उस पर मनगढ़ंत आरोप लगा दिया करता है। ऐसा ही दृश्य इसी उपन्यास में देखने को मिलता है। फत्तेसिंह प्रधान का बेटा, थानसिंह की गैरहाजिरी में उसके स्थान पर दस्तखत किया करता था। इसका विरोध नेकसेराम मास्टर ने करना चाहा इसलिए उसका तबादला करवा दिया। सारंग के पूछने पर रंजीत बताता है, ''खता होती तो खता बताए कोई। साली सरकार भी अन्धी है, मास्टरों के सिर के बाल प्रधानों की मुट्ठी में पकड़ा दिए हैं। वे मनमाने बहाने गढ़ लेते हैं। स्कूल के कल्याण के लिए कितने तबादले होते हैं ? ज्यादातर प्रधान अपनी हुकुमउदूली से खफा होकर दरख्वास्त ठाँस आते हैं सरकारी दफ्तर में। आरोप है कि अफीम खाकर आता है स्कूल में।''[67]

समकालीन हिन्दी उपन्यासों ने प्रभुवर्ग के सन्दर्भ में एक नितान्त नवीन पक्ष का उद्घाटन भी किया है, जिसका सम्बन्ध इस वर्ग के द्वारा उत्पन्न आतंक और भय के व्याप्ति क्षेत्र से है। ये उपन्यास स्पष्ट करते हैं कि प्रभुवर्ग का आतंक और उससे उत्पन्न भय केवल भौतिक धरातल पर ही विचरण नहीं करता बल्कि उससे कहीं अधिक मानसिक धरातल पर फलता-फूलता है। पहले चरण में भौतिक विनाश के दृश्य उपस्थित करके प्रभुवर्ग धन-सम्पत्ति या फिर दैहिक नुकसान पहुँचाता है। दूसरे चरण में वह इस प्रक्रिया से उत्पन्न प्रक्रिया को मनो-मस्तिष्क में स्थायी रूप से बैठाने का कार्य करता है। जब वह इसमें सफल हो जाता है तो आतंक और भय पीढ़ी-दर-पीढ़ी मनोयात्रा करने लगता है। ऐसे में विरोध और प्रतिरोध की सहज प्रवृत्ति भी कुंठा का शिकार बन जाती है। समकालीन उपन्यास यह भी दर्शाते हैं कि भय और आतंक की इस मनो-भौतिक प्रक्रिया को सम्पन्न करने में शस्त्र बल के साथ-साथ धर्माधारित परम्परागत आस्थाएँ भी निर्णायक भूमिका निभाती हैं। इस प्रकार से प्रभुवर्ग धार्मिक शक्तियों से भी गठबन्धन करता है और आतंक तथा भय को व्यापक क्षेत्र प्रदान करजा है। "निम्न वर्ग इस शोषण के प्रति विद्रोही भावना लिए हुए भी जन्मजात संस्कारों के कारण मौन-मूक बना शोषण का शिकार होता रहा। उसकी धर्मभीरुता के कारण तथाकथित धर्म ने भी उसका शोषण करने में कसर नहीं रखी। कभी-कभी इन अत्याचारों ने विद्रोह की दबी हुई अग्नि को उभारा भी तो उसकी प्रतिक्रिया या तो गाँव छोड़कर चले जाने में हुई अथवा शत्रु के साथ मिल जाने में। वे कभी संगठित होकर इन अत्याचारों का विरोध न कर सके।"[68] इसलिए ये लगातार शोषित होते रहे हैं। प्रभुवर्ग के शोषण या अत्याचार के पीछे एक कारण यह भी है कि इस माध्यम से सामान्य वर्ग पर आतंक बना रहे, जिससे उसके विशेषाधिकारों के विरुद्ध आवाज न उठ सके। 'डूब' में अट्टू साव अपने अधिकारों से अनभिज्ञ किसानों को अपने अधिकार के प्रति चेताते हैं, "शुरू-शुरू में घूमा को भी यह सोचकर अजीब-सा लगा था कि ऐसा कैसे हो सकता है भला ? हम किसी काम को करने से मना कर दें और सामनेवाला मान जाए ? या चिरौरी करे ? या मेहनताना देने को तैयार हो जाए ? नहीं-नहीं, साव तो सपने की बातें करते हैं। यहाँ तो होगा यह कि इधर मुँह से 'न' बाद में निकलेगी, सामनेवाला जूता पहले निकालकर हाथ में रख लेगा।"[69] फिर भी घूमा विरोध का प्रयास करता है और इस प्रयास में घूमा का भाई ठाकुर के हाथों मारा जाता है। ठाकुर जब पकड़ा जाता है तब भी गाँववाले ठाकुर की शक्ति से भयभीत रहते हैं, इसलिए मुकदमे के सिलसिले में "गाँव में जब सब लोगों के नाम सम्मन पहुँचे तो सभी बौखलाए। अब तक जो दबी-ढँकी सहानुभूति थी घूमा के प्रति, वह कपूर की तरह उड़ गई। किसी की समझ में नहीं आ रहा था कि वे क्या करें ? अगर सच कहते हैं तो वह सच ही माना जाएगा, इसका क्या भरोसा ? कहीं तब मोती साव ने किसी और झंझट में फँसा दिया तो ? और झूठ बोलते हैं, तो उसके लिए आत्मा गवाही नहीं देती। अगर आत्मा को भुलाकर एक बार को कह भी देते हैं कि हाँ, हमने देखा है, तो क्या ठाकुर को फाँसी हो जाएगी ? अगर नहीं

हुई तो ? कल को ठाकुर... ।"[70]

यह उद्धरण आतंक की व्यापकता को सक्षम रूप में हमारे सामने लाता है। विनाश की आशंका और प्राणों के जाने का भय व्यक्ति के विरोध की शक्ति को लील जाता है। हमारी सभ्यता पर यह आतंक किसी कलंक से कम नहीं है, क्योंकि यह सम्पूर्ण मानवता का विनाश पथ तैयार करता है। आए-दिन प्रभुवर्ग के इस आतंक के दृश्य दिखाई देते रहते हैं। 'महाभोज' में बिसू ने गुस्ताखी की कि उसने हरिजनों को न्याय दिलाना चाहा और इसका परिणाम यह हुआ कि "गाँव की सरहद से जरा परे हटकर जो हरिजन-टोला है, वहाँ कुछ झोपड़ियों में आग लगा दी गई थी, आदमियों सहित। दूसरे दिन लोगों ने देखा तो झोपड़ियाँ राख में बदल चुकी थीं और आदमी कबाब में। लोग दौड़े-दौड़े थाने पहुँचे, पर थानेदार साहब उस दिन छुट्टी पर थे, और जो दो लोग वहाँ ड्यूटी पर थे उन्होंने यह कहकर बात टाल दी कि थानेदार साहब के आने पर ही मौके पर आएँगे और तहकीकात होगी। इसके बाद पता नहीं गाँववालों को कौन-सा जहरीला साँप सूँघ गया कि सबके मुँह सिल गए। बस, सबकी साँसों के साथ निकला हुआ एक गुस्सा, एक नफरत–भारी तनाव बनकर हवा में यहाँ से वहाँ सनसनाता रहा।"[71] इस आगजनी के प्रमाण जुटा लेने के कारण बिसू को ही मौत के घाट उतार देते हैं। पर जैसे ही "बिसू की लाश चीर-फाड़ के लिए शहर गई, अखाड़े के ये लठैत गश्त लगाने लगे गाँव में। उसके बाद लोगों के मुँह से आहें भले ही निकलती रही हों, बात नहीं निकली। बिसू को मारने का तरीका चाहे न समझ में आ रहा हो, पर मारनेवाले का नाम शायद सबके मन में बहुत साफ था। नाम भी, कारण भी। पर केवल मन में। बयान के समय जबान पर कोई नहीं लाया। बिसू का बाप भी नहीं।"[72] शक्तिशाली के प्रति भय ही आम जनता को सच नहीं बोलने देता। इसी उपन्यास में चुनाव प्रचार के दौरान सभा को सम्बोधित करते हुए सुकुल बाबू को "लगता है आतंक तगड़ा है जोरावर का, वरना अपने हित की बात पर भी ऐसे बेजान से होकर बैठे रहें, इतने बौड़म तो अब नहीं रहे गाँववाले...बल्कि कहना चाहिए शहरियों के भी कान काटनेवाली चतुराई आ रही है उनमें आजकल।"[73] वास्तव में आतंक तगड़ा ही है, क्योंकि शक्तिशाली वर्ग का राजनीति के साथ गठबन्धन रहता है। इनका विरोध करना आम जनता के सामर्थ्य के परे है। ये ही नेता अपना वोट पाने के लिए गुंडों को शह देते हैं, इसलिए मुख्यमन्त्री बने दा साहब जब कहते हैं कि शिनाख्त करने के लिए कोई गवाह ही नहीं मिला तो बिन्दा कह उठता है, "कौन देगा...गवाही...मरना है किसी को शिनाख्त करके ? चार दिन यहाँ आकर रह लीजिए...पता चल जाएगा कि कैसा आतंक है।"[74] नेता और गुंडों के गठबन्धन के बीच पुलिस की भूमिका से भी आम आदमी परिचित है, इसलिए उनके सामने भी सच बोलने की हिम्मत बहुत कम लोग कर पाते हैं। इसलिए इसी उपन्यास में पुलिस अफसर "सक्सेना की तरफ से आश्वासन मिलते ही जोगेसर के मन में एक क्षण को जोरावर का नाम कौंधा जरूर पर अदृश्य लाठियों ने टिकने नहीं दिया इस नाम को। हिम्मत बाँधकर इतना ही कहा, 'हमने कहा

न साहब, हमें उसके बारे में नहीं मालूम। ऐसे आवारा लोगों से हम तो दूर ही रहते हैं साहब, बहुत दूर।''[75] आम जनता की रक्षा की जिम्मेदारी जिस पर है उस पर भी लोगों को भरोसा नहीं है, तभी तो ''मत बोलो...मत बोलो... ।' एकाएक बिन्दा की बाँह झकझोर-झकझोरकर रुक्मा रोने लगी, नहीं साहब, इन्हें कुछ नहीं मालूम। ये तो उस दिन यहाँ थे ही नहीं। बस, आप अब इन्हें छोड़ दो। इन्हें किसी ने कुछ कर-करा दिया तो मैं कहाँ... ?'

'चुपकर ! बुक्का मत फाड़।' बाँह छुड़ाने की कोशिश करते हुए बिन्दा ने फटकारा।

'नहीं, मैं चुप नहीं करूँगी...मैं नहीं बोलने दूँगी...कुछ भी...साहेब, हम पर रहम करो... ।''[76]

यह इस आतंक का एक और रूप है, जिसमें एक व्यकित इतना पीस दिया जाता है कि एक स्थिति में पहुँचकर वह जलती हुई आग में कूदने को तैयार हो जाता है, किन्तु यहीं एक दूसरा व्यक्ति है, जो उससे जुड़ा हुआ है और उसके प्राणों का अपने लिए महत्त्व समझता है, इसलिए वह झूठ बोलकर भी उसे बचाना चाहता है। आतंक और भय की प्रतिक्रिया जितनी भयानक है उतना ही भयानक आतंक के कारण सच्चाई को छिपाने के लिए विवश होना भी है। यहाँ यथार्थ चित्रण भी है, प्रतिक्रिया की अभिव्यक्ति भी और आतंक की अनन्त व्यापकता का परिचय भी। प्रभुवर्ग के आतंक की व्यापकता को दर्शाने के साथ ही समकालीन उपन्यासों में प्रभु संस्कृति का विरोध भी प्रत्यक्ष और परोक्ष दोनों शैलियों में चित्रित हुआ है। यह समकालीन उपन्यासों की सजगता और दबी-कुचली जनता के पक्ष में खड़ी होने की उनकी दायित्व भरी प्रवृत्ति का सूचक है। समकालीन उपन्यास उस प्रन्येक प्रतिरोधी स्वर को वाणी देते हैं, जो प्रभुवर्ग की सत्ता का विरोध करता है। 'करवट' जिसमें दो पीढ़ियों को करवट लेते दिखाया गया है, में हैदरीखाँ और रसूलबांदी के वार्तालाप द्वारा प्रभु संस्कृति पर प्रकाश डाला गया है–''हस्सो से कह देना कि किसी भी खानदानी रईस को मुँह न लगाए। ये हरामजादे जो शरीफ कहलाते हैं, हम गरीबों को उठते हुए देख नहीं सकते। उनसे बढ़कर, चोर बदकार और बेईमान कोई नहीं होता, समझी। नायब साहब कहते होंगे कि मालमत्ता हमें सौंप दो; जोहरियों से दाम लगवा के बेच देंगे, रुपया कम्पनी में जमा... ।'

तुम तो जैसे मन पढ़ लेते हो। यही कहा था उन्होंने।''[77] 'डूब' में भी अट्टू साव प्रभुवर्ग के शोषण के विरुद्ध प्रतिक्रिया दिखाते हुए अपने अधिकारों से वंचित किसानों को समझाते हैं, ''तुम कोई किसी का दिया खाते हो, जो डरते हो ? हाड़-तोड़ मेहनत करते हो, तब कहीं मुँह जुठाने लायक अन्न मिलता है। भूखे पेट रहने से जब डर नहीं लगता तो बेगार करने को मना करने से क्यों डरते हो भला ? उनका काम होना जरूरी है तो क्या तुम्हारा पेट भरना उससे ज्यादा जरूरी नहीं है ? किसी से मत डरो। अपना हक माँगो और जो न दे उससे लड़कर लो। कानून के आगे गुहार लगाओ। वहाँ आततायी को राजा और सताए गए को न्याय मिलता है।''[78]

समकालीन भारतीय समाज में दबे-कुचले वर्ग द्वारा शक्तिशाली वर्गों का विरोध किया जाने लगा है। वैचारिक जागरण के लिए प्रयासरत जन पक्षधर व्यक्तियों और संस्थाओं के माध्यम से नगरों से लेकर ग्रामों तक प्रतिरोध की ऊर्जा फैलाई जा रही है। यह सच है कि अभी क्रान्तिकारी परिस्थितियाँ नहीं बनी हैं और व्यापक विरोध तथा विद्रोह फलीभूत नहीं हुआ है, लेकिन यह भी सच है कि आमने-सामने के विरोध के कुछेक उदाहरण मिलने लगे हैं। उपन्यासकारों ने इनका लाभ जन-जागरण के उद्‌देश्य से उठाया है। 'औरत' में शिबू के शब्दों में विरोध द्रष्टव्य है–"सही सुने हो सोबरन राय, ई सब फोटो तुम्हारे जैसे लोगों की करतूत के पक्के सबूत होते हैं। कैसे झोंपड़ी जलती है, कैसे करजा के भार के नीचे गरीब लोगों का बदन नंगा होता है, कैसे-कैसे तुम्हारे जैसे शोधक लोग जोंक की तरह गरीबों का खून चूसते हैं, कैसे जनता को बहकाने के लिए तुम्हारे जैसे लोग नकली, घड़ियाली आँसू बहाते हैं। निहाय की चोरी करके सूई का दान करनेवाले तुम्हारे जैसों के चेहरों की कुटिल भौहों और उस पर उभरी वहशी और जंगली सिकुड़न को ये कैमरे बहुत सही ढंग से पकड़ते हैं।"[30]

अपनी शक्ति और साधन से विशिष्ट बने वर्ग ने धीरे-धीरे समाज के विभिन्न पक्षों पर अपना अधिकार जमा लिया, क्योंकि "समाज में विशिष्ट वर्ग हमेशा पारस्परिक हितों के लिए पारस्परिक समझौते के माध्यम से समाज पर हावी रहा है। इनके विशेषाधिकार का कारण यही समझौता है।"[80] सत्ता पर आसीन नेताओं, धन सम्पन्न पूँजीपतियों तथा साधन सम्पन्न समाज के प्रतिष्ठित व्यक्तियों का आपसी स्वार्थ पारस्परिक सहयोग से ही सिद्ध हो सकता है, अतः इनमें एक विशेष तरह का गठबन्धन दिखाई देता है, जिसकी सहायता से ये अपने विशेष अधिकारों की रक्षा करने का प्रयास करते हैं। गठबन्धन का यह रूप शिक्षा जगत में भी द्रष्टव्य है। शिक्षा जगत भी स्वार्थ के बन्धनों में बँधा है। समाज के विशिष्ट वर्ग–प्रभुवर्ग का शिक्षा के क्षेत्र में भी अत्यधिक हस्तक्षेप होता है। जहाँ इन विशिष्ट लोगों के स्वार्थ टकराते हैं, वहीं गुटबन्दी दिखाई देती है। 'रागदरबारी' में भ्रष्ट होते शिक्षा जगत में व्याप्त गुटबन्दी का प्रभावशाली चित्रण हुआ है। "प्रबन्ध समिति में वैद्यजी का दबदबा था पर रामाधीन भीखमखेड़वी अब तक अपना गुट बना चुके थे।...अब बड़ी मेहनत के बाद कॉलिज के नौकरों में दो गुट बन पाए थे, पर उनमें अभी बहुत काम होना था। प्रिंसिपल साहब तो वैद्यजी पर पूरी तरह आश्रित थे, पर खन्ना मास्टर अभी उसी तरह समाधान के गुट पर आश्रित नहीं हो पाए थे। उन्हें खींचना बाकी था। लड़कों में भी अभी दोनों गुटों की हमदर्दी के आधार पर अलग-अलग गुट नहीं बने थे।"[81] इसी उपन्यास में कॉलिज की व्यवस्था में वैद्यजी द्वारा की जानेवाली मनमानी का पता खन्ना के वक्तव्य से लगता है, "मुसीबत यह है कि इस कॉलिज की जनरल बॉडी की मीटिंग पाँच साल से नहीं हुई है। वैद्यजी ही मैनेजर बने हुए हैं। नए आम चुनाव नहीं हुए हैं, जो कि हर साल होने चाहिए।"[82] इस पर प्रबन्ध समिति का उपसभापति गयादीन उत्तर देता है, "आप लोग तो पढ़े-लिखे आदमी

हैं। मैं क्या कह सकता हूँ ? पर सैकड़ों संस्थाएँ हैं जिनकी सालाना बैठकें बरसों नहीं होतीं। अपने यहाँ का जिला बोर्ड एक जमाने से बिना चुनाव कराए हुए इसे सालों खींचा गया है। देश भर में यही हाल है।''[83] गयादीन की बात सही भी है प्रभुवर्ग के कामों में टाँग अड़ाने की हिम्मत कोई नहीं करता। इसके बाहुबल के आगे सब नतमस्तक हैं। इसी उपन्यास में जब कॉलिज की प्रबन्ध समिति की मीटिंग बुलाई जाती है तब बलराम सिंह मीटिंग के लिए आए पंडित से कहता है, ''पंडित मीटिंग में तुम्हारी हाजिरी हो गई, अब लौट जाओ। पंडित ने कुछ कहना चाहा, तब तक वे उससे और सट गए और बोले, 'कुछ समझकर कह रहा हूँ, लौट जाओ। पंडित को अपनी जाँघ में कुछ कड़ा-कड़ा सा अड़ता हुआ जान पड़ा। उन्होंने बलराम सिंह के कुरते की जेब पर निगाह डाली। अचकचाकर वे दो कदम पीछे हट गए।''[84] समाज में ऐसा कोई भी क्षेत्र नहीं जो प्रभुवर्ग की पहुँच में न हो। कोई भी क्षेत्र इनकी शक्ति से अछूता नहीं है। सेठ-साहूकार तथा राजनीतिक पद प्राप्त प्रधान ही गाँव को अपनी मुट्ठी में रखते हैं। गाँव पर प्रत्यक्ष-अप्रत्यक्ष रूप से इन्हीं का शासन चलता है। इस तरह के कठपुतली शासन की शुरुआत स्वतन्त्रता के बाद से ही दिखाई देने लगी, इसलिए समकालीन उपन्यासों में विशिष्ट स्थान रखनेवाले व्यंग्यात्मक उपन्यास 'रागदरबारी' में पंचायती राज की कठपुतली व्यवस्था का चित्रण हुआ है। ''दारोगा प्रधान बने सनीचर से कहता है, ''उनसे तो मैं बात कर चुका हूँ। वे कहते हैं कि मामला गाँव सभा के हाथ में है। जोगनाथ का मुकदमा गाँव सभा ही लड़ रही है। उनका कहना है कि मुकदमा वापस लेने का फैसला आप ही करेंगे। वैद्यजी तो गाँव पंचायत के मेम्बर भी नहीं हैं।

हाँ, सो तो ठीक है, सनीचर ने हवा बाँधते हुए कहा, फिर रुककर बात जोड़ी ''फिर भी वैद्यजी से बात कर ली जाए।

''पर वह तो कहते हैं कि वे मेम्बर तक नहों हैं।''

सनीचर ने चावल की टोकरी से कमीज निकाल जोर से फटकारी। धूल उड़ी पर दारोगाजी ने नाक तक न सिकोड़ी। कमीज पहनते हुए वह बोला, 'चलिए चलना तो उसी दरबार में है।''[85]

सनीचर के माध्यम से उपन्यास ने जो यथार्थ प्रस्तुत किया है, वह जितना शक्तिशाली प्रभुवर्ग के माध्यम से उत्पन्न खतरों को दर्शाता है, उससे अधिक लोकतान्त्रिक संस्थाओं के समुचित भविष्य पर प्रश्नचिह्न लगाता है। पंचायतें लोकतन्त्र के भवन की वास्तविक नींव हैं। इनका शक्तिशाली वर्गों के नियन्त्रण में काम करना लोकतन्त्र की नींव के पत्थरों का चूर्ण-चूर्ण होना है। इससे हमारा पूरा लोकतन्त्र ताश के पत्तों की तरह बिखर जाएगा और जनकल्याण का इसका आदर्श किसी सार्थक परिणाम को मूर्त नहीं कर सकेगा। स्वाधीन भारतीय जीवन की यह विडम्बना एक कड़वी सच्चाई है। उपन्यासकार समय रहते इसके प्रति सावधान करता है।

अपनी विभिन्न विशेषताओं के कारण समाज में विशिष्ट स्थान पानेवाले प्रभुवर्ग में

सामान्यतः अपने कुल, जाति और धन का अभिमान पाया जाता है। अपने अभिमान को जन-सामान्य के सामने बनाए रखने के लिए ये अपनी सम्पत्ति तक बरबाद करने से नहीं हिचकते। वास्तव में "प्रदर्शन का भाव जहाँ अपनी सम्पत्ति को अभिव्यक्त करने का एक माध्यम है, वहीं अपनी रिक्तता को भी पूरा करने का साधन है। 'प्रदर्शन का भाव' मूलतः एक ग्रन्थि है–अपनी उच्चता और अपनी हीनता का। पहले में दम्भ का भाव निहित है और दूसरे में खोखलेपन को छिपाने का। दोनों ही स्थितियों में यह प्रवृत्ति सामन्तीय है, धन की उपस्थिति में यह विशिष्ट एवं उच्च वर्ग की प्रवृत्ति है, वहीं अभाव में बनने के प्रयास का संकेत।"[86] पर प्रभुवर्ग विलासितापूर्ण दिखावे का आदी हो जाता है। किसी भी तरह अपनी परम्परागत शान को बरकरार रखने के प्रयास में धनी लोगों के साथ गुप्त रूप से कर्ज का लेन-देन भी चलता है। 'डूब' में अपनी झूठी शान के प्रदर्शन के लिए ठाकुर भी कुछ इसी तरह का रास्ता अख्तियार करता है, "ठाकुर देवीसिंह यों काफी समृद्ध हैं। हवेली, मवेशी, खेत-खलिहान, लठैत, सब कुछ है उनके पास। बाप-दादों के जमाने से यहाँ की लम्बरदारी भी चली आ रही है उनके पास। उस जमाने से चली आ रही यह आदत भी कि आमदनी से ज्यादा खर्च करो। इसी में ठकरास का गौरव है। सो किसी आड़े बखत में माते के मार्फत एक परनोट मोती साव की बही में दर्ज करवा चुके हैं।।[87] अपनी झूठी शान के प्रदर्शन के लिए कर्ज लेना और फिर कभी प्रतिष्ठा पर आँच आने के भय से ऐसे लोग कई बार अपराध तक कर डालते हैं। इसी उपन्यास में ठाकुर को अपनी पोल खुलने का भय लगता है तो वह भी साव के घर डाका डलवाते हैं। माते इसकी खबर सुनाने ठाकुर के पास पहुँचते हैं। "माते ज्यों-ज्यों किस्सा बढ़ा रहे थे, ठाकुर का चेहरा खिलता जा रहा था। इतना-इतना नीचे गिरना पड़ता है धन-सम्पत्ति की झूठी आन-बान कायम रखने के लिए ? ठाकुर का मगन मन तो खुद ही चुगली खा रहा है, माते जो सुना रहे हैं, वह सब व्यर्थ है। इसमें कुछ भी तो नया नहीं।"[88]

प्रभुवर्ग का यह विलास इतने तक ही सीमित नहीं रहता बल्कि अनेक बार घृणास्पद रूप भी धारण कर लेता है। विलासप्रिय यह वर्ग निर्बलों पर अत्याचार करता है और उन्हें तरह-तरह से अपमानित करता है। मनोविश्लेषण की दृष्टि से देखें तो विलासी प्रभुवर्ग पर-पीड़न की मनोवैज्ञानिक बीमारी से ग्रस्त रहता है। किसी निरपराध को पेड़ से बाँधकर पिटवाने, ऊँटों की पीठ पर अबोध बच्चों को बाँधकर ऊँट दौड़ आयोजित करने या किसी पर थूक देने से उनकी पर-पीड़न की प्रवृत्ति को सन्तोष मिलता है। यह उनके हिंसक और अमानवीय चरित्र का सूचक है। यह उनकी विलासिता और झूठी शान का सूचक भी है। "वैभव और विलास में आकंठ डूबे सामन्तों के लिए जनशोषण मन बहलाने का एक साधन है। निरपराध जनता पर अत्याचार करने के लिए वे अनेक कारण खोज लेते हैं।"[89] 'करवट' में भुल्ली लाला के अजीबोगरीब शौक का वर्णन किया गया है, "भुल्ली लाला बड़े महाजन थे, बहुत मोटे थे। उन्हें एक ही विनोद सूझता था, गली में आते-जाते जिस किसी पर उनकी मौज आ जाती, उस पर अपने

पान की पीक थूक दिया करते। अगर वह चिढ़कर गाली देता तो भुल्ली लाला का एक तगड़ा नौकर, जो दरबान के पास बैठा ही रहता था, गली में उतरकर उसकी अच्छी-खासी धुनाई कर देता था। लेकिन पान की पीक पड़ने पर कुछ न बोलनेवाले को रोककर लाला नई धोती, कुर्ता, दुपट्टा, टोपी और एक अँगोछा भेंट किया करते थे।''[90] इस तरह का व्यवहार करते हुए जन-सामान्य के मान-सम्मान ही नहीं उनके जीवन का भी कोई मूल्य नहीं इनके सामने। ''अपने स्वार्थ के लिए सामन्त मनुष्य की जान तक लेने में संकोच नहीं करते, क्योंकि शोषितों के जीवन का मूल्य ही क्या है ? उनके समक्ष उद्‌देश्य है—उनके अहम् की पूर्ति, उनके स्वत्वों की रक्षा और उनकी कामुकता की शान्ति।'[91]

देशी प्रभुवर्ग के साथ-साथ भारतीय जनता को विदेशी, यूरोपीय साम्राज्यवादी प्रभुवर्ग के अहम् अतिवाद और अत्याचार को भी भोगना-झेलना पड़ा। व्यापारी के रूप में अपने आर्थिक हितों के लिए मुट्‌ठी भर अंग्रेज भारत आए और देखते ही देखते उन्होंने यहाँ अपना राज्य स्थापित कर लिया। इसके पश्चात उनके सामने इस देश को हमेशा ही अपना उपनिवेश बनाए रखने का उद्‌देश्य प्रमुख हो गया। साम्राज्यवादी अंग्रेजों ने अपने राजनैतिक उद्‌देश्यों के लिए इस देश के सांस्कृतिक गौरव पर सबसे बड़ा और खतरनाक हमला किया तथा यहाँ के लोगों को असभ्य, अशिक्षित और पिछड़ा हुआ सिद्ध करके उन्हें आत्महीनता से भर दिया। उनका दूसरा आक्रमण यहाँ की समाज व्यवस्था और परम्परागत अर्थव्यवस्था पर हुआ। परिणामस्वरूप यह महादेश न केवल आर्थिक स्तर पर आत्मनिर्भरता के सिद्धान्त से हट गया बल्कि एक नए प्रकार के सामाजिक विभाजन का शिकार भी हो गया। औद्योगीकरण के परिणामस्वरूप भारत में भी एक ऐसा मध्यवर्ग पैदा हुआ जो अपने मूल चरित्र में साम्राज्यवादी अंग्रेजों का हित साधक बना और वही आज तक विदेशी नकल के आग्रह से चिपका हुआ है। मंजुलता सिंह ने स्पष्ट माना है कि ''भारत में मध्यवर्ग के उदय और यहाँ की अर्थव्यवस्था को खोखला करने का दायित्व अधिकांशतः अंग्रेजी साम्राज्यवाद पर है।''[92] अंग्रेजों के चले जाने के बाद भी यह व्यवस्था ज्यों-की-त्यों बनी रही। देशी प्रभुवर्ग ने अंग्रेजी साम्राज्यवादी प्रभुवर्ग के चरित्र और व्यवहार को अपना लिया। ऐसी स्थिति में सबसे अधिक मजदूर और किसानों की दुर्गति हुई। ''पहले जमीन की मिल्कियत कृषक वर्ग के हाथों में थी। राजा जमीन का मालिक नहीं था। वह सिर्फ पैदावार का एक हिस्सा कर के रूप में लेता था। पैदावार के घटने-बढ़ने के साथ यह हिस्सा भी घट-बढ़ जाता था। मुगल बादशाह यही कर मुद्राओं में लेते थे; लेकिन जमीन पर कृषकों का अधिकार और स्वायत्तकृतशासी व्यवस्था कायम थी। ब्रिटिश शासकों ने अपने सामन्ती और पूँजीवादी स्वार्थों के अनुरूप भारतीय जमीन पर अपना उपनिवेशवादी इजारा कायम किया। इसने जमींदारी और रैयतदारी प्रथा विकसित की; जिसका उद्‌देश्य करों की लूट से अपना सरकारी खर्च चलाना था। बहुतों को भ्रम है कि अंग्रेज भारत में सिर्फ पूँजीवाद लेकर आए। वस्तुस्थिति यह है

कि उन्होंने भारतीय भूमि व्यवस्था में यूरोपीय सामन्तवादी पद्धति लागू की और कृषकों का दोहरा शोषण किया।"[93] यह जगजाहिर है कि "ब्रिटिश उपनिवेशवाद महाजनी सभ्यता का पोषक था। वह देश के आर्थिक शोषण में थोड़ा-बहुत हिस्सा जमींदार और महाजनों को भी दे देना चाहता था, ताकि पूरा मुल्क लूट के एक व्यापक शिकंजे में कसा रहे। महाजनों को लूटने की छूट न देने पर उसे पूरा लगान नहीं मिल सकता था, क्योंकि किसान कर्ज लेकर ही लगान चुकाते थे। शोषक वर्ग को लूटने की छूट देकर उपनिवेशवादी, पूँजीवादी या तानाशाह शासक वर्ग अपनी सत्ता की हिफाजत कर सकता है।"[94] स्वतन्त्रता के पश्चात भी किसानों की स्थिति में कोई परिवर्तन नहीं आया। जमींदारों और किसानों के बीच शोषक-शोषित का ही सम्बन्ध बना रहा। "कृषकों और जमींदारों के पारस्परिक सम्बन्धों ने कृषकों के जीवन में अनेक समस्याएँ उत्पन्न कर दी है। जमींदारी प्रथा ने भूमि का ऐसा असन्तुलित विभाजन कर दिया है कि किसी के पास हजारों बीघे खेत हैं और कोई खेतहीन। एक ओर सुख-सुविधाओं का अम्बार है तो दूसरी ओर दुखों और असुविधाओं का भयंकर चीत्कार।"[95] खेत जोतनेवाला किसान भूमि का स्वामी नहीं है, स्वामी है–जमींदार, जो किसानों के पसीने की कमाई से अपने वैभव का सामान जुटाता है। किसान-मजदूर आदि की दयनीय स्थिति में सुधार लाने के लिए "बन्धुआ मजदूरी के विरुद्ध कानून बन जाने के बावजूद आज भी हमारे देश के विभिन्न गाँवों में यह प्रथा कायम है। महाजन और मजदूर गाँव के ऐसे दैनन्दिन रिश्तों से बँधे रहते हैं कि खूँटी से रस्सी खोल भी दी जाए, तो भी बैलों की तरह खटनेवाले आदमी महाजन के दरवाजे से हटने की हिम्मत नहीं कर सकते। 1980 में त्रिपुरा में दो रुपए रोज देकर सैकड़ों आदिवासी महिलाओं-पुरुषों से रात-दिन मजदूरी कराने और उन पर तरह-तरह के अत्याचार करने की घटनाएँ प्रकाश में आई हैं। ये मजदूर कहीं-कहीं पर कँटीले तार की दीवारों के भीतर बनी बस्तियों में जीवन व्यतीत करते हैं। मध्य प्रदेश, बिहार, आन्ध्र प्रदेश, उत्तर प्रदेश के कई जिलों में बन्धुआ मजदूरी की प्रथा अब भी चालू है।"[96]

ग्रामीण क्षेत्रों तथा किसानों के विकास के ढेरों कानून और योजनाएँ बनने के बावजूद किसानों को उचित लाभ मिलने के बजाय उनका शोषण ही होता है। 'जहाँ बाँस फूलते हैं' में जमींदारी प्रथा के वीभत्स रूप का मार्मिक चित्रण हुआ है–"भूख का मारा मिजो कुछेक वर्षों तक इन्तजार करता था, फिर जंगल को साफ कर धान लगा जाता था। फसल जब तैयार होने को होती थी, तब अपना झोपड़ा बना जाता था। फिर एक दिन रात को इलाके के पुराने जमींदार रामनाथ लश्कर और मुश्ताक खांडकार अपने हाथियों के साथ आ धमकते, इनके घरों को उजाड़ फसल काटकर ले जाते और खेती लायक जमीन दो-चार साल के लिए कब्जा कर लेते थे।"[97] भारत की 80% जनता गाँवों में निवास करती है और ग्रामीणों का मुख्य व्यवसाय खेती है। अपनी जीविका का साधन जुटाने के लिए किसानों को कमर तोड़ मेहनत करनी पड़ती है क्योंकि गाँव में ये शोषक शक्तियों से घिरे होते हैं। किसानों का सीधा सम्बन्ध जमींदारों से होता है जो कि इन

पर तरह-तरह से अत्याचार करते हैं। इस तरह गाँव स्पष्ट रूप से दो वर्गों में बँटा हुआ नजर आता है। एक तो किसान जो निम्न वर्ग है और दूसरा जमींदार जो उच्च वर्ग का है। निम्न वर्ग सदा उच्च वर्ग के शोषण का शिकार होता रहा है। ऐसी स्थिति में जबकि स्वयं स्वतन्त्र होकर कोई निर्णय नहीं ले सकता "कृषकों की स्थिति अर्धदास की-सी कही जा सकती है; जिनका जीवन पूरी तरह अपने स्वामी की इच्छा पर निर्भर था और स्वामी की इच्छा कृषकों के पास उतना ही धन छोड़ती थी, ताकि वह उसे खाकर जीवित रह सकें, जिससे उसके लिए भविष्य में भी उत्पादन कर सकें।"[98] यदि कोई कृषक या मजदूर उनका विरोध करता तो विवश और निर्बल ग्रामीणों पर अत्याचार किए जाते। जमींदार ठाकुर द्वारा किए जानेवाले अत्याचारों का लोमहर्षक चित्र 'डूब' में द्रष्टव्य है। जब घूमा और उसके बिरादरीवालों ने ठाकुर का काम मुफ्त में करने से इनकार किया तो प्रतिक्रिया स्वरूप "ठाकुर टपरा में घुसे और सकुशल निकल भी आए। इस बीच टपरा के बाहर तक आई मांसहीन हाड़ों और तड़ातड़ बजती ठाकुर की लाठी की आवाजें और टपरा में मौजूद कृशकाया के चीखने-चिल्लाने, रोने-गिड़गिड़ाने की आवाजें, जिन्हें सुननेवाला वहाँ एकमात्र व्यक्ति था खुद देवीसिंह या फिर ये पेड़ों पर बैठे चील-परेवा। इसी तरह ठाकुर देवीसिंह एक-एक करके तमाम टपरों में घुसते रहे; लाठी और चीख की मिली-जुली आवाजें टपरों के बाहर आती रहीं; आवाजों के जोर पकड़ने या मद्धम पड़ने तक ठाकुर टपरों से बाहर निकलते रहे।"[99]

निर्बलों पर किए जानेवाले ये अत्याचार भारत के गाँवों में लम्बे समय से देखने में आ रहे हैं। इनसे अत्याचार के शिकार लोगों के जीवन की असहायता का अनुमान किया जा सकता है। जमींदारों के मस्तिष्क में इस प्रकार के अत्याचार करते समय केवल यही भावना रहती है कि वे शासन करने और निर्बलों का मनचाहा प्रयोग करने के लिए ही जन्मे हैं और यदि कोई उनके इस अधिकार को चुनौती देता है तो उसे जीवित रहने का कोई अधिकार नहीं। ठाकुर यही करता है। "दिन भर का थका-हारा घूमा, पूरी दोपहर जंगल में बबूल काटकर लौटा घूमा, उसी लुहाँसी से ठाकुर के टुकड़े-टुकड़े करने का प्रण कर चुका घूमा, अभी ठाकुर के पास पहुँच भी न पाया था कि ठाकुर ने यकायक तलवार खींची और बसोरे के माथे पर 'खचाक ! खचाक ! दो-तीन वार कर डाले। जैसे ही ठाकुर-ठाकुर चीखता उनके करीब पहुँचा, ठाकुर ने अगला वार घूमा पर किया।"[100] स्वतन्त्रता के इतने वर्षों बाद भी सत्ता और जमींदारी ताकतों के बीच गठबन्धन और उसमें पिसते ग्रामीणों की स्थिति दयनीय बनी हुई है। निर्धनता के कारण ग्रामीण वैसे ही टूटे रहते हैं, ऊपर से गाँव के जमींदारों के अत्याचार ने उनकी वाणी भी छीन ली है। 'महाभोज' में बिन्दा के शब्दों से गाँव पर छाए आतंक का चित्र स्पष्ट होता है–वह "बहुत ही कातर स्वर में बोला, "ऐसा आतंक आपने कहीं देखा नहीं होगा, साहब ! लोगों के घर, जमीन और गाय-बैल की रेहन नहीं रखे हुए हैं जोरावर और सरपंच के यहाँ, उनकी आवाज और जबान तक बन्धक रखी हुई है। कोई चूँ तक नहीं कर सकता।" उसकी आवाज में फिर आक्रोश घुलने लगा और कनपटी की नसें फड़कने

लगीं। गुस्से में वह कह उठा–'मन करता है फावड़ा लेकर दो टुकड़े कर दूँ जोरावर के, फिर चाहे फाँसी पर ही लटक जाऊँ।''[101] लेकिन यह होगा कैसे ? शक्तिशाली सामन्ती और जमींदारी प्रवृत्तियाँ इतने अत्याचार करती हैं कि साधारण आदमी का आक्रोश नपुंसकता में बदल जाता है; फिर आवाज का बन्धक हो जाना किस अर्थ में आश्चर्य होगा ? इससे भी बड़ा यथार्थ तो यह है कि जमींदारों के अत्याचारों के समक्ष शोषितों के जीवन, यहाँ तक कि उनके स्त्री-पुरुष होने का अर्थ ही समाप्त हो गया है। शोषित पुरुष है तो उसकी नियति शोषण का शिकार होना है ही, किन्तु यदि वह स्त्री है तो उसकी नियति और भी विडम्बनापूर्ण है। शोषित के पूरे परिवार पर जमींदार का अधिकार है। अवसर मिले तो शोषित की जवान लड़की पर सबसे अधिक। 'करवट' के इस प्रसंग से शोषितों की स्थिति का सही अन्दाजा लगाया जा सकता है। ''जमींदार की बेगार, सवर्ण सम्पन्न किसानों की बेगार। न करो तो गालियाँ और लात-जूते खाओ। इनके घरों की जवान लड़कियाँ और बहुएँ तो मानो सम्पन्न सवर्णों की कुत्सित वासनाओं को उगलने के लिए जन्मजात पीकदान होती थीं। जमींदार हाथी खरीदे तो हथियावन का पैसा लाओ, रथ-घोड़े खरीदे तो उसके लिए कर वसूल किया जाए।''[102]

अभिजात्य वर्ग का आपसी स्वार्थपूर्ति के लिए किए गए अनुबन्ध तथा इस वर्ग के पास पूँजी के संचय से सामन्ती प्रवृत्तियाँ उभरीं। अतः ''इसका जन्म व्यक्तिगत सम्पत्ति की उत्पत्ति तथा राज्य सत्ता की स्थापना के साथ ही होता है और जब तक ये दोनों तत्त्व होंगे, समाज में सामन्ती वर्ग होगा, इस वर्ग की सामन्ती प्रवृत्तियाँ होंगी।''[103] इसी के साथ सामन्ती संस्कृति के अन्तर्विरोध और सामन्तवाद के शिकार लोगों का दोहरा व्यक्तित्व भी विद्यमान रहेगा। ऊपर से बहुत भव्य और चमकदार प्रतीत होनेवाला सामन्ती व्यक्तित्व अन्दर से अन्धी गलियों में बँटा हुआ होता है। अपने भीतरी अँधेरे को छिपाने के लिए हमेशा ही कथनी और करनी में अन्तर का सहारा लिया जाता है। यहाँ तक कि सामन्ती प्रकृति का व्यक्ति अपने पारिवारिक और रक्त सम्बन्ध निभाने के मामले में भी ऊपर से आदर्शवादी किन्तु भीतर से घोर स्वार्थी होता है। इनके दोहरे व्यक्तित्व की अभिव्यक्ति आलोच्य काल के कई उपन्यासों में हुई है। 'चाक' में भी ऐसे ही व्यक्तित्ववाले थानसिंह का वर्णन इस प्रकार है। ''मसीहा है थानसिंह मास्टर। घर से लेकर बाहर तक मसीहा...लोग कहते हैं; अपने बड़े भाई के लिए कमसिन लड़की खरीदी थी–चालीस हजार में। भाई मर गया तो उस विधवा को अपनी सेज पर शरण दे दी। उसकी खेती जोत रहा है। बच्चों को उपदेश देते समय परम ज्ञानी, इगलास की दफ्तर की मीटिंग में समाज सुधारक। गाँव में वीर और चतुर योद्धा। बल्लम, लाठी और बन्दूक के जोर पर आदमी की आँतें निकलवा ले। ऐसे पुरोधा का यहाँ का प्रधान भी सम्मान और सहयोग करता है तो इसमें अचरज क्यों ?''[104] इसी उपन्यास में अति सज्जन बना फत्तेसिंह प्रधान सरकारी धन ऐंठने के लिए श्रीधर मास्टर को पटाता है– पर श्रीधर जब सरकारी धन की इस बन्दरबाँट में शामिल होने से इनकार करता है तो प्रधान कहता है, ''ऐसे क्या देख रहे हो मास्टरजी ? साले चुनाव ने हमें भी पागल बना

दिया कि नब्बे हजार मिलेंगे, काट-पीटकर जो बचेंगे चुनाव में काम आ जाएँगे। फसल आने पर भर देंगे या न भरेंगे। चुनाव भी जनता का ही काम है। बस इसी कारण आ गए हम अफसरों की बातों में। बी.डी.ओ. साहब ने खासतौर पर कहा था कि लगाओ अर्जी। फंड आ रहे हैं। बेईमानी की जमात जुड़ी है। गाँव के आदमी को भरमाने की विद्या खूब जानते हैं अफसर लोग।''[105] यही प्रधान गाँव में घटी घटना की सही जाँच करवाने में कोई मदद नहीं करता बल्कि रंजीत के सामने यह जता देता है कि वह किसी को भी हथकड़ी लगवा सकता है। प्रधान कहते हैं–भाई सारंग को सावधान कर देना। आजकल लोंगसिरी मास्टर की जसोदा माता हुई है। देखा था, दरोगा के सामने कैसी खड़ी हो गई। हम गाँव को बचा रहे हैं, वह फँसवाना चाहती है ? गुलकन्दी और उसकी महतारी जिन्दा हो जाएँगे ? कि बिसुनदेवा लौट आएगा ? मन तो आया छोरी भगाने के जुर्म में साले मास्टर को लगवा दूँ हथकड़ी।''[106] यह दोहरा व्यक्तित्व आदर्श का जादू बनाए रखने के लिए नहीं, अपने हितों को साधने के लिए सामन्ती प्रकृति के व्यक्ति को अपराधों की ओर धकेलता है। इस दोहरेपन के हथियार से प्रायः दूसरों के अधिकारों पर डाका भी डाला जाता है। एक विशेष बात यह कि व्यक्तित्व का दोहरापन जब निष्प्रभ होने लगता है तो व्यक्ति पशुबल के प्रदर्शन से भी बाज नहीं आता। समकालीन उपन्यासों में इसकी अभिव्यक्ति प्रभावशाली ढंग से हुई है।

वर्तमान अर्थप्रधान सामाजिक व्यवस्था ने वर्ण के स्थान पर वर्ग को जन्म दिया। यह वर्ग भावना आधुनिक समाज की विशेषता ही बन गई। ''आर्थिक परिप्रेक्ष्य में वर्ग से अभिप्राय मानव के उस समूह से है जिनके आर्थिक हित समान हों। अर्थात किसी समूह विशेष के आर्थिक हितों में असमानता का अभाव उन्हें एक वर्ग भावना में बाँधता है। इसके अतिरिक्त व्यक्ति का जन्म और वंश परम्परा भी उनमें वर्ग भावना को जन्म देती है।''[107] वर्ग निर्धारण का आधार धन होने के कारण निर्धन स्वतः निम्न वर्ग में आ जाते हैं और धनी उच्च वर्ग में। उच्च वर्ग के पास विशेष अधिकार होने के कारण वह निम्न वर्ग का शोषण करता है। यह स्पष्टतः कहा जा सकता है कि ''वर्ग संघर्ष को पनपाने में सामन्ती चेतना की महत्त्वपूर्ण भूमिका रही है। इस संघर्ष के साम्प्रदायिक, आर्थिक, धार्मिक, वैचारिक अनेक पहलू हैं। परम्परागत जमींदारों के स्थान पर आधुनिक जमींदारों का उदय हो रहा है। शोषण की वृत्ति अभी भी उसी स्तर पर है। वर्ग संघर्ष की प्रतिक्रिया भयंकर रूप में सामने आती है और हिंसात्मक वातावरण को जन्म देती है। जाति और वर्ण का स्थान वर्ग ले लेते हैं और वर्ग संघर्ष का अनवरत चक्र चलता रहता है।''[108] जब व्यक्ति में अधिकार की भावना आ जाती है तो वह स्वार्थी हो जाता है और अधिक-से-अधिक क्षेत्र पर कब्जा करना चाहता है। इस प्रयास में वह अपने से दीन का हर सम्भव शोषण किया करता है। ''वर्ग वैषम्य शोषण की प्रवृत्ति की देन है; जिससे एक वर्ग धनी होता जाता है, दूसरा बहुसंख्यक वर्ग निर्धन। सामाजिक व्यवस्था असन्तुलित हो जाती है, परिणामस्वरूप वर्ग संघर्ष का जन्म होता है।''[109] समकालीन

उपन्यासों में भी वर्ग संघर्ष के विवरण मिलते हैं। 'डूब' में उच्च वर्ग द्वारा निम्न वर्ग के साथ किए गए दुर्व्यवहार और उसकी प्रतिक्रिया का चित्रण हुआ है–''तभी आ पहुँचा सुरेश साव रामदुलारे को झुठलाने। आव देखा न ताव और जड़ दिए दो-चार झापड़ तुलसी के गालों पर। रामदुलारे ने जा पकड़ा सुरेश का हाथ। 'क्या करते हो साव ? बेकसूर पर हाथ उठाते हो ? यह गुलाम है क्या तुम्हारा ?'' सुरेश साव ने हिकारत से देखा रामदुलारे की ओर, फिर ताव में आकर बोले, ''गुलाम नहीं तो क्या हुआ ! खवास तो है कि नहीं ? फिर हमारी दाढ़ी मूड़ने क्यों नहीं आया अब तक ?''[110] उच्च वर्ग के लोग निम्न वर्ग पर अत्याचार करना अपना हक समझते हैं। परन्तु अब स्थिति पहले जैसी नहीं रही है। निम्न वर्ग की प्रतिक्रिया में उनका आक्रोश दिखाई देने लगा है।

प्राचीन और मध्यकालीन शासन सूत्र राजनैतिक नेताओं में हस्तान्तरित होते ही राजनीतिक अधिकारों से सम्पन्न एक नए वर्ग की सृष्टि हुई। यद्यपि यह वर्ग 'जनप्रतिनिधि' कहलाता है किन्तु व्यक्तिगत स्वार्थवादी प्रवृत्तियों ने राजनैतिक भ्रष्टाचार को जन्म दिया। राजनीति का व्यवसायीकरण होते ही इस वर्ग में भी स्वार्थपरक, भौतिकवादी, भोगपरक प्रवृत्तियाँ पनपने लगीं। अधिकार की भावना ने अहंकार को जन्म दिया और अहंकार ने अत्याचार को। पुरानी सामन्ती प्रवृत्तियाँ नए रूपों में सामने आईं।''[111] ये सत्ताधारी वर्ग अपनी हित चिन्ता में अपने अधिकारों के प्रति सतर्क और सचेत रहते हैं। चूँकि ये समाज के शक्तिशाली वर्ग होते हैं, इसलिए ये जन सामान्य का शोषण भी करते रहते हैं। अधिकार पाने तथा शक्ति का उपभोग करते रहने के लिए इनका सत्ता पर बने रहना अनिवार्य होता है। प्रत्येक सम्पन्न व्यक्ति किसी भी तरह सत्ता में आने का प्रयास करता है। सत्ता में आने के बाद सत्ताधारी ऊँचे-ऊँचे सिद्धान्तों की बात करते हैं। मानवीय आदर्शों पर घंटों भाषण भी देते हैं परन्तु वास्तव में ये स्वार्थी, अवसरवादी, भ्रष्ट और अहंकारी होते हैं। वर्तमान में सत्ताधारियों के बहकावे को आज जनता समझने लगी है यानी शोषित वर्ग की चेतना धीरे-धीरे सजग हो रही है। सत्ता के प्रति आक्रोश युवा वर्ग में सबसे अधिक दिखाई देता है और यह वर्ग सत्ता के विरोध का प्रयास करता है। 'महाभोज' में युवा आक्रोश सत्ता और शक्तिशाली वर्ग के छद्म को तार-तार करता दिखाई देता है। यह युवा आक्रोश निरन्तर किए जानेवाले शारीरिक, वैचारिक और भावनात्मक शोषण से उत्पन्न आक्रोश का परिणाम है। सत्ताधारी वर्गों द्वारा निरन्तर युवा पीढ़ी को छलने के कारण उसके हृदय में क्षोभ का ज्वालामुखी उत्पन्न हो गया है, जिसे वह इस प्रकार प्रकट करता है–''कुछ देर पहले ही आया एक नौजवान...जो मजमे के किनारे अलग-थलग-सा ही खड़ा था, एकाएक सामने आया और दा साहब को सम्बोधित करके जोर से बोला, 'अरे दा साहब, काहे यह नौटंकी कर रहे हो यहाँ ? हरिजनों को जिन्दा जला दिया, आपकी सरकार और आपकी पुलिस तमाशा देखती रही और महीने भर से खुद तमाशा कर रहे हैं। हुआ आज तक कुछ ?''[112] यह बिसू का दोस्त बिन्दा ही था। वह आगे कहता है, ''तीस साल से आप लोगों की बातें ही तो सुनते-समझते आ रहे हैं। क्या हुआ आज तक ? पेट भरने के

लिए अन्न नहीं, आपकी बातें...खाली बातें ! जैसे सुकुल बाबू, वैसे आप।''[113] यहाँ उपन्यासकार की इस बात पर ध्यान दिया जाना चाहिए कि उसने युवा आक्रोश को आवेश की अतिशयता तक नहीं रखा है बल्कि उसके कारणों की समझदारी भरी व्याख्या भी की है। वर्तमान युवा-वर्ग यह जानता है कि कुर्सी दौड़ में शामिल राजनीतिज्ञ चरित्र के आन्तरिक गुणों की दृष्टि से एक दूसरे से अधिक भिन्न नही हैं। उनका एकमात्र लक्ष्य एक-दूसरे को गाली देना, साधारण जनता को आश्वासन देना, जनहित के लिए कुछ भी करने की घोषणाएँ करना और कुर्सी पर कब्जा करना है। 'महाभोज' में बिन्दा को पता है दा साहब की बातें सरोहा उपचुनाव जीतने के लिए ही है। इसलिए उनकी नरमी दिखाने और पुलिस अफसर के द्वारा दुबारा बयान लिए जाने पर उसे राजनीतिक षड्यन्त्र बताते हुए कहता है, ''क्यों झूठमूठ गाँववालों के साथ मजाक कर रहे हैं ? दा साहब से लेकर आप तक की शतरंज में आज बिसू की मौत का मोहरा फिट बैठ रहा है; इसलिए इतने जोर-जोर से तहकीकात हो रही है—बड़े प्यार से बुला-बुलाकर बयान लिए जा रहे हैं। पर होना-जाना कुछ नहीं है। फिर आवाज को सप्तम स्वर पर ले जाकर चिल्लाया, ''क्या हो गया है आप सब लोगों को...कोई ईमान-धरम नहीं रह गया है किसी का भी...लानत है सब पर।''[114]

जब युवा आक्रोश निडर-निर्भय मोर्चेबन्दी के लिए तैयार हो जाता है तो सत्ता और शक्तिशाली वर्ग की रक्षा में एक ऐसा वर्ग आ खड़ा होता है जो ऊपर से कानून ओढ़े रहता है, किन्तु भीतर से रक्तपाई वर्ग के साथ ही नाभिनालबद्ध होता है। अपने स्वार्थों और मध्यवर्गीय सुविधाओं का दास यह वर्ग रक्तपाई लोगों की ढाल कुछ इस तरह बनता है—

''बिन्दा ! सख्ती और कठोरता में लिपटी एक अफसरी आवाज गूँजी, याद रखो यह थाना है। पागलखाना नहीं।''

दोनों में कोई भेद रहने दिया है आप लोगों ने ? थाने में जो कुछ होता है उसका सिर-पैर या कोई तुक समझ में आता है आप लोगों को ? आवेश के मारे सारा बदन थरथरा गया बिन्दा का।''[115] अब युवा आक्रोश इतना उग्र हो चुका है कि वह सत्ता के दास कानून को भी अपने क्रोध का शिकार बनाने से नहीं चूकता। वास्तव में यह युवा आक्रोश की अभिव्यक्ति की सही दिशा है। जब तक सत्ता और उसके बनाए रखने में सहायक की भूमिका निभानेवाली संस्थाओं पर जोरदार हमला नहीं किया जाएगा, तब तक युवा आक्रोश अपने लक्ष्य से दूर रहेगा। युवा वर्ग ने वर्तमान की इस सच्चाई को समझ लिया है कि पुलिस भी सत्ता की कठपुतली है। व्यक्ति के दोषी या निर्दोष होने का थाने में कोई अर्थ नहीं रहता। पुलिस किसी भी व्यक्ति के साथ मनमाना व्यवहार कर सकती है। इसीलिए सक्सेना से बिन्दा कहता है, ''कारण तो सबका ही निकल आता है साहब। बेगुनाहों को पकड़ने का भी और गुनहगारों को छोड़ने का भी। यही तो न्याय है आप लोगों का। इसीलिए तो कहता हूँ कि यह सब...।''[116] स्पष्ट है उपन्यासकार ने युवा आक्रोश के माध्यम से भ्रष्ट होते प्रशासन की ओर हमारा ध्यान खींचा है।

"प्राचीन भारत में धर्म पालन का मुख्य अर्थ वर्णाश्रम धर्म के पालन से था। पुरोहित राजा का केवल धार्मिक गुरु नहीं, बल्कि शासन का आवश्यक अंग होता था। धर्म प्रधान राज्य होने के कारण धर्म और शासन हमेशा एक दूसरे के आश्रित रहे।"[117] यह माना जा सकता है कि एक समय धर्म की उपयोगिता रही होगी परन्तु बदलते युग के परिप्रेक्ष्य में धर्म की प्रासंगिकता सन्देहास्पद हो गई है। कारण यह कि विश्व के सभी धर्मों में सम्पूर्ण मानव जाति के कल्याण का भाव अन्तर्निहित होने के बावजूद समाज में धर्म के नाम पर उत्पीड़न, अत्याचार, दुख, कष्ट ही अधिक दिखाई देते हैं। अब तो ऐसा लगने लगा है कि "धर्म बौद्धिक शोषण का रूप है जो हर जगह अवाम पर, जो दूसरों के लिए निरन्तर काम करने, अभाव और एकान्तिकता से पहले से ही ग्रस्त रहते हैं, पर और भी बड़ा बोझ डाल देता है।"[118] धर्म पर जब भी विचार होता है तो उसके दो पक्ष सामने आते हैं, एक धर्म का दर्शन और दूसरा कर्मकांड। इतिहास इस बात का साक्षी है कि किसी भी धर्म का दार्शनिक पक्ष मानवता, स्वतन्त्रता, समानता, करुणा, दया, परदुःखकातरता जैसे उदात्त गुणों का विरोधी नहीं है। जबकि इसका कर्मकांड हमेशा से ही रुढ़िग्रस्त, बुद्धि और विवेक का विरोधी, ज्ञान और अहंकार का शिकार तथा मनुष्य को अन्धेपन की ओर बढ़ानेवाला है। शम्भुनाथ के अनुसार, "धर्म का मूल लक्ष्य मनुष्य को अनुभूति और आचरण के स्तर पर निरन्तर संस्कारने के अतिरिक्त और क्या है ? पर जब उसके मूल लक्ष्य को हिंसा और शोषण से स्थानान्तरित कर दिया जाता है; मनुष्य भौतिक स्तर पर समृद्ध होकर भी आत्मिक या मानसिक स्तर पर पिछड़ जाता है और कभी-कभी आदिम बर्बरता तक पहुँच जाता है। उसके धर्म का मूल लक्ष्य नृशंस जड़ता में बदल जाता है। समाज का शोषक वर्ग नहीं चाहता कि यह नृशंस जड़ता मिटे, क्योंकि इसी हालत में वह जनता की निष्कलंक धर्मपरायणता का राजनैतिक इस्तेमाल कर सकता है। वर्तमान युग में हिन्दू, सिक्ख, इस्लाम आदि धर्मों की पुनः उभरी नृशंस जड़ता को उसी परिप्रेक्ष्य में देखना चाहिए।"[119]

लेखक ने आधुनिक युग में धर्म के नाम पर उसके कर्मकांड को आलोचना के वृत में बन्द किया है। भारतीय जीवन में विभिन्न धार्मिक वर्गों में जो शत्रुता दिखाई दे रही है, वह कितनी घातक है इसका अन्दाजा इस बात से ही लगाया जा सकता है कि अब तक जितने साम्प्रदायिक दंगे हुए हैं उनमें धर्म और संस्कृति की रक्षा के नारे लगाए गए हैं। प्रश्न यह है कि जो संस्कृति अपने अर्थ में ही मनुष्य का संस्कार करके उसे आदर्श जीवन-पद्धति प्रदान करने का लक्ष्य घोषित करती है और जो धर्म अपने अर्थ में विकासशील जीवन मूल्य तथा आचरण धारण करने पर जोर देता है—उसकी रक्षा के लिए हिंसा के मार्ग का समर्थन कैसे किया जा सकता है। इसीलिए "हमारी समझ में नहीं आता कि वह कौन-सी संस्कृति है जिसकी रक्षा के लिए साम्प्रदायिकता इतनी जोर बाँध रही है। वास्तव में संस्कृति की पुकार एक ढोंग है, निरा पाखंड और इसके

जन्मदाता भी वही लोग हैं जो साम्प्रदायिकता की शीतल छाया में बैठे विहार करते हैं। यह सीधे-सादे आदमियों को साम्प्रदायिकता की ओर घसीट लाने का केवल एक मन्त्र है, और कुछ नहीं। हिन्दू और मुस्लिम संस्कृति के रक्षक वही महानुभाव और वही समुदाय हैं, जिनको अपने ऊपर अपने देशवासियों के ऊपर और सत्य के ऊपर कोई भरोसा नहीं, इसलिए अन्ततः एक ऐसी शक्ति की जरूरत समझते हैं जो उनके झगड़ों में सरपंच का काम करती रहे।''[120] यह वर्तमान बौद्धिक विकास पर प्रश्नचिह्न है कि धर्म को अत्यन्त संकीर्ण रूप देकर शोषण का आधार बना दिया गया है। यह स्पष्ट है कि इससे समाज का या व्यक्ति का या फिर धर्म और संस्कृति का ही कोई भला नहीं हुआ। इसके विपरीत अपार जन-धन की हानि अवश्य हुई। ''धर्म के नाम पर हुए धर्मयुद्ध, क्रुसेड, होलीवार, जेहाद आदि में अब तक करोड़ों लोग मारे जा चुके हैं। धर्म और स्वर्ग की दुहाई देकर विधवाओं को जिन्दा जलाया जाता रहा है, अबोध शिशुओं की बलि दी जाती रही है। विधर्मियों को जेलों की यातना एवं फाँसी दी जाती रही है।''[121] 'डूब' में इसी तरह की अन्ध धार्मिकता देखने को मिलती है। ''ठाकुर ने भी उस धर्मयुद्ध में बढ़-चढ़कर हिस्सा लिया था। हालाँकि औरों की तरह उनकी भी समझ में नहीं आया था कि भाई-बन्दों की तरह अपने बीच रह रहे ये गरीब यकायक दुश्मन कैसे हो गए। लेकिन धर्म की रक्षा का सवाल ठहरा। धर्म में तर्क का क्या काम ? पुण्य कमाने के हर युग के अपने अवसर होते हैं। महाभारत काल में भी तो भगवान श्रीकृष्ण ने यहाँ तक कहा था कि धर्म की खातिर सगे भाई को मारना भी पाप नहीं है। फिर इस कलयुग में विधर्मी को मारना अवश्य पुण्य कमाना ही कहलाएगा।''[122]

समकालीन उपन्यासों में धार्मिक रूढ़ियों के साथ ही धर्मान्धता और साम्प्रदायिकता जैसी भयंकर समस्या पर इतिहासपरक दृष्टि से भी विचार किया गया है। मध्यकाल में आर्थिक हितों और साम्राज्य विस्तार की गर्हित लिप्सा की पूर्ति के लिए धर्मान्धता का प्रयोग खुलकर किया जाता था। इस्लामी आक्रमणों के सन्दर्भ में यह तथ्य प्रमाणित होता है। न केवल भारत बल्कि विश्व के अन्य देशों में भी शासक वर्ग ने पाखंडी पुरोहितों से साठ-गाँठ करके जनता का शोषण किया है। आधुनिक युग में इसकी अभिव्यक्ति गौरवशाली अतीत की रक्षा या फिर इतिहास में हुए अत्याचारों का बदला लेने के लिए की जानी प्रारम्भ हो गई है। इसे प्रख्यात उपन्यासकार भीष्म साहनी ने गम्भीरता के साथ समझा है। वे कहते हैं–''आम तौर पर हम लोग अतीत के मोह में फँसे होते हैं, अतीत का मोह बहुत आकर्षित करता है।''[123] इस कारण हिन्दू मुसलमानों को अपने सदियों पुराने शत्रु मानते हैं और मुसलमान भी हिन्दुओं को पारम्परिक शत्रु के रूप में देखते हैं। 'तमस' में हिन्दू-मुसलमान शत्रुता का आधार ऐतिहासिक ही दिखाई देता है। ''यह कुर्बानी की आवाज शताब्दियों के फासले लाँघकर फिर से गूँज रही थी। तीन सौ साल पहले भी ऐसा गीत दुश्मन से लोहा लेने से पहले गाया जाता था। आत्म बलिदान की भावना से ओतप्रोत वे सब कुछ भूले हुए थे। इस विलक्षण क्षण में उनकी आत्मा से जा मिली थी, वे फिर से जैसे अतीत में जा पहुँचे थे। तुर्कों के साथ लोहा

लेने का फिर से समय आ गया था।"[124]

अन्ध-धार्मिकता संसार के अनेक लोगों के मन पर छाई हुई है। काल्पनिक स्वर्ग की कामना में अधिकांश व्यक्ति पाखंडपूर्ण जीवन व्यतीत करते हैं। यही अन्ध-धार्मिकता साम्प्रदायिक दंगों का मूल कारण बनती है। भारत में धर्मान्धता से उत्पन्न मानसिक जड़ता धर्मोन्माद के रूप में तेजी से उभरकर सामने आ रही है। मुस्लिम समाज की धार्मिक कट्टरता के परिणामस्वरूप हिन्दू समाज भी उसी विनाशकारी पथ का अनुसरण करने लगा है। राम और हिन्दुत्व के नाम पर लोगों की धार्मिक भावनाएँ उभारकर उन्हें उत्तेजना की चरम सीमा में पहुँचा दिया गया है।"[125] यह एक ऐसी स्थिति है, जो हमें मध्ययुगीन जड़ता की ओर ले जा रही है। गौरव, संस्कृति, पारम्परिक मूल्य, चेतना जैसे भारी-भरकम शब्दों को क्रूर कठिन पाषाण शिला जैसा बना दिया गया है और उसके नीचे मनुष्य की वास्तविक आस्था को कुचल दिया गया है। ऊपर से विडम्बना यह है कि आस्था के स्थान पर रिक्त हुई जगह को अन्ध आस्था और विवेकहीनता को स्थापित कर दिया गया है। धर्म से जुड़ाव के नाम पर भारत के हिन्दुओं और मुसलमानों में ही नहीं बल्कि अन्य धर्मवालों में भी नई हलचल दिखाई दे रही है, उसे केवल अन्धी अत्याचारप्रिय आस्था ही कही जा सकती है। इसका दुष्परिणाम भी हम देख रहे हैं। "धर्म के प्रति अन्धास्था, अन्धविश्वास ने हमारी मानसिकता को जड़ एवं विकलांग बना दिया है। हमारी प्रगति और विकास में यह एक अत्यन्त शक्तिशाली अवरोधक के रूप में उपस्थित है। यथार्थ से पूरी तरह विमुख, अधोगति के गर्त में आकंठ डूबा भारतीय समाज स्वयं को, स्वयं के धर्म को सर्वश्रेष्ठ मानते हुए आत्मश्लाघा, आत्मप्रवंचना की कूपमंडूकता में डूबा स्वयं से बाहर कुछ भी देखने-सुनने को तैयार नहीं।"[126] ऐसी जड़ता के कारण व्यक्ति विवेकहीन हो जाता है। 'तमस' में ऐसे ही मजहबी जुनून के दृश्य का अंकन हुआ है—"शेखों के मकान में भी कुछ-कुछ वैसी ही भावना व्याप रही थी; यहाँ पर गाँव के सभी मुसलमान—किसान, तेली, नानबाई अल मुजाहिद बन गए थे; काफिरों के खिलाफ जिहाद की तैयारी चल रही थी; आँखों में यहाँ भी खून उतर आया था और कुर्बानी का जज्बा दिलों में लहरें मार रहा था।"[127] जिसे कुर्बानी का जज्बा अथवा धर्म-रक्षा के लिए प्राणों की आहुति कहकर प्रचारित किया जाता है, वह किसी जादू भरे छल से कम नहीं है। निहित स्वार्थों के उद्देश्य से सांस्कृतिक इतिहास की मनमानी व्याख्या करके इस प्रकार के नारोंवाली उक्तियाँ व्यक्ति और समूह दोनों के चरित्र का अभिन्न अंग बना दी गई हैं। यह स्थिति जहाँ विधर्मी की हत्या के लिए हाथ में तलवार, चाकू या बन्दूक देती है, वहीं मनुष्य में वह निष्ठुर भावना भी पैदा करती है, जो साम्प्रदायिक दंगों के दौरान तटस्थता ओढ़ने को बाध्य करती है। धर्म और संस्कृति के इतिहास के नाम पर पिछले वर्षों में जो अजनबीयत पैदा कर दी गई है, उसने प्रभावशाली और समझदार लोगों तक को धार्मिक वैमनस्य के विरुद्ध हस्तक्षेप करने से रोका है। परिणामतः "धर्म आधारित पुराना नजरिया और उससे

जुड़ा हुआ अलगाव बरकरार है और जनता के उत्पीड़क तबकों का ज्यादातर हिस्सा अगर इन साम्प्रदायिक टकरावों में सक्रिय हिस्सा नहीं लेता है तो उन्हें रोकने के लिए हस्तक्षेप भी नहीं करता। हिन्दू-मुस्लिम दंगों में तो खास तौर पर ऐसा होता है,"[128] क्योंकि शत्रुता का इतिहास इनके जेहन में होता है; जहाँ इनके वीर पूर्वजों ने युद्ध-कौशल दिखाया था। उसी गर्व से भरकर ये भी अपने ही साथ रहनेवालों को शत्रु मान बैठते हैं। 'तमस' के इस प्रसंग में सम्प्रदायवादी भावना से पीड़ित झूठा गर्व दिखाई देता है—"तुर्क आए थे पर वे अपने ही पड़ोसवाले गाँव से आए थे। तुर्कों के जेहन में भी यही था कि वे अपने पुराने दुश्मन सिक्खों पर हमला बोल रहे हैं और सिक्खों के जेहन में भी वे दो सौ साल पहले के तुर्क थे, जिनके साथ खालसा लोहा लिया करता था। यह लड़ाई ऐतिहासिक लड़ाइयों की शृंखला में एक कड़ी ही थी। लड़नेवालों के पाँव बीसवीं सदी में थे, सिर मध्ययुग में।"[129] यह प्रसंग हृदय और बुद्धि दोनों को खतरनाक ढंग से आन्दोलित करता है। जब हिंसा और रक्तपात को इतिहास का आधार मिल जाए तो उसे समाप्त करना या नियन्त्रित करना असम्भव हो जाता है। भारत में विशेषकर, जहाँ हर व्यक्ति धार्मिक इतिहास और सामान्य जीवन में स्मृतियों से चिपका रहने में ही आनन्द मानता है, जो हिंसा इतिहास के माध्यम से आधुनिक व्यक्ति को परिचालित करती है, वह लम्बी लड़ाई के बिना समाप्त नहीं हो सकती। वह भिन्न-भिन्न रूपों में इतिहास की घटनाओं को गौरवशाली बनाकर प्रस्तुत करती है। भारतीय सन्दर्भ में हिन्दू-मुसलमानों के बीच सम्बन्धों का निर्धारण करने में यही प्रवृत्ति मध्ययुग को अपने पक्ष में बनाती है, इसलिए यह कहना सही है कि "साम्प्रदायिकता को मध्ययुगीन मानसिकता से प्रश्रय मिलता है। वहाँ से (मध्य युग के इतिहास से) हम जातीय गौरव के उदाहरण उठाते हैं। जातीय भावना को सुदृढ़ बनाने के लिए हम मध्ययुगीन इतिहास में से अपने वीर नायक चुनते हैं, जो दूसरी जाति के हमारे शत्रुओं से लोहा लेते थे। वर्तमान से जुड़ने के बजाय अतीत से जुड़ते हैं, जो आज जीवन के लिए असंगत हो चुकी होती है।"[130]

ऐतिहासिक दृष्टि से "भारत में साम्प्रदायिक वैमनस्य मूलतः ब्रिटिश कूटनीति की उपज है। कांग्रेस के नेतृत्व में राष्ट्रीय आन्दोलन की उग्रता सरकार की चिन्ता का विषय बन गई; अतः यह प्रचार किया गया कि कांग्रेस एकमात्र हिन्दुओं की संस्था है। फलतः कुछ मुसलमान नेताओं ने सम्प्रदाय के हितों की रक्षा के लिए सन् 1906 में मुस्लिम लीग की स्थापना की, जिसको सरकारी मान्यता भी प्राप्त हो गई। मुसलमानों को विशेष अधिकार मिलते देखकर यह स्वाभाविक था कि हिन्दुओं में इसकी प्रतिक्रिया होगी; फलतः हिन्दू महासभा की नींव पड़ी, जिसका उद्देश्य हिन्दुओं के हितों की सुरक्षा करना था। यही साम्प्रदायिक वैमनस्य की भूमिका थी।"[131] उपनिवेशवादी शासकों ने अपने राजनैतिक उद्देश्य की प्राप्ति के लिए धर्मभीरुता को चाल से हिन्दू-मुसलमानों दोनों को पराजित किया। इसमें उनकी शक्ति की भूमिका इतनी नहीं थी, जितनी इन दोनों जातियों की नासमझी और असहिष्णुता। यह कम आश्चर्यजनक नहीं कि हिन्दुओं और

मुसलमानों का शत्रु एक ही था, किन्तु ये उसका सम्मिलित विरोध करना छोड़कर परस्पर सन्देह और अविश्वास का युद्ध लड़ने लगे। 'तमस' में इसका यथार्थ चित्रण हुआ है– "हयातबख्श इस बात पर अड़ा रहा कि बख्शी कबूल करे कि वह हिन्दुओं की नुमाइन्दगी करने आए हैं कि कांग्रेस हिन्दुओं की जमात है।"[132]

एक दूसरे को पराजित करने की प्रवृत्ति और पारम्परिक अवमानना का यह खेल आगे चलकर इतना संकटपूर्ण हो गया कि इसने भारतीय समाज को स्थायी विभाजन की ओर धकेल दिया। ऐतिहासिक परिस्थितियों में धर्मान्ध दृष्टि ने हिन्दू-मुसलमान को स्वतन्त्रता के वास्तविक लक्ष्य से भी दूर कर दिया। इसका दुष्परिणाम नव स्वतन्त्र भारत को भुगतना पड़ा। "स्वतन्त्रता संघर्ष के दौरान मुस्लिम लीग की स्थापना के साथ ही इन्हें एक राजनीतिक संगठन का आधार मिला और विभाजन के काल में यह सम्प्रदायवादी भावना हिन्दू और मुसलमानों में इस कदर कट्टर हो गई कि जगह-जगह दंगे, आगजनी, हत्या जैसे दृश्य आम हो गए।"[133] ऐसे में हिन्दू और मुसलमानों के बीच जो आत्मिक सम्बन्ध थे, वे आशंका की छुरी पर घूमने लगे। पारस्परिक विश्वास, भाईचारा, प्रेम, सदाशयता काफूर हो गई। जिनकी मित्रता में धर्म की भिन्नता के कोई मायने नहीं थे, वे भी एक दूसरे को शक की दृष्टि से देखने लगे। 'तमस' में रघुनाथ और शाहनवाज की दोस्ती पर भी कुछ इसी तरह का रंग चढ़ गया। "दोनों दोस्त बैठ गए। रघुनाथ ने गम्भीर आवाज में कहा, "बहुत गड़बड़ है, दिल को बड़ा दुख होता है, भाई-भाई का गला काट रहा है। पर सहसा इस वाक्य से दोनों के बीच एक तरह की दूरी-सी पैदा हो गई। उनके आपसी रिश्ते की बात और थी, हिन्दू-मुसलमान के रिश्ते की बात दूसरी थी; इस वाक्य से रघुनाथ ने मानो निजी रिश्ते के साथ जातियों के रिश्ते को जोड़ने की कोशिश की थी, जिसके बारे में दोनों के अपने-अपने अलग-अलग विचार थे।"[134] रघुनाथ और शाहनवाज साम्प्रदायिकता के गणित को समझानेवाले समर्थ प्रतीक हैं। इन दोनों के बीच विद्यमान आदर्श सम्बन्धों में जो दरार पड़ती है, वह वास्तव में भारत के भविष्य को दो-भाग करनेवाली दरार है। आधुनिक काल में हम देखते हैं कि इसे पाटने की जितनी कोशिशें की जाती हैं, यह उतनी ही बढ़ती जाती है। इसके बढ़ने में भारत के हिन्दू-मुसलमानों की धार्मिक कट्टरता मुख्य रूप से जिम्मेदार है; इसी के साथ दक्षिण एशिया के देशों में इस्लामी समाजों में अचानक जो आक्रामकता और कट्टरता बढ़ी है, वह भी बहुत हद तक इसकी जिम्मेदार है। गीतेश शर्मा के अनुसार, "वर्तमान काल में धर्म के आधार पर हिन्दू-मुसलमानों के बीच खाई जितनी गहरी है, उतनी भारत के इतिहास के किसी भी काल में नहीं रही। हिन्दू जो सदियों से गैर धर्मावलम्बियों के लिए सहिष्णु और प्रतिरक्षात्मक रहा, आज वह असहिष्णु, आक्रामक और उग्र हो गया है। बीसवीं सदी के उत्तरार्द्ध में अग्रगामी और प्रगतिशील होने के बजाय उसकी उदार मानसिकता का स्थान मध्ययुग की जेहाद और क्रुसेड की प्रतिहिंसात्मक बर्बर प्रतिगामी मानसिकता लेने लगी है। इसके मुख्य कारणों में सत्ताकांक्षी गटर और गलीज राजनीति, हिन्दू समाज में व्याप्त धार्मिक जड़ता, अशिक्षा, अज्ञान और

अधकचरे ज्ञान के अलावा पड़ोसी देशों पाकिस्तान, बांग्लादेश और अफगानिस्तान एवं अन्य मुस्लिम देशों में बढ़ती हुई इस्लामी कट्टरता है।"[135]

आधुनिक मनोविज्ञान और हिन्दी साहित्य शीर्ष ग्रन्थ में कहा गया है कि आधुनिक मनुष्य अपने ही रचे परिवेश के हाथों पराजित, त्रस्त और विखंडित होता चला जा रहा है। उसकी अपनी ही गढ़ी हुई दुरभि सन्धियाँ उसके अस्तित्व को निरन्तर रेत की तरह बिखेर रही हैं।[136] यह विचार प्रकारान्तर से साम्प्रदायिकता के भयावह रूप के मन पर पड़नेवाले प्रभाव को समझने में सहायता करता है। साम्प्रदायिक संघर्ष में भाग लेनेवाले दोनों पक्ष एक विशेष मानसिक प्रभाव के द्वारा ही परिचालित होते हैं और इन दोनों की उन्मत्तता के पाटों के बीच पिसनेवाले साधारण लोग उस तीसरे पक्ष का निर्माण करते हैं जो साम्प्रदायिकता का शिकार होकर न जीनेवालों में रहते हैं न मरनेवालों में। बची हुई देह और बचे हुए सामान के साथ निरन्तर भागता हुआ यह तीसरा पक्ष अपने मन में लगातार टूटता-जुड़ता रहता है। जीवन के प्रति मोह उसे जोड़े रखता है जबकि पीछे भागती हुई मृत्यु उसे खंड-खंड बिखेरती रहती है। वह अपने देखते-देखते निकट सम्बन्धों को नष्ट होते सहता है, साथ ही उनके बचे होने की क्षीण आस भी लगाए रहता है। ऐसे में उसे किसी की तलाश भी रहती है जिससे वह अपने मन की आशा और आशंका व्यक्त कर सके। कई बार एक अलग मनःस्थिति भी बनती है जिसमें कभी-कभी यह तीसरा पक्ष हिंसक भी हो उठता है। ऐसा तब होता है जब वह अपने किसी निकट व्यक्ति की हत्या का बोझ नहीं उठा पाता। कुल मिलाकर साम्प्रदायिकता से जुड़े और उससे प्रभावित सभी पक्ष मनःस्थिति के स्तर पर बहुत गहरे प्रभावित होते हैं।

समकालीन उपन्यासकारों ने इस पक्ष को भी विश्लेषित किया है। साम्प्रदायिकता के मन पर पड़नेवाले प्रभाव को सबसे अधिक 'तमस' उपन्यास में चित्रित किया गया है। दंगे में फँसे लोगों की विवशतापूर्ण स्थिति यह है कि "कोई नहीं जानता था कि उसे क्या करना है, किधर जाना है। आगे क्या होगा, उसकी धुँधली-सी रूप-रेखा भी किसी के आँखों के सामने नहीं थी। लगता जैसे कोई अनिवार्य घटना-चक्र चल रहा है, जिस पर किसी का बस नहीं, न किसी के हाथ में निर्णय है, न संचालन, न संचालन की क्षमता, कठपुतलियों की तरह सभी घूम रहे थे। भूख लगती तो उठकर इधर-उधर से कुछ खा लेते, याद आती तो रो देते, और कान लगाए सुबह से शाम तक लोगों की बातें सुनते रहते।"[137] यन्त्र चालित से सभी आश्रय को आस लगाए रहते। उनके सामने रास्ते, मैदान और घाटियाँ ही फैली थीं। साठ की उम्र में हरनामसिंह भागा-भागा फिर रहा था।[138] देखते-देखते "कितनी जल्दी सब कुछ बदल गया था। बीस साल तक एक जगह में रहने के बाद पलक मारते वे परदेसी और बेघर हो गए थे। हरनामसिंह का हाथ ठंडा और पसीने से तर था। पर वह बार-बार एक ही वाक्य दोहराए जा रहा था—निकल आओ, अब जैसे भी हो निकल आओ।"[139] जब व्यक्ति के मन में असुरक्षा का भाव उठता है तब कई बार वह आक्रामक भी हो जाता है। यह आक्रामकता और भयंकर हो उठती है जब व्यक्ति के मन में प्रतिशोध की भावना भरी हो। व्यक्ति को

जब अपने प्रिय जनों की मृत्यु की आशंका होती है या फिर जब यह पता चलता है कि उनके निज-जनों को शत्रुओं ने मार डाला है तो 'खून का बदला खून' उसके सिर पर सवार हो जाता है।[140] दूसरी ओर ऐसे माहौल में, जबकि मौत हर पल व्यक्ति का पीछा करती है, उसके मन में जीवन की मद्धिम आशा की ज्योति भी जलती रहती है। वह अपने लोगों से पुनः मिल पाने की आशा सँजोए प्रतीक्षा करती है। 'तमस' के रिलीफ कैम्प में हर कोई परेशान है, "...मैं यही पूछता हूँ न जी, क्या मालूम सुखवन्त ने कुएँ में छलाँग नहीं लगाई हो। क्या मालूम जी, गुरमीत को साथ में नहीं ले गई हो, क्या मालूम गुरमीत नहीं डूबा हो, वहीं कहीं कुएँ के पास घूम रहा हो। क्यों जी ? क्यों बाबूजी ? इसका पता नहीं लगाया जा सकता... ?"[141] सभी की यही स्थिति थी, सबकी बातें सुन-सुनकर आँकड़े इकट्ठा करनेवाला "बाबू परेशान हो उठता है। वह आँकड़े माँगता था, लोग उसे अपने जख्म दिखा रहे थे। 'गँडासा सीधा मेरे माथे पर लगा। क्यों बाबूजी, मेरी आँख बच जाएगी ? दादा कहने लगा, बन्तासिंह, आँख पर से पट्टी नहीं खोलना। मैंने पट्टी नहीं खोली।' ये आँकड़े नहीं थे, यह बावेला था और अब एक और आदमी मेज के सामने आ बैठा था।"[142]

स्पष्ट है कि समकालीन उपन्यासकार साम्प्रदायिकता की समस्या के मानसिक प्रभाव का चित्रांकन पूरी सजगता के साथ करते हैं। जब क्षण भर में ही सम्बन्धों की विरासत रक्तरंजित हो जाती है, तो मनुष्य सामान्य जीवन जीने के अयोग्य बन जाता है। उसकी सोचने-समझने और समयानुकूल बात करने तक की शक्ति चली जाती है। अपनी जड़ों से कटने की जो पीड़ा उसे मिलती, वह उसके भीतर आशंका और सन्देह का धुआँ भर देती है। दंगों के दौरान जो शरण शिविर लगाए जाते हैं, उनमें पीड़ितों का व्यवहार अत्यधिक शंकालु, चंचल, भीरुता भरा और सोचने-समझने की सामान्य शक्ति से हीन दिखाई देता है, तब जीते रह पाने जैसे बड़े सवाल परेशान करने लगते हैं, जिसके चलते वह कभी अपने घावों में उलझ जाता है, और कभी राहत के व्यवस्थापकों से आश्वासन पाने में, लेकिन हम जानते हैं कि इनमें से कोई भी साम्प्रदायिक समस्या के असली हल से सम्बन्ध नहीं रखता। न व्यक्ति की आक्रामकता और न भीरुता समस्या का हल खोज सकती है, फिर भी पूरे-के-पूरे समूह की मानसिकता इन दोनों के बीच झूलती दिखाई देती है। समकालीन उपन्यासों में साम्प्रदायिकता के इस सूक्ष्म पहलू पर गहराई से प्रकाश डाला गया है। साम्प्रदायिकता की समस्या पर विचार करते हुए उसके मूल कारणों की खोज में बौद्धिक दृष्टिकोण अपनाया गया है। इसीलिए साम्प्रदायिकता के कुछ ऐसे कारण भी सामने आए हैं, जिन पर सामान्य रूप से ध्यान नहीं दिया जाता। राजनीति और आर्थिक स्वार्थ ऐसे ही दो कारण हैं। भारत में होनेवाले साम्प्रदायिक दंगों में–इनमें से आर्थिक कारण को तो आसानी से पहचाना भी जा सकता है। थोड़ी गहराई में जाते ही यह अनुभव होने लगता है कि धार्मिक मतभेदों को जब बढ़ावा दिया जाता है तो उनके पीछे अकसर आर्थिक और राजनीतिक मनसूबे काम कर रहे होते हैं।"[143] अतः यह स्पष्ट रूप से कहा जा

सकता है कि ''साम्प्रदायिकता का मूल कारण केवल धार्मिक मतभेद नहीं है, इसकी बुनियाद में अर्थ और राजनीति भी है। जब राजनीतिक स्वार्थों की पूर्ति के लिए कोई समुदाय विशेष जान-बूझकर धार्मिक-सांस्कृतिक विभिन्नताओं के आधार पर राजनीतिक माँगें पेश करता है तब सामुदायिक चेतना एक राजनीतिक सिद्धान्त बन जाती है। बहुधर्मावलम्बी और बहुसांस्कृतिक समाज में सामाजिक विद्वेष और घृणा तथा तनाव और टकराहट विभिन्न समूहों के बीच चल रहे सत्ता द्वन्द्व का परिणाम होते हैं। इस पारस्परिक द्वन्द्व को जब सैद्धान्तिक स्तर पर मजहबी जामा पहना दिया जाता है, तब राजनीति धर्म के रूप में प्रकट होती है।''[144] भीष्म साहनी ने 'मेरे साक्षात्कार' में लिखा है–''साम्प्रदायिकता की सनस्या को हमारी आर्थिक व्यवस्था के परिप्रेक्ष्य में देखना और समझना नितान्त आवश्यक है। यह केवल विचारधारा की या धर्म से जुड़ने की समस्या नहीं है, इसकी जड़ें हमारी आर्थिक व्यवस्था के अन्दर पाई जाती है।''[145] इसी की अभिव्यक्ति 'तमस' में हुई है। वहाँ स्वार्थी नेतागण अपने आर्थिक लाभ के लिए मौके का फायदा उठाने से नहीं चूकते। दंगे के बाद लोग-बाग सौदेबाजी में लग जाते हैं। 'दड़बा है तो भी मैं कहूँगा ले लो। कौड़ियों के मोल बिक रहा है। साथ मिला लोगे तो मकान खूब कुशादा हो जाएगा।''

''और अगर पाकिस्तान बन गया तो ?''

'छोड़ो बादशाह, ये सियासतदानों के चोंचले हैं। बन भी गया तो क्या होगा, लोग तो यहीं पर रहेंगे, कहीं भागे तो नहीं जा रहे...।' मुंशीराम नहीं चाहता था कि आज का दिन किसी सौदे से खाली जाए। एक जगह पर इतने धन-पैसेवाले लोग कहाँ एक साथ मिलते हैं।''[146] यह प्रसंग साम्प्रदायिक दंगे के माध्यम से साधे जानेवाले आर्थिक स्वार्थों को पूरी तरह प्रत्यक्ष कर देता है। इसके बाद हमारा ध्यान दंगों में मरनेवाले लोगों की आर्थिक पृष्ठभूमि पर जाना स्वाभाविक है। जब समाजार्थिक दृष्टिकोण का विकास हुआ और आर्थिक शोषण को जनवादी दृष्टि से विश्लेषित करने की पद्धति अपनाई जाने लगी तो यह देखने की आवश्यकता भी अनुभव हुई कि किसी साम्प्रदायिक दंगे में अपनी जान से हाथ धोनेवाले लोग निर्धन अधिक थे या धनवान और हर दंगे में यह निष्कर्ष निकला कि मरनेवाले लोग निर्धन ही अधिक थे। संख्या के इस गणित का तो एक सामाजिक पहलू यह भी है कि दंगे भड़कानेवाली शक्तियाँ प्रायः सुरक्षित स्थानों में रहती हैं और धर्मभीरु निर्धन लोगों की भूख का फायदा उठाती हैं। स्पष्ट है कि अर्थ सम्पन्न शक्तियाँ निर्धन शक्तियों को कठपुतली की भाँति नचाती हैं और दंगे कराकर अपने आर्थिक हित पूरे करती हैं। प्रगतिशील उपन्यासकार भीष्म साहनी ने 'तमस' में इस स्थिति को प्रभावशाली रूप में चित्रित किया है। देवदत्त कहता है–''पन्नों पर एक खाना और जोड़ दो। गरीब कितने मरे और खाते-पीते लोग कितने मरे।''

''इसमें क्या तुक है ? तुम हर बात में अमीर-गरीब को घसीट लाते हो।''

''यह भी एक पहलू है आँकड़े इकट्ठे करने का। दोनों ओर के गरीब कितने मरे, अमीर कितने मरे। इससे भी तुम्हें कई बातों का पता चलेगा।''[147]

साम्प्रदायिकता के यथार्थ का अध्ययन करते समय भारत में साम्प्रदायिकता और साम्राज्यवाद के सम्बन्ध पर ध्यान जाना स्वाभाविक है। यह सही है कि मध्ययुगीन इतिहास हमारे देश में साम्प्रदायिक समस्या को बढ़ाने में खाद-पानी का काम करता रहा है। इतिहास को अलग-अलग बाँटने का दुराग्रह रखनेवाले लोगों ने मध्यकालीन राजनैतिक घटनाक्रम का सहारा लेकर हिन्दू इतिहास, मुस्लिम इतिहास, पराजय का इतिहास, विजय का इतिहास जैसे नारे गढ़ने और भोली-भाली जनता को भड़काने में कोई कसर नहीं छोड़ी। जब साम्राज्यवादी अंग्रेजों ने भारत को अपना उपनिवेश बनाया तो उन्हें भी भारतीय समाज के इस अन्तर्विरोध को समझने में देर नहीं लगी। पहले स्वाधीनता संग्राम के बाद ही साम्राज्यवादी लोग भी यह समझ गए कि जब तक हिन्दू और मुसलमान एक रहेंगे, तब तक अपना उपनिवेशवादी शासन आशंकाओं से घिरा रहेगा। अतः उन्होंने हिन्दू-मुसलमानों के धार्मिक मतभेदों और साम्प्रदायिक वैमनस्य को अपने पक्ष में भुनाने की योजना बनाई। ''उन्होंने गुलाम देश की मौजूदा सच्चाइयों का, जहाँ धर्म और उसके साथ जुड़े बँटाव की पकड़ बहुत मजबूत थी, पूरा-पूरा फायदा उठाया।''[148] औपनिवेशिक शासन बनाए रखने के लिए साम्राज्यवादी शक्तियों ने हिन्दू-मुसलमानों के बीच पहले से विद्यमान वैमनस्य का ही प्रयोग नहीं किया, बल्कि तरह-तरह के षड्यन्त्र करके और अधिक वैमनस्य उत्पन्न किया। अंग्रेजी शासकों ने साम्प्रदायिक दंगे कराए और उनसे लाभ उठाया। हम समझ सकते हैं कि राजनैतिक स्वार्थ प्रधान साम्राज्यवादी दृष्टि दंगों के माध्यम से भारतीय समाज को बाँटे रखना चाहती थी। तमस में साम्राज्यवादी दृष्टि का एक उदाहरण निम्नांकित है–''हम यदि हर घटना के प्रति भावुक होने लगे तो प्रशासन एक दिन भी नहीं चल पाएगा।''

'यदि 103 गाँव जल जाए तो भी नहीं ?'

'तो भी नहीं' रिचर्ड ने तनिक रुककर कहा 'यह मेरा देश नहीं है। न ही ये मेरे देश के लोग हैं।''[149] वास्तव में इस बात का प्रशासन से–अंग्रेजी प्रशासन से–कोई मतलब था भी नहीं। यह मतलब तब होता जब उनके प्रशासन का उद्देश्य जन-कल्याण होता और वह प्रशासन उस जनता को अपनी मानता। ऐसा नहीं था, तो प्रशासन का जन-हानि से कोई लेना-देना भी नहीं था। पिछले इतिहास को देखने से पता चलता है कि धर्म और उसके नाम पर विकसित साम्प्रदायिकता साम्राज्यवाद के महत्त्वपूर्ण हथियारों में से रहे हैं। साम्प्रदायिक दंगे और धार्मिक शत्रुता साम्राज्यवादियों के लिए वरदान तथा साम्प्रदायिक शान्ति अभिशाप से कम नहीं मानी जाती थी।''[150] अस्वाभाविक नहीं कि इसीलिए अवध की हुकूमत हथियाने के लिए अंग्रेज लखनऊ में योजना बनाकर साम्प्रदायिक विद्वेष की गर्मी बढ़ा रहे थे। 'करवट' में ऐसे ही एक प्रसंग का उल्लेख करते हुए सूचित किया गया कि ''अंग्रेजों के वर्ग में इस बात की जोरदार चर्चा थी कि अवध से वाजिदअली शाह की हुकूमत जल्द ही हटाई जानेवाली है। अयोध्या में अमेठी का मौलवी मीर अमीर अली हनुमानगढ़ी

पर जेहाद बोल रहा है और अवध के तमाम बड़े-बड़े हिन्दू राजे-महाराजे मिलकर उससे युद्ध कर रहे हैं। एक ख़बर यह भी छपी थी कि खास लखनऊ शहर में कुछ मुसलमान सिपाहियों ने हिन्दुओं का एक शिवाला और जैनियों का एक मन्दिर कुछ महीनों पहले गुस्से में आकर तोड़ डाला था, उस बात को लेकर भी शहर में कुछ नई गरमा-गरमी बढ़ाई जा रही है।"[151]

यहाँ एक विचार यह उभरता है कि साम्प्रदायिकता और साम्राज्यवादी दृष्टि के सम्बन्ध में इतना विस्तृत विश्लेषण करने के मूल में उपन्यासकारों का उद्देश्य केवल इतिहास प्रस्तुत करना नहीं है, बल्कि वे भारत को स्वातन्त्र्योत्तर राजनीति के उस रूप का संकेत भी करना चाहते हैं, जो वर्तमान में साम्प्रदायिकता की सड़ांध से भरा हुआ है। हमारा वर्तमान शासन उन शक्तियों द्वारा संचालित और नियन्त्रित है जो पग-पग पर अंग्रेजों की नीतियों का अनुसरण करती हैं। इसीलिए यह कहना अनुचित नहीं है कि "अंग्रेज धार्मिक मतभेद को उग्र रूप देकर साम्प्रदायिक दंगों का कारण बना, किन्तु स्थिति आज तक नहीं सुधरी है बल्कि एक बार जब शासक वर्ग इसके सफल प्रयोग को देख चुका हो तो इसका इस्तेमाल बार-बार कर सकता है।"[152] पूरी स्थिति का अध्ययन करने पर हम इस निष्कर्ष पर भी पहुँचते हैं कि "धार्मिक मतभेद अपने में खतरनाक चीज नहीं है, खतरनाक है अपना उल्लू सीधा करने के लिए उसे भड़काना।"[153] और समकालीन भारतीय जीवन को उथल-पुथल से भरनेवाली साम्राज्यवाद प्रभावित यही राष्ट्रीय राजनीति है। उपन्यासकार इसके प्रति सावधान करता है।

भारत में साम्प्रदायिकता की समस्या ने भाषायी साम्प्रदायिकता को भी जन्म दिया है। राजनैतिक और आर्थिक स्वार्थों के चलते भारतीय भाषाओं को लगातार साम्प्रदायिक और भेदवादी दृष्टि का शिकार होना पड़ रहा है। यही कारण है कि भाषा का अध्ययन करते हुए "भारत जैसे मुल्क में जहाँ भाषा सामाजिक जीवन की एक प्रमुख समस्या है, भाषा वैज्ञानिक अध्ययन का कोई भी स्वरूप राजनैतिक सरोकार से तटस्थ नहीं हो सकता।"[154] इसीलिए अंग्रेजों ने अपने शासनकाल में 'फूट डालो और शासन करो' की नीति के अनुसार तत्कालीन हिन्दी भाषा की शक्ति को पहचानकर उसके साथ सौतेला व्यवहार किया। "ब्रिटिश साम्राज्यवादी शासन ने देश के परम्परागत कला, शिल्प, उद्योग-धन्धे और शासन प्रणाली के विनाश के बाद, नए ऐतिहासिक परिप्रेक्ष्य में उदित हो रही आधुनिक भारतीय जातीयता को ही कुचलने का प्रयास नहीं किया, प्रमुख भारतीय भाषाओं को भी तोड़ने-फोड़ने का सुनियोजित अभियान चलाया। अंग्रेजों ने हिन्दी की लोकशक्ति पहचानकर अपना मूल निशाना इसे ही बनाया। रण-कौशल स्वरूप उन्होंने हिन्दी को हमेशा उर्दू की तुलना में प्रमुखता दी। उन लोगों ने अरबी-फारसी मिश्रित उर्दू को पटरानी बनाकर रखा और हिन्दी की उपेक्षा की।"[155]

जनता का जीवन यह दर्शाता है कि देश के विभिन्न भागों में निवास करनेवाले

लोग अपने दैनिक प्रयोग की भाषा पर साम्प्रदायिकता हावी नहीं होने देते। उनकी दैनन्दिन भाषा मुख्यतः स्थानीय परिवेश और क्षेत्रीय भाषा संस्कृति से प्रभावित होती है। प्रमाण के लिए—"मुसलमान उर्दू को अपनी मिल्ली भाषा कह लें, मगर मद्रासी मुसलमान के लिए उर्दू वैसी ही अपरिचित वस्तु है, जैसे मद्रासी हिन्दू के लिए संस्कृत। हिन्दू या मुसलमान जिस प्रान्त में रहते हैं, सर्वसाधारण की भाषा बोलते हैं, चाहे वह उर्दू हो या हिन्दी, बंगला हो या मराठी। बंगाली मुसलमान उसी तरह उर्दू नहीं बोल सकता और न समझ सकता है, जिस तरह बंगाली हिन्दू। दोनों एक-सी भाषा बोलते हैं। सीमा प्रान्त का हिन्दू उसी तरह पश्तो बोलता है जैसे वहाँ का मुसलमान।"[156] पर अंग्रेजों ने हिन्दी-उर्दू में भेद की नींव डाल ही दी थी। इस साजिश का शिकार होकर हिन्दू और मुसलमान के बीच एक दूरी स्वतः बनती चली गई और कालान्तर में इसने विकराल रूप धारण कर लिया। 'करवट' में भाषा के आधार पर जो साम्प्रदायिक भावना पनपी, उसका वर्णन हुआ है। गुप्तजी कहते हैं, "हमारा देश तेजी से करवटें बदल रहा है रायसाहब। लगता है धर्म के नाम पर ही हमारा राष्ट्र बँट रहा है। आगे अधिक-से-अधिक बँटता चला जाएगा। जो मुसलमान अपने धर्म के प्रति कट्टर होते हुए भी कल 'हिन्दू' कहलाना पसन्द करते थे और अपनी भाषा हिन्दी ही कहते थे आज मुसलमान और उर्दू कहने में ही गौरव बोध करते हैं। धर्मों ने हमारे बीच में विरोध की एक बहुत बड़ी खाई खोद दी है।"[157]

यह समाज की भाषा पर साम्प्रदायिकता का हमला है। उर्दू का निरन्तर अरबी-फारसी होते जाना और हिन्दी की पहचान अधिकाधिक संस्कृतनिष्ठ होते जाने से जोड़ना बहुत कुछ साम्प्रदायिकता की भावना के कारण हैं। इससे निहित स्वार्थी लोगों का कोई लाभ हुआ हो या न हुआ हो, इन दोनों भाषाओं का नुकसान अवश्य हो गया है। आधुनिक भारत की भाषायी संस्कृति पर आधारित साँझी विरासत का जो भव्य रूप निर्मित हो सकता था, उसे साम्प्रदायिक दृष्टि ने सम्भव नहीं होने दिया। उर्दू और हिन्दी दोनों के ही विकास पर इसका विपरीत प्रभाव पड़ा, विशेषकर उर्दू का विकास अधिक प्रभावित हुआ।

समकालीन उपन्यासों में साम्प्रदायिकता के भयावह रूप और कारणों का खोज करने के साथ ही उस चिन्तन को भी दर्शाया गया है, जो दबे-छिपे ही सही, साम्प्रदायिकता के विरोध में आवाज उठाता है। यह चिन्तन धर्म, धार्मिक दुराग्रह, धार्मिक कट्टरता, धर्मान्धता आदि का यथार्थ विश्लेषण करके इस निष्कर्ष पर पहुँचता है कि "साम्प्रदायिकता का सम्बन्ध धर्म से नहीं, कट्टरता, मूढ़ता और गलत समझदारी से है।"[158] अतः जब व्यक्ति साम्प्रदायिकता की अनुपयुक्तता को समझ लेगा, तभी इस समस्या से मुक्ति मिल सकती है, अन्यथा समय-समय पर स्वार्थी लोगों के हाथों कठपुतली बनकर जन-सामान्य नाचते रहेंगे और दंगे भड़कते रहेंगे। "दंगों के परिणामस्वरूप धन और जन की तो हानि होती ही है, साथ ही सामाजिक चेतना के

विकास को भी गहरा धक्का पहुँचता है। आज के सन्दर्भ में यह प्रयास मध्ययुगीन वर्ण-व्यवस्था को नवीन स्वरूप में बनाए रखने का षड्यन्त्र है। जब तक समाज जाति एवं धर्म के आधार पर विभाजित रहेगा, समानता पर आधारित समाज की संरचना असम्भव है।''[159]

समाज को व्यवस्थित रखने के लिए स्वस्थ सोच की आवश्यकता है क्योंकि तभी राष्ट्र का गठन मजबूत हो सकेगा। आज ''साम्प्रदायिकता की बढ़ती हुई चुनौती के कारण राष्ट्रीय एकता के लिए जो खतरा पैदा हो गया है उसका मुकाबला करने के लिए कई-कई हथियारों का इस्तेमाल करना होगा, आर.एस.एस. के मुस्लिम विरोधी उन्माद के मुकाबला करना होगा। मुसलमानों के प्रति अलगाववादी हिन्दी नजरिए का मुकाबला करना होगा।''[160] जितना आवश्यक आर.एस.एस. या पिछले वर्षों में उभरे हिन्दू उग्रवाद का मुकाबला करना है, उतना ही आवश्यक मुस्लिम उग्रवाद का भी। हमें यह समझना होगा कि साम्प्रदायिकता प्रेरित उग्रवाद और आतंकवाद पूरी तरह धार्मिक मूल्यों की छतरी के नीचे रक्तबीज की भाँति बढ़ रहे हैं, जबकि वास्तविक रूप में धर्म से इनका कोई सम्बन्ध नहीं। साम्प्रदायिक शक्तियों को न सच्चा मुसलमान कहा जा सकता है, न सच्चा हिन्दू, न सिक्ख, न ईसाई। वे केवल धर्म के नाम पर आर्थिक और राजनैतिक स्वार्थ साधन करनेवाली समाज और मानवता विरोधी क्रूर शक्तियाँ हैं। यदि इस सत्य को समझ लिया जाए और भारत के हिन्दू-मुसलमान परस्पर समझदारी के साथ मिलकर रहना शुरू कर दें तो साम्प्रदायिकता की समस्या समाप्ति की ओर जा सकती है। 'तमस' में साम्प्रदायिक दंगे की विकट स्थिति में स्वस्थ सोच की झलक मिलती है। ''शरारत बाहर के गाँववाले करेंगे। हमें पूरी कोशिश करनी चाहिए कि इस गाँव में बाहर के लोग नहीं आएँ। इसका एक ही तरीका है कि यहाँ के अमनपसन्द सिख और मुसलमान मिलकर उन्हें रोकें। वह हमारे डर से असला इकट्ठा कर रहे हैं... । मुसलमानों का कोई एतबार नहीं हैं। वे लोग कहते हैं कि सिखों का कोई एतबार नहीं है।''[161] अविश्वास और बैर भावना से व्याप्त वातावरण में स्थिति को सुधारने की इच्छा रखनेवाले भी होते हैं, जो कट्टरता और मूढ़ता का त्याग कर समझदारी का उदाहरण पेश करते हैं। तमस में भी दंगे के दौरान उचित सुझाव देकर स्थिति को काबू में करने की आशा रखते हुए एक सज्जन कहते हैं–'ओ महाराज, बच्चों को लाठी चलाना जरूर सिखाओ, नेजा और तलवार चलाना भी सिखाओ, सूरमा बन जाएँगे हमारे बेटे, पर सबसे पहले डिप्टी कमिश्नर से मिलो, उससे कहो कि शहर में फसाद न होने दे। डिप्टी कमिश्नर का बड़ा दबदबा है। वह चाहे तो चिड़ी तक नहीं फड़क सकती।''[162] इस उपन्यास में दिखाया गया है कि अंग्रेज इस स्थिति को नियन्त्रित कर सकते थे पर उन्होंने इस पर ध्यान देने के बजाय उपेक्षा की, क्योंकि दंगे से उन्हें ही फायदा पहुँचता था, लेकिन इस बात से भी इनकार नहीं किया जा सकता कि जनता में जागरूकता की कमी है क्योंकि आज भी ''मन्दिर-मस्जिद विवाद, राज करेगा खालसा, अल्ला हो अकबर, जय श्रीराम, जय बजरंग बली आदि का उद्घोष जिस मानसिकता का द्योतक है वह निश्चय ही हमारे

समाज एवं देश के हित में नहीं है। पुनरुत्थानवाद के कारण कट्टरता सिर उठा रही है। आज विश्व के अन्य उन्नत एवं विकसित राष्ट्र विज्ञान एवं आधुनिक मूल्यों की सहायता से अपने देश के प्रत्येक नागरिक को न्यूनतम आवश्यकताएँ एवं सामाजिक सुरक्षा मुहैया कराकर उत्तर आधुनिक काल में प्रवेश कर आगे की ओर अग्रसर हो रहे हैं, वहीं हम अतीत को अपने कन्धों पर ढोते हुए पीछे की ओर लौट रहे हैं।"[163] भारत को भी चहुँमुखी विकास के लिए साम्प्रदायिक संकीर्णता से मुक्त होना होगा। आज सामाजिक जड़ता, कुरीतियों, रूढ़ियों, कर्मकांडों एवं धर्मान्धता के विरुद्ध प्रकृतिवादियों व बुद्धिजीवियों के विवेकशील तथ्यपरक मानवीय चिन्तन से अनुप्राणित निरन्तर चलाए गए आन्दोलनों और अभियानों का परिणाम है कि विश्व का एक बड़ा हिस्सा धर्म की जकड़न से मुक्त हो पाया है।"[164]

समकालीन हिन्दी उपन्यासकार इस अभियान को अपने लेखन के माध्यम से बढ़ाना चाहते हैं। यही कारण है कि उनके पात्र स्थान-स्थान पर सामाजिक परिवर्तन और शिक्षा को सौद्देश्य रूप देनेवाली अभिव्यक्तियाँ करते हैं। वर्तमान समय में भारतीय जीवन का भविष्य इस स्वस्थ चिन्तन के अभाव में प्रगति के मार्ग पर नहीं बढ़ सकता।

सन्दर्भ सूची

1. भारतीय चतुवर्ण व्यवस्था कब से आरम्भ हुई, इस विषय में विद्वान एकमत नहीं हैं, किन्तु इसकी प्राचीनता में किसी को सन्देह नहीं। प्राचीन काल से ही ब्राह्मण धर्माचरण के, क्षत्रिय राजनीति और प्रजा रक्षण के, वैश्य वाणिज्य संचालन और समाज की आर्थिक व्यवस्था के तथा शूद्र इन तीनों वर्णों के सेवा भार के आश्रय माने जाते थे। यह विभाजन क्यों और कैसे हुआ—इस तर्क-वितर्क को न उठाकर इस मूल तथ्य को स्वीकार कर चलना ही संगत होगा कि भारतीय व्यवस्था के मूल में श्रम विभाजन और आर्य-अनार्य की प्रतिद्वन्द्विता दोनों निहित हैं।' —समाज और संस्कृति, डॉ. सावित्री चन्द्र 'शोभा', प्रथम संस्करण-1976, पृ. 3
2. मानव सभ्यता का विकास, रामविलास शर्मा, द्वितीय संस्करण-1983, पृ. 56
3. भारतीय सामन्ती समाज में सत्ता भूस्वामी वर्ग के हाथ में थी, जिसमें पुरोहित और राजा दोनों शामिल थे। वैदिक काल में ही सामन्ती व्यवस्था उभरने लगी थी, जिसका एक प्रमाण वैदिक देवताओं का वर्णभेद है। —वही, पृ. 81
4. स्वातन्त्र्योत्तर हिन्दी उपन्यासों में सामन्ती जीवन, विजय कुमार अग्रवाल, प्रथम संस्करण-1990, पृ. 77
5. मार्क्स के अनुसार भी धर्म मनुष्य के मन पर पड़नेवाला उन शक्तियों का काल्पनिक प्रतिबिम्ब है जिसमें लौकिक शक्तियाँ अलौकिक रूप धारण कर लेती हैं। प्राकृतिक शक्तियाँ देवताओं का रूप धारण कर लेती हैं और आर्थिक शक्तियाँ भाग्य का; जिसके नियत्ता ग्रह-नक्षत्र आदि मान लिए जाते हैं।—नमिता सिंह, धर्म, साम्प्रदायिकता और राजनीति, पत्रिका—उत्तरगाथा, सम्पादन—सव्यसाची, संयुक्तांक 10-11, जनवरी-अप्रैल, 1982, पृ. 127
6. "आज हम देख रहे हैं कि जो लोग धर्म सम्प्रदाय में अपनी अस्मिता, पहचान खोज रहे हैं, वे मानवता को गौण मान रहे हैं। समता न्याय पर आधारित मानवता में अपनी अस्मिता, पहचान

ही मनुष्य को एक सूत्र में पिरो सकती है।''—धर्म के नाम पर, गीतेश शर्मा, सम्पादन—कुसुम जैन, प्रथम संस्करण-1996, पृ. 37

7. नमिता सिंह, धर्म, साम्प्रदायिकता और राजनीति, उत्तरगाथा, सम्पादक—सव्यसाची, संयुक्तांक 10-11, जनवरी-अप्रैल, 1982, पृ. 127
8. साहित्य का समाजशास्त्र, डॉ. नगेन्द्र, प्रथम संस्करण-1982, पृ. 6
9. मानव सभ्यता का विकास, रामविलास शर्मा, द्वितीय संस्करण-1983, पृ. 57
10. हिन्दी उपन्यासों में सामन्तवाद, डॉ. कमला गुप्ता, प्रथम संस्करण-1979, पृ. 139
11. स्वातन्त्र्योत्तर हिन्दी उपन्यासों में सामन्ती जीवन, विजय कुमार अग्रवाल, प्रथम संस्करण-1990, पृ. 208
12. डूब, वीरेन्द्र जैन, द्वितीय संस्करण-1993, पृ. 101
13. औरत, शिवप्रसाद सिंह, संस्करण-1999, पृ. 154
14. करवट, अमृतलाल नागर, संस्करण-1994, पृ. 226
15. समाज और संस्कृति, डॉ. सावित्री चन्द्र 'शोभा', प्रथम संस्करण-1976, पृ. 3
16. करवट, अमृतलाल नागर, संस्करण-1994, पृ. 229
17. स्वातन्त्र्योत्तर हिन्दी उपन्यासों में सामन्ती जीवन, विजय कुमार अग्रवाल, प्रथम संस्करण-1990, पृ. 208
18. डूब, वीरेन्द्र जैन, द्वितीय संस्करण-1993, पृ. 74
19. चाक, मैत्रेयी पुष्पा, दूसरा संस्करण-1999, पृ. 208
20. रागदरबारी, श्रीलाल शुक्ल, आठवाँ पुनर्मुद्रण-1999, पृ. 33
21. महाभोज, मन्नू भंडारी, चौबीसवाँ संस्करण-1999, पृ. 140
22. चाक, मैत्रेयी पुष्पा, दूसरा संस्करण-1999, पृ. 169
23. वही, पृ. 295
24. डूब, वीरेन्द्र जैन, द्वितीय संस्करण-1993, पृ. 11
25. औरत, शिवप्रसाद सिंह, संस्करण-1999, पृ. 30
26. स्वातन्त्र्योत्तर हिन्दी उपन्यासों में सामन्ती जीवन, विजय कुमार अग्रवाल, प्रथम संस्करण-1990, पृ. 233
27. हिन्दी उपन्यासों में सामन्तवाद, डॉ. कमला गुप्ता, प्रथम संस्करण-1976, पृ. 102
28. डूब, वीरेन्द्र जैन, द्वितीय संस्करण-1993, पृ. 67
29. वही, पृ. 66
30. स्वातन्त्र्योत्तर हिन्दी उपन्यासों में सामन्ती जीवन, विजय कुमार अग्रवाल, प्रथम संस्करण-1990, पृ. 117
31. हिन्दी उपन्यासों में सामन्तवाद, डॉ. कमला गुप्ता, प्रथम संस्करण-1976, पृ. 103
32. अर्द्धनारीश्वर, विष्णु प्रभाकर, संस्करण-1997, पृ. 76
33. करवट, अमृतलाल नागर, संस्करण-1994, पृ. 117
34. औरत, शिवप्रसाद सिंह, संस्करण-1999, पृ. 64
35. वही, पृ. 32
36. मुझे चाँद चाहिए, सुरेन्द्र वर्मा, नौवीं आवृत्ति-1999, पृ. 123
37. जाति-भेद हिन्दू धर्म का आधार है। पिता ने कहा था, ''झल्ली ने प्रेम करने की भूल जरूर की है पर किया तो ब्राह्मण से है इसलिए उसका गठबन्धन विवाह के आठ प्रकारों में सर्वोच्च 'ब्रह्म' माना जाएगा, जो माता-पिता की सहमति से होता है। पर हर्ष के साथ तुम्हारा परिणय सबसे

नीची किस्म का पैशाचिक ही रहेगा। वही, पृ. 533

38. करवट, अमृतलाल नागर, संस्करण-1994, पृ. 300
39. चाक, मैत्रेयी पुष्पा, दूसरा संस्करण-1999, पृ. 351
40. औरत, शिवप्रसाद सिंह, संस्करण-1999, पृ. 124
41. शहीदे आजम (भगत सिंह) मैं नास्तिक क्यों हूँ ? उत्तरगाथा, सम्पादक—सव्यसाची, संयुक्तांक 10-11 जनवरी-अप्रैल 1982, पृ. 30
42. स्वातन्त्र्योत्तर हिन्दी उपन्यासों में सामन्ती जीवन, विजय कुमार अग्रवाल, प्रथम संस्करण-1979, पृ. 429
43. ''स्वतन्त्रता आन्दोलन के काल से ही पूँजीपति वर्ग राजनीति में शामिल होने लगा था, तथा लोकतन्त्र की चुनावी पद्धति के परिणामस्वरूप भारतीय राजनीति अर्थ आश्रित हो गई। चूँकि देश में समाजवादी व्यवस्था की घोषणा की गई; इससे पूँजीपति वर्ग में थोड़ी-सी बेचैनी होना स्वाभाविक थी। इसलिए सबसे अच्छा माध्यम यही था कि या तो वे स्वयं नीति-निर्धारक बन जाएँ अथवा अप्रत्यक्ष रूप से नीतियों का निर्धारण करें। धन की शक्ति की अनिवार्यता और इस वर्ग के पास उसकी उपस्थिति ने इनके रास्ते को आसान कर दिया।''—वही, पृ. 135
44. हिन्दी उपन्यासों में सामन्तवाद, डॉ. कमला गुप्ता, प्रथम संस्करण-1979, पृ. 429
45. स्वातन्त्र्योत्तर हिन्दी उपन्यासों में सामन्ती जीवन, विजय कुमार अग्रवाल, प्रथम संस्करण-1990, पृ. 153
46. महाभोज, मन्नू भंडारी, चौबीसवाँ संस्करण-1999, पृ. 136
47. स्वातन्त्र्योत्तर हिन्दी उपन्यासों में सामन्ती जीवन, विजय कुमार अग्रवाल, प्रथम संस्करण-1990, पृ. 169
48. डूब, वीरेन्द्र जैन, द्वितीय संस्करण-1993, पृ. 54
49. हिन्दी उपन्यासों में सामन्तवाद, डॉ. कमला गुप्ता, प्रथम संस्करण-1979, पृ. 295
50. डूब, वीरेन्द्र जैन, द्वितीय संस्करण-1993, पृ. 69
51. चाक, मैत्रेयी पुष्पा, दूसरा संस्करण-1999, पृ. 310
52. हिन्दी उपन्यासों में सामन्तवाद, डॉ. कमला गुप्ता, प्रथम संस्करण-1979, पृ. 295
53. अर्द्धनारीश्वर, विष्णु प्रभाकर, संस्करण-1997, पृ. 187
54. हिन्दी उपन्यासों में सामन्तवाद, डॉ. कमला गुप्ता, प्रथम संस्करण-1979, पृ. 235
55. रागदरबारी, श्रीलाल शुक्ल, आठवाँ पुनर्मुद्रण-1999, पृ. 138
56. वही, पृ. 178
57. चाक, मैत्रेयी पुष्पा, पहली आवृत्ति-1999, पृ. 32
58. हिन्दी उपन्यासों में सामन्तवाद, डॉ. कमला गुप्ता, प्रथम संस्करण-1979, पृ. 178
59. चाक, मैत्रेयी पुष्पा, पहली आवृत्ति-1999, पृ. 380
60. हिन्दी उपन्यासों में सामन्तवाद, डॉ. कमला गुप्ता, प्रथम संस्करण-1979, पृ. 261
61. औरत, शिवप्रसाद सिंह, संस्करण-1999, पृ. 18
62. डूब, वीरेन्द्र जैन, द्वितीय संस्करण-1993, पृ. 75
63. रागदरबारी, श्रीलाल शुक्ल, आठवाँ पुनर्मुद्रण-1999, पृ. 63
64. वही, पृ. 193
65. औरत, शिवप्रसाद सिंह, संस्करण-1999, पृ. 157
66. चाक, मैत्रेयी पुष्पा, पहली आवृत्ति-1999, पृ. 365

67. वही, पृ. 122
68. हिन्दी उपन्यासों में सामन्तवाद, डॉ. कमला गुप्ता, प्रथम संस्करण-1979, पृ. 125
69. डूब, वीरेन्द्र जैन, द्वितीय संस्करण-1993, पृ. 67
70. वही, पृ. 77
71. महाभोज, मन्नू भंडारी, चौबीसवाँ संस्करण-1999, पृ. 67
72. वही, पृ. 26
73. वही, पृ. 32
74. वही, पृ. 66
75. वही, पृ. 56
76. वही, पृ. 120
77. करवट, अमृतलाल नागर, संस्करण-1994, पृ. 12
78. डूब, वीरेन्द्र जैन, द्वितीय संस्करण-1993, पृ. 66
79. औरत, शिवप्रसाद सिंह. संस्करण-1999, पृ. 10
80. स्वातन्त्र्योत्तर हिन्दी उपन्यासों में सामन्ती जीवन, विजय कुमार अग्रवाल, प्रथम संस्करण-1990, पृ. 144
81. रागदरबारी, श्रीलाल शुक्ल, आठवाँ पुनर्मुद्रण-1999, पृ. 74
82. वही, पृ. 97
83. वही, पृ. 97
84. वही, पृ. 139
85. वही, पृ. 277
86. स्वातन्त्र्योत्तर हिन्दी उपन्यासों में सामन्ती जीवन, विजय कुमार अग्रवाल, प्रथम संस्करण-1990, पृ. 158
87. डूब, वीरेन्द्र जैन, द्वितीय संस्करण-1993, पृ. 19
88. वही, पृ. 47
89. स्वातन्त्र्योत्तर हिन्दी उपन्यासों में सामन्ती जीवन, विजय कुमार अग्रवाल, प्रथम संस्करण-1990, पृ. 274
90. करवट, अमृतलाल नागर, संस्करण-1994, पृ. 134
91. हिन्दी उपन्यासों में सामन्तवाद, डॉ. कमला गुप्ता, प्रथम संस्करण-1976, पृ. 274
92. हिन्दी उपन्यासों में मध्यवर्ग, मंजुलता सिंह, संस्करण-1971, पृ. 10
93. समकालीन जीवन सन्दर्भ और प्रेमचन्द, लेख—शम्भुनाथ, सम्पादक—धर्मेन्द्र गुप्ता, प्रथम संस्करण-1980, पृ. 77
94. वही, पृ. 82
95. हिन्दी उपन्यासों में सामन्तवाद, डॉ. कमला गुप्ता, प्रथम संस्करण-1979, पृ. 270
96. समकालीन जीवन सन्दर्भ और प्रेमचन्द, लेख—शम्भुनाथ, सम्पादक—धर्मेन्द्र गुप्ता, प्रथम संस्करण-1980, पृ. 81
97. जहाँ बाँस फूलते हैं, श्रीप्रकाश मिश्र, प्रथम संस्करण-1997, पृ. 74
98. स्वातन्त्र्योत्तर हिन्दी उपन्यासों में सामन्ती जीवन, विजय कुमार अग्रवाल, प्रथम संस्करण-1990, पृ. 79
99. डूब, वीरेन्द्र जैन, द्वितीय संस्करण-1993, पृ. 70
100. वही, पृ. 71

101. महाभोज, मन्नू भंडारी, चौबीसवाँ संस्करण-1999, पृ. 121
102. करवट, अमृतलाल नागर, संस्करण-1994, पृ. 332
103. स्वातन्त्र्योत्तर हिन्दी उपन्यासों में सामन्ती जीवन, विजय कुमार अग्रवाल, प्रथम संस्करण-1990, पृ. 93
104. चाक, मैत्रेयी पुष्पा, पहली आवृत्ति-1999, पृ. 173
105. वही, पृ. 244
106. वही, पृ. 380
107. हिन्दी उपन्यासों में सामन्तवाद, डॉ. कमला गुप्ता, प्रथम संस्करण-1979, पृ. 236
108. वही, पृ. 251
109. स्वातन्त्र्योत्तर हिन्दी उपन्यासों में सामन्ती जीवन, विजय कुमार अग्रवाल, प्रथम संस्करण-1990, पृ. 196
110. डूब, वीरेन्द्र जैन, द्वितीय संस्करण-1993, पृ. 171
111. स्वातन्त्र्योत्तर हिन्दी उपन्यासों में सामन्ती जीवन, विजय कुमार अग्रवाल, प्रथम संस्करण-1990, पृ. 138
112. महाभोज, मन्नू भंडारी, चौबीसवाँ संस्करण-1999, पृ. 65
113. वही, पृ. 68
114. वही, पृ. 115
115. वही, पृ. 115
116. वही, पृ. 118
117. स्वातन्त्र्योत्तर हिन्दी उपन्यासों में सामन्ती जीवन, विजय कुमार अग्रवाल, प्रथम संस्करण-1990, पृ. 68
118. लेनिन, समाजवाद और धर्म, उत्तरगाथा, सम्पादन—सव्यसाची, संयुक्तांक, 10-11 जनवरी-अप्रैल 1982, पृ. 15
119. बौद्धिक उपनिवेशवाद की चुनौती और रामचन्द्र शुक्ल, शम्भुनाथ, प्रथम संस्करण-1988, पृ. 5
120. प्रेमचन्द, साम्प्रदायिकता और संस्कृति, उत्तरगाथा, सम्पादन—सव्यसाची, संयुक्तांक, 10-11, जनवरी-अप्रैल 1982, पृ. 21
121. धर्म के नाम पर, गीतेश शर्मा, सम्पादक—कुसुम जैन, प्रथम संस्करण-1994, पृ. 23
122. डूब, वीरेन्द्र जैन, द्वितीय संस्करण-1993, पृ. 40
123. मेरे साक्षात्कार : भीष्म साहनी, प्रथम संस्करण-1996, पृ. 92
124. तमस, भीष्म साहनी, पुनर्मुद्रित-1997, पृ. 173
125. धर्म के नाम पर, गीतेश शर्मा, सम्पादक—कुसुम जैन, प्रथम संस्करण-1994, पृ. 213
126. वही, पृ. 218
127. तमस, भीष्म साहनी, पुनर्मुद्रित-1997, पृ. 173
128. बी.टी. रणदिवे, साम्प्रदायिकता, उत्तरगाथा, सम्पादक—सव्यसाची, संयुक्तांक, 10-11 जनवरी-अप्रैल 1982, पृ. 211
129. तमस, भीष्म साहनी, पुनर्मुद्रित-1997, पृ. 211
130. मेरे साक्षात्कार, भीष्म साहनी, प्रथम संस्करण-1996, पृ. 148
131. हिन्दी उपन्यासों में सामन्तवाद, डॉ. कमला गुप्ता, प्रथम संस्करण-1979, पृ. 244
132. तमस, भीष्म साहनी, पुनर्मुद्रित-1997, पृ. 131
133. स्वातन्त्र्योत्तर हिन्दी उपन्यासों में सामन्ती जीवन, विजय कुमार अग्रवाल, प्रथम संस्करण-1990, पृ. 208

134. तमस, भीष्म साहनी, पुनर्मुद्रित-1997, पृ. 131
135. धर्म के नाम पर, गीतेश शर्मा, प्रथम संस्करण-1996, पृ. 86
136. अपनी बनाई हुई दुनिया के पंजों में फँसा मनुष्य स्वयं को एक कगार पर खड़ा पाता है। उसकी उपलब्धियाँ ही मानो उसे विखंडित करती हैं। जिन मूल्यों की ओर वह अचेत भाव से भागा जा रहा था वे उसे निरस्तित्व करते प्रतीत होते हैं। विकलता और संत्रास ही उसकी अनुभूति बन गए और अपनी तथा अपने अस्तित्व की उस परिभाषा को वह खोज रहा है, जिसकी कहीं कोई सम्भावना दिखाई नहीं देती। —आधुनिक मनोविज्ञान और साहित्य, गंगाधर झा, संस्करण-1977, पृ. 34
137. तमस, भीष्म साहनी, पुनर्मुद्रित-1997, पृ. 248
138. हरनामसिंह कहाँ जाएँ ? मीलों दूर तक रास्ते, मैदान और घाटियाँ फैली थीं। करीमखान ने तो कह दिया कि चले जाओ, मगर कहाँ जाएँ ? उन्हें कहाँ आश्रय मिल सकता था। साठ की उम्र और साथ में औरत जात। वह कितनी दूर भागकर जा सकता है ? फिर भागकर जाएगा तो कहाँ जाएगा ? —वही, पृ. 165
139. वही, पृ. 170
140. कुछ लोग समझ गए कि वह किसी की हत्या करके लौटा है। वह गली के नुक्कड़ पर रहनेवाले, बूढ़े लुहार करीमबख्श के सीने में तलवार भोंककर आया था। यह सोचकर कि माँ तो अब बच नहीं सकती, माँ को तो तुर्कों ने मौत के घाट उतार ही दिया होगा, उसने खून का बदला खून से लेने की ठान ली थी और बूढ़ा करीमबख्श ही उसके आड़े आ सकता था। —वही, पृ. 189
141. वही, पृ. 237
142. वही, पृ. 235
143. मेरे साक्षात्कार, भीष्म साहनी, प्रथम संस्करण-1996, पृ. 17
144. लेनिन, समाजवाद और धर्म, उत्तरगाथा, सम्पादन—सव्यसाची, संयुक्तांक, 10-11 जनवरी-अप्रैल 1982, पृ. 111
145. मेरे साक्षात्कार, भीष्म साहनी, प्रथम संस्करण-1996, पृ. 152
146. तमस, भीष्म साहनी, पुनर्मुद्रित-1997, पृ. 250
147. वही, पृ. 240
148. बी.टी. रणदिवे, साम्प्रदायिकता, उत्तरगाथा, सम्पादन—सव्यसाची, संयुक्तांक, 10-11 जनवरी-अप्रैल 1982, पृ. 197
149. तमस, भीष्म साहनी, पुनर्मुद्रित-1997, पृ. 233
150. 1926 में अंग्रेज वाइसराय लार्ड हार्डिंग ने अपने एक पत्र में हाईकोर्ट बटलर को लिखा था—'When the day of relegious peace arrives in India, the day of our departure from these shows will draw migh. मतलब साफ है कि यदि धार्मिक भेदभाव बने रहेंगे तो हमारा राज्य बना रहेगा, साम्प्रदायिक शान्ति हमारे राज्य के लिए सबसे बड़ा खतरा है।—मेरे साक्षात्कार, भीष्म साहनी, प्रथम संस्करण-1996, पृ. 153
151. करवट, अमृतलाल नागर, संस्करण-1994, पृ. 94
152. मेरे साक्षात्कार, भीष्म साहनी, प्रथम संस्करण-1996, पृ. 17
153. वही, पृ. 17
154. बौद्धिक उपनिवेशवाद की चुनौती और रामचन्द्र शुक्ल, शम्भुनाथ, प्रथम संस्करण-1988, पृ. 52
155. वही, पृ. 53
156. प्रेमचन्द, साम्प्रदायिकता और संस्कृति, उत्तरगाथा, सम्पादन—सव्यसाची, संयुक्तांक, 10-11 जनवरी-अप्रैल 1982, पृ. 20

157. करवट, अमृतलाल नागर, संस्करण-1994, पृ. 344
158. मेरे साक्षात्कार, भीष्म साहनी, प्रथम संस्करण-1996, पृ. 163
159. स्वातन्त्र्योत्तर हिन्दी उपन्यासों में सामन्ती जीवन, विजय कुमार अग्रवाल, प्रथम संस्करण-1990, पृ. 215
160. उत्तरगाथा, पृ. 223
161. तमस, भीष्म साहनी, पुनर्मुद्रित-1997, पृ. 180
162. धर्म के नाम पर, गीतेश शर्मा, प्रथम संस्करण-1996, पृ. 58
163. वही, पृ. 24

समकालीन भारत का राजनीतिक परिदृश्य और उपन्यासकार का मूल्यांकन

स्वातन्त्र्योत्तर काल में भारतीय समाज को आर्थिक व राजनीतिक परिस्थितियों ने सबसे अधिक प्रभावित किया है। आधुनिक युग की प्रभात बेला में नवजागरण की जो चेतना प्रस्फुटित हुई थी, उसमें राजनीतिक और आर्थिक जागरण ही मुख्य थे। सांस्कृतिक जागरण इन्हीं दोनों के साथ एक तीसरा तत्त्व था। आगे चलकर जितने भी सामाजिक परिवर्तन हुए, उन सभी के मूल में राजनीतिक और आर्थिक कारणों की भूमिका निर्णायक रही। भारत का स्वाधीनता संघर्ष जितना राजनीतिक मोर्चे पर लड़ा गया, उतना ही आर्थिक मोर्चे पर भी। महात्मा गांधी सहित सभी आधुनिक विचारकों ने राजनीतिक उपनिवेशवाद के साथ ही आर्थिक शोषण से मुक्ति को भी समान महत्त्व दिया। यह मानने में कोई सन्देह नहीं होना चाहिए कि मनुष्य की मुक्ति का जो संघर्ष सामान्य दृष्टि से सामाजिक जड़ताओं से मुक्ति के रूप में देखा जाता है उसका भी गहरा सम्बन्ध आर्थिक शोषण से मुक्ति से है। यहाँ तक कि नारी मुक्ति का भी। यही कारण है कि आधुनिक युग के विकास के विभिन्न चरण राजनीतिक और आर्थिक सन्दर्भों से पूरी तरह प्रभावित है।

प्रत्येक बुद्धिजीवी के सामने बार-बार यह विचार उभरता है कि आधुनिक भारत का राजनीतिक एवं आर्थिक परिदृश्य दशा और दिशा की दृष्टि से कैसा रहा है। यह विचार निरन्तर विश्लेषण बुद्धि को सक्रिय करता है और हम पाते हैं कि परतन्त्र और स्वतन्त्र भारत की राजनीतिक और आर्थिक चेतना में जमीन-आसमान का अन्तर है। 1857 के स्वाधीनता संग्राम के तुरन्त बाद "कम्पनी सरकार के स्थान पर इंग्लैंड की संसद द्वारा भारतीय शासन का कार्य प्रारम्भ हुआ, जो देशी रियासतें पहले कम्पनी सरकार के हाथ में थीं, उनका नियन्त्रण इंग्लैंड की संसद करने लगी।"[1] इसी परिवर्तन के साथ भारतीय लोगों में आर्थिक और राजनीतिक दृष्टि से व्यापक जागरण उत्पन्न होना शुरू हुआ। अब राजनीतिक और आर्थिक चिन्तन के दो ध्रुव बन गए– उपनिवेशवादी ध्रुव और स्वाधीनता संघर्ष द्वारा संचालित ध्रुव। उपनिवेशवाद ने ऐसी आर्थिक और राजनीतिक नीतियाँ बनाईं जो भारतीय समाज को निर्धनता, पतन और विभाजन की ओर ले जाने वाली थीं। इसके लिए उपनिवेशवादियों ने बड़ी चालाकी से धर्म का दुरुपयोग किया तथा धर्मान्धता की दीवार से भारतीय समाज को बाँट दिया।

स्वाधीनता संघर्ष से जुड़ी शक्तियों ने उपनिवेशवादी नीतियों का भरसक विरोध किया किन्तु वे अपेक्षित सफलता प्राप्त नहीं कर सकीं। परिणाम हुआ भारत का विभाजन, जो साम्प्रदायिकता के साथ-साथ राजनीतिक और आर्थिक कारणों से हुआ। इसके बावजूद स्वाधीनता संघर्ष के दौरान तत्कालीन राष्ट्रीय नेतृत्व ने भारत को एक समर्थ राष्ट्र के रूप में निर्मित करने की कोशिश नहीं छोड़ी।

इस स्थिति में भारी परिवर्तन स्वाधीन होने के तुरन्त बाद भारतीय समाज की दिशा निर्धारित करने के क्षण आया। स्वाधीन भारत ने लोकतान्त्रिक शासन प्रणाली स्वीकार की। यह अब तक की सबसे विकसित और श्रेष्ठतम लोक कल्याणकारी शासन पद्धति मानी जाती जाती है। लेकिन हमने देखा कि लोकतन्त्र भारतीय समाज का अपेक्षित भला न कर सका। पहले आम चुनाव के साथ ही यह स्पष्ट होने लगा कि लोकतन्त्र को सफल बनाने के लिए साधारण जनता को जिस रूप में शिक्षित और सचेत बनाना अनिवार्य है, भारत उससे दूर है। राजतन्त्रात्मक प्रणाली के अधीन शताब्दियों तक शासित होनेवाली अशिक्षित और अर्द्धशिक्षित जनता लोकतन्त्र को न ठीक से ग्रहण कर सकी और न उसका ढाँचा खड़ा करने में अपना दायित्व निभा सकी। इसका सीधा लाभ उन लोगों ने उठाया, जो या तो सीधे-सीधे सामन्ती संस्कृति के प्रतिनिधि ये या फिर उसके प्रभाव में थे। अनेक सामन्त, नवाब, देशी राजे-रजवाड़े रातों-रात लोकतन्त्र के गुण गाते हुए आधुनिक भारत की राजनीति के मैदान में कूद पड़े। इनका एकमात्र लक्ष्य लोकतन्त्र को ढाल बनाकर अपनी परम्परागत सत्ता और शक्ति को बनाए रखना था। इसके लिए इन्होंने किसी पाखंडी साधु की तरह लोकतन्त्र का जाप ही करना शुरू नहीं कर दिया, अनेक नीच-से-नीच हथकंडे अपनाने भी शुरू कर दिए। स्वतन्त्रता परवर्ती काल में इनका असली चेहरा बेखौफ सामने आया।

स्वाधीन भारत ने अर्थव्यवस्था को आत्मनिर्भर और विकासमान बनाने के लिए मिश्रित अर्थव्यवस्था का मार्ग चुना। इसका लक्ष्य मध्यम मार्ग के सहारे विश्व में प्रचलित सभी आर्थिक विचारधाराओं और अवधारणाओं का लाभ उठाना था। लेकिन इसके लिए जिस सावधानी, कर्तव्यनिष्ठा, दूरदर्शिता और ईमानदारी की आवश्यकता थी, वह अर्थव्यवस्था के कर्णधारों में नदारद पाई गई। परिणाम यह हुआ कि राष्ट्र की आर्थिक विकास की नाँव समस्याओं के भँवर में फँस गई।

'भारत में सामाजिक आन्दोलन और परिवर्तन' में लिखा है–विश्व में भारत एक ऐसा देश है जिसकी अर्थव्यवस्था बहुसंरचनात्मक या बहुखंडीय है। इनमें से प्रत्येक आर्थिक संरचना में उत्पादन सम्बन्ध एवं गतिमानता के अपने नियम हैं। उपनिवेशवाद की पृष्ठभूमि में इस प्रकार की बहुआयामी अर्थव्यवस्था बनी है।''[2] इस वक्तव्य में उपनिवेशवाद की जिस पृष्ठभूमि का उल्लेख है वही वास्तव में आधुनिक भारत की अर्थव्यवस्था को पटरी पर न चढ़ने देने का कारण है। यह तो स्पष्ट ही है कि ''औद्योगिक क्षेत्र में पिछड़े हुए भारत में कुटीर एवं लघु उद्योगों की अवस्था भी चिन्त्य थी, साथ में बेकारी, बढ़ती हुई जनसंख्या, शिक्षा, पिछड़े वर्ग, विकलांग आदि की अनेक

समस्याएँ देश की प्रगति को चुनौती दे रही थी। अतः प्रबल पुरुषार्थ तथा वैज्ञानिक आधारों पर स्थित आयोजन द्वारा ही इन सामाजिक समस्याओं का हल किया जा सकता था।"[3] सवाल है कि क्या ऐसा हो सका ? इस प्रश्न का सकारात्मक उत्तर नहीं मिलता। कारण भी स्पष्ट है, स्वाधीन भारत की आर्थिक नीतियों के निर्धारण में सामाजिक दृष्टि का अभाव, इस दिशा में भारत की अर्थव्यवस्था, भ्रष्टाचार की दलदल में फँसती चली गई तथा कालान्तर में वह राजनीतिक स्वार्थों के शिकंजे में कस गई। मशीनीकरण, औद्योगीकरण, बड़ी-बड़ी योजनाओं का निर्माण चाहे जितना हुआ हो, उससे गाँवों में रहनेवाली भारत की अधिसंख्य निर्धन जनता का भला नहीं हुआ। जो कुछ हुआ उससे केवल पूँजीवादी हितों के साधन में सहायता मिली।

समकालीन उपन्यास स्वाधीन भारत के इस राजनीतिक और आर्थिक यथार्थ को सूक्ष्म दृष्टि से चित्रित करते हैं। अपनी जनता का पहरुआ होने की भूमिका निभाते हुए इस काल के उपन्यासकारों ने राजनीतिक और आर्थिक परिदृश्य की सच्चाई प्रकट करते हुए इन दोनों का ही उपनिवेशवादी चरित्र से सम्बन्ध खोजने की कोशिश की है। ऐसा प्रतीत होता है कि ये लेखक आधुनिक भारत के कर्णधारों की उस मानसिकता को उघाड़ना चाहते हैं, जो मौतिकता के तमाम दावों के बावजूद अपने अवचेतन में आज भी उपनिवेशवादी प्रभावों और कुंठाओं को सँभाले हुए हैं। इस तथ्य को समझने के बाद ही राजनीतिक और आर्थिक यथार्थ को अधिक अच्छी तरह समझा जा सकता है।

अपने साम्राज्य को जमाए रखने के लिए अंग्रेजों ने भारत में व्याप्त जाति व धर्म की असमानता को पहचानकर उसका भरपूर लाभ उठाया। मुख्यतः हिन्दू और मुसलमानों के मध्य फूट डालना भी इनकी शासकीय नीति का अंग था। आपसी बैर भावना पनपाने के लिए ये कभी किसी सम्प्रदाय की उपेक्षा किया करते थे और किसी सम्प्रदाय को सुविधाएँ दिया करते थे।[4] अपनी इस भूमिका को ये बखूबी निभाते थे। "ऊपर से तटस्थता और निष्पक्षता का दिखावा करना और अन्दर से फोड़ना यह अंग्रेजी शासन की नीति रहती थी।"[5] पूरे भारत में इनकी कूटनीतियों का कुचक्र चल रहा था और भारत के सभी लोग उस मकड़जाल में फँसे कीट-पतंगों की तरह फड़फड़ा रहे थे।[6] तत्कालीन स्थिति का वर्णन 'करवट' में इन शब्दों में किया गया है–"लखनऊ की हालत बहुत खराब है। बादशाह ने अंग्रेजों की शर्तें नहीं मानीं। राजीनामे पर दस्तखत नहीं किए, इसलिए कम्पनी सरकार उन्हें बेइज्जत करने पर तुल गई है। बड़े-बड़े रईसों की मूँछें पकड़-पकड़कर झुका दी इन साले अंग्रेजों ने। बेगमों से छतरमंजिल खाली करवा लिया गया। उनकी और उनके बच्चों की बड़ी बेआबरूई हुई और अभी हो ही रही है, भैया। अभी कल संभा के बखत ही हमें खबर मिली है कि बादशाह अगर उस सुलहनामे को नहीं मानेंगे तो उनसे गद्दी छीन ली जाएगी और उन्हें गिरफ्तार कर लिया जाएगा।"[8]

समकालीन उपन्यास 'तमस' में अंग्रेजों के साम्राज्यवादी रूप का खुलासा रिचर्ड

और लीजा के इस वार्तालाप से भी होता है; "धर्म के नाम पर आपस में लड़ते हैं, देश के नाम पर हमारे साथ लड़ते हैं।" रिचर्ड ने मुस्कराकर कहा।

"बहुत चालाक मत बनो रिचर्ड। मैं सब जानती हूँ। देश के नाम पर ये लोग तुम्हारे साथ लड़ते हैं और धर्म के नाम पर तुम इन्हें आपस में लड़ाते हो। क्यों ठीक है ना ?"

"हम नहीं लड़ाते लीजा, ये लोग खुद लड़ते हैं।"

"तुम इन्हें लड़ने से रोक भी तो सकते हो। आखिर हैं तो ये एक ही जाति के लोग।"

रिचर्ड बोला, "डार्लिंग हुकूमत करनेवाले यह नहीं देखते कि प्रजा में कौन-सी समानता पाई जाती है, उनकी दिलचस्पी तो यह देखने में होती है कि वे किन-किन बातों में एक-दूसरे से अलग हैं।"[8] अंग्रेजों की यह नीति थी कि हिन्दू-मुस्लिम मिलकर उनका विरोध न करें, इसलिए उन्हें आपस में ही लड़ाते रहे। इसमें इनका यह स्वार्थ था कि जब तक हिन्दू-मुस्लिम आपस में लड़ते रहेंगे, दोनों ही सम्प्रदायों की दृष्टि उनसे दूर रहेगी। चाहे कितना ही खून बहे, चाहे कितने ही निर्दोष मारे जाएँ, इनके लिए शासकीय मूल्यों से ज्यादा मानवीय मूल्यों का महत्त्व नहीं।[9] इस कारण साम्प्रदायिक दंगे जगह-जगह भड़कते हैं और अंग्रेजों के कान पर जूँ तक नहीं रेंगती। 'तमस' में ही लीजा कहती है, "इतने गाँव तो जल गए रिचर्ड, अभी भी तुम्हें काम है ? अब तुम्हें और क्या काम करना है ?" रिचर्ड ठिठक गया। क्या लीजा व्यंग्य कर रही है ? क्या उसके दिल में मेरे प्रति घृणा पैदा होने लगी है, जो वह इस तरह की बातें करने लगी है।"[10] यही रिचर्ड अपनी पत्नी से अलगाव महसूस करके भी अपनी स्वार्थ सिद्धि के लिए मधुर सम्बन्धों का ढोंग रचता है। "इस वक्त उसके कैरियर में एक निर्णायक घड़ी आ पहुँची थी, जिसमें एक नाजुक-सा सन्तुलन बनाए रखना बेहद जरूरी था, यह देखना निहायत जरूरी था कि जनता का असन्तोष ब्रिटिश सरकार के विरुद्ध न भड़के। अभी तक उसने सब काम बड़ी समझदारी और कुशलता से सम्पन्न किए थे। लोग उसकी ईमानदारी से प्रभावित हुए थे। हर बात सटीक बैठी थी। इसलिए इस समय लीजा को जैसे-तैसे साथ बनाए रखना जरूरी था।"[11] कुछ भारतीय अंग्रेजों के साम्राज्यवादी चेहरे को पहचानते हैं। वे उनकी कूटनीति से भी परिचित हैं। इसी उपन्यास में मनोहरलाल कहता है, "यहाँ सभी टोडी इकट्ठे हुए हैं, सरकार की चापलूसी करने वाले। हम किसी से डरते नहीं है, साफ बात मुँह पर कहते हैं। इन फसादों के लिए जिम्मेदार कौन है ? सरकार उस वक्त कहाँ थी, जब शहर में तनाव बढ़ रहा था, अब कर्फ्यू लगाया गया है, उस वक्त क्यों नहीं लगाया गया ? उस वक्त साहब बहादुर कहाँ थे ? हम किसी से डरते नहीं हैं, साफ बात मुँह पर कहते हैं...।"[12] यह कथन साम्राज्यवादी और उपनिवेशवादी शासकों की प्रवृत्ति को पूरी तरह स्पष्ट कर देता है। इसी के प्रकाश में यह तथ्य भी सामने आता है कि हमारे वर्तमान लोकतान्त्रिक शासक भी अधिकांशतः इसी उपनिवेशवादी नीति का अनुसरण करते हैं।

स्वतन्त्रता के बाद भारत की राजनैतिक परिस्थितियों में तीव्र गति से बदलाव आया है। "समसामयिक महत्त्व एवं प्रभाव के कारण जीवन के हर क्षेत्र में राजनीति व्याप्त हो गई है। राजनीति की इस व्याप्ति को मानव जीवन और समाज में अनेक रूपों में देखा जा सकता है।"[13] समाज के समर्थ और धनी व्यक्तियों ने अपनी शक्ति और प्रतिष्ठा को बनाए रखने के लिए राजनीति का मार्ग अपनाया। प्रभुवर्ग, पुराने राजा-महाराजा, धनी सेठों ने राजनीति के माध्यम से अपना विशेष स्थान बनाने का प्रयत्न किया। सत्ता प्राप्त करने के लिए आरोप-प्रत्यारोप के साथ पारस्परिक उखाड़-पछाड़ और खींचतान चलने लगी। "संसद और विधान सभाओं में वातावरण राष्ट्रहित में सहयोग का न होकर खींचा-तानी और उठा-पटक का है। प्रत्येक घटना, अभियान अथवा प्रदर्शन के बाद नेता लोग हिसाब लगाते हैं कि हमारे प्रचार का प्रभाव कैसा रहा; हमारी पार्टी का निर्वाचन पथ कितना प्रशस्त हुआ। कहाँ तक प्रतिस्पर्धा के प्रति द्वेष और घृणा की भावनाएँ उभारी जा सकीं।"[14] जनता द्वारा चयनित नेताओं का कर्तव्य जनता की सुख-सुविधा का ध्यान रखना नहीं बल्कि अपनी सुविधाओं की सूची बढ़ाना है। सबसे अधिक सुख-साधन प्राप्त करने का रास्ता केवल राजनीति है, जहाँ उनके कुकर्मों को भी पर्दा मिल जाता है। इस कारण इनका लक्ष्य होता है–किसी भी तरह कुर्सी पर बने रहना, कुर्सी की रक्षा करना। 'महाभोज' में लिखा है 'बहुत ऊँचे किस्म के घाघ और घुन्नी चीज हैं दा साहब !...सुकुल बाबू जब कुर्सी पर थे तो वे भी कुछ कम नहीं थे। और आज कुर्सी मिल जाए तो फिर कल ही देखना। यह कुर्सी साली सबको...।"[15]

नेताओं के जीवन में दलगत राजनीति का विशेष महत्त्व है। जब तक कोई दल संगठित और व्यवस्थित रहता है तभी तक वह शक्तिशाली बना रहता है। एकता के अभाव का संकेत पाते ही विरोधी दल सत्ता गिराने के लिए कई प्रपंच रचने लगते हैं। सत्ता का अंग बने रहना प्रत्येक नेता का लक्ष्य होता है, इसलिए जो भी सत्ता पर आसीन होता है उसे ही हर क्षेत्र का दोषी भी माना जाता है। उसे सबकी छींटाकशी सहनी पड़ती है। इस सब स्थितियों से परिचित अनुभवी नेतागण अपने दल की अस्तित्व रक्षा के लिए आन्तरिक विरोधों को अतिशीघ्र शांत करने का प्रयास किया करते हैं। दलों में चाहे कितने ही अन्तर्विरोध हों, ये बाह्य रूप से सन्तुष्ट और प्रेम व आपसी सहयोग का दिखावा करते रहते हैं। समकालीन उपन्यासों में भ्रष्ट होती राजनीति का यह यथार्थ उजागर करने का प्रयास किया गया है। 'महाभोज' के इन शब्दों से कुर्सीधर्मी राजनीति का चित्र स्पष्ट उभरकर आता है। नेतागण अपने दल के कार्यक्रम तथा कार्यों से असन्तुष्ट होते हुए भी सन्तुष्ट होने का दिखावा करते हैं। "ईमानदारी की बात तो यह है कि असन्तोष का सिलसिला तो मन्त्रिमंडल बनने के पहले दिन से ही शुरू हो गया था, पर उस समय परिस्थिति की माँग कुछ ऐसी थी कि सबने अपने-अपने चेहरे पर स्नेह, सद्भावना, सन्तोष और एकता के मुखौटे चढ़ा लिए थे कसकर और आदर्शों के लबादे ओढ़ लिए थे।"[16]

नेतागण अपने दलीय स्वार्थ से प्रेरित होकर ही प्रत्येक कार्य करते हैं। जब तक

पारस्परिक स्वार्थ सिद्ध होता है आपसी भाईचारा बना रहता है, परन्तु जब असन्तोष कुछ अधिक उभरने लगता है तो दल के अध्यक्ष आदि आन्तरिक मामलों को सुलझाने का प्रयास करते हैं। 'महाभोज' में सरोहा गाँव विधान सभा की एक सीट के लिए उपचुनाव के अवसर पर बिसू की हत्या कर दी जाती है, तो दा साहब के विधायकों में से कुछ, जिनमें लोचन भैया प्रमुख हैं, असन्तोष व्यक्त करते हैं। पार्टी अध्यक्ष सदाशिव अत्रे इनके असन्तोष को दल के लिए खतरे और चुनाव पर पड़नेवाले प्रतिकूल प्रभाव को ध्यान में रखकर लोचन भैया को समझाने का प्रयत्न करते हैं–"जानते हो, इस समय तुम लोगों के आपसी मतभेद उभरकर सामने आएँ या मन्त्रिमंडल गिराया जाए तो सरोहा चुनाव पर क्या असर पड़ेगा उसका ? बात केवल एक सीट की नहीं...सुकुल बाबू के आने की है। उनकी जीत हमारी नालायकी का डंका-पीट ऐलान होगा कि नहीं ? पार्टी के लिए अच्छा होगा यह, या उसके हित में होगा ? क्या इमेज बनेगी उसकी ? जरा ठंडे दिमाग से सोचकर देखो।"[17] राज्य के सत्तारूढ़ दलों में अनुशासन बनाए रखने के लिए केन्द्र से भी कई बार दबाव डाला जाता है। इसी उपन्यास में अप्पा साहब कहते हैं–"तुम्हारी रातवाली मीटिंग को लेकर सवेरे दिल्ली से बात हुई थी। इस महत्त्वपूर्ण चुनाव के मौके पर तुम्हारे इस आचरण पर काफी रोष है वहाँ। न चाहते हुए भी मुझे कोई सख्त कदम उठाने को मजबूर किया गया तो ? धीरे-धीरे चलते हुए ही उन्होंने यह संकेत दे दिया लोचन बाबू को।"[18]

वर्तमान राजनीति वास्तव में स्वार्थ नीति है। एक ही दल के विधायक एक-दूसरे से तब तक जुड़े रहते हैं, जब तक कि उनका स्वार्थ आपसी सम्बन्ध बनाए रखने में सहायक सिद्ध होता है। आए दिन सरकार गिराने, सत्ता पलटने या मन्त्रियों के मोल-भाव की चर्चा सुनते हैं। सत्तारूढ़ प्रत्येक नेता अपना हित साधने के लिए भ्रष्ट-से-भ्रष्ट नीति अपनाने को तैयार रहता है। 'महाभोज' में आगजनी और बिसू की मौत को लेकर लोचन भैया असन्तोष प्रकट करते हैं और सच्चाई के मार्ग पर अपने सिद्धान्तों के सहारे चलने का प्रयास करते हैं। वे कुछ विधायकों के समर्थन का आश्वासन पाकर दा साहब के विरुद्ध अविश्वास का प्रस्ताव रखने की तैयारी करते हैं, परन्तु कुशल राजनीतिज्ञ दा साहब इनके समर्थकों को ही फोड़ देते हैं। वे राव से मोल-भाव करते हैं। राव अपनी स्थिति नाजुक जानकर अवसरानुसार समझौते के लिए तैयार हो जाता है। वह सोचता है, "औंधे मुँह तो अभी भी नहीं गिरे हैं, पर थोड़ा लड़खड़ा तो गए ही। वरना आज के एक सप्ताह पहलेवाली स्थिति होती तो दा साहब वाली कड़क उनकी अपनी आवाज में होती और दा साहब सामने बैठकर रिरियाते होते। यह लोचन बाबू का आदर्शवाद ले डूबा हम सबको। इसी वजह से बापट मेहता गए, और जरा लचक नहीं रखी अपने भीतर तो हम भी कहीं नहीं रहेंगे।"[19]

सामान्यतः समाज में घटनेवाली किसी भी घटना से राजनीतिक दल प्रभावित नहीं होते, परन्तु जब इन घटनाओं का असर उनकी कुर्सी पर पड़ने लगता है, तो उन घटनाओं पर राजनीतिक रंग चढ़ जाता है। जब यह स्पष्ट हो कि घटना का सम्बन्ध

किसी सत्तारूढ़ नेता से है तो विपक्षी दल उसका भरपूर लाभ उठाने के फिराक में रहता है। वे सहानुभूति या मानवता से प्रेरित होकर नहीं, बल्कि कुर्सी के आकर्षण से प्रेरित होकर सहानुभूति प्रकट करते हैं। 'महाभोज' में मुख्यमन्त्री रह चुके सुकुल बाबू सरोहा उपचुनाव में किसी तरह विजयी होना चाहते हैं। बिसू जिसे उन्होंने अपने शासनकाल में निरपराध बन्दी बना लिया था, उसकी मौत को मोहरा बनाकर अपने विरोधी दल को मात देना चाहते हैं। चुनाव अभियन के दौरान एक सभा का आयोजन होता है– ''देखनेवाला दृश्य था–बिसू की मौत और हरिजनों पर होनेवाले अत्याचारों के विरोध में सैकड़ों पोस्टर लिए ये हजारों लोग। सुकुल बाबू का कहना था कि एकदम बयालीस वाला समाँ उपस्थित हो गया था। सत्तारूढ़ पार्टी के लोग तो दीदें फाड़-फाड़कर देखते ही रह गए। सबको जैसे अपनी असली तसवीर दिखने लगी थी उसमें। सहमते मन से सब अपनी-अपनी कुर्सियों के पाए सहलाने लगे।''[20] ये हरिजनों का हमदर्द बनकर सत्तारूढ़ पार्टी से बिसू की मौत का हिसाब माँग रहे थे। इस स्थिति में सत्तारूढ़ पार्टी के विधायकों को अपनी स्थिति लड़खड़ाती हुई लगी। इस प्रदर्शन के बाद सुकुल बाबू और उनके समर्थकों को बड़ा सन्तोष मिलता है। राजनीतिक स्वार्थ के वशीभूत खोखली मानवता निम्न प्रसंग में भी स्पष्ट रूप से दिखाई देती है। ''बातचीत का एक ही विषय है–सरोहा चुनाव।

बिन्दा की गिरफ्तारी ने तो हमारा पक्ष और भी मजबूत कर दिया। बड़े ही माकूल मौके पर हुई गिरफ्तारी, एक उल्लसित स्वर।

दो दिन पहले हो गई होती तो रैली में दस-बीस पोस्टर बिन्दा के नाम के भी उठवा देते। वैसे घर-घर जाकर गुस्सा तो खूब भड़का दिया है सबका। मीटिंग भी खूब धुआँधार हुई थी उस दिन। देखना नहीं-नहीं करके भी दस प्रतिशत वोट तो फूट ही जाएँगे हमारी तरफ।''[21]

देश सेवा का माध्यम राजनीति आज इतना भ्रष्ट हो चुका है कि इसमें सज्जनों के लिए कोई स्थान ही नहीं है। जो जितना निर्लज्ज व तिकड़मबाज होता है वह उतना ही राजनीतिक क्षेत्रों पर कब्जा करने में सफल होता है। स्वाधीनता परवर्ती काल में राजनीति का जो चेहरा उभरा, उस पर मर्यादाशीलता या लज्जा का कोई चिह्न नहीं रहा। इसके विपरीत नेताओं के चरित्र में शालीनता और लज्जा की सभी मर्यादाएँ तोड़कर निहित स्वार्थों की पूर्ति की प्रवृत्ति ही घर कर गई है। समकालीन उपन्यासों में इस प्रवृत्ति का यथार्थ बार-बार चित्रित हुआ है। निर्लज्ज नेता किस प्रकार अपने स्वार्थों के लिए खुलेआम अपने समर्थकों को सब कुछ करने की खुली छूट देते हैं और किस प्रकार सत्तई-वीतरागी मुखौटा धारण किए रहते हैं, यह सब उपन्यासकारों की चिन्ता का विषय बना है। रागदरबारी में राजनीति में निर्लज्जता की इसी वृत्ति का चित्रण किया गया है। वैद्यजी के बड़े बेटे बद्री पहलवान के अखाड़े के पहलवान अपराध करते हैं और पकड़े जाने पर बद्री उन्हें छुड़ा लिया करता है, क्योंकि ये पहलवान ही इनकी शक्ति हैं; जिनके

बलबूते पर ये सामाजिक, राजनीतिक अन्याय करते हैं। इसे देखकर ''हर पालक-बालक के कैरियर की शुरुआत इसी तरह होती है। रंगनाथ ने सोचा; प्रत्येक महापुरुष के इर्द-गिर्द पालक-बालकों का मेला लगा हुआ है। पुरुष जब महापुरुष बन जाता है तो वह अपनी इज्जत अपने पालक-बालकों को सौंप देता है। 'पालक-बालक' उस इज्जत को फीचना शुरू करता है। वह लोकसभा और विधान सभा की बहसों को सराबोर करता है, अखबार और रेडियो उसके छीटों से गँधाने लगते हैं, पूरा लोकतन्त्र उसमें डूबने-उतराने लगता है, अन्त में वह बेहयाई के महासागर में समा जाता है।''[22] ऐसी राजनीति में देश की स्थिति की कल्पना करते हुए वह सोचता है–''महापुरुष अपने सिंहासन पर बैठे अपने पालक-बालकों का खेल देखते रहते हैं। इस देश में महापुरुषों और पालक-बालकों के अलावा कुछ सिरफिरे भी बसते हैं। वे कभी-कभी महापुरुष के सामने आकर चीखने लगते हैं, कहते हैं–महापुरुष तुम्हारा पालक-बालक बड़ा भ्रष्टाचार कर रहा है। तुम्हारी इज्जत को रगड़-रगड़कर पानी बनाए दे रहा है। ऐसे मौके पर ज्यादातर महापुरुष इतना कहते हैं, 'भ्रष्टाचार ! माननीय महाशय, आओ हम पहले इस बात की जाँच करें कि भ्रष्टाचार होता क्या है ?''[23] इन पालक-बालकों की मदद से वैद्यजी पूरे शिवपालगंज पर छाए रहते हैं। ग्राम पंचायत के चुनाव में अपने ही आदमी को खड़ा करके उन गुंडों की मदद से चुनाव जीतते हैं। इसी तरह कॉलिज प्रबन्धक समिति की मीटिंग में उन पहलवानों की ड्यूटी लगा देते हैं। प्रजातन्त्र में सभी को अपनी बात कहने का पूरा हक है लेकिन शिवपालगंज में, जहाँ पूरा भारत ही सिमट गया है–वैद्यजी के आगे किसी की नहीं चलती। इसकी व्यंग्यात्मक अभिव्यक्ति वैद्यजी के सपने के माध्यम से हुई है। वे देखते हैं कि प्रजातन्त्र निर्वस्त्र होकर उनसे धोती माँग रहा है, ''वैद्यजी बद्री पहलवान को अन्दर से धोती लाने के लिए कहते हैं; पर प्रजातन्त्र इंकार में सिर हिलाने लगता है। वह बताता है कि मैं आपके कॉलिज का प्रजातन्त्र हूँ और आपने यहाँ की सालाना बैठक बरसों से नहीं बुलाई है। मैनेजर का चुनाव कॉलिज खुलने के दिन से आज तक नहीं हुआ। इन दिनों कॉलिज में हर चीज फल-फूल रही है, पर सिर्फ मैं ही एक कोने में पड़ा हुआ हूँ। एक बार कायदे से आप चुनाव करा दें। उससे मेरे जिस्म पर एक नया कपड़ा आ जाएगा। मेरी शर्म ढँक जाएगी।।''[24]

राजनीति के क्षेत्र में आज वही व्यक्ति अपना अस्तित्व बनाए रख सकता है जो अवसर की नजाकत को पहचानकर स्वयं को उसके अनुसार ढाल ले। कुशल राजनीतिज्ञ अवसर की बारीकी को समझने में सक्षम होते हैं और लाभान्वित होते हैं। वे ऐसा कोई भी अवसर हाथ से नहीं जाने देते, जिससे उन्हें राजनीतिक लाभ मिल रहा है। 'महाभोज' में नेताओं की इस मानसिकता का वर्णन हुआ है। दा साहब का खास आदमी लखन कहता है, ''सारे गाँव में भारी तनाव है जोरावर को लेकर। इसके सिवाय कोई नहीं करवा सकता यह काम। आगजनी वाली घटना पर किसी तरह लीपा-पोती करके गाँववालों को सँभाले हुए थे–ऊँचे स्तर पर तहकीकात हो रही है...प्रमाण जुटाए जा

रहे हैं...असली मुजरिम का पता लगाते ही कड़ी-से-कड़ी सजा दी जाएगी। घरेलू उद्योगों के लिए आर्थिक सहायता की योजना के मरहम ने घावों को काफी कुछ भर दिया था...इसी स्थिति में चुनाव हो जाता तो ठीक था।"[25] यानी इनके लिए चुनाव ज्यादा महत्त्वपूर्ण है, मानवता का कोई मोल नहीं। आगजनो और बिसू की मौत से उन्हें कोई सरोकार नहीं। इन्हें सिर्फ अपनी कुर्सी से सरोकार है। ऐसा अंधेर देख सिद्धान्तों के साथ चलने वाले लोचन भैया विचलित हो उठते हैं। वे विधान सभा भंग करने की बात सोचते हैं जिसमें साथ देने के लिए स्वास्थ्य मन्त्री राव और विकास मन्त्री चौधरी भी अपना असन्तोष प्रकट करते हैं। "आगजनी वाली घटना के बाद ही हम लोग अड़ गए होते तो सरोहा चुनाव में आज हमारा आदमी खड़ा होता। पर हर बार हमें दबा दिया गया और हम दब गए। कभी अनुशासन के नाम पर, तो कभी पार्टी की एकता के नाम पर। कभी अप्पा साहब के घुटने के नीचे, तो कभी दिल्ली के अँगूठे के नीचे। लेकिन इस बार... ।"[26] इन मन्त्रियों की अवसरवादिता को पहचानकर अप्पा साहब लोचन भैया से कहते हैं, "तुम जिन लोगों के भरोसे त्यागपत्र देने जा रहे हो, उन पर विश्वास कर सकते हो इतना कि और ज्यादा बड़ा प्रलोभन मिलने पर भी वे तुम्हारा साथ नहीं छोड़ेंगे ? फेन्स पर बैठकर हर दिन अपना मोल-भाव करनेवाले लोगों के बूते पर तुम यह निर्णय ले रहे...मुझे डर है, तुम्हें कहीं मुँह की न खानी पड़े।"[27] इसके बाद भी अपने लाभ के लिए मूल्यहोनता और अवसरवाद के मार्ग पर चलना बन्द नहीं होता। कई बार यह भी देखने में आता है कि राजनीति से जुड़े व्यक्ति किसी ठोस भौतिक लाभ के लिए ही अवसरवादी प्रवृत्ति के दास नहीं बनते बल्कि ओढ़े हुए सम्मान जैसे अमूर्त लाभ को पाने के तिए भी अपनी नीतियाँ और विश्वास बदलते हैं। इसका एक उदाहरण कुछ आरोपों से बचने के लिए नेताओं द्वारा चुनावी जंग में कूद पड़ना है। उन्हें पता होता है कि प्रतिद्वन्द्वी अधिक शक्तिशाली है और वे निश्चित ही चुनाव हार जाएँगे, लेकिन ग़लत या फिर किसी हत्या में शामिल होने के आरोपों से बचने के लिए वे चुनाव लड़ते हैं। राजनीतिज्ञों की परम्परा के अनुसार चुनावों के दौरान चरित्रहनन सामान्य-सी बात है; अतः बड़ी आसानी से पलटवार किया जा सकता है कि चुनाव न जीतने के लिए प्रतिपक्षी मनगढन्त आरोप लगाकर बदनाम करने की कोशिश कर रहे हैं। ऐसा एक प्रसंग 'डूब' उपन्यास में विद्यमान है। वहाँ बामन महाराज सोचते हैं कि "भला लड़ैई गाँव में माते के रहते चुनाव जीतने का सपना देखना भी कोई सपना हुआ। नाहक अपनी थू-थू कराने से क्या लाभ ? मगर आज इस थू-थू का ख्याल आते ही उन्हें वह थू-थू भली लग रही है। थू-थू तो होगी पर कितना फर्क आ जाएगा तब, यह भी तो सोचो। जब बेइज्जती होनी ही है तो यों हो। कोई तो आड़ बची रहे निकलने की। बामन महाराज ने फैसला कर लिया कि वे जरूर चुनाव लड़ेंगे। इसके बाद जब पंचायत जुटेगी तो कम-से-कम भरी पंचायत में यह कहकर कलंक से बचने का अवसर तो मिलेगा कि कैलाश का नाम जान-बूझकर घसीटा जा रहा है ताकि बामन महाराज को बदनाम किया जा सके।"[28]

समकालीन उपन्यासकारों ने अनेक सन्दर्भों में लाभ और अवसरवादिता के ऐसे प्रसंग भी उठाए हैं जो यह सिद्ध करते हैं कि देश के सर्वोच्च नेताओं ने अपने राजनीतिक स्वार्थों के लिए राष्ट्रहित तक का बलिदान किया है। 'जहाँ बाँस फूलते हैं' के लेखक ने मिजोरम राज्य में लम्बे समय तक आतंकवादी गतिविधियों का संचालन करनेवाले लालडेंगा के साथ केन्द्र सरकार द्वारा किए गए समझौते को आधार बनाकर यह रहस्य उद्घाटित किया है, कि तत्कालीन सत्तारूढ़ दल पूर्वोत्तर में अपनी ताकत बढ़ाने के लिए लालडेंगा को अपने दल में शामिल करना चाहता था। यहाँ तक कि लालडेंगा के मना करने के बावजूद केन्द्रीय सत्ता अपनी ज़िद पर अड़ी रही। उस पर केवल यह भूत सवार था कि उसे हर घटना का राजनीतिक लाभ उठाना है। यह पूरा प्रसंग उपन्यासकार के शब्दों में इस प्रकार है–''तमाम मुँहों से होकर एक-एक बात माइकल के कान में पड़ी कि शान्ति के मुद्दे तय हो जाने के बाद तत्कालीन प्रधानमन्त्री ने एक दिन यूँ लालडेंगा को खबर भिजवाई कि और सब तो ठीक है, किन्तु उन्हें फौरन हमारी पार्टी ज्वाइन कर लेना चाहिए। उत्तर में लालडेंगा ने कहा कि हम उनके द्वारा नामांकित नेता तो हैं नहीं कि वे जब चाहे जिधर उठाएँ जिधर बिठाएँ। हम अपने बल पर अपनी जनता के प्रतिनिधि हैं और यह हम स्वयं तय करेंगे कि हम किस पार्टी में रहे, न रहें। लिहाजा सब किए-कराए पर पानी फिर गया। दिल्ली में हसनबालिया नाम के कोई बड़े अधिकारी थे, जिन्होंने इन शान्ति-समझौतों के लिए बड़ा श्रम किया था। उन्होंने प्रधानमन्त्री को बहुत समझाया कि इस तरह की ऑफ द रिकार्ड बातों से देश की समस्याएँ उलझती जाएँगी। लेकिन प्रधानमन्त्री का कहना था कि इससे कोई विशेष फर्क नहीं पड़ता। हमें हर कारगुजारी का राजनीतिक लाभ उठाना है, जिससे पार्टी मजबूत हो। जब पार्टी रहेगी तब प्रधानमन्त्री का हाथ मजबूत रहेगा और तभी देश मजबूत रहेगा।''[29]

आधुनिक युग में राजनीतिज्ञों का चरित्र अति संकुचित हो गया है। उसका दायरा भी सीमित है। स्वार्थ के दलदल में फँसा नेता अपना ही लाभ देखता है। यह वर्तमान राजनीतिज्ञों की एक विशेषता ही बन गई है, इसलिए जब ये किसी व्यक्ति या समाज के प्रति सहानुभूति का प्रदर्शन करते हैं तो वह मात्र दिखावा होता है। इसके जरिए ये अपनी स्थिति मजबूत करते हैं। 'महाभोज' में हरिजन टोले को आग लगाई जाती है। दिल दहलानेवाली इस आगजनी की ''जैसे ही खबर शहर में पहुँची, वहाँ से मन्त्रियों, नेताओं और अखबारनवीसों की गाड़ियों का ताँता लग गया। आग से उठनेवाले धुएँ के बादल तो एक ही दिन में छँट गए, पर शहरी गाड़ियों से उठनेवाली धूल के बादल कई दिन तक मँडराते रहे। नेताओं ने गीली आँखों और रुँधे हुए गले से क्षोभ प्रकट किया और बड़े-बड़े आश्वासन दिए।''[30] यह कृत्रिम सहानुभूति थी, क्योंकि इस आश्वासन को कार्यरूप नहीं लेना था। इसी आगजनी के सम्बन्ध में प्रमाण जुटानेवाले हरिजन बिसू की हत्या कर दी जाती है तो सत्ताधारी दल और विपक्षी दल इसे ही चुनाव जीतने का मोहरा बनाते हैं। दोनों दलों के बीच आरोप-प्रत्यारोप का बाजार गर्म होने लगता है। राजनीतिक दाँव-पेंच में माहिर दा साहब कहते हैं; ''सुकुल बाबू की मीटिंग

नौ तारीख को है ? तो ऐसा करो कि चार-पाँच दिन बाद अपनी भी एक मीटिंग रख लो। बात करेंगे गाँववालों से। वैसे भी एक हादसा हुआ है—जाना तो चाहिए ही। बिसू के माँ-बाप को भी तो तसल्ली देनी चाहिए। बेचारे... ।"[31] यह खोखली सहानुभूति है, दिखावा है। हत्यारे और अत्याचारी के बारे में पूरी-पूरी जानकारी होते हुए भी दा साहब उसके रक्षा कवच बने रहते हैं। हत्यारे को प्रश्रय देते हैं, परन्तु दिखावे के लिए "दा साहब मजे से हीरा को अपनी गाड़ी में बिठाकर लाए, अपने साथ मंच पर बैठाया, उद्‌घाटन करवाया और आज फोटो भी छप गई। मरनेवाले के मन में तो ठुक गई मोहर। मारनेवाले को राह दो और मरनेवाले को हमदर्दी—दोनों हाथों में लड्डू।"[32]

राजनीति आज सेवा का व्रत न होकर स्वार्थ, शक्ति और सुविधा पाने का साधन बन गई है। राजनीतिज्ञ तिकड़में लगाकर बाहुबल से गठजोड़ कर लेते हैं और उसी के सहारे मनमानी करते हैं। "राजनीति, कानून, सत्ता और अधिकारों का तांडव-नृत्य यहाँ जन-सेवक के मुखौटे पहनकर किया जाता है।"[33] सेवक के रूप में अपना स्वार्थ सिद्ध करना इनका मुख्य ध्येय रहना है। गाँवों में भी प्रभुवर्ग राजनैतिक सत्ता के आड़ में मनमानी करता है। राजनीति से जुड़े ताकतवर वर्ग के चरित्र का पता शिबू के कथन से चलता है, "शिवधानी भाई, ई है आपकी कांग्रेस के मजबूत पाए सोबरन राय। चौड़े गोटेवाली खादी सिलिक की चादर को कन्धे पर लटकाए, गांधी टोपी और बुर्शक, कुरता-धोती में बेदाग जन सेवक। जिनकी चादर में गरीब-मजूर और उनकी बहू-बेटियों के खून के दाग हैं। मैं आपके सामने उनमें से एक-एक के नाम लेकर इनसे पूछना चाहता हूँ कि जो खुद ही भूख से मर रहे थे, उन्हें किराए के गुंडों से पिटवाने और मरवा डालने की क्या जरूरत थी। नैंने इसीलिए आपको छुपाकर किए जानेवाले सारे कारनामों की झलक दिखलाई अब पूछिए इनसे।"[34] गरीबों का खून चूसना ही इनका धरम है और पाप की कमाई से पुलिस को खरीदना इनका करम। इनके आगे कोई कुछ नहीं बोल पाता। 'महाभोज' में जोरावर बिसू को मरवा देता है और लखन को यह चिन्ता है कि जोरावर के कारण अब उनके वोट सुकुल बाबू को मिल जाएँगे।[35] यह सुनहरा अवसर सुकुल बाबू खोना नहीं चाहते बल्कि बिसू के प्रति कृतज्ञ हो उठते हैं। "बस एक ही डर है अब। जोरावर हुड़दंग न मचवा दे। एकदम उजड्ड आदमी है बीहड़। पर पूरे गाँव और पंचायत में दबदबा है उसका। सारा गाँव थर्राता है उससे। सरपंच भी तो उसका चाचा ही है। बस एक बार किसी तरह बिना किसी गड़बड़झाले के रंग जमाने को मिल जाए तो लोगों को पूरी तरह अपने साथ बहाकर ले जाएँगे।"[36] जोरावर की दहशत भी स्वाभाविक है, क्योंकि दा साहब उसी की मदद से वोट पाते हैं और दा साहब के बूते पर ही वह मानमानी करता है।[37] इस तरह राजनीति और गुंडागर्दी की जुगलबन्दी देखी जा सकती है, जिसमें आम जनता ही त्रस्त होती है। निम्न प्रसंग से दा साहब और जोरावर के सम्बन्धों का पता चलता है, खाना खाकर चलने से पहले एक बार जोरावर ने फिर कहा, "आप देख लीजिए दा साहब, यह फैल-फूल का मामला हम नहीं जानते। बस हमारे साथ ऐसा-वैसा कुछ नहीं होना चाहिए, यह आपकी जिम्मेदारी है। फिर एक

क्षण रुककर बोला, 'और ससुरे उस बिन्दा को भी ठीक करवाओ। क्या फैल मचा रखे हैं उसने ?"[38] जोरावर के कहे अनुसार बिन्दा, जो बिसू की मौत के प्रमाण जुटाता है, को उसी की हत्या के जुर्म में फँसा दिया जाता है। इससे दा साहब के आदमी पांडेजी चिन्तित होते हैं। इनकी चिन्ता यह नहीं है कि एक निर्दोष को फँसा दिया गया बल्कि यह कि इससे उनके वोट कम हो जाएँगे। वे कहते हैं, "बिन्दा की गिरफ्तारी से पाँच प्रतिशत वोट तो कटे ही समझो। विरोधी लोग खूब प्रचार कर रहे हैं इसका भी। यह अच्छा हुआ कि रैली के एक दिन बाद हुई गिरफ्तारी। फिर भी पाँच प्रतिशत तो गए। जोरावर कहता है "तुम फिकर नहीं करो पांडेजी, जोरावर के रहते। हमें मालूम है, सुकुल बाबू को वोट देनेवाले कौन हैं ? तुम क्या सोचते हो, हमारे रहते बूथ पर पहुँच पाएँगे वे लोग ? जोरावर के राज में वे ही वोट दे पाएँगे जिन्हें जोरावर चाहेगा।"[39]

राजनीति अपने आप में बुरी नहीं है, परन्तु आज राजनीति के सभी आदर्श स्वार्थ की भूलभुलैया में भटक रहे हैं। अवसरवादिता, धूर्तता, उठा-पटक, आरोप-प्रत्यारोप आज की राजनीति के आवश्यक अंग हैं। किसी भी तरह सत्ता और कुर्सी पाना ही जनसेवक कहलानेवाले नेताओं का उद्देश्य रहता है। कुर्सी का मोह ही है जो इन्हें उचित-अनुचित कुछ भी कराता है। ये तरह-तरह के हथकंडे अपनाकर जनहित का दिखावा करते हुए अपना उल्लू सीधा करते हैं। 'रागदरबारी में वर्तमान राजनीतिक शतरंजबाजी का चित्रण हुआ है। अपने चुनाव क्षेत्र के सुधार द्वारा जनहित का प्रदर्शन करनेवालों के बारे में कहा गया है कि "चुनाव के पहले रामाधीन के भैया ने उस स्थान का सुधार कराया था, क्योंकि शायद चुनाव कानून में लिखा है या पता नहीं क्यों, सभी बड़े नेता चुनाव के कुछ महीने पहले अपने-अपने चुनाव क्षेत्र का सुधार कराते हैं। कोई नये पुल बनवाता है, कोई ग़रीबों को अन्न और कम्बलों का दान करता है। उसी हिसाब से रामाधीन के भैया ने चबूतरे के आसपास का नक्शा बदलने की कोशिश की थी। रामाधीन के भैया ने एक कुआँ बनवाया था। वास्तव में कुआँ था तो वहाँ पहले ही से, पर उन्होंने उसका जीर्णोद्धार करके जमाने के चलन के हिसाब से सरकारी कागजों में कूप निर्माण का इन्दराज करा दिया था, जो कि अच्छा अनुदान खींचने के लिए नैतिक तो नहीं पर एक प्रकार की राजनीतिक कार्रवाई थी।"[40] जनहित का नाटक कर लोगों को उल्लू बनाना और वास्तव में सरकारी अनुदान ऐंठना नेताओं का काम है। इसके बाद वे किसी भी तरह चुनाव जीतने के लिए एड़ी-चोटी का जोर लगाते हुए छल और फरेब से बाज नहीं आते। लोकतन्त्रात्मक व्यवस्था के लिए चुनाव में सब कुछ जायज मानकर मनमानी ही करते हैं। इसी उपन्यास में रुप्पन अपनी डंडामार शैली में राजनीति की व्याख्या करता है–यह तो पॉलिटिक्स है। इसमें बड़ा-बड़ा कमीनापन चलता है। यह तो कुछ भी नहीं हुआ, पिताजी जिस रास्ते में हैं उसमें इससे भी आगे कुछ करना पड़ता है। दुश्मन को जैसे भी हो चित्त करना चाहिए। यह न चित्त कर पाएँगे तो खुद चित्त हो जाएँगे और फिर बैठे-बैठे चूरन की पुड़िया बाँधा करेंगे और कोई दो टका को भी न पूछेगा।"[41]

राजनीतिज्ञ चुनाव अभियान के दौरान गली-गली में खाक छानते फिरते हैं। जनता को सुख-सुविधा का आश्वासन देते हैं, जैसे वे जनता के शुभचिन्तक हों, परन्तु चुनाव जीतने के बाद भूल से भी इन्हें जनता की याद नहीं आती। ये शहर में सुख-सुविधाओं को पाकर ग्रामीण परिवेश तथा जीवन पद्धति आदि से बिल्कुल अनभिज्ञ रहते हैं। इन लोगों का गाँववालों से सीधा सम्बन्ध नहीं रहता। कोई वास्ता न होने के कारण वे गाँववालों के विचारों से अनजान रहते हैं। जब कभी किसी सभा के दौरान ग्रामीणों को संबोधन करना होता है तब इनकी स्थिति हास्यास्पद हो जाती है, क्योंकि इनकी किताबों की वजनदार भाषा ग्रामीणों के सिर के ऊपर से गुजरती है। 'चाक' में किसान सम्मेलन में आए अफसर और विधायकों के भाषण के सम्बन्ध में रंजीत बताते हैं कि ''एक-दो लोग बोले होंगे कि मंच से नीचे जाजिम पर बैठे किसान लोग ऊँघने लगे। पूछा तो बोले, भइया हमारे पल्ले नहीं पड़ रहा है। झूठे को भी। ये कौन-सी बोली बोल रहे हैं ? सारंग वे लोग वजनदार शब्द इस्तेमाल करके भाषण को भारी तो बना सकते हैं, पर जरूरी तो नहीं कि उन शब्दों का जनता पर पड़नेवाला असर भी भारी हो। वे ठहरे एक-से-एक धुर अज्ञानी। और दूसरी पार्टी ताजादम चमचमाती किताबों का रस पीकर आई थी; जिनको हल-पटेला कभी सपने में भी न दिखाई दिए हों, खुरपी-फावड़े लकड़ी-लोहे से बनते हैं, या प्लास्टिक और रबड़ से, वे बता नहीं पाएँगे।''[42]

स्वाधीन भारत में राजनीति ने जितने मुखौटे धारण किए, उतने राष्ट्रीय व्यवस्था की मशीन के अन्य किसी भी पुर्जे ने नहीं। असली उद्देश्य को छिपाने और नकली लक्षय को प्रस्तावित करने का कार्य राजनीति ने सबसे अधिक किया। वर्तमान में तो हर नेता और दल के स्वार्थ जनता से छिपे ही रहते हैं जिनके लिए पत्रकारिता जगत में 'हिडन एजेंडा' शब्दावली प्रचलित हो गई है। अब जनता का एक वर्ग भी इस 'हिडन एजेंडे' को समझने लगा है और मानने लगा है कि सत्ता का जो व्यवहार दिखाई देता है वह अनेक प्रतीकों का संग्रह होता है, जिन्हें खोलने के बाद ही उसके छद्‌म चरित्र को समझा जा सकता है, राजनैतिक उद्‌देश्यों के छद्‌म को भी और आर्थिक उद्‌देश्यों के आन्तरिक रूप को भी यदि इन प्रतीकों को न समझा गया तो सत्ता के हाथों मूर्ख बनना निश्चित है। इससे बचने के लिए शब्दों को नहीं, उनके व्यंग्यार्थ को जानना जरूरी है। 'अर्द्धनारीश्वर' में इस रहस्य को खोलते हुए बताया गया है कि ''शब्द पकड़े हुए हैं अर्थ कोई जानता ही नहीं। इसी तरह मूर्ख बनाए रखने में ही तो सत्ता बनी रह सकती है। क्या यह षड्यन्त्र नहीं था सत्ता का और निर्माताओं का ? प्रजा राम और कृष्ण का नाम जपती रहे। वे किस विकास और किन मूल्यों की यात्रा की ओर संकेत करते हैं– इस रहस्य को आप न जान सके; यही प्रयत्न था इन सीरियलों के पीछे। अगर आप इन प्रतीकों के अर्थ समझ गए तो सत्ता का सारा भ्रष्टाचार अनावरण न हो जाए।''[43]

सत्ता का यह छद्‌म कई बार समस्याओं को बहुत अधिक बढ़ा देता है, जिनका सम्बन्ध राष्ट्रीय सुरक्षा, अखंडता और एकता बनाए रखने से होता है। भारत के विभिन्न क्षेत्रों में फैली अशान्ति और शक्ति के आधार पर परिवर्तन के लिए किए जानेवाले

विद्रोह इसके सटीक उदाहरण हैं। अशान्त और असन्तुष्ट युवा पीढ़ी जब काबू से बाहर हो जाती है, तो सत्ता समझौते की मेज बनाती है, जिस पर आश्वासन और वायदे परोसे जाते हैं। हस्ताक्षरों के रुमाल तैयार किए जाते हैं। हाथ मिलाई की रस्म के द्वारा मालाएँ तैयार की जाती हैं और इस सब सामग्री का अर्ध्य चढ़ाकर काल्पनिक शान्ति का स्वागत किया जाता है। राजधानियों में यह शान्ति आ जाती है, उसके बाद इसका कहीं पता नहीं रहता। शान्ति से इस नाटक का पटाक्षेप सत्ता के छद्म व्यवहार को खोलकर निष्क्रिय हो जाता है।[44]

स्वाधीन भारत की राजनीति पूरी तरह जातिवाद के शिकंजे में है और जातिवाद का कर्मशास्त्र ऊँच-नीच, अगड़े-पिछड़े जैसे वर्गों में बँटा हुआ है। विभिन्न जातियाँ एक-दूसरे के विरुद्ध खड़ी हैं। वे सभी अपने वर्चस्व की हर सम्भव कोशिश कर रही हैं, क्योंकि राजनीति सभी प्रकार के वर्चस्व एक ही साथ प्रदान कर देती है; अतः सभी जातियाँ अपनी राजनीतिक भूमिका को निर्णायक बनाने में एड़ी-चोटी का पसीना एक किए हुए हैं। भारतीय राजनीति का एक भयावह अन्तर्विरोध यह है कि देश सेवा और राष्ट्रीय विकास जैसे बड़े-बड़े आदर्शों का बखान करनेवाले राष्ट्रीय और क्षेत्रीय दल जाति-सेवा और जाति हित को साधने में लगे रहते हैं। जातियाँ अपने मतों की शक्ति के सहारे बड़े-बड़े सिद्धान्तवादी दलों और नेताओं को धूल चटाती रहती हैं। चुनावी टिकट बाँटने से लेकर प्रचार अभियान तक जातिवादी समीकरण के अँगूठे के नीचे दबा रहता है। समकालीन उपन्यासों में भारतीय राजनीति के इस यथार्थ को बखूबी सामने लाया गया है। नगरों से अधिक किस प्रकार ग्राम्य समाज जातिवादी राजनीति के शिकार हैं इसे हम निम्नांकित प्रसंग में देख सकते हैं। भँवर बोला, "मैं चिढ़ाता नहीं, बताने की कोशिश करता हूँ, जाति-बिरादरी, अचानक राजनीति का मुद्दा ज्यादा बनी हुई है। इस भेद को सान चढ़ाया उन नेताओं ने, जो शहर की हवा खा गए हैं। शहरी लोग खुद तो जाति-वाति के चक्कर में पड़ते नहीं, अखबारों के जरिए गाँवों से चिनगारियाँ छोड़ते रहते हैं। समझ रहे हो कुछ ?

'तू ही जाटों को छोड़कर किसी आन जातिवाले को वोट दे देगा !'

'हाँ, क्यों नहीं ?'

अजी यह तो खुद खड़ा होनेवाला है चुनाव में, सुनकर रंजीत का माथा चढ़ गया था। भइया-भइया में जंग होगी अब।

गाँव का हाल, अल्ला-अल्ला ! 'रिसाल आँख दबाकर कह रहा था। यह होनेवाला है कि जितने घर उतनी ही पार्टी। मोहल्लों का जाति के आधार पर बँटवारा होगा, हिन्दुस्तान-पाकिस्तान की तरह। कुम्हार और खटीक ऐसी ही माँग कर रहे हैं।"[45]

स्वतन्त्रता से पूर्व अंग्रेजों के अत्याचार के विरुद्ध असंख्य भारतीय सामने आ खड़े हुए थे, जो त्याग की भावना से प्रेरित थे। उस समय भारतीयों का लक्षय था स्वतन्त्रता की प्राप्ति। इस लक्ष्य प्राप्ति की भावना को स्वार्थ छू भी नहीं पाया था। "स्वतन्त्रता प्राप्ति के पश्चात् व्यक्ति की राजनीतिक चेतना विविध स्वार्थी प्रवृत्तियों के रूप में

प्रस्फुटित हुई। सत्ता के लिए आपधापी ने राजनीतिक भ्रष्टाचार को जन्म दिया। भ्रष्टाचार के कारण प्रत्येक व्यक्ति निम्न और उच्च स्तर पर सत्तात्मक राजनीति के शतरंज में अपनी गोटी बैठाने के प्रयत्न में संलग्न हो गया।"[46] आज देश की स्थिति अत्यन्त विकट है और "जिन लोगों ने आजादी के लिए सर्वस्व त्याग दिया, जेल यात्रा की, आज सबसे अधिक त्रासद स्थिति उन्हीं की है। वे सत्ता पर, कुर्सी पर अपना सबसे ज्यादा हक समझते हैं और आज की राजनीति अब त्याग से नहीं, शतरंजी गोटे बिछाने की कुशलता से चलती है आज की दल बदल की राजनीति मानव मूल्यों के पतन की सबसे ज्यादा साक्षी है।"[47] दल बदलने की यह प्रवृत्ति सत्ता हासिल करने के लिए ही अपनाई गई है, परन्तु नेतागण अपने को जनता के सामने अनावृत नहीं करते। अपने को सदा प्रजातन्त्रवादी, नीतिवान, चरित्रवान, ईमानदार, धर्म-परायण, शान्त और धैर्यवान दिखाते हैं, जबकि आन्तरिक रूप से ये उतने ही भ्रष्ट, स्वार्थी, बेईमान और शोषक वृत्ति वाले होते हैं ये अपनी व्यवहार कुशलता से अपनी कमजोरी जग जाहिर नहीं होने देते। राजनीति के क्षेत्र में वही सफल भी हुआ है जो अपने चेहरे पर हर मौके पर अलग-अलग नकाब लगा लेता है।

समकालीन हिन्दी उपन्यासों में नेताओं की इस प्रवृत्ति को बखूबी उघाड़ा गया है। 'महाभोज' में हरिजनों के घर को आग लगा दी जाती है। यह काम जोरावर के द्वारा करवाया हुआ है, यह जानकर भी मुख्यमन्त्री दा साहब जनता के सामने अपनी जिम्मेदारी दिखाते हुए बड़े अफसरों को जाँच का आदेश देते हैं और परिणामस्वरूप दो कांस्टेबल सस्पैंड कर दिए जाते हैं।[48] गरीबों के प्रति सहानुभूति केवल दिखावा है। इनके लिए मुख्य है—पद और धन। इसलिए इनके चरित्र में दोहरापन पाया जाता है। 'महाभोज' में ही लोचन भैया की बात सुनकर जोर से हँसा राव, मानो कोई बहुत ही मजेदार बात कह दी हो लोचन बाबू ने। जब हँसी थमी तो अपनी मँजरी आखों को लोचन बाबू के चेहरे पर टिकाकर बोला, "यहाँ आप जनता के सामने नहीं बोल रहे लोचन भैया, बलि चढ़ाए जानेवाले दो बकरों के सामने बोल रहे हैं। घास-पात की कुछ व्यवस्था तो करेंगे या नहीं ?"[49] मुख्यमन्त्री दा साहब भी मँजे हुए खिलाड़ी हैं, स्वयं गरीबों के हमदर्द-हितैषी बने रहते हैं। वे कहते हैं, "दुहाई गरीबों की सब देते हैं, पर उनके हित की बात कोई नहीं सोचता। जनता को बाँटकर रखो...कभी जात की दीवारें खींचकर, तो कभी वर्ग की दीवारें खींचकर। जनता का बँटा-बिखरापन ही तो स्वार्थी राजनेताओं की शक्ति का स्रोत है। कुछ गलत कह रहा हूँ मैं ?"[50] और स्वयं यही पद्धति अपनाकर वे मुख्यमन्त्री बन बैठे हैं। आगजनी पर से लोगों का ध्यान हटाने और साथ ही अपना वोट पक्का करने के लिए घरेलू उद्योग शुरू करवा देते हैं। खुश होकर लखन कहता है कि यह गरीबों के लिए मरहम का काम करेगा तो दा साहब कहते हैं— "घरेलू उद्योग की इस योजना से उनकी गरीबी पर जरूर मरहम लगाया जा सकता है, पर प्रियजनों के बिछुड़ने के दुःख पर नहीं। आदमी का दुःख जिस दिन पैसे से दूर होने लगेगा—इंसानियत उठ जाएगी दुनिया से। पर लखन तो अपनी ही रौ में बोलता चला

गया, ऐन मौके पर इस बेवकूफ ने बिसू को मरवा दिया। अब कुछ नहीं होने का।"[51] इसी तरह जब लखन कहता है कि "जानते तो हैं, लोचन भैया कितने दिनों से अपनी खिचड़ी अलग पका रहे हैं ? देखिए इस घटना से कैसा उफान आता है उनकी खिचड़ी में। जोड़-तोड़ करके अविश्वास का प्रस्ताव ले आए तो आपको लेने के देने पड़ जाएँगे...मैं कहे देता हूँ...। दा साहब कहते हैं...जिस दिन अपने लोगों का विश्वास खो दूँगा...उस दिन कुर्सी पर नहीं बैठूँगा। सबके विश्वास पर ही टिकी हुई है मेरी कुर्सी। सबसे सद्भाव पर ही जिन्दा हूँ मैं। विश्वास-सद्भाव ही नहीं रहा तो मेरे रहने का क्या मतलब ?"[52] इस तरह कहकर दा साहब अपनी कुर्सी बचाने के लिए क्या नहीं करते। सिद्धान्तों को माननेवाले लोचन भैया के समर्थकों को खरीद लेते हैं और उन्हें मन्त्रिमंडल से ही बरखास्त कर देते हैं। उन पर अनुशासनहीनता का आरोप लगाया जाता है।

शासन और राजनीति में अन्तर्विरोध और नेताओं के दोहरेपन को अर्द्धनारीश्वर की विभा इस प्रकार प्रकट करती है, "वर्तमान शासन पद्धति के रहते नारी का, दलितों का, बच्चों का शोषण क्यों होता है ? ऐसे कानून क्यों बने हुए हैं ? एक तरफ तो शासन शराब बनाने का लाइसेंस देती है, बचने के लिए ठेका की नीलामी होती है सरेआम, दूसरी ओर आकाशवाणी और दूरदर्शन पर इस प्रकार के मार्मिक दृश्य प्रतिदिन दिखाए जाते हैं, जिनमें शराबी और दूसरे नशे का सेवन करनेवाले अपनी पत्नियों को पीटते हैं, यहाँ तक कि कभी-कभी जलाकर मार डालते हैं। फिर स्वयं भी समय से पहले मर जाते हैं, बच्चों को भिखारी बनाकर। एक ओर हमारे नेता आत्मनिर्भरता और आत्मविश्वास पर आधारित जीवनदर्शन का आह्वान करते हैं, परिश्रम से प्राप्त जीविका का गुणगान करते नहीं थकते, दूसरी ओर वे ही लोग जन कल्याण के नाम पर राज्य में नाना-रूप लाटरियाँ चलाकर जनता को बिना कुछ किए एक दिन में लखपति हो जाने का प्रलोभन देते हैं।"[53]

समकालीन हिन्दी साहित्य में, विशेषकर उपन्यासों में राजनीति के क्षेत्र में व्याप्त दोहरे व्यक्तित्व के नकाब को उघाड़ा गया है वहीं आम जनता को चेताया है ताकि राजनीति के किसी भी भ्रष्ट रूप से प्रभावित न हों।

लोकतान्त्रिक शासन व्यवस्था में चुनाव का महत्त्वपूर्ण स्थान है। 'चुनाव' के माध्यम से ही जनता अपने प्रतिनिधि नेताओं का चयन करती है, लेकिन यह चुनाव दिन प्रतिदिन भ्रष्ट होता जा रहा है। "लोकतन्त्र की चुनावी पद्धति ने धनी वर्ग के शासन तक पहुँचने का मार्ग आसान कर दिया, क्योंकि चुनाव की बहुत कुछ सफलता प्रचार पर आधारित थी। जिसके लिए धन का अपव्यय एक आवश्यक तत्त्व था।"[54] उम्मीदवार किसी भी तरह चुनाव जीतने के लिए एड़ी-चोटी का जोर लगा देते हैं। धन और बल के साथ राजनीति का गठजोड़ चुनाव के माहौल में ही स्पष्ट दिखाई देने लगता है। यह स्थिति केवल शहरों की हो, ऐसा नहीं है, गाँवों की राजनीति भी उतनी ही भ्रष्ट है, जितनी

शहर की। अतः कहा जा सकता है कि "चुनाव ग्राम जीवन की राजनीतिक मानसिकता एवं उसकी मूल्यवत्ता को विशेष रूप से आन्दोलित करनेवाला एक गतिशील सन्दर्भ है। यही वह माध्यम है, जिसके सहारे ग्रामीणों ने देश की राजनीतिक साझेदारी में अपने प्राचीन मूल्यों, विश्वासों एवं परम्पराओं का अर्जित धन गँवाया है। इसके अतिरिक्त राजनीति में जातीयता और साम्प्रदायिकता का भी महत्त्वपूर्ण योग रहा है। गाँवों की राजनीति जातीयता और साम्प्रदायिकता के पाश में जकड़कर रह गई है। ग्रामीण जीवन में व्याप्त यही राजनीतिक सन्दर्भ एक बड़े स्तर पर नागरिक जीवन से गुँथे हुए हैं। ग्रामीण जीवन की दलबन्दी नागरिक जीनव में बड़े-बड़े राजनीतिक दलों का रूप ग्रहण कर लेती है। चुनावी प्रतिद्वन्द्विता अनेक षड्यन्त्र और कुचक्रों से समाहित होकर अपना वृहद जाल फैलाती है।"[55]

समकालीन हिन्दी उपन्यासों में राजनीति और उससे जुड़े चुनावों के भ्रष्ट रूप तथा अपने अधिकारों से अनभिज्ञ जनता के वर्णन के साथ ही छल-छन्द में माहिर गँवई राजनीति का वर्णन मिलता है। 'डूल' में ठाकुर देवीसिंह चुनाव लड़ने का निश्चय करते हैं, क्योंकि उन्हें मालूम है कि वोट उसी को मिलेगा जिसकी लाठी में जोर होगा। उन्हें मालूम है कि पुलिस-दारोगा उसी को सलाम बजाएँगे, उसी की हिफाजत करेंगे, जिसके हाथ में ताकत होगी। उन्हें मालूम है कि जब तक अपने लठैत, अपना दारोगा, अपना वोटर और अपना सुरक्षित क्षेत्र न हो तब तक इस देश में राजनीति में लम्बे समय तक बने रह पाने का स्वप्न नहीं देखना चाहिए।"[56] राजनीते और बाहुबल का ऐसा गठबन्धन है कि एक तरफ नेतागण अपना उल्लू सीधा करने में लगे हैं तो दूसरी तरफ रामजी की गाय जैसी जनता है जो अपने अधिकारों से ही अनजान है। 'डूल' में ही एक ग्रामीण कहता है कि माते ने एक बार लश्कर की रानी को वोट देने का वादा किया था सो उनके लड़के-बच्चे भी जब तक चुनाव लड़ेंगे तब तक गाँववाले उन्हें ही वोट देंगे।[57] गाँव की भोली जनता राष्ट्र के प्रति अपनी जिम्मेदारी से भी बेखबर रहती है। उसे इस बात का तो अहसास है कि "जमाना बदल गया है। कलयुग में सब कारज उल्टे होना लिखा नहीं है क्या शास्त्रों में ? पहले परजा राजा के दरबार में जाती थी गुहार लेकर, अब राजा परजा के दरवज्जे पर पनइयाँ चटकाउत, हाथ जोड़े ठाँडे रत।"[58] किन्तु इस परिवर्तन की गहराई में जाने की इच्छा उसे नहीं होती। चुनाव एक के बाद एक बुराई का शिकार होता जाता है और जनता असहाय होकर देखती रहती है। इसी उपन्यास में चुनाव में किए जानेवाते अनावश्यक खर्च का पता निम्न प्रसंग से चलता है, "सरपंची के चुनाव में खड़े होने का मन बनाने के दिन से आज तक काफी कुछ गँवा बैठे हैं मोती साव। पूरे इलाके में मोती साव 'महासभाई साव के नाम से बजने लगे हैं। वोट पक्के करने के फेर में खर्च हुई पूँजी का अफसोस तो बहुत होता है मोती साव को, मगर यह सच्चे बानिया सपूत होने की वजह ही कहिए कि मोती साव हर बार यह कहकर मन को तसल्ली दे लेते हैं—थैली फेंकने पर ही थैली मिलता है मोती।"[59] मोती साव का

यह आत्मसन्तोष भारतीय लोकतन्त्र में धन की भूमिका का स्पष्ट संकेत करता है, किन्तु यही पूरा सच नहीं है। चुनाव के समय वोट खरीदने के लिए धन की जो नदी बहती है, वह इससे कहीं बड़ा सच है और इसी से जुड़ा हुआ सच है–धन और शक्ति को एक साथ मिलाकर वोटों को अपने पक्ष में करना। वर्तमान युग में सफल नेता वे हैं, जो चुनाव को ध्यान में रखकर अपने मतदाताओं के साथ सम्बन्ध बनाते हैं, धन बाँटते हैं और फिर जीतने के बाद अपने व्यक्तिगत आर्थिक विकास के लिए प्रतिबद्ध हो जाते हैं।

'चाक' उपन्यास में प्रधान फत्तेसिंह राजनीति की सीख देता हुआ कहता है, "आगे बढ़ो रंजीत और देखो, ज्यादा जुल्म किसी पर मत करो। वोट देते समय ये लोग याद रखते हैं। फिर हमें तो अपने पद के हिसाब से मीठा व्यवहार करना चाहिए। कागा की तरह धन हरनेवाली आवाज...दुखदायी होती है। आगे बढ़ते जाओ। ग्राम विकास तभी हो सकता है जब अपना विकास हो। इशारे से समझ लो तो कहूँ–निर्णायक वोट तो ये ही हैं।"[60]

भले ही स्वाधीनता संग्राम के दौरान जेल जानेवालों के मन में सत्ता-सुख के भोग का लालच न रहा हो, किन्तु वर्तमान युग में जेल जाकर नेता बनना, यहाँ तक कि नेतागिरी चमकाने के लिए ही जेल जाना आम बात हो गई है। स्थिति यह है कि छोटे-मोटे गुंडे भी जेल से निकलते ही राजनीति के चूल्हे पर नेतागिरी की रोटियाँ सेंकने के दाँव चलाने लगते हैं। 'चाक' में ही इसका एक उदाहरण इस प्रकार है–"तुझे पता है, कुँवरपाल कैसी आँखें नटेरता है ? कहता है हम हवालात अपनी ऐसी-तैसी कराने गए थे ? मास्टर को पीटा तो रंजीत और हरप्रसाद ने भी था। मालूम न हो तो दरियाफ्त कर लो, चुनाव में उम्मीदवारी की लिस्ट में सबसे पहले वह आता है, जो जेल हो आया होता है। हमारे-तुम्हारे जन्म के पहले से चली आ रही है यह बात और तुम अब तक अँधेरे में हो।"[61]

राजनीतिक व्यंग्य प्रधान उपन्यास 'रागदरबारी' में चुनाव पद्धति तथा प्रक्रिया में व्याप्त भ्रष्टाचार की अभिव्यक्ति हुई है। इसी उपन्यास में चुनावी वातावरण का चित्रण इन शब्दों में हुआ है–"चुनाव ने एक ओर सनीचर और बद्री पहलवान के अखाड़े को और दूसरी ओर रामाधीन भीखमखेड़वी और उनके जुआरी सेनानायकों को प्रजातन्त्र की सेवा में फँसा दिया था, जिसे करने का अभी तक मुख्य ढंग यह था कि दोनों दल एक दूसरे को पीठ पीछे चीख-चीखकर गालियाँ देते थे। आशा थी कि फरवरी के महीने में यह काम आमने-सामने भी होने लगेगा।"[62] राजनीति में ऐसा माहौल अवसर आते ही तैयार हो जाता है। प्रत्येक दल यह कोशिश करता है कि चुनाव के दौरान ऐसी स्थिति उत्पन्न कर दें कि दूसरे दल को पैर जमाने का मौका ही न मिले। 'महाभोज' में यही होता है–"बिहारी ने जिम्मा लिया इस काम का कि ऐसा माहौल तैयार कर देंगे गाँव में कि दा साहब की सभा हो ही न पाए। थोड़ी मार-पीट और खून-खराबा होने का डर जरूर

था...पर यह कोई खास बात नहीं–यह सब तो चुनाव अभियान का जरूरी हिस्सा हो गया है बल्कि इस तरह की घटनाओं से सरगर्मी और बढ़ती है–जोश और उत्तेजना फैलती है लोगों में। बस इतना जरूर है कि इस जोश-खरोश को अपने पक्ष में मोड़ लिया जाए किसी तरह।''[63] यही करने के लिए सत्तारूढ़ दल को खूब गाली दी जाती है। सत्ता को हर समस्या के लिए दोषी ठहराना बहुत आसान होता है। चुनाव के समय कोई घटना घटती है तो यह हारे हुए नेता के लिए सुनहरा अवसर हो जाता है। 'महाभोज' में सुकुल बाबू लोगों को सम्बोधित करते हुए कहते हैं कि ''चुनाव जीतने के लिए गाँव के धनी किसानों के वोट भी चाहिए और पैसा भी। इसलिए अभी उनकी हर ज्यादती पर, हर अन्याय पर परदा डाला जाएगा...उन्हें बचाया जाएगा। इसलिए अच्छी तरह जान लीजिए कि इस हत्या के लिए कुछ नहीं होने जा रहा है। कौन करेगा ? पंचायत इनकी...पुलिस इनकी, और अब तो विश्वास हो गया होगा आपको कि सरकार भी इन्हीं की है।''[64]

भारतवर्ष में चुनावी राजनीति के पहलू का एक सिरा स्त्रियों से भी बँधा हुआ है। भले ही राजनीतिक शक्तियाँ स्त्रियों को पुरुषों के बराबर मानती हों, विधान सभा और संसद में उन्हें बड़ी संख्या में प्रतिनिधित्व प्रदान करने की घोषणाएँ करती हों, स्त्रियों के लिए राजनीति में स्थान बनाने के उद्देश्य से विधेयक लाने पर जोर देती हों, किन्तु यह सच है कि जब वोटों का समीकरण बिगड़ता दिखता है तब स्त्री अकेली खड़ी रह जाती है। यदि वह चुनाव लड़ने के लिए अपना पर्चा दाखिल कर चुकी हो तब भी उसे एक तरफ धकेलने की भौंडी कोशिशें होती हैं। वोट की राजनीति कुछ ऐसा दृश्य निर्मित करती है–''आज की डेमोक्रेसी का एक मापदंड है वोट। बहुमत होना चाहिए। मैं पूछता हूँ प्रेमू कि प्रतिभा बंसल की क्या गलती थी कि उसने कमीने पुरुषोत्तम को पीटा। परम कमीने सोबरन राय को चेतावनी दी। बोलो, एक औरत बहुत हिम्मत करके गुंडों के खिलाफ, चोरों के खिलाफ लड़नेवाली, नतीजा यह कि उसे अयोग्य कहकर एक सड़ियल जगह पर 'डम्प' कर दिया गया। क्यों ? क्यों ? बोलो रिसर्चर। तुम नहीं बोलोगे। क्योंकि प्रतिभा बंसल की ईमानदारी आज की डेमोक्रेसी के खिलाफ है। और साफ सुनो, प्रतिभा बंसल को शह देना अपराध है, उसे दंड मिला क्योंकि पुरुषोत्तम सिंह, सोबरन राय के हाथों में दस हजार वोट है। दस हजार ठाकुरों के वोट के लिए एक औरत के सही, सच्चे और ईमानदार प्रयत्न को कुचलना जरूरी नहीं है। अब तो चुनावों के दिन आ रहे हैं। और सुनो, डाकू होते हुए भी घनसाम अहीर अपनी जात के सारे वोट लोकदल को देने की धमकी दे सकता था, इसलिए बाभन वोट के लिए सुदर्शन, राजपूत वोट के लिए पुरुषोत्तम, अहीर वोट के लिए घनसाम और मुसलमान वोट के लिए बन्ने मियाँ कभी सजा नहीं पा सकते।''[65]

वर्षों पराधीन रहने के बाद भारतीय जन-मानस में राजनीतिक चेतना के परिणामस्वरूप विद्रोह की ज्वाला भड़की थी। भारतीय पराधीनता की बेड़ियों को तोड़ने के लिए

लालायित हो उठे थे। "राजनीतिक आन्दोलनों और संघर्षों ने जनमानस को आन्दोलित किया और उनमें एक नवीन चेतना का संचार किया। पराधीनता की शृंखलाओं को तोड़ देने के लिए जनमानस का प्रयत्न इसी राजनीतिक चेतना का परिणाम था।"[66] इस चेतना ने ही भारतीयों को संगठित होने की प्रेरणा दी, परिणामस्वरूप राजनीतिक दलों का उदय हुआ। भारत में राष्ट्रीय स्तर पर सबसे पहला दल 'भारतीय राष्ट्रीय कांग्रेस' के रूप में उभरकर आया। समाज के कई जाने-माने लोग इस दल में शामिल हुए, परन्तु इसे धीरे-धीरे साम्प्रदायिक दल का रूप दिया जाने लगा। "राष्ट्रीय कांग्रेस में स्वराज्य को लेकर विरोधी भावनाएँ जागरूक हो रही थीं; इसके साथ ही अंग्रेजी नीति के कारण कांग्रेस में साम्प्रदायिकता के आधार पर भी फूट पड़ने लगी। मुसलमान निजी अधिकार की माँग करने लगे थे। बढ़ती साम्प्रदायिकता के कारण मुसलमान राजनीतिज्ञों ने अखिल भारतीय संस्था 'मुस्लिम लीग' की स्थापना सन् 1906 में की।"[67] यानी अंग्रेजों की नीति ही फलीभूत हुई। स्वाधीन भारत में विभिन्न राजनीतिक दल उसी विभाजनवादी मानसिकता से प्रेरित होकर अपने कार्यक्रम बनाते रहे। उन्हें अन्दर-ही-अन्दर यह आशंका लगी रही कि यदि एक देश में जनता भी एक ही रही तो वे सत्ता की राजनीति करके अपने स्वार्थ कभी भी पूरे नहीं कर सकेंगे। यह आश्चर्य की बात नहीं कि भारतीय राष्ट्रीय कांग्रेस के साथ अंग्रेजों की नीति के प्रकाश में ही समकालीन भारतीय राजनीति भी आगे कदम बढ़ा रही है।

समकालीन हिन्दी उपन्यासों में राजनीतिक दलों के यथार्थ रूप का वर्णन हुआ है। 'करवट' के इस प्रसंग में कांग्रेस का यथार्थ पक्ष उजागर होता है, जब बंसीधर के मन में "एक सवाल यह भी उठता है कि इंडियन नेशनल कांग्रेस में वाकई पूरी इंडियन नेशन थी? मुसलमान तो उससे खुल्लम-खुल्ला ही अलग रहे। मगर क्या हमारी हिन्दी-नेशन भी उनके साथ थी? हाँ, मुट्ठी भर पढ़े-लिखे मेरे जैसे सुधारवादी लोग वहाँ जरूर इकट्ठा हो गए थे। और वह साल में एक बार बराबर मिलते रहेंगे, सालाना जलसे की कढ़ाई में अपने सुधारवादी विचारों की पकौड़ियाँ तलते रहेंगे और रिजोल्यूशनों की रकाबी में ब्रिटिश गवर्नमेंट से गिड़गिड़ाकर कहते रहेंगे कि लीजिए हुजूर, नोश फरमाइए और बख्शिश में हमें कुछ कानूनी रियायतों की सहूलियतें दे दीजिए।"[68] आज भी यही हो रहा है, राष्ट्रहित दलीय हित के समक्ष इतना बौना हो गया है कि ऐसा प्रतीत होने लगता है कि जैसे वर्तमान राजनीति और राष्ट्रहित का कोई सम्बन्ध ही न हो। अधिकांश राजनीतिक दल "बातें राष्ट्रहित की करते हैं, लेकिन काम अपना उल्लू सीधा करने का करते हैं। उनकी एक आँख यदि राष्ट्र पर लगी रहती है तो दूसरी आँख अपनी पार्टी के हित या अपने हित पर।"[69]

विपक्षी दल का राजनीति या शासन संचालन में विशिष्ट स्थान है। यही जिम्मेदार नागरिक के रूप में सत्तारूढ़ दल को नियन्त्रित करता है। इसकी गलती को जनता के सामने लाता है और जनता की आवाज को दबने नहीं देता। विपक्षी दल के कई

उत्तरदायित्व हैं; इसलिए विपक्षी दल जितना सचेत होगा उतना ही सत्तारूढ़ दल को सतर्क रहना होगा। सशक्त विरोधी दल के अभाव में देश की राजनीति पर किसी का नियन्त्रण नहीं रहता। लक्ष्मीसागर वार्ष्णेय ने कहा है—''राष्ट्रीय स्तर पर संगठित एक सशक्त और प्रभावशाली विरोधी दल के अभाव ने वैसे भी देश के प्रजातन्त्रवाद को एक विचित्र रूप दे रखा है, जो इंग्लैंड या अमेरिका के प्रजातन्त्रवाद से भिन्न है। फिर भाषावाद, जातिवाद, राज्यवाद और देश के व्यापक हित की अपेक्षा पार्टी हित की बात सोचने आदि के भूत से रागात्मक एकता के अभाव से देश अलग सन्तप्त है। स्वार्थी और 'आत्मरति रत' लोगों से और नकली चेहरे लगाए नेताओं से देश भरा हुआ है।''[70] सैद्धान्तिक दृष्टि से विपक्ष की आवश्यकता राष्ट्रहित के रचनात्मक कार्यक्रमों से सरकार को जोड़े रखने के लिए होती है। विपक्ष केवल सत्ता खो चुका पक्ष नहीं होता, वह उस जनता का एक पक्ष होता है जो सत्ता को अपने न्यायोचित बातें सुनाने में असमर्थ रहती है। विपक्ष को सत्तापक्ष पर अंकुश भी माना जाता है, लेकिन समकालीन भारत में विपक्ष की राजनीति का यथार्थ अवसरवाद से जुड़ा हुआ है। इसीलिए 'महाभोज' में विपक्ष के प्रतिनिधि सुकुल बाबू बिसू की मौत का पूरा फायदा उठाकर चुनाव जीतना चाहते हैं, क्योंकि चुनाव के समय हर घटना का सम्बन्ध चुनाव से जोड़ दिया जाता है। सरोहा उपचुनाव में ''सुकुल बाबू ने खड़े होकर ही इस चुनाव को इतना महत्त्वपूर्ण बना दिया है। सीट केवल एक, पर पूरे मन्त्रिमंडल के लिए जैसे एकदम निर्णायक ! यही कारण है कि आज हर घटना को इस सीट से जोड़कर देखा-परखा जा रहा है। वरना और दिन होते तो क्या बिसू और क्या बिसू की मौत। पर आज स्थिति यह है कि इधर बिसू की लाश जली और उधर शहर के कोने-कोने में खलबली।''[71] इस हादसे का राजनीतिक फायदा उठाने के प्रयास में विरोधी दल कृत्रिम सहानुभूति प्रकट करने लगे। जैसे ''इस दर्दनाक हादसे से विरोधी दल के नेताओं के हृदय चकनाचूर हो गए। विधान सभा में उनके फटे गले से निकली चीख-पुकार वास्तव में उनके फटे हृदय की अनुगूँज ही थी, जिसने सारे सदन में धरतीफाड़ हंगामा मचा दिया।''[72]

जब ऐसा कोई हादसा पेश आता है तो विपक्ष की राजनीति करनेवाले अधिकांश राजनीतिज्ञ उसे एक महत्त्वपूर्ण अवसर मानते हैं। महत्त्वपूर्ण इसलिए नहीं कि वे उसका उपयोग जनता को न्याय दिलाने के लिए करेंगे बल्कि इसलिए कि इसके बहाने वे सत्ता की नाक में नकेल डाल देंगे। ये लोग तमाम मर्यादाओं को भूल जाते हैं और सरकार को गाली देना शुरू कर देते हैं। कई बार ये यह भी भूल जाते हैं कि जिस व्यवहार के लिए वे आज सरकार को गाली दे रहे हैं, ठीक वैसा ही व्यवहार वे खुद सरकार में रहते समय कर चुके हैं। स्वातन्त्र्योत्तर काल के कुछ महत्त्वपूर्ण राजनीतिज्ञों को छोड़ दिया जाए तो अधिकांश का हाल एक जैसा ही है। सुकुल बाबू इन्हीं का प्रतिनिधित्व करते हुए कहते हैं कि, ''गाँठ बाँध लीजिए कि यह सरकार आप लोगों के लिए कुछ नहीं करने जा रही। इसे लगाव आपसे नहीं, अपनी कुर्सियों से है और कुर्सियों का तकाजा यही है कि अभी ऐसी बातों को गोलमोल करके ही छोड़ दो।

कुर्सी और इंसानियत में बैर है। इंसानियत की खाद पर ही कुर्सी के पाए अच्छी तरह जमते हैं।"[73]

भारत में जनतान्त्रिक शासन व्यवस्था के कारण राजनीति में उस वर्ग का स्थान प्रमुख हो गया जो धन और बल से सम्पन्न था। यह वर्ग सदा से अपनी असुविधा के प्रति सचेत रहा है और अपनी शक्ति से आम आदमी का शोषण करता रहा है। यह आम आदमी के लिए सुख-दुःख की चिन्ता करने के बजाय अपनी सुख-सुविधा के लिए, अपने स्वार्थ के लिए आम आदमी का इस्तेमाल करने लगा। बेगुनाहों को किसी भी जुर्म में फँसाना और गुनहगारों को शह देना इसके लिए बाएँ हाथ का खेल हो गया। 'महाभोज' में बिसू को बिना किसी वजह के जेल में बन्द किया जाता है। उसकी मौत के बाद तहकीकात करने के लिए जब सक्सेना उसके पिता से गिरफ्तारी का कारण पूछता है तो पिता उत्तर में कहता है–"सो तो आप लोग जानो सरकार ! आपै लोग तो पकरि लै गए रहो। सक्सेना ने थानेदार की तरफ देखा। थानेदार ने जरा-सा आगे झुककर धीरे से कहा, नक्सली था सर ! सक्सेना, थानेदार की ओर ही देखते रहे, कुछ इस भाव से मानो थानेदार की बात से महेश की इस बात 'नक्सलियों की तो वह आलोचना करता था' का तालमेल बैठाने की कोशिश कर रहे हों।"[74] सरकारी पदों पर आसीन व्यक्ति भ्रष्ट राजनीति के शिकार होते हैं। वे भी वही करने को मजबूर होते हैं, जो उनसे करवाया जाता है। राज्य हों या केन्द्र दोनों ही राजनीति के क्षेत्र में भ्रष्ट नजर आते हैं। महाभोज में पुलिस अफसर सक्सेना को बिसू के बारे में बताते हुए महेश कहता है, "जब से उसने आगजनी की घटना के प्रमाण जुटाए, वह पागलों की तरह पीछे पड़ा हुआ था दिल्ली चलने के लिए। मैं यही कहता था कि अब कुछ नहीं होने का...जब सरकार ही सारी बातों को दाब-ढाँक रही है तो मेरे-तेरे भागदौड़ करने से क्या होगा ? जैसी यहाँ की सरकार वैसी दिल्ली की सरकार। हमने तो सबको देख लिया साहब, एक वह शराबी सरकार थी, एक यह पिशाबी सरकार, ससुरे सब एक से...।"[75] इनके बीच पिसती है आम जनता, जो विवश होकर शोषित होती है। आदमी की इस विवशता का पता 'डूब' में माते के शब्दों से चलता है–"ठीक कहते थे बामन महाराज, इस कलयुग में आदमी ही नहीं उसके कान भी ओछे होंगे। दूसरे के लिए घर छीनकर अपना घर बढ़ाएँगे। दूसरे का गोधन, जरधन, हड़पकर अपना घर भरेंगे। ऐसा तो भड़ैया करते रहे हैं; अब तक डाकू करते रहे हैं; आततायी करते रहे हैं। अब तो अपनी सरकार है। इतनी निर्दयी है अपनी सरकार ?[76] इसी उपन्यास में बेतवा नदी पर बने बाँध के कारण डूब क्षेत्र में आए किसानों का हाल-बेहाल है, परन्तु इससे सरकार को कोई वास्ता नहीं। माते कहते हैं, "सरकार जानती जो है कि उसके कहे पर मूरख जनता को अपार विश्वास है। उसके कहे से ही मान लेती है कि चलो यह काम भी निबटा। इन्हीं को बना रहने दो राजा। इन्होंने जैसे वह निबटाया वैसे ही यह भी निबटाएँगे। इधर वाले सोचते हैं कि उधर का निबटाया है अभी, कहने में थोड़ी चूक हो गई होगी और उधर वाले सोचते हैं ठीक इसका

उलटा। और सरकार सोचती है कि जब हमरे कह देने भर से दोनों ओर के लोग सन्तुष्ट हैं तो इसे फिर कभी कर लेंगे। अभी तो केवल रेडुआ पर हो गया, हो गया कहकर गाल बजाए जाओ।"[7]

समकालीन उपन्यासों ने कुछ ऐसे प्रसंग भी निर्मित किए हैं, जिनके माध्यम से राजनीति की अनुत्तरदायी प्रवृत्ति के विरुद्ध जन-आक्रोश भी सामने आता है और आम आदमी तथा सरकार के रिश्तों पर भी प्रकाश पड़ता है। ऐसा एक प्रसंग इस प्रकार है—"जब हमारी जमीन की सिंचाई नहीं होती तो अन्न कैसे उपजता है ? अगर हमरी जमीन में सिंचाई का साधन नहीं है तो फिर वह कुआँ क्या हमने मछलियाँ पालने के लिए खोदा हुआ है ? अगर वहाँ अब जमीन नहीं है, नदी है तो क्या हमरा दोष है ? बाढ़ लाया कौन ? हमरी जमीन को बेतवा मैया लील गई किसकी करतूत के चलते ? अगर हमरी जमीन पर कुआँ नहीं है तो क्या हम मटकों से पानी देते रहे खेतों में ? अगर हमरी तमाम जमीन पर चारा होता है तो खाते कहाँ से रहे अन्न अब तक ? हमारा पूरा खानदान ढोरों का है के आदमियों का ? नहीं चाहिए हमें मुआवजा। बना लो कहीं और जाकर बाँध ! हम आगे भी चारा खा लेंगे। यह क्या माजरा है ? यह कैसी ठगी है ? सरकार होकर ठगती है ?"[78] यह आक्रोश भी सही है क्योंकि गरीब किसानों को जानवरों से बेहतर समझा ही नहीं जाता। माते कहता है, "सरकार की निगाह में तो अभी भी यहाँ जानवर बसते हैं, जानवर भी ऐसे जिनके न दाँत हैं, न पंजा। फिर हमें कहाँ खदेड़ेगी यह सरकार ? कब लगाने आ रही है हाँका।"[79] वही आगे कहता है, "कोई समझाता क्यों नहीं इस सरकार को ? आदमियों की कीमत पर जानवरों की रक्षा करना चाहती है यह ? गरीबों के जीवन की बलि लेकर अमीरों की तफरीह का बन्दोबस्त करना चाहती है यह सरकार ? और कोई इसका हाथ पकड़नेवाला नहीं बचा ? कोई नहीं, कोई भी नहीं ?[80]

ऊपर के दोनों उद्धरणों में जनता का विक्षोभ अच्छी तरह प्रकट हुआ है। राजनीति यदि आम जनता के साथ छलावा करती है और उसे जीवन के अनिवार्य अधिकारों से भी वंचित करती है तो क्रोध और क्षोभ का उभरना स्वाभाविक ही है। कई बार आम जनता का कोई व्यक्ति अपने आक्रोश को अनजाने ही इतने तार्किक ढंग से प्रकट करता है कि बड़े-बड़े तर्कशास्त्री मुँह देखते रह जाते हैं, जैसे "वाह-री सरकार; तूने हमें जनम-जिन्दगी में कुछ दिया भी तो छलावे से दिया ! तुमसे इतना भी न हुआ कि साव लोगों की छाती पर न्याय का पंजा गड़ाकर कहती कि बहुत कर लिया गरीबों के साथ अन्याय, अब इनका हक इन्हें वापस सौंप दो। तुझसे तो भडैया भले, डाकू भले, जो इनकी छाती पर आ धमकते तो हैं। तेरी लीला न्यारी ! उन्हें तो तूने पैढ़ दिया मुँगावली की जेल में और खुद छलावे से वही कर बैठी।"[81] लेकिन यह तो वर्तमान राजनीति का चरित्र है। भयानक हिंसा और डाकू प्रवृत्ति उसकी रग-रग में समाई हुई है। प्रत्येक अन्याय करके आत्मसन्तोष की नींद में डूब जाना भी हमारी लोकतान्त्रिक सरकार का ही स्वभाव है। आम जनता न उसके सोने का रहस्य जानती है, न जागने

का। "क्या भरोसा इस सरकार का। सोएगी तो ऐसे सोएगी कि कुम्भकर्ण के कान काट ले, और चेतेगी तो उस गति से कि तूफान के जनाउर को भी पछाड़ दे। न किसी को सँभालने का अवसर देगी न सँभालने का।"[82] ऐसे में भारत की दबी-कुचली-पिछड़ी अधिकारहीन जनता क्या करें ? अपनी मर्जी से अथवा अन्य प्रभाव से मतदान करने के पश्चात उसकी दशा उस भिक्षुक के समान हो जाती है, जिसकी पुकार कोई नहीं सुनता। स्वतन्त्र भारत में यदि सर्वाधिक असहाय कोई है तो जनता है। वह इतनी शक्तिहीन है कि उसका क्षुब्ध प्रतिरोध भी प्रायः निष्फल हो जाता है। उससे उसके सभी अधिकार छीने जा चुके हैं। जब भी कभी वह अपने यथार्थ से रू-ब-रू होती है तो अथाह आत्मग्लानि, पश्चाताप और विक्षोभ के मिश्रण से भर उठती है। उस दशा में बड़ी-से-बड़ी सरकार के लिए भी उसके मुँह से निकल पड़ता है–"आखिर तुम क्यों नहीं चाहते कि हम कुछ सुन भी सकें ? तुम खुद तो गूँगे हो, बहरे हो, आँधरे हो, इसी से हमरी बदहाली की खबर नहीं तुम्हें। पर हमें बहरा क्यों करते हो ? तुम्हें पता नहीं क्या कि इन कानों को एक ही बात सुनने की चाह है। वह बता दो फिर चाहे जो करना। गूँगे-आँधरे तो हम भी हैं, इसी से तो कह नहीं पाते कि हो क्या रहा है इस आजाद देश में ?"[83]

स्वार्थ से घिरा व्यक्ति अपनी हित चिन्ता में सदा दूसरों के अधिकारों का हनन करता है। आज जब राजनीति स्वयं ही भ्रष्ट है तो शासन को चलानेवाले कार्यकर्त्ता भी इससे अछूते नहीं हैं। इन्हें जनता की भलाई करने की जगह परेशान करना ज्यादा सुहाता है। ये अपने को आम जनता से पृथक् समझकर उन पर अत्याचार करना, उनका शोषण करना अपना अधिकार मानते हैं। सरकार का रुख जिधर हो, उधर ही घूमना इनकी प्रवृत्ति है। शासन की मशीन के सभी पुर्जे आज सरकार के ही समान भ्रष्ट नजर आते हैं।

समकालीन हिन्दी उपन्यासों में सरकार तथा सरकार से जुड़े लोगों के चरित्र के कई पक्षों का वर्णन किया गया है। 'तमस' में दंगे करवाने के बाद अमन-शान्ति के प्रयास के नाम पर सियासी चाल की चपेट में सरकारी कर्मचारी भी आ जाते हैं। इसकी अभिव्यक्ति इन शब्दों में हुई है–"सार्वजनिक संस्थाओं के साथ मिलकर सरकार मसलों को सुलझाना चाहती थी। सरकार का यह रुझान देखकर सार्वजनिक संस्थाओं के नेता बड़ी चहलकदमी दिखाने लगे; उधर सरकारी अफसरों में चुस्ती आ गई थी। यहाँ तक कि सियासी हलकों में भी डिप्टी कमिश्नर के बारे में राय बदलने लगी थी।"[84]

सत्ता वर्ग में प्रायः मानवता और सदाशयता कम ही दिखाई देती है। उसके स्थान पर कठोरता, बर्बरता, निर्दयता ही अधिक नजर आती है। अत्याचार सहकर भी जब जनता इनके आगे मूक बनी रहती है, तो ये और ज्यादा उग्र नजर आते हैं। 'जहाँ बाँस फूलते हैं' में सत्ता वर्ग के चरित्र का वर्णन इन शब्दों में हुआ है–"हवासिंह को हाथ बाँधकर घिघियाते आदमी हमेशा ही बढ़े अच्छे लगते थे। अपनी कुँची-कुँची आँखों से

उसे घूरता रहा। उसकी आँखों में इतनी चमक थी कि कामा उनका ताप सह नहीं पाया। वैसे भी यह आँखों में आँखें डालकर बात करने का अवसर नहीं था। निगाहें झुकाईं तो हवासिंह दो बार गर्दन ऊपर-नीचे कर बोला 'फौज अपना काम करना जानती है। और जब काम करती है तब तुम्हें इंसान नहीं दुश्मन की नजर से देखती है। भाग जाओ।' कामा हड़क गया।''[85]

यह राजनीति और शासन की मशीन का वह पुर्जा है जिसे हम कानून-व्यवस्था का प्रबन्धकर्त्ता और रक्षक कहते हैं। आज की भारतीय राजनीति इसके बिना अपना अस्तित्व बचाकर नहीं रख सकती। राजनीति की इसी मशीन का एक पुर्जा वह नौकरशाही है, जो सीधे-सीधे जनता के सम्पर्क में आती है और जिसका काम जन-कल्याणकारी नीतियों पर अमल करके जनता और देश को शक्ति प्रदान करता है। लोकतन्त्र के शासन की मशीन का यही पुर्जा सबसे अधिक जंग खाया प्रतीत होता है। जनहित के प्रसंग में इसका जंग इसे या तो निष्क्रिय बनाए रखता है या ऐसे निर्णय करवाता है जो शताब्दियों में भी सार्थक परिणाम देनेवाले सिद्ध न हों। आश्चर्य है कि यही पुर्जा निजी स्वार्थों के प्रसंग में सारे जंग को झाड़कर तेजी से चलने लगता है। दोनों ही रूपों में यह भारतीय राजनीति को गड्ढ़े में धकेलनेवाला है। 'डूब' में इस पर टिप्पणी की गई है–''कैसी अँधेर नगरी और कैसा चौपट राज आया है यह ! जिन सरकारी मुलाजिमों का काम सरकार की हिफाजत करना, जनता की सेवा करना होना चाहिए, वही सरकार के पाँव कुतर रहे हैं। उसके खजाने में बरकत करने की बजाय उसी पर डाका डाल रहे हैं। उसकी जनता का खून चूस रहे हैं। कानून का भय दिखाकर गैर-कानूनी काम कर रहे हैं। जिनका फर्ज है सरकार को जनता की भलाई के उपाय सुझाना, वे ऐसे काम सुझा रहे हैं जो सदियों में भी पूरे न हों।''[86]

अखबारों और पत्रकारों का कर्तव्य आए दिन घटनेवाली घटनाओं का विवरण देना मात्र नहीं है, बल्कि उन घटनाओं के पीछे कारण और उन कारणों की सत्यता का अन्वेषण करना भी है। इस दृष्टि से जन-संचार के माध्यमों का समाज विकास और चेतना जगाने में महत्त्वपूर्ण कर्तव्य निभाना होता है। इसी कर्तव्य भावना से प्रेरित होकर भारत में पत्रकारिता का उद्भव और विकास हुआ। यह देश सेवा का सशक्त माध्यम बना, परन्तु आर्थिक पक्ष के प्रबल होने से धीरे-धीरे यह स्वार्थ साधन का माध्यम बनता चला गया। कृष्ण बिहारी मिश्र लिखते हैं, ''पत्रकार का दायित्व है देश-दशा को सही दिशा की ओर प्रेरित करना, दृष्टि देना, इसीलिए आवश्यक है कि साम्प्रतिक चेतना के साथ ही वह अपनी परम्परा की सही अभिज्ञता रखे, मानसिक संकीर्णता और व्यक्तिगत कुंठाओं से विरत होकर राष्ट्रीय प्रश्नों पर अपनी राय दे, लेकिन उदारता की उस सीमा पर न पहुँच पाए, जहाँ जातीय धरातल छोड़ने की विवशता आ जाए और फैशन नियति बन जाए।''[87] जन-संचार के माध्यमों को किसी भी दबाव में नहीं आना चाहिए। उन्हें जनता की आवाज की भूमिका अदा करते हुए पूर्वग्रह से मुक्त होकर निष्पक्ष विचार प्रकट करने चाहिए। परन्तु आज, ''पत्रकार की निष्ठा और मनोबल में ह्रास हुआ है।

रूप सजा-सँवरा है और दृष्टि मन्द पड़ी है, क्योंकि साम्प्रतिक पत्रकारिता व्यावसायिकता के चंगुल में फँस गई है। और सरकारी पुरस्कार-अलंकार पाने की ललक तथा सरकारी खेवे-खर्चे पर विदेश यात्रा की हमारी रंगीन भूख हमें मजबूर करती है गलत बातों का समर्थन करने के लिए। हमारी साधना का एकान्त उद्देश्य है उस मौके की तलाश जो चाकचिक्य की स्पर्द्धा से हमें आगे बढ़ा दे।''[88]

समकालीन हिन्दी उपन्यासों में जन-संचार माध्यमों पर हावी होती राजनीति की अभिव्यक्ति हुई है। पत्रकार चन्द ग्रांट या कागज का कोटा परमिट पाने जैसे छोटे-छोटे लाभ के लिए अपनी आवाज ही गिरवी रख देते हैं और बन जाते हैं राजनीतिज्ञों के माउथपिस, जो उन्हीं का राग अलापना अपना परम कर्तव्य जानकर आम जनता की तरफ से आँखें मूँद लेते हैं। 'महाभोज' में राजनीति के पाश में बँधी पत्रकारिता का यथार्थ वर्णन हुआ है। 'मशाल' के सम्पादक दत्ता बाबू से दा साहब कहते हैं, ''मैं उलाहना नहीं दे रहा। जानता हूँ काम बढ़ गया है आप लोगों का अब। बीच में तो यह स्थिति थी कि बनी-बनाई खबर आ गई ऊपर से और छाप दी। आप लोगों के लिए तो कुछ काम ही नहीं रह गया था। फिर जरा ठहरकर बोले, 'प्रजातन्त्र में अखबार पर पाबन्दी हो, अशोभनीय स्थिति लगती है यह'।''[89] वास्तव में दा साहब स्वयं 'मशाल' को अपने रंग में ढालना चाहते हैं इसलिए कागज के कोटे-परमिट की बात पर वे 'मशाल' को एक तरह से खरीद लेते हैं। होना यह चाहिए कि पत्र-पत्रिकाओं के जरिए पत्रकार तथा सम्पादक राजनीतिज्ञों के असली चेहरे लोगों के सामने लाएँ। दिखावे के लिए दा साहब समझाते हैं, 'बहुत भारी जिम्मेदारी होती है अखबारनवीसों के कन्धों पर। और मैं चाहता हूँ कि उसके प्रति पूरी तरह सचेत हों...आप...।' और आप कहने के साथ ही दा साहब ने गरदन को हलका-सा आगे करके ऐसी नजरों से देखा कि दत्ता बाबू को लगा, जैसे नजरों से ही जिम्मेदारी की पोटली सरकी और दत्ता बाबू के कन्धों पर लद गई।''[90] सौम्य, संयत और नीतिवान बने दा साहब दत्ता बाबू को जिम्मेदारी सौंपते हैं और दत्ता बाबू जिम्मेदारी के बोझ से दब जाते हैं और उन्हीं का हुकुम बजाने लगते हैं। ऐसा होना ही था क्योंकि ''दत्ता बाबू के मन में दा साहब की शाबाशी से खुशी और जेब में कागज के डबल कोटे का परमिट पड़ा हुआ है और वे जमीन से डेढ़ इंच ऊपर महसूस कर रहे हैं अपने को। हलवाई के यहाँ से दस सेर ताजा बूँदी के लड्डू बँधवाए। आज प्रेस में मिठाई बाँटेंगे सबको और अगर हो सका तो पन्द्रह-पन्द्रह दिन के बोनस की घोषणा भी कर देंगे।''[91] व्यावसायिक दृष्टि से सफल कहलाने के लिए अपना कर्तव्य कागज के कोटे के नाम कर देते हैं। जिस माध्यम से समाज में बदलाव लाना सम्भव है वह चन्द लोगों—'मशाल' के सम्पादक, सहसम्पादक के जीवन में बदलाव लाने का माध्यम बन जाता है। 'महाभोज' का एक प्रसंग इसी को पुष्ट करता है—''भवानी ने कुछ ऐसी तत्परता से दराज खोली, मानो दराज से ही क्रान्ति निकाल लाएँगे। पर निकला केवल एक सफेद कागज और उसे सामने फैलाकर कलम खोलते हुए बोले, देश में क्रान्ति जब आएगी तब आएगी...और कमबख्त कभी आएगी भी या नहीं

भगवान जाने, पर 'मशाल' के दफ्तर और 'मशाल' के सम्पादक, सहसम्पादक की जिन्दगी में तो क्रान्ति दरवाजे पर आकर खड़ी हो गई समझो। अभी हमारा हिसाब समझाकर तुम्हें क्रान्ति की झलक दिखा देता हूँ।''[92] जनसंचार के माध्यमों पर सत्ता का प्रभाव प्रत्यक्ष रूप से दिखाई देता है। 'महाभोज' के इस प्रसंग से राजनीति के पाश में जनसंचार माध्यमों के होने का प्रमाण मिल जाता है. ''रेडियो साला कल से दा साहब का भाषण ही गुहार रहा है जैसे और कोई खबर ही नहीं रह गई दुनिया में। जनसंचार के साधनों को अपना भोंपू बनाकर रख दिया। लगता है 'मशाल' के दत्ता बाबू को भी अच्छी डोज दे दी गई है, अब दा साहब का कीर्तन ही हुआ करेगा उसमें भी।''[93]

वर्तमान भारतीय राजनीति को देखकर जहाँ तमाम अन्तर्विरोधों पर ध्यान जाता है, वहीं एक ऐसा तत्त्व भी हमारा ध्यान खींचता है, जो राजनीति के असंख्य टुकड़ों को और उन्हें अपने-अपने हाथो में उठाए राजनीतिज्ञों को एक सूत्र में बाँधता है। यह तत्त्व है सत्ता प्राप्ति का लक्ष्य। राजनेता विभिन्न दलों, धर्मों, जातियों, वर्गों, सिद्धान्तों, विचारधाराओं, विश्वासों और घोषणाओं के आधार पर अपनी-अपनी अलग पहचान बनाते हैं। यहाँ तक कि एक दूसरे से खुली घृणा करके भी भूख के मामले में वे 'हमाम में सब नंगे' के मुहावरे को जीते हुए दिखाई देते हैं। इनके लिए वे अपना दल और सब कुछ छोड़ सकते हैं।[94] यही कारण है कि अब राजनैतिक परिवर्तन के नारों बीच जो कुछ घटता है, वह नई बोतल में पुरानी शराब से अधिक नहीं होता। राजनीति का हर नया परिवर्तन किसी-न-किसी पुरानी दुरभिसन्धि को दोहरानेवाला ही होता है। 'महाभोज' में इस कड़वे सच को चित्रित करते हुए बताया गया है–''क्या इसी परिवर्तन के लिए सुकुल बाबू की पार्टी और विधान सभा छोड़ी थी उन्होंने ? इसी क्रान्ति का सपना देखा था ? और क्या इसी टुच्चेपन की सौदेबाजी के लिए मन्त्रिमंडल गिराने की बात सोच रहे हैं ? नाम चेहरे, लेबल भले ही अलग-अलग हों–पर अलगाव है कहाँ–सुकुल बाबू...दा साहब...राव...चौधरी... ।''[95]

सन्दर्भ सूची

1. बीसवीं शताब्दी हिन्दी उपन्यास : नए दो पहलू, डॉ. श्रीनारायण सिंह, प्रथम संस्करण-1976, पृ. 13
2. भारत में सामाजिक आन्दोलन और परिवर्तन, सम्पादक डॉ. सुरेन्द्र कुमार श्रीवास्तव, डॉ. सत्येन्द्र त्रिपाठी, प्रथम संस्करण-1987, पृ. 59
3. हिन्दी उपन्यासों में सामाजिक चेतना, डॉ. लाल साहब सिंह, प्रथम संस्करण-1998, पृ. 47
4. अंग्रेजों के शासन काल में धार्मिक भेदभाव का बड़े व्यवस्थित ढंग से शासकीय नीति का अंग बनाकर उपभोग किया गया। कभी एक सम्प्रदाय की पीठ ठोंकी कभी दूसरे की; कभी एक को कुछेक सुविधाएँ और अधिकार दिए कभी दूसरे को, कभी एक भाषा को मान्यता दी, कभी दूसरी भाषा को। —मेरे साक्षात्कार, भीष्म साहनी, संस्करण-1996, पृ. 153

5. वही, पृ. 53
6. सारे भारत में इनकी कूटनीतियों का कुचक्र चल रहा है। भारत के बड़े से बड़े राजे, सम्राट और सरदार इनकी चालाकियों के मकड़जाल में मक्खियों और पतंगों की तरह फँसे हुए फड़फड़ा रहे हैं। —करवट, अमृतलाल नागर, संस्करण-1994, पृ. 63
7. वही, पृ. 101
8. तमस, भीष्म साहनी, पुनर्मुद्रित-1997, पृ. 45
9. क्या यह अच्छी बात होगी कि ये लोग मिलकर मेरे खिलाफ लड़ें, मेरा खून करें ? "रिचर्ड ने कहा और करवट बदलकर एक हाथ से लीजा के बाल सहलाने लगा। कैसा रहे अगर इस वक्त ये आवाजें मेरे घर के बाहर उठ रही हों, और ये लोग मेरा खून बहाने के लिए संगीनें उठाए बाहर खड़े हों ?
   लीजा सिर से पाँव तक काँप उठी। वह रिचर्ड के और पास आ गई और अँधेरे में उसके चेहरे की ओर देखती रह गई। उसे लगा जैसे मानवीय मूल्यों का कोई महत्त्व नहीं होता, वास्तव में महत्त्व केवल शासकीय मूल्यों का होता है। इतने में रिचर्ड फिर उठकर बैठ गया, 'शहर में गड़बड़ है लीजा, तुम सो जाओ। मुझे मालूम करना होगा।" —वही, पृ. 115
10. वही, पृ. 232
11. वही, पृ. 232
12. वही, पृ. 227
13. हिन्दी उपन्यासों में सामन्तवाद, डॉ. कमला गुप्ता, प्रथम संस्करण-1979, पृ. 175
14. मेरे साक्षात्कार, भीष्म साहनी, पुनर्मुद्रित-1997, पृ. 193
15. महाभोज, मन्नू भंडारी, चौबीसवाँ संस्करण-1999, पृ. 155
16. वही, पृ. 47
17. वही, पृ. 50
18. वही, पृ. 53
19. वही, पृ. 132
20. वही, पृ. 153
21. वही, पृ. 154
22. रागदरबारी, श्रीलाल शुक्ल, आठवाँ पुनर्मुद्रण-1999, पृ. 158
23. वही, पृ. 159
24. वही, पृ. 134
25. महाभोज, मन्नू भंडारी, चौबीसवाँ संस्करण-1999, पृ. 13
26. वही, पृ. 56
27. वही, पृ. 53
28. डूब, वीरन्द्र जैन, द्वितीय संस्करण-1993, पृ. 89
29. जहाँ बाँस फूलते हैं, श्रीप्रकाश मिश्र, प्रथम संस्करण-1997, पृ. 300
30. महाभोज, मन्नू भंडारी, चौबीसवाँ संस्करण-1999, पृ. 8
31. वही, पृ. 22
32. वही, पृ. 72
33. हिन्दी उपन्यास : बदलते परिप्रेक्ष्य, डॉ. सुरेश बत्रा, संस्करण-1991, पृ. 117
34. औरत, शिवप्रसाद सिंह, संस्करण-1999, पृ. 19
35. अभी तो कुछ नहीं हुआ है, बहुत मामूली-सी बात हुई है। सरोहा में बसेसर नाम के एक आदमी

को मरवा दिया गया है। लाश पुलिया पर पड़ी मिली। असली बात तो तब होगी जब हरिजनों के सारे वोट सुकुल बाबू के नाम पड़ जाएँगे। सब लोगों का अनुमान है कि जोरावर का है यह काम। —महाभोज, मन्नू भंडारी, चौबीसवाँ संस्करण-1999, पृ. 13

36. वही, पृ. 25
37. सुकुल बाबू और बिहारी भाई अवाक् ! काशी की इस बात पर विश्वास किया जा सकता है भला ? दा साहब के बूते पर जोरावर मनमानी करता है और जोरावर के बूते पर ही दा साहब अपने पाँव के नीचे जमीन महसूस करते हैं। —वही, पृ. 77
38. वही, पृ. 141
39. वही, पृ. 149
40. रागदरबारी, श्रीलाल शुक्ल, आठवाँ पुनर्मुद्रण-1999, पृ. 199
41. वही, पृ. 145
42. चाक, मैत्रेयी पुष्पा, पहली आवृत्ति-1999, पृ. 192-193
43. अर्द्धनारीश्वर, विष्णु प्रभाकर, संस्करण-1997, पृ. 316
44. वह उसी तरह सिर के ऊपर हाथ मलता शरमाता धीरे से बोला, जैसे बिलकुल व्यक्तिगत तौर पर सिर्फ पूछनेवाले को बता रहा हो 'है शान्ति आई है। भले ही डोपा में अभी न आई हो। साइतुआल में आ गई है।'

    'कैसे पता ?'

    'अभी आ रहा था तो वहाँ एक दीवार पर मढ़ा लिखा था—

    "Here peace comes to Mijoram"

    कोई बोला, 'तब तो...अगर साइतुआल तक आ गई है तो दो-एक दिन में यहाँ भी पहुँच जाएगी।'

    बूढ़ा इसी बात पर चकित था। आइजाल से जाने वह कैसे इतनी जल्दी-जल्दी चली कि उससे पहले ही साइतुआल पहुँच गई। साइतुआल से जाने क्यों वह इतनी धीरे-धीरे चल रही है कि अभी डोपा नहीं पहुँची है। तभी जमदुग्गी लाल बोले, 'आएगी क्या, आ गई है, देखते नहीं सिपाही अब किसी को चेक नहीं करते।' कामा बोला, "यह तो इनकी चाल है। प्रोपेगंडा कर चाहते हैं कि बागी गाँव में आ जाएँ। फिर उन्हें धर दबोचें।" —जहाँ बाँस फूलते हैं, श्रीप्रकाश मिश्र, संस्करण-1997, पृ. 274
45. चाक, मैत्रेयी पुष्पा, पहली आवृत्ति-1999, पृ. 392
46. हिन्दी उपन्यासों में सामन्तवाद, डॉ. कमला गुप्ता, प्रथम संस्करण-1979, पृ. 175
47. हिन्दी उपन्यास : बदलते परिप्रेक्ष्य, डॉ. सुरेश बत्रा, संस्करण-1991, पृ. 118
48. मुख्यमन्त्री को लगा कि जब तक वे असली मुजरिम का पता लगवाकर सजा नहीं दिलवा देते, उनकी आत्मा बोझमुक्त नहीं होगी और पता तो सत्ता पर बैठकर ही लगवाया जा सकता है। क्या करते, वे आत्मा के आगे मजबूर थे और उन्होंने सारा मामला गहरी जाँच-पड़ताल के लिए बड़े अफसरों के हाथों सौंप दिया। बड़े अफसरों ने अपना बड़प्पन और मुस्तैदी दिखाने के लिए तुरत-फुरत दोनों कांस्टेबलों को सस्पैंड कर दिया।—महाभोज, मन्नू भंडारी, चौबीसवाँ संस्करण-1999, पृ. 8
49. वही, पृ. 57
50. वही, पृ. 40
51. वही, पृ. 13
52. वही, पृ. 16

53. अर्द्धनारीश्वर, विष्णु प्रभाकर, संस्करण-1997, पृ. 320
54. स्वातन्त्र्योत्तर हिन्दी उपन्यासों में सामन्ती जीवन, विजय कुमार अग्रवाल, प्रथम संस्करण-1990, पृ. 95
55. हिन्दी उपन्यासों में समान्तवाद, डॉ. कमला गुप्ता, प्रथम संस्करण-1979, पृ. 175
56. डूब, वीरेन्द्र जैन, द्वितीय संस्करण-1991, पृ. 39
57. वे ही लश्कर की रानी, जो हर पाँच बरस पीछे वोट माँगने आती हैं, वे कहती थीं। पिछली दफे जब आई तब कहती थीं कि अपने देश पर इधर कई आफतें आईं। दो बड़ी लड़ाइयाँ लड़नी पड़ीं। दो-दो प्रधानमन्त्री मर गए इस बीच। जा कांग्रेस आलसी है, झूठी है। अपने कहे पर टिकी नहीं रहती। इसका यही फरेबपन देखकर हमने उससे नाता तोड़ लिया है। अब हम जनसंघ में आ गए हैं। अब ये बाँध जरूर बनेगा और तुम्हारा गाँव भी नहीं डूबेगा। सो तुम हमें वोट जरूर देना।''
'झूठ कह गई थी वे।' आवेश में आकर बताया अट्टू ने।
'झूठ काहे कहा होगा लाला ?'
'इसलिए ताकि उन्हें वोट दो तुम लोग।'
'वोट तो हम देते ही देते। माते ने कह जो दिया था पहली दफे कि जब तक तुम या तुम्हारे लरका-बच्चन को वोट की दरकार होगी, हमारे गाँव के अंडी-बच्चन के वोट उन्हें जरूर मिलेंगे।''
—वही, पृ. 154
58. वही, पृ. 59
59. वही, पृ. 20
60. चाक, मैत्रेयी पुष्पा, पहली आवृत्ति-1999, पृ. 201
61. वही, पृ. 379
62. रागदरबारी, श्रीलाल शुक्ल, आठवाँ पुनमुर्द्रण-1999, पृ. 151
63. महाभोज, मन्नू भंडारी, चौबीसवाँ संस्करण-1999, पृ. 70
64. वही, पृ. 29
65. औरत, शिवप्रसाद सिंह, संस्करण-1999, पृ. 138
66. हिन्दी उपन्यासों में सामन्तवाद, डॉ. कमला गुप्ता, प्रथम संस्करण-1979, पृ. 178
67. बीसवीं शताब्दी हिन्दी उपन्यास : नए दो पहलू, श्रीनारायण सिंह, प्रथम संस्करण-1976, पृ. 11
68. करवट, अमृतलाल नागर, संस्करण-1994, पृ. 193
69. मेरे साक्षात्कार, भीष्म साहनी, प्रथम संस्करण-1996, पृ. 193
70. समसामयिक हिन्दी साहित्य, लेख—रणवीर रांग्रा, साहित्य अकादमी, द्वितीय संस्करण-1983, पृ. 20
71. महाभोज, मन्नू भंडारी, चौबीसवाँ संस्करण-1999, पृ. 10
72. वही, पृ. 8
73. वही, पृ. 29
74. वही, पृ. 94
75. वही, पृ. 119
76. डूब, वीरेन्द्र जैन, द्वितीय संस्करण-1993, पृ. 110
77. वही, पृ. 284
78. वही, पृ. 230
79. वही, पृ. 279
80. वही, पृ. 279

81. वही, पृ. 215
82. वही, पृ. 114
83. वही, पृ. 206
84. तमस, भीष्म साहनी, पुनर्मुद्रित-1997, पृ. 223
85. जहाँ बाँस फूलते हैं, श्रीप्रकाश मिश्र, प्रथम संस्करण-1997, पृ. 117
86. डूब, वीरेन्द्र जैन, द्विर्तीय संस्करण-1993, पृ. 245
87. हिन्दी पत्रकारिता, कृष्ण बिहारी मिश्र, तीसरा संस्करण-2000, पृ. 476
88. वही, पृ. 475
89. महाभोज, मन्नू भंडारी, चौबीसवाँ संस्करण-1999, पृ. 36
90. वही, पृ. 41
91. वही, पृ. 151
92. वही, पृ. 152
93. वही, पृ. 72
94. लेकिन राव को जरूर कुछ-न-कुछ देना होगा। मैंने खूब बारीकी से सारी स्थिति देख ली। बापट और मेहता के आने के बाद भी हमारी स्थिति बहुत मजबूत नहीं होती, डावाँडोल-सी रहती है। लोचन तो अपनी जगह अडिग है ही, उससे तो कोई बात ही नहीं हो सकती। हाँ, राव निकल आता है तो फिर लोचन के पाँव तले भी ज़मीन नहीं रहेगी। स्थिति शीशे की तरह साफ कर दी पांडेजी ने।—वही, पृ. 128
95. वही, पृ. 58

समकालीन भारत की आर्थिक संरचना का उपन्यास के कथानक पर प्रभाव

अंग्रेज भारत में व्यापारी के रूप में आए थे। धीरे-धीरे अपनी कुशल नीति से समस्त भारत पर अधिकार कर वे व्यापारी-मानसिकता से ही शासन भी करने लगे। सन् 1857 के स्वाधीनता संग्राम के बाद से अंग्रेजों का अत्याचार बढ़ता ही गया। अंग्रेज दुरंगी चाल अपनाकर कानून, अधिकार और सभ्यता के नाम पर शोषण को बढ़ाते रहे। भारत को सभ्य बनाने का झूठा प्रदर्शन कर कारखाने खोले, परिणामस्वरूप कृषि तथा छोटे उद्योग धीरे-धीरे पतन को प्राप्त होने लगे।[1] अंग्रेजों ने भारत का आर्थिक शोषण करने के लिए एक सुनिश्चित और सुनियोजित वैज्ञानिक व्यवस्था को जन्म दिया और अपने कानून की आड़ में वे निरन्तर भारत का आर्थिक शोषण करते रहे।''[2]

समकालीन उपन्यासों में अंग्रेजों द्वारा अपनाई गई आर्थिक नीति तथा उसके दुष्परिणाम—जो कि पूँजीवाद के रूप में भारत में फैलने लगे—का वर्णन मिलता है। 'करवट' में अंग्रेजों की आर्थिक नीति के परिणामस्वरूप शोषित होते भारतीयों की विवशता देखकर ''बंसी सोचने लगा, उन गोरों ने बंगाल से लेकर अवध तक के गाँवों में ऐसे ही राक्षसी अत्याचार फैला रखे हैं। इस देश में जहाँ-तहाँ इन लाल मुँह के कठोर व्यापारियों ने ऐसे ही अनाचार फैला रखे होंगे। सब बातें सुन और उन्हें काली पंडित से समझकर बंसीधर का खून खौलने लगा। इन मुट्ठी भर अंग्रेजों ने भारत के बड़े-से-बड़े राजाओं-महाराजाओं, बादशाहों से लेकर जन-साधारण तक को कितना निर्बल और अपंग बना दिया है। जनता के दुःखों का बखान करते हुए गौरी उस्ताद ने उन्हें बतलाया कि पिछले चालीस-पचास वर्षों में गोरों ने बंगाल के चतुर जुलाहों के अँगूठे कटवा दिए हैं, बोवाने का ऐसा दुश्चक्र फैला रखा है कि किसान खाने को धान नहीं उगा सकते। बनिया राजा हो गया है, तो प्रजा के व्यापारों को नष्ट करके अपने उद्योग-धन्धों को बढ़ा रहा है।''[3] अंग्रेज गरीब-बेबस का मनमाने ढंग से इस्तेमाल ही नहीं करते बल्कि अमानवीय ढंग से शोषण भी करते थे। इनके शोषण के दायरे में गरीब ही नहीं आते थे बल्कि ये भारत के धनी वर्ग का भी आर्थिक शोषण करते थे। इसके लिए ये मनमानी आर्थिक नीतियाँ लागू करते थे। इसी उपन्यास में बम्बई में लगाए गए इनकम टैक्स के बारे में बताया गया है कि ''वहाँ कोई बबीन फोर्ट है। जब टैक्स लगा तो लगभग चार हजार लोग मामलतदार की कचहरी में जमा हो गए। सबने कहा कि

साहब ये टैक्स लगाकर तो आप हमें गरीब बना रहे हैं। हन्टर साहब बोला, इतने बड़े मुल्क का इन्तजाम करना है, खर्च तो बढ़ेगा ही और टैक्स भी लामुहाला बढ़ेंगे। इस पर एक गोवर्धन दास थे, वह बोले, साहब आपने अपने हर महकमे के खर्चे बेतहाशा बढ़ा रखे हैं, उन्हें कम कीजिए। एक-एक अंग्रेज अफसर की तनख्वाह इतनी होती है कि उतने धन से सारा महकमा चलाया जा सकता है। यह लूट कम कीजिए, हमको क्यों गरीब बनाते हैं ?"[4] इनकी अत्याचारपूर्ण नीतियों से पूरे मुल्क की आर्थिक स्थिति चरमरा गई थी। ये शोषण तो करते ही थे, इनके शासन में आर्थिक भ्रष्टाचार और जालसाजी का भी बोलबाला था। अंग्रेजों की इसी नीति को समझकर देश की स्थिति की चिन्ता करते हुए बंसीधर कहता है–"फिर करें क्या चच्चा, आप ही बतलाइए। पढ़े-लिखे बेचारे मारे-मारे फिर रहे हैं और सरकारी नौकरियाँ रिश्वतों और सिफारिशों पर नाकाबिलों को दी जा रही है। यह जो तमाम रंडी, भडुवे और जालसाज एक शरीफ और भोले बादशाह को अपनी खुशामदी बोलियों का निशाना बनाकर महलों से लेकर सरकार तक में घेरे हुए हैं, वे सबके कम्पनी की बिछाई बारूद पर अपने ख्वाबों के महल बना रहे हैं। एक दिन चिथड़े-चिथड़े होकर उड़ जाएँगे; उनका नामो-निशान तक न बचेगा।"[5]

भारतीय समाज का दुर्भाग्य यह रहा कि बंसीधर की कल्पना ठीक से मूर्त नहीं हुई, जो परिवर्तन आया उसने उन्हीं लोगों को बढ़ावा दिया जो न केवल कम्पनी की बारूद से बच गए बल्कि जिन्होंने नए शासन की बारूद को निष्प्रभावी बनाने की कलाएँ सीख लीं। स्वाधीन भारत की अर्थव्यवस्था इन्हीं लोगों और ऐसी ही प्रवृत्तियों के प्रभाव में आगे बढ़ीं।

अंग्रेजों की आर्थिक नीति में फँसा भारत स्वतन्त्रता के बाद भी उस नीति से मुक्त नहीं हो पाया। भारतीय नेताओं ने यद्यपि शासन व्यवस्था के लिए लोकतन्त्र और आर्थिक व्यवस्था के लिए पूँजीवाद और साम्यवाद दोनों की नीति को अपनाकर देश के विकास का सपना संजोया परन्तु इस मिश्रित अर्थव्यवस्था पर पूँजीवाद का आधिपत्य हो गया। घरेलू उद्योग-धन्धे प्रायः विलुप्त हो चुके थे। कालान्तर में लोकतन्त्र शासन पर भी इसने अधिकार कर लिया। "देश में पूँजीपतियों की स्थिति इतनी मजबूत हो गई है कि देश की राजनीति पर उसका व्यापक प्रभाव दिखाई देने लगा। यह एक आश्चर्य का विषय है कि उत्पादन बढ़ा, योजनाएँ सफल हुईं, परन्तु देश की आर्थिक समस्याएँ घटने के स्थान पर बढ़ती ही गईं।"[6] पूँजीपति अपने धन के बल पर अपनी मनमानी करने लगे। लोकतान्त्रिक व्यवस्था में चुनाव पद्धति पर भी पूँजी का व्यापक प्रभाव पड़ने लगा। चुनाव में जो जितना धन लगाता, उसकी जीत उतनी ही निश्चित मानी जाती। चुनाव में धन आवश्यक तत्त्व बन गया है। उम्मीदवार गुंडागर्दी से या फिर रुपए से वोट पाने की सोचता है। ये ही उम्मीदवार चुनाव जीतकर आर्थिक भ्रष्टाचार द्वारा अपनी तिजोरी भरते हैं। तब उन्हें जनता की कोई चिन्ता नहीं रहती।

समकालीन हिन्दी उपन्यासों में राजनीति और भ्रष्टाचार के आपसी सम्बन्धों के

कई चित्र उकेरे गए हैं। राजनीतिक दल इस अर्थ के दलदल से मुक्त नहीं हैं। 'तमस' में राजनीतिक-आर्थिक पक्ष की झलक मनोहरलाल के शब्दों में मिलती है–"हमने भी बहुत देखे हैं, हमसे न बुलवाइए बख्शी जी, हम सब जानते हैं। कांग्रेस के मेम्बर रिफ्यूजी कैम्प में सरकार से सप्लाई के ठेके ले रहे हैं। कहो तो नाम भी बता दूँ ?"[7] उपन्यासकार दो-टूक शब्दों में कहना चाहता है कि भारतीय अर्थव्यवस्था प्रारम्भ से ही राजनीतिक हस्तक्षेप का शिकार बन गई और राजनीतिज्ञों के रूप में देश का धन लूटने की एक पूरी जमात खड़ी हो गई। धीरे-धीरे इस जमात ने जनता के धन के लूटे हुए भाग से ही उसके वोटों को भी खरीदना शुरू कर दिया। भूखी जनता के सामने शुरू से ही सिद्धान्त और आदर्श के प्रश्न अधिक प्रभावशाली सिद्ध नहीं हो सके। 'भूखा क्या पाप नहीं करता' के अनुसार वोट बेचना आम बात हो गई। धीरे-धीरे यह एक प्रवृत्ति बन गई और कुछ देने के बदले कुछ लेने का व्यापारीकरण शुरू हो गया। अब अशिक्षित और असहाय जनता उसी को वोट देने लगी जो उसका मूल्य चुका सके। वह एक प्रकार से पतित राजनीति द्वारा आर्थिक भ्रष्टाचार के माध्यम से जन-जीवन को पतित करने का दृश्य था। 'चाक' में बताया गया है–"देखो, साफ बात तो यह है कि गाँव में चन्दा तो कभी होता नहीं। और वे चन्दा क्यों देंगे ? वे तो उल्टे लेने को बैठे हैं। जिस जनता के उद्धार की बात तुम सोच रहे हो, जिन बेघर-बेजमीन गरीबों को उठाने के लिए तुम कमर कसकर खड़े होना चाहते हो, वे ही लोग तुम्हें उठाने का मोल माँगेंगे, सबसे पहले। लो, कर लो कल्याण की बात। लाओ विकास। किसके लिए ? उन्हीं के लिए जिन्होंने तुम्हें अपना वोट मोल बेचा है। रकम नहीं दोगे तो तुम्हारे नाम पर पेटी रीती जाएगी।"[8] तभी तो किसी को भी यह विश्वास नहीं कि बिना लालच दिए चुनाव जीता जा सकता है। परिणामस्वरूप ग्रामीण वातावरण में तो विशेषकर वे सारे उपाय अपनाए जाने लगे जो मतदाताओं को लुभा सके। धन वितरण मुफ्त में कृषि साधनों को उपलब्ध कराना और सामाजिक सम्बन्धों के नाम पर गरीबों की बहन-बेटियों को कपड़े तथा अन्य सामान देना, ऐसे ही साधन हैं। इसका एक उदाहरण आगे दिया जा रहा है–"अतरपुर का चुनाव अभियान। जीपें दौड़ रही हैं–फत्तेसिंह की निगरानी में। बहन-बेटियों का नाम वोटर लिस्ट में डलवा दिए पहले ही। सबको लिवाने जा रही है जीपें। जहाँ नहीं जा पा रही, उनको किराया दिया जा रहा है। लड़कियाँ वोट देकर जब ससुराल जाएँगी तो सबको एक-एक धोती और डलिया देकर विदा किया जाएगा। ट्यूबबेल खोल दिया गया है–परेहट मुफ्त। फत्तेप्रधान ने तीन ट्रेक्टर जुटा लिए हैं–एक अपना, एक सुलेमान का और एक लाला का–भाड़े पर। लाला ने चुनाव का इरादा छोड़कर ट्रेक्टर चलवा दिया। काश्तकारों की खेती जुत रही है–डीजल भी माफ। जुताई सौगात में। संग में खाद, कीटनाशक दवा का इन्तजाम। रंजीत भी मदद कर देते हैं जैसी बनती है तैसी। लिहाज की बात ! धुंधी जाट ने अरज की, बहू बीमार है। एक साल पहले ऑपरेशन बताया था। फत्तेप्रधान ने मंजूरी दी, हाथरस, अलीगढ़, आगरे, मनचाहे जहाँ इलाज करवाओ, खर्चा हम ओटेंगे। दवा खुराक से लगाकर भाड़ा-रिक्शा सब।"[9]

समकालीन उपन्यासों में वर्णित यह यथार्थ किसी भी पाठक को व्याकुल कर सकता है। बार-बार यह आशंका मन को मथने लगती है कि राजनीति और आर्थिक भ्रष्टाचार का यह सम्मिलित रूप कहीं पूरी भारतीय अर्थव्यवस्था को दिवालिया ही न बना दे। मन को यह प्रश्न भी परेशान करता है, कि अर्थव्यवस्था की यह यात्रा समाज को क्या रूप देगी ?

आज देश के प्रत्येक क्षेत्र में भ्रष्टाचार फैला हुआ है। भौतिक समृद्धि की कामना और औद्योगीकरण के परिणामस्वरूप भ्रष्टाचार आम हो गया है। बड़े पैमाने पर होनेवाले आर्थिक भ्रष्टाचार की खबर भी आए-दिन छपती ही रहती हैं। हर्षद मेहता शेयर घोटाला–नई आर्थिक नीति का पहला घोटाला था, फिर कुछ सालों बाद धोखाधड़ी करके को-ऑपरेटिव बैंक से 1200 करोड़ रुपए निकालनेवाला केतन पारिख प्रकाश में आया। 1993 में तत्कालीन वित्तमन्त्री मनमोहन सिंह द्वारा कंट्रोलर ऑफ कैपिटल इश्यूज खत्म कर दिए जाने से बहुराष्ट्रीय कम्पनियों को शेयरों की धोखाधड़ी करने का बेखटक मौका मिला। उदारीकरण में वित्तीय नियम ढीले किए जाने से 1992 से 96 के बीच फर्जी आधार पर जनता से 45,000 करोड़ रुपए जमा करानेवाली कम्पनियाँ अचानक छूमन्तर हो गईं। सन् 1995 और बाद के दिनों में प्लांटेशन कम्पनियों की धोखाधड़ी के अनेकों मामले सामने आए हैं। जनता को बहलाकर रुपए लेने का काम सरकार द्वारा पाले ठगों का है। मॉरीशस के साथ हुए डबल टैक्सेशन समझौते का बहुराष्ट्रीय कम्पनियाँ दुरुपयोग करती हैं, परन्तु सरकार इन कम्पनियों के दबाव के आगे मजबूर है। शेयर बाजार की 1998 की हेराफेरी में बी.पी.एल., स्टारलाइट, वीडियोकॉन जैसी नामी कम्पनियाँ शामिल हैं। सूचना तकनीकी के क्षेत्र में ताजा घोटाला हुआ है–साइबरस्पेस इन्फोसिस का, जिसमें तिकड़मबाज भरविन्द जौहरी ने करोड़ों रुपए हजम कर लिए हैं।''[10] यह बात आम हो चली है कि ''पूँजीवाद में भ्रष्टाचार शिष्टाचार होता है। जो जितना भ्रष्ट होता है, उसका नाम उतना ही अखबारों में छपता है।''[11] आर्थिक भ्रष्टाचार के इस पूरे जाल में स्वाधीन भारत की अर्थव्यवस्था कराह रही है। इसी के कारण भारत का आर्थिक विकास बाधित हो रहा है। ऊपर जिन घोटालों की चर्चा की गई है, उनका प्रभाव भारतीय जीवन के विभिन्न क्षेत्रों में असंख्य दुष्परिणामों की फसल उगा रहा है; अतः इस यथार्थ से सभी का चिन्तित होना स्वाभाविक है।

समकालीन उपन्यासों में भारत में व्याप्त आर्थिक घोटालों और गबन आदि का वर्णन हुआ है। 'जहाँ बाँस फूलते हैं' में सरकार द्वारा दिए गए फंड के दुरुपयोग को दिखाया गया है। एक तरफ सरकार द्वारा देश की रक्षा के लिए सैन्य मदों पर अधिक खर्च किया जाता है, दूसरी तरफ सरकारी लोगों द्वारा तथा सैनिक अधिकारियों द्वारा धन का अपव्यय किया जाता है–''धस्माना कुछ देर तक सोचता रहा। फिर बोला, 'बताऊँगा...ऐसा करो, सभी फौजी अफसरों को दावत दे दो...इस बार एस.एस. (सोर्सेस सिक्रेड फंड) का पैसा खत्म नहीं हो पा रहा है। आगे सरकार बजट नहीं देगी।

उड़ा-पड़ा लिया जाए...'' कैलेंडर पर नजर दौड़ाकर फिर बोला, ''हाँ ठीक होगा... तीसरी तारीख ठीक रहेगी। कार्ड साइक्लोस्टाइल करा लो।''

''अकेजन क्या होगा, सर ?''

''कुछ भी बना लो। चलो बच्चों का बर्थ डे बना लेते हैं।''

''बच्चों या बच्चे ?''

''एकी बात है, एकी बात है। मतलब तो पैसा खर्च करने से है, और...''

बात खत्म होने पर झा अभिवादन कर बाहर निकल गया तो धस्माना फिर फाइलों से जूझने लगा।''[12]

सैन्य बलों से कहीं अधिक आर्थिक घोटाले नगरों और गाँवों की उन संस्थाओं में दिखाई देते हैं, जो साधारण लोगों के विकास के दावे करती हैं। इनमें स्वयंसेवी संस्थाएँ भी हैं और सहकारी संस्थाएँ भी। जनसेवा के उद्‌देश्य घोषित करके निःस्वार्थ कार्य करने के नाम पर सरकार से अनुदान लेना और उसे डकार जाना स्वयंसेवी संस्थाओं के सदस्यों में आम बात हो गई है। दूसरी ओर ग्राम्य समाज में किसानों के हित के लिए जिस सहकारी आन्दोलन को सरकार संरक्षण देती है, वह भी पूरी तरह भ्रष्टाचार की कीचड़ में सन गया है। कुछ शक्तिशाली स्वार्थी लोग सहकारी संस्थाओं पर कुंडली मारकर बैठ जाते हैं और अपना घर भरते रहते हैं। उनके अधीनस्थ कर्मचारी भी मौका मिलते ही घोटाले करने से बाज नहीं आते। 'रागदरबारी' में ग्राम विकास के नाम पर होनेवाले आर्थिक भ्रष्टाचार का यथार्थ वर्णन हुआ है। को-ऑपरेटिव यूनियन का सुपरवाइजर ट्रक में गेहूँ लादकर फरार हो जाता है परन्तु वैद्यजी पुलिस को उसकी सूचना नहीं देते और बात टल जाती है। छोटे पहलवान कहता है, ''इस रामस्वरूप सुपरवाइजर की नक्शेबाजी मैं पहले से देख रहा था। बद्री पहलवान से मैंने तभी कह दिया था कि उस्ताद यह लखनऊ लासेबाजी की फिराक में जाता है। तब तो बद्री उस्ताद भी कहते रहे कि 'टाँय-टाँय न कर छोटू, आग खाएगा तो अंगार हगेगा'। अब वह आग भी खा गया और गेहूँ भी तिड़ी करके ले गया। पहले तो वैद्य महाराज भी छिपाए बैठे रहे, अब जब पानी का हगा उतरा आया तो सब यूनियन के दफ्तर में बैठकर खुसर-फुसर कर रहे हैं। सुना है प्रस्ताव पास करेंगे। प्रस्ताव न पास करेंगे, पास करेंगे घंटा। गल्ला गोदाम का सब गल्ला तो रामस्वरूप निकाल ले गया। अब जैसे प्रस्ताव पास करके ये उनका कुछ उखाड़ लेंगे।''[13] उखाड़ेंगे भी क्यों जब वैद्यजी स्वयं ही भ्रष्टाचार में शामिल हैं। वैद्यजी की यह खासियत है कि सभ्य और नीतिवान बने रहकर दूसरों का शोषण किया करते हैं। वैद्यजी की वास्तविकता को पहचानकर छोटे पहलवान कहता है, ''वैद्य महाराज के हाल हमसे न कहलाओ। उनका खाता खुल गया तो भम्भक जैसा निकल आएगा। मूँदना भी मुश्किल हो जाएगा। यही रामस्वरूप रोज वैद्यजी के ही मुँह में मुँह डालकर तीन-तेरह की बातें करता था और जब दो ठेला गेहूँ लदवाकर रफूचक्कर हो गया तो दो दिन से टिलटिला रहे हैं।''[14]

इतिहास इस बात का गवाह है कि आधुनिक भारत नें बड़े बाँध बनाने, बड़ी नहरें खुदने, रेल लाइनें और सड़कें बिछने से लेकर कारखानों और सैन्य उद्देश्यों तक के लिए जिन गरीब लोगों को उनके पीढियों पुराने घर-जमीन छीनकर विस्थापित बना दिया जाता है, उन्हें न उचित मुआवजा मिलता है और न फिर से बसने की आवश्यक सुविधाएँ। विस्थापन एक बड़ा त्रासद शब्द है। इसके जीवन में आते ही अनन्त पीड़ा और यातना का साक्षात्कार करना पड़ता है। जो घर-मकान और खेत छोड़ने पड़ते हैं, वे केवल ईंट, मिट्टी और गारा भर नहीं होते बल्कि पीढ़ियों के सम्पर्क के कारण प्राणवान जैसे हो जाते हैं। उन्हें छोड़ते समय वैसा ही दर्द होता है, जैसा किसी सगे-सम्बन्धी की मृत्यु हो जाने पर। ऊपर से जब प्रशासन और अधिकारियों की मनमानी शुरू होती है, नई जगह इच्छानुसार और आवश्यकतानुसार नहीं मिलती, मुआवजे के लिए भी रिश्वत का बाजार गर्म हो जाता है तो अनन्त दुःख और कष्ट के साथ-साथ असहनीय क्षोभ भी चारों ओर से घेर लेता है। यह स्थिति आधुनिक भारत के विस्थापितों के जीवन में बराबर बनी रही है, लेकिन प्रशासन की कठोरता और भ्रष्ट अधिकारियों के हृदय उसकी आँच से पिघलते कभी नहीं दिखे। अगर कुछ दिखाई दिया तो सहानुभूति के ढोंग के नीचे रिश्वत की लालसा। 'डूब' का एक उदाहरण इस यथार्थ को खोलता है, जब विस्थापित लोग अपनी दशा बयान करते हैं–"सो हम लोग महीनों उन बाबुओं के आगे-पीछे घूमे। ढेरों उपाय किए, सैकड़ों दलीलें दीं, तब अन्त में यह तय हुआ कि चाहे वह सिंचित भूमि दर्शाई गई हो कागज में या असिंचित, खेतिहर जमीन हो या बंजर, या हो रिहायशी खेत, बचा हो या नदी में समा गया हो, उस पर चारा उगता हो या टपरा खड़ा हो, सब तरह की जमीनों का मुआवजा सोलह रुपए प्रति बीघा की दर से मिलेगा। हाँ, बदले में उन बाबुओं को प्रति बीघा छह सौ रुपया हम अपनी गाँठ से देंगे। यह सुलहनामा हो जाने के बाद सब साव अपनी-अपनी जमीनों का और जो जमीनें तुमसे उन्होंने खरीदी थीं, उनका भी मुआवजा पा चुके हैं। अब तुम भी अगर वाजिब मुआवजा पाना चाहते हो तो यही करो।"[5]

देश भर के लिए अन्न के उत्पादन में लगे किसान सदा से उपेक्षित रहे हैं। इनके विकास और सुधारों पर यथोचित ध्यान नहीं दिया गया है। हाड़-तोड़ मेहनत के बावजूद आर्थिक विषमता से घिरे रहना इनकी नियति है। कृषि भारतीय अर्थव्यवस्था का आधार रही है परन्तु किसान सदा से शोषण के शिकार रहे हैं। पहले अंग्रेजों ने और बाद में देशी जमींदारों ने इन्हें आर्थिक अभाव में जीने के लिए बाध्य किया। समाज की परिस्थितियाँ और सरकार की अर्थनीति ने इन पर दोहरा वार किया और कृषकों की स्थिति जर्जर होती चली गई।

समकालीन हिन्दी उपन्यासों में किसानों की कई समस्याओं का अंकन हुआ है। 'करवट' के इस प्रसंग से किसानों की बदहाली का पता चलता है जब "हेडमास्टर बंसीधर ने स्वयं जाकर गाँव के लोगों की मनःस्थिति देखने का निश्चय किया। स्थिति सचमुच बहुत खराब थी। काश्तकार अब जमीन का मालिक नहीं, केवल एक दयनीय

किराएदार मात्र रह गया था। सरकार ने एक बार खेत की नाप-जोख और उसमें उगनेवाली फसल का औसत अनुमान लगाकर वार्षिक लगान निश्चित कर दिया था। धरती को सुफला बनाने हेतु सरकार कोई उपाय नहीं करती थी। उपज कम होने पर भी सामान निश्चित रेट के अनुसार ही देना पड़ता है। कितने ही अकुलीन और कुलीन किसान भी भूमिहीन बन चुके थे।''[16] ऐसी बदहाली में भी ये किसान लगातार शोषित होते रहे हैं। इसी उपन्यास में मजदूर बने किसान का वर्णन इस प्रकार है–''कुलीन वंश तो अपने पैतृक गाँवों से बाहर किसी अन्य नगर या कस्बे में जाकर मजदूरी करने लगते, और अकुलीन गरीब जमींदार तथा अपेक्षाकृत सम्पन्न कुलीनों की मुफ्त बेगार ढोते थे। नए राज में महाजन की स्थिति पहले से बहुत बढ़ गई थी। कई महाजन तो विलासी राजे, नवाबों और रईसों की अपने यहाँ रेहन रखी हुई जायदाद के मालिक अब नए जमींदार बन गए थे। उन्हें महाजनी हथकंडे तो आते ही थे, अब सामन्ती भी साधने लगे। धरती का बेटा मानसिक तनावों से टूटने लगा। औसत व्यक्ति की दैनिक आमदनी लगभग तीन साढ़े तीन पैसे मात्र ही रह गई। 'बरसौ राम हरै धनिया, खाय किसान भरे बनिया' कहावत चिल्ला-चिल्लाकर भी मरता किसान ही था और बनिया दिन-पर-दिन मोटा होता चला जाता था।''[17]

उपन्यासकार हमारा ध्यान किसानों की बदहाली के बहाने सम्पूर्ण अर्थव्यवस्था की बदहाली के मूल की ओर खींचना चाहता है। कृषि आधारित भारतीय अर्थव्यवस्था आज भी किसानों पर टिकी हुई है। औद्योगीकरण के बावजूद यदि किसानों की खेती बुरी हालत में है और स्वयं किसान शोषण मुक्त नहीं है तो कम-से-कम भारत की आर्थिक उन्नति का सपना नहीं देखा जा सकता। इसीलिए लेखक बार-बार महाजनी सभ्यता से किसानों की मुक्ति की आवश्यकता प्रतिपादित करते हैं। 'डूब' में किसानों की बदहाली का वर्णन इस प्रकार है–''तुमरे जेहन में नहीं आएगी यह बात। तुम तो दिन-रात कलदारों के बीच विराजते हो न खजाना बाबू। जब हाथ में टका चाहिए हो तो कैसे तकना होता है साव की ओर, कैसे और कितनी देर देखना होता है साव की मुइयाँ को, तुम क्या जानो ! सदियों से हम लोग बनियों के भरोसे रहे हैं न। इधर पिछले कुछ वर्षों से जब से सरकार ने यह उन्नति की योजना बनाई है, तब से तो पूरी तरह उन्हीं पर आश्रित हैं हम। पहले तो अपनी कमाई के बदले कुछ लेते-देते थे। फिर लेते रहे अपनी पूँजी के बदले। और अब लेने लगे हैं केवल एक आस के बदले।''[18]

यह अत्यन्त स्वाभाविक है कि जिस प्रकार की व्यवस्था होगी, वैसे ही उसके कर्मचारी भी होंगे। यानी व्यवस्था भ्रष्ट होगी तो कर्मचारी भी भ्रष्ट होंगे या कह सकते हैं कि भ्रष्ट कर्मचारियों के सहारे चलनेवाली व्यवस्था भी भ्रष्ट होगी। आज सरकारी कर्मचारियों में ईमानदार कर्मचारी बहुत ही कम रह गए हैं। वे किसी का भी काम बिना रिश्वत के नहीं करते। यह आधुनिक भारत की अर्थव्यवस्था के ढाँचे में घुन की तरह चिपकी हुई एक प्रवृत्ति है। हमारे देश का आर्थिक परिदृश्य रिश्वत से न केवल देश में बल्कि

बाहर भी पहचाना जाने लगा है। यह सरकारी कर्मचारियों और अधिकारियों के भ्रष्टाचार अभियान की पहली सीढ़ी है। इसके अभ्यस्त होने के बाद ही वे बड़े घोटालों की ओर बढ़ते हैं। रिश्वत की हालत तो यह है कि यदि आम आदमी इस बुराई से अपरिचित होने के चलते ऐसे ही अपना अधिकार माँगने पहुँच जाए तो आश्चर्य नहीं कि छोटे-से-छोटा कर्मचारी भी बुरी तरह झिड़क दे। 'डूब' में यही होता है। बाँध के लिए जिनसे जमीनें खाली करवाई गईं, जब वे मुआवजे के लिए आए तो साहूकारों के साथ मिला हुआ सरकारी अफसर बोला, ''जाओ भाई, जाओ। यहाँ धूनी रमाकर काहे बैठ गए ? किसी पढ़े-लिखे समझदार आदमी को भेजो अपनी पैरवी को। हमें मालूम है कि तुम्हें फलाना साव की रकम देनी निकलती है। निकलती है न ? फिर बिना उस साव को लिए कैसे चले आए तुम यहाँ। तुमने सोचा होगा कि साव को पता भी नहीं लगेगा और तुम रकम पा जाओगे ! फिर मुआवजा लेकर भाग जाओगे देहात छोड़कर और साव रह जाएँगे तुमरी बाट जोहते कि हाथ मलते। हमारे रहते तुम्हारी यह मंशा पूरी नहीं होने की, यह कान खोलकर सुन लो। साव ने हमें पहले ही लिखकर दे दिया है कि उनकी गैर-मौजूदगी में तुम्हें मुआवजा न दिया जाए।''[19] एक तरफ सरकारी अधिकारी है जो किसानों के मुआवजे की रकम में भी अपना हिस्सा निकाल ले रहे हैं, दूसरी तरफ किसानों को खेतों से भी बेदखल कर रहे हैं। यह एक भयानक विडम्बना है क्योंकि इसमें पहले से ही पैसे-पैसे को मोहताज निर्धन किसान दोनों ओर से पिसने लगते हैं। लेकिन यथार्थ में ऐसा ही होता है। आर्थिक भ्रष्टाचार को अपना अधिकार माननेवाले सरकारी कर्मचारी महाजनों और जमींदारी ताकतों से मिल जाते हैं तथा आर्थिक शोषण को वैधानिक और न्यायोचित बनाकर कंगाल किसानों को और कंगाल बना देते हैं। ''इधर फसल कटकर तैयार हुई नहीं कि उधर जाने कौन-कौन से महकमे के सरकारी बाबू आ खड़े हुए देखना फसल के मालिक की छाती पर। खेत के धनी तो उनके आने का कारण समझने से रहा। वह तो उजबक की तरह देखेगा। हो सकता है झगड़ भी पड़े। ऊँच-नीच कर बैठे कुछ। निर्मल साव को समझाना है उसे कि देखो भाई तुम इस खेत का मुआवजा पा चुके हो न। सो अब यह खेत हुआ सरकार की मिल्कियत और ये साहिब हैं सरकार के मुलाजिम। उसकी सम्पत्ति के रखवारे यानी कि खेत हुआ इनका। अब तुमने इनके खेत में फसल उगाई है, सो ये मालिक की हैसियत से अपना हिस्सा ही तो माँगने आए हैं, अन्याय करने तो नहीं आए।''[20] कर्मचारियों के भ्रष्ट होने का प्रमाण उनकी कार्य-पद्धति से मिलता है। 'जहाँ बाँस फूलते हैं' में केवल नाम के लिए किए जानेवाले काम का चित्रण हुआ है, 'कई तुइखुरों को पक्का कर दिया गया था और हर पक्के तुइखुर पर उद्‌घाटनकर्ता के रूप में जेनरल जैकब का नाम खुदा पत्थर का पट्‌टा चस्पा कर दिया गया था। माइकल हैरान था कि उद्‌घाटन तुइखुर का है कि पट्‌टे का, क्योंकि वहाँ से पानी तो लोग ग्रुपिंग सेन्टर बनने के साथ ही लेने लगे थे। सो उद्‌घाटन शायद उनके घाटों के पक्का होने का हो सकता था। किन्तु ऐसा कहीं लिखा नहीं था। इस सारी तैयारी के लिए सीमेंट, बालू, चूना, रंग दो

दिन पहले हेलीकॉप्टर से गिराया गया था।''[21] इसके अतिरिक्त भारतीय नौकरशाही एवं सैन्य संगठन में भ्रष्टाचार का एक दूसरा रूप वह भी है, जिसमें कर्मचारी मुफ्त में ही कीमती सामान लेना अपना अधिकार मानते हैं और बदले में अपने हित के अवसर पर दूसरों को मुफ्त का सामान देते हैं। मध्यकाल में डलिया व्यवस्था प्रचलित थी। यह बादशाहों-राजाओं को खुश करके काम निकालने के लिए दी जानेवाली रिश्वत का ही एक रूप था। इससे बड़े-बड़े काम निकलते थे। ईस्ट इंडिया कम्पनी को भारत में पैर जमाने की अनुमति दिलाने में डलिया का बड़ा हाथ था। आधुनिक भारत में यही बदलते हुए रूप में प्रचलित है–''संयुक्त निदेशक ने दूसरे ही दिन क्रेश टी.पी.एम. भिजवाया था कि मिजो शाल की सभी किस्मों के साथ किसी अधिकारी को तुरन्त दिल्ली भेजा जाए, किसी स्पेशल ऑपरेशन के बहाने हवाई जहाज से टूअर पर। चूँकि वरिष्ठ पुलिस अधिकारियों की हत्या के लिए जाँच कमीशन बिठाया जा रहा था, इसलिए दिल्लीवालों को खुश रखना जरूरी था।''[22]

समकालीन उपन्यासों में एक महत्त्वपूर्ण तथ्य वह उभरकर आया है कि उन्होंने भारतीय अर्थव्यवस्था के विरूपता भरे यथार्थ को चित्रित करने के साथ-साथ भ्रष्टाचारियों के चरित्र के भीतर झाँकने की कोशिश भी की है। ऐसा अर्थव्यवस्था के वर्तमान परिदृश्य को समझने की सूक्ष्म दृष्टि पैदा करने के लिए किया गया है। हमारे देश में यह चलन तेज होता जा रहा है कि कितना ही बड़ा भ्रष्टाचार करने के बाद यदि कोई अपने पद से त्यागपत्र दे दे तो उसका आधा अपराध समाप्त मान लिया जाता है। यदि ऐसा न भी हो और किसी दबाव के वशीभूत मामले की परिवीक्षा तय हो जाए तो भी त्यागपत्र की लीला उसकी धार को कम कर देती है और धीरे-धीरे पूरा भ्रष्टाचार विस्मृति के गर्भ में समा जाता है। इस पूरे क्रम में जो बात अतिघातक है, वह यह कि इससे राष्ट्रीय अर्थव्यवस्था कमजोर हो जाती है, उसे कमजोर बनाने की एक प्रक्रिया ही निरन्तर चलने लगती है और कोई ठोस प्रतिरोध या उपाय नहीं किया जाता। इसे हम अर्थव्यवस्था को नष्ट करनेवाली भ्रष्टाचार की राजनीति कह सकते हैं।

समकालीन उपन्यास 'रागदरबारी' में भ्रष्टाचार और त्यागपत्र की राजनीति उस समय दिखाई देती है जब को-ऑपरेटिव यूनियन में गबन हो जाता है और उसका सम्बन्ध वैद्यजी से बताया जाता है। तब उनके सामने भी एक ही विकल्प रह जाता है–त्यागपत्र। ''इस समय देश को, इस राज्य को, इस जिले को, इस को-ऑपरेटिव यूनियन को ऐसे ही त्याग की आवश्यकता है। आरोपों की खुली जाँच हो, इसके स्थान पर यह अधिक उत्तम है कि वैद्यजी जनता के सामने आदर्श उपस्थित कर दें। आदर्श की इमारत खड़ी करते ही सारे आरोप उसकी नींव के नीचे दब जाएँगे।''[23]

आज चारों ओर जब भ्रष्टाचार का बोलबाला है, तो न्याय और कानून भी भ्रष्टाचार की इस दलदल से मुक्त नहीं है। भारत में स्थिति यह है कि रिश्वत लेने के जुर्म में कोई व्यक्ति पकड़ा जाए तो वह रिश्वत देकर छूट जाएगा। लोकतान्त्रिक समाज का नागरिक

होने के नाते सामान्यतः कानून और न्याय व्यवस्था को आरोपों के घेरे में खड़ा करना अच्छा नहीं माना जाता, किन्तु जब ये संस्थाएँ सचमुच आर्थिक भ्रष्टाचार के तालाब में डूबनेवाली हों, तो न केवल अर्थव्यवस्था बल्कि लोकतन्त्र को भी खतरे में पड़ता देख इनके यथार्थ को सामने लाना कर्तव्य भी बन जाता है। 'रागदरबारी' के लेखक ने एक नागरिक और रचनाकार दोनों ही दृष्टियों से यह दायित्व निभाया है। बद्री पहलवान अपने आदमी को हवालात से छुड़ाने के लिए जाते हैं। उससे पहले ''उन्होंने वैद्यजी से डेढ़ हजार रुपए के नोट लेकर अपनी जवाहर जैकेट की भीतरी जेब में ठूँस लिए। रंगनाथ ने पूछा, इतना रुपया नकद ले जाने की क्या जरूरत ?'' बद्री बोले, 'गुंडे इजलासों के नीचे ही नहीं, ऊपर भी हैं। हाकिम तो रो-गाकर जमानत कर देता है और कागज अहलकारों के पास चला जाता है। फिर बीस झंझट। जमानत का कागज लिखाओ। जायदाद का नक्शा पेश करो। फिर कच्ची तसदीक, फिर पक्की तसदीक और हर जगह रुपए गिनाते जाओ।'

'तभी अब भले आदमी आम तौर पर जमानत नहीं कराते, जेल में रह लेते हैं।'

'नकदी में बड़ा आराम है। जैसे ही हाकिम कहेगा कि हजार रुपए की जमानत दो, वैसे ही दस हरे-हरे नोट मेज पर फेंक दूँगा और कहूँगा कि लो भाई, रख लो जहाँ मन चाहे।'[24]

इसी का दूसरा पक्ष 'डूब' उपन्यास में दिखाई देता है। एक पुलिस अधिकारी भारतीय पुलिस के प्रचलित चरित्र से अलग दिखाई देता हुआ न्याय व्यवस्था में फैले भ्रष्टाचार का पर्दाफाश करता है। किसी भी मुकदमे में गवाह अनिवार्य पक्ष होता है। उससे यह आशा की जाती है कि वह गवाह है तो गवाही देगा अर्थात वही कहेगा जिसका वह साक्षी होगा, किन्तु वह भी पैसे पर बिक जाता है। वह वही कहता है जो उससे पैसे देकर कहलवाया जाता है। यह तथ्य केवल न्याय व्यवस्था के भ्रष्ट होने को नहीं दर्शाता बल्कि हमारे समाज को आप लोगों के अर्थ प्रधान चरित्र को भी दर्शाता है। पैसे लेकर गवाही देनेवाला व्यक्ति भला और कौन-सा ग़बन या आर्थिक भ्रष्टाचार नहीं कर सकता। ''ठीक है, चलो मैं मान भी लूँ कि आप सेंट-परसेंट सही बोल रहे हैं पर आप तो गाँव के रहनेवाले हैं, अपने ही मुँह से बता दो, सच के पक्ष में कितने लोग गवाही देते हैं ? इसका मुख्य कारण यह है कि पैसा तो उन्हें झूठे पक्ष से ही मिलेगा। यह बात हम भी खूब जानते हैं कि ये गवाह अपराधी को ही बचाने आए हैं, लेकिन हम करें भी क्या ? कानून का जो रवैया चला आ रहा है, उसी के बीच से ही तो गुजरना पड़ेगा।''[25] यानी न्याय और दंड का आधार धन हो गया है। न्याय व्यवस्था को बनाए रखनेवाले भी आर्थिक भ्रष्टाचार फैलाते हैं। अपनी सुविधाओं को बढ़ाने तथा ऐश्वर्यपूर्ण जीवन बिताने के लिए न्याय-अन्याय सबको एक कर देते हैं। महाभोज के एक प्रसंग से ही डी.आई.जी. की जीवन शैली के पीछे भ्रष्ट आचरण की झलक मिलती है। अपनी पद्दोन्नति के उपलक्ष्य में वे खूब धूमधाम से एक पार्टी देते हैं, ''लेकिन किसी के दिमाग में एक क्षण के लिए भी यह बात न आई कि डी.आई.जी. की हैसियत का आदमी इतनी

कीमती शराबें कहाँ से पिला सकता है, कैसे पिला सकता है ? किसी बड़े जौहरी की दुकान के शो-केस की शोभा बढ़ानेवाला कम-से-कम बीस-पच्चीस हजार का हीरों का सेट श्रीमती सिन्हा के शरीर की शोभा बढ़ाने कैसे आ पहुँचा ?''[26] ध्यान जाएगा भी कैसे ? क्योंकि आज हमारा समाज इन सब बातों का आदी हो चुका है।

भारतीय संस्कृति के अनुसार शिक्षा का सम्बन्ध आध्यात्म से माना जाता रहा है, परन्तु आज शिक्षा व्यापार का साधन बन गई है। यह रुपए कमाने का एक जरिया ही नहीं बना बल्कि इसमें भ्रष्टाचार व्याप्त हो गया है। शिक्षा के माध्यम से समाज की भावी पीढ़ी तैयार की जाती है, नैतिकता और मानवीयता की सीख दी जाती है किन्तु वही आज व्यापार बन गया है। शिक्षा जगत के इस भ्रष्ट रूप का चित्रण कई समकालीन हिन्दी उपन्यासों में हुआ है। 'चाक' के इस वार्तालाप से शिक्षा को व्यापार के साधन बनाने के प्रयास का पता चलता है। श्रीधर मास्टर सिंह से कहता है, ''हमारा क्या होगा हैडमास्टर जी ? जूते पड़ेंगे। गाँव के आदमी इतने अन्धे नहीं कि अपने बच्चों की योग्यता न जानें। अनपढ़ों की बात नहीं करता, पर आजकल इतने पढ़े तो हर गाँव में मिल जाएँगे कि प्राइमरी के बच्चों की थाह ले लें। जो बच्चे पढ़ने में कमजोर हैं उनको छमाही तक सँभाला जा सकता है।

'तब तुमसे बात करना बेकार रहा। भय बिन प्रीत न होत गुसाईं–सुना है ? तुम साज-सँभाल मत करो। सीधे फेल करने का टारगेट बनाओ।'

'सो क्यों ?'

सो यों, कि महतारी-बाप भागे-भागे आएँगे तुम्हारे पास और ट्यूशन के लिए गिड़गिड़ाएँगे। यह कोई इंटर कॉलेज नहीं कि हर बच्चा ट्यूशन की नसैनी चढ़े बिना अगली कक्षा में चढ़ जाता है। यहाँ तो हमें ही युक्ति सोचनी पड़ेगी। सो सोच ली तरकीब। मनमाने पैसे माँग लेना। थोड़ा नामालूम का कमीशन मेरा। मैं तो साफ बात कहता हूँ।''[27] 'रागदरबारी' में शिक्षा जगत के अनुशासन और आर्थिक सम्बन्धों का चित्रण हुआ है–''कॉलेज में एक प्रेम-पत्र पकड़ा गया था जो एक लड़के ने लड़की को लिखा था।...लड़का डाँटा गया, पीटा गया, फिर उसके बाप के इस आश्वासन पर कि लड़का दोबारा प्रेम न करेगा, और इस वादे पर कि कॉलिज के नए ब्लॉक के लिए पच्चीस हजार ईंटें दी जाएँगी, कॉलिज में दाखिल कर लिया गया।''[28]

यह पूरी शिक्षा-व्यवस्था के आर्थिक भ्रष्टाचार में डूब जाने का सटीक उदाहरण है। इससे पता चलता है कि वर्तमान भारतीय शिक्षातन्त्र, शिक्षा के व्यापारीकरण तथा उसे धनवादी दृष्टि से संचालित करने में ही विश्वास रखता है। इसके प्रति सावधान होने की आश्यकता है।

समकालीन भारतीय समाज के आर्थिक यथार्थ का एक पक्ष यह है कि धनलिप्सा ही अब सम्बन्धों का समाजशास्त्र भी तय करने लगी है। तुरन्त और आसानी से धन संग्रह

करने की प्रवृत्ति ने समाज के बहुसंख्य लोगों को अपनी ओर खींच लिया है। परिणाम यह है कि ऐसे सभी व्यक्ति रिश्ते बनाने और निभाने में धन को आगे रखते हैं। समकालीन हिन्दी उपन्यास 'औरत' में किशोर और प्रतिभा बंसल के वार्तालाप से शत्रुता के पीछे सम्पत्ति का हाथ होने का पता चलता है। किशोर कहता है, ''औलाद का और कतल से क्या सम्बन्ध है ?''

''सम्बन्ध है, सम्बन्ध है।...वह गर्दन हिलाती रही। तेरी भाभी के हिस्से में कितनी जमीन आती है ?''

''बीस एकड़''

''हुँह, बीस एकड़ यानी कम-से-कम बीस लाख। कम-से-कम बीस लाख। कितने आदमी तो पाँच हजार लेकर भी मर्डर को तैयार हो जाते हैं। बीस लाख क्या बीस हजार भी दे दे तो क्या पूर्वांचल में सामूहिक हत्या करनेवालों की भीड़ तैयार हो जाएगी। अय्याश दरिन्दे रुपए में कैसे खरीदे जाते हैं, यह अब रहस्य नहीं है लड़के...मैं तुझे बीस केस बता सकती हूँ कि इसी पूर्वांचल में रुपए, शराब और औरत के बदले किसी का भी कतल कराना बाएँ हाथ का खेल है।''[29] थोड़े से पैसे के लिए किसी की भी हत्या हो सकती है। यहाँ तक कि सगे-सम्बन्धियों के भी कत्ल धन के कारण किए जाते हैं। इसी उपन्यास में शिबू रहस्य खोलते हुए कहता है–''ऐसा है चाचा कि कल्पू और रमानाथ की छाती से जो गोलियाँ यानी बुलेट्स निकले हैं, वे पिस्तौल की नहीं रायफल की हैं। थ्री नाट थ्री की।''

'हे भगवान' चन्द्रा छाती पीटकर रो पड़ी–''अपने खून के अटूट रिश्ते वाले लोग अपने ही सगे भाई का खून करेंगे। यह सब किस पाप का दंड दे रहे हो भगवान। जब वे उनके रास्ते का काँटा थे तो वे सुनीत को भी मार डालेंगे। हमारे काका और देवर को भी मारकर सब कुछ छीनने का जतन करेंगे।''[30] शत्रुता का कारण धन है तो स्वार्थलिप्त रिश्तों को जोड़े रखने का कारण भी धन है। धन से ही रिश्तों का संचालन होता है। 'अर्द्धनारीश्वर' में श्यामला के कथन से सम्बन्धों के पीछे आर्थिक आधार की अभिव्यक्ति हुई है, ''भाभी, मैंने जो कुछ देखा और सहा है उससे यही सीखा है कि पैसा ही सब कुछ है इस दुनिया में। पैसा है तो सब रिश्ते हैं। जब कमाती थी तो भाई-भाभी सब अपने थे। अब तो माँ भी आँख फेर लेती है। अगर अजित भैया आकाश के देवता की तरह अचानक कहीं से न आ जाते तो मेरा क्या होता ?''[31] इसी उपन्यास में शाहीदा का कथन भी यह सिद्ध करता है कि जब तक पैसा होता है तभी तक रिश्ते कायम रह सकते हैं अन्यथा ये सम्बन्ध स्वतः ही बिखर जाते हैं। ''कभी-कभी चुपचाप जब मैं एकान्त में बैठी कहीं खोई रहती हूँ–गजल का मिसरा ढूँढ़ती, गुनगुनाती, तो कोई चुपचाप मेरे पास आता है, कहता है, जिनके लिए तुम इतना खट रही हो, वे ही एक दिन तुम्हारे दुश्मन बनेंगे। मैं काँपकर कहती हूँ, नहीं-नहीं, यह कैसे हो सकता है ? वे नहीं देखते क्या कि मैं रात-दिन एक किए रहती हूँ। क्या अपने लिए ? पर दीदी वे भी तो मेरे अपने ही हैं...।

'पर तू क्या उनकी रहेगी तब तक ? तेरे-उनके बीच में पैसा आ गया है। जब तक पैसा देगी, तू उनकी रहेगी। जैसे ही अलग हुई कि वे सब हुए दुश्मन...।''[32]

समकालीन हिन्दी उपन्यासों में 'मुझे चाँद चाहिए' एक ऐसी कृति है, जिसकी केन्द्रीय संवेदना का ताना-बाना व्यक्ति की कला सम्बन्धी आकांक्षा और फिल्म जगत के यथार्थ से निर्मित हुआ है। ऊपर से आकर्षक, सौन्दर्यबोध युक्त और विलक्षण लगनेवाले फिल्म जगत का एक आर्थिक यथार्थ भी है, जो वहाँ के भौतिक यथार्थ की भाँति ही भयानक है। 'मुझे चाँद चाहिए' में इसे तार-तार करके चित्रित किया गया है। फिल्में चाहे अभिनेता के अहम् केन्द्रित होने के कारण उससे दूर भागने लगें, किन्तु उनका अन्तिम प्रभाव अभिनेता के आर्थिक जीवन और इसके परिणामस्वरूप उसके समझौतावादी बनने की विवशता के रूप में सामने आता है। ऐसे में न केवल नैतिक मूल्य बल्कि सारे सिद्धान्त ही खंड-खंड बिखर जाते हैं। पूर्णतः अहम्मन्यता प्रेरित चरित्र का स्वामी हर्ष इसी स्थिति का शिकार होता है।[33] फिल्मी दुनिया में पारिश्रमिक का भुगतान बड़ी उलझी हुई प्रक्रिया है। इसे काले और सफेद धन की सक्रियता अपने-अपने ढंग से संचालित करते हैं। इसी बीच भुगतानकर्ता की चालाकियाँ अपना रंग दिखाती हैं और अनेक फिल्मों में आर्थिक शोषण के विरुद्ध भारी-भरकम क्रान्ति की अगुवाई करनेवाले बड़े-बड़े पात्र स्वयं अपने ही आर्थिक शोषण की आशंका से घिरे रहते हैं। वर्षा और सिद्धार्थ के वार्तालाप से यह तथ्य उजागर होता है–''एग्रीमेंट ठीक है ? वर्षा ने पूछा, हाँ, स्टैंडर्ड है। सिद्धार्थ बोला, और एक्सक्लूसिव नहीं है। इस फिल्म के दौरान तुम्हें और काम मिले तो कर सकती हो, पर मिस्टर नारंग को असुविधा नहीं होनी चाहिए।

'पैसे तो पच्चीस हजार ही लिखे हैं।' वर्षा ने आशंका प्रकट की।

''व्हाइट का एमाउंट है।'' मीरा बोली, 'कल साफ कर लेना।'

(ऐसा ही था)

पूछना, ''काले और सफेद की कितने की किस्तें कब-कब देंगे।'' सिद्धार्थ ने कहा, ''यों मिस्टर नारंग की रैपूटेशन बुरी नहीं है, पर कब किसके साथ इस धन्धे में हेरा-फेरी हो जाए, कुछ कहा नहीं जा सकता।''[34] फिल्मी दुनिया में संघर्ष करनेवाले लोगों के समक्ष आर्थिक विवशताएँ एक और समस्या भी खड़ी कर देती हैं, वह है–अवसरवादी और सम्पन्न लोगों द्वारा उनकी इच्छा के विरुद्ध उन्हें विवाह के लिए तैयार करना। आगे चलकर यह प्रवृत्ति नया मोड़ ले लेती है और संघर्ष से भागने अथवा अपनी कला पर विश्वास न करनेवाले लोग इसे अपनी मंजिल पाने का जरिया बना लेते हैं। ये लोग व्यक्तिगत स्वतन्त्रता की बात भूलकर विवाह के लिए तैयार हो जाते हैं। उनके सामने इच्छा, सिद्धान्त, प्रतिभा आदि गौण तत्त्व हो जाते हैं तथा आर्थिक तंगी और फिल्म जगत में स्थान पाने की इच्छा मुख्य तत्त्व बन जाते हैं। इसे फिल्मी फैशन की भाषा में सफलता के लिए 'शॉर्टकट' कहा जाता है।[35]

सन्दर्भ सूची

1. सन् 1857 से 1918 का समय अंग्रेजों द्वारा भारत के शोषण का प्रथम चरण है। भारत में ब्रिटेन की नीति नादिरशाह एवं चंगेज खाँ जैसे आक्रमणकारियों की तरह लूट की न थी, वरन् कानून अधिकार व सभ्यता का अवलम्ब लेकर चलनेवाली शोषण की नीति थी। अंग्रेज अपनी दुरंगी चाल से एक ओर भारत का औद्योगिक विकास के नाम पर शोषण कर रहे थे और दूसरी ओर उसे सभ्य बनाने का झूठा प्रदर्शन भी। औद्योगिक विकास के लिए अधिकाधिक कारखाने खोले गए। इन कारखानों के खुलने का कारण यह था कि अंग्रेजों को भारतीय मजदूर सस्ते दाम पर मिल जाते थे। कृषि तथा भारतीय छोटे उद्योग धीरे-धीरे समाप्त होने लगे।'' —हिन्दी उपन्यासों में मध्यवर्ग, मंजुलता सिंह, संस्करण-1971, पृ. 38
2. वही, पृ. 39
3. करवट, अमृतलाल नागर, संस्करण-1994, पृ. 77
4. वही, पृ. 229
5. वही, पृ. 196
6. हिन्दी उपन्यासों में मध्यवर्ग, मंजुलता सिंह, संस्करण-1971, पृ. 42
7. तमस, भीष्म साहनी, पुनर्मुद्रित-1997, पृ. 228
8. चाक, मैत्रेयी पुष्पा, पहली आवृत्ति-1999, पृ. 281-282
9. वही, पृ. 424-425
10. जन-संसार, प्रधान सम्पादक—गीतेश शर्मा, अंक 1-7 मार्च 2001, पृ. 4
11. वही, पृ. 6
12. जहाँ बाँस फूलते हैं, श्रीप्रकाश मिश्र, प्रथम संस्करण-1997, पृ. 196
13. रागदरबारी, श्रीलाल शुक्ल, आठवाँ पुनर्मुद्रण-1999, पृ. 71
14. वही, पृ. 71
15. डूब, वीरेन्द्र जैन, द्वितीय संस्करण-1993, पृ. 231
16. करवट, अमृतलाल नागर, संस्करण-1994, पृ. 163
17. वही, पृ. 164
18. डूब, वीरेन्द्र जैन, द्वितीय संस्करण-1993, पृ. 255
19. वही, पृ. 233
20. वही, पृ. 238
21. जहाँ बाँस फूलते हैं, श्रीप्रकाश मिश्र, प्रथम संस्करण-1997, पृ. 275
22. वही, पृ. 285
23. रागदरबारी, श्रीलाल शुक्ल, आठवाँ पुनर्मुद्रण-1999, पृ. 285
24. वही, पृ. 158
25. चाक, मैत्रेयी पुष्पा, पहली आवृत्ति-1999, पृ. 41
26. महाभोज, मन्नू भंडारी, चौबीसवाँ संस्करण-1999, पृ. 151
27. चाक, मैत्रेयी पुष्पा, पहली आवृत्ति-1999, पृ. 172
28. रागदरबारी, श्रीलाल शुक्ल, आठवाँ पुनर्मुद्रण-1999, पृ. 76
29. औरत, शिवप्रसाद सिंह, संस्करण-1999, पृ. 126
30. वही, पृ. 74

31. अर्द्धनारीश्वर, विष्णु प्रभाकर, संस्करण-1997, पृ. 168

32. वही, पृ. 410

33. ''वह कहता है कि अपने बेबाक बयानों से हर्ष की इमेज एक मुँहफट अहम् केन्द्रित अभिनेता की बन रही है। हर्ष का कहना है कि वह अपने पर संयम रखने की कोशिश करता है पर मूर्खों की बातों से उत्तेजित हो जाता है।

    पैसे की कमी है ? वर्षा ने पूछा।

    स्नेह ने हामी में सिर हिलाया ''वैसे उसे एक व्यावसायिक फिल्म में सहनायक की भूमिका ऑफर हुई है पर उसने पैसे ज्यादा माँगे हैं। आदित्य के कहने पर मैंने इस बारे में भी हर्ष से बात की। उसने कहा कि निर्माता के फिर आने पर वह कीमत कम कर देगा। मैंने कहा, तुम खुद निर्माता को फोन कर दो, तो बोला, इस तरह इन लोगों का दिमाग खराब हो जाता है।''—मुझे चाँद चाहिए, सुरेन्द्र वर्मा, नौवीं आवृत्ति-1999, पृ. 281

34. वही, पृ. 333-334

35. सुदर्शन नरेश ने संघर्ष के तीसरे वर्ष में फ्लैट के स्वामी की खासी स्थूल और अनाकर्षक बेटी से शादी कर ली थी। मीरा ने बताया था, इंस्टीट्यूट के पाँच युवक (जो छायांकन, साउंड रिकार्डिंग, सम्पादन, निर्देशन और अभिनय का कोर्स करके आए थे) अपने संघर्ष का पैनापन दूर करने के लिए घरजमाई बनने का शार्टकट अपना चुके थे।

    'जानती हो इस फ्लैट की कीमत क्या होगी ?'

    'बीस पच्चीस हजार'

    'डेढ़ लाख'

    दीक्षा की शुरुआत में ही वर्षा हताश हो गई।—वही, पृ. 321

जहाँ बाँस फूलते हैं : उग्रवाद पर एक लम्बी और सार्थक बहस

स्वाधीन भारत के शासकों ने राष्ट्र के आर्थिक और सामाजिक विकास की जो नीतियाँ बनाईं वे सुचिन्तित निष्कर्षों से रहित थीं। अतः उनका मूर्तिकरण अच्छे परिणाम देनेवाला नहीं रहा। नीति निर्धारकों की मानसिकता और विकास के लिए व्याकुल जनता के बीच निरन्तर संवादहीनता की स्थिति बनी रही। जनता को जो चाहिए था उसे नीति निर्धारक नहीं दे सके और जो नीति निर्धारक देने के लिए तैयार करते थे वह जनता के वास्तविक उपयोग का नहीं था। इस देश के सत्ताधारियों ने विकास का नहीं, विकास की क्रान्ति का सपना देखा। इसीलिए गाँवों को बिना उजाड़े हुए जब सम्पदा प्रदान करनेवाले जलाशय न बनाकर बड़े-बड़े बाँध बनाए गए, जिन्होंने असंख्य लोगों से उनके घर और खेत छीनकर उनकी जड़ें हमेशा के लिए सुखा दीं। ये लोग शनैः-शनैः स्थायी विकास न करके रातोंरात सब कुछ बदल देना चाहते थे, किन्तु इनकी यह इच्छा यथार्थ के विपरीत थी। राष्ट्रीय विकास की नीतियाँ हमेशा ही बिचौलियों के हाथों में जाती रहीं। ये बिचौलिए सरकारी अधिकारी भी थे, छुटभैये नेता भी और अन्य दलाल भी। परिणामस्वरूप विकास की नीतियों और भ्रष्टाचार का अटूट रिश्ता बन गया तथा भारत की पिछड़ी जनता इनके शोषण का शिकार होकर कहीं की न रही। राष्ट्रीय विकास की इन नीतियों में भौतिक धरातल पर सम्भाव्य बदलाव की खींचातानी तो थी, किन्तु विचारों और मूल्यों से कोई रिश्ता न था। यह विश्वास का सीमित-संकुचित अर्थ था। विकास के प्रति वास्तविक निष्ठा न होने के कारण उसके लिए निर्धारित संसाधन सही जगह कभी नहीं पहुँच सके और जब जनता भूखों मरने लगी तो भूख के स्थायी हल के बदले अस्थायी रूप से रोटियों की व्यवस्था करने पर जोर दिया। यह जनता को अकर्मण्य और परजीवी बनाए रखने का षड्यन्त्र था।

इस प्रकार भारत के राष्ट्रीय विकास के नाम पर जो दिशाहीन नीतियाँ बनती रहीं, उन्होंने अनेक दुष्परिणामों को जन्म दिया तथा उन दुष्परिणामों ने जनता में आक्रोश उत्पन्न किया। अदूरर्शिता के कारण विकास के अभाव में यह आक्रोश असन्तोष में बदला, असन्तोष विक्षोभ में और विक्षोभ उग्रवाद में। पहले-पहल जनता का ध्यान आर्थिक आवश्यकताओं पर ही था, क्योंकि समाज सांस्कृतिक आश्वासनों के लिए वह प्रतीक्षा कर सकती थी, लेकिन जब आर्थिक रूप से उसकी आवश्यकताएँ पूरी नहीं हुईं

तो इससे उपजे असन्तोष ने उसे अन्य अनेक दिशाओं में सोचने को बाध्य किया। तब जनता ने अपने अतीत में भी झाँकना शुरू किया। इसका लाभ उन सभी शक्तियों ने उठाया जो भारत राष्ट्र को अशान्त करना चाहती हैं। फलतः यह देश उग्रवाद का शिकार बनता चला गया।

तीव्र विरोध के उदय[1] या स्थापित शासन-सत्ता के प्रति उठनेवाले विरोध[2] को उग्रवाद कहा जाता है। क्षेत्र विशेष की जनता सामान्यतः अपने अधिकारियों के प्रति सहयोग की वृत्ति अपनाती है परन्तु जब इन्हीं अधिकारियों के प्रति वह विद्रोह या अस्वीकृति प्रकट करती है तो यही प्रवृत्ति उग्रवाद का रूप धारण करती है।[3] तभी उस क्षेत्र की शान्ति भी भंग होती है। सामान्यतः व्यक्ति शान्तिपूर्ण जीवन जीने का इच्छुक होता है, फिर भी विश्व भर में विद्रोह की चिंगारियाँ सुलगती नजर आती हैं। युवाओं में विद्रोह की प्रवृत्ति सर्वाधिक देखी जा सकती है। देश के सामने विभिन्न समस्याएँ मुँह बाए खड़ी हैं। इन समस्याओं में युवाओं में व्याप्त असन्तोष और विद्रोह की समस्या को कम नहीं समझा जा सकता। आज भारत में, विशेषकर पूर्वोत्तर राज्यों में, युवाओं में विघटनकारी प्रवृत्ति अत्यधिक रूप में देखी जा सकती है। इसका प्रमाण वे तमाम संगठन हैं, जो भूमिगत रहकर अपना सक्रिय विरोध प्रकट कर रहे हैं। पूर्वोत्तर राज्य कई दृष्टियों से भारत की मुख्य धारा से पृथक नजर आते हैं। भौगोलिक दृष्टि से ही नहीं, विकास की दृष्टि से भी पूर्वोत्तर क्षेत्र पिछड़ा हुआ है। यहाँ गरीबी और अशिक्षा व्याप्त है। ''औद्योगिक विकास की दृष्टि से भी पूर्वोत्तर राज्य काफी पिछड़े हुए हैं। पूरे देश में स्थापित उद्योगों का अनुपात देखा जाए तो यहाँ पर संख्या नगण्य ही कही जा सकती है।[4] विकास और रोजगार के अवसर न मिलना, आर्थिक रूप से पिछड़े रहना और केन्द्रीय सत्ता तथा राज्य सरकारों द्वारा इनकी समस्याओं की उपेक्षा ने युवाओं में विघटनकारी प्रवृत्ति को जन्म दिया है। इस समस्या की उपेक्षा या दमन का प्रयास सरकार की स्वार्थवृत्ति और अपरिपक्व राजनीति का परिचायक है।

समकालीन हिन्दी उपन्यासों में 'जहाँ बाँस फूलते हैं' एक ऐसा उपन्यास है, जो पूर्वोत्तर क्षेत्र मुख्यतः मिजोरम में व्याप्त विद्रोह की समस्या और कारणों को प्रकट करने का प्रयास करता है। इस क्षेत्र में विकास के नाम पर हुए छल का परिणाम लक्षित करके इस उपन्यास के सम्बन्ध में लिखे एक लेख में देवराज लिखते हैं, ''विकास जो कागजों पर एक खुशहाल जिन्दगी खड़ी करते हुए वास्तविक जीवन को वैषम्य और अभावों के मगरमच्छ के मुँह में धकेलता है—पहले मिजोरम में असन्तोष को जन्म देनेवाला सिद्ध हुआ, फिर इसी ने उस असन्तोष को उग्रवाद में, उग्रवाद से आतंकवाद में बदला और सबके देखते-देखते उसका खाद-पानी भी बनता रहा। अधिक चिन्ताजनक स्थिति तब बनी, जब उग्रवाद की सन्धि अलगाववाद के साथ हुई और पेट की भूख के लिए संघर्ष की भावना सम्प्रभु राष्ट्र के निर्माण की भावना के साथ मिलकर अलगाव में तब्दील हो गई।''[5]

यह वह बिन्दू है, जो उग्रवाद को उसके वर्तमान रूप में समझने की कोशिश करता है। साधारण असन्तोष और उसकी सक्रिय अभिव्यक्ति उग्रवाद नहीं कहलाती। जब वह उस मनोदशा में ले जाती है, जहाँ व्यक्ति का मन पूरी-की-पूरी व्यवस्था को शत्रु मानने लगता है और मौका मिलते ही उसे नष्ट करने का निश्चय करने लगता है, तब उग्रवाद रूप धारण करता है। स्मरणीय है कि उग्रवाद का यह जुनून शत्रुता के लिए प्रत्यक्ष सम्बन्ध अथवा तार्किक आधार की आवश्यकता भी नहीं मानता। वह सब कुछ भूल जाता है तथा एक बड़ी ताकत को अपना विरोधी मानकर उससे लोहा लेने के लिए मैदान में कूद पड़ता है। 'जहाँ बाँस फूलते हैं' में इस स्थिति को गम्भीरतापूर्वक दर्शाया गया है। एक व्यक्ति जो अपने को स्वतन्त्रता का योद्धा कहने लगा है और कुछ नहीं जानता है कि उसे उन लोगों पर टूट पड़ना है जो उसके अपने नहीं हैं। इस सम्बन्ध का निर्धारण भी वह स्वयं नहीं करता बल्कि वे शक्तियाँ करती हैं, जिनकी सच्चाई के बारे में उसे कभी कुछ पता नहीं चलता। "अगर योद्धा मरता नहीं, सिर्फ घायल होता है तो मौत से डरने के बजाय अपने दुःख पर काबू पाता, मन ही मन माँ-बाप को याद करता और इस जिन्दगी से छुटकारा पाने से पहले उस वाई को पहचान लेना चाहता, जिसके साथ अपनी दुश्मनी का कोई सीधा कारण समझ में नहीं आता, न ही इस दुःख का कारण। फिर गाँव के नीम-हकीम कम्पाउंडर की दवा से कम और उसके हुक्म के प्रभाव से अधिक खुदा न ख्वास्ता ठीक हो जाता है तो वह और भी बहादुर माना जाता तथा वाई का और भी बड़ा दुश्मन बन जाता। और अगर वाई फौज के किसी सिपाही द्वारा पकड़ लिया जाता तो हड्डियों के जोड़ों पर कुंदों की मार के साथ सुनता; दोगले बता यह आजादी की दिवानगी तेरे गाँव में कितने अन्य लोगों पर छाई है ? वे कहाँ है ? उन्हें हथियार कहाँ से मिलता है ? किस किस्म के हैं ? कारतूस कितना है ? खाना कहाँ से मिलता है ?" और वह सारे प्रश्नों के उत्तर में मुँह से सिर्फ एक शब्द "कर्षइलो" कहता और मन ही मन मौका मिलने पर इन धुनाई का बदला लेने की कसम खाता, तो कभी लालडेंगा को भद्दी गाली देता।"[6]

भारत में विशेषतः पूर्वोत्तर राज्यों में उग्रवाद एक जटिल समस्या है। यह संकट अपनी पहचान की ललक, असुरक्षा की भावना तथा विभिन्न क्षेत्रों में विकास की कमी के कारण पनपी है। भौगोलिक दृष्टि से भी पूर्वोत्तर के राज्य भारत की मुख्यधारा से अलग-थलग पड़े हैं। भाषा-बोली आदि के अन्तर ने इस खाई को और चौड़ा किया है। विविधता से पूर्ण भारत वर्ष का अभिन्न अंग मानते हुए भी पूर्वोत्तरी राज्यों के विकास पर पर्याप्त ध्यान नहीं दिया गया। ग्राम विकास की योजनाएँ यहाँ तक पहुँच ही नहीं पातीं, कुछ पहुँचती भी हैं तो ठीक से क्रियान्वित नहीं होतीं। इसी कारण से राज्य कई मायनों में पिछड़े हुए हैं। यह पिछड़ापन उग्रवाद के मूल में एक ठोस कारण के रूप में विद्यमान है। जब तक इस ओर ध्यान नहीं दिया जाएगा, पूर्वोत्तर के विभिन्न क्षेत्र उग्रवादी गतिविधियों की क्रीड़ास्थली बने रहेंगे। "पूर्वोत्तर क्षेत्र के विकास के विषय को नई परिभाषा और रूपनिदर्शन द्वारा पुनः अवलोकन और परीक्षण की आवश्यकता है।

नई सोच और विकास कार्यों द्वारा ही भूमिगत क्रियाओं से मुक्ति तथा इसके साथ ही राजनैतिक भागीदारी के अवसर और प्रोत्साहन से विद्रोहियों को आम जिन्दगी की ओर लौटाया जा सकता है।''[7] रोजगार और सुविधाओं के अभाव के कारण ही पूर्वोत्तर राज्यों में जगह-जगह विद्रोह दिखाई देता है। ''भारत के किसी भी क्षेत्र, दक्षिण एशिया या विश्व के किसी भी क्षेत्र में विद्रोहियों के इतने संगठन विद्यमान नहीं हैं, जितने कि भारत के पूर्वोत्तर क्षेत्र में, यह क्षेत्र विद्रोहियों को बढ़ानेवाला उद्‌गम स्थल ही बन गया है।''[8] इस विद्रोह के पीछे यह मानसिकता भी है कि जब तक कोई विद्रोह बड़े स्तर पर नहीं होता या कोई संगठन हिंसात्मक कदम नहीं उठाता, सरकार या प्रशासन के कान पर जूँ नहीं रेंगती; इसीलिए ये गोलियों और धमाकों के माध्यम से अपनी आवाज और विचार सरकार तक पहुँचाते हैं। जैसे-जैसे समय बीतता जा रहा है, किन्हीं अज्ञात कारणों से उग्रवादी संगठनों की संख्या और उनका कार्यक्षेत्र बढ़ता जा रहा है। पिछले वर्षों हुए एक महत्त्वाकांक्षी शोध कार्य के दौरान पूरे पूर्वोत्तर में कार्यरत संगठनों की जो सूची उपलब्ध हुई वह निम्नांकित है–

''अचिक लिबरेशन मेटग्रिक आर्मी (ए.एल.एम.ए.), अदाम सेना (ए.एस.), आदिवासी कोब्रा मिलिटेंट ऑफ आसाम (ए.सी.एम.ए.) आदिवासी टायगर फोर्स (ए.टी.एफ.), ऑल त्रिपुरा टायगर फोर्स, (ए.टी.टी.एफ.) अरुणाचल दागोन फोर्स (ए.डी.एफ.), बोड़ो लिबरेशन टायगर फोर्स (बी.एल.टी.एफ.), ब्रू नेशनल लिबरेशन फ्रंट (बी.एन.एल.एफ.), दीमा हालम दौगाह (डी.एच.डी.), गारो नेशनल फ्रंट (जी.एन.एफ.), म्हार पीपल्स कॉन्वेन्शन [डेमोक्रेसी] (एच.पी.सी. [डी.]), हायन्यूट्रेप नेशनल लिबरेशन काउंसिल (एच.एन.एल.सी.), इंडो-बर्मा रिवोल्यूशनरी फ्रंट (आई.बी.आर.एफ.), इरैपाक बनबा लुप (आई.के.एल.), इस्लामिक टायगर्स (आई.टी.), कामतापुर लिबरेशन ओर्गनाइजेशन (के.एल.ओ.) कङलै यावोल कन्ना लुप [ओकेन] (के.वाई.के.एल. [ओ], कङलै यावोल कन्ना लुप [तोनजामबा] (के.वाई.के.एल. [टी]), कङलैपाक लिबरेशन ओर्गनाइजेशन (के.एल.ओ.), कार्बीस पीपल्स फोर्स (के.पी.एफ.), कङलैपाक कम्यूनिस्ट पार्टी (के.सी.पी.), कोच राजवंशी सेक्यूरिटी फोर्स (के.आर.एस.एफ.), कोमरेम पीपल्स कोन्वेन्शन (के.आर.पी.सी.), कूकी नेशनल फ्रंट [मिलिटरी काउंसिल] (के.एन.एफ. [एफ.सी.]), कूकी नेशनल फ्रंट [प्रसिडेंट] (के.एन.एफ. [पी]), कूकी नेशनल फ्रंट (जोगाम) (के.एन.एफ. [जेड]), कूकी सेक्यूरिटी फोर्स (के.एस.एफ.), कूकी/खोङशाई रिवोल्यूशनरी आर्मी (के.के.आर.ए.), मणिपुर पीपल्स रिवोल्यूशनरी फ्रंट (एम.पी.आए. एफ.), मिजो अकोर्ड इम्प्लीमेंटेशन कमीटी (एम.ए.आई.सी.), मुस्लिम सेक्यूरिटी फोर्स (एम.एस.एफ.), मुस्लिम युनाइटेड लिबरेशन टायगर्स ऑफ असम (एम.यू.एल.टी.ए.), मुस्लिम वोलन्टीयर्स फोर्स (एम.बी.एफ.), नेशनल डेमोक्रेटिक फ्रंट ऑफ बोडोलैंड (एन.डी.एफ.बी.), नेशनल लिबरेशन फ्रंट ऑफ त्रिपुरा (एन.एल.एफ.टी.), नेशनल सोशियलिस्ट काउंसिल ऑफ नागालैंड [इसाक मुइबा] (एन.एस.सी.एन. [आई.एम.]), नेशनल सोशियलिस्ट काउंसिल ऑफ नागालैंड [खपलाङ] (एन.एस.सी.एन. [के.]),

नोर्थ-ईस्ट माइनोरिटी फ्रंट (एन.ई.एम.एफ.), पीपल्स लिबरेशन आर्मी (पी.एल.ए.), पीपल्स रिपब्लिकन आर्मी (पी.आर.ए.), पीपल्स यूनाइटेड लिबरेशन फ्रंट (पी.यू.एल.एफ.) पीपल्स रिवोल्यूशनरी पार्टी ऑफ कङ्लैपाक (प्रीपाक), सदाम बाहिनी (एस.बी.), सोशल डेमोक्रेटिक फोर्स ऑफ त्रिपुरा (एस.डी.एफ.टी.), द नेशनल मिलिशिया ऑफ त्रिपुरा (टी.एन.एम.टी.), त्रिपुरा एंड ट्रायबल कमांडो फोर्स (टी.टी.सी.एफ.), त्रिपुरा डिफेंस फोर्स (टी.डी.एफ.), त्रिपुरा नेशनल फोर्स, (टी.एन.एफ.), यूनायटेड बंगोली लिबरेशन फ्रंट (यू.बी.एल.एफ.) यूनायटेड कूकी लिबरेशन फ्रंट (यू.के.एल.एफ.), यूनायटेड लिबरेशन फ्रंट ऑफ असाम (यू.एल.एफ.ए.), यूनायटेड लिबरेशन मूवमेंट ऑफ अरुणाचल प्रदेश (यू.एल.एम.ए.) यूनायटेड लिबरेशन वोलन्टीयर्स ऑफ अरुणाचल प्रदेश (यू.एल.वी.ए.) यूनायटेड नेशनल लिबरेशन फ्रंट (यू.एन.एल.एफ.), यूनायटेड पीपल्स वोलन्टीर्स ऑफ अरुणाचल प्रदेश (यू.पी.वी.ए.), यूनायटेड पीपल्स डेमोक्रेटिक सोलिडेरिटी, त्रिपुरा (यू.पी.डी.एस.), जोमो रिवोल्यूशनरी आर्मी (ज़ेड.आर.ए.)''[9]

यह सूची किसी को भी आश्चर्य में डाल देने के लिए पर्याप्त है, किन्तु क्या आश्चर्य करना भर उग्रवाद की समस्या से जुड़ना है। हमें यह समझना होगा कि उग्रवाद का व्याप्ति क्षेत्र धीरे-धीरे इतना विशाल हो गया है कि उसे नियन्त्रित करने के लिए दीर्घकालीन और दूरदर्शितापूर्ण योजनाओं को अमल में लाना अनिवार्य है।

उग्रवाद के कारण

समकालीन हिंदी उपन्यास–'जहाँ बाँस फूलते हैं' मिजोरम के उग्रवाद तथा उसके पीछे के कारणों को गहराई से खोजता है। ''मिजोरम में जनश्रुति है कि हर पचास साल की आवृत्ति पर वहाँ के बाँस फूलते हैं। उनके बीजों को खाकर चूहे बहुत बच्चे पैदा करते हैं, जो फसल खा जाते हैं, और मिजोरम में अकाल पड़ जाता है। ऐसा ही अकाल 1958 में पड़ा था, जिसके परिणामस्वरूप 1966 का विद्रोह हुआ।''[10] यानी विद्रोह का एक मूल कारण भोजन का न मिलना था, जो उग्र रूप धारण करता हुआ राजनीति के रंग में रंग गया। अकाल के कारण स्थिति लगातार बिगड़ती चली गई, जिसे भरपेट भोजन नहीं मिलता उसके लिए अन्य सभी बातें बेमानी हो जाती हैं। मानवतावाद से जुड़े परम्परागत मूल्यों का भी उसके लिए कोई महत्त्व नहीं रह जाता। इस धारणा के अनुसार मिजोरम के लोग भी भूख के हाथों और सब कुछ भूल गए। उन्होंने स्वयं पर नियन्त्रण न रख पाने के कारण उपद्रव का मार्ग अपनाया। उपन्यासकार ने इस पूरी स्थिति को इस प्रकार चित्रित किया है–''लगातार फसल की तबाही और विपदा की लम्बी रातों के बाद मिजोरम की जनता निरीह हो गई थी। अन्न की भीषण कमी के कारण लुशाई हिल्स के मात्र दो गाँवनुमा कस्बों लुङलेई और आइजाल में भीड़ बढ़ गई थी। ये कस्बे लोफरों और भिखारियों से भरे पड़े थे, जो चर्च तथा सरकार द्वारा चलाए जा रहे सदाव्रत से एक मुट्ठी भात और एक प्याला उबले सरसों के पानी की तलाश में इधर-से-उधर घूम

रहे थे। आइजाल में तो आलम यह था कि भुखखड़ों की जमात पुलिस के तमाम नियन्त्रण के बावजूद विद्रोह पर अमादा हो जाया करती थी। और एक दिन तो एक बंगाली जमाखोर को, जो चीजों के और मूल्य बढ़ाने की लालच में आया, चावल बेचना बन्द कर दिया था। उसको दुकान से घसीट गले में रस्सी बाँध सामने के पेड़ पर लटका दिया गया था। यह घटना एक जंगली व्यवस्था की शुरुआत थी। और उसने साबित कर दिया था कि रोजमर्रा की ऊपरी शान्ति के नीचे एक ज्वालामुखी सुलगने लगा है जो फूटने के लिए उन क्रूर षड्यन्त्रकारियों की प्रतीक्षा कर रहा है, जो सामूहिक हिंसा का उपयोग अपने पक्ष में करने के लिए दत्तचित्त है।"[11]

वास्तव में भूख के गर्भ से फूटे इस हिंसक उपद्रव को अपने निहित स्वार्थों की पूर्ति, साधन बनानेवाली शक्तियाँ पहले से ही सावधान थीं। अशिक्षित और भूखे लोगों को यह समझाना आसान था कि उनके सामने करो या मरो के अलावा कोई मार्ग नहीं। इस सन्दर्भ में दूसरा सच यह है कि इन भूखे लोगों की भूख के लिए जिम्मेदार शोषक भी कम चालाक नहीं थे। उन्होंने लम्बे समय से अधिकारियों और व्यापारियों के रूप में निर्धन जनता के हिस्से का सुख अपनी तिजोरियों में कैद कर लिया था। लालडेंगा कहता है–"मिजो बन्धुओं ! बहुत दिनों से ये धनी लोग, ये वाई लोग, लोगों का सुख अपनी तिजोरियों में कैद रख चुके हैं। गरीबों का आहार इनके गोदामों में मूल्यवृद्धि की प्रतीक्षा करते-करते सड़ रहा है। समय आ गया है कि वे अब अपनी तिजोरियों और गोदामों से महरूम हों। उनकी अट्टालिकाओं को गिरा दिया जाए और सारे वित्त को इन धरती के बेटों–इन झुके लोगों–में बाँट दिया जाए। समय आ गया है कि लुशाई हिल्स के सपूत उठें और इस निहंग धरती का भाग्य बदल दें...।"[12]

ऐसे आकर्षक नारों को विश्वसनीय बनाने में उन लोगों का भी कम हाथ नहीं माना जा सकता जो एक ओर सरकार से आर्थिक साधन प्राप्त करते हैं तो दूसरी ओर गरीब लोगों का आर्थिक शोषण करते हैं। 'जहाँ बाँस फूलते हैं' के लेखक ने उन सैन्य अधिकारियों का परिचय दिया है जो अपने प्रभाव के बल पर दबी-कुचली जनता से हरी सब्जियाँ और मछलियाँ तक मुफ्त में प्राप्त कर लेते हैं। निश्चय ही जब ये रहस्य खुलते हैं तो आम लोगों को बहकाकर उग्रवाद की ओर मोड़नेवाली शक्तियों की बन आती है। "एक दिन रुआलखूमा नुलाल्लङबालों का दल लेकर हवासिंह के पास पहुँचा मुर्गे-मुर्गियों के साथ। बोला, "कपू, हम कामकाजी कौम के लोग हैं। बैठे-बैठे सरकारी अनाज के भोजन से शर्मसार हो रहे हैं। अनुमति हो तो इस साल अपना झूम लगाएँ। एवज में उनका बासा ठीक से बना देने का वादा ले हवासिंह ने अनुमति दे दी। कोई एक माह में फौज के लिए पूरा कैंटोमेंट बना गया, जो पैसा सरकार से आया वह कुछ अधिकारियों के जेब में चला गया, कुछ गाँववालों को बतौर मजदूरी मिला। फसल लहराई तो हाथ जोड़कर बूढ़ों ने झूम में रहने की अनुमति भी प्राप्त कर ली। फौज को भी खाने के लिए हरी सब्जी और मछलियाँ मिलने लगीं।"[13]

आतंकवाद के गणित को समझने में राजनैतिक और प्रशासनिक ताकतों ने हमेशा ही भूल की है। ऐसे अनेक उदाहरण हैं जब आतंकवाद का एक मात्र स्रोत आर्थिक संरचना या आर्थिक समस्याओं के बीच खोजने की कोशिश को जाती रही है। नेता और प्रशासक दोनों ही कहते रहे हैं कि भूख के कारण विद्रोह पनपता है। इन दोनों में भी अपने को बुद्धिजीवी समझनेवाले सरकारी मशीन के पुर्जे जब विश्लेषण करने बैठते हैं तो मानो हाथ में बन्दूक उठाए लोगों की विवशताओं के मूल कारणों को खोज लेने की घोषणा करते हुए कहते हैं, कि यह सब भूख के कारण हुआ है। जनता जब आर्थिक विपन्नता और भूख के चलते मृत्यु की ओर बढ़ने लगी तो उसने भूख के हाथों मौत के बदले गोली के हाथों मौत का रास्ता चुना। कम-से-कम गोली की मौत प्रतिरोध के स्वाभिमान से सज्जित तो होगी।

उग्रवाद और आतंकवाद के सम्बन्ध में इस स्थिति को एक ठोस तथ्य बनने से कोई नहीं रोक सकता। आर्थिक कारण जन-असन्तोष के मूल में निश्चय ही महत्त्वपूर्ण है, लेकिन केवल भूख को आतंकवाद का एकमात्र आधार मान लेना उग्रवाद की समस्या का सरलीकरण है। यह सरलीकरण अन्य महत्त्वपूर्ण मुद्दों से ध्यान हटाने की सोची-समझी कोशिश भी लगती है। ऐसा करके ऐतिहासिक, राजनैतिक, सांस्कृतिक और प्रकृत मानव अधिकारों से जुड़े कारणों को नजरअन्दाज कर दिया जाता है। इस उपन्यास में इस प्रवृत्ति का खुलासा इन शब्दों में किया गया है, "माइकल ने खूब समझा कि पट्ठा व्यंग्य कहीं और कर रहा है, जैसे कह रहा हो कि हम मिजो पहाड़ों में रहनेवाले जंगली बड़े शान्त लोग थे। माउटम में भूखों मरने लगे तो असमिया सरकार हमें जंगली समझकर अपने पावों तले रखने तक की ही जिम्मेदारी महसूस की। फरियाद दिल्ली भेजी तो वह भी नाकाम रही। फिर जब मरना ही था तो हथियार उठा लिए। एक मौका था, शायद जीवित बच जाएँ। तो तुम्हारी निगाह में बहादुर हो गए। बात एक ही है, चाहे जो नाम दे दो।"[14] हम समझ सकते हैं कि राजनैतिक नेतृत्व और उसके इशारों पर नाचनेवाला प्रशासन किस प्रकार असहाय लोगों को उग्रवादी बनने पर विवश करता है।

जनता की विपत्ति तथा समस्याओं का समाधान तभी सम्भव है जबकि जनता के साथ सरकार भी सतर्क रहे। उन समस्याओं की जड़ों का पता लगाए तथा उन्हें सुलझाने का प्रयास करे। जब सरकार जनता की उपेक्षा करती है या उनकी समस्याओं के प्रति निष्क्रिय बनी रहती है तो सरकार के प्रति विद्रोह जन्म लेता है। उपन्यास में इसकी स्पष्ट अभिव्यक्ति बोइघुआका के शब्दों से हुई है, "हम भूख की आग में जलते-जलते धैर्य की सीमा खोते जा रहे हैं। पर वाई सरकार में इतना धैर्य है कि हमारे कराल रुदन पर दया आने को कौन कहे, उसके कानों पर जूँ तक नहीं रेंगती। दिल्ली से गुआहाटी और गुआहाटी से आइजाल तक फैला यह प्रशासन का डाइनासोर जरा भी हरकत में नहीं आता।"[15] ऐसी विकट स्थिति को सुलझाने का असंगत प्रयास करते हुए समस्या की गहराई से अनभिज्ञ लोग समस्या का अध्ययन दूर बैठे हुए करते हैं और उसी तरह की रिपोर्ट देते हैं।[16] सरकारी कर्मचारी विद्रोह की समस्या को सुलझाने का

प्रयास न करके यह देखा करते हैं कि उन्हें क्या फायदा मिल सकता है। उनकी इस मानसिकता का पता इन शब्दों से चलता है, ''वर्षों से सोई केन्द्रीय सरकार को जाने कैसे किसी लउलछउ चींटी ने काट खाया कि उसका पंजा फड़का और एक अँगुली पूर्वोत्तर भारत की ओर चल पड़ी। उसका एक पोर गुआहाटी की सड़कों पर जाँच कर पाया कि समस्या इतनी गम्भीर नहीं है जितनी महन्ती ने बना दी है। वास्तव में विभिन्न विभागों के छोटे कर्मचारी अपनी तनख्वाह व भत्ते नागालैंड में तैनात अपने समकक्षियों के बराबर पाने के लिए 'मिजो हिल्स' को डिस्टर्ब्ड एरिया घोषित करने पर तुले हुए हैं, जो कोई माने या न माने एक संगीन जुर्म है।''[17] देश के कर्मचारी, जिनको मिल-जुलकर देश की समस्या से निपटना चाहिए उनमें पारस्परिक दुराव के कारण संवादहीनता की समस्या दिखाई देती है। काम सम्पन्न होने से पूर्व श्रेय लूटने की इच्छा के कारण सरकारी विभागों के बीच घिनौनी राजनीति इस उपन्यास में दिखाई देती है। ''झा के ङोपा से चलते ही हवासिंह के कान खड़े हो गए थे। उसे इतना तो पता चल गया था कि गाँव में बागी रह रहे हैं किन्तु उन्हें पकड़ने का सुयोग नहीं पा रहा था। गाँव तलाशी का भी कोई अर्थ नहीं रह गया था। बार-बार तलाशी के कारण न तो उनको पनाह देनेवालों के ऊपर कोई असर पड़ता था, न ही बागी हाथ लगते थे। सो उसने झा का पीछा करने की योजना बनाई। इस जनविहीन जंगल में उसके पीछे तो आदमी नहीं भेजा जा सकता था। हाँ, रास्ते निश्चित होने के कारण पोस्टों को निगाह रखने के लिए सावधान किया जा सकता था। जब फौजवालों को पता लगा कि वे भूमिगतों के मुख्यालय तक गए हैं तब हवासिंह कुढ़ गया। अगर सिविल के लोग विद्रोहियों को पकड़ने लगे तो फौज की तौहीन होगी। अगर फौज उनकी सूचना पर पकड़-धकड़ का काम करती है तो न तो इसमें कोई क्रेडिट है, न ही कोई नई बात।''[18] जिस काम को सहयोग से सम्पन्न करना चाहिए वहाँ ये अधिकारी एक-दूसरे को नीचा दिखाने की ताक में रहते हैं। बड़े अधिकारी भी अपने मातहतों की संवेदना के साथ 'देश' के नाम पर खिलवाड़ ही करते हैं। जरूरत के अनुसार एक तरह से उनका इस्तेमाल करते हैं। इस उपन्यास में झा ऐसा ही महसूस करता है। वह अपने बॉस से मिले ''पत्र में 'देश' शब्द पढ़कर आक्रोश से भर गया। जब भी उन्हें जरूरत होती है, वे हमें अपना औजार बना लेते हैं। जरूरत होती है तो हमारे संस्कारी संवेदना को उभार देते हैं। जरूरत होती है तो हमारी संवेदनाओं पर संस्कार का पर्दा डाल देते हैं। अरे भला कहाँ था देश, जब यहाँ के लोग भूखों मर रहे थे ? जब अनाज की तलाश में हथियार उठा लिए तो देश कहाँ से आ गया ? अपने भोजन के लिए सब कुछ करने की छूट जानवरों को भी है। पर यह इंसान है जो आदमी तक के मुँह पर जाबी लगा देता है।''[19] इतना ही नहीं प्रशासन और नागरिक सुरक्षा से जुड़े लोगों के बीच जो विषमतापूर्ण रिश्ते होते हैं, वे कहीं अधिक खतरनाक होते हैं। श्रीप्रकाश मिश्र एक ऐसा प्रसंग उपस्थित करते हैं, जिसमें सही गुप्तचर सूचना मिल जाने के बावजूद सम्बद्ध अधिकारियों की लापरवाही के कारण एक बड़ा अधिकारी मार डाला जाता है। तब आपसी खींचतान शुरू होती

है, जिसका परिणाम छोटे अधिकारी के मानसिक विक्षोभ के रूप में सामने आता है। अकसर खतरा उठाने से डरने के कारण बड़े अधिकारी सूचनाएँ छिपाते हैं और जब कोई हादसा हो जाता है तो अपनी खीझ मिटाने के लिए अत्याचार करने लगते हैं। इससे उग्रवादी भावना बढ़ती है। इसी प्रकार के कर्तव्यविमुख एक अधिकारी का चित्रण निम्नांकित है–"वह तो धँस इसलिए जमा रहा था कि झा कमीशन के सामने न पड़े, नहीं तो सारी पोल-पट्टी खुल जाएगी कि उसने तो आई.जी.पी. के सम्भावित कत्ल के बारे में बार-बार सूचना दी थी। किन्तु यह धस्माना की हेकड़ी थी कि उसने उस पर कार्यवाही नहीं की। वैसे उसने फाइल से झा की ऐसी हर रिपोर्ट को निकालकर नष्ट कर दिया था। पर डायरी-डिस्पैच में इसका जो हवाला था, अगर झा ने पेश कर दिया तो ? पहले तो सोचा था, कि किसी और से दूसरी रिपोर्ट लिखाकर नत्थी कर दे। किन्तु तब कोई पूछ सकता था कि जब झा की लिखावट में तमाम रिपोर्ट हैं, तब ये क्यों नहीं ?"[20]

भारत में उग्रवाद के इतिहास को देखने से यह तथ्य एकदम स्पष्ट उभरता है कि उग्रवादी गतिविधियों को बढ़ावा देने में विदेशी शक्तियाँ भी भरपूर रुचि लेती हैं। इसके पीछे उनके राजनैतिक और आर्थिक दोनों ही स्वार्थ होते हैं। उग्रवादियों को प्रशिक्षण देना ऐसे देशों की मुख्य नीति है, किन्तु जो देश अन्य मार्गों का अनुसरण कर सकते हैं, वे उनसे भी बाज नहीं आते। इसी सन्दर्भ में कुछ देश धार्मिक संगठनों का दुरुपयोग करते हैं और उग्रवाद को बढ़ावा देते हैं। कुछ अध्येताओं का मत है कि उग्रवादी गतिविधियों को बढ़ावा देने का कार्य ईसाई मिशनरियों ने बखूबी किया है। जबरीमल्ल पारख ने लिखा है "विश्व बैब्टिस्ट एलायंस की ओर से पादरी शिरोमणि आर. कुनविले के 'जन आन्दोलन से चर्च बढ़ता है' नामक पर्चे में समस्त मिशनरी संस्थाओं को निर्देश दिया गया कि ईसाई धर्म के प्रसार के लिए वे इन पृथक्तावादी आन्दोलनों में सक्रिय सहयोग करें। इन मिशनरियों की सहायता से सी.आई.ए. विश्व में क्या-क्या गुल खिला चुकी है, यह किसी भी आँखों से ओझल नहीं है, भारत के पूर्वोत्तरी अंचल में सी.आई.ए. के दाँत बहुत पहले से लगे हुए थे।"[21] इस उपन्यास में भी उग्रवाद में इन पादरियों की भूमिका दिखाने की कोशिश की गई है, "पोस्ट कमांडर परेशान था, क्योंकि बहती गंगा में एकाध मेडल वह भी हथियाना चाहता था। इंटेलीजेंस हवलदार परेशान था कि उसके चालाक होने की सारी ख्याति धूल में मिल रही थी। कहीं हवासिंह यह न मान बैठे कि वह सूचनाएँ यूँ ही दिया करता है जो मौके पर गलत साबित होती हैं। दिन भर वह दो बाडीगार्ड लिए गाँव में घूमता रहा। हर जगह हर तरह से हाथ-पाँव मारता रहा। पर सब बेकार। हारकर वह गाँव के पादरी के पास गया। वैसे पादरी के यहाँ जाना उससे अपेक्षित नहीं था। पादरी गाँव का सबसे सम्मानित व उतना ही मक्कार आदमी था। इसलिए उससे कोई बात जानने की उम्मीद रखना खामखयाली ही थी। पर हवलदार ने आखिरी प्रयास करना चाहा। सोचा कि सभी जानते हैं कि मिजोरम के इस विद्रोह

में इन पादरियों का बहुत हाथ है। चर्च के सहारे सी.आई.ए. यहाँ सक्रिय है। भले ही प्रशिक्षण उन्हें चीन में मिलता हो, धन व विचारधारा अमेरिका से ही आयात होती है।''[22]

यह भारत में संचालित उग्रवादी गतिविधियों में विदेशी हस्तक्षेप का प्रामाणिक और विश्वसनीय विश्लेषण है। साम्राज्यवादी और आर्थिक विस्तारवादी देश वैचारिक प्रभाव से दबाव बनाने के साथ ही धन तथा हथियार भी उग्रवादी संगठनों को उपलब्ध कराते हैं। इतना ही नहीं, जब सुरक्षाबलों के अभियान के कारण उग्रवादियों को परेशानी का सामना करना पड़ता है तो वे दूसरे देशों में ही शरण लेते हैं। यह पूरा परिवेश 'जहाँ बाँस फूलते हैं' में विद्यमान है। जब झा भूमिगत सरकार से मिलने जंगल जाता है। उसे जानकारी मितली है कि ''कोई टुकड़ी चीन प्रशिक्षण प्राप्त करने जा रही है...यह शान्ति-वार्ता से कम महत्त्वपूर्ण नहीं है। इस खबर को जल्दी-से-जल्दी सरकार को पहुँचाना जरूरी है।''[23] स्पष्ट है कि देश में उठनेवाले विद्रोह में बाह्य देशों विशेषकर पड़ोसी देशों की महत्त्वपूर्ण भूमिका है। विद्रोहियों को प्रश्रय देकर प्रशिक्षित किया जाता है। विद्रोहियों की कमर जब टूटने लगती है तो फिर वे दूसरे देशों में चले जाते हैं। इसी उपन्यास में ''भुचेङा ने देखा कि वाइयों की बड़ी लम्बी फौज रेंगती चली आ रही है। जाहिर था कि वाइयों से मोर्चा लेना अब बेवकूफी होगी। यह गुरिल्लों की अन्तिम सशक्त टुकड़ी थी। वर्णफूली पार कर जाने का मतलब था–स्वाधीनता लड़ाई की रीढ़ मिजोरम में भंग। पर कोई चारा नहीं था। बर्मा में जा अपनी बटालियनों को रीग्रूप करना अब अपरिहार्य हो गया था।''[24]

व्यक्ति के अन्तर में जब बदले की भावना जगती है तब व्यक्ति की कोमलता और भावुकता शीघ्र ही कठोरता और घृणा में परिवर्तित हो जाती है। इस भावना से प्रेरित होकर व्यक्ति अपने विरोधी या शत्रु के प्रति हिंसक हो उठता है और निर्दयतापूर्ण व्यवहार करने लगता है। उग्रवादियों और सैनिकों के बीच प्रायः इसी तरह का सम्बन्ध देखा जा सकता है। सैन्य बलों की दृष्टि में अपने ही देशवासी विद्रोही और शत्रु के समान हैं। उपन्यास में सेना के अधिकारी हवासिंह की निगाह में ''सभी मिजो–नर या मादा, विद्रोही थे।''[25] इस कारण वह सभी के साथ क्रूरतापूर्ण व्यवहार करता है और उसका यह व्यवहार उग्रवाद के विस्तार का एक कारण भी बनता है। ''फसल कटकर आई तो जंगल सरकार के प्राइवेट टैक्स उगाहने आए। हवासिंह उबल गया–उसकी नाक के नीचे आने की उनकी यह मजाल ? हुक्म दिया कि पूरे गाँव की तलाशी लो ! तलाशी का मतलब कौन नहीं जानता था। रुआलखूमा और गाँव बूढ़ा उनके पाँवों पर गिर पड़े–गाँव छोड़ दो। फिर भी हवासिंह ने गाँव सर्च करवाया–जरूरी था। कोई चालीस जवानों की टोली पूरी तरह हैवानियत पर उतारू हो गई। कुछ सिपाहियों ने दावों से घरों के चचरे काट डाले। बर्तनों को पीट-पीटकर तोड़ दिया। अनाज के भंडारों में पिसाब कर दिया, रसोई घर में टट्टी। घरों में बलात् घुसते सिपाहियों को देखकर औरतें एक घर से दूसरे घर में भागने लगीं। पकड़ में आ जाती तो अपने स्तनों और गुप्तांगों पर बूटों

की मार सहतीं। मर्दों ने संगठित होकर इसका विरोध करना चाहा तो उन पर अन्धाधुन्ध फायर हुआ।"[26] इसका प्रभाव यह पड़ा कि लोगों ने दूने उत्साह से टैक्स दिया। विद्रोह को दबाने के नाम पर पाशविकता के साथ छल भी किया जाता है। उपन्यास में सूबेदार का खूमा के प्रति व्यवहार यही दर्शाता है–

"खूमा ने काँपती हुई आवाज में बहुत धीमे से कहा, 'मेरे हाथ खोल दो।'

क्यों ?

एक मुक्त प्राणी की तरह मरने दो।

नहीं।

क्यों तुम वाई तो जानवर का भी पगहा खोल देते हो, मरने से पहले।

लेकिन तुम जानवर नहीं।

उससे बदतर हूँ। जो कँपकपी धीरे-धीरे उठ रही थी, वह जोर से उठी। खूमा का पूरा बदन ऐंठ गया, जैसे कोई ऐंठकर कपड़ा निचोड़ रहा हो। खूमा कटे पेड़ की तरह धम् से बैठ गया और आर्तनाद से पूरा जंगल गूँज उठा। उस आर्तनाद को सिपाहियों ने अपनी गोली की तड़-तड़ में डुबो दिया। जब विश्वास हो गया कि वह ठंडा हो गया है तो उसकी हथकड़ी खोलकर उसके हाथ में एक राइफल थमा दी गई।"[27] यह एक क्रूर किन्तु सामान्य रूप से घटनेवाली घटना है। इसी के बराबर क्रूर वह स्थिति है जिसमें निरपराध लोगों को घरों से भगा दिया जाता है और पूरे के पूरे गाँव आग के हवाले कर दिए जाते हैं। "टूटी-फूटी दुहलियान में गाँववालों को लगातार ललकार रहे थे कि इन घरों को खाली कर पिछली गली से जंगल की तरफ निकल जाओ, क्योंकि अब इनमें आग लगा दी जाएगी। अधिकांश लोग हिचकिचाते हुए ही सही, उनके हुक्म की तामील में घरों से बाहर आ-जा रहे थे।"[28]

इस क्रूर व्यवहार से सीधे-सीधे बदले की भावना जन्म लेती है। अत्यधिक पीड़ित सामान्य लोग भी हाथों में बन्दूकें उठा लेते हैं और अपने प्राणों की परवाह न करते हुए आतंकित करनेवाले सुरक्षा बलों पर टूट पड़ते हैं। उनके अन्दर प्रतिशोध का ऐसा ज्वार उठता है, जिसमें सब कुछ नष्ट भ्रष्ट हो जाता है। ऐसा एक दृश्य इस प्रकार है–"शुकवा तारा के क्षितिज के नीचे होते ही वे एक साथ फौजियों पर टूट पड़े। कहीं से मशीनगन खड़की और खामोश हो गई। कोई अस्सी सैनिक मारे गए और कोई बीस सैनिक लेफ्टीनेंट जयकान्त मिश्र के नेतृत्व में बन्दी बना लिए गए। कोई तीस-पैंतीस सैनिक अपंग-अधमरे हो कराहते रह गए। कोई डेढ़ सौ राइफलें, बीसियों मशीनगन, उतने ही छोटे हथियार और कोई टन भर गोला बारूद तथा कुछ घोड़े लुशाइयों के हाथ लगे। दूसरे दिन सभी टूटे-फूटे पहाड़ी रास्ते, जो विभिन्न गाँवों को जोड़ते थे, खोद डाले गए, लकड़ी व बाँस के छोटे-बड़े पुल तोड़ दिए गए। गाँव का गाँव युवकों-युवतियों और स्वस्थ बूढ़ों से खाली हो गया।"[29]

देश की रक्षा और सेवा का भार अपने कन्धों पर ढोनेवाली सेना या पुलिस द्वारा कई

बार स्त्रियों के साथ दुर्व्यवहार किया जाता है, जिससे आम जनता के मन में आक्रोश जन्म लेता है। यह जनविद्रोह और उग्रवाद का एक कारण भी बनता है। सुरक्षा बलों द्वारा उग्रवादियों को पहचानने और पकड़ने के लिए तलाशी के दौरान घर के पुरुषों को बाहर रोका जाता है, तब स्त्रियों के साथ प्रायः बलात्कार किया जाता है।[30] जब लोग अपनी बहन-बेटियों और समुदाय की स्त्रियों के साथ बदसलूकी देखकर भी कुछ नहीं कर पाते, तब भीतर ही भीतर उनके मन में घृणा-उभरती है और सत्ता के आततायियों से बदला लेने का एक ही मार्ग उनको दिखाई देता है और वह है, भूमिगत उग्रवाद का मार्ग। तब वे सुरक्षा बलों को अपना परम शत्रु मान, उनसे लड़ते हुए मरने-मिटने के लिए तैयार हो जाते हैं। इस तरह विद्रोहियों की संख्या में वृद्धि ही होती है। विद्रोही क्रियाओं की जो प्रतिक्रियाएँ होती हैं, उनमें फिर स्त्री ही अपमानित होती है। सेना या पुलिस भी अपने विरोधी पर वार करने के बजाय कमजोर स्त्री को ही शिकार बनाती है। एक गाँव में हवासिंह को साइलो की बेटी पसन्द आ गई तो उस गाँव में ''सर्च के दौरान अत्याचार कम हुआ। लोग हँसे, जब कोई दस दिन बाद कप्तान हवासिंह ने उसे कैम्प आने के लिए खबर भिजवाया। वह डरी सहमी कैम्प पहुँची। वापस गई तो हँस रही थी। हवासिंह ने फिर खबर भिजवाई तो आने से इनकार कर दिया। उसकी हँसी उड़ाती रही—भला वह भी कोई मर्द है। हवासिंह बार-बार खबर भिजवाता रहा, पर वह नहीं आई। एक रात उठवा लाया, एक सिपाही से अत्याचार करवाया। और देखकर पूरे समय आनन्द लेता रहा। हुक्मउदूली की मुकम्मिल सजा पाकर वह बुझ गई। गाँव छोड़कर चली गई।''[31]

यह पूरा प्रसंग सही मूल्यों में विश्वास रखनेवाले किसी भी व्यक्ति को बेचैन कर देनेवाला है। साइलो की बेटी अत्याचार का शिकार होकर गाँव छोड़ गई, लेकिन इस अत्याचार से प्रतिशोध का जो भाव पहले ही फूट गया था, वह कभी गाँव नहीं छोड़ता। और फिर, इस पूरे अत्याचार में स्त्री की जो दुर्दशा हुई, वह तो अन्ततः उग्रवाद को ही बढ़ावा देनेवाला है। दुर्भाग्य की बात है कि इसके बावजूद सुरक्षा बल ऐसी गतिविधियों से बाज नहीं आते। जब फिर कभी अवसर मिलता है, तो वे भूखे भेड़ियों की भाँति औरतों पर टूट पड़ते हैं। ऐसा एक प्रसंग ध्यान आकर्षित करता है—''सिपाहियों ने ऊपर से नीचे तक उसका निरीक्षण किया। वह जैसे ही खड़ी हुई, एक ने बढ़कर उसका हाथ पकड़ लिया। वह दाँत पीसकर रह गई। तब तक दूसरे सिपाही ने लपककर उसकी कमर पकड़ उसे ऊपर उठा लिया और बगल के अँधेरे कमरे की तरफ ले जाने लगा। वह चिल्लाने के साथ-साथ हाथ-पाँव चलाने लगी।''[32]

उग्रवाद और आतंकवाद को बढ़ाने में अन्य सभी कारणों की अपेक्षा सत्ता का जनता के साथ व्यवहार अधिक महत्त्वपूर्ण है। हमें ध्यान देना होगा कि राजनीतिक सत्ता का अपना एक चरित्र होता है, जिसमें विचार की भूमिका हमेशा ही गौण रहती है। राजनीतिक सत्ता किसी भी समस्या को सबसे पहले उपेक्षा की दृष्टि से देखती है, फिर

शक्ति का प्रयोग करके उसे निबटाना चाहती है। विचार और समझौते की प्रक्रिया बहुत देर में शुरू होती है, तब तक किसी भी समस्या का हल हाथ से निकल चुका होता है। भारत के विभिन्न क्षेत्रों में उग्रवाद और आतंकवाद की जो समस्या वर्तमान में विद्यमान है उसके साथ भी राजनीतिक सत्ता का ऐसा ही व्यवहार रहा है। प्रारम्भ में जन असन्तोष को नितान्त उपेक्षणीय ही माना गया था। जब जनता का क्षोभ सत्ता के सामने सीना तानकर खड़ा होने लगा तो उपेक्षा के स्थान पर सत्ता ने भी ताकत का इस्तेमाल शुरू किया। जन असन्तोष को दबाने के लिए पहले पुलिस की बन्दूकें सामने आईं। इससे खुलेआम सड़कों पर विरोध प्रदर्शन करनेवाले लोग भूमिगत हो गए। वहाँ रहते हुए प्रतिरोध बन्दूक से ही किया जा सकता था। जब बन्दूक उठी तो उसके सामने सत्ता ने सैन्य बल की बन्दूकें खड़ी कर दीं। यहाँ से समस्या बढ़ती चली गई; क्योंकि यह आतंकवाद को कुचलने के लिए प्रतिआतंकवाद को जन्म देने की कोशिश थी।

भारत वर्ष में सैन्य संगठन का इतिहास इस बात का साक्षी है कि हमारे सैन्य बलों का चरित्र साम्राज्यवादी-उपनिवेशवादी अंग्रेजों ने निर्मित किया था। उन्हें अपनी राजनीतिक सत्ता को चिरकाल तक बनाए रखना था; इसलिए भारत की आम जनता के प्रति उनके हृदय में कोई सहानुभूति नहीं थी। उनका एक ही लक्ष्य था, जनप्रतिरोध को बन्दूक से दबाकर साधारण लोगों के मन में ऐसा भय उत्पन्न कर देना कि वे अंग्रेजी शासन के विरुद्ध सपने में भी प्रतिरोध की कल्पना न कर सकें। 1857 के स्वाधीनता संग्राम को कुचलने से लेकर जलियाँवाला बाग कांड तक अंग्रेज इसी नीति पर चलते रहे। भारतीयों को गोलियों का शिकार बनाने में बन्दूकें अंग्रेजों की थीं, किन्तु उन्हें चलानेवाले हाथ हिन्दुस्तानी थे। इन हाथों को मजबूत बनाए रखने के लिए सैन्य बल की नियुक्ति, सेवा शर्तें, पुरस्कार एवं प्रशिक्षण का सम्पूर्ण ढाँचा उसी रूप में निर्मित किया गया था। स्वाधीन होने के बाद इस ढाँचे को आमूल-चूल बदल डालना अनिवार्य था, किन्तु दिखावे के छोटे-मोटे सुधारों को छोड़ दिया जाए, तो इस दिशा में कोई दूरदर्शितापूर्ण ठोस कदम नहीं उठाया गया। परिणाम यह है कि हमारे पुलिस और सैन्य बल का मूल चरित्र आज भी औपनिवेशिक दासता से ही परिचालित है।

इसका पहला प्रमाण है, कानून और व्यवस्था बनाए रखने के लिए उत्तरदायी पुलिस और सैन्य बल का सन्देह की मानसिकता से ग्रस्त होना। यह अकारण नहीं, कि हमारे सैन्य बल आतंकवाद से ग्रस्त क्षेत्र की सामान्य जनता को भी आतंकवादी ही समझते हैं। यहाँ तक कि यदि उन्हें जंगल में लकड़हारे भी मिल जाएँ तो वे भी आतंकवादी ही माने जाते हैं। इसका एक प्रसंग इस प्रकार है—''दढ़ियल ने हाथ उठाए ही लात से आरी, कुल्हाड़ी, बसूली, दाव आदि सरका दिया और आँखों में करुणा भर अपनी आवाज यथासम्भव दयनीय बनाते हुए बोला, 'देखिए साहब ! यही हमारे हथियार हैं। हम लकड़ी काटनेवाले हैं। हाँ साहब ! हम लकड़ी काटनेवाले हैं। 'हवासिंह की स्पष्ट चीख हवा में तैरी। उसकी प्रतिध्वनि से पूरा वातावरण काँप गया। पाँचों को हुक्म हुआ हाथ उठाए ही बाहर आने का। वे पाँचों एक-एक मन का भारी पाँव लिए बाहर आए

तो कुछ सिपाही झोपड़ी में घुस गए। चप्पा-चप्पा छान मारा। पर लकड़ी काटने के औचार व खाना बनाने के बर्तनों के अलावा कुछ न मिला। उनकी तलाशी ली गई तो सुर्ती, तुइखुर और ताश की गड्डी के अलावा कुछ न मिला। हवासिंह ने भरसक नरम होते हुए कहा, "तुम्हारे हथियार कहाँ है ? दढ़ियल ने कहा, 'सच हुजूर हमारे हथियार यही हैं।' 'तुम्हारे अन्य साथी कहाँ हैं ? हम सब साथी यही हैं। हम पाँच ही चले थे।"[33] यह आतंकवाद के विरुद्ध प्रतिआतंकवाद है, जिसे राजनैतिक सत्ता के हाथ में खेलनेवाली कानून व्यवस्था की मशीनरी निर्भय होकर संचालित करती है। इसका रूप बड़ा भयावह है। मौका मिलते ही साधारण लोगों को मौत के घाट उतार दिया जाता है। इसका परिणाम भी भयावह है। जो लोग साधारण जीवन व्यतीत कर सकते थे, वो प्रतिशोध की भावना से भरकर आतंकवादी रास्ता पकड़ लेते हैं।[34]

सैन्य बल साधारण लोगों की वस्तुओं पर भी अपना हक जमाते हैं। छानबीन के नाम पर जब ये गाँवों में घुसते हैं, जबरदस्ती खाना बनवाते हैं और बिना पूछे ही उनके पशुओं को मार डालते हैं।[35] जब तलाशी अभियान शुरू होता है, तो उस तलाशी का दृश्य कुछ इस प्रकार होता है–"हवासिंह ने गुस्से में ओठ काट लिया। एक-एक घर की तलाशी लेने का हुक्म दिया। एक टुकड़ी गाँव घेरे रही। दूसरी तलाशी लेने लगी। और तलाशी के दौरान बर्तन फोड़ दिए गए, सन्दूक तोड़ दिए गए। रुपए हथिया लिए गए। मुर्गों की गर्दनें ऐंठ डाली गईं। गाय-सुअर मुक्त कर दिए गए। प्रौढ़ाओं के कपड़े फाड़ दिए गए, मर्दों की बुलबुली हिलाकर कुंदों से पीट दिया गया। जानवरों की डकार और मनुष्यों की चीत्कार में कोई मूलभूत भेद नहीं होता–इसे वे तमाम लोग जान पाए जो इस स्थिति से गुजरे। लोगों को घसीट-घसीटकर मैदान में लाया गया। सोते मासूम बच्चे, अस्सी साल के कमजोर बीमार बूढ़े, नुची प्रौढ़ाएँ, पिटे युवक। फिर गाँव में आग लगा दी गई। बिलखते युवकों की मुट्ठियाँ भिंच गईं। औरतें अपने घरों की ओर दौड़ पड़ीं। बच्चे खामोश हो मुँह खोल दिए। बूढ़े लाश की तरह लाहरकत हो गए। नुकीली संगीनों और भारी बूटों के तले उनकी आत्मा पर एक धब्बा लगकर रह गया।"[36]

तलाशी की सूचना मिलते ही सबसे पहला प्रभाव यह होता है कि सभी किशोर इधर-उधर भाग जाते हैं। घर पर वृद्ध और महिलाएँ रह जाती हैं। किशोर इसलिए भाग जाते हैं, कि उन्हें पहली ही नजर में आतंकवादी न समझ लिया जाए, क्योंकि यदि ऐसा हुआ तो उनकी खैर नहीं। जब-जब साधारण लोग सैन्य बलों की तलाशी के दौरान उनके सामने पड़ते हैं तो उन्हें अनेक अत्याचारों का सामना करना पड़ता है। कई बार नई उम्र के लोग इतने क्षुब्ध हो जाते हैं कि वे सैन्य बलों को खरी-खोटी सुना डालते हैं। वे भूल जाते हैं कि कथन समाप्त होते ही उन्हें भी मृत्यु का शिकार हो जाना पड़ेगा। यह दृश्य कुछ इस प्रकार होता है–"मुच्छड़ ने उन्हें तुरन्त कतार में खड़ा होने का हुक्म दिया। दढ़ियल की बगल में वे हाथ उठाए-उठाए ही कतार में खड़े हो गए। जो सबसे कम उम्र का था, बोला–"एक लुटेरा दूसरे लुटेरे का पता पूछता है और बीच में हम बेगुनाहों की जान लेता है। अरे दे दे एक बार अपनी राइफल और तब हमें गोली मार।

हवासिंह कड़का, 'क्या कहा ?' और उसके रिवाल्वर से ठंडा लोहा आग उगल पड़ा। दो गोलियों के दन्नाटे के साथ एक चीख गूँजी और एक मर्द तड़पकर ठंडा हो गया।"[37]

यह सत्ता के आतंकवाद, उग्रवाद–अर्थात् प्रतिआतंकवाद का नंगा चेहरा है। यह चेहरा कानून और वैधानिक अधिकारों का मुखौटा लगाकर अत्याचार करता है। जब कभी इसे हानि पहुँचती है तो अत्याचार के शिकार लोग मन ही मन प्रसन्न भी होते हैं।[38] यह प्रसन्नता सही अर्थों में सत्ता की पाशविकता को दंड दिए जाने से उत्पन्न साधारण आदमी की प्रसन्न्ता है। यह अलग बात है कि प्रतिआतंकवादी पाशविक सत्ता इतने पर भी सोई रहती है। उसका स्वभाव ही ऐसा है। जो सत्ता विचार पर नहीं टिकती, वह हमेशा अपनी किशोर पीढ़ी को मारकर और स्त्रियों पर बलात्कार करके सो जाती है। फिर अचानक जगती है और अत्याचारों का सिलसिला शुरू हो जाता है। इन अत्याचारों की सीमा में साधारण जनता तो आती ही है, विशिष्ट लोग भी इसकी आग में झुलसने से नहीं बचते। हवासिंह एक पादरी को पकड़ लेता है और उग्रवादियों का पता बताने के लिए बाध्य करता है। उसके कोई भी सूचना देने में असमर्थ रहने पर उस पर जो अत्याचार ढाया जाता है तथा उसका जो परिणाम निकलता है, वह उपन्यासकार के शब्दों में–"उसने पादरी को पाँच मिनट का मौका दिया कि वह सोच-विचार कर विद्रोहियों का पता बता दे। पादरी ने पाँच मिनट भीतरी बेचैनी और बाहरी धैर्य से बिताया। गाँववालों ने अनजाने भय और कुतूहल से बिताया। पाँच मिनट बीत गए तो हवासिंह ने कहा, 'पादरी, तू ऐसे नहीं तो क्या वैसे बताएगा ?' पादरी ने ओठ फड़काते हुए कहा, "और कैसे बताऊँगा ?" हवासिंह ने खामोश गुफा में गम्भीरता से कहा, "ऐसे बताओगे, ए सूबेदारजी ! इसका लिंग चीरकर उसमें नमक भर दो।" गाँववाले अवाक् रह गए। चार-पाँच जवान पादरी पर टूट पड़े। पटककर लिंग चीर दिए। पादरी जिबह हो रही गाय की तरह डकारता रहा, हाथ-पाँव पटकता रहा।

दर्शकों की आँखों में आँसू भर आए। हवासिंह के चेहरे पर मुस्कान की लाली दौड़ गई। जवानों के चेहरे निर्विकार व खामोश बने रहे। किन्तु हवासिंह को कुछ हाथ न लगा। हाँ, बात खेतों तक गई तो सुना गया कि कुछ जवान गाँव नहीं लौटे।"[39]

प्रतिआतंकवादी सत्ता का चरित्र न जनता के मानस को समझता है न विवशता को। यदि यथार्थ स्थिति देखी जाए तो अनेक बार ऐसे प्रसंग भी सामने आते हैं, जब किसी बहकावे में आकर या जोखिम उठाने के रोमांच को अनुभव करने के लालच में कोई युवा आतंकवादी दलों में शामिल हो जाता है। जंगल के रास्ते पर जाने से पहले अज्ञात शक्तियाँ उसके मन में अनेक सपने बो देती हैं। ये शक्तियाँ ही उसे स्वतन्त्रता, अधिकार, स्वाभिमान, कर्त्तव्य, त्याग, आदर्श जैसे भारी भरकम शब्दों में छिपे पाठ पढ़ाती हैं। परिणामतः वह जंगल की ओर चला जाता है। वहाँ पहुँचकर उसे जो यथार्थ मिलता है, वह पहले दिए गए सपनों और आदर्शों से कोई मेल नहीं खाता, तब वह उस जीवन से मुक्ति पाना चाहता है। प्रश्न यह है कि क्या उसके लिए ऐसा करना सम्भव है ? नहीं ! यदि वह आतंकवाद का रास्ता छोड़ने को तैयार भी हो जाए तो उसके सामने

एक ओर कुआँ होता है, दूसरी ओर खाई। उग्रवादी दल उस युवक की इच्छा का पता लगते ही उसके शत्रु हो जाते हैं। उधर कानून व्यवस्था की रखवाली सत्ता उसे कभी भी साधारण व्यक्ति नहीं मानती, उसके लिए वह हमेशा उग्रवादी ही बना रहता है। यहाँ तक कि समर्पण करने और पुनर्वास पाने के बाद भी उसके माथे पर उग्रवादी की पट्टी चिपकी ही रहती है। प्रश्न यह है कि क्या ऐसे व्यक्ति के समक्ष सहज जीवन का कोई मार्ग बचता है ? उत्तर स्वयं उपन्यासकार के शब्दों में–''जोबा उन सैकड़ों जवानों में से था, जो यौवन की उमंग में जोखिम भरी सनसनीखेज जिन्दगी बिताने के लिए एम.एन.ए. में चले जाते हैं। पर वहाँ की तंगी और मानवेत्तर परिस्थितियों की जिन्दगी देख पछताते हैं। और फौज की निगाह में जो एक बार विद्रोही वह जीवनपर्यन्त विद्रोही। परिणाम यह कि जो विद्रोही वह भी विद्रोही और जो विद्राही नहीं, वह भी विद्रोही। जो शान्ति का रास्ता पाना चाहे, उसके लिए कोई रास्ता नहीं।''[40]

हम यह अच्छी तरह समझते हैं कि उपन्यासकार ने प्रतिआतंकवाद का जो यथार्थ चित्रित किया है, वह सारे देश में उग्रवाद और आतंकवाद की जड़ों को निरन्तर खाद-पानी देनेवाला सबसे बड़ा कारण बना हुआ है। मिजोरम–जिसके बहाने उपन्यासकार ने उग्रवाद और आतंकवाद की समस्या को सशक्त ढंग से चित्रित किया है–ही नहीं, मणिपुर, नागालैंड, असम, त्रिपुरा और देश के अन्य सभी भागों में उग्रवाद की जो समस्या चुनौती बनी हुई है, उसे सत्ता और उसके नियन्त्रण में काम करनेवाले सैन्य बलों के माध्यम से जारी प्रतिआतंकवाद को समझे बिना हल नहीं किया जा सकता। उपन्यासकार के इस चित्रण का अन्तर्निहित पाठ यह है कि उग्रवाद और आतंकवाद का उत्तर आतंकवाद नहीं हो सकता।

जनता में जब असन्तोष बढ़ता है तभी विद्रोह पनपता है। इन विद्रोहियों के संगठन बनते समय कुछ सिद्धान्त सामने रखे जाते हैं, जिनमें जनता की ही भलाई को लक्ष्य बनाया जाता है, परन्तु ये संगठन दीर्घकाल तक अपने आदर्शों पर टिके नहीं रह पाते और धीरे-धीरे जनता के शोषण या आम आदमी पर ही अत्याचार करनेवालों के रूप में उभरने लगते हैं। वैधानिक सत्ता हो या भूमिगत सरकार दोनों के बीच आम आदमी ही पिसता है। एक तरफ विद्रोही है जो किसी के भी घर में घुसकर मनमाना व्यवहार करता है। इसका विरोध करने की हिम्मत किसी भी आदमी में नहीं होती। उधर इन विद्रोहियों को आश्रय देना कानून की दृष्टि में अपराध माना जाता है। इसकी जानकारी मिलने पर विद्रोहियों के साथ पनाह देने के जुर्म में आम आदमी को दंडित भी किया जाता है।

विद्रोहियों के संगठन व्यवस्था में परिवर्तन लाने के लिए जनता का सहयोग चाहते हैं; पर उन परिवर्तनों से स्वयं ही लाभ उठाने का प्रयत्न करते हैं। भारतीय सरकार के कानूनों के बीच आम आदमी की सही स्थिति का अन्दाजा उपन्यास के इस प्रसंग से लग जाता है। ''अकसर खामोश रहनेवाला बूढ़ा खूब समझा। वाई हमारी परम्परा तोड़े

या जंगल की सरकार बनाए रखे–दोनों हमारी कीमत पर होगी। उनकी कीमत पर नहीं। दोनों पहले अपना पौ बारह करेंगे–एक हमारा शोषण करे, दूसरा हमें बेवकूफ रखे।''[41] आम आदमी के मन में सदैव सत्ता और उग्रवाद दोनों का आतंक बना रहता है। इस उपन्यास में इस प्रसंग के माध्यम से इसकी अभिव्यक्ति हुई है। ''खबर मिली होस्टाइल अपना छठवाँ हिस्सा वसूलने आए हैं। कप्तान हवासिंह जल गया। उसकी नाक के नीचे आ जाएँ ? उनकी यह मजाल ? हुक्म दिया 'पूरे गाँव की तलाशी लो' रुआलखूमा ने सुना तो दहल गया। वह तलाशी का मतलब खूब समझता था : नकदी की लूट, जानवरों की छूट, बेगुनाहों पर बूट और युवतियों की छातियों पर मूँठ। वह भागकर प्राइवेटों के पास पहुँचा। गिड़गिड़ाया, 'यह गाँव छोड़ दो। कुछ अपने बचाव में, कुछ रुआलखूमा के प्रभाव में वे गाँव छोड़कर चले गए और जाते-जाते बोल गए 'टैक्स नहीं पहुँचा तो खूमा और गाँव बूढ़ा को बोटी-बोटी काट दिया जाएगा।''[42] खूमा की स्थिति यह है कि इधर कुआँ तो उधर खाई। और यही प्रत्येक व्यक्ति की स्थिति है। बागी और सुरक्षा बल दोनों ही एक-दूसरे को परम शत्रु मानकर एक-दूसरे को हानि पहुँचाने में लगे रहते हैं, जिसमें फँसकर आम आदमी ही मारा जाता है। गाँव में जब सैनिक घुस आते हैं, तब साङा घर-घर घूमकर सबसे कहता है, 'यही मौका है, मार दो सबको।' 'पर कल क्या होगा ?' 'कल की कल देखी जाएगी। आज तो पाँच भारतीय जवान पथियानरमा जाएँ।' पर फौज तो कत्लेआम मचा देगी। वह तो ऐसे भी करेगी। बस अन्तर इतना होगा कि हमारे सब मारे जाएँगे, उनका एक भी नहीं।''[43] स्पष्ट है कि दोनों ही घात-प्रतिघात का कोई मौका हाथ से नहीं जाने देना चाहते। चाहे इसके लिए झूठ का सहारा ही क्यों न लेना पड़े। यह प्रवृत्ति झूठ के दुष्परिणाम को नहीं गिनती। उसे इस बात की चिन्ता नहीं होती कि अपने थोड़े-से स्वार्थ के लिए बोला गया झूठ कुछ लोगों के प्राणों का विनाश भी कर सकता है। इस झूठ के चलते फर्जी मुठभेड़ें होती हैं और इसी के चलते रोजी-रोटी की चिन्ता में जंगलों के ख़ाक छानते असहाय लोगों को मार डाला जाता है। यही एक हवलदार ने किया। उसने स्वार्थवश गलत सूचना देकर साधारण व्यक्तियों को मरवा डाला; क्योंकि ''हवासिंह ने स्पष्ट सहेज रखा था कि उसे किसी भी हालत में बागियों की रिहाइश की खबर लानी है, अन्यथा उसकी वार्षिक छुट्टी निरस्त कर दी जाएगी। इंटेलीजेंस हवलदार को छुट्टी जाना ही था। उसे पत्नी के गुलाबी होंठ और प्यासी आँखें बार-बार याद आ रही थीं। याद आ रहे थे वे छोटे-छोटे बच्चे जो सालभर पहले दौडकर सीने से लग जाते थे, किन्तु आज–साल भर के अन्तराल के बाद शायद पहली नजर में उसे पहचान ही न पाएँ; रोज प्रतीक्षारत रहने के बावजूद। तभी उसने सुना, कोई कह रहा था–सब्जी की कमी हो गई है तो पुराने झूम की तरफ जाना चाहिए। आजकल मणिपुरी लकड़हारे उसी से काम चला रहे हैं। लम्बी-लम्बी साँसें ले रहा वह हवलदार मुस्करा उठा। उसकी आँखों में एक फर्जी चमक टिमटिमा उठी।''[44]

जिसका डर था वही हुआ। पाँच लकड़हारे उग्रवादी मानकर मार डाले गए। यह सत्ता का अत्याचार है, जो आम आदमी को निगलने में कोई संकोच नहीं करता। यह

कोई छिपी बात नहीं है कि उग्रवाद और उसके मुकाबले खड़ी शासन की शक्ति यदि किसी को कुचल रही है तो साधारण लोगों को, इसमें गाँव के गाँव उजड़ रहे हैं। ऐसा ही एक चित्र आगे है–"खम्भे से आगे कोई दो मील की दूरी पर अभी भी कुछ घर दिख रहे थे, जिससे आभास होता था कि यह कभी एक समृद्ध गाँव रहा होगा। खाली घर खाली मलबे की तरह थे, जिन्हें समय नहीं, आदमी ने खा लिया था। किसी की दीवार गायब थी तो किसी की छत, किसी का फर्नीचर तो किसी का फर्श। लगता था कि अन्धे लोगों ने तात्कालिक जरूरत के लिए जो भी लेना चाहा, बिना कल का ध्यान रखे नोच लिया था। इन्हीं मलबों में कुछ आबाद घर भी बिखरे पड़े थे, जिनकी चिमनियों से निकलता धुआँ उनके जीवित होने का एक मात्र प्रमाण था।"[45]

उग्रवाद के दर्शन और उसके यथार्थ का अन्तर्विरोध

कोई भी विद्रोह असन्तोष, अन्याय और शोषण के विरुद्ध जन्म लेता है। जब समाज में व्याप्त बुराइयों के विरुद्ध लड़ने के लिए कोई संगठन उभरता है तो वह त्याग की भावना से प्रेरित होता है। उसमें समाज की तमाम बुराइयों के विरुद्ध लड़ने का एक जुनून होता है। स्वार्थ का वहाँ कोई स्थान नहीं होता बल्कि उसके सदस्य परार्थ के लिए अपना सुख-चैन, घर-बार छोड़ने के लिए तत्पर दिखाई देते हैं। छिपते-छिपाते, हर क्षण खतरे से घिरे रहनेवाले ये विद्रोही समाज का भला करते-करते कई बार ऐसे निर्णय भी ले लेते हैं जो उनकी दिशाहीनता को प्रमाणित करते हैं। समाज के असामाजिक तत्वों को अपने ढंग से दंडित करने की जिम्मेदारी भी ये ले लिया करते हैं, जिसका सीधा-सीधा हिसाब गोली मार देना होता है। ये नहीं सोचते कि जीवन देना इनके बस में नहीं तो उसे लेने का भी उन्हें कोई हक नहीं। पर हथियार हाथ में लेकर एक तरह से ये अपना ही कानून चलाते हैं और यही इनके दिशाहीन होने का प्रमाण है। इसके चलते उग्रवादी नेतृत्व यह भूल जाता है, कि उसने कभी किसी विशेष मार्ग के अनुसरण की शपथ उठाई थी। अन्याय का विरोध करने के लिए जब कोई स्वयं भी अन्याय ही करने लगे तो उसकी दिशाहीनता को समझा जा सकता है। उपन्यास में उग्रवादी संगठन द्वारा ऐसे लोगों को मारने की कोशिश की जाती है, जिन्हें उनके निशाने पर नहीं होना चाहिए था। ऐसा बिना सोचे-समझे किया जाता है, जो किसी भी क्रान्तिकारी प्रयास के दिशाहीन होने का पहला संकेत है। साइकिया के साथ हुआ हादसा ऐसा ही है। "दहशत से साइकिया को पेशाब छूट गया। रोता हुआ बोला, 'हमें क्यों मारते हो ?' 'हमें ऐसा ही हुक्म है।' 'किस जुर्म के लिए ?' 'जुर्म पूछते हो ? जोरमी !" "पर मैंने तो कुछ किया नहीं। वह तो इना...।' 'हमें सिविंट के हेड को मारने का हुक्म है।' 'किन्तु वह तो मैं हूँ नहीं।' 'आजकल तुम्हीं हो।"[46]

सामान्यतः उग्रवाद का दर्शन क्रान्ति के माध्यम से साधारण जनता की जिस मुक्ति की वकालत करता है, वह व्यवहार में असम्भव ही होती है। उग्रवाद अपने विस्तार

के लिए मुक्ति की व्यापक भूमिका बनाने के उद्देश्य से शब्दों का भारी खिलवाड़ कर सकता है। इसमें उग्रवादी क्रान्ति के माध्यम से पाने के लिए सब कुछ होता है। जो नहीं होता वह है, जीवन में आनेवाली कठिनाइयों का लेखा-जोखा और अकसर उग्रवाद के मार्ग पर चलनेवालों के भौतिक जीवन की अवमानना का संकेत। वास्तविकता यह है कि उग्रवाद के मार्ग पर चलनेवालों के जीवन का अन्त भयावह होता है। सैन्य बलों की गोलियाँ तो इनकी प्रतीक्षा करनी ही हैं प्राकृतिक आपदाएँ भी उनकी बाट जोहती रहती हैं। जब कभी बर्फीले तूफान उनके प्राण छीन लेते हैं और शरीर को जमा देते हैं, तो उन्हें अन्तिम संस्कार का गौरव भी नहीं मिलता। यह भविष्य के जीवन की भव्यता की प्रतीक्षा में वर्तमान जीवन की अभिशाप भरी अवमानना है। इससे साक्षात्कार हो जाए तो उसी मात्रा में हताशा, पश्चाताप और मानसिक क्षोभ का उत्पन्न होना भी स्वाभाविक है। एक उग्रवादी के ऐसे ही भयावह अन्त पर दोला का क्षोभ उबल पड़ता है—दोला उठा, भुचेङा का कन्धा थपथपाया और बोला, "यह सब परसों रात के बर्फीले तूफान की देन है; जो जहाँ था, वहीं जम गया। उससे लाश को चित् उलट दिया। फिर पाँव से पकड़कर सिर की तरफ इशारा कर भुचेङा से बोला, "इसे भी उसी के पास ले चलो।' फिर जोड़ा चुप रहकर जैसे बुदबुदाया 'इन्हें ठीक से कब्र भी नहीं दे सकते।"[47]

स्वस्थ भावी समाज की कल्पना करके, विद्रोही अपना जीवन तक उत्सर्ग करने के लिए तैयार रहते हैं। ये कुछ सिद्धान्तों के अनुसार कार्य भी करते हैं, परन्तु मनुष्य होने के नाते मनुष्य की सारी कमजोरियाँ इनमें भी मौजूद रहती हैं। उस दशा में जब स्वार्थ व्यक्ति पर हावी हो जाता है तो सारे सिद्धान्त धरे-के-धरे रह जाते हैं। व्यक्ति अपना लाभ कमाने या स्वार्थ सिद्धि में लग जाता है। परिचित के दबाव में आकर वह बागी तो बन जाता है, परन्तु अपनी कमजोरियों पर उसका बस नहीं रहता। ऐसा व्यक्ति उन आदर्शों को भूल जाता है, जो उसे अब तक परिचालित करते रहे हैं। विशेष रूप से आर्थिक उपलब्धियों के सन्दर्भ में इन संगठनों में शामिल व्यक्ति भी अपनी ईमानदारी और कर्तव्य निष्ठा को एक ओर सरका देते हैं तथा धन के पीछे दौड़ने लगते हैं। इस प्रवृत्ति ने उग्रवादी संगठनों की उन घोषणाओं को भी निर्मूल कर दिया है जो तथाकथित जनमुक्ति से जुड़ी हुई थीं। ऐसा लगता है जैसे धन का मुँह देखते ही विद्रोह के विचार कुन्द पड़ गए हों। विडम्बना तो यह है कि यह स्वार्थी प्रवृत्ति अपने ही जैसे लोगों के विरुद्ध खड़ा होने को भी बाध्य कर देती है, जब स्टेट बैंक का कोषागार टूटता है तो लूट में शामिल लोग साङा पर ही रायफल तान देते हैं—"असम राइफल्स की कोत टूटी तो इन लोगों ने चलने-चलने भर का कारतूस टोकरियों में भर लिया, और एक-एक राइफल कन्धे से लटका लिया। भंडार टूटा तो कुछ ने रसद लूटा, कुछ ने कपड़े। साङा को बुरा लगा पर क्या करता ? सोचा कि राइफल और बुलेट आज नहीं तो कल काम आएँगे। भुखमरी है तो लोग कुछ दिन अन्न खा लेंगे, कपड़े पहन लेंगे। पर जब स्टेट बैंक का कोषागार टूटा तो नोटों की लूट देखी न गई। वह राइफल तानकर खड़ा हो गया, 'कोई भी नोट लेकर घर गया तो अच्छा नहीं होगा। यह गोली उसके सीने में उतार

दी जाएगी।' कुछ स्वयंसेवक दंग रह गए। पर लूटनेवाले भी उन्हीं के घरों के थे। उन्होंने भी साङा के ऊपर राइफल तान दी, 'गर टोका तो बड़ा बुरा होगा।''[48]

उग्रवाद के विस्तार में जहाँ सुरक्षा बलों या सेना द्वारा स्त्री-शोषण प्रमुख कारण है, वहीं उग्रवादियों द्वारा भी वे समय-समय पर इस्तेमाल होती रही हैं। बन्दूक के डर के कारण स्त्री उग्रवादियों का विरोध भी नहीं कर पाती। ''वैधानिक सरकार के प्रतिनिधि हों या जंगल की सरकार के, वह सबके लिए सबसे सुलभ शिकार होती है, जो जब चाहता है, तभी उसे ओढ़ता-बिछाता है। वह किसी का सही प्रतिरोध नहीं कर पाती, बस अपना सब कुछ एक-एक कर खोती जाती है–सम्मान से लेकर सन्तान तक।''[49] अनेक स्त्रियाँ आज उग्रवादियों के अत्याचार से पीड़ित हैं। हाल ही की एक घटना में दक्षिण त्रिपुरा के अमरपुर जिले के सब-डिवीजन में उग्रवादियों ने सामूहिक रूप से एक आदिवासी लड़की का बलात्कार किया। इसके बाद उसे एक पेड़ पर लटका दिया मरने के लिए। ऐसे तमाम बलात्कार सम्बन्धी केस सामने आते रहते हैं, जिनमें आदिवासी स्त्रियों को भूमिगत उग्रवादियों द्वारा छेड़ा गया या बलात्कार किया गया। ऐसा भी हुआ है कि स्त्रियों द्वारा विरोध करने पर उन्हें मार डाला गया।[50] कुछ भी हो, अत्याचार हमेशा स्त्री को ही सहना पड़ता है। जोरमी इसका जीता जागता उदाहरण है–''उसे अपना यौवन, अपना बचपन, अपनी पूरी जिन्दगी आँखों में घूम गई, जिसमें कहीं भी सुख नहीं था। भोगेन्द्र झा ने उसकी जिन्दगी इस तरह से चौपट की कि वह नर्क के दलदल में फँसती चली गई। लालदोला ने इसका फायदा उठाकर पहले बागियों के कैम्प में मनोरंजन के लिए रखा और नसीब ने अब उसे कोठे पर बिठा दिया है।''[51] और कामी केवल भोग्या है। बदले की भावना से प्रेरित होकर कामी उग्रवादी संगठन में शामिल होने के लिए चल देती है, पर वह विद्रोहियों के कैम्प में भी प्रयोग की वस्तु ही बनकर रह गई, ''पूरा सेक्सन दिन भर उसके इर्द-गिर्द चक्कर काटता और रात होते ही कोई-न-कोई उसे आगोश में ले लेता। सभी भूखे थे–कोई महीनों से, तो कोई वर्षों से, किन्तु वे खाने पर एक साथ नहीं टूटते। अपनी बारी का इन्तजार करते और मौका मिलने पर वे अपनी तृप्ति से अधिक कामी की वृत्ति का ख्याल रखते और मन ही मन खूमा को दुआ देते इस इन्तजाम के लिए। और कामी रोज यही नापती कि इस सुख की गहराई कितनी है ? है भी कि नहीं ? उसे कैम्प में मर्द बदलने की ऐसी आदत पड़ी कि जीवन भर वह किसी एक मर्द से सन्तुष्ट होकर न रह पाई।''[52]

इस प्रसंग से तीन महत्त्वपूर्ण बातें सामने आती हैं। एक उग्रवादी दर्शन और व्यवहार का अन्तर्विरोध, दूसरी मुक्ति के लिए काम करनेवाले उग्रवादियों द्वारा ही स्त्री जाति का अपमान और तीसरा बर्बर व्यवहार द्वारा स्वयं स्त्री को यौन नैतिकता भूलने पर विवश कर देना। ये तीनों ही बातें दूरगामी प्रभाव दर्शानेवाली हैं।

व्यक्ति जब अपने ही जैसे लोगों को बन्दूक हाथ में लेकर रौब गाँठते देखता है तो उसे आन्तरिक रूप से प्रेरणा मिलती है। वह कुछ परिस्थिति, कुछ जिज्ञासा, कुछ

बदले की भावना तथा कुछ अपना बड़प्पन दिखाने के लिए उग्रवादियों के संगठन में शामिल हो जाता है। इस संगठन में विद्रोही मर्जी से तो आता है, पर मर्जी से लौट नहीं सकता। संगठन छोड़ने या पुनः आम जिन्दगी बिताने का निर्णय यदि सामूहिक रूप से नहीं लिया जाता तो इसका परिणाम दुःखद होता है। एक ओर सरकार की तरफ से उन्हें कोई सुरक्षा प्रदान नहीं की जाती, दूसरी तरफ उन्हें भूमिगत साथियों से भी खतरा बना रहता है। जोवा जंगल की जिन्दगी से परेशान होकर घर में शान्ति से जीवन जीना चाहता है, इसलिए माईकल के पास आकर कहता है "पहचाना नहीं, मैं जोवा हूँ। तुइखुर के उस तरफ घर है।" लेकिन आत्मसमर्पण करनेवालों में तो उसका नाम था नहीं। लाख आर्मी ऑपरेशन बातिल है, बागी का इस तरह सरे आम घूमना खतरे से खाली नहीं। बोला, 'जंगल का क्या हाल है ?' 'कर्षइलो ! नहीं जानता।' 'एड़े तिड़े ? ईकल लो म ? क्यों तुम जंगल नहीं गए थे क्या ?' 'गया तो या किन्तु...' 'तो यह बात है। मजनू को जंगल की जिन्दगी रास नहीं आई। न लौंडिया मिलती होगी न दारू। ऊपर से विद्रोहियों का अनुशासन फौजियों से भी कठोर।"[53] लेकिन जो एक बार विद्रोही हो जाता है वह भारतीय सेनाओं की दृष्टि में सदा विद्रोही बना रहता है। जोवा, जो जोश में आकर जंगल की सरकार में शामिल हुआ, अब लौटना चाहता है, पर उसके लिए कोई रास्ता नहीं।

उग्रवादी संगठन चाहे जितने गहन दार्शनिक विचारों के अनुसरण का दावा करें, किन्तु उनके द्वारा निर्मित व्यवस्था में किसी को निर्णय की स्वतन्त्रता नहीं होती। इतना ही नहीं, यदि कोई निर्णय एक सीमा के बाद स्वयं ही असन्तोषजनक लगने लगता है, तो वे उसी से पीछे नहीं हटते, बल्कि उन व्यक्तियों को भी अपने रास्ते से हटा देते हैं, जो उस निर्णय के लिए मुख्य रूप से उत्तरदायी होते हैं। इसमें कई बार बड़े जिम्मेदार लोगों को भी मार डाला जाता है। ङुरचुइया के साथ यही होता है। "दुआ-सलाम के तुरन्त बाद उसने बड़े संक्षेप में स्पष्ट कहा कि बागी सरकार का निर्णय है कि उसे खत्म कर दिया जाए–उसका आत्मसमर्पण विश्वासघात है।" ङरचुइया ने पूछा कि उसके आत्मसमर्पण के आधार पर तो शान्तिवार्ता चल रही है; तब साङ ने बताया कि उसमें कोई विशेष प्रगति नहीं हो रही है। फिर अगर शान्तिवार्ता का परिणाम मिजोरम का भारतीय संघ में बना रहना ही हुआ तो भला इसे कितने बागी स्वीकारेंगे, जिन्होंने स्वतन्त्र मिजोरम के लिए अपना सब कुछ गँवा दिया है।"[54] और यही भुचेङ के साथ होता है। उसके सम्पूर्ण महत्त्व को नकारते हुए उसे भूमिगत सरकार द्वारा कब्जे में ले लिया जाता है, ताकि उसे दंडित किया जा सके। उसके पास आए लोग उसे नहाने भी नहीं देना चाहते। यह व्यक्ति की स्वतन्त्रता को कुचलने के अलावा और कुछ नहीं है। उपन्यासकार के शब्दों में–"पाँच-छः नौजवानों ने उन्हें घेर लिया। इसके पहले कि वह कुछ बोले, उनके अगुवा ने कहा, 'पु साङ ने तुम्हें तुरन्त बुलाया है।' 'ठीक है कल आ जाउँगा।' 'कल नहीं अभी।' 'अभी तो नहाने जा रहा हूँ।' 'वहीं चलकर नहाना।' 'ऐसी भी क्या जल्दी ?' 'दगा में क्या जल्दी, क्या देरी–कभी सोचा था ?' भुचेङ की

भौहें तन गईं पर कोई चारा नहीं था। वाई उनमें अविश्वास रोप अलग हो गया था। उसे साफ लगा, भूमिगत सरकार उसे गिरफ्तार कर रही है।"[55]

'जहाँ बाँस फूलते हैं', उग्रवाद और आतंकवाद के उस पूरे सच के बयान के साथ ही एक ऐसा प्रसंग भी उठाता है, जो पाठक का ध्यान आतंकवाद को समाप्त करने के लिए किए गए समझौतों और उनके परिणामों की ओर खींचता है। जब भी उग्रवादी संगठनों के साथ कोई समझौता होता है, तो शासन सत्ता उसे अपने पक्ष में लाने की कोशिश करती है। इससे अलग हटकर एक दूसरा यथार्थ शांति-समझौते के प्रदर्शन, घोषणा और आयोजन से जुड़ा हुआ है। प्रायः वे शर्तें जनता को कभी पता नहीं चलतीं जो बन्द कमरों में समझौते की मेज पर तय होती हैं। जनता को केवल यह पता चलता है कि एक समझौता हुआ है, जिसे दोनों पक्षों ने स्वीकार किया है और जिसके बने कालीन पर शान्ति आनेवाली है। इस समझौते की घोषणा के लिए अकसर भव्य आयोजन होते हैं।[56] इनमें बैठने के लिए प्रचलित प्रोटोकॉल के अन्तर्गत व्यवस्था की जाती है जिसका निर्धारण हमेशा ही पदों के आधार पर होता है, किसी व्यक्ति द्वारा शान्ति प्रक्रिया में निभाई गई भूमिका के आधार पर नहीं। महत्त्वपूर्ण लोग अपना जीवन दाँव पर लगाने के बाद भी प्रोटोकॉल में पीछे होने के कारण सम्मानित स्थान नहीं पाते, यहाँ तक कि शान्ति प्रक्रिया की सफलता का श्रेय भी उन्हें नहीं मिलता। मंच से उनके नाम की घोषणा होती है जो या तो पूरी शान्ति प्रक्रिया में निष्क्रिय रहे हैं या फिर अपना स्वार्थ साधन करते रहे हैं।[57] इसी के साथ जिन उग्रवादी संगठनों को समझौते की मेज पर बड़े-बड़े आश्वासन दिए जाते हैं, उनके भी कार्यकर्ताओं को कोई महत्त्व नहीं दिया जाता। उनके भविष्य की भी कोई ठोस योजना क्रियान्वित नहीं की जाती। परिणाम यह होता है कि शान्ति समझौता होने के तुरन्त बाद अशान्ति के बादल उमड़ने की आशंकाएँ दिखाई देने लगती हैं।

उपन्यास में यह सब मिजोरम के बहाने दर्शाया गया है, किन्तु यह तथ्य सभी क्षेत्रों में फैले उग्रवाद और उसे समाप्त करने के लिए किए जानेवाले समझौतों पर समान रूप से लागू होता है। 'जहाँ बाँस फूलते हैं' में पहली बार एक ऐसे विषय को व्यापक दृष्टि से साहित्य में स्थान दिया गया है, जो प्रायः रचनात्मक लेखन का ध्यान आकर्षित नहीं करता। इससे समकालीन उपन्यास साहित्य विचार और विश्लेषण दोनों ही धरातलों पर समृद्ध हुआ है।

सन्दर्भ सूची

1. Insurgent–Rising in active revolt–Concise Oxford Dictionary, Ninth Edition-1995, Page 707

2. Insurgent—One who rises in opposition to establish authority, Chambers, 20th Century Dictionary, Edited by E. M. Kirk Patriet-1984, Page 654
3. Insurgency is defined as the refusal of people who are indigenous to an area to actively co-operate with or express support of the current authority figures. —South Asia's fractured frontier, Binalakshmi Nepram, First Edition--2002, Page 73
4. Industrial development in the North East region is very poor. Only a negligible percentage of country's total factories is in the North Eastern region. वही, पृ. 93
5. देवराज, अप्रकाशित लेख, जहाँ बाँस फूलते हैं—ज्वालामुखी के अन्तरंग का साक्षात्कार, पृ. 15
6. जहाँ बाँस फूलते हैं, श्रीप्रकाश मिश्र, प्रथम संस्करण-1997, पृ. 193-194
7. The development issues in the North East therefore, need to be reassessed and re-examined by bringing in newer definition and paradigms. Only fresh thinking and development practices can win back the population from underground activities and give insurgents opportunity to assume a normal lifestyle there by leading to their practical participation. —South Asia's fractured frontier, Binalakshmi Negram, First Edition-2002, Page XIV
8. No other region of India, South Asia or the world, must have seen the existence of as many insurgent outfits as North East India nor in any known part of the world, the proliferation and mushrooming of militant outfits as there is in this region thus forming a complex nature.—वही, पृ. 70
9. वही, पृ. XXVI
10. जहाँ बाँस फूलते हैं, श्रीप्रकाश मिश्र, प्रथम संस्करण-1997 पृ. 74
11. वही, पृ. 145
12. वही, पृ. 147
13. वही, पृ. 182
14. वही, पृ. 237
15. वही, पृ. 146
16. इम्मेडिएट बास, जो कोई उड़ीसा के महन्ती थे और थोड़ी दूर से, यानी सिलचर में रहकर लुशाई हिल्स की नित्य प्रति को घटनाओं का 'वस्तुगत आकलन' करते थे, कोई नब्बे पृष्ठ का विश्लेषण 'डाक द्वारा' भेज दिए थे, जिसमें तत्कालीन असम सरकार पर टिप्पणी की गई थी कि न तो वह समस्या के प्रति जागरूक है और न ही उससे निपटने के लिए कोई उचित प्रबन्ध कर रही है।—वही, पृ. 134
17. वही, पृ. 134
18. वही, पृ. 60-61
19. वही, पृ. 59
20. वही, पृ. 288
21. जबरीमल्ल पारख, साम्राज्यवाद के संवाहक—मिशनरी संस्थाओं के काले कारनामें, उत्तरगाथा, सव्यसाची, संयुक्तांक—10-11 —जनवरी-अप्रैल, पृ. 123
22. जहाँ बाँस फूलते हैं, श्रीप्रकाश मिश्र, प्रथम संस्करण—1997, पृ. 106
23. वही, पृ. 58
24. वही, पृ. 181

25. वही, पृ. 173
26. वही, पृ. 182
27. वही, पृ. 313
28. वही, पृ. 164
29. वही, पृ. 162-163
30. Rape by Indian security forces most often happen during crackdowns, cordon and search operations during which men are held for identification in parks or school gaurds while security forces search their homes. —South Asias fractured frontier– Binalakshmi Nepram, First Edition-2002, Page. 184
31. जहाँ बाँस फूलते हैं, श्रीप्रकाश मिश्र, प्रथम संस्करण-1997, पृ. 120
32. वही, पृ. 161
33. वही, पृ. 114
34. हवासिंह ने एक जवान की राइफल से बैनेट निकाला और लाश के पास गया। कुछ देर तक देखता रहा। तभी उसे खयाल आया कि उसने कभी मुर्दे की गर्दन नहीं काटी है। जब मरा है तब जिन्दा आदमी। उसने बैनेट फेंक दिया। कुछ जवान एक-एक कर पाँचों के सिर काट ट्राफियों की तरह राइफल से लटकाए सबके साथ मार्च करते लौट पड़े। कई दिन बाद जब गाँववालों को पता चला तो जो लाश जहाँ गिरी थी, उसे वहीं कब्र दे दिए। इन लोगों को जंगली जानवर तक न छुए थे। कुछ दिनों बाद सुनने में आया कि उन पाँचों के घर के सभी युवक मिजो नेशनल आर्मी में चले गए हैं। —वही, पृ. 115
35. कामी की माँ ने सोचा : जिस घड़ी का इन्तजार था, वह कितनी आसानी से आ गई। लेशमात्र भी रोमांच नहीं ? कपू ने कपी को भर नजर देखा और दरवाजे की तरफ बढ़ गया। दरवाजा खुलते ही वे पाँचों धड़धड़ाते हुए भीतर घुस आए। राइफलों को दीवार से टिकाकर मोढ़ों पर बड़े इत्मीनान से बैठ गए कि जैसे इनके बाप का घर हो। कोई बैठते ही बोला, "कपू, खाना बनवाओ।"
"वह तो ठीक है, किन्तु कुत्ते को क्यों मार डाला ?"
"साला भूँकता था। तुम चाहो तो बना लो। हम खाते नहीं। वह इतनी खामोशी से बोला कि कपू कुढ़कर रह गया।" —वही, पृ. 171
36. वही, पृ. 174
37. वही, पृ. 114
38. हर पहाड़ी पर जली आग को देखकर नुच गई युवतियों के सीने में एक सन्तोष की ठंड घर करने लगी। बूढ़ों की सिकुड़ी नसों में तनाव पैदा होने लगा। किन्तु इन सभी से बेखबर सैनिक टुकड़ी जालबुक के मैदानों में गाँववालों की मुर्गी, अपनी दारू और औरतों की इज्जत आफजाई के बाद तृप्त होकर सो रही थी। —वही. पृ. 162
39. वही, पृ. 108
40. वही, पृ. 279-280
41. वही, पृ. 64
42. वही, पृ. 119
43. वही, पृ. 172
44. वही, पृ. 109
45. वही, पृ. 183

46. वही, पृ. 96
47. वही, पृ. 15
48. वही, पृ. 154
49. देवराज, अप्रकाशित लेख
50. In a recent incident Tripura militants gangraped a young tribal girl in Amarpur sub-division of south Tripura District, later they hang her in the top of a tree and left her to die. Several cases of rape and molestation of tribal women by underground militants have also been reported, in some incidents the women were killed if they resisted. —South Asia's fractured frontier, Binalkashmi Nepram, First Edition-2002, Page 185
51. जहाँ बाँस फूलते हैं, श्रीप्रकाश मिश्र, प्रथम संस्करण-1997, पृ. 289
52. वही, पृ. 90-91
53. वही, पृ. 279
54. वही, पृ. 292
55. वही, पृ. 311
56. वही, देखिए पृ. 274
57. वही, देखिए पृ. 272-273

कथानक, पात्र और भाषा का त्रिकोण

समकालीन जीवन के नग्न यथार्थ में एक त्रिकोण कविता में बताया और दूसरा कथा साहित्य में। कविता में उसने विक्षुब्ध संवेदना, खुरदरे विचार और तप्त रेत की भाँति जलती भाषा को जोड़कर एक त्रिकोण का निर्माण किया जबकि कथा साहित्य में यह त्रिकोण कथानक, पात्र और भाषा की भुजाओं के मिलने से बना। समकालीन साहित्य में कविता और कथा ही सर्वाधिक मुखर रचना विधाएँ रही हैं, इसलिए इन दोनों के त्रिकोण भी ऐतिहासिक महत्त्व रखते हैं। कहीं-न-कहीं इन दोनों के त्रिकोण की विभिन्न भुजाएँ प्रतीक सम्बन्ध बनाती हुई भी प्रतीत होती है।

हमारा मुख्य ध्यान यहाँ कथा-साहित्य, उसमें भी उपन्यास साहित्य के त्रिकोण पर है। समकालीन हिन्दी उपन्यासों के बीच जो कृतियाँ अत्यधिक चर्चित रही हैं, उनका कथानक गठन, पात्र व चरित्र संरचना और भाषा अनेक अन्तर्वर्ती सम्बन्धों में ऐसे गुँथे हुए हैं कि कहीं कथानक भाषा बन जाता है, भाषा चरित्र और चरित्र कथानक की तलस्पर्शी व्याख्या। उपन्यासों में समकालीन जीवन के जो सन्दर्भ उठाए गए हैं, वे भी कथानक, पात्र और भाषा के साथ इन्हीं समीकरणों में घूमते रहते हैं। उपन्यासों में उभरे इस त्रिकोण ने समकालीन हिन्दी कथा के परे परिदृश्य को नई-नई रचना भूमियों से जोड़ा है और लेखकों ने इन्हीं के सहारे बार-बार लेखन के लिए नई जमीन तोड़ी है। समकालीन हिन्दी उपन्यासकार इस त्रिकोण को साधने की कोशिश में अनेक बियाबानों में भी भटके हैं, विशेषकर कथानक और भाषा उठाने के लिए उन्हें भयावह बीहड़ यात्राएँ करनी पड़ी है। इस पूरी कोशिश का उद्‌देश्य है—समकालीन जीवन की परत-दर-परत व्याख्या करना और उसकी सच्चाई को सामने लाना। लेखकों के लिए यह काम बहुत जोखिम भरा भी रहा है, फिर भी उपन्यासकारों ने उसे चुनौती के स्तर पर स्वीकार करके अपने दायित्व का निर्वाह किया है।

कथानक

कथानक सर्जना के लिए कथानक गठन, कथानक संघटन, कथानक निर्माण, कथानक योजना आदि शब्दावली का प्रयोग किया जाता है। इनके प्रयोक्ताओं की धारणाएँ इन प्रयोगों से समझी जा सकती हैं। इन सभी में तो एक समान बात है, वह यह कि ये

सभी उपन्यास रचना के लिए कथानक की अनिवार्यता स्वीकार करते हैं। निर्माण, गठन, संघटन, व्यवस्था आदि सभी शब्द कथानक की रचना प्रक्रिया का संकेत करते हैं। इसके लिए यदि कथानक सर्जना का प्रयोग किया जाए तो वह भी अधिक सहज रूप में इस प्रक्रिया को दर्शानेवाला होगा। इसका कारण यह है कि कथानक तक पहुँचने के लिए रचनाकार को असंख्य घटनाओं का साक्षात्कार और संग्रह करना पड़ता है। तथ्य यह है कि वह किसी भी घटना को स्थूल और सूक्ष्म दो रूपों में संचित करता है। घटना का स्थूल रूप उस घटना के भौतिक धरातल से जुड़ा होता है, अर्थात भौतिक दृष्टि से वह घटना क्रमशः कुछ सोपानों के माध्यम से घटती है। इन सोपानों से लेखक के साथ वे लोग भी जुड़े होते हैं, जो रचनाधर्मी प्रतिभा का उपयोग नहीं जानते। ऐसे लोग घटना को क्रमशः सुना सकते हैं, किन्तु साहित्य की सामग्री के रूप में उसे नहीं ढाल सकते। यह काम लेखक ही कर सकता है। घटना का सूक्ष्म रूप लेखक के मानस में प्रभाव के रूप में संचित होता है। घटना का स्थूल रूप लेखक को आन्दोलित करता है और उसकी प्रतिक्रियात्मक चेतना को जगाता है। यहीं से लेखक की मूल प्रतिभा सक्रिय होती है और वह घटना के प्रभाव तत्वों को ग्रहण करता है। इसी के पश्चात घटना का भौतिक रूप लेखक के मानस में विशिष्ट आकार धारण करता है। इसमें अनेक बातें कम हो जाती हैं और अनेक नई जुड़ जाती हैं। ऐसा रचनाकार की रचना विधायिनी कल्पना की भूमिका के कारण होता है। इस रूप में वह यथार्थ घटना कल्पना तत्त्व से परिशोधित होकर रचना की सामग्री बन जाती है। उपन्यासकार इस प्रक्रिया के माध्यम से दैनन्दिन जीवन की घटनाओं को साहित्य के कच्चे माल के रूप में संग्रहित करके उन्हें रचना सामग्री का रूप प्रदान करता रहता है।

सोचने का विषय है कि क्या लेखक द्वारा साहित्य रचना की सामग्री के रूप में निर्मित सभी घटनाएँ मिलकर कथानक का निर्माण कर देती हैं ? ऐसा नहीं होता। जैसे मात्र कोई भौतिक घटना अपने प्रकृत रूप में साहित्य की सामग्री नहीं हो सकती वैसे ही परिशोधित सभी घटनाएँ किसी एक ही रचना के कथानक का माध्यम नहीं बन सकतीं। रचनाकार उनमें से अपने उद्देश्य, स्वभाव, संस्कार, आवश्यकता आदि के अनुसार चयन करता है। उसके बाद उन्हें इस रूप में जोड़ता है कि वे पूर्वापर विकास की एक ऐसी शृंखला निर्मित करें, जिसकी कोई भी कड़ी निकाली न जा सके। यदि कड़ी निकल जाए तो पूरी शृंखला खंड-खंड बिखर जाए। इसका अर्थ है कि लेखक विभिन्न साधारण घटनाओं का संचयन करके कथानक का सर्जन करता है। इसमें उसकी कल्पना विशेष सहायक होती है। इसीलिए कई बार उपन्यास के कथानक को कल्पनाजन्य भी कहा जाना है, किन्तु कल्पनाजन्य का तात्पर्य केवल काल्पनिक कथा नहीं होता, बल्कि उसके मूलाधार के रूप में यथार्थ जीवन विद्यमान रहता है।

इस कसौटी पर प्रमुख समकालीन उपन्यास को कसकर देखा जाए तो अनेक महत्त्वपूर्ण तथ्य प्राप्त होते हैं। श्रीलाल शुक्ल के 'रागदरबारी' का कथानक शिवपालगंज नामक

एक ऐसे गाँव में घटी घटनाओं पर केन्द्रित है, जिसके निवासी तमाम देहात में गँजहों के बौंक से जाने जाते हैं। यह गाँव स्वाधीन भारत के सर्वाधिक पिछड़े, बुराइयों के कुष्ठ से पीड़ित, सामन्ती शक्तियों के प्रभाव से शासित, शोषित, सरकारी योजनाओं की असफलता का मैदान, द्वेष, शत्रुता, अपराध, अनैतिकता का शिकार और भ्रष्ट–गँवई राजनीति की क्रीड़ास्थली है। समकालीन हिन्दी उपन्यास साहित्य को पैनी व्यंग्यधर्मिता से समृद्ध बनानेवाले श्रीलाल शुक्ल ने इसी शिवपालगंज में मशीनी तेजी से घटती चली जानेवाली असंख्य घटनाओं में से कुछ को चुना है और उनके यथार्थ को अपनी कल्पना शक्ति से परिशोधित करके उनका पुनसृर्जन किया है। इसके बाद ये घटनाएँ इस प्रकार जोड़ दी गई हैं कि वे भारत भर में फैले अनेक शिवपालगंज की जीवन शृंखला को जीवन्त रूप में प्रस्तुत करने की शक्ति से सम्पन्न हो गई हैं। श्रीलाल शुक्ल द्वारा रागदरबारी के कथानक सर्जन में जिस यथार्थ प्रधान दृष्टि का प्रयोग किया गया है वह अपनी तटस्थता के कारण एक सफल कथानक प्रदान करने में सक्षम सिद्ध हुई है। डॉ. चन्द्रकान्त वांदिवडेकर के शब्दों में–''रागदरबारी का लेखक अपनी वस्तु से अत्यधिक तटस्थ है। अपने अंचल के प्रति कोई मोह, कोई आवेग, कोई रसभीना तन्तु उसके मन में शेष नहीं रह गया है। एक वैज्ञानिक की निस्संगता से उसने अपने उपन्यास विषय का निरीक्षण किया है–अपने बौद्धिक पूर्वग्रहों एवं भावनात्मक आवेगों से दूर रखकर इसमें न अतीतोन्मुखी रोमानी वृत्ति का कहीं आभास है, न आंचलिक जीवन के किसी विशेष पहलू के प्रति रोमानी आकर्षण।''[1]

भीष्म साहनी का 'तमस' भारत विभाजन और उससे उत्पन्न भीषण स्थिति पर आधारित है। देश विभाजन का कारण साम्प्रदायिक वृत्ति और धार्मिक कट्टरता रही है। इस उपन्यास का कथानक भारत-पाकिस्तान के बँटवारे के सन्दर्भ में पाँच दिनों में घटित घृणा, विद्वेष, साम्प्रदायिक उन्माद, क्रूरता आदि से निर्मित है। यह कहना सही है कि, ''वास्तव में 'तमस' का कथानक जीवन से जुड़ा हुआ है।''[2] भारत विभाजन एक ऐसा कटु सत्य है जिसे देशवासियों ने झेला है। 'तमस' में दिखाया भी गया है कि साम्प्रदायिकता का नशा लोगों पर इस कदर छा गया और ऐसा असर दिखाने लगा कि पड़ोसी, पड़ोसी का दुश्मन बन गया, दोस्त, दोस्त पर शक करने लगा। भय, आतंक, सनसनी, तनातनी, खिंचाव, विरोध, क्रोध, हलचल, हिंसा-प्रतिहिंसा, बर्बरता, खून-खराबा, वीभत्स दृश्य, आम जनता विशेषकर गरीब तबके का दुख-दर्द, कराह-आँसू तथा साम्राज्यवादी राजनीति और राजनीतिक दलों की यथार्थ अभिव्यक्ति ने 'तमस' के कथानक को सजीव तो बनाया ही है साथ ही तत्कालीन स्थिति से पाठक को रू-ब-रू भी कराया है। डॉ. विवेकीराय लिखते हैं, ''कथाकार ने संयमपूर्वक नाप-तौल कर घटनाओं को उपस्थित किया है। उच्छल शब्दावली और भावावेग से बराबर बचता गया है।''[3] भीष्म साहनी ने बड़ी कुशलता से अप्रत्यक्ष रूप से यह जाहिर किया है कि अंग्रेजों की कूटनीति ही देश विभाजन और पारस्परिक द्वेष का कारण बनीं। फलस्वरूप

साम्प्रदायिक ताकतें सक्रिय हो उठीं। यही उपन्यास का मूल कथ्य है। लेखक ने देश के बँटवारे से जुड़ी घटनाओं और उनसे उत्पन्न समस्याओं तथा हिन्दू-मुसलमानों की साम्प्रदायिक प्रवृत्ति को बखूबी अपने उपन्यास के कथानक में स्थान दिया है। 'तमस' लेखक का भोगा हुआ यथार्थ है। वे स्वयं कहते हैं–"विभाजन के दंगों को मैं कभी भुला नहीं पाया। मेरे मानस में उसकी स्मृति हमेशा बनी रही। विभाजन के बाद भी देश में दंगे होते रहे हैं।"[4] इसलिए 'तमस' का कथानक आज भी प्रासंगिक प्रतीत होता है।

'महाभोज' का कथानक मूलतः राजनैतिक पृष्ठभूमि पर निर्मित है, किन्तु उसमें सामाजिक यथार्थ का भी समावेश है। राजनीतिक दाँव-पेंच, नेताओं की गुंडों से मिली-भगत, विपक्षी नेताओं का चरित्र, पीत-पत्रकारिता, जातिवादी संघर्ष और शोषण इत्यादि इसे आकार देनेवाले तत्त्व हैं। सरोहा के जमींदार के निर्मम शोषण के शिकार होते हैं किसान और मजदूर, जो विरोध की कोशिश करने पर और अधिक विकट स्थिति में पहुँच जाते हैं। ग्रामीणों की नारकीय स्थिति तथा उनकी विवशता से फायदा उठाने के प्रयास में लगे स्वार्थी नेतागण तिकड़में भिड़ाते हैं। आदर्श और सिद्धान्तों की आड़ में निर्दोष को ही फँसाकर मुजरिम करार करवाते हैं। प्रशासन इनके हाथ में है, पुलिस इनके हाथों का खिलौना, जो किसी भी केस को मनचाहा रूप देने में सक्षम है। मन्नू भंडारी ने हरिजनों के टोले को आग लगा देने और बिसू की हत्या को केन्द्र बनाकर कथानक को विस्तार प्रदान किया है। लेखिका ने विभिन्न घटनाओं को बड़ी कुशलता से संयोजित किया है, जिससे कथा में मौलिकता, मनोरंजकता, रोचकता, सजीवता आदि गुण स्वतः ही आ गए हैं। इन घटनाओं में पारस्परिक सम्बद्धता के कारण 'महाभोज' को एक सुगठित उपन्यास कहा जा सकता है। अशोक के शाह 'प्रतीक' के अनुसार, "इस उपन्यास की घटनाएँ स्वाभाविक जान पड़ती हैं। इसकी कथावस्तु नवीनता लिए हुए है। स्थान-स्थान पर मार्मिक एवं प्रभावपूर्ण प्रसंगों की सुनियोजना के कारण कथानक में सरसता भी पाई जाती है।"[5]

'डूब' विकास के नाम पर बननेवाली योजनाओं और उनसे जुड़ी जनहित की यथार्थ स्थिति से निर्मित कथानक है। इन योजनाओं के कारण साधारण जनता को जीवन की जड़ों से उखड़ने तथा विस्थापित होने का दर्द भोगना पड़ता है, जिसके कारण सामाजिक सम्बन्ध तो टूटते ही हैं, आर्थिक स्थिति भी बिगड़ती चली जाती है। सरकारी व्यवस्था में व्याप्त भ्रष्टाचार के चलते नुकसान की पूरी भरपाई तक न पानेवाले, मुआवजे के इन्तजार में क्षण-क्षण मरते ग्रामीणों की दयनीय स्थिति और उसमें भी अपना स्वार्थ सिद्ध करनेवाली सामन्ती संस्कृति और प्रशासन के भ्रष्टाचार के नीचे दबे-कराहते शोषित जनों के जीने की कोशिश के 'डूब' कथानक का मूल है। पूँजीवाद के औजार के रूप में बड़ी-बड़ी योजनाएँ सामाजिक-आर्थिक असन्तुलन तो पैदा करती ही हैं, सांस्कृतिक विघटन का कारण भी बनती हैं। एक तरह से ये योजनाएँ जनता पर लादी गई ऐसी

व्यवस्था है जिनका वास्तविक हितों से बहुत कम सम्बन्ध है। 'डूब' का समर्थ कथानक इस पूरी व्यवस्था को सवालिया घेरे में खड़ा कर देता है। सुधीश पचौरी लिखते हैं– ''डूब की खासियत यह है कि वह विकास की अब तक चली आती अवधारणा और उपलब्धियों पर ही प्रश्नचिह्न लगाते हैं।''[6] ये प्रश्नचिह्न केवल सवालिया प्रकृति तक ही सीमित नहीं हैं बल्कि इनमें समस्याओं के तह तक पहुँचने का साहस देने की शक्ति भी है। इन प्रश्नों के साथ घटनाओं का ऐसा संयोजन उपस्थित होता है कि 'डूब' का कथानक स्थिति का चित्रण भर न रहकर उसके भीतर बहती यथार्थ की धारा को सामने ले आता है। इस कथानक में इतिहास दृष्टि के सांस्कृतिक विश्लेषण की ललक भी है, जिसे अत्यधिक कौशल के साथ परिणाम तक पहुँचाया गया है। अपने गठन वैशिष्ट्य और घटनाओं को साहित्यिक प्रकृति सम्पन्न बनाने के कला-कौशल द्वारा 'डूब' का यह कथानक मानो समकालीन भारत की पूरी व्यवस्था को खोलकर सामने रख देता है। यादवेन्द्र शर्मा 'चन्द्र' लिखते हैं–''पूर्वजों के ऐतिहासिक परिप्रेक्ष्य के साथ-साथ वर्तमान जीवन की विसंगतियाँ, निम्न और अभिजात्य जनों के संस्कारों के नंगे और छुपे रूप, महाजनी सभ्यता के चंगुल में फँसी ग्रामीण जनता का दुख-दर्द, षड्यन्त्र, दरिद्रनारायण का आर्तनाद और ब्राह्मणीय श्रेष्ठ संस्कृति के कुसंस्कार का वीरेन्द्र जैन ने अत्यन्त सशक्त ढंग से पर्दाफाश किया है।''[7]

'मुझे चाँद चाहिए' का कथानक परिवेश तथा परिस्थितिजन्य घटनाओं के साथ मुख्य रूप से सिलबिल यानी वर्षा पर केन्द्रित है। इस कृति में सिलबिल से वर्षा वशिष्ठ बनने की प्रक्रिया को विभिन्न रोचक और आकर्षक घटनाओं के माध्यम से प्रस्तुत किया गया है। यह उपन्यास मध्यवर्गीय मानसिकता, रूढ़िग्रस्त संस्कारों और समझौतापरस्त वृत्ति के विरुद्ध 'स्व' की पहचान तथा स्वातन्त्र्य के लिए छटपटाते व्यक्ति का आख्यान है। सुधीश पचौरी लिखते हैं–'मुझे चाँद चाहिए' दरअसल 'राइट च्वाइस' की कथा है। वह चाँद चाहने की आकांक्षा के बाजार में बिकने की कथा है। पूँजी और बाजार की संहिता ही दिव्या बनकर सिलबिल को वर्षा बनाती है। शाहजहाँपुर को बम्बई बनाती है। दद्दा को जारज सन्तान बनाती है, दिव्या को प्रिया बनाती है, वर्षा को वर्षा बनाती है। यही व्यंजकों का उलटना है। यही सही चयन है।''[8] इसी के अनुरूप सुरेन्द्र वर्मा ने 'मुझे चाँद चाहिए' का कथानक भी रचा है। स्मरणीय है कि उत्तर आधुनिकतावादी चिन्तन के अन्तर्गत पाठ-प्रक्रिया, विखंडन प्रश्नाकुलता, समाधान पद्धति की पूर्णतः अस्वीकृति, अन्तर्पाठ आदि को जो विशेष महत्त्व प्रदान किया जाता है, उसे सुरेन्द्र वर्मा ने इस उपन्यास के कथानक को मूर्त करनेवाली घटनाओं में ही अन्तर्निहित कर दिया है। इसीलिए 'मुझे चाँद चाहिए' हमें निरन्तर व्याकुल बनाए रखता है। वह विभिन्न घटनाओं के सहारे हरदम हमारे आसपास मौजूद रहता है और अनुत्तरित प्रश्न खड़े करता है। कई बार कोई घटना स्वयं ही तीखा सवाल बन जाती है। वह अपनी इस धार से कथानक को भी धारदार बनाती है। यह 'मुझे चाँद चाहिए' के कथानक का कलात्मक

सौष्ठव ही कहा जाएगा।

करवट का कथानक बंसीधर उर्फ तनकुन के जीवन की धुरी पर घूमता है। अमृतलाल नागर ने इतिहास को कथानक का आधार बनाया है, परन्तु इसे ऐतिहासिक कथानक नहीं कहा जा सकता। विश्वसनीयता के लिए ऐतिहासिक पात्रों के नाम कहीं-कहीं प्रयोग जरूर किए गए हैं। 'करवट' में बंसीधर की तीन पोढ़ियों की कथा के माध्यम से देश में होनेवाले राजनीतिक सामाजिक परिवर्तनों को चित्रित किया गया है। एक ओर अंग्रेजों की साम्राज्यवादी नीति, उनके द्वारा किए गए अमानवीय व्यवहार, अत्याचार और दूसरी तरफ भारतीय शासकों तथा सामन्तों की झूठी शान और विलासी प्रवृत्ति है, जिससे भारतीय जनता पीड़ित है। असहाय जनता की फरियाद सुननेवाला कोई नहीं। समाज में होनेवाले परिवर्तन—नैतिक मूल्यों का ह्रास, काम सम्बन्धी मूल्यहीनता, विचारों में टकराहट, पीढ़ी अन्तराल, जातिवाद तथा रूढ़िवादी संस्कारों और उनके प्रति युवा आक्रोश, बेरोजगारी, गरीबी, वेश्यावृत्ति आदि समस्याओं तथा तीव्र गति से बदलते सामाजिक-आर्थिक परिवेश की अभिव्यक्ति इस कथानक को वैशिष्ट्य प्रदान करती है।

'करवट' के लिए अमृतलाल नागर ने कथानक सर्जना की जिस प्रक्रिया का अनुसरण किया है, उसमें ऊपर से इतिहास का उपयोग दिखाई देता है किन्तु हमें ध्यान रखना चाहिए कि यह इतिहास न होकर नागरजी की इतिहास दृष्टि है। उन्होंने इसके सहारे हमारे वर्तमान को व्याख्यायित-विश्लेषित किया है। अतः करवट का कथानक इतिहास दृष्टि, समाजशास्त्रीय दृष्टि और साहित्य दृष्टि के संयुक्त प्रयोग से तेजवान रूप में प्रत्यक्ष हुआ है। नागरजी अपने अन्य उपन्यासों में भी ऐसे प्रयोग करते रहे हैं। करवट में इन्हीं प्रयोगों की परिणति एक प्रौढ़ कथानक की रचना करती हुई दिखाई देती है।

'अर्द्धनारीश्वर' के कथानक का पूरा ताना-बाना स्त्री-पुरुष सम्बन्धों के इर्द-गिर्द बुना गया है। लेखक मानता है कि नर-नारी, विशेष रूप से पति और पत्नी को परस्पर अपनी दुर्बलताओं और सबलताओं के साथ स्वीकार करने पर ही जीवन की पूर्णता को पाना सम्भव है, इसलिए भारतीय मनीषियों ने अर्द्धनारीश्वर यानी आधा नर और आधी नारी की कल्पना की है। इसी कल्पना के आधार पर विष्णु प्रभाकर ने सामाजिक बुराइयों, विशेषकर स्त्रियों के साथ होनेवाले अत्याचार को उकेरा है। प्रमुखतः बलात्कार जैसी समस्या पर ही लेखक का ध्यान होने के कारण इस कथानक में ऐसे अनेक नारी चरित्र हैं जो किसी-न-किसी माध्यम से बलात्कार या पुरुष के अत्याचार से पीड़ित हैं। लेखक ने ऐसी कई धटनाओं को भी संजोया है, जो वास्तविक हैं। अतः उपन्यास में कल्पना के तत्वों के आ जाने पर भी यथार्थ विद्यमान है। विष्णु प्रभाकर ने बलात्कार की शिकार स्त्रियों की मनःस्थिति का यथार्थपरकता से घटनाओं का निर्माण करते हुए सांस्कृतिक जड़ताओं से मुक्ति की छटपटाहट को दिखाया है। भारतीय संस्कृति के अनुसार यौन शुचिता को बहुत अधिक महत्त्व दिया गया है। इस कारण बलात्कार की शिकार नारी

अपनी ही दृष्टि में अपने को घृणित समझने लगती है और पाप बोध से मुक्त नहीं हो पाती। ऐसी स्त्री की मानसिक उधेड़बुन से कथानक का सर्जन हुआ है। "अर्द्धनारीश्वर में स्त्री की अस्मिता, स्त्री-पुरुष के सहज सम्बन्ध, स्त्री और पुरुष दोनों की मुक्ति (यहाँ मुक्ति का आशय धार्मिक शब्दावली में मोक्ष से न होकर गहरे सामाजिक अर्थों में स्त्री और पुरुष की व्यक्तिगत आत्मनिर्भरता और अपने-अपने व्यक्तित्व की सामाजिक प्रतिष्ठा से है) तथा इस मुक्ति के जरिए समाज की जिस मुक्ति का ताना-बाना बुना गया है वह खाते-पीते मध्यवर्ग के लोगों को ही आधार बनाकर बुना गया है।"[9] यह कहना अतिशयोक्ति न होगा कि 'अर्द्धनारीश्वर' का कथानक इस उपन्यास में विद्यमान असीम जीवन संसार के अनुरूप ही वैविध्यपूर्ण और अर्थ गर्भित है। लेखक ने अर्द्धनारीश्वर में अपने जीवन-दर्शन का निचोड़ प्रस्तुत किया है। यही कारण है कि उन्होंने कथानक संगठन में तमाम औपन्यासिक रचना कौशल का प्रयोग करते हुए भी उसकी व्यापकता में हस्तक्षेप नहीं किया है। यह बात जहाँ 'अर्द्धनारीश्वर' के कथानक को स्वाधीन अस्तित्व प्रदान करती है वहीं इसने इसे कहीं-कहीं गतिशैथिल्य और पुनरावृत्ति जैसे दोषों से भी भर दिया है। कई बार कथानक उन घटनाओं को बलपूर्वक समेटता प्रतीत होता है जिन्हें वह छोड़ सकता था अथवा जिनके उपयोग का लोभ संवरण कर सकता था। दरअसल 'अर्द्धनारीश्वर' का कथानक विष्णु प्रभाकर के व्यक्तित्व से कहीं-कहीं आतंकित प्रतीत होने लगता है। लेखक ने अपने चिन्तन और विचार विश्लेषण को बार-बार कथानक पर थोपने की कोशिश की है। जब ऐसा होता है—कोई भी कथानक मूल रचना की ओर न देखकर रचनाकार की ओर अधिक देखने लगता है, तब घटनाएँ भी सामान्य से विशेष होने की ओर बढ़ने लगती हैं। फिर भी 'अर्द्धनारीश्वर' जैसे जीवन-दर्शन प्रधान उपन्यास के कथानक में इन थोड़ी-सी न्यूनताओं का होना बहुत मायने नहीं रखता। वैसे भी यह कथानक 'अर्द्धनारीश्वर' के मूल कथ्य को वहन करने में समर्थ है।

विभिन्न घटनाओं को कलात्मक रूप देकर साहित्य रचना की सामग्री के रूप में ढालना और उसके सहारे एक समर्थ कथानक का सृजन करना हमेशा चुनौती भरा काम होता है। यदि घटनाएँ उग्रवाद और आतंकवाद जैसे तात्कालिक किन्तु भयावह समस्या के मैदान से उठाई जाएँ तो यह चुनौती और भी बढ़ जाती है। 'जहाँ बाँस फूलते हैं' के लेखक श्रीप्रकाश मिश्र के समक्ष ऐसी ही चुनौती थी। उन्होंने मिजोरम में फैले उग्रवाद और समझौते के माध्यम से उसकी समाप्ति के यथार्थ को अपने उपन्यास का उपजीव्य बनाने का निश्चय किया। स्वाभाविक था कि वे मिजोरम के गाँव, नगर, जंगल, जनता, विद्रोही, चर्च, रीति-रिवाज, खान-पान, सामाजिक मूल्यों, गरीबी, शोषण, शासन की नीतियों, आतंकवाद के विरुद्ध सत्ता द्वारा संचालित प्रति आतंकवाद, उग्रवाद के भौतिक, मनोवैज्ञानिक, वैचारिक पक्षों, दर्शन और व्यवहार के अन्तर्विरोधों आदि को ग्रहण करते और विभिन्न घटनाओं के माध्यम से एक ऐसा कथानक तैयार करते, जो ऊपरी सतह पर मिजोरम का आतंकवाद सामने लाता और भीतर से भारत भर में फैले उग्रवाद और

आतंकवाद के विश्लेषण से जुड़ता। यही हुआ भी है। श्रीप्रकाश मिश्र ने अपने व्यक्तिगत अनुभवों के आधार पर इस उपन्यास के कथानक को आकार दिया है। इसीलिए इस उपन्यास के कथानक में न उग्रवाद के प्रति रुझान है और न शासन तन्त्र के प्रति। यह पूरी तरह एक अध्येता की भाँति आतंकवाद के विविध सन्दर्भों को प्रस्तुत करता है। इस कथानक में रोचकता के लिए भी कुछ घटनाओं का समावेश किया गया है। इनका पृष्ठाधार मिजो समाज की यौन उन्मुक्ति से तैयार किया गया है। इस छूट के सहारे कुछ घटनाएँ कथानक को अतिरंजनापूर्ण भी बनाती हैं किन्तु ऐसे प्रसंग बहुत अधिक नहीं हैं। इस कथानक में लेखक की समाजशास्त्रीय दृष्टि भी ध्यान आकर्षित करती है।

" 'चाक' न राजनैतिक उपन्यास है, न समाजशास्त्रीय; मगर उस समाज की रोचक–या भयावह (?)–कथा है जो इन दोनों से अछूती नहीं है।"[10] मैत्रेयी पुष्पा ने गाँव अतरपुर में घटित घटनाओं के माध्यम से कथानक को आकार प्रदान किया है। यह एक आधुनिक गाँव है, जहाँ राजनीतिक दाँव-पेंच, चुनावी चोंचले, छल, ईर्ष्या, द्वेष, विद्रोह, दमन, गुंडागर्दी, प्रभुवर्ग द्वारा शोषण, भ्रष्टाचार और जातिवादी कुचक्र में फँसती जनता है, जो चाहकर भी इस चक्र से मुक्त नहीं हो पाती। ये सब गाँव के जीवन में ऐसे गुँथ गए हैं कि यहाँ के जीवन का हिस्सा लगते हैं। मैत्रेयी पुष्पा आधुनिक हिन्दी कथाकारों में एक ऐसी लेखिका हैं जो अपने उपन्यासों के कथानक को सुगठित रूप में रचने के लिए परिस्थितियों और घटनाओं के व्यक्तिगत साक्षात्कार से पीछे नहीं हटतीं। वे लम्बे समय तक विभिन्न क्षेत्रों में जाकर वहाँ के जीवन को बहुत ध्यान से देखती हैं और उसके बाद जो आवश्यक होता है उसे चुनकर कथानक तैयार करती हैं। इस प्रक्रिया में व्यक्तिगत अनुभव, यथार्थ दृष्टि, विवेकशीलता, तटस्थता और रचना विधायिनी प्रतिभा भाग लेते हैं, जिससे संश्लिष्ट प्रकृति का गहन-गम्भीर कथानक जन्म लेता है। 'चाक' का कथानक इसी प्रक्रिया से प्रकट हुआ प्रतीत होता है। इस उपन्यास का कथानक सीमित अर्थ में दबी-कुचली नारी के विक्षोभ से जुड़ा है, किन्तु इसके व्यापक फलक पर आधुनिक जीवनमूल्य आन्दोलनरत दिखाई देते हैं। यही कारण है कि एक स्त्री की लड़ाई जब उत्कर्ष को प्राप्त होती है तो वह वास्तविक मानवाधिकारों की लड़ाई में बदल जाती है। "यह लड़ाई नारी मुक्ति या नारीवादी की सीमा नहीं बनती बल्कि यह लड़ाई मनुष्य के अधिकार की लड़ाई है। यह अपनी शक्ति को पहचानने की लड़ाई है। यह भारत के ग्रामीण जमीन पर घूँघट के भीतर दहकती आँखों की लड़ाई है, जो सड़ी-गली मान्यताओं को भस्म कर देना चाहती है। साथ ही नैतिकता के पाखंडों को तोड़ती नैतिकता की नई जमीन बनाती नजर आती है।"[11]

वरिष्ठ कथाकार शिवप्रसाद सिंह के 'औरत' का कथानक भी गाँव पर केन्द्रित है और उसका ताना-बाना सामन्ती प्रवृत्ति, भ्रष्टाचार, गुंडागर्दी, स्त्रियों की अवमानना के धागों से निर्मित हुआ है। होली-दीवाली और ग्रामवासियों के उन्मुक्त व्यवहार के रंगों ने इसे

आकर्षक भी बनाया है। औरत को केन्द्र में रखकर जो कथानक अस्तित्व में आते हैं, उनमें अकसर स्त्रियों द्वारा अपने पर होनेवाले अत्याचारों के विरुद्ध संघर्ष और उसके फलितार्थ मुख्य होते हैं, किन्तु शिवप्रसाद सिंह ने अपने उपन्यास के कथानक को इस प्रचलित पद्धति से भरसक बचाया है। अपने शीर्षक के शब्दकोशीय अर्थ की गहराई से परे हटकर यह कथानक पुरुषों को अपनी बात करने के अधिक अवसर देता है। इसकी घटनाएँ स्त्रियों के प्रति अत्याचारों का जितना संकेत करती हैं, उससे कहीं अधिक उन्हें सहानुभूति प्रदान करती हैं। लेखक ने इस सहानुभूति को कहीं भी अतिरेकवादी नहीं होने दिया है। दूसरी ओर प्रतिभा बंसल औरत के कथानक को नारी संघर्ष और अधिकार भावना भी प्रदान करती हैं, किन्तु उनका स्वर भी प्रचलित नारी मुक्ति संघर्ष से भिन्न है। शिवप्रसाद सिंह अपने जीवन के उत्तरार्द्ध में अन्तर्मुखी हो गए थे। इसका प्रभाव औरत के कथानक पर भी दिखाई देता है, क्योंकि इसमें ऐसा बहुत कुछ है जो केवल संकेतों में है और जिसे समझने के लिए पाठक को परिश्रम करना पड़ता है। यह एक प्रकार से औरत के कथानक को जटिल गम्भीरता से भी बोझिल करता है। यह अलग बात है कि शिवप्रसाद सिंह जैसे लेखक ने इसे ही कथात्मक सौन्दर्य प्रदान कर दिया है।

पात्र

उपन्यास विधा का जन्म मनुष्य जीवन के महाकाव्यात्मक विस्तार को प्रस्तुत करने के उद्‌देश्य से हुआ था। आधुनिक सभ्यता ने जब भौतिक और मानसिक धरातल पर असंख्य परिवर्तन उपस्थित कर दिए और व्यक्ति तथा समाज के जीवन को असीमित उथल-पुथल से भर दिया तो उसकी विस्तृत, सूक्ष्म और गहन अभिव्यक्ति के लिए उपन्यास आगे आया। लेखकों ने एक ऐसे माध्यम का विकास किया जो परिस्थितियों, परिवेश और व्यक्ति के अनुकूलन तथा प्रतिरोध पर आधारित सम्बन्धों का वास्तविक रूप चित्रित कर सके। यही कारण है कि उपन्यास मनुष्य के समग्र क्रियात्मक रूप को प्रस्तुत करता है, जिसके लिए उसे पात्रों की सृष्टि करनी होती है। कोई भी उपन्यासकार मनुष्य के चरित्र के विविध और संश्लिष्ट अन्तः सूत्रों को पकड़ने की कोशिश करता है। इसके लिए उसे सामान्य जीवन में विद्यमान व्यक्ति का सूक्ष्म और गहन अध्ययन करना होता है।

उपन्यासकार की पात्र संकल्पना के अनेक आधार हो सकते हैं। वह व्यक्तिगत, वर्गगत, जातिगत, प्रतिनिधित्व के आधार पर अपने पात्रों का निर्माण कर सकता है। ये पात्र स्थिर, गतिशील, निष्क्रिय, सक्रिय, समझौतावादी, संघर्षशील, साधारण, अभिजात, शिक्षित, अशिक्षित, मूर्ख-बुद्धिमान, सहज-छली, अन्तर्मुखी-बहिर्मुखी, शान्तिप्रिय, हिंसक, मानवद्रोही, मानवतावादी आदि कितनी ही श्रेणियों के रूप ग्रहण कर सकते हैं। उपन्यासकार अपने मूल उद्‌देश्य को केन्द्र में रखते हुए उन पात्रों का निर्माण करता है।

उसके ध्यान में यह तथ्य हमेशा रहता है कि उसके पात्र कथानक के अनुकूल हों। इस लक्ष्य की प्राप्ति के लिए पात्र संकल्पना और सृजन की प्रक्रिया में पहले उसे पात्र का ढाँचा निर्धारित करना होता है, जिसके बाद चारित्रिक विशेषताओं के माध्यम से आन्तरिक संरचना निर्धारित की जाती है। एक प्रकार से चरित्र पात्र के मूल ढाँचे में विद्यमान मांस-मज्जा और शिराओं में प्रवाहमान रक्त है। चरित्र चित्रण करते समय लेखक पात्र के आन्तरिक और बाह्य व्यक्तित्व, व्यक्तित्व की विशेषताएँ, वेश-भूषा, वार्तालाप की शैली, भाषा आदि पर मुख्य रूप से ध्यान देता है।

लेखक द्वारा जो पात्र सृजित किए जाते हैं, वे सामान्यतः दो रूपों में हमारे सामने आते हैं। एक वे जो रचे जाने तक लेखक के अधीन होते हैं, किन्तु इसके तुरन्त बाद अपने व्यक्तित्व का विकास स्वतन्त्रतापूर्वक करते हैं। इनकी गतिविधियाँ हमेशा रचनाकार के नियन्त्रण को चुनौती देनेवाली होती हैं। ये ऐसा बहुत कुछ कहते और करते हैं, जिसे लेखक पसन्द नहीं करता। ये पात्र स्वयं लेखक को बताते हैं कि किसी घटना पर उनकी प्रतिक्रिया क्या होगी और आगे उनकी भूमिका का क्या रूप होगा। दूसरी कोटि के वे पात्र होते हैं जो जन्म भी लेखक की इच्छा से लेते हैं और उसके बाद भी लेखक की इच्छा की बैसाखियों पर ही जीवन गुजारते हैं। ये एक प्रकार से परजीवी और दास प्रकृति के होते हैं। लेखक इनके मुँह में अपनी बात डालता है, जिसे ये बेजान मशीन की भाँति अपनी भाषा में प्रकट कर देते हैं।

इन दोनों ही प्रकार के पात्रों में पहले प्रकार के पात्र ही तटस्थ दृष्टि से यथार्थ जीवन को सामने लाते हैं लेखक इनका निर्माण दीर्घकालीन वैयक्तिक और सामाजिक सम्पर्कों से प्राप्त अनुभवों के आधार पर करता है। ऐसे एक-एक पात्र का निर्माण करने में लेखक को कठिन परिश्रम करना होता है, तभी वह जीवन के सहंज और जटिल, उथले और तलस्पर्शी, सामान्य और अन्तर्विरोधी, भौतिक और मनोवैज्ञानिक, तार्किक और असंगत पक्षों को प्रामाणिकता के साथ चित्रित करने में सफल होता है।

इन उपन्यासों में दा साहब, बिन्दा, सक्सेना (महाभोज), माते, गोराबाई (डूब), वर्षा (मुझे चाँद चाहिए), नारंग (चाक), सुमिता (अर्द्धनारीश्वर), लालदोला, भोगेन्दर झा (जहाँ बाँस फूलते हैं), वैद्यजी (रागदरबारी) जरनैल (तमस) आदि के रूप में ऐसे पात्रों को जन्म दिया गया है जो अपने व्यक्तित्व से अमिट प्रभाव छोड़ने में समर्थ हैं। ये पात्र एक ओर तो समाज के प्रति कुछ कर गुजरते हुए प्राणों की परवाह न करने की सीख दे जाते हैं, दूसरी ओर उन तमाम अन्तर्विरोधों को सामने ले आते हैं, जो हमारे सामाजिक मूल्यों को विघटित करने में लगे हुए हैं। ये सब पात्र मिलकर सवालों की दहकती आग तैयार करते हैं, जिसकी आँच में तपकर पाठक इस पूरी अव्यवस्था से सावधान होता है। नारी मुक्ति का संघर्ष भीतरी-बाहरी स्तर पर किन कठिनाइयों का सामना कर रहा है और उन पर विजय पाने के लिए कौन से यथार्थ दृष्टिकोण तथा अदम्य साहस की आवश्यकता है यह इन उपन्यासों के विशिष्ट नारी पात्रों के चरित्र को जानकर समझा जा सकता है। रचे जाने की प्रक्रिया में ये पात्र कहीं भी लेखक के हाथ का खिलौना

दिखाई नहीं देते बल्कि कई बार स्वयं लेखक को उसकी भूमिका का संकेत करते प्रतीत होते हैं। यहाँ यह भी मानना होगा, कि अपना निजी वैशिष्ट्य रखनेवाले ये पात्र संकल्प और विकल्प के बीच नहीं झूलते, बल्कि अपनी परिस्थितियों के साथ निरन्तर संघर्ष करते हैं। राजनैतिक दुरभिसन्धियों के कुशल प्रयोक्ता दा साहब लोकतन्त्र के चतुर्थ स्तम्भ पत्रकारिता को अपने अँगूठे के नीचे दबाने की शक्ति रखते हैं। वैद्यजी घोर भौतिक मूल्यों की दार्शनिक, नैतिक और चारित्रिक व्याख्या करके किसी को भी दंग कर देने की शक्ति से सम्पन्न है। बिन्दा अदम्य साहस रखनेवाला एक ऐसा उद्धत पात्र है, जो अकेला ही पूरी की पूरी दुरावस्था से टकरा जाता है। उसके पास विक्षोभ, यथार्थ, तर्क और निडर अभिव्यक्ति का भंडार है। माते सत्य की निश्छल, सपाट व्याख्या करने से कभी पीछे नहीं हटता। बंसीधर के इरादे चट्टान की कठोरता रखते हैं। सारंग पूरी पुरुष मानसिकता पर आच्छादित अहंकार के मेघों में विद्युत-सी तड़कती है और पूरे वातावरण को अपनी चौंध से भर देती है। गोराबाई नारी जाति की ओजस्वी आत्मा है। सुमिता अब तक चले आते पाम्परिक स्त्रीत्व को नई परिभाषा में बाँधने की कोशिश करती है और सिलबिल यानी वर्षा व्यक्तित्व की उन्मुक्त अभिव्यक्ति के मार्ग खोलती है। अपनी इन विशेषताओं के कारण ये पात्र व्यक्ति रूप में हिन्दी उपन्यास साहित्य की उपलब्धि कहे जा सकते हैं। इनका चरित्रांकन भी प्रभावित करनेवाला है।

वर्गीय विशेषताओं को प्रस्तुत करनेवाले पात्र भी इन उपन्यासों में अपेक्षित प्रभाव उत्पन्न करते हैं। ये पात्र अवशिष्ट सामन्त वर्ग महाजन, जमींदार, पूँजीपति, मध्यवर्ग, प्राचीन जाति-व्यवस्था के आधार पर उच्च और निम्न जातियों व धार्मिक आधार पर अपने-अपने वर्गों, जातियों, समूहों और समाजों की यथार्थ विशेषताओं को प्रस्तुत करते हैं। रंगनाथ, रुप्पन, लंगड़, प्रिंसिपल साहब, रामाधीन भीखमखेड़वी, बेला, गयादीन (रागदरबारी), नत्थू, हरनाम सिंह, बक्शी, देसराज, खुदाबख्श (तमस), बिसू, हीरा, सुकुल बाबू, जोरावर (महाभोज), घूमा, बामन महाराज, कैलाश, अट्टू साव (डूब), फत्तेसिंह प्रधान, गजाधर सिंह, रंजीत, गुलकन्दी, थानसिंह, श्रीधर (चाक), किरण, बिन्दिया, शाहिदा, वर्तिका, अजित (अर्द्धनारीश्वर), शिवेन्द्र, प्रेमस्वरूप, अब्दुल रहमान, जइर चाचा, सोनवा, सुखिया (औरत), दिव्या, हर्ष, चतुर्भुज, स्नेह (मुझे चाँद चाहिए), ङुरचुइया, कामी, जोरमी, रिनपुई, लालदोला, रूआलखूमा, धस्माना, माइकल, पादरी (जहाँ बाँस फूलते हैं), देशदीपक, बिन्दूबाला, कौशल्या, हैदरीखाँ, रसूलनबांदी (करवट) आदि अनेक पात्र ध्यान खींचनेवाले हैं। उपन्यासकारों ने इन पात्रों के माध्यम से सामन्तवाद, पूँजीवाद और आधुनिक सभ्यता के टकराव को दर्शाया है। जमींदारी व्यवस्था के अवशेष और अभिजात प्रवृत्तियों के पोषक पात्र अपनी सत्ता को बनाए रखने के लिए लगातार कोशिश करते हैं। इसके लिए ये कहीं परिवर्तनवादी दिखाई देते हैं और कहीं समझौतावादी। खास बात यह है कि सूखे रेत की भाँति बिखरते हुए भी इनका अहम् फन कुचले साँप की भाँति फुँफकारते हुए आतंक पैदा करने से बाज नहीं आता।

इनकी कोशिश सामाजिक और राजनैतिक सत्ता केन्द्रों को अपने नियन्त्रण में बनाए रखने की होती है। मध्यवर्गीय पात्र पूँजीवादी व्यवस्था के निषेधवादी मूल्यों के क्रीत दास के रूप में हमारे सामने आते हैं। इनका निहित स्वार्थ इनके कार्यों से ही नहीं भाषा से भी झाँकता है। इन उपन्यासों में मध्यवर्ग और निम्न मध्य वर्ग के प्रतिनिधि पात्र अपने समाज की सामूहिक चेतना को प्रस्तुत करते हैं।

शासन सत्ता से जुड़े हुए पात्र मशीन के निर्जीव पुर्जों की भाँति सक्रिय हैं। ये शासक वर्ग के हाथों के खिलौने हैं, जिनके माध्यम से सत्ता हमेशा आम जनता को बहकाए रखती है। सरकारी कर्मचारी शासक और जनता के बीच या तो दीवार बने रहते हैं या बिचौलिए का कार्य करते हैं। दोनों ही रूपों में उन्हें आर्थिक भ्रष्टाचार और अवसरवादी व्यवहार करने से कोई नहीं रोक सकता। उपन्यासों के विभिन्न घटनाक्रम उनके इस वर्गीय चरित्र को दर्शाते हैं। उदाहरण के लिए 'डूब' में पुनर्वास के प्रसंग में या फिर 'महाभोज' में बिसू की मौत के सन्दर्भ में इस वर्ग का चरित्र प्रत्यक्ष हो उठता है।

इन उपन्यासों में बुद्धिजीवी पात्रों का एक ऐसा वर्ग भी है, जिनका कार्य केवल चुप रहना, आश्चर्य से भर उठना, कोरा विचार-विमर्श करना, पिछड़ी जनता पर हँसना और समय आने पर पीठ दिखाकर भाग जाना है। यह भारत की अधिकारहीन और सम्प्रेषणसम्भव भाषा से रहित साधारण जनता का दुर्भाग्य है कि बुद्धिजीवियों का अधिकांश उसकी दुर्दशा पर आह तो भरता है किन्तु उस दुर्दशा को समाप्त करने का कोई ठोस प्रयास नहीं करता। रंगनाथ ऐसे ही बुद्धिजीवी वर्ग को चिह्नांकित करता है। 'महाभोज' का महेश इसी वर्ग का प्रतिनिधि है।

भारतीय समाज विभिन्न जातियों और धर्मों के आधार पर भी बँटा हुआ है। हिन्दू समाज में उच्च और निम्न जातियों के सामाजिक सम्बन्ध हमेशा ही चर्चा में रहे हैं। दबी-कुचली निम्न जातियाँ आज तक आर-पार की लड़ाई लड़ने में समर्थ नहीं हुई हैं। इन उपन्यासों में उच्च और निम्न दोनों ही जातियों के प्रतिनिधि पात्र विद्यमान हैं, जिनके चरित्र के माध्यम से शोषण और अत्याचार भी दर्शाया गया है और दबे-कुचले लोगों का आक्रोश भी। विडम्बना यह है कि यह आक्रोश किसी निर्णय पर नहीं पहुँचता क्योंकि अवसरवादी राजनैतिक और आर्थिक शक्तियाँ उसे दिशाहीन बनाए रखती हैं। यह सम्पूर्ण यथार्थ इन उपन्यासों के पात्रों के माध्यम से प्रकट होता है। धर्म के आधार पर मनुष्यों के जो वर्ग बनते हैं उनका आभास साम्प्रदायिक दंगों के समय होता है। जब 'तमस' में साम्प्रदायिक दंगे होते हैं तो लाला लक्ष्मीनारायण मनुष्य से हिन्दू हो जाता है और खुदाबख्श आदमी से मुसलमान। इन दोनों के साथ इन्हीं की तरह बदल जानेवाले पात्रों में से कुछ हिन्दू महासभाई हो जाते हैं और कुछ मुस्लिम लीगी। इन दोनों के बीच भारतीय राष्ट्रीय कांग्रेस के बक्शीजी और धार्मिक विद्वेष का विरोधी जरनैल अप्रासंगिक हो जाते हैं। विभिन्न धर्मों के आधार पर अलग वर्गों में बँट जानेवाले लोगों का चरित्र इन उपन्यासों को नए आयाम प्रदान करता है। ऐसे सभी पात्र ऊपर से धार्मिक,

परोपकारी, वीर और विचारक, किन्तु भीतर से पाखंडी, मानवद्रोही, कायर और विचारशून्य होते हैं।

समीक्ष्य उपन्यासों के लेखकों ने रिचर्ड, लीजा (तमस), पिन्काट, माल्कम, पार्किन्सन, नैन्सी, रोजी (करवट) आदि पात्रों की रचना करके साम्राज्यवादी और उपनिवेशवादी विचारधारा का यथार्थ रूप प्रस्तुत किया है। भारतीय जमीन का अन्न खाने के बावजूद इनकी निष्ठा उपनिवेशवाद के साथ है। कपट-नीति, छल आदि का प्रयोग करके ये ऊपर से न्यायप्रिय बने रहते हैं, जबकि इनका वास्तविक उद्देश्य साम्राज्यवादी हितों की रक्षा करना होता है। यह कहना असंगत न होगा कि साम्राज्यवाद से जुड़े इन पात्रों ने शोषण और अवसरवाद की जो परम्परा निर्मित की थी, उसने समकालीन भारतीय राजनैतिक परिदृश्य को भी प्रभावित करने से नहीं छोड़ा।

इन सभी पात्रों को जन्म देने से लेकर उनका पालन-पोषण करने तक उपन्यासकारों ने अधिकांशतः यथार्थवादी दृष्टि का प्रयोग किया है। 'अर्द्धनारीश्वर' के रचनाकार ने दार्शनिक और बौद्धिक चेतना को भी पात्र सृष्टि में अपेक्षित भूमिका निभाने दी है। यही कारण है, कि उनके कुछ पात्र समकालीन यथार्थ में अजनबी से बन गए हैं। कुल मिलाकर समीक्ष्य उपन्यासों की पात्र सृष्टि समकालीन उपन्यास रचना को उत्कर्ष की ओर ले जाती है।

भाषा

भाषा मौखिक और लिखित दोनों ही रूपों में संवाद का सबसे सशक्त माध्यम मानी जाती है। यह न केवल विचारों और संवेदनाओं को प्रकट करती है, बल्कि उन्हें ग्रहण योग्य भी बनाती है। साहित्य की विभिन्न विधाओं में उपन्यास एक ऐसी विधा है, जिसमें भाषा का उपरोक्त गुण कुछ अधिक ही पाया जाता है।

उपन्यास की भाषा जीवन के व्यापक फलक पर जीवित क्षणों से ग्रहण की जाती है। साधारणतः वह सामान्य जीवन से उठाई जाती है और कलात्मक सौन्दर्य तथा कल्पना तत्त्व की भूमिका से नवीन रूप ग्रहण करके उपन्यास-रचना की भाषा बन जाती है। यही कारण है कि एक श्रेष्ठ उपन्यास की भाषा में सूक्ष्म चित्रण, वर्णन, संवाद, सूचना, सम्प्रेषण, तथ्य, मनोवैज्ञानिकता, संवेगात्मकता और घटित जीवन के भीतर बहनेवाली यथार्थ की धारा को चित्रित करने की अद्‌भुल शक्ति विद्यमान होती है। सहजता और कलात्मकता इसकी अन्य विशेषताएँ हैं। यह भाषा न केवल स्वयं कलात्मक सौन्दर्य को जीती है, बल्कि उपन्यास की कलात्मकता को भी सम्भव बनाती है। भावाभिव्यक्ति की प्रक्रिया शैली लेखक की अपनी होती है और अभिव्यक्ति सक्षमता कलात्मक सौन्दर्य से जुड़ा हुआ तत्त्व है। जब लेखक उपन्यास शिल्प के अन्तर्गत विभिन्न तत्वों का प्रयोग कर रहा होता है, तो उसका ध्यान भाषा और उसे निर्मित करनेवाले शब्दों पर सबसे अधिक होता है। इस रूप में भाषा की विभिन्न प्रयुक्तियाँ

अभिव्यंजना के मानसिक आधारों से जुड़ी हुई होती हैं।[12] यह विशेषता भाषा के सम्बन्ध में उस धारणा को प्रमाणित करती है कि उपन्यास की रचना एक प्रकार से भाषा की भी रचना है। यह मानना असंगत नहीं होगा कि अपनी अभिव्यक्ति सक्षम भाषा रचते समय उपन्यासकार महत्त्वपूर्ण और नए शब्दों को गढ़ता है। उपन्यास भाषा की रचना और उपन्यासकार द्वारा विभिन्न शब्दों के ग्रहण की कसौटी उपन्यास के कथ्य, पात्र, देशकाल और वातावरण आदि से प्रभावित होती है। सफल भाषा, कथा, काल और पात्रों को ध्यान में रखकर रची जाती है और परिवेश को स्वाभाविकता के अनुसार अपना रूप ग्रहण करती है। उदाहरण के लिए ग्राम्य परिवेश और पात्रों को रचना का आधार बनानेवाले उपन्यासकार ग्रामांचलों में प्रयुक्त भाषा, बोलियों, मुहावरों, कहावतों आदि का प्रयोग करते हैं। स्पष्ट है कि भाषा वही श्रेष्ठ है, जिसका निर्माण रचनात्मक सहजता और सजग दृष्टि से किया गया हो।

हिन्दी उपन्यास की यात्रा में समकालीन उपन्यास साहित्य की भाषा निरन्तर नए मुहावरों की तलाश में लगी रही है। इसका कारण यह था, कि समकालीन भारतीय जीवन लगातार विविध स्तरीय और उलझावों भरा होता गया। राजनैतिक आर्थिक और सामाजिक परिवेश को प्रभावित करनेवाली शक्तियाँ इतनी चालाकी से काम करने लगीं कि उसने चरित्र को अभिव्यक्त करने में तत्कालीन प्रचलित भाषा पूरी तरह समर्थ नहीं हो सकती थी। यही कारण है कि इन उपन्यासकारों ने अपनी रचना भाषा को बहुत सावधानी से निर्मित किया।

इन उपन्यासकारों ने अपने उपन्यास को आकर्षक और रोचक बनाने के लिए कहीं काव्यात्मक शब्दावली का सहारा लिया है तो कहीं भाषा में चटपटे व्यंग्य का पुट दिया है। 'रागदरबारी' में प्रयुक्त भाषा का यह रूप दर्शनीय है–"पुनर्जन्म के सिद्धान्त का ईजाद दीवानी की अदालतों में हुआ है, ताकि वादी और प्रतिवादी इस अफसोस को लेकर न मरें कि उनका मुकदमा अधूरा ही पड़ा रहा। इसके सहारे वे सोचते हुए चैन से मर सकते हैं कि मुकदमे का फैसला सुनने के लिए अभी अगला जन्म तो पड़ा ही है।"[13] कहीं सीधे-सरल शब्दों द्वारा भी कलात्मक अभिव्यक्ति का प्रयास है, जैसे 'तमस' में–शहर में सब काम जैसे बँटे हुए थे, कपड़े की ज्यादातर दुकानें हिन्दुओं की थीं, जूतों की मुसलमानों की, मोटर-लारियों का सब काम मुसलमानों के हाथों में था। अनाज का काम हिन्दू भी करते थे, मुसलमान भी। शिवाले का बाजार किसी दुल्हन के चेहरे की तरह खिला हुआ था। वहाँ रोज वैसी ही रौनक थी; कोई नहीं कह सकता था कि कहीं कोई तनाव पाया जाता है।"[14] यद्यपि उपन्यास की शैली गद्यात्मक होती है परन्तु वर्णन-भाषा में कई बार काव्यात्मकता आ जाती है। चाक में "असाढ़ की उमस भरी काली रात। निस्तब्धता तोड़ता हुआ मोर फड़फड़ाता है चौक में खड़े पीपल पर। मोरनी पंख फटफटाती हुई कोंकियाती है–करुण रोदन। सारंग बुरी तरह चौंकी। सिकुड़कर आधी हो गई। यह मोर नहीं रेशम को दर्दनाक पुकार–ओ बीबी ऽ ऽ ऽ। सारंग विकल मन सोच की रस्सियों से बँधी हुई...।"[15] इसी तरह की कलात्मक

अभिव्यक्ति 'मुझे चाँद चाहिए' की भाषा में हुई है–"आलता लगे पाँवों में रुनझुन पायलें, कमर पर चौड़ी करघनी, जिसकी लड़ियाँ जँघाओं एवं नितम्बों पर इठलाती हुई, सुडौल उभारों को कसे चुस्त कंचुकी, वक्ष की मध्य रेखा पर दपदप करती मणिमाला, बाहुमूलों में भुजबन्ध, कलाइयों में चूड़ियाँ और सोने के कड़े, दाईं अनामिका में नग की अँगूठी, कानों में बड़े-बड़े गोल कर्णफूल, पीठ पर लहराए बालों में गुँथी कलियाँ, माँग के बीचों-बीच चमकती लड़ीवाला माथे का झूमर और काजल से तीखे किए नैन।"[16]

समीक्ष्य उपन्यासों में ऐसी भाषिक संरचना भी प्राप्त होती है, जो बिना किसी लाग-लपेट के पात्र की मानसिक स्थिति को सामने ले आती है। यह भाषा आवेग सहित भी हो सकती है और आवेग रहित थी। चाक में इसका एक उदाहरण इस प्रकार है–"रंजीत तुम अकेले हो, झाड़ू की अकेली सींक बच्चा भी तोड़ ले। यह जानते हुए भी पराई आग में हाथ जला लेना कहाँ तक जायज है ? दरोगा तेरी जान-पहचान का न होता तो डोरिया को हवालात की हवा छू सकती थी ?"[17] उपन्यास की भाषा के जिम्मे मन की अबाध, आवेशमयी भाषा का चित्रण करना भी होता है। इसके लिए वह मनोदशाओं की अभिव्यक्ति में समर्थ परम्परागत शब्दों का प्रयोग तो करती ही है, संकेत चिह्नों का समुचित उपयोग भी करती है, इन अवसरों पर शब्दों के बीच अन्तराल स्थान ग्रहण कर लेता है। इसे भरने के लिए बिन्दुओं या रेखाओं का प्रयोग किया जाता है। ये ऐसे संकेत हैं जिनका चेहरा कभी निर्धारित नहीं होता और न भंगिमाएँ ही गिनी-चुनी होती हैं। पढ़ते समय उपन्यास का कोई चरित्र पाठक के मन पर अपनी जो छवि अंकित करता है उसी के अनुसार इन संकेत बिन्दुओं और रेखाओं में छिपी अर्थ भंगिमाओं व भाव मुद्राओं को ग्रहण किया जाता है। जहाँ यह एक कठिन स्थिति है, वहीं किसी उपन्यास की मूल भाषा द्वारा पाठक को दी गई स्वाधीनता भी है। मन की उलझन को शब्दों और संकेतों में प्रकट करनेवाला एक उदाहरण 'अर्द्धनारीश्वर' की उपन्यास भाषा से प्रस्तुत हैं–"अच्छा हुआ व्यवधान आ गया। नहीं तो मैं हाँफते-हाँफते...हाँ, क्या हो जाता मुझे...क्या हो जाता...क्या मैं आत्महत्या कर लेती... ।"[18]

समीक्ष्य उपन्यासों में भाषा के उस रूप का प्रयोग भी किया गया है जो किसी मनःस्थिति को दर्शाता है, जिसमें व्यक्ति अपना आपा पूरी तरह भूल जाता है। यह मनोदशा या तो अत्यधिक रोमांच की स्थिति में सामने आती है या फिर अत्यधिक भय की स्थिति में। भयानक स्थिति में घिरा व्यक्ति जब अचानक अपने मनोनुकूल कुछ घटता हुआ देखता है तो भाषा पर उसका अधिकार एकदम जाता रहता है। इस दशा में अचानक ही उसके मुँह से कोई असाधारण अभिव्यक्ति फूट पड़ती है। 'तमस' के किशनसिंह के साथ यही होता है–"गॉड सेव दि किंग साहिब, गॉड सेव दि किंग।"[19]

उपन्यासकार अपनी रचना को नाट्यधर्मी गुणों से सम्पन्न बनाने के आग्रही भी होते हैं। कारण यह है कि वर्णनात्मकता एक सीमा तक ही लेखक की सहायता करती

है। उसके बाद तो पात्रों का बयान ही भूमिका निभाने को बाध्य होता है। इस दृष्टि से प्रत्येक उपन्यासकार संवाद पद्धति का कलात्मक प्रयोग करना चाहता है। चयनित समकालीन उपन्यासों में संवादात्मकता पर्याप्त मात्रा में है। इसके अन्तर्गत कुछ प्रसंग ऐसे हैं, जहाँ पात्र वक्तव्य देते हुए से प्रतीत होते हैं; किन्तु अधिकांश प्रसंगों में ये पात्र नाट्यात्मक वैशिष्ट्य के साथ अपनी बातें कहते हैं। इससे यह माना जा सकता है कि ऐसे सभी स्थानों पर उपन्यास भाषा नाट्यधर्मी है और वह पात्रों-से-पात्रों का, पात्रों से पाठकों का तथा पाठकों से उपन्यास के मूल कथ्य का संवाद बनाने में समर्थ है। इसके कुछ उदाहरण द्रष्टव्य हैं–"वाह जी, बेटी की सगाई का दिन इसे याद है, ब्याह का दिन नहीं जानता।" "पच्चीस को है न ? आज कौन-सी तारीख है ? पाँच तारीख। दे दूँगा।" "दे दूँगा नहीं, बता कब देगा। ब्याह-कारज वाले दिन तू चक्कर लगवाएगा। मैं तुझे जानती नहीं हूँ जैसे।"[20] इसी उपन्यास में लीजा और बाबू के बीच वार्तालाप विनोदपूर्ण स्थिति का चित्र उपस्थित करता है–"आई हैव नो थ्रेड, मैडम।" उसने खिसियायी-सी मुस्कान के साथ कहा। "नो थ्रेड, दैन यू आर नो हिंडू।" "आई एम ए हिन्दू, मैडम, आई स्वेयर बाई गॉड, आई एम ए हिन्दू।"[21] 'डूब' के संवादों में किसान और सरकारी कर्मचारी के बीच वार्तालाप का यथार्थ चित्रण हुआ है, "अरे, तुम फिर आ गए ?" "नहीं सरकार, हम तो पहली दफा आए हैं।" "ओहो, तुम सब-के-सब एक से क्यों दिखते हो ?" "सरकार, हम सब एक ही तो हैं।"[22] इन संवादों में प्रयुक्त शब्द व्यक्ति की मानसिक स्थिति, सामाजिक स्तर तथा स्थान आदि के अनुसार एक दूसरे से पृथक् होते हैं। जैसे 'महाभोज' में "अइसे तो सबही के साथ उठत-बइठत रहा सरकार। पर हाँ, खास दोस्त तो बिंदै रहा। भइयन मो भी अइसा पिरेम न मिलि है आपको।" "कौन है यह बिन्दा ?" थानेदार से इतनी गाथा सुनने के बाद भी सक्सेना ने इस तरह पूछा जैसे पहली बार सुन रहा हो यह नाम। "रुक्मा का घरवाला, पहिले शहर मा रहत रहा।"[23]

समीक्ष्य उपन्यासों में भाषा के विविध रूप विद्यमान हैं। इन्हीं में एक रूप है स्थान विशेष या फिर पात्र विशेष से प्रभावित भाषा रूप। जहाँ आंचलिक उपन्यासों में पूरी उपन्यास भाषा किसी अंचल विशेष की भाषायी संस्कृति को प्रस्तुत करती है, वहीं इन उपन्यासों की भाषा चुने हुए प्रसंगों में कभी आंचलिक रंग प्रस्तुत करती है, कहीं किसी बोली का सौन्दर्य। अनेक पात्र अपने दैनन्दिन प्रयोग की बोली में बात करते हुए दिखाई दिए हैं। इससे उनकी सामाजिक आर्थिक, सांस्कृतिक और जातिगत चेतना प्रत्यक्ष हुई। इतना ही नहीं उनके द्वारा प्रयुक्त भाषा रूप ही उनकी दलित स्थिति और विवशता को भी प्रकट करने में सबसे समर्थ सिद्ध हुआ। 'महाभोज' का हीरा ऐसी ही भाषा का प्रयोग करता है–"आँखिन से देखे बिना कइसे केहिका नाम लइले ? अउर अब नाम लेइके होइबे का सरकार ? हमारा बिसू तो चला गवा...हमारा पाला-पोसा जवान लड़िका...अरे हमार बचवा...और घुटनों में सिर देकर फूट-फूटकर रोने लगा हीरा।"[24] अन्य उपन्यासों के कुछ ऐसे ही विशिष्ट भाषिक प्रयोग आगे दिए जा रहे हैं–"जद्द मैं कहँदा रिहा बीबी भेजो कपड़े, भेजो कपड़े, तुसाँ कुछ न कीता, सारियाँ सरदियाँ लँघा

दित्तियाँ। हुण बकत ताँ तगदै। सोलह हत्थ ताँ नहीं मेरे।'' (तमस) अमां बन्द करो अपनी ख्याली लनतरानियाँ, यह लड़का अंग्रेजों की जबान पढ़ रहा है; अपना नया मुस्तकबिल बना रहा होगा; समझी ? ××× चिढ़ै-विढै नहीं भैया जी, मुला बात ये भई कि समसेर अली कपतान ने ये अडर निकाल दिया है। ××× ''अरे भइया जोन होनी रही सो तो हुई गई, चांदिको मैया वहिकी भेंट लै लिहिन। अब घरे जायके दूसर बिहाओ कर लिहो।'' होगा-होगा अवश्श होगा। अउर तुमरा शाथ में ये कौन भोद्रो लोग आया हाय। आमिओ आमिओ के चीनते पाच्ची नेई। 'पंडितजी मैं लखनऊ का रहनेवाला हूँ। ओ, माँ। लोकनाऊ माने लोकनऊ, डिल्ली माने हिन्दुस्थान में थेके एसेछेन आपनी। ××× देगा-देगा शोब देगा, हमरा पारिबारिक बाड़ी में दूँ शहस्त्रो-आलोभ्य ग्रन्थों हाय, किन्तु बेचने खातिर नेई हाय।'' (करवट) ''तेरे छोरा की नार (गर्दन) और मसकनी है। फिर भूल जाएगी बिफरना। साली झकबँझिया। पूरी जिन्दगी निपूती होकर बिसूरती रहना।'' (चाक) ''ना रे ना। मास्साब के घर में कोई अनहोनी नहीं हुई। न बताया हो किसी ने पर हमरा मन कहता है कि बात कुछ और ही है। पर वह बात क्या है, यह किससे पूछें ? ××× बामनों के मार्ग से कुमार्ग पर भटकने के मूल कारण पर फिर कभी विचारना इमरत सिंह, अभी तो रंज को तजकर रामदुलारे की खैर-खबर सुनकर अपने मन को हरा-भरा कर लो।'' (डूब) ''हम तो समझत रहे भइया कि इतै-कोनौ चमत्कार है। खास छेत्तर के खबर मिलते हमरे करमूपुरा के लाश पर गीध-कौवा मँडराए लगे। ई हमरे गाँव के गरीब परजा के भूखे पेट, फटे-चिथड़े कपड़े और हवा से उधराई उजड़ी झोंपड़ियन के फोटू लेवे आए हैं ? ××× ई अनियाब है। देवेन्द्र को तैश आया–तुम सड़-सड़ कै मरोगे। तुम्हरे बदन में पिलुवे पड़ेंगे। तुम हमरी गरीबी के फैदा उठाय रहे हो। ××× ''अभी भी बरामदे में बिछे पुवाल पर कम्बल और रजाइयाँ तहियाकर रखी रहती थीं पर मोटी रूई की रजाई भी तो तेली के बैल की तरह आँख का अंटौतल बन सकती थी।'' (औरत)

इन विशिष्ट भाषिक प्रयोगों के माध्यम से इन उपन्यासों में रोचकता का समावेश तो हुआ ही है, पात्रों की मनोदशा और कुछ अन्य विशेषताएँ भी सामने आई हैं। यह भाषा अन्य भाषा और बोलियों का सहारा लेकर साधारण जनता की समाज सांस्कृतिक और समाजार्थिक सच्चाई का चित्रण करती है। इससे आम लोगों के आक्रोश के प्रकट होने में सहायता मिलती है। उनके भीतर छिपी प्रतिरोध की भावना इससे सामने आती है। ये भाषिक प्रयोग सामाजिक सम्बन्धों और व्यवहार पद्धति को भी प्रस्तुत करते हैं। इससे स्वयं उपन्यास भाषा भी समृद्ध हुई है।

उपन्यास की भाषा को आकर्षक और प्रभावशाली कथा-भाषा के रूप में ढालने में विशिष्ट शब्दों, नवनिर्मित शब्दों, कहावतों, मुहावरों और विशेषोक्तियों की महत्ती भूमिका होती है। समीक्ष्य उपन्यासों में प्रयुक्त भाषा का एक रूप द्रष्टव्य है–''गड्ढे में थोड़ी देर खामोशी रही, फिर आवाज आई 'मर्फर गर्फये सर्फाले गर्फोली चर्फलाने वाले।'' ××× जफोर्गनाथ, हर्फोश में अर्फाओ।'' इत्यादि।

मुहावरों और कहावतों ने इन उपन्यासों के भाषायी सौन्दर्य को द्विगुणित कर दिया है। कुछ प्रयोगों के उदाहरण प्रस्तुत हैं–"जो अपना घर छोड़कर बाहर निकलता है, भाषा के मामले में वह पत्थर हो जाता है। ××× रंगनाथ परमहंसों की इस गति तक नहीं पहुँच पाया था। ××× अब गुरुजी, खोपड़ी पर हमने भारी काम धर लिया है। ××× ये साली टेक्स्ट बके, समझ लीजिए, सड़े-गले फल ही हैं। लौंडों के पेट में इन्हीं को भरते रहना है। कोई हजम करता है, कोई कै करता है। ××× तुम मँझोली हैसियत के मनुष्य हो और मनुष्यता के कीचड़ में फँस गए हो। तुम्हारे चारों ओर कीचड़ ही कीचड़ है। (रागदरबारी) देखो भाई तुम मामले की तह तक जाओ और दूध-का-दूध और पानी-का-पानी करो। ××× आप कहने के साथ ही दा साहब ने गरदन को हल्का-सा आगे करके ऐसी नजरों से देखा कि दत्ता बाबू को लगा जैसे नजरों से ही जिम्मेदारी की पोटली सरकी और दत्ता बाबू के कन्धों पर लद गई। ××× खम ठोककर ललकारती हुई ××× जानते नहीं कि जरा-सी शह मिलते ही सीधे खोपड़ी पर सवार होते हैं। ××× वह शराबी सरकार थी, एक यह पिशाबी सरकार...ससुरे सब एक से...। × × × संतई मुद्रा, खिचड़ी अलग पकाना (महाभोज) बादशाह अपनी मर्जी के काम नहीं कर सकता। उनकी खोपड़ी पर भी रजीडेंड का डंडा सवार रहेगा। ××× डियर, डियरेस्ट आदि शब्दों से सम्बोधित करते हुए भी नैन्सी ने नजरों के खेल की चौसर समेट ली थी। ××× छछुन्दर के सिर में चमेली का तेल, यह औले-दौले दरबारी रईस, बात का बातन्ना हो गया। (करवट) बिलैया ने जनाउर को सब कुछ सिखा दओ तो, अकेले रुख पर चदवो नही सिखाओ तो। ××× लग गया तो तीर, नहीं तो तुक्का। फिर मरो बानिया गोत्र में देह धरे का दंड। ××× मोती की उस 'न भूतो न भविष्यति' करतूत पर तो पूरी ननिया बिरादरी ने दाँतों तले अँगुली दबा ली थी। ××× पूरी बिरादरी की छाती पर आए दिन मूँग दलने को उतारू मोती से बड़े साव निजात चाहते हैं। ××× महाराज की गिरगिटी चाल का दूसरा रंग रंग लाया। ××× बेटा को तायक बनाना है तो हाड़ तोड़ने होंगे, हाड़। ××× ढिंढोरा पिटवाना, थैली फेंकेंगे, तभी तो थैला मिलेगा। (डूब) साँझ ढलते ही रंजीत की मूँछें नरम ही नहीं पड़ीं, बड़ी-बड़ी होतीं तो लटक जाती। ××× रंजीत हारी-हारी निगाह से पिता को देखने लगे। ××× हुंकारे भरते रहे–हूँ ऽ ऽ हूँ ऽ ऽ कुएँ की घिर्री की तरह भन्ना रहे हैं बाबा। ××× हुकुमकौर घी के चिराग जला रही होगी। ××× फत्ते कोई नई उमर का लड़का है ? आधी मूँछें पक गई हैं। ××× सिर पर छोटे-छोटे बाल नहीं, कुछी लम्बी जुल्फें रखता है–आधुनिक किसान। भला मरी-मरी बात क्यों करेगा ? कलावती की बात कुत्ते की लात, ××× तूने जो भरोसे की फसल उगा ली है अपने भीतर मैं उसे रौंद नहीं सकता। ××× बूढ़े सूरज की लाल-लाल धूप। उसरा जगमगाने लगा। ××× तुम तो सचमुच सिर पर अँगारों भरी परात धरे खड़ी हो। ××× प्रधानजी के चेहरे पर खिला बसन्त मुरझाने लगा। ××× हुक्का पानी छीकना, रुख बदल जाना। (चाक) मुझे इस लड़की के लच्छिन ठीक दिखाई नहीं देते; करौंदे की झाड़ी

दोहद के बाद का खिला अशोक बनना चाहती है। ××× सड़क पर चलते हुए वर्षा का चेहरा बीरबहूटी हो गया था। ××× मैं आभारी हूँ लेकिन मेरे घरवाले सचमुच मेरा रामनाम सत्य कर देंगे। ××× छाती पर मूँग दलती इस बला को टालना अनिवार्य है। (मुझे चाँद चाहिए) जिस पेड़ का बोकला (छिलका) होता है वह उससे सटता है। ××× तू हमहन के उपदेस करत है। बाजा मे हुरुक, आदमी में तुरुक। ××× सुन रे बुढ़िया सकीना, साली चुड़ैल, तू आज नरैन से टकरा गई है। (औरत)

इन उपन्यासों की भाषा में प्रयुक्त वह शब्दावली विशेष रूप से ध्यान आकर्षित करती है जो इतर स्रोतों से ग्रहण की गई है। उसके परिणामस्वरूप भाषा ने कई सहजता, सपाटबयानी, व्यावहारिकता, प्रयोगसामान्यता, मनोवैज्ञानिक प्रभावशीलता जैसे अनेक गुण प्राप्त किए हैं। उपलब्ध शब्दों में अनेक देशज स्रोतो से हैं, अनेक उर्दू और क्षेत्रीय भाषाओं से और अनेक अंग्रेजी से। उदाहरणस्वरूप कुछ शब्द दिए जा रहे हैं–बेध्याना, गफलत, बीच-बचौवल, भंडया, गहने-गुरिया, लासन-भाँडे, टपरा, डाँग, बखर, रोग, रुगेलू, सिर्ररन, बौरानी, बिटुआ, दाउजू, ढोर-बघेरु, मतारी, बाल-बच्चन, हुकरा, डुकइन (डूल) उर्दू शब्दों का प्रयोग–एतराज, बरखुरदार, फिलहाल, वारदात, खिदमत, इजाजत, सनद, अशर्फियाँ, इनाम, आलीशान, दोजख़, इनायत, फरमाए, खुशामदी, बसरेचश्म, मुकद्दसजबान (करवट) परवरदिगार, शिनाख्त, शराफत, गिरहबान, इकरारनामा, हैसियत, इंसानियत, जज्बात, मकसद (औरत) अंग्रेजी शब्दों का प्रयोग–डोनेशन, इंटरव्यू, प्रैक्टिकल, आइडिया, लैंग्वेज, सर्टिफिकेट, टेंशन, फैक्ट्स, ब्लैकमेल (औरत) रेजीडेंट, सेक्रेटरी कमीशन, कांसपिरेसी, रेजीडेंसी, एक्सिलेंसी, एन्साइक्लोपीडिया, सो यू हेव बि कम माई फ्रेंड; शी हैज परचेज्ड योर इलस्ट्रेटेड (करवट) ड्यूटी आवर्स, प्रमोशन, एस्टाब्लिशमेंट, वाइब्स, एरिस्टोक्रेटिक, ऑफीसर्स, अंडरस्टैंडिंग, एडजस्ट, एक्सक्लूसिव, रिहर्सल, प्रोफाइल, इंचार्ज, इज इट योर विंटर आफ डिस्कंटेंट, स्क्रिप्ट, एप्रीसिएशन, मिडशॉट, मिडलांग, डबिंग, डिजॉल्व टु कैमरा, डिगनिटी (मुझे चाँद चाहिए) चिवाई, कपू, नुला, त्लङबाल, पुआन, वेङ, वाइरमा, जालबुक, कपा, नुलारिम, नुपुइमान, रजूता, लोकल ते, मंठाओले (जहाँ बाँस फूलते हैं)

यह शब्दावली कथा-भाषा को समृद्ध बनाने की दृष्टि से तो महत्त्वपूर्ण है ही, भाषा शास्त्रीय दृष्टि से कम महत्त्वपूर्ण नहीं है। इसका प्रमाण सबसे अधिक 'जहाँ बाँस फूलते हैं' की भाषा से मिलता है। मिजो समाज में प्रयुक्त अनेक शब्दों का प्रयोग उपन्यासकार के मूल रूप में ही किया है। पाठकों की सुविधा के लिए पाद-टिप्पणी में उनका अर्थ या भावार्थ भी दे दिया है। इन शब्दों में अनेक ऐसे हैं, जिन्हें बड़ी आसानी से हिन्दी भाषा का अभिन्न अंग बनाया जा सकता है और उसे समृद्धि प्रदान की जा सकती है। अन्य उपन्यासों में प्रयुक्त क्षेत्रीय बोलियों की शब्दावली के विषय में भी यही तथ्य महत्त्वपूर्ण हैं।

सन्दर्भ सूची

1. उपन्यास : स्थिति और गति, डॉ. चन्द्रकान्त बांदिवडेकर, संस्करण-1995, पृ. 285
2. मेरे साक्षात्कार, भीष्म साहनी, प्रथम संस्करण-1996, पृ. 159
3. हिन्दी उपन्यास : उत्तरशती की उपलब्धियाँ, डॉ. विवेकी राय, प्रथम संस्करण-1983, पृ. 170
4. मेरे साक्षात्कार, भीष्म साहनी, प्रथम संस्करण-1996, पृ. 159
5. हिन्दी उपन्यास एक अध्ययन, अशोक के. शाह 'प्रतीक' प्रथम संस्करण-1991, पृ. 65
6. उत्तर आधुनिक साहित्यिक विमर्श, सुधीश पचौरी, प्रथम संस्करण-1996, पृ. 155
7. यादवेन्द्र शर्मा चन्द्र, आंचलिक परम्परा का उपन्यास : डूब, इन्द्रप्रस्थ भारती, सम्पादक—विजय मोहन सिंह, अंक-3, वर्ष-6, जुलाई-सितम्बर-1993, पृ. 168
8. उत्तर आधुनिक साहित्यिक विमर्श, सुधीश पचौरी, प्रथम संस्करण-1996, पृ. 165
9. सुरेश कुमार, समाज के आदर्शीकरण का महास्वप्न—अर्द्धनारीश्वर, इन्द्रप्रस्थ भारती, सम्पादक—विजय मोहन सिंह, अंक-3, वर्ष-6, जुलाई-सितम्बर-1993, पृ. 153-154
10. चाक, मैत्रेयी पुष्पा, पहली आवृत्ति-1999, फ्लेप से
11. वही
12. शिल्प के विभिन्न तत्वों में भाषा एक प्रमुख अंग है; क्योंकि अन्य सभी तत्वों की उपयोगिता को अभिव्यक्ति ही सशक्त बनाती है। शब्द भाषा के मूताधार हैं। भाषा मनुष्य की मनोभावनाओं को अभिव्यंजन करनेवाले उन साधनों में प्रमुख है जिनका आधार मानसिक है। —साठोत्तरी हिन्दी के मुस्लिम उपन्यासकार, डॉ. दिलशाद जीलानी, प्रथम संस्करण-1998, पृ. 218
13. रागदरबारी, श्रीलाल शुक्ल, आठवाँ पुनर्मुद्रण-1999, पृ. 31
14. तमस, भीष्म साहनी, पुनर्मुद्रित-1997, पृ. 92
15. चाक, मैत्रेयी पुष्पा, पहली आवृत्ति-1999, पृ. 8
16. मुझे चाँद चाहिए, सुरेन्द्र वर्मा, नौवीं आवृत्ति-1999, पृ. 37
17. चाक, मैत्रेयी पुष्पा, पहली आवृत्ति-1999, पृ. 50
18. अर्द्धनारीश्वर, विष्णु प्रभाकर, संस्करण-1997, पृ. 31
19. तमस, भीष्म साहनी, पुनर्मुद्रित-1997, पृ. 211
20. वही, पृ. 238
21. वही, पृ. 90
22. डूब, वीरेन्द्र जैन, द्वितीय संस्करण-1993, पृ. 236
23. महाभोज, मन्नू भंडारी, चौबीसवाँ संस्करण-1999, पृ. 101
24. वही, पृ. 107